Verborgen levens

Judith Lennox bij Boekerij:

Het winterhuis
Schimmenspel
Voetstappen in het zand
Schaduwkind
Bloedzusters
Het zomerverblijf
Wilde aardbeien
Voor mijn zussen
Moederziel
Stilte voor de storm
Het hart van de nacht
De Italiaanse minnaar
Oude vrienden
De laatste dans
Een verliefde vrouw
Verborgen levens

www.boekerij.nl

Judith Lennox

Verborgen levens

Als Rose het huis van haar oma erft, komt ze op het spoor van een lang verborgen familiegeheim

BOEKERIJ

Eerste druk 2018
Tweede druk 2020

ISBN 978-90-225-9047-8
ISBN 978-94-023-1169-3 (e-book)
NUR 302

Oorspronkelijke titel: Hidden Lives
Vertaling: Titia Ram
Omslagontwerp: Johannes Wiebel | punchdesign
Omslagbeeld: © Shutterstock
Zetwerk: ZetSpiegel, Best

Voor Oliver Winter Smith

Proloog

Sussex – december 1928

Ze stapten uit de Austin Twelve. De lucht rook naar bos: aarde, rottende bladeren en iets vleesachtigs, zurigs. Edith stelde zich voor hoe sporen van de dikke, gele paddenstoelen aan de boomstammen over de weg zouden zweven. Het was hier kouder dan in Londen, zelfs kouder dan in Nutcombe, in de vallei, waar ze bij de kruidenier waren gestopt voor pepermuntjes. Ze trok haar bontkraag dicht om haar hals.

'Mijn hemel,' zei Cyril. Hij keek naar het huis.

'Vind je het mooi?'

'Dat weet ik eigenlijk niet. Het is heel apart.' Hij deed een paar passen naar achteren en duwde zijn bril omhoog op zijn neus. 'Ja, ik denk het wel.' Hij gaf haar een kus. 'Ik denk dat ik het prachtig vind.'

'Dat wist ik wel.' Edith voelde zich licht in het hoofd van het gevoel van vrijheid; een dag weg van haar huishoudelijke taken, een dag in het gezelschap van haar twee favoriete mannen, in dit schitterende, lichte huis.

Ze had zeker geweten dat Cyril De Meeuwenvleugel fantastisch zou vinden. Hoe kon het ook anders? Het sprookjesachtige paleis van glas, hout en steen stond aan de weg bij het richelpad dat over de top van de heuvel liep. Haar vaders slimme, kundige hand bleek duidelijk uit de schijnbare eenvoud van de structuur, die eruitzag of ze zo licht was dat ze bij het minste zuchtje wind van de heuvel zou worden geblazen. Een rij zuilen, die eruitzagen of ze veel te fragiel waren om het gewicht van het schuine, overhangende dak te dragen, stond voor het huis, hun slanke vorm een echo van de hoge, dunne coniferen in Paley High Wood aan de overkant van de weg. Bleekgrijs beschotwerk glinsterde in het winterse zonlicht en ontlokte beelden van scheepszeilen... of de vleugelpennen van een zeevogel.

Cyril had de auto achter de Bentley van Ediths vader geparkeerd. Ze zei: 'Papa zal wel binnen zijn.'

De voordeur stond op een kier. Cyril duwde hem open. 'Meneer Lawless?' riep hij. 'Edward? We zijn er!'

Edith hoorde stemmen van boven komen en zei: 'Ik wist niet dat mama ook zou komen.' Ze legde terwijl ze de trap op liepen aan Cyril uit: 'Papa heeft de zitkamer op de eerste verdieping gemaakt om zo veel mogelijk van het uitzicht te kunnen genieten. De keuken en bijkeuken zijn beneden.'

Edith zag haar vader toen ze de zitkamer via de brede dubbele deuren binnenliep. Hij kwam glimlachend naar haar toe met zijn kenmerkende, onregelmatige tred, overgehouden aan een fietsongeluk in Berlijn in de jaren voor de oorlog.

Toen zag ze Sadie, die bij een raam stond, en ze voelde al het geluk als water uit een badkuip uit zich stromen. Ze had niet verwacht dat haar zusje er ook zou zijn: Sadie, die alle aandacht van hun vader zou opeisen en het middelpunt van alles zou zijn, beeldschoon en levenslustig als ze was; Sadie, die haar dag zou verpesten.

Cyril sloeg zijn arm om Edith heen, een teken dat hij begreep hoe ze zich voelde. Hij zei tegen haar vader: 'Wat een verbluffende plek, Edward; gefeliciteerd.' Maar Edith was niet in staat om zich over de wrok en teleurstelling die ze voelde heen te zetten; die waren zichtbaar op haar gezicht.

Er konden zonder dat je het ook maar opmerkte vreselijk belangrijke dingen gebeuren. Haar vader had haar uitgenodigd naar Sussex te komen om het huis te bekijken nu het af was. Ze was die dag naar De Meeuwenvleugel gekomen in de verwachting hem voor haarzelf te hebben, en nu bleek Sadie er ook te zijn. Een deel van haar wist dat ze haar eigen dag verpestte, dat haar vader zich zou afwenden van haar gestamelde, korte antwoorden en zich op Sadie zou richten. Dat zou hij hoe dan ook doen. Ze praatten zo moeiteloos met elkaar, hij en Sadie gingen met een vanzelfsprekendheid die Edith onbegrijpelijk vond vloeiend over van kletspraat op een diepgaande discussie. Zij deed veel te hard haar best en was ervan overtuigd dat ze in haar nauwgezette zoektocht naar die intelligente of geestige woorden die zijn goedkeuring zouden wegdragen overkwam als traag en dom.

Dus zat ze de rest van de dag te mokken en nam ze toen ze zich om vijf uur klaarmaakten om terug te rijden naar Londen afstandelijk afscheid van haar vader met een onderkoelde kus, zonder te beseffen dat het de laatste zou zijn. Kort na die dag vertrokken haar ouders naar Frankrijk, dus met kerst zagen ze elkaar niet. Drie weken later zou het vliegtuig dat Edward en Victoire Lawless van Le Touquet naar een vliegveld in Sussex moest brengen tijdens een sneeuwstorm neerstorten langs de kust. De kranten stonden bol van de rouwadvertenties en de telefoon rinkelde onophoudelijk van vrienden en collega's die hun condoleances wilden overbrengen. Het ene moment waren ze er nog en het volgende niet meer, weggevaagd door het wervelende wit.

Edith zei snikkend tegen Cyril dat haar vader nu nooit trots op haar zou worden. Hij schudde zijn hoofd. 'Hij was al trots op je, lieveling. Dat weet ik zeker. Dat was zonneklaar.' Zijn woorden boden soelaas, maar ze ontdekte tijdens het voorlezen van het testament dat Cyril, hoewel hij de wijste man was die ze kende en het bijna nooit mis had, zich nu toch had vergist. Zij, Edith, was stapeldol op de twee huizen die haar vader in Sussex had laten bouwen, Het Ei en De Meeuwenvleugel, maar hij had beide aan Sadie nagelaten. Het zou eerlijk zijn geweest als hij De Meeuwenvleugel aan haar en Het Ei aan Sadie zou hebben nagelaten, aangezien zij de oudste dochter was, maar zelfs als hij haar, Edith, alleen Het Ei, dat veel kleiner was, zou hebben nagelaten, zou ze hebben geweten dat hij aan haar had gedacht. En van haar had gehouden.

De schok maakte haar in eerste instantie misselijk en daarna razend. Ze brulde tegen Cyril dat ze het testament zou gaan aanvechten. Hij legde haar zachtmoedig uit dat dat zinloos zou zijn. Het testament was volgens alle regels opgesteld en door getuigen ondertekend. Edward Lawless was bij zijn volle verstand geweest en had onder geen enkele invloed gestaan.

Edith nam het Sadie kwalijk. Het was pas veel, heel veel later dat ze erachter kwam dat ze het haar vader kwalijk had moeten nemen.

'Sadie is niet getrouwd,' zei Cyril in een poging haar tot rede te brengen. 'Ze heeft ondertussen nog maar weinig hoop om ooit een man te vinden. Daarom heeft je vader haar de huizen nagelaten, om haar wat zekerheid te geven.'

Edith antwoordde verbitterd dat Sadie het aan zichzelf te wijten had dat ze niet was getrouwd. Welke man wilde met een vrouw trouwen die zichzelf te schande maakte door erbij te lopen als een bohemienne en erop te staan haar eigen geld te verdienen? Een vrouw die in het openbaar vloekte en rookte?

'Edith, Edith,' zei Cyril op smekende toon. 'Ga Sadie alsjeblieft niet haten. Daar kan alleen maar ellende van komen.'

En dat gebeurde ook. Ze liet haar zusje zo gemakkelijk uit haar leven verdwijnen. Sadie, die licht in elke kamer bracht, die schitterde en veranderlijk was als een beekje in het bos, die levendig, geestig en betoverend kon zijn, maar die zich ook kon terugtrekken en je kon buitensluiten. Sadie had sinds de dag van haar geboorte zulke conflicterende, gecompliceerde emoties bij haar oudere zus opgeroepen dat Edith er uiteindelijk, boos en uitgeput, voor op de vlucht sloeg.

1

Surrey – mei 1970

Edith Fullers vrienden en bridgepartners stonden met krakende gewrichten op van de tafel om hun benen te strekken en met elkaar te kletsen nadat de uitvaartlunch was afgesloten.

Robert Martineau sloeg zijn arm om de schouders van zijn vrouw. 'Hoe is het nu?'

'Prima,' zei Rose. 'Maar ik ga oma wel missen.' Ze keek hem glimlachend aan. 'Ik ga onze lunches missen: curry en roze blancmanger.'

'Dat weet ik, schat.' Robert keek op zijn horloge. 'Ik moet ervandoor.'

'Je zou de middag toch vrij nemen?'

'Daar is het echt te druk voor, sorry. Tot straks.' Ze kusten elkaar en Robert liep de ruimte uit.

'Rose.'

Ze hoorde de stem van haar vader en draaide zich om. 'Wat heeft Katherine het goed gedaan, hè, pa?' Haar zesjarige dochtertje, Katherine, had tijdens de uitvaartdienst die ochtend uit Rudyard Kiplings gedicht 'If—' voorgelezen.

'Ik moet toegeven dat ik tot tranen toe geroerd was, ja.' Giles Cabourne opende de deur van het zaaltje. 'Ik wil met je praten, Rose. Zullen we daar even gaan zitten? Dat is rustiger.'

Ze controleerde of Katherine en haar zusje, de vierjarige Eve, nog met die familievriend zaten te kletsen en liep achter haar vader aan de gang in.

'Je grootmoeder heeft mij als een van haar executeurs-testamentair aangewezen,' zei Giles. 'Ze heeft op wat kleinigheden na alles aan jou nagelaten, Rose.'

'O, pa.' Ze sloeg haar hand voor haar mond.

'Het is geen fortuin, maar het is een leuke som geld, en haar flat natuurlijk.'

'Ik had geen idee. Ik verwachtte helemaal niets.' Maar aan wie had haar grootmoeder anders haar bezittingen moeten nalaten? Edith Fuller, weduwe, had een dochter gehad, Louisa, de moeder van Rose, die negen jaar daarvoor was overleden. Rose was enig kind.

Haar vader zei: 'En er is een huis, in Sussex.'

Een serveerster, gekleed in een zwart jurkje met een wit schort met ruches eraan, haastte zich voorbij met een dienblad vol glazen. Rose en haar vader drukten zich tegen de muur om haar te laten passeren.

Rose vroeg verbaasd: 'Een huis? Wat voor huis?'

Giles haalde zijn hand door zijn spaarzame, fijne zilvergrijze haar. 'Ik kan me vaag herinneren dat ik er jaren geleden wel eens iets over heb gehoord, maar ik was eerlijk gezegd helemaal vergeten dat het bestond.'

'Een huis...'

'Het schijnt ergens in de rimboe te staan. Ik heb geen flauw idee in wat voor toestand het verkeert. Volgens Ediths notaris had ze het al heel lang in haar bezit. Ze heeft er nooit gewoond; ze heeft het altijd verhuurd. Je kent je grootmoeder, Rose: ze was erg gesloten. Hoe dan ook: het is nu van jou, lieverd.'

Een van de schoolvriendinnen van haar grootmoeder, een piepkleine vrouw, een kop kleiner dan Rose, in een zwarte jurk met een lavendelkleurig jasje van crêpe, kwam uit de eetzaal om afscheid te nemen. Ze schudden elkaar de hand en wisselden de beste wensen uit.

Toen ze weer alleen waren haalde Giles een envelop uit de zak van zijn colbert en gaf die aan Rose. 'Edith heeft in haar testament aangegeven dat jij dit na haar dood moest krijgen. Misschien staat er iets in over het huis.'

Rose voelde zich licht in het hoofd. 'Oma heeft er nooit iets over tegen me gezegd. Nooit.'

Ze tuurde door de glazen deur en zag dat Eve heel geconcentreerd het zout uit de vaatjes tot een wit, poederachtig bergje zat te strooien.

'Pa, ik moet even naar de meiden.' Ze omhelsde haar vader. 'Een flat en een huis... Mijn god.' Toen liep ze terug de eetzaal in, pakte haar dochtertje resoluut bij de hand en leidde haar bij de tafel vandaan.

Je moest twee keer naar Katherine en Eve kijken om te kunnen zien dat ze zusjes waren. Katherine was lang, slank en slungelig en had de grijze ogen van haar moeder en het fijne, steile blonde haar van haar oma Martineau. Eve was klein en breed, haar ogen het bruin van Robert, haar haar een berg donkere krullen. Katherine was lief en vrijgevig, een perfectionist die veel van zichzelf en anderen eiste, maar ze kon ook ongeduldig en prikkelbaar zijn. Eve was een en al levenslust, een kletskous, achteloos en onbezorgd, maar soms overweldigd door plotseling en hevig verdriet. Je herkende dat ze zusjes waren aan hun gedeelde levendigheid en snelle geest, en aan de vorm van hun ogen en ledematen.

Rose bracht Eve thuisgekomen in Walton-on-Thames naar bed. Rose kuste haar goedenacht en liep naar de kamer van Katherine. Haar oudste dochter zat in haar pyjama op het kleed in haar kamer geknield, druk in de weer met een spirograaf.

'Aah!' Een gil van frustratie. 'De pen schiet er steeds uit!'

'Het is tijd om op te ruimen, lieverd. Je mag morgen weer spelen. Waar is je boek? Je mag tot acht uur lezen.' Rose tikte op de klok op het nachtkastje.

Ze liep nadat ze Katherine in bed had gelegd naar beneden. Robert kwam kort daarna thuis. Rose schonk in de keuken twee glazen gin-tonic in terwijl het avondeten op het fornuis stond te pruttelen en ze gaf Robert een glas. Toen vertelde ze hem over het testament van haar grootmoeder en over de flat en het huis in Sussex.

'Mijn god,' zei hij. 'Mijn vrouw de grootgrondbezitter.'

'Dat huis... Ik wist niet eens dat het bestond. Het zal wel een vervallen krot zijn. Waarom zou oma me er nooit iets over hebben verteld? Dat is best een groot ding om het niet over te hebben, toch, een huis?'

'Behoorlijk groot.'

'Het heet Het Ei. Wat een gekke naam, hè? Oma's vader heeft het laten bouwen. Je weet wel, die architect.' Ze keek hem vorsend aan. 'Robert?'

'Hmm?'

Hij deed alsof hij luisterde, maar dat was niet zo, niet echt. Zijn donkere ogen staarden in de verte en Rose wist dat hij ergens anders aan zat te denken.

Ze vroeg: 'Is er iets?'

'Hoezo?' Een snelle glimlach. 'Nee, natuurlijk niet. Slapen de meiden al?'

'Eve waarschijnlijk wel. Katherine absoluut niet.'

'Ik ga wel even bij ze kijken.'

'George heeft gebeld,' riep ze achter hem aan terwijl hij de trap op liep. George was de oudere broer van Robert, alleenstaand en een hoge ambtenaar voor de regering. De broers hadden geen goede band.

Robert keek haar over zijn schouder aan en fronste zijn wenkbrauwen. 'Waar ging het over?'

'Hij wilde het over het feest voor jullie ouders hebben.' Lionel en Mary Martineau zouden binnenkort hun robijnen huwelijk vieren. 'Over de speeches en de bloemen.'

Later die avond ging ze naar bed en kroop tegen Robert aan. Hij draaide zich naar haar om en liet zijn vingertoppen langs de botjes van haar ruggengraat glijden, waardoor ze altijd huiverde. Ze vreeën snel, gehaast en behoeftig.

Robert viel erna meteen in slaap, maar Rose lag wakker. De gebeurtenissen van die dag speelden zich nogmaals af in haar hoofd: de begrafenis van haar grootmoeder, de onverwachte erfenis, en het huis in Sussex, Het Ei.

Haar grootmoeder had in haar brief geschreven:

Mijn vader, de architect Lawless, heeft in de jaren twintig twee huizen op zijn land in Sussex laten bouwen. Beide waren een modern ontwerp. Mijn vader noemde ze altijd zijn meesterwerken, zijn nalatenschap. Hij en mijn moeder waren van plan in De Meeuwenvleugel te gaan wonen, het grootste huis van de twee, dat hij langs het richelpad had laten bouwen, maar ze zijn in januari 1929 gestorven, kort nadat het was opgeleverd. Het huis is toen verkocht. Ik laat het kleinste huis, dat altijd Het Ei heeft geheten, aan jou na, Rose. Ik heb het altijd verhuurd, maar de laatste bewoner, meneer Manners, die er meer dan tien jaar heeft gewoond, is zes maanden geleden overleden, dus het staat nu leeg.

Hierna volgde een ingewikkelde routebeschrijving: een weg langs de kerk in Nutcombe… een vluchthaven in de bocht, halverwege de heuvel… een pad tussen de bomen door. Twee sleutels, een van Yale en een kleinere, zaten in een vierkantje papier ingepakt bij de brief in de envelop.

Ze had dorst; ze liep naar beneden naar de keuken en schonk een glas water in. Ze wist weinig over haar overgrootouders, de ouders van Edith. Edward Lawless was architect en was samen met zijn vrouw omgekomen tijdens een vliegtuigongeluk, dat was het zo ongeveer. Ze had nu ontdekt dat ze een huis voor zichzelf hadden laten bouwen, De Meeuwenvleugel, maar dat ze er nooit hadden gewoond. Misschien dat haar grootmoeder het nooit over het huis in Sussex had gehad omdat het haar te veel herinnerde aan de tragische dood van haar ouders.

Je steekt een heleboel van jezelf in een huis. Robert en zij hadden dat van hen, een hoekhuis van rond 1910, vijf jaar geleden gekocht. Ze waren verliefd geworden op de kamers met hoog plafond en de manier waarop het zonlicht door de ramen op de houten vloeren scheen. Het had ornamenteel stucwerk, betegelde open haarden en een lange, smalle tuin waar rozen, kamperfoelie en bramen rommelig door elkaar groeiden. Ze hadden nadat ze erin waren getrokken de vooroorlogse bedrading vervangen en hadden zichzelf leren loodgieten, behangen en schilderen. Ze hadden met een fles champagne op het terras gevierd dat het klaar was. De tuin was nog steeds een woestenij. Ze hadden allebei geen groene vingers.

Hoewel ze de puinhoop en de uitputting niet miste, dacht Rose met verlangen terug aan hun gedeelde passie rond de renovatie en de intimiteit die ze toen hadden gevoeld. Als ze nu zouden verhuizen, zouden ze het kluswerk uit handen geven. Robert leidde ondertussen succesvol twee garages, een paar technische bedrijven en zijn recentste acquisitie, een luchtvrachtbedrijf, en hij zou er nu de tijd niet meer voor hebben om zelf te verbouwen.

Ze was eenentwintig geweest, net een paar maanden van de universiteit, toen Robert en zij elkaar hadden leren kennen. Zij probeerde op dat moment te bedenken of ze verder wilde studeren en woog het verlangen de wereld in te trekken af tegen de praktische voordelen van een universitaire graad. Ze had een zomerbaantje bij een technisch bedrijf genomen om wat extra geld te verdienen en ervaring op te doen terwijl ze bedacht wat ze wilde.

Toen de secretaresse van de directeur op vakantie ging werd Rose gevraagd voor haar in te vallen. Robert was die dag op bezoek. Ze begroette hem aan de receptie. Op weg naar de eerste verdieping vroeg hij hoe ze heette; op de gang tussen het trappenhuis en het kantoor vroeg hij haar mee uit eten. Ze moest meer in hem hebben gezien dan zijn overduidelijke aantrekkelijkheid, imposante aanwezigheid en charme, want ze had ermee ingestemd.

Robert was zo iemand die je wel moest opmerken: lang en breedgeschouderd, extravert en zelfverzekerd, donker en knap. Hij keek haar aan op een manier die haar vertelde dat haar antwoord belangrijk voor hem was, en hij straalde gedrevenheid en vastberadenheid uit. Ze had tijdens het etentje ontdekt dat hij bovendien slim, geestig en gul was.

Zes maanden later waren ze getrouwd en Katherine was het jaar daarna geboren. Haar tweede naam, Louisa, was die van Rose' moeder, die drie jaar daarvoor aan borstkanker was overleden. Eve Mary Rose – vernoemd naar Roberts moeder Mary, die kwiek en gezond met haar echtgenoot in het familiehuis in Oxfordshire woonde – werd twee jaar daarna geboren.

Rose ruimde nu de borden op die in het afdruiprek bij de gootsteen stonden. Het vage gevoel van verveling dat ze ervoer sinds Eve half april naar school was gegaan, haar matheid en gebrek aan focus, en haar ontevredenheid, die ze probeerde te onderdrukken met het huishouden en de sociale verplichtingen die haar dagen vulden, vielen om haar heen als een wollen deken. Ze was ooit ambitieus geweest. Ze had haar leven ooit als zinvol, zelfs bijzonder ervaren, maar toch was ze op de een of andere manier, zonder dat ze daar ooit bewust voor had gekozen, net als haar moeder, die nooit buitenshuis had gewerkt, huisvrouw geworden. Rose had aangenomen dat ze anders zou worden, maar nu was dit haar leven: ze organiseerde etentjes voor de zakenpartners van Robert en stopte zijn sokken. Er was een tijd geweest, voordat Katherine was geboren, dat ze Roberts wasgoed op de slaapkamervloer had laten liggen om een punt te maken. Ze wond zich er nu niet meer over op en ruimde het op.

Ze had soms het gevoel dat ze kromp, minder werd dan ze ooit was geweest. De balans tussen Robert en haar was verschoven. Hij werkte lange, onregelmatige dagen en ging 's avonds vaak uit eten met zijn klanten. Ze ging soms mee, maar als ze dat aanbood wees hij het meestal af en zei dat ze zich alleen maar zou vervelen.

Misschien moest ze een parttimebaantje zoeken, hoewel ze zich met haar roestige graad in de natuurkunde, nauwelijks gebruikt, en uren die rond de schooltijden van haar dochters zouden moeten worden ingepast, afvroeg of ze enige kans had iets te vinden. Maar het baarde haar zorgen dat een kruiswoordpuzzel de grootste intellectuele uitdaging in haar dagen was, en ze was zich ervan bewust dat ze zichzelf soms verdoofde met een borrel tijdens de lange, eenzame avonden als de meisjes in bed lagen.

Ze berispte zichzelf. Het begon een gewoonte te worden, dat malen over hoe ontevreden ze was, de zoektocht naar een uitweg... maar waaruit? Een comfortabel, luxueus leven. Ze had een eigen auto, ze gingen regelmatig op vakantie en ze had een werkster. Ze had twee beeldschone, gezonde dochters en een echtgenoot die van haar hield.

Toch miste ze Eve, haar kleintje, haar gekwebbel en haar warme hand in die van haar als ze naar de winkel liepen. Ze haatte de stilte in de lege kamers en het gebrek aan vorm op de dagen dat de meisjes naar school waren, en ze vond het moeilijk te accepteren dat de overweldigende emotionele intensiteit van het vroege moederschap voor altijd achter haar lag. Misschien moesten ze proberen nog een kind te krijgen. Ze was pas negenentwintig, er was genoeg tijd voor.

Toen bedacht ze dat de onverwachte nalatenschap van haar grootmoeder betekende dat ze ontzettend veel te doen had. Een flat die moest worden opgeruimd, een mysterieus huis in Sussex om naartoe te gaan. Dat vooruitzicht vrolijkte haar op. Ze nam haar glas water mee naar boven, kroop naast Robert in bed en viel in slaap.

De flat in Weybridge stond propvol donkere, zware meubels en souvenirs van Edith Fullers jaren als koloniale echtgenote: afbeeldingen van Old Delhi, een uit zwart hout gesneden figuurtje en, voor de open haard, de platte, versleten vacht van een of ander onfortuinlijk dier.

Rose begon met de kledingkast. Kleren waren zo persoonlijk, zo vol herinneringen aan de drager. Een wijnkleurige jas met bontkraag bracht haar terug naar een uitje naar Bushy Park in de herfst, toen haar dochters tussen de bomen hadden gerend en de herten in de verte niet meer dan schaduwen in de mist waren geweest en haar grootmoeder over safari's in Kenia had verteld. Een zijden sjaal van Liberty die naar Arpège rook, de parfum van haar oma, deed de tranen in haar ogen springen.

Ze had haar grootmoeder eigenlijk pas recent beter leren kennen. Edith en haar echtgenoot Cyril hadden in de kinderjaren van Rose in het buitenland gewoond: eerst in India en daarna, na de onafhankelijkheid, in Kenia. Er waren regelmatig, twee keer per maand, luchtpostbrieven bezorgd. Als haar grootouders naar Engeland kwamen logeerden ze in het huis in Weybridge, waar de vader van Rose nu nog woonde. Dan vlogen ze na een maand weer naar huis, terug naar Afrika, en zag Rose ze drie jaar later pas weer. Edith had na het overlijden van Cyril het huis in Nairobi verkocht en was teruggekomen naar Engeland. De moeder van Rose, Ediths dochter Louisa, was toen al ernstig ziek geweest en Rose en haar grootmoeder hadden elkaar zo veel ze konden gesteund in hun verdriet. Hoewel Edith nooit op zoek was geweest naar emotionele intimiteit en die ook niet had aangespoord, hadden ze van elkaar gehouden en elkaar gerespecteerd.

Rose trof in een lade allerlei schatten aan: een avondjapon van muntgroen satijn, tegen de vleug in geknipt; een paar lichtgrijze geitenleren handschoenen en een piepklein handtasje vol kraaltjes, dat ze apart legde om mee naar huis te nemen. De boeken van Dennis Wheatley en Eric Ambler, favoriete auteurs van haar grootmoeder, zou ze naar een tweedehands boekwinkel brengen. Ze legde een stuk of zes boeken over Indiase militaire geschiedenis apart; die zou haar schoonvader wel willen lezen.

Maar wat moest ze met die ivoren vogelkooi en de spectaculair lelijke olifantenklok waaraan haar grootmoeder zo verknocht was geweest? Of het crèmekleurige Wedgwood-servies en de theepot van Midwinter, waarover ze zich, hoewel hij heel mooi en kenmerkend voor haar grootmoeder was, alleen maar zorgen zou maken dat Katherine of Eve hem zou breken? Rose vroeg zich af of het huis in Sussex – Het Ei – net zo vol meubels en snuisterijen zou staan als de flat. Ze hoopte maar van niet. Aangezien het altijd was verhuurd, was de kans groot dat het vol oude kleden, banken en niet bij elkaar passende borden en bekers van de kringloop zou staan. Wat moest ze ermee doen, met die onverwachte nalatenschap? Robert ging ervan uit dat ze beide woningen zou verkopen zodra het geverifieerde afschrift van de notaris beschikbaar zou zijn. Maar Rose was er nog niet over uit.

Ze besloot verder te gaan met het kabinet van padoekhout. Het was een groot en log meubel, afgewerkt met krulwerk met bladgoud erop; er zaten onder en boven deuren en laden in en het middendeel was een secretaire.

Rose opende de kast, tuurde erin en bekeek de inhoud van de

kleine vakjes: een groene vulpen van Osmiroid, een flesje Quink en een stuk of zes potloden; een schaar en een rolletje Sellotape; facturen en rekeningen, samengebonden met elastiekjes.

Een piepklein handvatje van ivoor dat je gemakkelijk over het hoofd zou kunnen zien zat aan een laatje onder de vakjes. Ze trof er een map van kleinfolioformaat in aan met een kaft van oranje papier met gele en gouden vogeltjes erop. Ze maakte hem open en vond een handjevol foto's: een man met een tropenhelm op zijn hoofd die op een olifant zat; een baby met een piepklein gezichtje dat uit een kanten mutsje vol ruches piepte.

Iemand had op een witte correspondentiekaart met pen een cartoon getekend van een vrouw in een kuitlange jas met verlaagde taille, met een bontkraag en erboven een cloche. De hoed was laag over de ogen getrokken en ze paradeerde op hoge hakken over een trottoir. Rose draaide de kaart om. Op de achterkant stond geschreven: *Zie ik er niet helemaal dernier cri uit, schat? Het zou wel een stuk schelen als ik een hand voor ogen zou zien!* Hij was ondertekend met een initiaal: *S*.

Rose zette een kop Nescafé voor zichzelf, het favoriete warme drankje van haar grootmoeder. De lunch in haar flat was altijd vergezeld gegaan van oploskoffie uit een Minton-pot met een doos Meltis Newberry Fruits, ook een favoriet van haar grootmoeder, die Rose vaak als geschenk meenam. Edith vergastte haar kleindochter dan op verhalen over India en Afrika terwijl Rose probeerde te voorkomen dat Eve kostbare en breekbare objecten omstootte. De stem van Edith Fuller was helder en gebiedend geweest. Ze had zo leren spreken, nam Rose aan, toen ze wasmannen, huisknechten en schoonmaaksters moest aanspreken, bijkomstigheden van een ander en verdwenen leven.

Ze zette haar koffie op een bijzettafeltje en ging met de schrijfmap op de bank zitten. Er viel een foto uit, die ze van de vloer raapte. Het was een zwart-witfoto van twee jonge vrouwen. Beiden droegen vormeloze, kuitlange jassen met een ingewikkelde hoed van een of ander zwaar materiaal, misschien fluweel. Hoewel de foto vijftig of zestig jaar oud moest zijn, herkende Rose direct haar grootmoeder. Edith was op haar tachtigste lang en benig geweest, met een haakneus die uit een lang, smal gezicht met hoge jukbeenderen stak. Net zoals op de foto, hoewel de hoeken van neus en kaaklijn hier werden verzacht door de jeugd en Ediths haar donker en niet zilverkleurig was.

De jonge vrouw naast haar was kleiner en tengerder. Haar gelaatstrekken waren symmetrisch en aantrekkelijk, haar glimlach open en vriendelijk. Een kwastje hing zwierig over de rand van haar hoed en rustte op haar schouder, en ze had een hand opgestoken om een streng blond haar uit haar ogen te vegen die de wind in haar gezicht had geblazen.

Rose draaide de foto om en las de twee namen die in vervaagde inkt achterop stonden. *Edith* bevestigde wat ze al had gedacht: dat de langste van het tweetal haar grootmoeder was. De andere naam was *Sadie*. Rose bedacht dat dit misschien de S was die de schets op die correspondentiekaart had gemaakt.

Ze nam een paar slokjes koffie en bestudeerde de brieven in de schrijfmap. Toen ze er een openvouwde voelde ze nieuwsgierigheid, maar ook terughoudendheid omdat ze het gevoel had dat ze de privacy van haar grootmoeder schond. De brief was geschreven door ene Margery Burton, en hoewel het zogenaamd een vriendelijk briefje was, was het een smeekbede om geld. Er was ook een stapeltje brieven van Cyril, haar grootvader. Misschien waren het liefdesbrieven. Ze legde ze terzijde. Een andere collectie, met een roze lint eromheen, was van haar moeder, Louisa. Rose had thuis ook brieven van haar moeder, die ze haar had gestuurd toen Rose op kostschool en de universiteit had gezeten. Ze vroeg zich af of ze ooit in staat zou zijn om ze weer te lezen.

Ze dacht dat ze alle brieven uit de map had gepakt, maar toen zag ze nog een bundeltje, in een smal compartimentje in de map. Ze haalde het eruit, opende een envelop van zwaar, crèmekleurig papier, en las de naam onder aan de pagina.

Sadie. Dus deze brief was geschreven door de mooie, blonde Sadie van de foto. Het handschrift, hoewel in een ouderwetse stijl, was elegant en helder.

Rose begon te lezen:

> *Het is eenvoudigweg ondoenlijk om elke twee weken met Philip Sprott af te spreken, Edith. Dat zou veel te duur zijn, met zijn tarief en de treinrit naar Londen. En los daarvan voel ik me ondertussen weer uitstekend. Je hoeft je echt geen zorgen om me te maken.*

Er schemerde irritatie in de woorden door. In een andere brief, die Rose willekeurig uit de stapel pakte, schreef Sadie:

> *Ik kom van de vijfde tot de negende naar de stad. Schikt het als ik langskom? Ik heb Louisa al zo lang niet gezien. Is ze al thuis van kostschool?*

En, meer naar beneden op de pagina:

> *Het is zalig in Het Ei in deze tijd van het jaar, nu de teunisbloemen bloeien en de vogels er lustig op los zingen. Ik hoop echt dat je binnenkort bij me komt logeren.*

Dat was interessant. Dus Sadie had in Het Ei gewoond. De adresregel op de envelop bevestigde dat: *Het Ei, Paley High Wood, Nutcombe, Sussex*. Misschien dat Sadie een huurster van Edith was geweest. Of nee, want de toon van de brieven suggereerde een intiemere band dan dat. Misschien was Sadie een vriendin die een tijdje in het huis van Edith had gewoond.

Rose keek op haar horloge. Het was bijna kwart over drie; ze moest zo terug naar Walton-on-Thames om Katherine en Eve van school te halen. Ze maakte weer een net stapeltje van de brieven.

Een naam op de achterkant van een flinterdunne blauwe envelop ving haar blik: *Sadie Lawless.*

Rose fronste haar voorhoofd. De meisjesnaam van haar grootmoeder was Lawless. Was Sadie Lawless dan een nicht van Edith? Ze las snel de korte brief door. Toen las ze hem een tweede keer om zich ervan te verzekeren dat ze hem goed had begrepen.

Sadies brief vertelde haar twee dingen. Het eerste was dat Het Ei niet altijd van Edith was geweest. In de vroege jaren dertig was het van Sadie geweest. Die had het in – ze keek naar de datum – oktober 1934 aan Edith geschonken.

Sadie had geschreven:

Het Ei is nu van jou, Edith. Ik heb de papieren naar meneer Copeland gestuurd. Ik wil hier niet meer wonen. Het huis maakt me bang, en het was verkeerd van vader om het aan mij te geven. Dat zie ik nu in.

Toen Robert die nacht laat thuiskwam kroop hij naast haar in bed. Hij rook naar sigaretten en alcohol. 'Bij een klant,' mompelde hij toen ze vroeg waar hij was geweest. 'Tommy Henderson. Je weet wel, de eigenaar van Riley's in Gateshead. Saaie man.' Hij trok haar tegen zich aan, legde zijn hand op haar borst en viel direct, snurkend, in slaap.

Toen Rose de volgende ochtend nadat ze Katherine en Eve naar school had gebracht weer thuis was, betrapte ze zichzelf erop dat ze haar hand in de zakken van zijn regenjas stak, die aan de kapstok in de hal hing. Waar zocht ze naar? Geheimen. Iedereen had geheimen. Haar grootmoeder had een heleboel geheimen gehad. Misschien dat die van Robert verraden zouden worden door een briefje, rekening of zakdoek met lippenstift erop. Hij had een paar jaar daarvoor geflirt – hij had haar bezworen dat het niet meer dan geflirt was – met de vrouw van een vriend. Daar moest Rose nu aan denken. De late avonden, hoe afgeleid hij was geweest... Ze wist zeker dat er iets was wat hij haar niet vertelde.

Zijn zakken waren leeg. Ze duwde de gedachten uit haar hoofd, beschaamd. Wat was een huwelijk zonder vertrouwen? Robert had problemen op de zaak. Hij zou er wel uit komen; hij kwam er altijd uit. Ze moest hem vertrouwen.

Ze maalde wat koffie en zette de Cona aan, waarna ze aan tafel ging zitten met de oranje-gouden schrijfmap. Het was ergens de voorgaande nacht tot haar doorgedrongen dat haar grootmoeder had gewild dat ze Sadies brieven zou vinden. Edith had geprobeerd haar iets te vertellen of misschien had ze haar gevraagd iets te doen. Iets met het huis, en Sadie, haar zus.

De Cona stond te pruttelen terwijl Rose de brieven uit de map haalde en op tafel legde. Het waren er vijfentwintig, sommige geschreven op duur uitziend, zwaar, crèmekleurig papier, andere op veel dunner blauw of wit papier. Boven aan elke brief stond de datum. Ze was even bezig ze in de juiste volgorde te leggen, stond tussendoor op om de Cona en een mok te pakken en op tafel te zetten en zichzelf een kop koffie in te schenken.

Alle brieven waren in de eerste helft van de jaren dertig geschreven. De vroegste, van oktober 1930, was het korte, gepikeerde briefje dat Rose de dag ervoor in de flat van haar grootmoeder had gelezen. Edith had toen in Londen gewoond. De datum op Sadies laatste brief, die naar Ediths bungalow in Delhi was gestuurd, was van 15 oktober 1934. Er waren geen brieven van daarna. Waarom niet? Waarom had Sadie haar zus niet meer geschreven? Wat was er gebeurd?

Rose las de eerste brief nogmaals. Ze zag dat er een adres in Cambridge op stond.

Het is eenvoudigweg ondoenlijk om elke twee weken met Philip Sprott af te spreken, Edith. Dat zou veel te duur zijn, met zijn tarief en de treinrit naar Londen. En los daarvan voel ik me ondertussen weer uitstekend. Je hoeft je echt geen zorgen om me te maken.

Philip Sprott moest een arts zijn geweest. Sadie had een ziekte gehad, waarvoor ze naar dokter Sprott was geweest, die ze, in de dagen voordat het ziekenfonds had bestaan, zelf had moeten betalen. Rose las verder:

De familie Meyrick is zo geweldig vriendelijk. Toby heeft zijn werkkamer aan me afgestaan als logeerkamer en Constance laat me nergens mee helpen. Ik voel me echt stukken beter. Ik wandel elke middag rond Midsummer Common, weer of geen weer.

Er volgde een alinea over boeken die ze had gelezen en een muziekuitvoering waar ze was geweest. Toen, verder naar beneden in de tekst:

Mabel, Horace en Rosalind zijn natuurlijk allerliefste kinderen, maar ze staan je niet toe om ook maar één eigen gedachte af te maken. Niet dat ik recentelijk veel gedachten heb die de moeite zijn om af te maken, dat moet ik toegeven, maar ik weet zeker dat ik me weer als herboren zal voelen als ik eenmaal weer aan het werk ben. Denk alsjeblieft niet dat ik ben gevlucht. Ik ben aan een schema met stimulerende activiteiten aan het werken zodat ik geen kans krijg om te gaan malen. De nieuwe omgeving en een nieuwe manier van leven zullen me van mijn herinneringen afleiden.

Rose nam aan dat de herinneringen waarnaar Sadie verwees die aan de dood van haar ouders tijdens dat vliegtuigongeluk waren, slechts een jaar daarvoor. Ze had haar eigen moeder op haar twintigste verloren, wat een vreselijke klap was geweest, die een wond had achtergelaten waarvan ze dacht dat hij nooit zou helen. Aan de foto te zien was Sadie de jongste van de twee zussen. Een snelle rekensom – Edith was op haar tachtigste overleden – deed haar concluderen dat Sadies moeder waarschijnlijk ook was overleden toen Sadie in de twintig was. En ze had tijdens datzelfde gruwelijke vliegtuigongeluk ook haar vader verloren.

Rose las de tweede brief, die een week na de eerste was geschreven.

Nou, ik ben er eindelijk. Het Ei is helemaal ingericht en is vreselijk leuk geworden. Je had die arme mannen met mijn etspers moeten zien op dat modderige pad tussen de bomen door. Ze klaagden steen en been, dus ik heb ze thee en een groot stuk taart gegeven, waarvan hun humeur aanzienlijk opknapte.

Mevrouw Thomsett, van de winkel in Nutcombe, heeft me heel behulpzaam Boxells Garage gewezen, waar meneer Boxell zelf me heeft beloofd een tweedehands fiets voor me te gaan regelen. Weet je nog hoe betoverend het bos in de herfst is, Edith? Ik hoop dat je snel bij me op bezoek komt.

De telefoon ging, en Rose nam op. Het was Robert, die vroeg of hij wat gasten kon meenemen voor het avondeten. Ze stemde als vanzelfsprekend in en werd zich bewust van een gevoel van opluchting dat hij niet tot laat weg zou zijn die avond. Hij had het gewoon druk. Er was niets aan de hand.

Ze liep het huis uit om boodschappen te gaan doen. Ze overwoog terwijl ze de Mini in het centrum parkeerde verschillende menu's. Meloen als voorafje en crêpes suzette als dessert. Nee, geen crêpes; dat was te veel werk op het laatste moment. Taart met citroenschuim dan, die kon ze van tevoren maken. En als hoofdgerecht... geen boeuf bourguignon, daar had ze te weinig tijd voor. Moussaka? Nee, dat zag er zo rommelig uit. Ze besloot kip met sherryroomsaus te maken.

Nadat ze de winkels door was gerend voor alle ingrediënten ging Rose naar de bibliotheek. Ze zocht in alle Londense telefoonboeken naar Sadie Lawless, die ze nergens kon vinden, en toen ging ze op zoek naar Philip Sprott. Ze vermoedde dat hij een dure dokter in Londen was geweest, mogelijk met een praktijk in Harley Street.

Haar vingertop bleef even liggen bij de kolommen in het telefoonboek rond Harley Street. Geen Philip Sprott. Toen ze haar zoektocht uitbreidde zag ze de naam *Dr. P. Sprott* staan. Niet in Harley Street, maar in Handel Street, in Bloomsbury. Rose schreef het nummer op een stukje papier. Toen ze de bibliotheek verliet was het gaan regenen.

Terug thuis maakte ze de taart en zette hem in de koelkast om te rusten voordat ze naar Roberts werkkamer liep en het nummer in Handel Street draaide.

Een vrouw nam op. 'Goedemiddag, praktijk Handel Street.'

Rose vroeg naar dokter Philip Sprott. De receptioniste zei dat hij een patiënt had. Kon ze een boodschap aannemen?

Rose voelde zich heel ongemakkelijk toen ze uitlegde waar het om ging. Het klonk zelfs haarzelf raar in de oren. De vrouw aan de andere kant van de lijn leek het ook vreemd te vinden.

'1930? Dat is veertig jaar geleden. Zo lang bewaren we de dossiers niet.'

'Ik hoopte dat dokter Sprott zich haar misschien nog herinnert.'

'Ik denk echt niet dat...'

'Ik zou u ontzettend dankbaar zijn als u het zou willen vragen,' zei Rose gedecideerd. 'Mijn oudtante heette Sadie Lawless.' Ze herhaalde haar eigen naam en telefoonnummer en bedankte de receptioniste.

Nadat ze de meisjes naar bed had gebracht trok Rose een lange, zwarte, met zijde afgewerkte chiffonjurk met trompetmouwen en kraaltjes langs de v-hals aan. Ze borstelde haar lange, donkerbruine haar, dat sluik en recht over haar schouders viel, en werkte haar oogmake-up bij.

Waar bleef Robert? Ze keek op haar horloge. Half acht. De gasten zouden om acht uur arriveren. Ze keek uit het erkerraam naar buiten, maar zag alleen onbekende auto's door de straat rijden. Afval werd door de regen door de regengoten gestuwd.

De telefoon ging en ze rende naar beneden. Ze nam op in de veronderstelling dat het Robert zou zijn, maar ze hoorde een onbekende stem.

'Spreek ik met mevrouw Martineau?'

'Ja. Met wie spreek ik?'

'Met Philip Sprott. U heeft een bericht bij mijn receptioniste achtergelaten met een vraag over Sadie Lawless.'

Rose ging in Roberts leren stoel zitten. 'Wat fijn dat u terugbelt, dokter Sprott. Dat waardeer ik zeer. Ik heb u gebeld omdat Sadie Lawless een patiënte van u was. Ik vroeg me af of u haar zich nog kunt herinneren.'

'Jazeker. Toen Carol me uw bericht gaf, kwam alles weer

boven. Mag ik vragen waarom u in haar bent geïnteresseerd?'

'Ze is mijn oudtante. Ik heb pas een paar dagen geleden ontdekt dat ik haar achternichtje ben, nadat ik brieven van haar aan mijn overleden grootmoeder had gevonden. Ik probeer haar op te sporen. Als Sadie nog in leven is, wil ik haar laten weten dat haar zus is overleden. Ik kwam uw naam tegen in een van haar brieven.'

'Ik vrees dat ik u niet kan helpen.' Philip Sprott sprak met een lage, sonore stem. 'Het is decennia geleden dat ik voor het laatst contact met haar heb gehad. Maar sommige patiënten zijn opmerkelijk, en ik herinner me Sadie nog. Ze was energiek, intelligent en charmant. Maar beschadigd door haar verlies.'

Rose staarde naar de regen die buiten op de stoeptegels spatte. 'Vanwege de dood van haar ouders?'

Het was even stil, en toen zei Philip Sprott: 'Mevrouw Martineau, weet u dat ik psychiater ben?'

Psychiater? 'Nee, ik nam aan...'

'Ik werk nog parttime. Sadie was een van mijn eerste patiënten, toen ik nog een groentje was. Het is heel lang geleden, maar mijn zwijgplicht verjaart niet.'

'Dat begrijp ik, dokter Sprott.'

'Zei u net dat uw grootmoeder onlangs is overleden?'

'Inderdaad.'

'Gecondoleerd met uw verlies. Maar wat kan ik zeggen? Ik weet nog dat de relatie tussen Sadie en haar zus gecompliceerd was. Ze scheelden veel in leeftijd, ik geloof een jaar of tien.'

'En Sadie was de jongste.'

'Dat klopt. Ze is na een zenuwinzinking bij me gekomen. Haar verloofde had het uitgemaakt. De verbroken verloving, zo kort na het overlijden van haar ouders... de menselijke geest kan nu eenmaal maar een beperkte hoeveelheid traumatische ervaringen verwerken.' Er viel nog een stilte, en toen vervolgde Philip Sprott: 'Ik weet niet meer hoe die verloofde heette. Ik weet nog wel dat hij klonk als een ploert van het ergste soort. Hij was antiekhandelaar, maar dat is irrelevant. Sadie zelf was lerares.'

'En kunstenares.' Rose dacht aan de tweede brief: *Je had die arme mannen met mijn etspers moeten zien op dat modderige pad tussen de bomen door.*

'Ja.' Hij klonk geamuseerd. 'Sadie zat tijdens onze afspraken vaak te tekenen. Ze zei dat het haar ontspande. De open haard... of de platanen die ze door het raam zag. Soms tekende ze mij. Ze heeft me eens een schets gegeven. Ik denk dat ik hem nog wel ergens heb liggen. Ze is ongeveer een jaar bij me geweest, misschien anderhalf. Daarna heeft ze me nog een tijdje af en toe een ansichtkaart gestuurd, maar dat is gestopt. Ik nam aan dat ze verder was gegaan met haar leven. Het spijt me dat ik niets voor u kan doen, mevrouw Martineau.'

Rose hoorde de voordeur dichtslaan. Ze bedankte dokter Sprott en legde de hoorn op de haak.

Robert stond in de hal zijn regenjas uit te trekken. Er lagen druppels op de legergroene schouders.

'Wat ben je laat,' zei Rose terwijl ze zich naar hem toe haastte. 'Ze komen al over vijf minuten.'

'Dat weet ik.' Hij klonk geïrriteerd. Zijn toon veranderde. 'Sorry. Sorry, schatje. Het was een beetje... Mijn werk, dat snap je wel. We zijn het Gibson-contract kwijt.'

'O, Robert. Wat vreselijk.' Ze gaf hem een kus. 'Wat een teleurstelling.'

'Kansen genoeg.'

Maar zijn lichthartige woorden spraken zijn gezichtsuitdrukking tegen. Het was een angstige, bezorgde uitdrukking, die ineens weer weg was. Zo snel dat ze dacht dat ze het zich had ingebeeld.

'Wat is er aan de hand?' vroeg ze belangstellend. 'Je kunt het me vertellen, schat. Ik wil het weten.'

'Er is niets aan de hand. Ik ben gewoon moe.' Een glimlach die niet meer was dan een beweging van zijn lippen. 'Ik lust wel een borrel. Geef me een paar minuten, dan ga ik me even omkleden.'

De deurbel ging. Rose keek in de spiegel in de hal, toverde een glimlach op haar gezicht en deed de voordeur open.

'Hugh... Vivienne... Wat heerlijk om jullie te zien. Kom binnen.'

2

Sussex en Surrey – mei 1970

De Sussex High Weald was een glooiend heuvellandschap tussen Londen en de zuidkust van Engeland. Rose kon het zich nog van de aardrijkskundelessen op school herinneren, waarin ze de geografische details van de High Weald had ingekleurd: bruin voor de lager gelegen kleivalleien, oranje voor de hoge zandsteenrichels en blauw voor de rivieren die door diepe valleien met steile wanden stroomden.

De kaart lag uitgevouwen op de passagiersstoel naast haar en aan het dashboard van haar Mini zat het papier geplakt waarop ze de wegnummers en de namen van de stadjes en dorpen had geschreven waar ze doorheen moest rijden. De zware regenval van de vorige dag was gestopt en de zon scheen nu, maar de wegen lagen nog vol plassen. Ze voelde dat ze steeds vrolijker werd terwijl de auto door de heuvels en valleien reed, die groen aan het worden waren in het mooie meiweer. Toen ze het raampje opendraaide dreef de geur van de lente de auto binnen.

Ze parkeerde in de berm en stapte uit. Op de helling stonden bomen, en wilde hyacinten vormden een azuurblauw waas op de koperkleurige bodem eronder. Een stroompje snelde de steilte af naar een afvoer vol bruine bladeren. Rose at een appel en nam het schrille vogelgezang in zich op. Toen reed er een vrachtwagen voorbij, toeterend, en de mannen die erin zaten floten naar haar door het open raam. Ze stapte in haar auto en reed verder.

De wegen werden steeds smaller en bochtiger terwijl ze dieper het platteland in reed. Ze zag tussen de bomen een cottage met een rieten dak en een vijver, het blauw van de hemel gereflecteerd in het water. Het grijs van de winter begon plaats te maken voor wolken van bloesem in allerlei kleuren.

Het bos rond Het Ei heette Paley High Wood. Aangekomen in Nutcombe minderde Rose vaart om om zich heen te kijken. Een pub, een kruidenier, een wijkje met gemeentewoningen en bungalows van rode baksteen. Cottages stonden tussen een aantal grotere bouwwerken.

De weg langs de kerk was smal, net iets breder dan de Mini, en leidde een steile heuvel op. De boomtakken aan beide kanten van de weg groeiden steeds verder naar elkaar toe en de weg werd een donkere tunnel. Hier en daar schitterde fel zonlicht in verblindende luipaardvlekken door het bladerdak.

Ze zette de auto in een scherpe bocht in de weg op een met zand en steentjes geëgaliseerde vluchthaven ernaast. Ze stapte uit en tuurde tussen het struikgewas door. Was dit de plek die haar grootmoeder in haar brief had beschreven? Als dat zo was, waar was dat pad dan? Ze tuurde het bos in en zag in eerste instantie alleen bomen. Maar toen flikkerde er ineens iets wits, als een kiezelsteen op de bodem van een vijver.

Toen ze het bos in liep tikte een regen van druppels uit de struiken die langs het pad stonden. Nog meer regen drupte van de felgekleurde verse bladeren aan de bomen; op het pad lag een dikke laag modder. Ze was blij dat ze eraan had gedacht haar regenlaarzen mee te nemen. De vochtige, bruine bosgrond werd verlicht door kleine kluiten bloemen en ze zag een paadje: een donkere streep tussen de hoge bomen. Overal om haar heen klonk vogelgezang, en de tweetonige roep van een koekoek klonk steeds op een andere plek, onmogelijk te lokaliseren op een vast punt. Boven haar hoofd kruisten de boomtakken over elkaar heen, sommige vol bladeren, andere kaal en doorboord door stralen licht. De vochtige lucht leek gevangen tussen het bladerdak en de warme, natte grond.

De vlekjes wit smolten samen tot een huis: Ediths huis, ooit Sadies huis, en nu het hare. Hoewel er meer dan veertig jaar was verstreken sinds Edward Lawless zijn meesterwerken had ontworpen kwam het huis adembenemend modern over, heel uit de toon vallend in het eeuwenoude Engelse bos. Je zou het ontwerp eenvoudig kunnen nabouwen met een set kinderblokken: twee kubussen op elkaar als achterkant en een langwerpig blok dat er horizontaal voor lag. Het gladde betonnen exterieur maakte het geheel eivormig, kleiner dan ze zich had voorgesteld, en genesteld op een open plek.

Rose zag toen ze dichterbij kwam dat de twee platte daken vol dode bladeren lagen, alsof het bos zijn uiterste best deed de witte indringer uit te wissen. Ze liep om het pand heen. Een kant van het huis, bijna helemaal van glas, keek uit over een rechthoekig terras. Op de tegels lagen donkere poelen vol dode bladeren. Het leek erg optimistisch, dat terras. Had haar overgrootvader gedacht dat de bewoners van Het Ei er op tuinstoelen zouden gaan liggen zonnen? De bomen moesten flink gegroeid zijn sinds Edward Lawless het huis had laten bouwen, want het terras lag nu geheel in de schaduw.

Ze liep het terras over en tuurde het huis in. Haar reflectie in het raam werd vaag door de flikkerende beelden van de bomen, die dicht op elkaar stonden en het zonlicht deels afschermden. Schaduwen lagen als een deken over de vormen in het interieur: een bank, een tafel, een stoel.

De voordeur was aan de achterkant van het huis. Rose maakte hem open en liep naar binnen. Toen ze een schakelaar omzette werd een smalle gang verlicht, en ze keek met knipperende ogen om zich heen. De aardse geuren van het bos werden nu gemaskeerd door een muf aroma dat aan rommelmarkten en klam, oud linnengoed deed denken. Ze rilde. Het was koud in Het Ei; het huis was te lang onbewoond geweest.

Aan een kant van de gang waren drie deuren van fijn generfd, goudkleurig hout. De eerste kwam uit op een garderobe met houten jassenhaken en een hoge plank, ze nam aan voor hoeden en handschoenen. De tweede kwam uit in een kast, waar een bezem en een ladder stonden, en achter de derde was een toilet, waar een tot op de draad versleten handdoek aan een haakje hing en een flinterdun stukje groene Lifebuoy-zeep halfvergaan in een gootsteentje lag. Het kraantje drupte; ze probeerde het dicht te draaien maar het bleef lekken.

Achter in de gang leidde een doorgang aan haar linkerkant naar een compacte keuken die, nam Rose aan, met uitzondering van de koelkast en het gasfornuis nog in originele staat was. De gestroomlijnde, op maat gemaakte houten kasten en hoge, ronde ramen deden haar aan een scheepshut denken, alsof Het Ei door een waterbos zeilde.

Achter de keuken was een zitkamer, waar ze betoverd naar adem snakte. De schaduw die door de bomen door de enorme ramen naar binnen werd geworpen danste in het zonlicht dat op de licht gekleurde vloertegels scheen. Je kon in deze glinsterende, kubusvormige witte kamer in de warmte van de ijzeren houtkachel naar storm en regen zitten kijken. Als het warm was kon je de glazen deuren naar het terras opendoen en de koelte van het bos naar binnen laten drijven.

Rose stond bij het raam en stelde zich voor hoe het zou zijn om hier in de weekenden met Robert en de kinderen naartoe te gaan. Katherine en Eve zouden in bomen kunnen klimmen en hutten kunnen bouwen; ze zouden met het hele gezin gaan wandelen. Ze zouden blijven slapen en wakker worden in zonlicht en vogelgezang, wat zou dat magisch zijn! Ze zou de meubels vervangen – de gebloemde bank met bijpassende leunstoel en de goedkope grenenhouten boekenkast, buffetkast en tafel die vast van Ediths laatste huurder, meneer Manners, waren geweest – door stukken die een uiting waren van de modernistische wortels van Het Ei.

Ze keek in alle kasten in de zitkamer en keuken en vond enkel een legpuzzel, een mok met vlekken erin, een pakje thee, een bus Vim en een stijf geworden, grijze dweil. Ze wist niet wat ze had gehoopt te vinden, misschien een spoor van Sadie, een aanwijzing die haar zou vertellen waarom ze dit huis was ontvlucht en het aan Edith had gegeven. Maar dit was geen plek waar je geheimen kon bewaren. Het was klein van formaat en bijna kloosterachtig eenvoudig en stond geen rommel toe, laat staan verborgen kistjes met liefdesbrieven of een geheim dagboek dat onder een vloerplank lag verstopt. Er waren geen donkere hoekjes; alles baadde in licht.

Ze liep de trap op. Op de kleinere bovenverdieping trof ze twee slaapkamers en een badkamer aan. De tweede slaapkamer, aan de achterkant van het huis, was helemaal leeg. Een aantal vliegen had er het leven gelaten en lag als een handjevol krenten op de vensterbank. Ze keek uit het raam en zag een langwerpige plaat beton – ze nam aan dat het een septic tank was – en een stukje verderop een pad dat de heuvel af liep.

In de grootste slaapkamer stond een bed zonder lakens of dekens, met een matras erop met een deuk erin die de herinnering aan de huurder van haar grootmoeder nog in zich droeg. De kamer was op hetzelfde niveau als de onderste takken van de bomen. Rose vroeg zich af of dat de reden was dat haar grootvader het huis Het Ei had genoemd: niet vanwege de eivorm, maar vanwege de manier waarop het kwetsbaar in de bomen leek te nestelen.

Hoge ramen keken uit op het laagste van de twee platte daken. Misschien dat Sadie het bij mooi weer als zonneterras had gebruikt. Rose stelde zich voor hoe ze het raam zou hebben geopend en erop zou zijn gestapt om er te zonnen op een op het asfalt uitgerolde deken, met een cocktail in de hand en gekleed in een keurig jarendertigzwempak, muntgroen, of knalroze. Zou Sadie Lawless het soort vrouw zijn geweest dat een knalroze zwempak zou aantrekken?

Ze kon Het Ei niet verkopen. Het huis was onderdeel van haar familiegeschiedenis, haar nalatenschap. Sadie moest hier haar toevlucht hebben gezocht van de rampspoed die haar leven in zijn greep had: het vliegtuigongeluk dat haar haar ouders had afgenomen en het verraad van haar verloofde. Toch had ze het vier jaar later de rug toegekeerd. *Het Ei is nu van jou, Edith*, had Sadie geschreven. *Ik heb de papieren naar meneer Copeland gestuurd. Ik wil hier niet meer wonen. Het huis maakt me bang, en het was verkeerd van vader om het aan mij te geven. Dat zie ik nu in*. Er klonk angst in die woorden, maar ook schuldgevoel. Wat zou Sadie zo bang hebben gemaakt dat ze het huis aan Edith had gegeven? Misschien de eenzaamheid en geïsoleerdheid van de plek. En het gevoel dat je werd bekeken terwijl je achter die muur van glas woonde.

Rose liep naar beneden. Na een tijdje morrelen lukte het haar om het slot van de glazen deuren in de zitkamer open te krijgen, en ze liep het terras op. Je kon hier geen andere huizen zien, geen wegen, winkels, dorpjes of andere signalen van de twintigste-eeuwse beschaving. In plaats daarvan zag ze een leger van bomen de helling af lopen. Zonlicht scheen tussen de takken door. Rose sleepte de leunstoel uit de zitkamer naar buiten – de tegels waren te nat om op te zitten – en genoot van de warmte terwijl ze haar boterhammen opat en koffie uit haar thermosfles dronk. Ze voelde zich zorgeloos, alsof ze op vakantie was, of weer studente, zonder verantwoordelijkheden.

Toen dwaalde haar geest terug naar de gebeurtenissen van de avond ervoor, en ze voelde weer datzelfde ongemak. Ze zou die plotselinge flits van angst die ze in Roberts ogen had gezien graag vergeten, maar dat lukte niet. Robert was een optimist. Zijn zelfvertrouwen kende geen grenzen. Gebeurtenissen waar zij gedeprimeerd van raakte deerden hem niet. Hij zag problemen op zijn werk als uitdagingen en genoot van het gevecht om ze op te lossen.

Hij werkte vandaag op het vliegveld. Het lag in een open gebied vlak bij Weybridge. Rose bedacht dat ze er even heen zou rijden om hem te zien nadat ze de meisjes uit school had gehaald. Toen Katherine en Eve nog niet naar school gingen had ze dat heel vaak gedaan, en dan gingen ze naar een pub met een tuin. Ze zou niet gaan om hem te controleren, niet echt. Misschien moest ze niet gaan; misschien was het achterbaks om dat te doen. Maar ze wist dat ze het toch zou doen.

Ze liep het terras af en het bos in naar het pad dat ze vanaf de bovenverdieping van het huis had gezien. Bramen en onkruid groeiden alle kanten op langs de hoge wanden van aarde langs het pad. Het lag een stuk lager dan het land eromheen, alsof het door eeuwen gebruik was uitgesleten in de grond. Water stroomde over de stenen en het zand; de regen van de avond ervoor zocht zijn weg naar de vallei. Toen Rose achteromkeek zag ze stukjes van de witte muren van Het Ei tussen de boomstammen door.

Ze wilde het andere huis van Edward Lawless, De Meeuwenvleugel, dat boven op de richel stond, ook zien. Ze klom steeds hoger, waar de loofbomen plaatsmaakten voor coniferen, heel hoge, zwartgroen en dicht op elkaar. De droge aarde eronder stond weinig andere planten toe tot bloei te komen en ze ademde de harsachtige geur in hun schaduw in.

De weg werd zichtbaar door een wirwar van droge, stekelige takken. Nu ze het bos uit klom voelde het alsof ze uit een grot kwam, en ze had even nodig om te bepalen waar ze was. Aan de andere kant van de weg stond een lange, hoge muur van bakstenen. Rose liep erlangs en kwam uit bij een hek van smeedijzer. Een in de muur gemetseld naambord vertelde haar dat ze De Meeuwenvleugel had gevonden.

Waar Het Ei charmant was, was De Meeuwenvleugel imposant. Dit huis had niets van de ingetogenheid van Het Ei. Het was vier of vijf keer zo groot en een symfonie van glas, hout en tegels die de visie van Edward Lawless met een sterke en assertieve stem verkondigden. De voorgevel was bijna helemaal van glas en het dak werd gestut door lichtgekleurde, slanke pilaren die Rose aan een Griekse tempel deden denken.

Een ketting met een hangslot bond het hek aan een paal. Tussen de ijzeren hekspijlen door zag de voordeur er ondoordringbaar, defensief uit, enkel onderbroken door een klein, vierkant raampje op ooghoogte. Gordijnen waren langs de hele glazen voorgevel dichtgetrokken. Nu ze beter keek zag Rose iets bewegen.

'Pas maar op, anders laat ze de honden los.'

Rose draaide zich geschrokken om. Achter haar kwam een meisje op een fiets tot stilstand. Het was een tiener met een gestreept katoenen schooluniform, blond haar in staarten en een roze ziekenfondsbril. Ze zette haar fiets tegen de muur en haalde een tas boodschappen uit de mand aan het stuur.

Rose begroette haar. 'Ken je de mensen die er wonen?'

'Mevrouw Chiverton woont alleen.' Het meisje zette de tas tegen het hek. 'Ik doe haar boodschappen. Ze praat met niemand. Als ze iemand ziet, laat ze de honden los.' Het meisje stapte weer op haar fiets. 'Nou, dan ga ik maar. Dag,' riep ze terwijl ze de heuvel af reed.

De voordeur van De Meeuwenvleugel ging open en twee roodbruine honden renden het pad over en sprongen blaffend tegen het hek. Rose deinsde terug. De honden bleven blaffen terwijl ze over de weg terugliep naar het bospad. Toen ze het verlaagde pad insloeg werden ze weer stil.

Ze was op een paar meter afstand van Het Ei toen een straal zonlicht iets op de bosgrond deed glinsteren: misschien een scherf glas, of een munt. Ze porde met een stok in de grond. De dode bladeren en bovenste aardlaag waren hier weggespoeld in de regenbui van de vorige avond, waardoor de lichtere, zanderige grond eronder zichtbaar was geworden.

Rose zakte door haar knieën en peuterde een klompje uit de grond. Toen ze de aarde eraf veegde werd de metaalglans helderder en de vorm van het object duidelijker.

Ze zag dat ze een ring had gevonden. Vol aarde zag hij er weinig indrukwekkend uit, vast een goedkoop prul van Woolworth. Ze nam hem mee het huis in en spoelde hem onder de kraan in het toilet schoon.

Toen ze hem had schoongespoeld en met haar chiffonsjaaltje had opgepoetst begon hij te glanzen, imposant en onmiskenbaar. Hij was niet nep. Ze had vlak bij Het Ei een gouden ring tussen de dode bladeren gevonden. Ze bestudeerde hem nauwkeurig in het licht in de gang. Vierkante steentjes die groene vlammen spuwden vormden een kriskraspatroon op de bovenkant van de ring, die verder was ingelegd met zwarte edelstenen. Ze draaide hem om in het licht.

Ze zag dat er iets in stond gegraveerd. Ze hield hem omhoog en las met gefronst voorhoofd de ouderwetse letters: 'K HEB U LIEF MIJN HARTENDIEF.

Het was een poëziering. Wat een schat om op een zonnige middag te vinden, bedacht ze terwijl ze hem in het ritsvakje in haar handtas deed en haar spullen pakte voordat ze Het Ei verliet.

Een herinnering schoot door haar hoofd terwijl ze terugliep over het pad. Philip Sprott had haar verteld dat Sadie verloofd was geweest met een antiekhandelaar. De ring die ze had gevonden leek erg oud. Misschien was hij wel van Sadie geweest. Misschien was hij aan haar gegeven door de verloofde die haar in de steek had gelaten en was ze hem hier verloren, veertig jaar daarvoor.

Nadat ze de meisjes bij een vriendinnetje had opgehaald, reed Rose met ze naar het vliegveld.

Robert had Martineau Aviation op haar naam gezet, wat haar een beetje een eigenaarsgevoel gaf. Toen ze erop had gestaan naar de eerste bestuursvergadering te komen had hij gezegd dat dat nergens voor nodig was en dat ze alleen vanwege de belasting in naam eigenaar was, wat haar vastberadenheid om erbij te zijn alleen maar sterker had gemaakt.

Ze vond het leuk op het vliegveld en keek graag naar de vliegtuigen – twee Douglas DC-3's en een dikbuikige Armstrong Whitworth Argosy – als ze over de landingsbaan taxieden voordat ze genoeg snelheid hadden om elegant de lucht in te bewegen. Hoewel ze verstand had van de wetenschap van het vliegen – haar vader had bij de RAF gediend – bleef het magisch, dat moment dat een vliegtuig loskwam van het asfalt.

Het bestuur was klein, alleen zij en Robert, die tevens secretaris van het bedrijf was, en Roberts accountant, Clive Miller. Clives brede revers, krijtstreeppakken, hippe overhemden, hangsnor en vlotte babbel gaven hem de uitstraling, vond Rose, van een handelaar in tweedehands auto's. Robert leidde de vergaderingen efficiënt. Zijn secretaresse, Lucy Holbrook, een vriendelijke vrouw van ongeveer dezelfde leeftijd als Rose, notuleerde.

Tijdens de laatste vergadering was de manager Operations, Ted Wilkinson, aangeschoven. Hij was na de bijeenkomst, toen ze het kantoorgedeelte uit liep, achter haar aan gekomen. 'U hoeft uw tijd niet te verdoen met die saaie vergaderingen, mevrouw Martineau,' had hij tegen haar gefleemd, de spot in zijn ogen zichtbaar. 'Zo'n mooi vrouwtje als u. U gaat toch veel liever winkelen of tennissen, of wat het ook is dat vrouwtjes als u doen om de dag door te komen.' Tegen de tijd dat ze op een passend weerwoord was gekomen, was Wilkinson al weggelopen.

Rose parkeerde nu vlak bij het kantoor. De oranje windvaan schoot omhoog en flapperde heen en weer; het vliegveld lag op een heuvel en er stond altijd wind. Ze leidde de meisjes over de landingsbaan. Ze bleven staan om een vliegtuig te zien landen.

De deur van het kantoor ging open en Dan Falconer, de assistent van Wilkinson en sinds kort in dienst, kwam naar buiten. De wind greep zijn blonde, licht krullende haar.

'Hallo, Dan.'

'Goedemiddag, mevrouw Martineau.' Hij wendde zich tot de meisjes. 'Dag, meiden.'

'Dit zijn Katherine en Eve. Zeg eens gedag, meisjes.'

Katherine stond nog met half samengeknepen oogleden de lucht in te staren. 'Het is de Argosy.'

'Goed gezien,' zei Dan. 'Hij is tien minuten te vroeg. Wind mee, de hele weg terug van Marseille.'

'Toen ik in een vliegtuig zat,' zei Eve, 'vlogen we boven de wolken.'

'Je hebt nog nooit gevlogen,' zei Katherine smalend.

'Wel net alsof. Ik heb gedaan alsof ik in een vliegtuig zat. Alsof ik naar Bournemouth ging.'

Dan beende weg. Rose onderdrukte een golf van irritatie terwijl ze zijn lange figuur over de landingsbaan zag bewegen. Dan Falconer zou zijn tijd wel te kostbaar vinden om te verdoen aan een huisvrouw als zij. De meisjes stonden te ruziën; ze pakte ze bij de hand en leidde ze het pand in.

Dan stond langs de landingsbaan en keek toe terwijl het vliegtuig landde. Hij was naar buiten gelopen om van Ted Wilkinson af te zijn, zijn directe leidinggevende, die ruzie aan het zoeken was. Wilkinson had hem opgedragen zes opdrachten weg te schrijven en Dan had hem erop gewezen dat ze niet correct waren begroot, en toen had Wilkinson hem uitgemaakt voor arrogante hufter. De monteurs, Max en Gareth, die allebei binnen gehoorsafstand aan het werk waren, hadden zich over hun taak gebogen en oogcontact vermeden.

Dan werkte sinds vier maanden bij Martineau Aviation. Het had een leuk bedrijfje kunnen zijn, ware het niet dat de manager Operations een luie en destructieve dronkenlap was en dat de eigenaar, Robert Martineau, niet echt in vliegtuigen was geïnteresseerd. Dan kende het soort: de zakenman die een nieuw bedrijf aankoopt om zijn portfolio mee uit te breiden, of iets van dien aard. Zo werkte het niet in de luchtvaart. Je moest erom geven, je moest verzot zijn op vliegtuigen en alles wat daarbij kwam kijken. De luchtvaart brak veel vaker harten en geesten dan er mensen rijk van werden. Martineau had het bedrijf goedkoop kunnen kopen omdat het verlies leed. Achttien maanden later was dat nog steeds het geval.

Nadat hij was afgestudeerd was Dan bij een klein bedrijf gaan werken dat auto-onderdelen maakte. Daarna was hij aan de slag gegaan bij een luchtvrachtbedrijf in Cardiff. Goederentransport was risicovol en onbetrouwbaar. Er werd gewerkt met minimale marges en het werd heel eenvoudig verlieslijdend als je niet zorgde dat het vliegtuig zowel heen als terug vol was. Er kon van alles gebeuren wat tot verlies leidde, dingen waar je geen controle over had: stakingen, ongelukken of slechte weersomstandigheden. Toch had de luchtvracht hem, totaal onverwacht maar heel snel en intens, gegrepen. Het had even geduurd voordat hij zijn obsessie kon accepteren. Het was een afdwaling, een rotsachtig eiland in een zee van redelijkheid.

Het bedrijf in Cardiff was failliet gegaan toen een Carvair die bij slecht zicht in Rotterdam was geland van de landingsbaan was geraakt en tegen een dijk was geploegd. De hele vijfkoppige bemanning was omgekomen. Hoewel het bedrijf nog even had doorgemodderd, was het een teken aan de wand geweest, en Dan was het land door gereisd om bij Martineau Aviation te kunnen gaan werken.

Hij was aangesteld als assistent van de manager Operations. Ted Wilkinson – geboren in een arbeiderswoning in Wakefield,

‘Er is me nooit iets in de schoot geworpen, knul’ – maakte het Dan – een gymnasiast met een universitaire opleiding – meteen duidelijk dat hij hem minachtte. Zijn eerste week bij Martineau Aviation kreeg hij thee met zout geserveerd, werden er obscene afbeeldingen aan zijn bureau geplakt op de dag dat de baas en zijn vrouw voor een rondleiding kwamen en werd er motorolie over zijn jas gegoten. Maar hij had zijn hele leven nog nooit iets opgegeven als hij het echt wilde, en Dan was uit op de baan van Wilkinson. Wilkinson was een zware drinker, een leugenaar en een bullebak, en hij zou vroeg of laat zo ernstig de mist in gaan dat zelfs Martineau het zou opmerken.

De Argosy taxiede over de landingsbaan. Dans gedachten dwaalden naar Rose Martineau. Ze was een aantrekkelijke vrouw, een van de trofeeën van Martineau. Haar slanke lichaam, gekleed in een spijkerbroek met T-shirt, en haar lange, steile, donkere haar, dat was gevangen in de wind, hadden Dans aandacht getrokken toen hij het kantoor uit was gelopen. Sinds hij voor het bedrijf werkte was het hem gaan opvallen dat Martineau en zijn accountant allerlei trucjes uithaalden om minder belasting te hoeven betalen. Slim zakendoen, zou je het kunnen noemen. Of corruptie. Rose was een van hen. Martineau had zijn vrouw in het bestuur geplaatst om belasting te ontduiken. Dan vroeg zich af of ze wist dat ze werd misbruikt.

Het was nu vrijdag, en normaal gesproken sprak hij dan met Celia af, maar haar zus was vandaag jarig, dus hadden ze hun afspraakje verzet naar zaterdag. Ze zouden in een restaurant in Kew gaan eten en daarna naar een Hammer-horrorfilm gaan. Dan vond horrorfilms belachelijk, maar Celia had er een zwak voor.

Toen Robert de voordeur opendeed zei Rose nogmaals: ‘Het is zo’n verrassend huisje. Ontzettend bijzonder, Robert. Je moet echt komen kijken. We kunnen er met z’n allen een weekend naartoe.’

Ze keek naar hem en merkte op dat hij nauwelijks reageerde. Ze had op het vliegveld de meisjes bij Lucy Holbrook achtergelaten voordat ze naar zijn kantoortje was gelopen, had aangeklopt en was naar binnen gegaan. Hij had geschrokken opgekeken en in de telefoon gezegd: 'Ik moet ophangen,' waarna hij de hoorn op de haak had gelegd. Rose vroeg zich af wie hij aan de telefoon had gehad. En waarom hij zo plotseling had opgehangen.

Ze liepen het huis in. Katherine en Eve gooiden hun tassen en schoolblazer op de vloer. Rose wilde ze net helpen herinneren dat ze die moesten opruimen toen Robert op zachte, dringende toon zei: 'We moeten praten, Rose. Niet met de meisjes erbij. Vanavond, als ze in bed liggen.'

'Waarover?' Ze voelde een steek van angst. 'Waarover moeten we praten?'

Hij schudde zijn hoofd. 'Niet nu. Vanavond.'

Toen Rose Eve uit bad tilde en een handdoek om haar heen sloeg werd ze overweldigd door het gevoel dat Robert een verhouding had. Dat zou uitleggen waarom hij vaak zo laat uit zijn werk kwam, waarom hij zo afgeleid was en waarom hij dat telefoongesprek vanmiddag zo plotseling had afgebroken toen ze zijn kantoor binnen was komen lopen. Als ze nu terugdacht aan hoe hij zijn hand over het onderste deel van de hoorn had geslagen om de stem van de spreker aan de andere kant te verhullen voelde het gebaar als een waarschuwing, iets wat gevaar aangaf. Met wie ging hij naar bed? Met een klant... of met Lucy Holbrook, zijn secretaresse? Lucy was een aantrekkelijke vrouw. En heel wat mannen gingen met hun secretaresse naar bed.

Ze trok Eve tegen zich aan en drukte haar gezicht tegen haar bolle lijfje. Nee, dat zou hij nooit doen; wat erg, dat ze dat over hem dacht. Maar wat was er dan aan de hand? Schulden... onregelmatigheden... Ze dacht aan Clive en hoe die altijd plannen bekokstoofde om de belasting te ontduiken.

'Borrel?'

'Nee, dank je. Waar wilde je het over hebben?'

'Ik weet niet waar ik moet beginnen.' Zijn starende blik rustte op haar. 'Rose... Er gaat iets ergs gebeuren.'

'Wat?' vroeg ze. 'Vertel. Je maakt me bang.'

'Er gaan dingen over me worden gezegd in de pers.'

'Dingen?' vroeg ze op vlakke toon.

'Zondag al.'

'Zondag al?' Ze kon door de shock niets anders dan onnozel zijn woorden herhalen.

'Ja. Dus je moet het weten.'

'Wat voor dingen?'

'Over mijn privéleven. Er is natuurlijk niets van waar.'

'Wat is niet waar? Robert, wat is er aan de hand?'

'Er komt een artikel in de krant waarin staat dat ik tot een groep mannen behoor die worden geassocieerd met een callgirl.' Kille woede droop van zijn stem.

'Wat? Dat is belachelijk.' Het was zo ridicuul dat ze bijna opluchting voelde. 'Waarom denken ze dat?'

'Ze vergissen zich. Een aantal van die mannen is met me bevriend. Iemand moet mijn naam hebben laten vallen...' Hij perste zijn lippen op elkaar. 'Per abuis.'

'Welke vrienden?'

'Johnny... Het wordt vanwege Johnny breed uitgemeten in de pers. Ik word als kleine speler genoemd, als voetnoot.'

Robert en Johnny Pakenham waren op school beste vrienden geweest. Johnny had op zijn eenentwintigste een zetel in het House of Lords en een verwaarloosd landgoed in Wiltshire geërfd. Losbandig, impulsief, decadent; bevriend met popsterren, actrices en politici; organisator van drugsoverladen feesten die drie dagen en nachten duurden. De pers was verzot op Johnny Pakenham. Hij was lang en elegant slungelig en had eenzelfde panterachtige bouw als Mick Jagger.

Rose had haar best gedaan Johnny aardig te vinden omdat hij een van Roberts oudste vrienden was en getuige op hun huwelijk was geweest. Hoewel hij altijd charmant tegen haar was, voelde ze dat hij haar niet interessant vond. Ze vermoedde dat hij haar best mooi vond, maar te conventioneel, te saai. Als hij naar haar keek krulden zijn rode lippen geamuseerd omhoog en zag ze de minachting in zijn lichtblauwe ogen. Het zou haar niet verbazen als Johnny voor de grap Roberts naam aan de pers zou geven.

Ze zei: 'Dat meisje...'

'Het is een goedkope hoer. Je kent het type wel.'

Dat kende ze niet. Zulke mensen leefden in een andere wereld. Ze keek hem geconcentreerd aan. 'Ken je haar?'

'Absoluut niet.' Een verzuurd lachje. 'Misschien dat onze paden een keer zijn gekruist. Misschien dat ik haar ooit een keer heb gezien, maar als dat zo is, kan ik het me niet herinneren.'

'Hoe heet ze?'

'Rose, het maakt niet uit hoe ze heet.'

'Ik ga er hoe dan ook snel genoeg achter komen, toch?'

Hij zei met tegenzin: 'Ze heet Debra Peters.'

Dat ze nu haar naam wist maakte het erger. Het maakte het echt. 'Je zei dat je haar misschien hebt ontmoet. Waar, Robert?'

Hij maakte een handgebaar, zijn handpalmen omhoog gedraaid. 'Ik moet soms met klanten naar een nachtclub. Ze was gastvrouw in een nachtclub voordat ze...' Zijn mond verwrong. 'Voordat ze aan een lucratievere carrière is begonnen.'

'Niet het soort nachtclub waar wij samen naartoe gaan, neem ik aan.'

'Kijk niet zo naar me. Doe niet zo... veroordelend, Rose. Luister. Ik heb soms gewoon te maken met klanten die ik voor een goede prijs wil binnenhalen. Of ik wil materiaal in het noorden kopen, in Bolton, of Bradford. Dan bied je zulke mannen een avondje uit aan en die willen dan iets wat ze niet kennen van thuis. Een beetje spanning, liefst zo louche mogelijk. Dus dan neem ik ze mee naar Soho en soms betekent dat dat we naar een stripclub gaan. Het spijt me verschrikkelijk dat mijn wereld niet zo keurig netjes is als de jouwe, maar zo is het nu eenmaal.' Hij ging zachter praten. 'Sorry. Het is niet jouw schuld. Maar het stelt echt niets voor.'

Was dat zo? Ze wist het niet. Ze dacht even na, beet op haar onderlip. 'Je moet vertellen dat het een vergissing is. Dat moet je aan de pers vertellen.'

'Dat heb ik gedaan.'
'En wat zeiden ze?'
'Zo werkt dat niet. Als ze lucht krijgen van een gerucht, maken ze er een heel schandaal van.'
'In welke krant komt het?'
'*News of the World.*' Hij draaide het laatste beetje whisky in zijn glas rond en dronk het leeg. 'Daar werken de ergste paparazzi. Ze handelen in obscene vunzigheid en zijn niet geïnteresseerd in de waarheid.'
'En zij gaan... wat zeggen? Dat je met die vrouw naar bed bent geweest?' Ze hoorde haar stem hoger worden, ongecontroleerd uitschieten.
'Ja.' Zijn gezicht had een donkere, rode kleur. 'En andere dingen. Smerige dingen.'
Het was onmogelijk te geloven dat er over een paar dagen een artikel in een landelijke krant zou staan waarin Robert ervan werd beschuldigd dat hij zich had ingelaten met een callgirl. Iedereen zou erachter komen. Hun vrienden... familie... Roberts ouders, haar vader. Ze was niet kwaad, enkel verbijsterd. Hoe kon dit zijn gebeurd?
Hij trok haar tegen zich aan, sloeg zijn armen om haar heen. 'Schatje, het spijt me zo. Ik heb er alles aan gedaan om te proberen je dit te besparen. Ik dacht dat ik het de kop kon indrukken, maar het ziet ernaar uit dat die schoften vastbesloten zijn het verhaal te publiceren.'
Ze voelde een golf van medeleven met hem door zich heen gaan. 'Ik vind het zo naar, zo vreselijk naar voor jou.'
Hij streelde haar haar en ze zoenden. 'Ik zal even een borrel voor je inschenken,' zei hij. Hij schonk een glas whisky voor haar in.
Ze lachte kort. 'Het komt door Johnny. Je wordt veroordeeld omdat je zijn vriend bent.'
'Dat klopt.'
'Hoe lang weet je het al?'
Hij deed wat water bij haar whisky en gaf haar het glas. 'Ze

hebben me vanmiddag gebeld om te vertellen dat het zondag in de krant komt.'

Ze bestudeerde hem. 'Maar je was al langer op de hoogte, hè?'

'Ik weet het sinds een paar weken.'

Ze werd ineens misselijk. Ze ging bijna over haar nek bij de gedachte dat ze de schol, die crèmekleurig en glanzend op een bord op het aanrecht lag te wachten, nog moest bakken.

'Ik wilde je niet onnodig bezorgd maken.' Hij maakte een blikje olijven open. 'Ik hoopte dat het zou overwaaien.'

Rose zag ineens een raar beeld voor zich van een koude wind die door Walton-on-Thames raasde en snoeppapiertjes en sigarettenpakjes met zich meenam. Haar gezinnetje, waarvan ze had gedacht dat het veilig was, werd ook meegezogen in de vortex. Het kwetste haar dat hij het haar niet had verteld, dat hij het niet met haar had gedeeld. Het deed meer pijn dan de gedachte dat hun namen in de kranten zouden staan.

Ze nam een slok whisky. 'Ik dacht dat we alles met elkaar deelden.'

'Rose, alsjeblieft. Probeer het te begrijpen... Ik wist niet wat ik moest.'

'Misschien dat ze – dat meisje – je met iemand anders verwart.'

'Dat zou kunnen. Ik beloof je dat ik het ga oplossen. Het zal een tijdje heel vervelend worden en dan vergeet iedereen het. Maar voordat het ontploft wil ik dat je even weggaat met Katherine en Eve. Naar mijn ouders of je vader, een van die twee.'

Ze schudde haar hoofd. 'Nee, dat wil ik niet.'

'Rose, Rose, begrijp het nou!' Zijn blik was verwilderd. 'De komende dagen worden een hel. Verslaggevers voor de deur, een heleboel onrust en onze privacy die wordt geschonden. Als zoiets als dit gebeurt ziet de pers iedereen als prooi, jou ook. Zodra het volgende schandaal zich aandient vergeet iedereen dit en laten ze ons weer met rust, maar het is echt beter als je een tijdje weggaat met de meisjes.'

'We blijven hier.' Ze zette haar glas neer en pakte zijn handen. 'We blijven samen, wat er ook gebeurt. Hoe kun je ook maar denken dat ik je in de steek zou laten om dit in je eentje aan te gaan? We zijn een gezin. En wat zou iedereen denken als ik weg zou gaan? Als we de indruk wekken dat we niet meer onder één dak wonen?'

Zijn wenkbrauwen zakten naar beneden en hij kreunde laag. 'Ja. Ja, ik denk dat je gelijk hebt.'

Ze omhelsden elkaar. De zijkant van zijn kaak, ruw van de stoppels, bewoog over haar kruin. Zijn armen waren strak om haar heen en ze voelde zijn hartslag door zijn overhemd heen krachtig en regelmatig kloppen.

'Mijn god,' mompelde hij. 'Wat een nachtmerrie.'

'Kan Neil niet met ze gaan praten?' Neil Whittaker was Roberts advocaat. 'Kan hij niet dreigen met een rechtszaak? Robert, dit is toch laster? Daar moet Neil toch wat tegen kunnen doen?'

Zijn handen gleden van haar af; hij wendde zich af. 'Ik heb al met Neil gepraat.'

'En?'

'Hij heeft het geprobeerd, maar is niets opgeschoten. Hij adviseert dat we het even afwachten, in ieder geval om te beginnen.' Zijn stem klonk vlak.

Neil was een goede advocaat, eerlijk en rechtdoorzee. Rose begreep niet waarom Neil niet wilde handelen. Dat Robert het met zijn advocaat had besproken voordat hij het haar had verteld maakte de pijn die ze al voelde nog veel erger. Ze dacht terug aan haar recente ontevredenheid over het leven, haar verveling en rusteloosheid, en zag nu in hoe dom dat was geweest. Ze zou er nu alles voor overhebben om terug te zijn in de bekende routine. De aangename uren die ze die ochtend op ontdekkingstocht in en rond Het Ei had doorgebracht voelden nu als een vage herinnering.

3

Surrey – mei-juni 1970

De schrille toon van de deurbel sneed door de zondagse stilte en rukte Rose uit haar slaap. Zo te zien was Robert al een tijdje op, want hij stond bij het raam, aangekleed in een donkere broek met een fris, wit overhemd.

'Wie is dat?' vroeg ze slaperig.

'Een verslaggever.'

Rose ging overeind zitten, op slag helemaal wakker, en ze keek op de klok. Het was nog niet eens zeven uur.

'Ik ga wel.' Robert maakte een manchetknoop dicht. 'Ga maar met de meisjes naar beneden, en zorg dat je achter in huis blijft.' Hij liep de kamer uit.

Ze hoorde de grendel en het Yale-slot schrapen en ratelen. De deurbel verstilde en het huis leek te vibreren in de stilte. Eve kwam de slaapkamer in, met haar duim in haar mond, en klom in het tweepersoonsbed. Katherine kwam achter haar aan geschuifeld. Ze liep naar het raam en trok een hoekje van het gordijn omhoog.

'Wat doen die mannen daar?'

'Katherine, ga bij het raam weg.'

'Ik kijk alleen maar.'

'Kom, liefje.' Ze dirigeerde haar dochter zachtjes van het raam weg.

De telefoon ging. Robert riep naar boven: 'Blijf daar! Ik neem wel op!'

Rose trok het gordijn een stukje open. Er stonden een stuk of zes mannen op straat. Sommigen met een camera in hun handen, anderen rokend. Een van hen keek omhoog terwijl ze naar buiten stond te kijken. Ze hadden een moment oogcontact en toen volgde er een serie flitslichten. Ze liet het gordijn los alsof ze er haar vingers aan brandde.

Haar hart ging vreselijk tekeer. Ze voelde zich omsingeld, opgejaagd, en het was een afgrijselijk gevoel.

'We gaan ontbijten. Kom, meisjes.' Ze knoopte haar ochtendjas dicht. De meisjes renden naar beneden.

Ze hadden geen vitrage in de grote erkerramen aan de voorkant van het huis gehangen omdat ze die lelijk en burgerlijk vonden, wat betekende dat je vanaf de straat het huis in kon kijken. Het drong tot haar door dat ze de gordijnen dicht zou moeten houden tot de verslaggevers het opgaven en zouden vertrekken, waardoor het halve huis in duisternis gehuld zou zijn.

Ze pakte in de keuken de ontbijtgranen uit de kast, sneed brood om te roosteren en zette de waterkoker aan. Ze had geen honger en was te gespannen om te zitten. De telefoon ging nogmaals en er viel iets door de brievenbus. Ze ging kijken wat het was.

Robert zat te bellen in zijn werkkamer. Een krant – niet *The Times*, hun gebruikelijke krant, maar een kleiner roddelblad – lang opgerold als een slang op de deurmat. Ze liep ermee naar de keuken.

Ze las de kop op de voorpagina – ARISTOCRAAT BETROKKEN BIJ SEKSSCHANDAAL – terwijl ze aan het aanrecht stond, met haar rug naar de kinderen en hangende schouders boven een foto van Johnny met een meisje. JOHNNY PAKENHAM EN DE BLONDE, NEGENTIENJARIGE VERLEIDSTER, DEBRA PETERS, VERLATEN DE NACHTCLUB AAN DEAN STREET. Debra Peters was gekleed in een mini-jurk met laarzen tot aan haar knieën. Haar lichte, schouderlange haar was uit haar gezicht getrokken en hoewel ze in de camera keek, lachte ze niet. Ze had volle, bleke lippen en droeg heel veel eyeliner. Maar ze was wel mooi. Debra Peters' wipneus, hoge jukbeenderen en ietwat scheve ogen gaven haar een kinderlijk, maar ook exotisch uiterlijk.

Negentien... hemel. Johnny was, net als Robert, vierendertig. Rose las vluchtig het artikel door. Het ging verder op een andere bladzijde, waar ze naartoe bladerde. *Onder de clientèle van de blondine*... De naam ROBERT MARTINEAU sprong van de pagina, schokkend, misselijkmakend.

'Rose, wat sta je in vredesnaam te doen, die vunzigheid wil je toch niet lezen?' Robert klonk kwaad.

'Het staat erin.'

'Natuurlijk staat het erin. Daar had ik je toch voor gewaarschuwd? Jezus.'

'Wat is er?' vroeg Katherine.

'Vandaag mag ik de kaart.' Eves armpje stak tot haar elleboog in een doos ontbijtgranen.

'Nee, ik ben aan de beurt. De vliegtuigkaartjes zijn voor mij. Jij mocht de popsterrenkaartjes.' Katherine rukte het pak van tafel en het regende ontbijtgranen op de tafel.

'Ik vind popsterren stom.' Eve begon te huilen.

'Meisjes, doe eens lief tegen elkaar.' Rose pakte de doos, zette hem in de kast en woelde met haar hand door Eves donkere krullen.

De telefoon ging weer. Robert nam op. *Onder de clientèle van de blondine bevindt zich zakenman Robert Martineau, voormalig klasgenoot van Johnny Pakenham.* Rose maakte een pot thee, zette die op een dienblad naast een bord toast en liep ermee naar zijn werkkamer.

Roberts stem klonk door de open deur, laag en razend sarcastisch. 'Op dit moment is jouw reputatie wel mijn minste zorg. Sorry, ik moet ophangen. Ik ben druk.' Hij ramde de hoorn op de haak.

Rose zette het dienblad op zijn bureau. 'Alsjeblieft, om je wat kracht te geven. Wie was dat?'

'Mijn lieftallige broer, wie denk je anders? Behulpzaam als altijd.' Hij trok een grimas. 'Heb je het al aan je vader verteld?'

'Nee.'

'Doe dat dan, voordat zij het genot hebben het hem te vertellen.' Zijn hoofd bewoog naar de weg toe.

'Robert, kunnen we echt niets doen?'

'Nu niet, nee.' Hij haalde zijn hand door zijn haar. 'Het spijt me, schatje. Ik moet Neil even bellen, dan kun jij daarna je vader bellen. Misschien dat Neil iets aan die schoften op straat kan doen. Misschien kent hij iemand die ergens wat invloed kan uitoefenen.'

Rose zag voor zich hoe ze haar vader zou bellen en hem zou vertellen dat Robert er publiekelijk van werd beschuldigd dat hij zich inliet met een prostituee. Ze kon zich niet herinneren dat ze het woord 'prostituee' ooit eerder in het bijzijn van haar vader had uitgesproken. Ze kon zich bijna niet voorstellen dat ze het ooit zou doen.

Ze liep naar boven om kleren voor de meisjes klaar te leggen en te gaan douchen. Ze kon zichzelf er niet van weerhouden nog een keer uit het raam te gluren. De buurvrouw, een chic geklede dame van in de veertig, stak de straat over om iets tegen een verslaggever te zeggen. Rose stelde zich voor hoe het gesprek zou gaan:

'Wat doet u hier?'

Antwoord: 'Hebt u de krant niet gezien, mevrouw?'

De vrouw keek op naar het huis van de familie Martineau. De buren, dacht Rose. Haar vrienden en familie. Iedereen die voor Robert werkte zou erover roddelen, erover lachen en er grappen over maken. De zakenlui, de schoonmaakster... de leerkrachten van Katherine en Eve, de andere moeders op het schoolplein.

Robert kwam de kamer binnen. 'Je kunt bellen.'

'Misschien dat ik even naar pa toe ga om het hem te vertellen. Dat is misschien gemakkelijker dan over de telefoon.'

'Zodra je een voet buiten de deur zet komen ze als een roedel wolven achter je aan.'

'We kunnen niet de hele dag binnenblijven,' zei ze geïrriteerd. 'Ik bedoel dat de meisjes niet de hele dag kunnen binnenblijven. Dat kan gewoon niet.'

'Oké,' zei hij met gefronst voorhoofd terwijl hij over zijn kin wreef. 'Dat is niet zo'n gek idee. Maar we gaan wel samen, Rose, met het hele gezin.'

Toen ze het huis verlieten gingen er een heleboel flitslichten af. Er werden vragen geschreeuwd terwijl Robert het portier van de auto opende zodat de meisjes konden instappen.

'Vertel eens over Johnny Pakenham en Debra Peters, Robert. Hoe lang kennen ze elkaar al?'

Robert glimlachte en zei kalm: 'Geen commentaar, heren.' Toen stapte hij in en startte de auto.

De Jaguar reed van de stoeprand weg. Roberts mond stond strak, zijn ogen waren als graniet. Eve zei: 'Papa, waarom maakt die meneer foto's van ons?', maar de vraag bleef onbeantwoord in de lucht hangen.

Toen ze door Walton-on-Thames reden leek een deel van Rose' spanning uit haar weg te vloeien. Later die dag zouden ze weer naar huis gaan en dan zouden de verslaggevers zich zijn gaan vervelen en naar iemand anders zijn gegaan, waarschijnlijk Johnny. Robert had gelijk: Johnny was hun echte doelwit.

'Zullen we naar Bushy Park gaan?' vroeg Robert. 'Dat zouden jullie leuk vinden, hè, meiden?'

'Papa, mag ik een ijsje?'

'Eve, je hebt net ontbeten. Je lijkt wel een varkentje.' Robert maakte knorrende geluiden.

'Nietes, ik ben een meisje!'

'Natuurlijk ben je een meisje, lieverd.'

Rose zei: 'Een uur naar het park zodat ze even rond kunnen rennen en daarna naar pa.'

'Oké.' Robert schakelde naar een lagere versnelling terwijl ze een kruising naderden. 'Neil vindt dat ik de pers te woord moet staan.'

Rose staarde hem aan. 'Waarom?'

'Om mijn kant van het verhaal te vertellen.'

'Er is helemaal geen verhaal, dus ook geen kant van een verhaal.'

'Rose, luister. We moeten laten zien dat we een gelukkig gezin zijn. De geruchten de kop indrukken.'

'We?'

'Je moet me openlijk steunen. Neil zegt dat dat belangrijk is.'

'Het kan me niet schelen wat Neil belangrijk vindt!'

Ze moest het harder hebben gezegd dan de bedoeling was, want Katherine vroeg: 'Mama?'

‘Er is niets aan de hand, lieverd.’ Ze sprak nu zachter: ‘Dat is niet aan Neil.’

‘Schat, ik weet dat het onaangenaam is, maar het kost maar een paar minuten. Het idee is dat ze ons met rust laten als ik een verklaring afleg. Je hoeft niets te zeggen, alleen maar vriendelijk te glimlachen als ik het woord doe.’

‘Een persconferentie...’

‘Als je het zo wilt noemen. De meisjes moeten er ook bij zijn.’

‘Nee.’ Daar hoefde ze niet eens over na te denken. ‘Geen sprake van.’

‘Rose, ik begrijp hoe je je voelt, maar we moeten het publiek aan onze kant zien te krijgen, en de kans dat dat lukt is het grootst als we aantonen dat Debra Peters een goedkope hoer is die haar geld probeert te verdienen met het zwartmaken van een onschuldig gezin.’

Rose keek over haar schouder naar Katherine en Eve op de achterbank en ze fluisterde: ‘Ik wil niet dat ze erbij worden betrokken.’

‘Ik weet dat het vreselijk is, en dat spijt me.’

‘Je zei dat het wel zou overwaaien. Je zei dat ze ons zouden vergeten zodra er zich een ander schandaal zou aandienen.’

‘En tot die tijd kunnen ze heel veel schade aanrichten. Je reputatie is heel belangrijk in de zakenwereld. Een snelle foto – verder niets, Rose, dat beloof ik – en dan kun je met de meiden naar binnen.’

Rose brandde van verontwaardiging: om de pers die hun privacy schond, om Debra Peters omdat ze leugens verkondigde en om Robert zelf omdat hij dit van haar eiste.

Hij kneep in haar hand. ‘Doe je het?’

‘Als het moet.’ Ze draaide zich van hem af en staarde naar de flikkerende processie van huizen en mensen op de stoep.

‘Dank je wel, schat. Ik heb afgesproken dat we het vanmiddag doen.’

Haar blik zwaaide naar hem terug. ‘Wat?’

‘Hoe eerder het achter de rug is, hoe beter.’

'Heb je er al mee ingestemd? Zonder het met mij te overleggen?'

'Rose. Schatje.'

Ze probeerde haar geschoktheid en walging weg te slikken. Vanmiddag. Maar misschien had hij gelijk en was het beter om het zo snel mogelijk te doen. Misschien moest ze het zien als een examen of een onaangename medische ingreep: iets wat je moest ondergaan en daarna zo snel mogelijk vergeten.

'En er is nog iets anders,' zei hij. Hij klikte de richtingaanwijzer aan en sloeg rechts af. 'De pers gaat me naar Debra's boekje vragen.'

'Wat voor boekje?'

'Ze hield een boekje bij met haar klanten. Afspraken en namen, dat soort dingen. Ze heeft het aan *News of the World* verkocht. Dat is hoe ze aan mijn naam zijn gekomen.'

Het koude gevoel in haar maag, dat ze had sinds Robert het haar die vrijdagavond had verteld, werd solide.

'Dat snap ik niet. Hoe komt jouw naam daarin terecht?'

'Al sla je me dood.' Zijn ogen spuwden vuur. 'Ze probeert er geld mee te verdienen. Het hele verhaal is verzonnen, dat snap je toch? Ik wilde niet dat je zou schrikken als ze erover beginnen. Het spijt me verschrikkelijk dat je dit moet meemaken, schatje, maar ik maak het goed, dat beloof ik. We laten de meiden het weekend bij mijn ouders logeren en dan gaan we samen weg naar een mooie plek. Parijs, of Rome.'

Hij parkeerde de auto en de meisjes renden het park in. Ze gingen wandelen. Druppeltjes dauw kleefden nog aan het gras onder de bomen, hoewel het op plekken waar de zon scheen al droog was. Een hert stak in de verte zijn kop met gewei omhoog. Het zag er heel tweedimensionaal en onrealistisch uit en was ineens verdwenen; Rose vroeg zich af of ze het zich had ingebeeld.

Ze trapte tegen het natte gras. Haar meisjes zouden voor de camera moeten paraderen als circusdieren. Die vrouw, Debra Peters, zei dat Roberts naam in dat verdomde boekje van haar stond. En dat allemaal voor geld, vanwege hebzucht, zonder enige gedachte aan de pijn die ze aanrichtte. Op dat moment zou Rose zo een mes door het hart van Debra Peters hebben kunnen steken.

Celia vroeg: 'Denk je dat hij de waarheid vertelt?'

Dan draaide de biefstuk om. 'Martineau? Geen idee.'

Het was dinsdag. Celia ging op dinsdag altijd bij Dan eten, in zijn appartement in Kew. Celia woonde in een eenkamerappartementje in Tufnell Park en was geen keukenprinses, dus Dan kookte altijd. Vanavond maakte hij biefstuk met champignonsaus en een groene salade. Celia lette op haar gewicht, dus geen aardappels.

Celia zat op het randje van de tafel, een glas wijn in de hand. Ze was klein, nog geen een meter vijfenvijftig, en ze had een slank figuurtje, bruine ogen en zijdeachtig, schouderlang lichtbruin haar. Ze hadden elkaar anderhalf jaar daarvoor in een pub in Holborn leren kennen toen haar afspraakje niet was komen opdagen en Dans toenmalige vriendin, een vurige brunette die Rebecca heette, het net had uitgemaakt. 'O, in vredesnaam! Je hebt werkelijk geen enkele passie in je, hè?' was het laatste wat ze tegen hem had gezegd. Dan had aanstalten gemaakt om achter haar aan te rennen, maar toen had Celia ineens naast hem gestaan. 'Als je wilt, mag je me een drankje aanbieden,' had ze gezegd. Hij was gecharmeerd geweest door haar ingetogen schoonheid en Rebecca's opmerking had hem pijn gedaan. Dus had hij een gin met limoen voor Celia besteld, waren ze aan de praat geraakt en was de avond uiteindelijk toch niet zo heel rampzalig afgelopen.

Ze hadden het af en toe over samenwonen, maar Celia was directiesecretaresse bij een bank in de City en wilde niet forenzen naar Surrey, en hoewel Dan meer dan eens had voorgesteld zijn appartement te verkopen en naar het centrum van Londen te verhuizen, was Celia daar niet enthousiast over geweest. Ze zei dat hij zijn mooie appartement niet zomaar moest opgeven en dat ze als ze toch zouden gaan samenwonen beter konden wachten tot ze een huis konden kopen. En het was inderdaad een heel fijn appartement, Dan was er erg op gesteld, en ze had wel een punt gehad, dus woonden ze vooralsnog niet bij elkaar.

Ze zei nu: 'Die kostschooljongens denken dat ze overal mee wegkomen.'

De biefstuk lag ondertussen zes minuten in de pan, dus Dan haalde hem eruit. 'Wilkinson genoot natuurlijk met volle teugen, die begon meteen over handboeien en zweepjes. De anderen zijn loyaler. Lucy Holbrook had erg te doen met mevrouw Martineau.'

'Denk je dat ze het wist?'

Hij gooide een exemplaar van *The Sun* naar haar toe. Er stond een foto van Rose Martineau op de voorpagina. Ze had een lichtgekleurde rok met een blouse met ruches en korte mouwen aan, en ze droeg haar haar uit haar gezicht. Ze zag er vreemd sekseneutraal uit, haar schoonheid verloochend. Martineaus dochters, beiden in een bloemetjesrok, stonden naast hun moeder, die hun hand vasthield. De camera had Rose Martineau vastgelegd terwijl ze glimlachend naar haar man keek, maar haar ogen stonden uitdrukkingsloos.

'Je hebt je geld toch niet aan die onzin verspild, hè, Dan?' vroeg Celia. Ze was vreselijk zuinig.

'Iemand op kantoor had hem bij zich. Ik dacht dat je het misschien wel leuk zou vinden.' Hij zette de borden op tafel. 'Als ze het had geweten, zou ze hem toch wel het huis uit hebben getrapt?'

Celia schepte salade voor zichzelf op. 'Daar zou ik niet zo zeker van zijn. Hoe zou je met een man kunnen leven zonder het te weten? Dan zou je eerlijk gezegd behoorlijk traag van begrip moeten zijn. Misschien denkt ze dat het haar eigen schuld is. Ik durf te wedden dat ze in een kast van een huis wonen en drie keer per jaar op vakantie gaan. Misschien kan het haar gewoon niet schelen.'

Dan kon zich niet voorstellen dat wat voor vrouw dan ook zou toestaan dat de vader van haar kinderen een dure callgirl zou bezoeken. Maar hij had lang geleden – al in zijn kinderjaren – ontdekt dat mensen tot van alles in staat waren wat voor hem alle perken te buiten ging.

Celia bestudeerde de foto. 'Ze is wel aantrekkelijk, hè? Maar wat een tuttige kleren. Ze zal wel proberen lieflijk mooi over te komen, hoewel ze daar dan niet erg in slaagt. Ze zou meer trots moeten hebben.'

'Maar ze lijkt me wel aardig.'

'Dan, wat ben je toch een watje.' Haar stem klonk een beetje fel, dus hij ging er niet over door. Celia had een jaloerse kant.

Ze aten, gingen naar bed en bedreven de liefde. Hoewel Dan probeerde Celia over te halen te blijven slapen – hij vond het fijn om 's ochtends wakker te worden naast haar kleine, warme lichaam – wees ze hem erop dat ze haar tandenborstel niet bij zich had en dat haar baas, Paul, de volgende ochtend een vroege vergadering had waar ze bij moest zijn. Dus liep hij met haar naar het station, waar ze kusten en uit elkaar gingen.

Hij dacht op weg terug naar huis over hun gesprek na. Had Robert Martineau dat meisje, Debra Peters, betaald om seks met hem te hebben? De kranten leken te denken van wel. Maar om zo succesvol te zijn als Robert Martineau moest je weten waar je mee bezig was, dus zou hij dat risico nemen? Aan de andere kant had Martineaus aankoop van een verlieslijdend luchtvrachtbedrijf blijk gegeven van overmoed, arrogantie zelfs, en als hij echt slim was geweest, zou hij Ted Wilkinson maanden geleden al hebben ontslagen. Robert Martineau was met een zilveren lepel in de mond geboren, kwam uit een goede familie en had op de beste scholen gezeten. Hij had vast een gezonde injectie met geld van zijn familie gekregen om zijn eigen bedrijf op te zetten. Zou dat hem onbezonnen hebben gemaakt? Gaf dat hem het gevoel dat hij overal mee wegkwam?

Dan had geen gemakkelijke start in het leven gehad. Zijn ouders zouden, als iemand ernaar vroeg, hun onbezonnen daden vast vergoelijken door te zeggen dat ze waren ingegeven door passie. Dan zou zeggen dat ze onvoorspelbaar waren. Ze waren gescheiden toen Dan vier was. Zijn vader was gaan samenwonen met een kapster in Weymouth en zijn moeder had een kledingwinkel geopend die zo snel verlies maakte dat ze nog geen achttien maanden later gedwongen was geweest het familiehuis te verkopen om haar schulden af te betalen. Dan was bij zijn vader in Weymouth gaan wonen terwijl zijn moeder op zoek was naar een andere woning. Zijn stiefmoeder was niet dol op hem geweest, en zijn stiefbroer ook niet, een pruilerige knul die Terence heette en het leuk vond om in Dans boeken te krassen en zijn meccanobouwwerken te vernielen.

Zijn stiefmoeder was hem al snel zat geworden en had hem na zes maanden teruggestuurd naar zijn moeder, die ondertussen in een eenkamerflatje in Green Lanes woonde. Ze werkte bij een fourniturenwinkeltje, waar ze ontslag nam toen ze Norman leerde kennen. Norman noemde zich impresario, wat concreet inhield dat hij een busje reed voor een jazzband. Ze hadden het een tijdje goed samen, gingen met zijn drietjes op pad met de jazzband, wat leuk was in de zomer, maar minder in de winter. Dan miste een heleboel schooldagen. Toen kregen zijn moeder en Norman ruzie en ging Dan weer in het flatje in Green Lanes wonen. Zijn vader woonde ondertussen niet meer in Weymouth en was naar Cromer verhuisd, in Norfolk, waar hij met een dikke blonde vrouw was getrouwd, Molly, die een snackbar had.

En zo voorts, en zo verder. Als hij al eens iemand over zijn gecompliceerde jeugd vertelde – wat niet bepaald vaak gebeurde aangezien er een zweem van schande aan kleefde, alsof hun achteloosheid zich aan hem had vastgeklonken – maakte hij het altijd uit als zijn relatie in het stadium kwam waarin hij nu met Molly was. Hij wist dat zijn levensverhaal saai en weinig verlichtend was. Hij deed het goed op school en kreeg een plaats op een gymnasium aangeboden, waar hij een uitweg voor zichzelf begon te zien: eindexamen doen, aangenomen worden aan de universiteit en een graad in de wetenschap halen, want dat was waar de vaste banen voor jongens als hij waren te vinden, jongens zonder kruiwagens, zonder de stabiele basis van een familie. Hij had sinds zijn twaalfde alleen gewoond in het flatje, toen zijn moeder ervandoor was gegaan met een van haar flirts. Hij gedroeg zich op school en had het geluk leraren te hebben die zijn ambitie erkenden en zijn talent stimuleerden. Op zijn achttiende vertrok hij uit

Londen en ging hij techniek studeren aan de universiteit van Sheffield.

Hij ging regelmatig, maar niet vaak, bij zijn ouders op bezoek. Zijn moeder woonde ondertussen in een commune in het Lake District, terwijl zijn vader, die enige jaren daarvoor was gescheiden van zijn derde vrouw, in een caravan aan de oostkust woonde. De manier waarop Dan was opgegroeid had hem geleerd zichzelf niet toe te staan meegesleept te worden in het rommelige leven van de mensen om hem heen. De deugden die hem aantrokken waren gezond verstand, standvastigheid en betrouwbaarheid. Het interesseerde hem geen moer aan wat voor seksuele escapades Robert Martineau zich in zijn vrije tijd bezondigde, maar hij gaf wel om zijn eigen toekomst bij het bedrijf, en als het schandaal daar van negatieve invloed op zou zijn, zou hij er als een haas vandoor gaan en nooit meer omkijken.

Die woensdag bracht Robert op weg naar een vergadering de meisjes naar school. Rose ging om tien uur de deur uit om te gaan winkelen. Hoewel ze zich had voorgenomen de kranten te negeren, lukte het haar niet om dat ook daadwerkelijk te doen. Ze kocht een exemplaar van *The Sun* en liep ermee naar een café. Bobby Moore keek haar lachend aan vanaf de voorpagina. Ze bestelde een kop koffie en begon toen de serveerster weg was door de krant te bladeren. Ze sloeg een bladzijde om en zat als aan haar stoel genageld.

Een stem vroeg: 'Pardon, zou ik hier misschien mogen gaan zitten? Het is vreselijk druk.'

Ze keek op. Een jonge vrouw – blond, in een spijkerbroek met een oudroze T-shirt – gebaarde naar de stoel tegenover Rose. 'Ja, natuurlijk.'

'Dank je. Normaal gesproken is het niet zo druk.' De jonge vrouw ging zitten. Toen vroeg ze geschrokken: 'Hemel, ben jij dat?'

Ze staarde naar de foto in de krant. Rose stond erop tegen een achtergrond van bomen, die schaduw op haar lichte kleding wierpen.

Rose griste de krant van tafel en propte hem in haar tas.

'Sorry.' De jonge vrouw zag er gegeneerd uit. 'Ik wil me nergens mee bemoeien. Ik weet niet of het enige troost biedt, maar het is een prachtige foto. Als iemand van mij een foto maakt, sta ik er altijd op met mijn ogen dicht en lijk ik wel een heks. Jij bent beeldschoon.'

Het lukte Rose een glimlachje op haar gezicht te toveren. 'Dank je.'

'Zo te zien heb je een zware dag.' Ze bood Rose een sigaret aan uit een verfrommeld pakje Rothmans.

'Nee, dank je.'

'Ik weet dat het een slechte gewoonte is, maar het lukt me niet om te stoppen. Ik heb totaal geen zelfdiscipline. Ik heet Melanie, trouwens. Melanie Jones. Vind je het erg als ik er een opsteek?'

'Ga je gang.'

Haar aansteker klikte. 'Gaat het een beetje?'

'Ja hoor.' De koffie werd geserveerd. Rose roerde er een lepel suiker door. Normaal gesproken dronk ze geen suiker in haar koffie, maar ze was helemaal bibberig door het zien van die foto.

Melanie Jones zei: 'Als je erover wilt praten... Ik weet dat we elkaar pas net kennen, maar soms kan het helpen om het erover te hebben.'

'Ik heb die kleren sinds zondag niet meer aangehad.' Ze vond het vreselijk dat haar stem beefde. 'We zijn naar Bushy Park gegaan, mijn man en ik en onze dochters. Die fotograaf moet ons zijn gevolgd.'

'Wat een rotzak.'

'Hij zal ons wel de hele tijd in het park in de gaten hebben gehouden. Dat voelt echt vreselijk.'

'Je zult je wel heel eenzaam voelen.' Ze nam een trekje van haar sigaret.

'Inderdaad.' Daar had ze helemaal nog niet bij stilgestaan. Al die mensen die haar geen seconde met rust lieten, en toch voelde ze zich eenzaam.

'Hoe oud zijn je dochters?'

'Katherine is zes en Eve is vier.'

'Wat een mooie namen.'

'Heb jij kinderen?'

Een lach. 'Ik heb nog geen man aan de haak weten te slaan die gek genoeg is om met me te willen trouwen. Maar op een dag wil ik heel graag kinderen. Meisjes, net als jij. Jongens zijn zo druk.'

'Robert wilde graag een zoon.'

'Je man is zeker een echte mannenman?'

'Hij houdt van voetbal en snelle auto's, dus ik denk het wel. Maar hij helpt ook in huis, en hij is lief voor de meisjes.'

'Dat is fijn, Rose. Wat knap dat je ook een andere kant van hem ziet.'

Er ging een alarmbel af. Ze keek Melanie Jones geconcentreerd aan. 'Wat zei je ook alweer dat je voor werk doet?'

'Dat heb ik niet gezegd. Heb jij werk?'

'Nee, momenteel niet. Je bent journalist, hè?'

'Inderdaad, maar ik ben niet zoals de anderen.'

Rose stond op.

Melanie Jones zei: 'Ik kan je helpen.'

'Nee, dat kun je niet.' Er schoot een flits van withete woede door haar heen. 'Laat me met rust.'

'Ik schrijf voor het vrouwenkatern. Als je mij de rechten voor een exclusief artikel geeft, beloof ik dat ik meelevend over je zal schrijven. Iedereen zal je aardig vinden. Mijn lezers zullen met je weglopen. Je bent een mooie vrouw en moeder van twee beeldige dochtertjes. Het zou een verstandige keuze zijn, Rose. We hebben tot dusverre alleen Debra Peters' kant van het verhaal gehoord. Het zou Robert ook helpen. Je moet vuur met vuur bestrijden.'

'Nee.' Razernij maakte het moeilijk het woord uit te spreken.

Een hand greep haar bij de mouw van haar jas terwijl ze zich omdraaide. 'Debra Peters' vriendje heeft ons haar boekje met afspraken verkocht. Ik heb het gezien. De naam van je man staat er zeven keer in. Je man liegt tegen je, Rose.'

'Dat is niet waar.' Ze trok zich los.

'Ik vrees van wel.' Melanie stak een visitekaartje in Rose' handtas terwijl die onhandig naar muntgeld voor de koffie zocht. 'Bel me maar als je je bedenkt. De meeste aandacht gaat nu uit naar Johnny Pakenham, maar dat verandert misschien nog. Je moet jezelf beschermen, Rose. En je moet aan je dochters denken.'

Toen ze naar huis liep merkte ze dat ze steeds over haar schouder keek en zich afvroeg of ze gevolgd werd door die man, of dat die vrouw die aan de overkant liep ineens een fototoestel uit haar tas zou halen. Wat was ze dom geweest, wat was ze een naïeve, domme sufferd geweest. Robert had tegen haar gezegd dat ze met niemand moest praten, maar ze had zitten kakelen als een kip zonder kop. Had ze intieme details verraden? Ze dacht van niet. Maar ze voelde zich misbruikt, besmeurd en overstuur.

Melanie Jones had gelogen over dat afsprakenboekje. Dat kon niet anders. Ze had geprobeerd twijfel te zaaien om Robert en haar tegen elkaar uit te spelen. Journalisten logen heel vaak om mensen over te halen met ze te praten. Ze was een leugenaar: als ze niet echt had gelogen toen ze zich voorstelde, was het niettemin wel haar plan geweest om te misleiden.

Maar die valse charme was tegen het einde van hun gesprck verdwenen en de laatste woorden van de verslaggeefster klonken onheilspellend na: *... zeven keer. Je man liegt tegen je, Rose.* Ze begon te ontdekken dat schandalen ledematen als een octopus hadden die in elk kiertje van je leven prikten. Of het nu de waarheid was of om leugens ging, de tentakels zogen zich vast in vrienden, kennissen en collega's en lieten niets ongeschonden achter. *Zeven keer.* Waarom bleven die woorden zo in haar hoofd hangen? Ze dacht dat het kwam doordat ze zo specifiek waren. Het zou gemakkelijker zijn geweest om ze te vergeten als de journalist 'een paar keer' zou hebben gezegd, of 'een aantal keer'.

Robert had net als Johnny een impulsief randje aan zijn karakter. Hij hield niet van voorspelbaarheid; hij vond een leven zonder risico's kleurloos. Rose wilde zich niet voorstellen hoe Robert en Johnny samen naar een of ander feest of een nachtclub zouden gaan, maar ze kon het niet voorkomen en ze zag voor zich hoe Johnny zijn lichtblauwe ogen half zou dichtknijpen en zou zeggen:

‘Kom op, Robbie, dat kan toch geen kwaad?’ Waarop Robert zou beginnen te lachen, zijn schouders zou ophalen en zou zeggen: ‘Ach, waarom ook niet?’

Zeven keer. Robert zou niet eens één keer naar een prostituee gaan. Zo’n man was hij niet. Hij was een vriendelijke, liefdevolle gezinsman, de man op wie ze stapelverliefd was geworden. Hij was haar echtgenoot, haar minnaar en haar beste vriend, en ze vertrouwde hem volledig.

Maar toch was er die voorgaande afschuwelijke dagen iets opengegaan, iets wat haar huwelijk in een ander, harder licht had geplaatst. Robert had haar zo veel niet verteld. Pas toen er een directe dreiging was geweest dat hij ontmaskerd zou worden had hij open kaart met haar gespeeld. Wat had hij nog meer voor haar achtergehouden? Wat had hij voor geheimen?

Je zult je wel heel eenzaam voelen. Vriendinnen hadden gebeld, hadden troostende woorden gesproken, haar een schouder om op te huilen aangeboden, maar ze had iedereen afgewimpeld. Een vreselijk gevoel van vernedering isoleerde haar en ze was gaan voelen hoe eenzaamheid en openlijke schande een wig tussen haar en Robert zouden kunnen drijven. Dat mocht ze niet toestaan. Ze mocht niet toestaan dat twijfel en achterdocht vat op haar zouden krijgen. Ze hield van Robert, hij hield van haar en dat was het enige wat belangrijk was.

Toch begon ze te twijfelen terwijl ze langs de journalisten voor haar huis en naar binnen rende. Het vriendje van Debra Peters had haar afsprakenboekje aan de krant verkocht. Melanie Jones beweerde dat ze het had gezien. Zou ze daarover liegen? Had ze dat gedaan?

De schoonmaakster had ziek afgebeld en het huis was een bende. Overal lag felgekleurd kinderspeelgoed. De wasmand was overvol en haar vader kwam op de thee. Maar terwijl ze druk was met stofzuigen, dweilen en strijken konden de repetitieve taken haar niet afleiden van haar gedachten, die aan haar knaagden en in haar porden en weigerden zich terug te trekken.

Rose zette zout en peper op tafel. 'Er is vandaag iets gebeurd.'

Robert, die net thuis was, trok zijn jas uit. 'Wat dan?'

Ze vertelde hem over Melanie Jones en haar valse voorwendselen.

'Jezus,' zei hij. Hij klonk moe.

'Die vrouw, die journaliste, zei dat ze het afsprakenboekje heeft gezien. Ze zei dat jouw naam er zeven keer in staat, Robert.'

Hij keek op, maakte aanstalten om iets te gaan zeggen, maar ze snoerde hem de mond.

'Wat ik het ergste zou vinden,' zei ze zorgvuldig, 'wat ik onvergeeflijk zou vinden, zou zijn dat je tegen me zou hebben gelogen.'

Hij schudde zijn hoofd. 'Hoe kun je ook maar luisteren naar zulke woorden?'

'Zweer het dan. Zweer dat er nooit iets is voorgevallen tussen jou en Debra Peters.'

'Er is nooit iets gebeurd. Dat zweer ik, Rose.'

Hij nam haar in zijn armen en ze voelde zich zwak van opluchting. Ze legde haar hoofd tegen zijn schouder. Ze sloot haar ogen en slaakte een zucht terwijl hij haar nek streelde.

'Ik hou van je,' mompelde hij. 'Ik hou zo zielsveel van je.'

De volgende ochtend verliet Robert het huis terwijl Rose zich aan het opmaken was. Ze hoorde geschreeuw op straat en trok het gordijn open om naar buiten te kijken. Ze zag dat Robert een journalist bij zijn revers greep, zijn fototoestel uit zijn handen rukte en het kapotsmeet op de stoep. Toen stapte hij in de Jaguar en scheurde weg.

'Die schoft verdiende het,' was het enige wat hij er die avond, toen Rose ernaar vroeg, over zei.

Die vrijdag waren de verslaggevers vertrokken en was het trottoir leeg. Op de voorpagina van *The Sun* had een foto van Robert, met een verwrongen gezicht van woede terwijl hij de fotograaf te lijf ging, de World Cup van zijn toppositie verdrongen. MARTINEAU BESCHULDIGDE JUFFROUW PETERS ER IN EEN VLAAG VAN RAZERNIJ VAN

DAT ZE EEN GOUDZOEKER EN EEN BEDRIEGENDE, LIEGENDE S**T IS. In een ander artikel, verderop in de krant, werd beweerd dat Johnny Pakenham had toegegeven dat hij een scheve schaats had gereden. *'Ik hou gewoon van een beetje afwisseling in mijn leven,'* werd hij geciteerd. *'Geldt dat niet voor alle mannen?'* Er stond een nog niet eerder gepubliceerde foto van Johnny met Debra Peters bij het artikel, waarop ze samen in een auto stapten. Johnny lachte naar de camera en het meisje keek zoals op de andere foto's stuurs voor zich uit.

De schoonfamilie van Rose woonde in Charlbury in Oxfordshire in een zeventiende-eeuws landhuis van zachte, goudkleurige kalksteen. De brede geveltop keek uit over een statige oprijlaan met kiezelsteentjes; achter het huis lag een tuin van bijna een hectare, begrensd door een stroompje.

Robert parkeerde op de oprijlaan en zette de motor af. 'Jezus, dit kon ik er nog net bij hebben.'

Rose kneep in zijn hand. Ze konden het robijnen huwelijksfeest van Roberts ouders er inderdaad helemaal niet bij gebruiken, bedacht ze terwijl ze Katherine en Eve uit de auto liet. Ze had er nog nooit zo tegen opgezien om familie en vrienden onder ogen te moeten komen, zich te moeten onderwerpen aan hun oordelen en nieuwsgierigheid.

Het was een en al efficiënte bedrijvigheid in het huis, waar ingehuurde serveersters rondrenden met dienbladen vol glazen en bestek en de hal was vrijgemaakt van de gebruikelijke rommel van paraplu's, hengels en oliejassen. Lionel Martineau, een lange, magere man met een aristocratische uitstraling, zwaaide naar hen. Rose had altijd goed kunnen opschieten met haar schoonouders; stille, geciviliseerde en enigszins strenge mensen.

Lionel schudde Robert de hand en gaf Rose een droog kusje op de wang. Er werden gelukwensen uitgesproken en dankwoorden gemompeld.

'Je moeder is met de bloemen bezig,' zei Lionel, en Robert haastte zich met de kinderen naar hun grootmoeder.

De tuindeuren stonden open en tafels met witte kleden erop

stonden onder de ceders in de tuin. Rose zag Roberts oudere broer, George, op het terras aanwijzingen geven. George was langer, dunner en alledaagser dan Robert. Hij had een lange, spitse neus en een geprononceerde kaaklijn. Zijn kleine kraalogen, een onbestemde kleur tussen blauw, lichtbruin en grijs in, stonden over het algemeen onderzoekend.

Rose liep naar hem toe. 'Dag, George.'

'Rose.' Ze kusten elkaar.

'Hoe is het?'

Haar zwager wierp een blik vol walging op de tafels op het gazon. 'Ik haat buiten eten. Ik heb nooit begrepen wat er zo leuk aan is.'

'Dat is wat we nu eenmaal doen, als Britten. Picknicken op de eerste dag die doorgaat voor zomer.'

Hij glimlachte. 'Ik moet toegeven dat je er heel zomers uitziet.'

Ze droeg een roze zijden jurk met een motief van crèmekleurige bloemfiguren, gecombineerd met de parelketting die ze op haar laatste verjaardag van Robert had gekregen. 'Dank je. Ben ik niet overdressed?'

'Helemaal niet; je bent heel gepast gekleed. Is het een beetje vol te houden?'

Ze was blij dat haar zonnebril haar beschermde tegen zijn onderzoekende blik. 'Eerlijk gezegd,' zei ze zacht, 'vind ik het afgrijselijk. Ronduit afgrijselijk.'

'Arme Rose. Wat een week.'

'Ik moet toegeven dat ik blij ben dat hij achter de rug is.' Rose haalde diep adem en glimlachte zo vrolijk als haar lukte voordat ze over iets anders begon. 'De bloemen liggen nog in de auto.'

Ze had twee dozijn gele rozen bij een bloemist in Walton-on-Thames besteld. George en Robert zouden ze na de speeches aan haar schoonmoeder presenteren.

Ze liepen via de zijkant van het huis naar de auto om ze te pakken. 'Wat staat de tuin er mooi bij,' zei ze.

'Moeder heeft een nieuwe tuinman. Hij schijnt wonderen te verrichten met de goudenregen.'

Ze pakte het boeket uit de kofferbak en liet het aan hem zien.

'Ja, niet slecht.' George bestudeerde de bloemen. 'Mijn voorkeur gaat uit naar abrikoosgeel, maar dit kan ook. Ben jij een vrouw die rode rozen prefereert?'

'Ik hou hoe dan ook niet zo van rozen. Ik vind ze stijf en protserig. Ik weet dat dat belachelijk is, gezien mijn voornaam.'

'Ik kan me voorstellen dat de aanschaf van rozen niet je hoogste prioriteit is geweest, met de pers die de hele week op de stoep heeft gelegen.'

De blauwe lucht, de geuren van de lente en het vooruitzicht een dagje van huis en de nachtmerrie van de afgelopen week te zijn begonnen hun magische effect uit te oefenen en ze voelde dat ze een beetje begon te ontspannen. Ze zei: 'Ik heb goede hoop dat het ergste achter de rug is.'

'Denk je?'

'De pers is weg. Er staat al een paar dagen niemand meer voor de deur. Volgens mij hebben ze iets beters te doen.'

'Misschien heb je gelijk.'

Ze voelde enige aarzeling. 'George?'

'Dat hoop ik van harte. Echt waar, Rose.'

Hij fronste zijn hoge, brede voorhoofd. 'Zoals je weet heeft militaire strategie me altijd mateloos gefascineerd. Al mijn biografieën over Napoleon en Wellington... waar Robert zo graag de draak mee steekt. Maar een generaal stuurt nooit al zijn troepen tegelijk de strijd in. Nooit.'

Ze zag tot haar frustratie dat er iets van medeleven in zijn ogen glinsterde. Ze vroeg nadrukkelijk: 'Heb je iets gehoord, George?'

Hij glimlachte. 'Zullen we die arme bloemen even binnen in een vaas zetten voordat ze verleppen?'

Robert kwam in de hal op hen af lopen. 'Moeder kan volgens mij wel wat hulp met de bloemen gebruiken.'

Rose liep naar de bijkeuken, waar Mary Martineau tulpen in vazen aan het zetten was.

'Dit is nooit mijn sterkste kant geweest.' Haar schoonmoeder bood haar wang aan voor een kus. 'Ik hou me veel liever bezig met een commissie voor een goed doel of het bestuur van een ziekenhuis. George zei al dat ik de bloemist opdracht had moeten geven ze te schikken, en ik ben bang dat hij gelijk had.'

'Zal ik u even helpen?'

Haar schoonmoeder begon bladeren en afgesneden stukjes stelen op te ruimen. Ze zei: 'Wij lezen natuurlijk nooit zulke kranten, maar ik heb er toch van alles over gehoord. Het is toch allemaal onzin, hè, Rose?'

'Natuurlijk,' zei ze kalm.

Een lichte zucht. 'Dat wist ik wel.'

Het was na tienen in de avond toen ze terugreden naar Walton-on-Thames. De meisjes, moe van spelletjes cricket en ritjes op de pony die Mary Martineau speciaal voor hen in de wei had staan, vielen meteen in slaap. Rose had gedacht dat ze ook meteen in slaap zou vallen, maar ze kon de slaap niet vatten, en hoe meer ze haar best deed, hoe minder het lukte. Toen ze uiteindelijk op de klok keek, was het al bijna twee uur. Ze trok haar ochtendjas aan en liep naar beneden.

Ze zette een kop thee en maakte een snee toast, waarmee ze naar de voorkamer liep. Ze had niet veel gegeten op het feest, ze had geen honger gehad. Ze trok het gordijn een stukje open. Het uitzicht op de lege stoep en het stille park achter in de straat, bewegingloos onder de donkere, stoffige hemel, gaf haar rust. De struikrozen in de voortuin zagen er zwart en papierachtig uit in het donker en er reed een auto voorbij, het licht van de koplampen op de bestrating. Ze gaf haar pogingen haar geest tot rust te brengen op en liet de gebeurtenissen van die dag door haar hoofd gaan, als een televisieprogramma dat steeds werd herhaald.

Misschien dat George had geprobeerd haar te provoceren, of misschien was hij gewoon tactloos geweest, maar ze dacht eigenlijk van niet. Hij had haar gewaarschuwd. Maar waarvoor? Haar optimisme – dat toch al kwetsbaar was geweest – was na hun gesprek niet teruggekomen. Kort erna waren de eerste vrienden en buren van Lionel en Mary gearriveerd. Rose had zich tijdens de gesprekjes die ze met de andere gasten had gehad een buitenstaander gevoeld. Ze had zichzelf er tijdens het eten en de speeches op betrapt dat haar blik steeds naar Robert werd getrokken, die naast zijn moeder aan tafel zat.

Ze deed haar uiterste best om haar vertrouwen in Robert terug te krijgen, maar ze was doodsbang dat Melanie Jones de waarheid had gesproken over het afsprakenboekje van Debra Peters, ze was het vertrouwen in haar eigen beoordelingsvermogen kwijt en haar rationalisaties werden gehinderd door een zenuwachtig, angstig gevoel. De afgrond van twijfel waarin ze hulpeloos neerdaalde voelde als een teken van een gebrek aan loyaliteit. Niettemin waren haar angsten die dag steeds sterker geworden en hadden ze zich als een harde, onbreekbare schelp om haar heen gesloten.

Er klonk een geluid; ze keek op. Robert stond in de deuropening.

'Rose, wat is er?'

'Ik kan niet slapen.'

Hij omhelsde haar. 'Kom terug naar bed.'

'Ik kom zo. Het komt toch allemaal goed, hè?' Ze keek op naar zijn bekende gelaatstrekken, nu verduisterd door de nachtelijke schaduw. 'Toch, Robert?'

'Natuurlijk komt het goed.' Hij kuste haar langzaam, teder. 'Dat beloof ik.'

Ze moest op de bank in slaap zijn gevallen, want toen ze wakker werd, scheen er zonlicht in de kamer. Ze liep naar het raam en zag met misselijkmakende teleurstelling dat de pers was teruggekomen en kletsend en rokend hun camera's stond bij te stellen. Een flits blond haar: Melanie Jones was er ook.

Rose trok in de gang een regenjas en een paar oude schoenen aan. Toen deed ze de deur open, en ze liep naar buiten.

'Wacht even, jongens.' Melanie Jones stak de straat naar haar over.

'Ga weg.' Het kostte veel moeite rustig te spreken. 'Laat ons met rust.'

'Je moet dit lezen, Rose.' Er werd een krant in haar handen gedrukt.

Ze liep terug naar huis. Ze sloeg de krant open en zag de kop:

DEBRA – DE WAARHEID. Debra Peters stond op deze foto met een stralende lach, aantrekkelijk en jong.

Rose las het artikel. Toen ze het uit had liep ze naar boven. Robert werd net wakker; ze smeet de krant op het kussen naast hem. Toen liep ze naar de keuken om ontbijt voor de meisjes te maken. De telefoon ging en er klopte iemand aan. Ze zette een kop thee, maar het lukte haar niet om te drinken.

Katherine en Eve zaten hun ontbijtgranen te eten toen Robert de keuken in kwam lopen.

'Rose,' zei hij.

'Ik ga met de meisjes naar mijn vader.'

'Rose, alsjeblieft...'

'Hou je mond.' Haar blik ging naar Katherine en Eve. 'Hou gewoon je mond.'

Toen de meisjes klaar waren met eten nam ze ze mee naar boven en hielp ze met aankleden. Haar Mini stond geparkeerd in een zijstraat waar ze via de achtertuin naartoe konden lopen. Toen ze de motor startte hoorde ze iemand schreeuwen, en mannen kwamen van de hoek van de straat naar de auto rennen. Ze trapte het gas in en de Mini spurtte met piepende banden weg.

Debra Peters had in het artikel in *News of the World* beweerd dat haar relatie met Robert – Was dat het goede woord? Een man die naar een prostituee ging, kon je dat een relatie noemen? – het najaar daarvoor was begonnen. Ongetwijfeld een van die avonden dat hij laat thuis was geweest, een zogenaamd zakendiner. Misschien had hij die keer tegen haar gezegd: 'Blijf maar lekker thuis, schatje; het wordt doodsaai.' Ze kon het zich niet herinneren.

Maar er was sinds oktober van het jaar daarvoor zeven keer een rendez-vous geweest. Debra Peters was meedogenloos en expliciet geweest. Elke afspraak stond in haar boekje, de data en tijden met daarnaast details over de seksuele voorkeur en herkenningstekens van de klant. Roberts litteken van zijn blindedarmontsteking en de moedervlek op zijn borstbeen, zijn voorkeur voor leer en zweepjes, het stond allemaal in Debra's boekje.

Debra Peters had toestemming voor het artikel in de krant van die dag gegeven in reactie op – als genoegdoening voor – het commentaar in de krant van de dag ervoor: 'Robert Martineau heeft Debra ervan beschuldigd dat ze een leugenaarster en bedriegster is, maar het is de rijke zakenman Martineau die liegt en bedriegt.' De BBC had het verhaal ondertussen ook opgepakt. Eerder die avond, terwijl haar vader Katherine en Eve in een andere kamer had beziggehouden, had Rose naar de beelden van zowel Robert als de callgirl op televisie gekeken.

Ze parkeerde nu de auto voor het huis. Er flitste een camera, maar het kon haar niet meer schelen, hoewel haar hoofdpijn er erger van werd. Toen ze de deur achter zich sloot, kwam Robert uit zijn werkkamer.

Hij vroeg: 'Waar zijn de meiden?'

'Bij mijn vader. Ik kom alleen even hun spullen pakken en dan ga ik weer terug.'

'Kunnen we praten?'

'Nee. Ik wil dat je weggaat.'

'Rose, ik verwacht niet dat je me vergeeft – dat zou ik nooit van je vragen; ik weet dat ik dat niet verdien – maar kunnen we alsjeblieft praten?'

Zij stond bij de kapstok en hij bij zijn open kamerdeur. Toen ze hier waren komen wonen had ze lagen bruine en groene verf van die deur geschraapt voordat ze hem zachtgeel had geverfd. Ze hadden samen de kapstok uitgezocht, een met Delfts blauwe tegeltjes ingelegd exemplaar uit het eind van de negentiende eeuw dat ze bij een antiekwinkeltje in Kingston-on-Thames hadden gekocht.

Ze zei: 'Ik ga even een tas inpakken en dan ga ik terug naar mijn vader. Ik verwacht dat je bent vertrokken als ik morgen met Katherine en Eve uit school kom.'

'Morgen...' herhaalde hij.

Haar precaire zelfbeheersing brak. 'Dit is mijn huis! En ik wil je niet zien! Dus ja, Robert, morgen!' Haar stem verwerd tot een gil.

Ze rende struikelend naar boven. Ze had de koffer die ze uit de kast pakte gekocht voor hun eerste reisje naar Italië: Umbrië en Toscane, dorpjes op heuveltoppen; de liefde bedrijven in hete, goedkope hotels. Misschien was Debra Peters niet de eerste prostituee die hij had bezocht. Misschien was er altijd wel een tekort geweest dat hij had moeten compenseren. Misschien was ze saai in bed, niet avontuurlijk, lusteloos, preuts. *Ik hou gewoon van een beetje afwisseling in mijn leven. Geldt dat niet voor alle mannen?* Ze dacht dat het allemaal niet erger kon worden dan dit, maar er lagen nog grotere diepten op de loer.

Ze pakte schooluniformen, borstels en tandenborstels voor de meisjes in en dacht terug aan toen ze de pasgeboren Eve voor het eerst mee naar huis had genomen. Robert was zo trots op zijn kinderen... Als ze van niets anders zeker was op dit moment, was ze wel overtuigd van Roberts liefde voor zijn dochters. Wat was er misgegaan? Wanneer was het met hen samen misgegaan?

Roberts verraad zette haar hele leven in een ander licht. Hij had alles verpest. Hij had dit huis, dat hun familiehuis was geweest, verpest, en daarmee alles wat ze samen hadden uitgezocht om erin te zetten. Hij had de kleren die ze droeg verpest, en de sieraden die hij haar had gegeven. Hij had haar vriendschappen verpest, want haar vriendinnen zouden vanaf nu anders naar haar kijken. Hij had haar relatie met zijn ouders verpest, want zij zou nu anders naar ze kijken, zich afvragen of ze iets corrupts in zich hadden wat ze aan Robert hadden doorgegeven. Hij had de plekken waar ze samen naartoe waren geweest verpest, de pubs en restaurants, de plaatsen waar ze op vakantie waren geweest. Hij had haar herinneringen verpest, want er was geen moment in hun gezamenlijke leven waar ze met plezier op kon terugkijken. Ieder woord dat hij had gesproken had leugens verhuld. Iedere aanraking was een gebaar van verraad geweest. Ze was gebrandmerkt en beschaamd en moest iemand anders worden.

In de slaapkamer pakte ze haar make-up van haar kaptafel maar haar mascara en eyeliner vielen uit haar handen toen ze op de rand van het bed ging zitten, overweldigd door wanhoop. Haar hoofd bonkte alsof er iets op het punt stond te knappen. Ze was van glas gemaakt en was broos en transparant gesleten. Een zuchtje wind zou haar uit elkaar blazen. Haar huwelijk, haar huis en het leven dat ze had geleid waren hol, gebroken en zonder waarde. Aan Robert denken, zijn gezicht zien en zijn stem horen, kraste diepe wonden in haar hart. Toch kon ze nergens anders aan denken.

4

Surrey en Cambridge – juni 1970

'Wanneer gaan we naar huis, mama?' vroeg Eve terwijl Rose haar dochters in bed legde.

'Snel,' zei Rose.

'Donderdag?'

'Nee, donderdag niet.'

'Ze weet niet eens wanneer het donderdag is,' zei Katherine.

'Welles! Donderdag is gisteren.'

Katherine schoot in de lach. 'Gisteren was het maandag, gekkie. Komt papa morgen?'

'Nee, liefje. Ik zal opa vragen of hij jullie nog even een kus komt geven voordat je gaat slapen.'

'Ik ga me verstoppen voor opa!' Eve dook in het bed van Katherine en trok de dekens over haar hoofd. Katherine keek Rose veelbetekenend aan. Eve mocht dan in het we-gaan-een-paar-dagen-bij-opa-logeren-verhaal geloven, maar Katherine wist dat er iets mis was.

Rose liep de trap af naar de keuken, waar haar vader stond af te wassen. 'Of je ze nog even komt instoppen, pa.'

Giles liep naar boven. Rose droogde de borden af en zette ze weg. Ze was in het huis waar ze was opgegroeid, maar het voelde onbekend. Alles voelde nu onbekend; niets was zoals het hoorde.

'Laat mij dat maar doen, lieverd.' Giles kwam de keuken weer in lopen. 'Ga jij maar lekker zitten.'

Ze ging naar de zitkamer, maar ze kon niet zitten. Ze was de voorgaande dagen heen en weer geschoten tussen onbeheersbare, nerveuze energie en uitgeputte lethargie. Haar starende blik ging langs de ornamenten op de stenen schoorsteenmantel: een bronzen beeldje van Ganesh, de olifantgod, die obstakels weghaalde; een Avro Lancaster-vliegtuigje, een model van het toestel waarin haar vader in de oorlog had gevlogen; en een foto van haar moeder, genomen tijdens hun laatste vakantie als gezin, in Schotland. Haar moeder stond erop in een dikke trui in de kleur van heidebloesem. Rose liet haar vingers over het glas van het lijstje glijden en werd overvallen door een golf van verdriet. Ze snakte naar een omhelzing van haar moeder. Ze snakte ernaar haar gezicht in de warme, knobbelige textuur van die trui te duwen en te huilen.

'Zo, klaar,' zei haar vader terwijl hij de kamer kwam binnenlopen.

Ze draaide zich om en knipperde met haar ogen. 'Lagen ze nog samen in één bed toen je bij ze wegging?'

'Het leek me het beste het maar zo te laten. Eve slaapt al. Ik leg haar straks wel in haar eigen bed. Zal ik een borrel voor je inschenken, Rose?'

'Lekker.'

Giles tuurde in het drankenkastje met een blik of er mogelijk iets anders in was gekropen dan de gebruikelijke flessen Glenfiddich en Tio Pepe.

'Een glaasje sherry, graag, pa,' zei ze, vooruitlopend op zijn vraag. Ze had de afgelopen, afgrijselijke dagen te veel whisky gedronken en het leek wel of ze constant hoofdpijn had. Ze dacht tenminste dat het aan de whisky lag. Misschien was haar hoofdpijn het resultaat van het allesomvattende bedrog van Robert en het eindeloze, verdovende besef hoe weinig ze voor hem moest hebben betekend.

Haar vader gaf haar een glas aan. 'Het wordt beter, lieverd,' zei hij meelevend.

'Dat kun je niet weten.' De woorden barstten kwaad uit haar los.

'Ik weet nog hoe ik me voelde na de dood van je moeder.'

Ze wilde zeggen: *Dat was anders; mama heeft niet jarenlang leugen na leugen aan je verteld*, maar ze besefte hoe onhebbelijk dat van haar zou zijn. Ze legde haar handen om het glas en probeerde haar emoties in bedwang te houden.

Ze zei zacht: 'Ik begrijp gewoon niet hoe hij het heeft kunnen doen. Dat is het probleem, pa. Ik probeer het te begrijpen, maar dat lukt niet.'

'Daar is tijd voor nodig, Rose.'

'Zonk het nou maar in. Soms lukt het me om er twee minuten niet aan te denken, maar dan herinner ik me alles weer, en dat is zo afschuwelijk... afschuwelijk.'

Haar vader klopte zachtjes op haar schouder en ging toen in een leunstoel zitten. 'Na de dood van je moeder heb ik een tijdlang op de automatische piloot geleefd. Ik moest doorgaan vanwege jou, net zoals jij dat voor Katherine en Eve moet doen. Ik moest doorgaan met ademhalen, eten en tegen mensen praten, hoewel ik dat helemaal niet wilde. Uiteindelijk – maar dat heeft heel, heel lang geduurd – heeft het me geholpen om de gewone dingen te blijven doen, ook al was het alleen maar voor de vorm.'

'Ik kan niet terug naar dat huis.'

'Dat snap ik. En dat hoeft ook niet. Je mag hier blijven zolang je wilt.'

Ze staarde in haar glas. 'Ik weet niet wat ik met mezelf aan moet. Als ik de meisjes om me heen heb gaat het wel, maar als ik alleen ben...'

'Als je dat fijn vindt kan ik een paar dagen vrij nemen, lieverd, om je gezelschap te houden.'

Ze schudde haar hoofd. 'Nee, pa. Ik moet het zelf zien te rooien.' Ze stak haar voeten onder haar billen en trok haar vest om zich heen. Het was zomer, maar ze had het constant koud. 'Ik weet niet wat ik tegen ze moet zeggen. Ik kan niet zeggen wat hun vader heeft gedaan. Waarom heeft hij dat zelf niet bedacht, hoe onmogelijk dat is? Dat hij niet om mij heeft gedacht is al erg genoeg, maar heeft hij niet stilgestaan bij wat hij zijn kinderen aandoet?'

Ze huilde weer. Ze veegde met haar vingers haar gezicht af en wuifde haar vader weg, die aanstalten maakte om op te staan.

'Ik neem aan,' hoorde ze Giles zeggen, 'dat hij impulsief heeft gehandeld.'

'Zeven keer?' Ze staarde hem razend aan. 'Kun je zeggen dat het een impulsieve daad is als je zeven keer dezelfde rotstreek uithaalt?'

'Ik probeer Robert niet te verdedigen. Het kost me al genoeg moeite om hem zelf niet naar de strot te vliegen.'

Dat ze die woorden uit een man hoorde komen die zo gelijkmoedig was dat ze hem nog nooit ook maar had horen vloeken bracht een glimlachje op haar gezicht.

'Doe dat maar niet, pa. Daar zouden we niets mee opschieten.'

'Het zou een moment verschrikkelijk bevredigend zijn, maar ik ben het met je eens dat het geen zin zou hebben.' Giles schonk haar glas bij. 'Ik kan je alleen maar adviseren om zolang je nog niet helder kunt nadenken bezig te blijven met wat je maar kunt verzinnen. Ga lezen, maak een kruiswoordpuzzel, ga wandelen. Wat dan ook. Wacht met de grote beslissingen tot je eraan toe bent.'

De avonden waren het ergst. Rose nam nadat ze had gecontroleerd of de kinderen sliepen een paar aspirientjes, maakte zich klaar om naar bed te gaan en las nog wat. Toen deed ze het licht uit en krulde zich op in bed.

Er gingen allerlei beelden door haar hoofd: Robert die in een of andere nachtclub champagne zat te drinken met Debra Peters; Robert die in bed lag met Debra Peters, hun naakte lichamen over elkaar heen glijdend, glad van zweet. Toch was haar sterkste emotie nog steeds ongeloof. Ze voelde zich aan één stuk door verbijsterd. De schok vibreerde constant door haar heen, alsof er aan een snaar was getrokken en deze niet meer ophield met trillen.

Ze deed het nachtlampje aan en ging rechtop in bed zitten. Er lag een pocket van Leon Uris naast het lampje, die ze uit de boekenkast van haar vader had gepakt. De boekenlegger vertelde haar dat ze al een paar hoofdstukken had gelezen, maar ze had geen idee waarover het verhaal ging.

Ze stond op, trok een lade open en pakte de ring die ze bij Het Ei had gevonden. Hij lag in haar handpalm, mysterieus en extravagant versierd, zijn geheimen beschermend. Ze had hem pas twee weken geleden gevonden, maar het voelde veel langer. Haar leven was in die korte periode onherkenbaar veranderd. Als die ring van Sadie was geweest, waarom had ze hem dan gehouden nadat haar verloofde de relatie had verbroken? Misschien om dezelfde reden dat zij haar diamanten verlovingsring nog niet had doorgespoeld, die ze negen jaar daarvoor van Robert had gekregen, op een strand in Cornwall. Sadies ring had te veel gesymboliseerd. Hoeveel pijn het ook deed om ernaar te kijken, hem wegdoen zou voelen alsof ze een kostbaar deel van haar leven ontkende. Dan zou het voelen alsof die tijd vol belofte en geluk nooit had bestaan.

Rose probeerde of de ring haar paste. Hij was te klein voor de ringvinger aan haar linkerhand. Ze had geen andere foto's van de zussen gevonden in de flat van haar grootmoeder, alleen dat ene kiekje van het tweetal, in hun jas met fluwelen hoed. Sadie had er kleiner en slanker gebouwd op uitgezien dan Edith, hoewel ze sterke handen moest hebben gehad, nam ze aan, om een etspers te kunnen bedienen. Als die ring van Sadie was geweest, hoe was hij dan een paar meter van Het Ei vandaan in het bos terechtgekomen?

Rose had nog vrijwel nooit ergens in gefaald in haar leven, en het falen van haar huwelijk met Robert ging zo diep en was zo ingrijpend dat het aan haar identiteit vrat. Ze geloofde niet meer in zichzelf. Ze zag geen toekomst meer. En toch moest ze doorgaan, vanwege haar dochters. Ze kon zichzelf niet toestaan om in te storten.

Ze kon niets veranderen aan wat er was gebeurd, dus moest ze een manier zoeken om afleiding te vinden. Wat had haar vader tegen haar gezegd? Dat ze iets moest doen, *wat dan ook.* Rose wist dat hij gelijk had. Ze keek naar de ring en wist wat ze zou gaan doen. Ze ging Sadie zoeken. Ze ging uitzoeken wat er met haar was gebeurd en waar ze naartoe was gegaan nadat ze in oktober 1934 Het Ei had verlaten. En wat haar daar zo bang had gemaakt. Als ze haar tijd zou vullen met zoeken naar Sadie Lawless zou ze geen tijd hebben om te denken aan Robert die elke ochtend als hij wakker was geworden had gedacht: misschien dat ik vanavond een bezoekje ga brengen aan die hoer Debra. En dan ga ik daarna naar huis, met de kinderen spelen en vrijen met mijn vrouw.

Wat wist ze tot dusverre? Dat Sadie de jongste en mooiste van het tweetal was geweest. Dat Edith en zij niet goed met elkaar waren. Dat had die psychiater gezegd, Philip Sprott, en het was ook bevestigd in Sadies laatste brief: *Wat we ook voor onenigheid hebben, Edith...* Sadie was kunstenares geweest, iemand die etsen maakte. Volgens dokter Sprott was ze energiek, intelligent en charmant. Het Ei was oorspronkelijk van Sadie geweest, dus haar vader moest het aan haar hebben nagelaten. Waarom had hij het huis aan Sadie gegeven en niet aan Edith, de oudste dochter? Had dat onenigheid tussen de twee vrouwen veroorzaakt?

Rose las de eerste brief die uit Het Ei was verstuurd nog een keer. Sadies opgewekte woorden voelden nu geforceerd, alsof ze een toneelstukje opvoerde. *Het Ei is helemaal ingericht en is vreselijk leuk geworden... Weet je nog hoe betoverend het bos in de herfst is, Edith?*

Ze probeert er het beste van te maken. Tijd heelt alle wonden. Dat zouden talloze goedbedoelende vrienden tegen haar hebben gezegd. Sadie zegt tegen zichzelf dat ze altijd vooruit moet kijken, nooit terug moet kijken, en dat haar verhuizing naar Het Ei haar de gelegenheid geeft zich te concentreren op haar kunst. Als ze op zoek is naar inspiratie, hoeft ze alleen maar uit het raam te kijken naar de zilverachtige berkenbomen met hun gevlekte witte stammen, of naar het roodborstje dat op een tak vol rode bessen zijn lied zingt. Ze besluit 's ochtends vroeg direct te beginnen met haar programma vol activiteiten die haar sterker moeten maken. Ze staat om zeven uur op en wandelt naar de kruidenier in Nutcombe, waar ze een fles melk koopt, een brood en een krant. Dan ruimt ze het huis op en hakt hout voor het fornuis, en dan werkt ze aan een ets. 's Middags maakt ze een lange wandeling en neemt haar schetsboek mee. Ze staat zichzelf niet toe te rouwen om haar verlies. Ze gaat niet malen of denken aan wat had kunnen zijn.

De meubels – sommige erfstukken van haar ouders, andere stukken die ze op rommelmarkten heeft gevonden – staan raar in deze kale, witte kubus. Als de nacht door de grote ramen van Het Ei naar binnen sijpelt wordt ze overvallen door verlangen naar Londen, naar cafés en concerten, galerieën en boekwinkels. Ze heeft hier niet goed over nagedacht. Ze is hier impulsief naartoe verhuisd, een reactie op een vaag verlangen naar de eenvoud van een leven op het platteland en de overtuiging dat de witte puurheid van Het Ei haar wanordelijke leven ordelijk zou maken. Maar dat werkt niet; ze heeft haar innerlijke wanorde meegenomen, heeft zichzelf hier geïsoleerd. Ze voelt zich van alles afgesneden, op drift en wanhopig eenzaam.

Ze heeft geen controle over de angst die in haar opwelt. Ze verlangt naar de minnaar die haar in de steek heeft gelaten. 'Ik kan niet met je trouwen, het voelt niet goed,' heeft hij tegen haar gezegd. Of: 'Ik heb iemand anders leren kennen.' Ze ziet er vreselijk tegenop om alleen naar bed te gaan in dat koude huisje, want dat is wanneer ze zijn afwezigheid het meest voelt. Ze begint minder te worden dan ze ooit was; ze begint weg te teren. Ze gaat zich afvragen of iemand haar zou missen als ze er niet meer zou zijn.

Rose deed het grote licht aan en maakte Sadies volgende brief open, uit november 1930.

Meneer Boxell van de garage is geweldig! Hij heeft een schitterende fiets voor me gevonden. Ik heb hem een heel mooie kleur hulstgroen geverfd en hij is echt beeldig geworden. Ik ben er een paar dagen geleden de hele heuvel af naar het station mee gesneld.

Er volgde een humorvolle beschrijving van een stoeipartij met het fornuis: Sadies onvermogen om het aan te krijgen en een maaltijd van een blik koude soep als gevolg. De namen van een aantal van haar vrienden en vriendinnen stonden in de volgende paragraaf. Sadie en een vrouw die Pearl heette hadden thee gedronken in Jimmy's appartement in Victoria. *Splinter*, wat dat ook was, leverde geen geld op, dus repareerde Jimmy fietsen om de huur te kunnen betalen. Jimmy had Sadie gevraagd om wat etsen voor *Splinter* te maken, dus misschien was het een tijdschrift, krant of boek. 'Iets met politiek,' schreef Sadie. 'Dat wordt leuk. Gezonde boerenmeiden die mais staan te maaien of zoiets.'

Rose bedacht dat ze Sadie wellicht via haar oude vriendenkring zou kunnen opsporen. Had Sadie er nou maar achternamen bij geschreven. Ze bladerde door nog wat brieven heen, las ze oppervlakkig. Verschillend gekleurde postzegels trokken haar aandacht; ze bestudeerde ze met half samengeknepen ogen en zag dat een aantal van Sadies brieven in Frankrijk en Spanje was gepost. Rose dacht terug aan de brief die Sadie uit Cambridge had gestuurd, vanuit het huis van haar vriendin Constance, en haalde die nogmaals uit de envelop. Ze voelde zich ineens wat beter en las het briefhoofd, waar Constance Meyricks adres werd gegeven: Maids Causeway, Cambridge.

Ze las verder in de brief over die fiets. In Sadies laatste paragraaf stond:

Ik heb meneer en mevrouw Chiverton nog niet gezien. Ik dacht dat ze wel zouden langskomen. Misschien zijn ze er niet. Ze leiden vast een heel glamoureus leven. Ik heb ze nooit ontmoet toen ze het huis kochten, maar ik neem aan dat ik direct zou weten dat zij het waren als ik ze in Nutcombe tegen het lijf zou lopen, toch?

Rose ging tegen de kussens aan liggen en dacht na. Beelden van Het Ei, verborgen in het bos, gingen door haar heen. Het verzonken pad dat omhoogliep naar de richel. De Meeuwenvleugel, dat glazen paleis, door een muur verborgen achter de weg. En dat meisje met die gestreepte jurk dat een tas boodschappen bij het hek achterliet.

Mevrouw Chiverton woont alleen... Ze praat met niemand. Als ze iemand ziet, laat ze de honden los.

Toen ze terugliep naar haar auto nadat ze Katherine en Eve naar school had gebracht passeerde ze een vrouw die ze vaag kende, Suzy Masters, de moeder van een meisje dat bij Katherine in de klas zat. Rose dwong een glimlach ter begroeting op haar gezicht.

Suzy keek haar uitdrukkingsloos aan en begon toen tegen de vrouw naast haar te praten: 'Ik snap niet hoe ze met zichzelf kan leven. Dat ze hem er zo gemakkelijk mee laat wegkomen. Hij behandelt haar als een godvergeten voetveeg.'

Haar woorden waren duidelijk verstaanbaar en een aantal van de andere ouders staarde gegeneerd voor zich uit. Rose wilde zeggen: *Ik wist het niet*, maar ze kreeg de woorden haar strot niet uit. Ze haastte zich verdwaasd terug naar de veiligheid van haar auto, haar vingers onhandig friemelend terwijl ze het portier van het slot haalde. Ze ging zitten, haar handen bevend op het stuur.

Zou het altijd zo blijven? Was dit een nieuwe en afschuwelijke vernedering die ze elke dag zou moeten ondergaan? Ze haalde diep adem, probeerde zichzelf tot kalmte te manen en startte de auto. Ze had haar vader gevraagd die dag de meisjes uit school te halen, zodat zij naar Cambridge kon, waar ze hoopte Sadies vriendin Constance Meyrick te vinden. Ze mocht die veroordelende trut niet toestaan haar overstuur te maken en haar naar haar vaders huis te laten vluchten om zich daar te verstoppen. Toen ze naar de North Circular reed vroeg ze zich af of Suzy niet ook een beetje gelijk had. Ze moest wel vreselijk stom zijn geweest om niet te merken wat er speelde. Vreselijk, vreselijk stom. Rose parkeerde in een zijstraat en liep over de lange, glooiende Maids Causeway tot ze het huis had gevonden. Het was oud en elegant, drie verdiepingen hoog. Een stenen trap leidde naar de voordeur.

Ze belde aan. De deur werd geopend door een vrouw met wit haar in een paarse linnen jurk. 'Sorry dat ik zomaar onaangekondigd op de stoep sta,' zei Rose. 'Maar ik ben op zoek naar mevrouw Constance Meyrick.'

'Dan heb je haar gevonden.' Mevrouw Meyrick tuurde door haar bril van staaldraad naar Rose. 'Kennen wij elkaar?'

'Nee.' Rose stelde zich voor en vertelde over de brieven die ze in de schrijfmap van haar grootmoeder had gevonden. Toen ze over Sadie Lawless begon, begonnen de blauwe ogen van Constance te glinsteren.

'Sadie. Die naam heb ik in geen jaren gehoord. Dus jij bent haar achternichtje? Kom binnen, meid.'

De brede gang werd verlicht door een glas-in-loodraam dat vlekken geel en blauw licht op de vloer wierp. Aan de ene muur waren boekenplanken bevestigd, de andere hing vol foto's, de meeste met kinderen erop.

'Ik pas vandaag op mijn kleinzoon,' zei Constance. 'We waren in de tuin aan het spelen.'

Ze liepen door een achterkamer die was ingericht met flets geworden bloemetjesbanken naar een terras met muren vol klimop eromheen. Een roestige smeedijzeren tafel met stoelen stond in de schaduw en een jongetje met donker haar was plastic autootjes in een grote kartonnen doos aan het stoppen.

'Fergus, dit is Rose,' zei Constance. Fergus staarde haar even aan en ging toen verder met zijn autootjes.

Fergus probeerde terwijl Constance thee aan het zetten was in de doos te klimmen. Rose tilde hem erin en duwde hem over het smalle bakstenen paadje tussen de bloembedden door, autogeluiden makend terwijl ze hem naar de achtermuur duwde, waar een boom met grote, wasachtige witte bloemen zijn schaduw op de grond wierp.

'Wat een mooie magnolia, hè,' riep Constance terwijl ze een dienblad op tafel zette. 'Het huis is veel te groot voor me geworden. Mijn kinderen willen dat ik kleiner ga wonen. Ik zeg tegen ze dat ik al die slaapkamers nodig heb voor als ze willen komen logeren, maar eerlijk gezegd weet ik gewoon niet hoe ik zonder mijn magnolia zou moeten leven. Toby en ik hebben hem geplant in de zomer nadat we hier waren komen wonen. Fergus, waar is je pet? Kom maar even wat drinken, knul.'

Rose duwde de doos met het jongetje erin naar het terras.

'Ik heb me zo vaak afgevraagd wat er met Sadie is gebeurd,' zei Constance terwijl ze het kind op schoot nam. 'Ze is zo plotseling vertrokken.'

‘Weet u nog wanneer u haar voor het laatst hebt gezien?’

‘Ergens in de jaren dertig. ’34, denk ik. In de herfst... ja, het moet in de herfst zijn geweest, want ik was zwanger van mijn vierde. Sadie had in het buitenland gewoond. Ze stuurde me af en toe een ansichtkaart en toen hoorde ik ineens niets meer van haar. Ik heb natuurlijk geschreven, maar ik heb nooit antwoord gekregen.’ Constance was even stil en fronste haar voorhoofd. Toen zei ze: ‘Ik heb er later veel spijt van gehad dat ik niet beter mijn best heb gedaan. Dat ik onze vriendschap heb laten uitdoven. Sadie en ik kenden elkaar al zo lang. We hebben elkaar op school in Hampstead leren kennen. Maar het was een zware zwangerschap, en vervolgens had de baby darmkrampjes en sliep niet, en het was vrijwel onmogelijk om aan iets anders te denken behalve hoe ik de dag moest doorkomen. Maar later... ben ik me er schuldig over gaan voelen. Ik was erg op Sadie gesteld. Ze had geen kinderen, en ik vond het naar te bedenken dat ze misschien heeft gedacht dat ik geen tijd voor haar wilde maken.’

Rose pakte de ring uit haar handtas en liet hem aan de oudere vrouw zien. ‘Deze heb ik bij haar huis in Sussex gevonden. Ik weet niet of hij van haar is geweest. Ik vroeg me af of het misschien haar verlovingsring was.’

Constance draaide de ring in haar hand en gaf hem terug aan Rose. ‘Ik ben bang dat ik me hem niet kan herinneren. Hij ziet er erg oud uit. Misschien was hij van haar. Het is wel precies zo’n protserig ding dat hij haar zou geven. Felix, bedoel ik.’

‘Sadies verloofde?’

‘Ja, die ellendeling.’ Fergus dronk wat uit zijn tuitbeker en Constance zette een kop thee voor Rose neer. ‘Hij was ontzettend knap en charmant, maar het was mij meteen duidelijk dat hij volledig onbetrouwbaar was. Niet het soort man om een nestje mee te bouwen. Sadie zag dat niet. Maar wij vrouwen zijn vreselijk goed in onszelf voor de gek houden, hè, als we daarvoor kiezen?’ Constance fronste nogmaals haar voorhoofd. ‘Hoewel je niet zou zeggen dat Sadie een klassieke schoonheid was, was ze heel energiek. Mannen vonden haar vreselijk aantrekkelijk.’

Was Rose ook goed geweest in zichzelf voor de gek houden? Ze bande die gedachte uit haar hoofd. 'Ik heb haar psychiater gesproken, Philip Sprott,' zei ze. 'Hij heeft me verteld dat Sadie een zenuwinzinking heeft gehad.'

'Ze heeft hier gelogeerd om aan te sterken nadat ze uit die inrichting was ontslagen. Ze is hier ruim een maand gebleven. Ze was in eerste instantie nog heel zwak, maar volgens mij heeft het haar wel goedgedaan om bij vrienden te zijn, en we zagen haar langzaam aansterken.'

'Ik vroeg me af waarom ze niet naar haar zus is gegaan.'

Constance bood Rose een bordje vijgenkoekjes aan. 'Sadie nam Edith kwalijk dat ze haar had laten opnemen. Ze haatte het daar. Het ging er in die tijd niet altijd even gemoedelijk aan toe in psychiatrische instellingen. Maar misschien dat Edith het gevoel had dat het de enige keuze was. Zoals ik al zei was Sadie echt vreselijk ziek.'

Fergus was weer op de doos geklommen en zat nog wat sinaasappelsap uit zijn tuitbeker te drinken. Constance zette zijn zonnehoedje goed. 'Veel vrouwen van mijn generatie hebben nooit de kans gekregen om te trouwen en kinderen te krijgen. Vanwege al die potentiële echtgenoten die tijdens de Eerste Wereldoorlog verloren of verminkt zijn geraakt. Sadie moest daarmee leven. Ze had een grote vriendenkring. Ik weet zeker dat dat een troost voor haar was.'

'Ze heeft het in haar brieven over Jimmy en Pearl. Weet u wie dat zijn?'

Constance glimlachte. 'Jimmy was Jimmy Corrigan. Een Schot. Rood haar. Sadie had Pearl op de kunstacademie leren kennen, op het Slade. Ik weet niet meer wat haar achternaam was. Ze was Sadies beste vriendin. Die arme Jimmy was stapelverliefd op Sadie, maar volgens mij heeft ze dat nooit geweten. Zoals ik al zei kunnen we vreselijk blind zijn.'

Fergus zat nu de inhoud van zijn beker over de tegels te schudden. Constance vulde een gietertje met water uit de tuinkraan en gaf dat aan hem.

‘Er stond ook iets over een echtpaar Chiverton in de brieven,’ zei Rose. ‘Ze hebben De Meeuwenvleugel gekocht. Weet u misschien iets over hen?’

‘Jazeker.’ De blik van Constance ging van het kind naar Rose. ‘En jij ook, denk ik, Rose. Sadie heeft het huis aan Tom Chiverton verkocht.’

Rose staarde haar aan. ‘Tom Chiverton de dichter?’

‘Inderdaad.’

‘O.’ Ze was even stil om deze nieuwe informatie in zich op te nemen. ‘Wat bijzonder,’ zei ze toen. ‘Dat wist ik niet.’

‘Hij was in die tijd heel beroemd. Hij gaf lezingen op de radio.’ Constance glimlachte. ‘Iedereen vond hem vreselijk glamoureus.’

‘We hebben op school een paar van zijn gedichten behandeld.’ Een dichtregel die een plekje achter in Rose’ geheugen had verworven, uit een gedicht dat ze jaren geleden uit haar hoofd had geleerd, kwam nu naar boven: *Er staan twee bomen bij mijn raam, een van zilver en een van goud.*

Constance stond op om een kan water te vullen. ‘Ik weet nog dat ik het een prettig idee vond dat Tom en Diana Chiverton in de buurt woonden. Ik hoopte dat Sadie bevriend met ze zou raken. Hij was per slot van rekening ook kunstenaar, dus ik dacht dat ze dat gemeen zouden hebben. Ik maakte me namelijk zorgen om haar, alleen in dat huis, dat daar zo afgelegen stond. Ze had daarvoor in Londen gewoond en ik ging altijd bij haar op bezoek als ik er was. Ze huurde kamers in een logement. Ze had wat eigen geld, een fonds van haar vader, dus ze hoefde niet bij een hospita te wonen, zoals zo veel alleenstaande vrouwen in die tijd, dus daar had ze geluk mee.’

Er ging een briesje door de tuin, een tak bewoog en er viel een schaduw over het gezicht van Constance. ‘Ik heb geprobeerd Sadie over te halen wat langer bij ons te blijven,’ zei ze. ‘Maar dat wilde ze niet. Toen ze dus schreef dat Diana Chiverton haar voor een etentje had uitgenodigd, luchtte me dat enorm op.’

5

Sussex en Londen – oktober 1930

Sadie stond op het terras van Het Ei een emmer oude lappen vol inktvlekken te wassen. Er klonk geblaf en ze zag iets bewegen tussen de bomen langs het verzonken pad. Twee roodbruine honden, wendbaar als antilopen, schoten als slangen tussen de haagbeuken en eiken door.

Een stem riep: 'Ilonka! Gizi!'

Een lange vrouw liep door de begroeiing tussen het verzonken pad en Het Ei. Ze droeg een lange, zwarte, met bont afgezette jas met een scharlakenrode kozakkenmuts, waar lokken donker haar onderuit piepten. Het was een koude dag en windvlagen trokken de bladeren van de bomen; het bleke gezicht van de vrouw was op haar hoge jukbeenderen roze van de kou. Het was een krachtig gezicht, gedomineerd door vurige, donkere ogen die onder opvallende, donkere wenkbrauwen stonden. Sadie vond haar verbijsterend mooi.

Ze wees naar een tunnel door het kreupelhout. 'Ze zijn die kant op.'

'De boefjes.' De vrouw sloeg met haar handpalm op haar dijbeen. 'Ilonka! Hier!'

'Het zijn net kinderen.'

De vrouw leek nu voor het eerst echt naar haar te kijken. 'O, ze zijn veel leuker dan kinderen. Ben je hier komen wonen?'

'Sadie Lawless.' Sadie voelde dat ze werd getaxeerd door de vreemdelinge. 'Sorry dat ik je geen hand geef, maar mijn handen zitten onder de inkt.'

'Ik ben Diana Chiverton.'

Dus dit was de vrouw van Tom Chiverton. 'Dan woon jij in De Meeuwenvleugel.'

'Inderdaad. Leuk je te leren kennen, juffrouw Lawless. We hadden elkaar nog niet eerder gezien, toch? Het spijt me dat ik dat moet vragen, maar Tom en ik zijn zo vreselijk druk geweest tijdens de aankoop van het huis. Vanwege de publicatie van *Maan*.'

'Mijn notaris heeft de verkoop geregeld,' zei Sadie. 'Nee, we hadden elkaar nog niet ontmoet.'

De twee honden kwamen terugrennen door het struikgewas. 'Dit zijn Gizi en Ilonka.' Diana Chiverton aaide ze over hun gespierde nek. 'Het zijn vizsla's, een Hongaars ras. Het zijn jachthonden.'

'Ze zijn prachtig,' zei Sadie, aanvoelend dat van haar werd verwacht dat ze dat zou zeggen.

'Ze zijn fantastisch. Ontzettend loyaal. Ik bewonder loyaliteit, jij niet? Ik vind het de belangrijkste eigenschap. Vanwaar die inkt op je handen, juffrouw Lawless?'

Sadie leegde de emmer met vies water op de grond. 'Ik ben bezig met een linodruk.'

'Ken je Stanley Chute? Hij maakt geweldige houtsneden.'

'Alleen van naam.'

'We zijn met hem bevriend. Misschien mag ik jullie aan elkaar voorstellen.' Diana's blik dreef naar Het Ei. 'Tom en ik vroegen ons af of je het huis zou gaan verkopen. Het heeft zo lang leeggestaan.'

'Ik zou het nooit kunnen verkopen.' Loyaliteit was, zoals Diana Chiverton had gezegd, een bewonderenswaardige eigenschap, en Het Ei zou voor Sadie altijd verbonden zijn met herinneringen aan haar vader en hun gedeelde liefde voor het project.

'Ik zal tegen Tom zeggen dat het huis eindelijk weer wordt bewoond,' zei Diana. 'Hij gaat 's ochtends graag hardlopen in het bos.'

Sadie voelde weer dat er een reactie van haar werd verwacht. Het bos rond het huis was haar eigendom… vroeg Diana Chiverton haar om toestemming?

'Ik hoop dat hij dat blijft doen,' zei ze vriendelijk. 'Ik zal naar hem zwaaien als ik hem zie.'

'We gaan hier vaak wandelen met onze gasten. De bomen zijn echt schitterend.'

Nee, Diana Chiverton vroeg niet om toestemming; ze claimde de omgeving. Maar niemand kon echt eigenaar zijn van Paley High Wood. Zijzelf beheerde het ook slechts tijdelijk.

Diana maakte aanstalten om te vertrekken, de honden vlak achter haar. 'Nou, dan houd ik je niet langer op, juffrouw Lawless. Je bent vast druk. Tot ziens.'

Sadie mompelde een afscheid, maar ze keek de vrouw niet na en spreidde de gewassen doeken op het terras uit om te drogen. Ze had het gevoel dat ze haar bezoekster genoeg aandacht had gegeven. Diana Chiverton had aandacht opgeëist vanaf het moment dat ze door het bos had gelopen met haar roedel honden aan haar hielen, als Artemis… of de godin Diana. Sadie vermoedde dat er zorgvuldig was nagedacht over hoe ze eruitzag, dat het de bedoeling was indruk te maken, zelfs te intimideren. Ze vroeg zich af of Diana's verschijning zo toevallig was geweest als ze had geïmpliceerd; misschien dat het echtpaar Chiverton haar een paar dagen daarvoor over de richel langs De Meeuwenvleugel had zien lopen, of misschien had het bericht dat Het Ei weer werd bewoond ondertussen de winkeliers in Nutcombe bereikt.

Diana Chiverton had het gesprek geleid. Sadie was afgeserveerd met een vreugdeloos lachje waarbij ze precies de woorden had gesproken – *Nou, dan houd ik je niet langer op* – die haar eigen moeder altijd had gebruikt om zich los te maken van ongewenst bezoek of het soort mensen dat niet wist hoe ze een gesprek moesten afronden. Was Diana's opmerking dat ze haar misschien al eens had ontmoet, maar dat was vergeten, opzettelijk beledigend bedoeld? Dat was moeilijk te zeggen. *Vanwege de publicatie van* Maan. Dat was een verwijzing naar Tom Chivertons recentste dichtbundel. Er werd lovend over geschreven in de kranten.

Het daglicht begon af te nemen, dus ze liep naar binnen en probeerde het fornuis aan te krijgen. Het huis koelde snel af vanwege die grote ramen en het platte dak. Het leek haar onwaarschijnlijk dat ze veel te maken zou krijgen met de Chivertons, wat een opluchting was, zei ze tegen zichzelf. Diana's voorstel haar aan Stanley Chute voor te stellen was niet oprecht geweest. Sadie, gekleed in haar gebruikelijke werktenue van een overall vol verfvlekken met een trui met doorgesleten ellebogen eronder, vermoedde dat Diana haar niet zou beschouwen als van haar soort.

Toen ze echter de volgende ochtend opstond, trof ze een briefje in de brievenbus met een uitnodiging om die avond in De Meeuwenvleugel te komen eten. Het was warm verwoord:

Een intiem, informeel etentje, en ik begrijp het als je niet kunt komen omdat ik je op zo korte termijn uitnodig, maar Tom en ik zouden het zalig vinden als je erbij kunt zijn.

Sadie zag voor zich hoe Tom tijdens het hardlopen die ochtend het briefje door de deur zou hebben geduwd. Misschien had ze Diana verkeerd ingeschat en had ze te snel conclusies getrokken. Dat ze zich ongelukkig voelde en eenzaam was begon zijn tol te eisen en maakte haar achterdochtig. Het zou heel eenvoudig zijn, moest ze toegeven, om jaloers te zijn op Tom en Diana, die in het huis woonden waarvan haar eigen ouders hun familiehuis hadden willen maken. Ze mocht hun geen gebeurtenissen verwijten waar ze niets mee te maken hadden. Tom Chiverton was in een bepaald opzicht haar redder geweest. Hij had een goede prijs voor een huis betaald dat veel aandacht had getrokken, maar weinig biedingen had gekregen. Kijkers waren afgeschrikt door de onconventionele bouwstijl van De Meeuwenvleugel, maar Tom had de visie gehad om de schoonheid erin te zien.

Sadie bekeek om zes uur die avond haar garderobe om te bedenken wat ze zou aantrekken. Haar zwarte wollen japon zou een veilige keuze zijn, maar ze had het idee dat Diana het soort vrouw was dat een hekel had aan vrouwen die op veilig speelden, dus pakte ze een olijfgroene fluwelen jurk met een geborduurde halslijn. Misschien een beetje te bohemien, maar zij vond hem prachtig. Ze duwde haar haar achter haar oren en deed haar diamanten oorbellen aan. Wat lippenstift en een beetje poeder. Ze trok haar regenlaarzen en regenjas aan en vertrok.

Een zaklamp verlichte haar pad terwijl ze over de weg liep. De Meeuwenvleugel was het meesterwerk van haar vader. Hij had het ontworpen om te laten zien wat hij kon. Het Ei had hij met een ander doel laten bouwen, daar had hij mee willen aantonen dat zelfs een bescheiden pand, een huis dat gewone mensen zich zouden kunnen veroorloven, mooi en bijzonder kon zijn. Hij was van plan geweest om huizen voor mensen van alle rangen en standen te ontwerpen, niet alleen voor de rijken, en had een heel dorp vol huizen als Het Ei voor zich gezien. Het idee voor Het Ei had hij eerst gehad, voordat hij De Meeuwenvleugel had ontworpen. Sadie kon zich de avond nog herinneren dat hij haar en haar moeder de eerste tekeningen had laten zien. Het was het zaadje van een idee, had hij gezegd. Sadie had gezegd dat het meer op een ei leek dat op het punt stond uit te komen, en die naam was om de een of andere reden blijven hangen.

Toen ze het huis naderde zag ze dat er een snoer lampjes tussen de pilaren langs de voorgevel was gehangen, wat het huis een feestelijke uitstraling gaf. Hoe vaak ze De Meeuwenvleugel ook zag, het bleef een verbijsterend pand. Hoe kon het ook anders? Het was ontworpen om te verbluffen en verrukken, om je de adem te ontnemen. Hoewel het huis zonder omheining aan de weg had gestaan toen haar vader het had laten bouwen, had het echtpaar Chiverton een laag hek langs het hele terrein laten plaatsen.

Een bediende reageerde op de deurbel, een mooi meisje van een jaar of vijftien, zestien.

'Geef mij uw laarzen maar, juffrouw, dan haal ik de modder er voor u af.'

'Dank je. Hoe heet je?'

'Ivy, juffrouw.'

'Dank je wel, Ivy.'

De indeling van het huis was onconventioneel. Aan de ene kant van de hal was de keuken en vestiaire, aan de andere kant waren atelierruimtes, bergingen en bediendeverblijven. Een trap leidde naar een grote, open zit- en eetruimte op de eerste verdieping. De slaapkamers en badkamer lagen daarboven, op de tweede verdieping.

De Chivertons hadden de ruime hal gedecoreerd met drie grote, opvallende, kleurrijke schilderijen. Een houtsnijwerk van anderhalve meter hoog, van een gestileerd stel in een omhelzing, stond bij de tuindeur. Op een plank lagen stapels brieven, boeken en tijdschriften naast twee schedels, een van een paard en een van een uil.

Het geroezemoes van een gesprek klonk van de eerste verdieping toen ze de trap op liep. Ivy opende de dubbele deuren en Sadie trof groepjes gasten aan die zaten of stonden te kletsen, roken, drinken en lachen.

Een langwerpige eettafel waar zo te zien minstens twintig mensen aan konden zitten stond langs een muur van de ruimte. Drie grote banken, bekleed met donkerrood en donkeroranje, stonden in hoefijzervorm rond de open haard, waar de vizsla's, Ilonka en Gizi, op een kleed voor lagen te slapen. Aan de andere kant van de ruimte stond een vleugel. De rood-oranje gestreepte gordijnen voor de ramen waren gesloten. Sadie had geen gordijnen in Het Ei – haar vader had een hekel aan gordijnen gehad, die hij onnodige stofnesten voor de lagere middenklasse vond – en ze vroeg zich af of Tom en Diana ze hadden om nieuwsgierige blikken buiten te kunnen houden. Misschien werd Tom geteisterd door handtekeningenjagers.

Fragmenten van een gesprek bereikten haar oren:

'... een meditatie over het geheugen, zei hij zelf...'

'... het was een heel warm welkom, maar ik voelde de ijspegels...'

'... blijft maar doormijmeren, à la Roger Fry, uren en urenlang...'

Zo'n intiem etentje zou het dus toch niet worden. Het geluid en felle licht waren een schok voor Sadie na twee weken van enkel haar eigen gezelschap.

Diana Chiverton, gekleed in een lange, lichtgrijze japon, kwam op haar af schrijden. Haar donkere haar was van haar voorhoofd geborsteld en viel in een zachte, gepolijste regen over haar schouders.

'Juffrouw Lawless, wat enig dat je erbij kunt zijn. Tom!' Diana's stem klonk boven het geroezemoes uit. 'Tom, kom je even voorstellen.'

Een man die te midden van een kring gasten stond draaide zich om en stak een hand op. Tom Chiverton was de langste man in de ruimte. Zijn brede schouders en alerte, aandachtige uitstraling gaven hem een leeuwachtig uiterlijk. Op de foto's in de kranten was hij knap; in levenden lijven was hij verbluffend aantrekkelijk. Een lok donker haar viel over zijn hoge voorhoofd en zijn profiel was gezegend met sterke gelaatstrekken: een Romeinse neus, scherpe kaaklijn en opkrullende bovenlip.

Hij kwam de ruimte door lopen. 'Juffrouw Lawless – Sadie – wat leuk om je te leren kennen. Diana heeft me veel over je verteld.' Hij kneep meer in haar vingers dan dat hij haar de hand schudde. Donkerbruine ogen met goudkleurige vlekjes focusten op haar. Hij glimlachte. 'Het werd ook wel tijd dat onze paden niet langer enkel in theoretisch opzicht kruisten en dat we elkaar persoonlijk leren kennen, vind je ook niet, Sadie? Als je vanavond niet was gekomen, zou ik je morgen weer hebben uitgenodigd. Dan zou ik je op mijn knieën hebben gesmeekt tot je je aan me zou overgeven.'

'Tom, doe niet zo mal,' berispte Diana hem. 'Je maakt Sadie aan het blozen.'

Het eten was een pastei met prei en wortels. De groente, zo kondigde Diana aan, was door Tom verbouwd.

'Poëtische prei,' zei iemand. 'Je zou er een versje over moeten schrijven, Tom.'

'Tom schrijft geen versjes,' zei Diana ijzig.

'Als je dat maar weet, Miles,' zei een meisje in een boerenblouse.

'Excuseer.' Miles boog zijn hoofd naar Diana.

De man die naast Sadie zat – jong, met koperkleurig haar, groene ogen en een smal, als gebeeldhouwd gezicht – mompelde: 'Miles zal door het stof moeten gaan, anders wordt hij nooit meer uitgenodigd. Een versje... stel je voor.' Hij keek haar glimlachend aan. 'Rufus Vaughan.'

'Sadie Lawless,' zei ze. 'Waar ken jij Tom en Diana van? Ben je ook dichter?'

'Nee, ik ben danser en choreograaf bij een balletgroep. Tom en ik overwegen samen een nieuw project te gaan doen. Dans met het gesproken woord. Ik heb bij de broer van Diana op school gezeten. Mijn ouders waren in India, dus logeerde ik soms bij zijn familie. Die van Diana, dus.'

Zijn blik rustte op Diana, aan het hoofd van de tafel. Sadie vroeg zich af of hij verliefd op haar was. Het zou haar niets hebben verbaasd als heel wat mannen in de kamer verliefd waren op Diana Chiverton.

'Wat aardig van ze.'

'Inderdaad; het waren lieve mensen. Ik heb jou hier nog nooit gezien.'

'Ik ben een buurvrouw.'

'Ik wist niet dat Tom en Di buren hadden. Ik dacht dat dat het hele idee van dit huis was: glorievolle afzondering.' Rufus' blik ging door de ruimte. 'Het is een prachtig pand, maar het heeft iets ongenaakbaars.'

'Mijn vader heeft het ontworpen.'

'O. Is dat een grapje? Nee, duidelijk niet. Sorry voor die lompe opmerking.'

'Nee, je hoeft je niet te verontschuldigen. Het is het soort huis dat je óf afgrijselijk, óf geweldig vindt.'

Ze hadden het over Rufus' werk tot Ivy de borden kwam afruimen. Er klonk een vork tegen een glas en iedereen werd stil. Diana stond op en zei: 'Ik zie dat iedereen heel genoeglijk op zijn plekje zit, maar jullie weten wat onze gewoonte is.'

Rufus Vaughan stond op. 'Een plaatswissel. Leuk je gesproken te hebben, Sadie.'

De gasten stonden op met hun wijnglas en servet. Alleen Tom Chiverton bleef op zijn plaats aan het hoofd van de tafel zitten. Diana stond achter hem de gasten naar hun plaatsen te dirigeren. Een lange, bleke hand lag op de schouder van haar man en de andere streelde over zijn donkere krullen.

Sadie werd tot haar verbazing geïnstrueerd naast Tom plaats te nemen.

'Ik hoorde dat je etsen maakt,' zei hij terwijl het toetje, appelkruimeltaart, werd geserveerd.

'Inderdaad. Voornamelijk lino's.'

'Ik neem aan dat je je werk serieus neemt.' Hij keek haar streng aan. 'Ik haat mensen die maar wat rommelen en zichzelf vervolgens kunstenaar noemen.'

'Ik ben geen rommelaar. Ik heb de afgelopen jaren minder gedaan dan ik had gewild omdat ik voor de klas heb gestaan... Ik moest namelijk geld verdienen.' Dat zei ze vol trots, zonder enige schaamte dat ze zichzelf had moeten onderhouden. Ze vermoedde dat de meeste mensen in deze ruimte zich niet druk hoefden te maken over dergelijke banaliteiten.

Tom verraste haar met zijn antwoord: 'Ik heb zelf een paar jaar Engels en Latijn gegeven. Ik vond het erg leuk om voor de klas te staan. Het is een eervol beroep. Geef je nog steeds les?'

'Nee, ik ben gestopt.'

'Waarom?'

'Omdat ik verloofd was.'

Waarom had ze dat gezegd? Ze had kunnen liegen – of de waarheid voor zich kunnen houden – maar iets aan Tom Chiverton dwong eerlijkheid af. Ze vermoedde dat hij ontwijkend gedrag niet zou tolereren. Ze was zowel tot hem aangetrokken als op haar hoede. Toch had ze het erg naar haar zin, drong het tot haar door, en ze voelde haar vroegere genoegen in gezelschap en een leuk gesprek weer opborrelen.

Hij zei: 'Maar je bent niet met die verloofde getrouwd.'

'Nee.' Ze dacht met een pijnscheut aan Felix, haar mooie Felix. 'Dat is niets geworden. Hij heeft nu een ander.' Ze vroeg zich af of die ander nog steeds de domme, hatelijke Dahlia Knight was, of dat hij ondertussen alweer een ander had. Felix zou altijd iemand hebben.

'Misschien dat je het niet wilt horen, maar ik weet zeker dat zulke dingen altijd een reden hebben.' Ze bespeurde begrip in de onpeilbare diepte van Toms ogen. 'Ik geloof heilig in het lot. Er waakt iets over ons leven, iets wat weet wat goed voor ons is, ook al beseffen we dat zelf niet altijd.'

'Bedoel je God?' Ze kon de geringschatting niet uit haar stem houden.

'Niet in de conventionele zin van het woord. Een levenskracht... een eenheid. Je vindt dat ik onzin uitkraam, hè?'

Dat was inderdaad het geval, maar dat zei ze niet. In plaats daarvan zei ze: 'Felix zou een waardeloze echtgenoot zijn geweest. Dat zie ik nu wel in.'

'Ik ben bang dat een heleboel mannen een waardeloze echtgenoot zijn.' Zijn mondhoeken gingen omhoog in een glimlach. 'Maar soms heb ik het gevoel dat dat juist is wat vrouwen willen.'

Ze vond het vreemd dat Tom zichzelf tot de waardeloze echtgenoten leek te rekenen. Zijn generalisatie irriteerde haar bovendien. Veel te veel mannen leken te denken dat ze wisten wat vrouwen wilden, terwijl ze dat heel vaak mis hadden.

'Ik begrijp niet hoe je dat kunt zeggen,' zei ze. 'Wat de ene vrouw wil – kinderen, een gezin – is juist wat een andere vrouw vreselijk vindt.'

'Ik bedoelde dat het probleem is dat mannen en vrouwen niet hetzelfde willen. Een vrouw zoekt naar de man die haar volledig maakt. Mannen, aan de andere kant, worden gedreven door rusteloosheid en onvrede. Dat is geen recept voor geluk.'

'Waar hebben jullie het over? Zo te zien gaan jullie helemaal op in je gesprek.'

Sadie keek op. Diana was naast hen komen staan.

'We hebben het over het huwelijk, liefste,' zei Tom.

'Als je die arme Sadie maar niet verveelt. De liefdesverhalen van anderen zijn gruwelijk slaapverwekkend.' Diana streelde achteloos met de ruggen van haar vingers over Toms wang en zei toen: 'De dood van je vader was een groot verlies voor de architectuur, Sadie. Het moet heel gek zijn om hier onder deze omstandigheden terug te zijn. Het is vast vreselijk veranderd. Ik hoop dat je het niet afgrijselijk vindt.'

'Ik vind deze kamer heerlijk warm en in het oog springend. Ik vind hem mooi.'

'Diana heeft hem ingericht,' zei Tom. 'Dat laat ik altijd aan haar over. Niemand heeft zulk goed kleurgevoel als zij.'

Ze hadden het over het werk van Le Corbusier en Behrens, tijdgenoten van Edward Lawless, en toen de koffie werd geserveerd wendde Tom zich af en begon een gesprek met de vrouw die aan zijn andere zijde zat. Sadie was zowel opgelucht als teleurgesteld dat ze uit de schijnwerper van zijn aandacht was.

Haar andere buurman stelde zich voor als Roger Eriksson. Hij had een mollige, zwierige aantrekkelijkheid. 'Je zult het nu met mij moeten doen,' zei hij. 'Ik ben slechts broodschrijver. Een grote teleurstelling na onze beroemde dichter, maar het is niet anders. Mijn vrouw, Helen, is mijn toegangskaartje tot zijn sprankelende gezelschap. Daar zit ze, in die roze jurk. Dag, liefje.'

Hij zwaaide naar een aantrekkelijke, blonde jonge vrouw. Sadie herkende de naam Helen Eriksson als behorend bij een rijzende ster in de opera.

'Mijn aanwezigheid hier wordt slechts gedoogd,' vervolgde Roger. 'Ik betwijfel of Tom en Di ooit moordmysteries lezen.' Hij prikte met zijn vork in de overblijfselen van zijn taart. 'Ik vind het altijd erg amusant om te zien hoe gecultiveerd ze zichzelf vinden, terwijl we altijd kostschooleten krijgen geserveerd. Je kunt niet anders dan je afvragen of de perfecte Diana een gebrek heeft: ze kan niet koken.'

'Heeft ze geen kok in dienst?'

Rogers ogen glansden. 'O, die was er wel, maar die schijnt vanochtend zijn biezen te hebben gepakt. Er werken twee soorten bedienden in huize Chiverton: het soort dat verliefd op ze wordt en nooit meer weggaat, en het soort dat op de vlucht slaat zodra het de gelegenheid krijgt.' Zijn blik rustte op Sadie. 'Jij bent de vervangster, hè?'

'Hoe bedoel je?'

'Poppy Seaforth heeft griep en ze heeft op het laatste moment afgezegd. Diana verdraagt een oneven aantal mensen aan tafel niet.

Tom ook niet, trouwens. Voor zo'n intelligente man is hij soms vreselijk bijgelovig.'

De informatie dat ze was uitgenodigd om een oneven aantal gasten te voorkomen nam een deel van Sadies genoegen in de avond weg. Gasten begonnen van de tafel te dwalen en sigarettenkokers werden tevoorschijn gehaald en rondgedeeld. Tom stond bij een dressoir glazen cognac in te schenken. Hij hield op met schenken om Diana in zijn armen te nemen. Ze kusten en mompelden onverstaanbare woordjes tegen elkaar. Sadie vond ze perfect bij elkaar passen: allebei lang, donker en aantrekkelijk, bijna het cliché van het perfecte stel.

De andere gasten, had ze de indruk, maakten zich klaar voor een lange sessie van drinken en praten, waaraan ze geen deel wilde nemen. Toen ze haar koffie ophad en een sigaret had gerookt bedankte ze het echtpaar Chiverton voor de gastvrijheid en maakte aanstalten te vertrekken.

'Weet je zeker dat het geen probleem is om alleen naar huis te lopen?' vroeg Diana terwijl ze haar naar de voordeur begeleidde, maar Sadie voelde dat haar gastvrouw ongeduldig was om naar haar bezoek terug te keren en stelde haar snel gerust.

Ze besloot door het bos en niet via de weg naar Het Ei terug te lopen. Dat was korter, en het maakte nu niet meer uit als ze modder op haar kousen kreeg. Ze moest haar grenzen verleggen. Ze had tot twee weken daarvoor haar hele leven in steden gewoond. Ze wilde niet bang zijn voor het platteland in het donker.

Het licht van haar zaklamp scheen voor haar uit en verlichtte dicht op elkaar staande coniferen en uitlopende hazelaars. Ze voelde hoe ze ontspande naarmate ze verder van De Meeuwenvleugel wegliep. De smalle, zanderige greppel die midden door het verzonken pad liep glinsterde vochtig in het maanlicht. Ze bleef halverwege staan en deed haar zaklamp uit. Ze zag terwijl haar ogen aan de duisternis wenden dat het bos in het donker allesbehalve een ondefinieerbare vlek was. Boomstammen, kreupelhout, stijgingen en dalingen werden scherp afgetekend in het licht van de vollemaan. Een uil riep en iets kleins scharrelde geschrokken weg op zoek naar beschutting. Het ijle, zilverachtige licht dat in schuine stralen uit de hemel scheen was transformerend, onthulde een betoverende en mysterieuze wereld aan haar die resoneerde van leven, een wereld binnen haar eigen wereld, maar een die ze nu pas leerde kennen.

Misschien had Roger Eriksson gelijk gehad; misschien hadden Tom en Diana haar uitgenodigd om iemand anders te vervangen. Maar dat was misschien niet de enige reden. Diana had bij het afscheid gezegd: 'Wip vooral even aan als je hier langskomt.' Diana was niet het soort vrouw dat de saaiheid van alledaagsheid tolereerde, en ze zou haar niet hebben aangespoord langs te komen als ze niet aan haar standaard voldeed. Als er een test was geweest, was ze ervoor geslaagd.

'Waar het op neerkomt,' zei Sadie, 'is dat Edith zich voor me schaamt. De familie Lawless doet niet aan zenuwinzinkingen.'

Sadie en haar beste vriend en vriendin, Jimmy Corrigan en Pearl Foster, zaten in Jimmy's kamer vlak bij station Waterloo, vanwaar Sadie de trein terug naar Sussex zou nemen. Jimmy, die uit Glasgow kwam, was lang, mager en pezig, en hij had lang haar. Hij was uitgever van een tijdschrift dat *Splinter* heette. Het bracht niet veel op, dus vulde hij zijn inkomen aan als fietsenmaker. Hij was zelf fervent fietser en er stonden drie rijwielen, gedeeltelijk uit elkaar gehaald, in de kleine, donkere ruimte. Hoewel de kamer spartaans was ingericht – Jimmy had geen banken of stoelen – lagen er stapels boeken, kranten en tijdschriften op boekenplanken en op de vloer.

'Misschien maakt Edith zich gewoon zorgen om je,' zei Pearl.

Pearl had haar zwarte haar en grote, donkere ogen van haar Indiase grootmoeder. Sadie en zij waren beste vriendinnen sinds hun eerste kennismaking op het Slade. Ze had Pearl tijdens haar portretfase heel wat keren getekend.

Het was koud in de kamer en Sadie had haar jas nog aan. Ze had die ochtend een afspraak met Philip Sprott en zou daarna bij Edith gaan lunchen.

Ze maakte een minachtend geluid. 'Ze schaamt zich voor me, ze heeft zich altijd al voor me geschaamd. Als we het over mijn "ziekte" hebben, zoals zij het noemt, stuurt ze Louisa altijd de kamer uit. Alsof ik besmettelijk ben. Alles moet altijd verstopt blijven voor Edith. Dat zie je wel aan hoe gemakkelijk ze me naar dat afgrijselijke gesticht heeft gestuurd.'

'Het was daar wel gruwelijk, ja,' zei Jimmy.

Pearl kneep in Sadies hand. 'We hebben ons zo'n zorgen om je gemaakt.'

De twee weken die ze in de inrichting had doorgebracht waren de vreselijkste uit Sadies hele leven. Ze kon niet terugdenken aan wat er daar was gebeurd – het volledige verlies van haar eigen wil, haar onafhankelijkheid en privacy – zonder zich intens vernederd te voelen. Ze kon Edith niet vergeven dat ze haar had laten opsluiten. Zusters hoorden er voor elkaar te zijn, hoorden voor elkaar te zorgen. Maar wat had Edith gedaan toen ze haar het meest nodig had gehad? Ze had haar laten opsluiten, buiten ieders zicht.

Ze waren vandaag echter wel op goede voet uit elkaar gegaan, hadden allebei hun best gedaan. Edith had voorgesteld dat ze met kerst zou komen en Sadie had haar lot geaccepteerd en de uitnodiging aangenomen.

Ze zei nu: 'Ze staat er nog steeds op dat ik naar die verdomde psychiater ga.'

'Dat is waar, maar het is wel de goddelijke Philip...' Pearl glimlachte dromerig. 'Ik zou het helemaal niet erg vinden om bij Philip Sprott op de bank te liggen om over mezelf te praten.'

Sadie had Philip als haar analist gekozen omdat hij een vriend van een vriend was. En omdat hij jong, benaderbaar en aardig was en haar niet het gevoel gaf dat ze klein, dom en minderwaardig was, zoals de psychiater in de inrichting had gedaan. Het maakte de psychoanalyse, die ze erg ingrijpend vond, iets minder zwaar. Want hij was inderdaad afleidend aantrekkelijk.

'Neem er nog een, schat.' Jimmy stak een bord cakejes onder haar neus. 'Je bent mager geworden.'

‘Vertel eens over Tom Chiverton,’ zei Pearl. ‘Hij ziet er op de foto’s zo bedreigend uit. Een tobber.’

‘Hij is vreselijk aardig.’ Sadie was zich ervan bewust dat ze iets uit de weg ging met die woorden. ‘Aardig’ was niet het juiste woord om Tom Chiverton te omschrijven; hij had intensiteit uitgestraald. Ze probeerde het opnieuw: ‘Ik kan me niet indenken dat iemand ooit een luchthartig gesprek met hem kan hebben. Zoals wij dat zo vaak hebben.’

‘Nu ben ik gekwetst.’ Jimmy stak een Gold Flake op en schoof het pakje over tafel naar Pearl. ‘Bedoel je dat Tom Chiverton diepzinniger is dan wij? Of slimmer?’

‘Hou toch je mond, Jimmy,’ zei Pearl.

‘We hebben het over vreselijk serieuze dingen gehad. Werk, en religie, en het huwelijk.’

‘Het huwelijk?’ Jimmy keek haar aan. ‘Die ouwe snoeper zat met je te flirten.’

‘Natuurlijk niet.’ Sadie leunde naar voren zodat Jimmy haar een vuurtje kon geven. ‘Dat zou hij nooit doen.’

‘Kletskoek. Elke man die de kans krijgt doet dat.’

‘Nee, dat heb je mis.’ Ze blies een dunne kolom rook uit. ‘Ik heb nog nooit een stel gezien dat zo verliefd op elkaar is als Tom en Diana.’

Het gesprek kwam op Pearls problemen met haar getrouwde minnaar, Ralph, die parttime doceerde aan het Slade. Ze hadden vrijwel nooit meer dan een uur samen, verzuchtte Pearl. Ze woonde bij haar moeder, dus daar kon ze Ralph niet uitnodigen, en hij had natuurlijk zijn vrouw en kinderen. Sadie bood Het Ei een weekend aan – dan zou zij wel bij een vriendin gaan logeren – en Pearl bedankte haar, maar ze sloeg haar ogen neer en zei bedroefd dat ze niet dacht dat Ralph daar de tijd voor zou kunnen vrijmaken. Toen gaf ze beiden een kus en ging naar huis naar haar moeder.

Nadat hij Pearl had uitgelaten, kwam Jimmy terug naar de kamer. ‘Ik kan mezelf er maar niet toe zetten het arme kind te vertellen dat Ralph haar aan het lijntje houdt. Maar uiteindelijk zal het muntje wel vallen.’

Daar was Sadie niet zo zeker van. Het was soms eenvoudiger om te geloven wat je wilde geloven. Ze vroeg: 'Heb jij Felix nog gezien?'

'Op het feest bij de familie Porters.'

'Was hij...?' Ze moest er niet naar vragen, maar ze kon zichzelf er niet van weerhouden. 'Was hij samen met iemand?'

Jimmy zei zachtmoedig: 'Je moet het loslaten, schat.'

'Nou?'

'Hij was met die lellebel, Dahlia Nogwat.'

'Heb je hem gesproken?'

'Nee, want dan zou ik hem hebben geslagen. En dat leek me niet zo'n goed plan.'

'Edith houdt er maar niet over op.' Sadie deed de stem van haar zus na: "Ik heb je toch gezegd dat hij een waardeloze schooier was?"'

'Dat is hij ook, Sadie.' Jimmy's helderblauwe ogen keken haar strak aan. 'Je zus heeft gelijk. Dat is hij echt.'

Ze had de hele dag aan Felix moeten denken. Dat had ze elke keer als ze in Londen was. Ze had vandaag tegen de herinneringen gevochten, en tegen de drang om naar plaatsen te gaan waar ze samen waren geweest, en het was haar gelukt om niet aan te bellen bij zijn appartement in Kensington. Het weerstaan van de impuls had haar uitgeput.

Toen de trein Londen uit reed had ze het nog steeds koud. Zo te voelen deed de verwarming in het rijtuig het niet en ze wreef haar handen samen om ze een beetje te verwarmen. Ze voelde met haar duim aan de ring die Felix haar had gegeven, die ze nu aan haar rechterhand droeg. Ze moest hem eigenlijk wegdoen, maar daar kon ze zich niet toe zetten. De woorden die in de binnenkant stonden gegraveerd, 'K HEB U LIEF MIJN HARTENDIEF, hielpen haar eraan herinneren dat er ooit iemand van haar had gehouden.

Ze sloeg haar exemplaar van *Maan* open, de recentste dichtbundel van Tom Chiverton, die ze bij Hatchards had gekocht, en probeerde te lezen, maar haar aandacht dwaalde af, dus legde ze het boek weg en keek uit het raam. Waarom voelde het aanzicht van de straatlantaarns en de verlichte huizen vanavond zo beklemmend, waarom werd ze er zo verdrietig van? Het gevoel van futiliteit en spijt dat ze continu probeerde te onderdrukken spoelde over haar heen. Zo veel gedachten, zo veel herinneringen. Ze gaf zich er nu aan over.

Ze had Felix Rudd leren kennen in oktober 1929, tijdens een bruiloft in het West End. Haar ouders waren acht maanden daarvoor overleden, maar ze zat nog steeds gevangen in een tunnel van verdriet. De bruid was een goede vriendin en ze was naar het feest gegaan om haar een plezier te doen.

Felix had haar naar hem zien kijken in de eetzaal van het hotel. Hun blikken hadden gekruist en er was een golf van hitte door haar heen gegaan, maar ze had niet weggekeken. Ze moest zichzelf de rest van het bruidsontbijt dwingen niet naar hem te staren. Later, in de balzaal, had ze zich omgedraaid en had hij ineens naast haar gestaan. Dat was het moment dat haar leven was veranderd. Felix kon fantastisch dansen, was lichtvoetig en leidde zijn danspartner als vanzelf met de lichte druk van zijn hand. Hij had haar aan het einde van de avond mee uit eten gevraagd. Twee weken later waren ze minnaars.

Felix Rudd was snel, intelligent en overrompelend. Hij had zwarte krullen, iets scheefstaande, kolenzwarte ogen, en hij was slank, beweeglijk en ad rem. Hij was van dezelfde leeftijd als Sadie en was ternauwernood aan het oorlogsslachtveld ontsnapt. Ze was zo halsoverkop en overweldigend verliefd op hem geworden dat het verdriet dat haar constant had vergezeld sinds het vliegtuigongeluk waarbij haar ouders waren omgekomen van haar af viel alsof ze een dikke jas uittrok. Liefde en verlangen stroomden door haar heen met de kracht van een elektrische schok en bliezen haar met een siddering nieuw leven in.

Felix woonde aan Kensington Church Street in een appartement boven zijn antiekwinkel. Hij had van zijn grootouders twee appartementen in Maida Vale geërfd, die hij verhuurde. Hij had oog voor schoonheid en waardevolle objecten en een lange lijst vermogende klanten. Hij werd geadoreerd door zijn ouders, was belezen en beweerde dat hij politiek links georiënteerd was. Sadie ging wel eens met hem mee naar politieke bijeenkomsten, maar ze gingen vaker naar de cinema. Hij kon lichtgeraakt en humeurig zijn en ze hadden spectaculaire ruzies, waarbij er met borden werd gesmeten en met deuren werd geslagen. Het goedmaken nadien was altijd geweldig. Hij was erg egocentrisch – wat Sadie weet aan het feit dat hij enig kind was – maar dat compenseerde hij met verleidelijke flair, charme en levenslust. Hij was een gepassioneerde minnaar, wat maakte dat ze naar hem smachtte.

Hij was een nachtwezen, het meest op zijn gemak in smoezelige nachtclubjes in Soho waar de uitsmijter je alleen binnenliet als hij je gezicht kende, waar de muziek rauw en verleidelijk was en de driemansband in een mist van sigarettenrook speelde. De clubs hadden over het algemeen geen ramen en waren slecht verlicht. Nu Sadie eraan terugdacht, bedacht ze dat als er daglicht in die sobere interieurs zou hebben geschenen, alles tot stof zou zijn vergaan.

Ze had van zichzelf gedacht dat ze onconventioneel was, maar Felix had haar meegenomen naar plaatsen waar ze nog nooit was geweest. Er was een politie-inval waarbij ze door een toiletraam vluchtten, zij wriemelend door de opening terwijl hij aan haar armen trok, waarna ze gierend van het lachen een steegje in renden. Er was een feest dat de hele nacht doorging, op een boot op de Theems, toen iemand de trossen die het schip aan de kade bonden had losgemaakt en ze de rivier afdreven, naar de monding, en een bootje van de kustwacht hen terug naar land sleepte. Er waren jointjes, die ze kochten van een muzikant uit de band en die ze rookten op een stil grasveldje in Hyde Park. En er was cocaïne, die ze maar één keer had geprobeerd, aangezien ze toen de euforie eenmaal weg was, was overvallen door een depressie die dagen had aangehouden.

Daar had ze Philip Sprott niets over verteld. Philip veroordeelde niet, keurde niets af. In plaats daarvan zei hij dingen waardoor je jezelf echt ging zien, wat Sadie erger vond. Begin 1929 was het vliegtuig dat haar ouders over het Kanaal had moeten brengen gecrasht en in vlammen opgegaan. Achttien maanden later was ze verscheurd door liefde, erdoor in de vlammen geworpen, en was zij op spectaculaire, allesverzengende wijze neergestort en in vlammen opgegaan.

Toen Felix haar eind februari ten huwelijk had gevraagd had ze zonder enige aarzeling ingestemd. Zijn familie was dolblij met de verloving, maar Edith niet. Toen Sadie en Felix thee waren gaan drinken bij Edith was de afkeuring van haar zus bijna voelbaar geweest. Zelfs Felix, die het altijd fantastisch deed in gezelschap, had er niet tegenop gekund, en zijn scherpzinnigheid en levendigheid waren in de deprimerende victoriaanse sfeer in het huis van de familie Fuller verworden tot misrekende breedsprakigheid.

Drie weken voor de bruiloft was hij naar haar appartement gekomen en had haar gevraagd hem te ontheffen van hun verbintenis. 'Het is tot me doorgedrongen dat ik niet het soort man ben dat moet trouwen,' zei hij. 'Het zou niet eerlijk tegenover jou zijn, Sadie; je verdient beter.' Hij wrong zijn handen samen en keek haar gekweld aan. 'Ik dacht dat ik het kon; ik dacht dat jij de ware voor me was. Maar ik weet niet of er voor mij wel een ware is. Als ik aan een huwelijk denk, en dat het voor altijd is, heb ik het gevoel dat ik stik. Ik ben behept met een gruwelijke tekortkoming, een ziekte.'

De trein reed nu station East Grinstead binnen. De lucht smaakte naar roet en vorst, naar winter, en ze rende naar het perron waar het stoomtreintje naar Nutcombe stond te wachten. Ze vond een lege coupé en sloeg de deur dicht. Een fluitsignaal en een wolk rook die langs het raam omhoogging en toen reden ze het station uit.

In Nutcombe viel de kou over haar heen terwijl ze het perron af liep en haar fiets pakte. Een ijle kring licht van de koplamp scheen voor haar uit terwijl ze de heuvel op reed. Ze fietste snel, staand op de pedalen, door het stille bos, waar zich vorst aan het vormen was. Als je zo hoog wilde vliegen, nam je een risico. Was Felix slecht voor haar geweest? Ja, dat besefte ze nu. Maar een deel van haar miste nog steeds het overweldigende van hun affaire. Ze kon er geen spijt van hebben dat ze van hem had gehouden, hoewel het vreselijk veel pijn deed. Ze dacht terug aan een dag die ze samen in Bretagne hadden doorgebracht. Het was schoolvakantie geweest, dus ze had hem vergezeld tijdens een winkeltripje aan de andere kant van het Kanaal. Ze waren naar de kust gereden, waar ze hadden gezwommen en gepicknickt, en ze hadden gevreeën in een afgeschermde duinpan die bedekt was met fijn, zijdeachtig zand. Ze dacht er nog steeds aan terug als een dag die niet perfecter had kunnen zijn. Hoe oud ze ook zou worden, hoe eenzaam of ongelukkig ze ook zou zijn, ze zou altijd de herinnering hebben aan de rollende zee, de zilte smaak van zijn huid en de warmte van de zon op hun naakte lichamen.

De takken waren nu kale, houtskoolzwarte lijnen tegen een zwaarbewolkte, witte hemel, en alleen de berken hadden hun bruine, papierachtige blaadjes nog. Sadie ging elke middag wandelen, omdat ze daarvan opknapte en er 's nachts beter door sliep, en omdat ze het gevoel had dat ze er meer aan had dan aan psychoanalyse.

Het meisje, Winnie Thomsett, bediende haar in de dorpswinkel. Sadie gaf haar een complimentje over haar kapsel, een gekweld arrangement van krullen die met haarspelden waren vastgezet, en kocht een broodje en een appel. Toen liep ze een stukje het dorp uit, waar een voetpad de weg af leidde naar een steile grasheuvel met een groepje iepen op de top, waar ze op een boomstronk ging zitten en haar lunch opat. Toen ze klaar was met eten schetste ze eerst de iepen met de roekenkolonie erin en toen Nutcombe, dat eruitzag als een door een kind gebouwd blokkendorpje in de riviervallei in de diepte.

Haar wandeling leidde haar door een lapjesdeken van velden, heggen en kreupelhout. Het begon te regenen, de druppels kletterden in de mosterdkleurige poelen, en Sadie zette de capuchon van haar regenjas op terwijl ze over de lange, rechte weg liep die haar zou terugbrengen naar Paley High Wood. Haar laarzen zaten onder de modder.

Ze zag in de dicht op elkaar groeiende hazelaars langs de ene kant van het laantje een uil op een tak zitten, zijn veren wijd uitstaand tegen de kou. Voordat ze de kans had om haar fototoestel te pakken vloog hij luid klappend met zijn vleugels weg, laag over de velden. Sadie pakte haar potlood en schetsboek uit haar rugzak en probeerde koortsachtig het beeld vast te leggen voordat het uit haar hoofd zou zijn geglipt. Haar vingers hadden geen vaste grip op het natte potlood, maar ze was tevreden met de schets: het uitslaan van de vleugels, het verbreden van de romp.

Ze hoorde een geluid achter zich, draaide zich om en keek terug in de richting waar ze vandaan was komen lopen. Een paard met ruiter kwam op haar af. Ze ging met haar rug tegen de hazelaars staan om ze te laten passeren.

Ze herkende door het gordijn van regen Tom Chiverton. Hij had een oliejas aan en zijn dikke, krullende haar lag nat over zijn hoofd geplakt. Zijn stoere aantrekkelijkheid was gemaakt voor dagen als deze, voor heuvels, wind en regen.

Hij haalde de teugels van zijn paard aan. ‘Sadie, wat toevallig, goedemiddag! Wat ben je aan het tekenen? Mag ik het zien?’

Ze liet hem de uil zien.

‘Ze zitten ’s nachts bij ons op het dak naar elkaar te roepen,’ zei hij. ‘Diana ligt er wakker van. Wat een mooie schets. Wil je een lift terug naar Het Ei?’

‘Op het paard?’ vroeg ze dommig.

Hij schoot in de lach. ‘Ja, op het paard. Wees maar niet bang; ik weet wat ik doe. En Roman kan gemakkelijk twee volwassenen aan, hoewel jij zo licht bent als een veertje, dat zie ik zo.’

‘Dank je wel voor je aanbod, Tom, maar nee. Ik hou van lopen in de regen.’

‘Wat leuk.’ Hij stak ter afscheid zijn hand op. ‘Veel plezier dan maar.’

Tom reed verder, maar keek een klein stukje verderop over zijn schouder en riep: ‘Kom je morgen lunchen? Uurtje of twaalf? Ik accepteer geen nee, Sadie. Ik sta erop dat je komt!’ Toen porde hij zijn hielen in de flanken van zijn paard, en dier en ruiter verdwenen al snel achter een gordijn van regen.

Ondanks het koude weer en het water dat over haar neus droop was Sadies gezicht heet. Waarom had ze Toms aanbod afgewezen? Ze had het ijskoud, was doorweekt en snakte ernaar om thuis te zijn. Kwam het doordat ze nooit had leren paardrijden en het grote, gespierde beest angstaanjagend vond?

Nee, het was Tom zelf, en het idee zo dicht bij hem te zijn wat haar had doen aarzelen. Misschien had hij een mengeling van minachting en medelijden voor haar gevoeld: de sterke, viriele man, smalend om de ouwe vrijster die bang was voor fysiek contact. Als dat het geval was, had hij haar terughoudendheid verkeerd geïnterpreteerd. En dat was maar goed ook, zei ze tegen zichzelf terwijl ze op zoek naar wat beschutting onder de bomen ging lopen. Hij kon haar beter minachten dan weten wat net tot haarzelf was doorgedrongen: hoe sterk ze zich tot hem aangetrokken voelde.

6

Surrey en Londen – juli 1970

Walton-on-Thames was stoffig in de zomerse hitte. Rose trok haar jasje uit toen ze het arbeidsbureau uit liep.

'Als er iets langskomt, laten we het weten, mevrouw Martineau.' De laatste woorden van de vrouw die ze had gesproken, juffrouw Pritchard (rond de vijftig, met een handgebreid truitje met korte mouwen en een vlinderbril), bleven terwijl ze wegliep in haar hoofd rondzingen, op een toon die overbracht hoe onwaarschijnlijk het was dat er ooit een vacature zou zijn die paste bij haar vaardigheden – beter gezegd haar gebrek aan vaardigheden. 'Het is jammer dat u niet kunt typen,' had juffrouw Pritchard opgemerkt terwijl ze door Rose' schamele curriculum vitae bladerde. 'En dat u nauwelijks werkervaring hebt.'

Ze had ontzettend veel ervaring, bedacht ze kwaad terwijl ze in de rij stond bij de groenteboer om groente en fruit te kopen, en ontzettend veel vaardigheden. Ze wist hoe je voor een ziek kind moest zorgen en een zenuwachtige zesjarige door haar eerste piano-uitvoering moest helpen. Ze wist hoe je een driegangenmenu voor acht personen moest koken en hoe je een groot huis prettig en efficiënt runde. Ze kon vreselijk goed organiseren en wist hoe ze mensen op hun gemak kon stellen. Maar dat leek allemaal niet te tellen. 'De meeste van onze klanten verwachten iemand die steno kan, mevrouw Martineau. Misschien kan ik iets voor u vinden als archiefbediende.'

Rose betaalde haar boodschappen en liep de winkel uit. Zonlicht schitterde op de stoep. Misschien moest ze gaan lesgeven. Misschien dat ze een privéschool kon vinden die waardering had voor haar graad in de natuurkunde en door de vingers wilde zien dat ze geen lesbevoegdheid had. Maar ze wist dat ze niet het geduld had om les te geven. Misschien dat ze het ooit had gehad, maar dat was verleden tijd. De verwarring en verbijstering die haar eerste reactie waren geweest op Roberts verraad hadden dat weggebrand, en daarvoor in de plaats voelde ze nu een woede die door haar aderen stroomde vanaf het moment dat ze 's ochtends wakker werd tot het moment dat ze, gekweld door onrust, 's avonds uiteindelijk in slaap viel.

Ze liep naar huis. Ze had een week bij haar vader gelogeerd en toen was ze met de meisjes teruggegaan naar Walton-on-Thames. Maar ze voelde zich er niet op haar gemak, het was alsof de ruïne van haar huwelijk het huis fysiek had veranderd. De kamers zagen er onnatuurlijk ordelijk uit, een beetje mistroostig, als het decor van een deprimerend toneelstuk over huwelijkse strijd of een verlaten vrouw.

Maar Robert had haar niet verlaten; zij had hem eruit gezet. Ze hoefde het maar te zeggen en dan zou hij terugkomen. Dan zou ze geen werk hoeven zoeken of hoeven zien hoe ongelukkig haar dochters waren omdat hun vader er niet was. Ze hoefde hem alleen maar te vergeven. Alleen maar. Vergeving was ondenkbaar. Robert verdiende het niet om vergeven te worden en Rose kon zich niet voorstellen hoe ze dat ooit zou kunnen. Ze wilde hem niet vergeven, maar toch was een deel van haar er constant op gespitst of ze zijn sleutel in de deur hoorde, of het geritsel van zijn regenjas die achteloos naar de kapstok werd gemikt en op de grond terechtkwam. De werkkamer was nog van hem. Ze deelde de slaapkamer met haar herinneringen aan hem. Ze zou eigenlijk de meubels moeten verplaatsen, de inrichting moeten omgooien zodat het huis er anders zou uitzien, maar daar had ze de moed niet voor.

Het huis perste al haar adem uit haar. Ze had nauwelijks geslapen in de weken die waren verstreken sinds de publicatie van dat artikel, DEBRA – DE WAARHEID. Het woelen, het opschudden van haar kussen en de zoektocht naar een koel plekje op de lakens waren een dagelijks tafereel geworden sinds ze aan slapeloosheid leed. In haar achterhoofd waren constant haar kwelgeesten aanwezig, schreeuwend om op de voorgrond te treden: Debra Peters, Johnny Pakenham en Robert zelf.

Ze probeerde afleiding te zoeken maar vond alleen maar meer zorgen, om de kinderen, haar financiële afhankelijkheid en eenzaamheid. God, wat was ze eenzaam. Ze was van een kosthuis naar een studentenflat naar een gedeeld appartement en toen het huwelijk gegaan. Ze was nog nooit de enige volwassene in het huishouden geweest. Ze had fantasieën over Debra Peters, maar vast heel andere dan Robert. Ze stelde zich voor hoe het zou zijn om met haar te praten, haar te confronteren met de consequenties van haar hebzucht en immoraliteit. Ze stelde zich graag voor hoe Debra zou huilen en om vergeving zou smeken, maar dat scenario overtuigde nooit lang. Er was altijd dat moment dat de denkbeeldige Debra minachtend begon te lachen en wegliep, provocerend wiegend met haar parmantige, negentienjarige, in minirok geklede lichaam. Rose' gevoel van machteloosheid maakte haar woede alleen maar erger.

Zelfs haar zoektocht naar Sadie was tot stilstand gekomen. Ze had ondertussen alle brieven gelezen. Sadie had de irritante gewoonte haar vrienden alleen bij hun voornaam te noemen – Lachlan, Madge, Roger en Helen, Alma, en haar beste vriendin Pearl – waardoor ze niet te traceren waren. Constance Meyrick, Sadies vriendin in Cambridge, had Jimmy's achternaam geweten, Corrigan, maar een poging hem te vinden in een telefoonboek had nog nergens toe geleid. Geen van de J. Corrigans die Rose had bereikt was de goede; anderen hadden de telefoon niet opgenomen. Ze had geschreven naar de J. Corrigans die ze telefonisch niet had kunnen bereiken, met de vraag of ze Sadie kenden.

Maar voor hetzelfde geld was Jimmy naar Australië geëmigreerd. Of was hij dood. Er stond een schets van hem in een van de brieven die Sadie uit Spanje had gestuurd, waarop hij een lange, magere man was in een wijde jarendertigbroek en een wit overhemd zonder stropdas en naast een ouderwetse auto stond. De brief, uit juni 1933, vertelde Rose dat Sadie en Jimmy die zomer van dorp naar dorp over de Spaanse Hoogvlakte hadden gereisd en uiteindelijk in Madrid waren geëindigd. 'Ik heb olijfolie voor Jimmy gekocht,' had Sadie geschreven. 'De arme schat is roodverbrand; hij lijkt wel een kreeft.'

Tom Chiverton leek ook onvindbaar. Rose had Diana Chiverton geschreven, in De Meeuwenvleugel, om haar te vragen of zij zich Sadie herinnerde, maar ze had geen antwoord gekregen.

De telefoon ging. Ze liep naar de werkkamer.

'Hallo?'

'Rose, met mij.'

'Robert.' Ze kon zich er niet toe zetten te vragen hoe het met hem ging. Dat zou het gemakkelijker voor hem maken. Kinderachtig van haar, maar dat gunde ze hem niet.

'Ik bel omdat je wat papierwerk moet ondertekenen. Ik vroeg me af of ik er vandaag even mee langs kan komen.' Hij sprak op achteloze toon, alsof er niets aan de hand was.

'Wat voor papierwerk?'

'Ik verkoop Martineau Aviation.'

'Ik ben druk.' Een leugen.

'Rose, je hoeft alleen maar een handtekening te zetten.' Er klonk nu irritatie in zijn stem en het voelde als een overwinning dat ze hem had geprovoceerd.

'Stuur ze maar op. Ik stuur ze wel terug als ik ze heb ondertekend. Dag, Robert.' Ze legde de hoorn op de haak.

Maar het genot dat ze hem had gestoken ebde al snel weg en maakte plaats voor een gevoel van lethargie en misère. Het zou eenvoudiger zijn als ze hem nooit meer zou hoeven spreken, maar dat was onmogelijk, aangezien hij de vader van hun dochters was en hij het huis betaalde. Robert, die over alles tegen haar had gelogen, betaalde al haar rekeningen nog. Ze hadden nog een gezamenlijke bankrekening. Ze kon de flat van haar grootmoeder niet te koop zetten omdat er nog geen geverifieerd afschrift van haar testament was. Ze zou tot het was verkocht afhankelijk zijn van Robert. Ze moest een baan vinden omdat ze geld moest verdienen. De teleurstelling over het gesprek van die ochtend stroomde weer door haar heen.

Ze zette in de keuken een kop koffie voor zichzelf en maakte een boterham met kaas en augurk. Ze liep met haar lunch naar het terras en nam ook het boek mee dat ze die ochtend van de bibliotheek had geleend. Het was een biografie van Tom Chiverton, *Dichter in de Downs.*

Ze krulde zich op in een rieten tuinstoel. De zon schitterde fel terwijl ze in de index naar verwijzingen naar Sadie Lawless zocht. Er was een paragraaf over Sadies vader, architect Edward Lawless, waarin het ontwerp van De Meeuwenvleugel werd besproken, maar Sadie werd er niet in genoemd. Constance Meyrick had haar verteld dat Sadie Tom en Diana Chiverton had gekend, dus het was raar en frustrerend dat ze niet werd genoemd in de biografie, en weer een doodlopende weg. Het was teleurstellend dat er zo veel beroemde namen in de index werden opgesomd, maar dat die van Sadie er niet tussen stond. Misschien was ze niet beroemd genoeg; misschien dat de biograaf, Geoffrey Cranham, een onbeduidende kunstenares niet belangrijk genoeg had gevonden om haar een plaatsje te geven tussen al die gevierde mannen.

Het boek viel open bij een foto van Tom Chiverton. In de tekst eronder stond dat hij was genomen in de South Downs. Dat moest in de winter zijn geweest, want de dichter stond erop tegen een achtergrond van donkere wolken en kale bomen. Hij had zijn handen in de zakken van zijn lange jas gestoken, zijn laarzen waren modderig en een onzichtbare windvlaag blies zijn slordige, donkere lokken opzij. Zijn voorhoofd was breed en hoog en zijn diepliggende ogen daagden de toeschouwer uit, verbonden zich hongerig met haar, daagden haar uit weg te kijken. Het drong tot Rose door dat Tom Chiverton een uitzonderlijk aantrekkelijke man was geweest.

Ze las een paar bladzijden over Chivertons jeugd in Hampshire. De paragrafen waren lusteloos en log geschreven, een saaie opsomming van het werk dat de voorvaderen van de dichter hadden gedaan, jachtopzieners en hoefsmeden, en de leraren die hij op school had gehad. Ze bladerde door het hoofdstuk dat zijn dood beschreef. Tom Chiverton was in 1957 overleden, aan longkanker, in De Meeuwenvleugel. Zijn vrouw, Diana, had hem gedurende zijn laatste maanden verpleegd.

Wat betekende dat Diana al dertien jaar alleen in het huis woonde. Het echtpaar had geen kinderen. Midden in het boek stond een foto van Diana, genomen in de jaren dertig. Twee honden, zo te zien van hetzelfde ras als het roodbruine stel dat tegen het hek bij De Meeuwenvleugel op was gesprongen, stond naast haar. *Diana met haar geliefde Hongaarse vizsla's, Ilonka en Gizi.* Diana Chiverton zag er slank, mooi en vitaal uit, moeiteloos elegant in haar donkere pantalon en witte blouse. Rose stelde zich voor hoe ze over het verzonken pad door het bos zou hebben gelopen, Ilonka en Gizi voor haar uit rennend.

De zon scheen; Rose sloeg het boek dicht en sloot haar ogen. Toen ze een uur later wakker schrok redde ze het bibliotheekboek van waar het was gevallen, opengeslagen op de tegels, keek op haar horloge, slaakte een gil, greep haar tas en sleutels en vloog het huis uit. Toen ze over straat rende op weg naar de school van de meisjes voelde haar hoofd zwaar van de hitte en haar dutje.

Ze kwam op school aan toen de kleuterklas net naar buiten kwam. Ze kuste Eve en controleerde of ze al haar spullen bij zich had. Een paar minuten later kwam Katherine naar buiten lopen.

'Heb je een fijne dag gehad, lieverd?'

'Gaat wel,' zei Katherine mopperig, kwaad.

Rose' hart kromp samen van het ongeluk dat ze in de ogen van haar oudste dochter zag. 'Vertel me eens wat je dwarszit, Katie-Lou,' zei ze liefdevol.

'Mam, niet doen.' Katherine wendde zich af. 'En noem me niet zo. Dat is kinderachtig.'

'Was je werk te moeilijk?'

'Nee, natuurlijk niet.'

Normaal gesproken zou Rose haar dochter een standje hebben gegeven voor haar brutale toon; vandaag maakte ze er geen punt van.

'Is iemand naar tegen je geweest?'

'Nee.'

Ze liepen verder, Katherine met de punten van haar sandalen over de stoeptegels schrapend op een manier die was bedoeld om te irriteren. Rose negeerde het in eerste instantie, maar toen zei ze fel: 'Hou daarmee op; zo gaan je sandalen kapot.'

Katherine slaakte een theatrale zucht.

Eve huppelde in zichzelf neuriënd naast hen.

'Hou daarmee op, kleuter,' zei Katherine, en ze gaf Eve een duw.

'Katherine!' zei Rose vermanend.

Eve, die was gewend aan de buien van haar zus, huppelde buiten haar bereik verder en begon harder te zingen. Rose pakte Katherines hand. Ze voelde haar dochter voor de vorm wegtrekken, maar toen ontspanden haar vingers en liet ze zich tegen Rose' arm aan zakken.

Thuis lag er een bruine envelop op de deurmat. Rose las terwijl de meisjes melk dronken en koekjes aten de documenten die Robert had laten brengen en zag de kruisjes en het commentaar dat hij erbij had geschreven op de plaatsen waar ze moest tekenen.

Ze had hem altijd geplaagd met zijn handschrift, dat slecht gevormd en jongensachtig was, en iets in haar krulde pijnlijk in haar op nu ze het zag. Het voelde, vijf weken sinds ze uit elkaar waren, af en toe nog steeds vreselijk onwerkelijk. Dat hij het luchtvrachtbedrijf verkocht was nog een punt op het lijstje van dingen die ze betreurde. Ze had de vergaderingen daar leuk gevonden, had zich er meer dan alleen moeder en huisvrouw door gevoeld. Ze pakte een pen, streek de eerste pagina glad en voelde toen ineens een golf van razernij door zich heen gaan, veroorzaakt door Roberts hooghartige houding. Na alles wat hij had gedaan verwachtte hij nog steeds dat ze volgzaam voor hem klaarstond. Ze legde de pen neer. Hij moest maar even wachten.

Ze legde de papieren in de werkkamer om er later mee verder te gaan, luisterde naar Eve die voorlas en hielp Katherine met haar huiswerk, een ellendig, snauwerig half uur van spellingsoefeningen, niet het sterkste punt van haar dochter. Tegen de tijd dat ze klaar waren was iedereen moe en geïrriteerd, dus liet ze de meisjes televisiekijken terwijl ze eten maakte en samen met hen at: vis, nieuwe aardappels en salade. Ze prikte lusteloos in haar eten. Na het eten speelden ze samen in de tuin, waarna ze hen in bad deed en naar bed bracht.

Dit was het moment van de dag dat Roberts afwezigheid het meest voelbaar was. Er was niemand die, met een theatrale beweging, deed of hij de bal liet vallen tijdens een wedstrijdje cricket, en geen monster dat naar boven kroop om Eve te laten gillen van verrukte angst als hij brullend zijn hoofd om de badkamerdeur stak. Rose probeerde het, maar dat was nooit haar rol geweest en ze was zich ervan bewust dat ze hem allesbehalve overtuigend speelde.

Toen de meisjes in bed lagen liep ze naar de keuken en schonk een glas wijn voor zichzelf in. Ze nam een grote slok en voelde zich een beetje beter. Haar blik dwaalde naar het bibliotheekboek op de keukentafel. *Dichter in de Downs* leverde niets op in haar zoektocht naar Sadie. Ze moest een andere aanpak bedenken.

Ze pakte haar adresboekje en zocht het nummer van haar vriend Tony Marsh. Ze had hem tien jaar daarvoor leren kennen op een feest in een souterrain in Bristol, toen ze nog studeerde. Hij was antiekhandelaar. Misschien dat hij iets kon vertellen over de ring die mogelijk van Sadie Lawless was geweest.

Ze draaide het nummer. Tony nam op en Rose vroeg hoe het met hem ging.

'Ik heb mijn voet gebroken,' vertelde hij. 'Ik heb er een kapstok op laten vallen.'

'O, Tony, arme schat.'

'Ik verveel me dood, de hele dag met mijn voet op een kruk. Leuk wat van je te horen, Rose. Hoe is het met jou?'

'Prima,' zei ze ontwijkend.

'Echt?'

Ze zuchtte. 'Eerlijk gezegd is het een drama. Een groot drama. Ik probeer bezig te blijven. En ik vroeg me af... heb je zin om samen te lunchen, Tony? Morgen misschien?'

Tony was een heel ander soort mens dan haar andere vrienden. Hij was in armoede op het platteland opgegroeid en was op zijn vijftiende van school gegaan om bij de marine te gaan dienen. Op zijn linkerarm had hij nog steeds de littekens van een brand in de machinekamer. Rose had nooit precies geweten hoe oud hij was, maar ze schatte dat hij nu veertig of vijftig was, zoiets. Hij was klein en slank als een jockey, beweeglijk en pezig als een professionele bokser, en hij was ontegenzeglijk onaantrekkelijk, met een gelig, rimpelig gelaat, misschien door alle chemicaliën waarmee hij meubels opknapte. Maar hij was geestig, oprecht en loyaal en had haar in de periode dat haar moeder ziek was vaak gezelschap gehouden, had voor drankjes en sigaretten gezorgd, en als ze het niet kon opbrengen om te praten had hij stil bij haar gezeten. Hij had oog voor ongebruikelijke en waardevolle zaken, talent om de schatten tussen de troep te vinden op een rommelmarkt of als er een huis werd leeggeruimd, en ze hadden een paar heel gezellige middagen samen doorgebracht toen ze het huis in Walton-on-Thames aan het inrichten was en ze samen door de omgeving hadden gereden en antiek- en tweedehands winkels hadden afgestruind.

Toen ze de donkere, rokerige pub bij station Waterloo in Londen waar ze hadden afgesproken binnenliep zat Tony al aan een hoektafeltje. Hij droeg zoals altijd een olijfgroene broek van Engels leer met een stokoud, stofkleurig tweed jasje met gerafelde manchetten en een gele sjaal. Zijn lange, grijzende haar was in een lage staart gebonden met zo te zien een schoenveter.

Ze omhelsden elkaar. Hij rook naar pepermunt en sigaretten. 'Ik heb geprobeerd je te bellen,' zei hij. 'Maar je bent onbereikbaar, Rose.'

'Ik had de telefoon naast de haak liggen.' Ze ging aan het gehavende tafeltje zitten. 'Ik werd lastiggevallen door journalisten.'

En bemoeizieke kennissen en vrienden – mensen van wie ze had gedacht dat het vrienden waren – die hun nieuwsgierigheid en het genoegen dat ze in haar ellende schepten nauwelijks konden bedwingen. En nu en dan een hijger. Ze had een geheim nummer genomen. Ze kon zelfs het gezelschap van haar echte vriendinnen, vrouwen met een trouwe echtgenoot en een gelukkig gezin, nauwelijks verdragen. Het was gemakkelijker om met iemand als Tony te zijn, die wist hoe het was om een zwaar leven te hebben.

Hij strompelde naar de bar om een glas wodka met limonade voor haar te bestellen. Toen hij weer was gaan zitten schoof hij een pakje Player's No. 6 over tafel naar haar toe.

'Nee, dank je.'

Tony stak een sigaret op. 'Wil je erover praten?'

'Niet echt.' Ze haalde haar schouders op. 'Mijn echtgenoot heeft seks gehad met een dure prostituee. Wat valt er verder over te zeggen?'

'Ik heb hem altijd een egocentrische klootzak gevonden.'

'Dat heb je dan goed gezien.' Ze bestudeerde zijn magere, gegroefde gezicht. 'Je bent nooit getrouwd geweest, hè, Tony?'

'Ik heb ooit een meisje gehad. Ze is er met een ander vandoor gegaan. Het was mijn eigen schuld. Ik had problemen met de politie.' Hij tikte de as van zijn sigaret. 'Ik ben niet geschikt voor het huwelijk. Ik wil mijn vrijheid en mijn eenvoudige leven niet opgeven.'

'Ik heb een ring gevonden.' Rose pakte hem uit haar tasje. 'Ik vroeg me af of jij er misschien iets over kunt zeggen.'

Tony viste een loep uit zijn zak en bestudeerde de ring. 'Hoe kom je eraan?'

'Ik heb hem in het bos gevonden, bij een huis dat ik van mijn grootmoeder heb geërfd.'

'Hij is mooi,' zei hij. 'En zo te zien erg oud.'

'Hoe oud?'

'Ik ben geen expert op het gebied van antieke sieraden, Rose, maar aan de inscriptie te zien is hij zestiende- of vroeg zeventiende-eeuws.'

'Weet je wat voor steentjes het zijn?'

'Die groene zijn smaragden, dat weet ik vrij zeker. Maar die andere ken ik niet.' Tony wees fronsend naar de zwarte stenen op de schouders van de ring. 'Als je het niet erg vindt om hem aan me mee te geven, kan ik hem aan iemand laten zien. Je hoeft hem niet lang te missen.'

‘Zou je dat willen doen? Dank je wel, Tony. Ik vraag me af of hij van mijn oudtante is geweest. Ze heeft begin jaren dertig in dat huis gewoond. Ik probeer haar te vinden, maar dat wil nog niet zo lukken.’

Hun lunch werd geserveerd. Rose bestelde nog een paar drankjes. Ze hadden het over de antiekhandel en over Kevin, Tony’s tienerzoon van een minnares uit het verleden. De jongen was een herrieschopper, zoals Tony zelf ook was geweest, nam Rose aan.

‘Hij vindt het werk dat ik hem aanbied te min,’ zei Tony chagrijnig. ‘Hij vindt zichzelf te goed om meubels te sjouwen en poetsen.’

Rose vertrok een uur later om de trein terug naar Walton-on-Thames te halen. Ze had de biografie van Tom Chiverton meegenomen, die ze uit haar tas pakte toen de trein station Waterloo uit reed. Ze las de hoofdstukken over Toms vroege successen, de dichtbundels *Maan* en *Eclips*, die eind jaren twintig en begin jaren dertig waren uitgebracht, wat heel interessant had moeten zijn, maar door de biograaf was teruggebracht tot een opsomming van gewonnen prijzen en zijn lezingen en speeches.

Maar zelfs het gortdroge proza van Geoffrey Cranham kon niet verhullen dat de opkomst van Tom Chiverton, gedurende de jaren dat Sadie in Het Ei had gewoond, een flitsende was geweest. Het echtpaar Chiverton – en De Meeuwenvleugel – was het centrum van een kunstenaarskring geweest. Een snelle blik in de index onthulde namen als die van dichters Louis MacNeice en Geoffrey Grigson en componist Constant Lambert. Was Sadie uitgenodigd op die avonden in De Meeuwenvleugel, het sprankelende middelpunt voor rijzende sterren in de kunstwereld, of had Tom, de gevierde dichter, neergekeken op Sadie, de kunstenares die nooit beroemd was geworden?

Het kwam in haar op dat ze Sadie Lawless misschien via een andere route zou kunnen opsporen. Misschien had Sadie etsen verkocht. Misschien had haar werk in galerieën gehangen. Ze besloot er contact over op te nemen met haar zwager George, die kunstkenner was. Ze moest hem sowieso eens bellen, want ze had hem niet meer gesproken sinds het robijnen huwelijk van haar schoonouders, en ze wilde niet dat hij zou denken dat ze hem ontweek, of zelfs haatte omdat ze Robert haatte. Meneer en mevrouw Martineau hadden haar een paar dagen na de onthulling van Debra Peters gebeld. Het was een stijf en moeizaam gesprek geweest, met Mary bijna in tranen en Lionel openlijk geschokt door het gedrag van zijn zoon. De gevolgen van het schandaal waren eindeloos, bedacht Rose, als bacteriën die zich vermenigvuldigen in rottend vlees, vreselijk veel levens infecterend.

Sadie Lawless was een alleenstaande vrouw geweest. Constance Meyrick had verteld dat ze op kamers en in pensions had gewoond en psychiater Philip Sprott had gezegd dat ze les had gegeven. Ze zou wel handenarbeid of kunstgeschiedenis hebben gegeven, om zichzelf te kunnen onderhouden. Sadie had haar tijd en talenten ingezet om een carrière vorm te geven. Rose voelde een steek van jaloezie. Sadie zou nadat ze was afgestudeerd aan het Slade een duidelijke richting in haar leven hebben gehad.

Rose zag voor zichzelf geen duidelijke route, geen baan die bevredigend was én haar financiële zekerheid zou geven. Haar gedachten weerspiegelden haar onvrede. Ze had nauwelijks iets gedaan met haar graad in de natuurkunde en had bijna acht jaar niet buitenshuis gewerkt, tenzij je die vergaderingen bij Martineau Aviation meerekende. Ze wenste dat ze meer betrokken was geweest bij het bedrijf en had spijt dat ze de kans niet had gekregen om het beter te leren kennen en alleen maar haar handtekening had gezet onder beslissingen die Robert had genomen. En nu verkocht hij het, dus zou ze zelfs die minimale invloed niet meer hebben.

Toen de trein het station van Walton-on-Thames binnenreed en ze haar kaartje uit haar tas pakte bedacht ze iets. Wat zou er gebeuren als ze de documenten die Robert had gestuurd niet ondertekende? Er begon zich terwijl ze opstond en door het rijtuig liep een idee in haar hoofd te vormen. Toen het helderder werd deinsde ze er bijna voor terug. Het maakte haar bang, maar tegelijkertijd was het aantrekkelijk en opwindend. Zou ze het kunnen? Zou ze er geschikt voor zijn? Zou ze het durven?

Ze dacht aan het gesprek met juffrouw Pritchard bij het arbeidsbureau, aan de afhankelijkheid die ze zo was gaan haten, en aan de dagen die zich voor haar uitstrekten, vormeloos en zonder enige uitdaging of een doel. Ze moest, net als Sadie, opnieuw beginnen. Ze moest haar gevoelens van ellende en waardeloosheid achter zich laten en gaan ontdekken waar haar talent lag.

Aangezien Robert het bedrijf op haar naam had gezet kon Martineau Aviation zonder haar handtekening niet worden verkocht. Als zij niet tekende, kon hij het niet verkopen. Misschien had ze een manier gevonden om zichzelf en haar gezin een toekomst te geven.

Rose zei: 'Ik heb het niet ondertekend.'

Robert maakte een kreunend geluid. 'Jezus, Rose. Hoeveel tijd heb je ervoor nodig? Wat had je verder nog te doen dan?'

Een brul van verontwaardiging schoot door haar hoofd; ze hield hem binnen. Ze moest rustig en rationeel blijven en niet toegeven aan haar emoties. Ze liepen de werkkamer in en ze deed de deur achter hen dicht.

'Waarom wil je het bedrijf verkopen, Robert?'

'Omdat het niet genoeg opbrengt.' Ze voelde zijn tegenzin om toe te geven dat hij had gefaald terwijl hij vervolgde: 'Ik had er geen rekening mee gehouden dat het zo lang zou gaan duren voordat het erbovenop zou komen. De luchtvracht is een vak apart. Ik steek het geld liever in iets anders.'

'Maar je verkoopt het niet omdat je denkt dat het onmogelijk is dat het iets wordt?'

'Nee... Luister, Rose. Het is gewoon niet mijn manier van werken. Als een bedrijf niet binnen een paar jaar een mooie winst maakt, hou ik de onderdelen die het goed doen en dump ik de rest. Zo heb ik het altijd gedaan.' Hij fronste zijn voorhoofd en keek haar aan. 'Waarom wil je dat weten?'

'Omdat ik wil dat je het aan mij geeft. Echt geeft, niet alleen op papier.' Robert wilde iets gaan zeggen; ze onderbrak hem. 'Ik wil er gaan werken. Ik wil het leiden. Ik wil het hebben.'

Hij schoot in de lach. 'Rose...'

'Lach me niet uit, Robert.' Deze keer lukte het niet om haar woede te onderdrukken. 'Ik moet werken, ik moet een manier vinden om de meisjes te kunnen onderhouden, dus waag het niet om me uit te lachen.'

'Sorry.' Hij keek naar de papieren op het bureau. 'Ik bedoelde niet... Ik was er gewoon niet op voorbereid. Luister, Rose. Het is een luchtvaartbedrijf.'

'Dat weet ik.'

'Je weet helemaal niets van luchtvaart.'

Dat was niet waar. Ze kwam uit een RAF-familie, tot haar vader in de vroege jaren vijftig was afgezwaaid en in het bedrijfsleven was gaan werken. Het huis waar ze was opgegroeid stond vol met foto's en modellen van vliegtuigen. Haar vader had haar toen ze heel klein was al geleerd vliegtuigen in de lucht aan hun vorm te herkennen. Ze begreep de wetenschap achter vliegen en hoe het verschil in druk aan beide kanten van de vleugels van een vliegtuig het momentum creëerde om het de lucht in te tillen.

Ze besloot er niet op in te gaan. 'Dat kan ik leren.'

'Je kunt zoiets niet zomaar leren. Het is heel anders dan een huishouden.'

'Dat heb ik ook geen moment gedacht. Ik maak geen grapje, Robert. Ik meen het serieus.'

Robert was een ongeduldig type. Zijn geschoktheid was zichtbaar, evenals de bewuste poging die hij deed om rustig te blijven. Toen zei hij op vlakke, lage toon: 'Ik vind het bewonderenswaardig dat je het wilt proberen, maar dat kun je niet.'

'Waarom niet?' Ze was de hele nacht opgebleven en had aantekeningen en plannen gemaakt. Ze had zichzelf zodra het idee in haar hoofd was geschoten voelen veranderen. Haar apathie was verdwenen en ze voelde zich sindsdien vreselijk energiek.

'Je zou ook kunnen zeggen dat ik beter ben gekwalificeerd om een bedrijf te leiden dan jij, Robert. Ik heb tenminste een graad in een relevant onderwerp.'

Robert was na zijn eerste jaar gestopt met de universiteit. Hij zei altijd graag dat hij ervoor had gekozen om een graad aan de universiteit van het leven te halen en dat hij daar trots op was, het zag als avontuurlijk, wilskrachtig en getuigend van doorzettingsvermogen. Rose had die trots ooit gedeeld, maar ze vond nu dat het een teken was van een gebrek aan lef en een onvermogen om dingen af te maken. Het had een waarschuwing moeten zijn dat hij dezelfde achteloze opvatting over andere zaken in het leven had. Over het huwelijk, bijvoorbeeld. Of over de liefde.

Hij schudde zijn hoofd. 'Nee, Rose. Het is een ridicuul idee. Het is belachelijk.'

Ze moest zich van hem afwenden, door het raam naar het terras kijken. Uit de aangrenzende kamer klonk het gebrom van het televisieprogramma dat de meisjes zaten te kijken. Als Rose en Robert tegen elkaar zouden gaan schreeuwen, zouden Katherine en Eve dat horen. Je hoorde zo veel over de emotionele schade die gescheiden ouders hun kinderen berokkenden. Die wilde ze koste wat kost voorkomen.

Ze draaide zich weer naar hem terug. 'Waarom is het belachelijk?' vroeg ze zacht.

'Dat lijkt me duidelijk.' Robert deed ook zijn best om zijn gevoelens onder controle te houden. 'Je hebt geen enkele ervaring als leidinggevende.'

'Die had jij ook niet toen je de garage kocht.'

'En het was dan ook godvergeten zwaar. Ik heb fout na fout gemaakt.'

'Maar je hebt het geleerd. Ik kan het ook leren.'

Hij tikte met zijn wijsvinger op het bureau. 'Luister. Je moet de financiële kant ervan begrijpen. Oké, dat zou je kunnen leren, dat weet ik, maar je moet ook een bepaalde flair hebben, een neus voor wat gaat verkopen en wat niet gaat werken. Denk je oprecht dat je die hebt? En...' Hij stak een hand op om te voorkomen dat ze hem onderbrak. 'Je moet het respect van je mannen verdienen. Dat kost tijd. Je kunt er niet van uitgaan dat de mannen, zoals de piloten, Eric en Roy, of Ted Wilkinson, je klakkeloos als hun leidinggevende accepteren.'

'Ik denk niet dat ik Wilkinson zou aanhouden.'

'Dan heb je daar meteen je eerste rottige taak: iemand ontslaan. Je zult aan de lopende band moeilijke beslissingen moeten nemen. Je zult je werknemers dingen moeten vertellen die ze niet willen horen. Soms moet je goede mannen ontslaan, mannen die je aardig vindt en bewondert, om de loonkosten laag te houden.'

'Ik weet dat het niet eenvoudig zou zijn, maar ik zou het wel doen, en ik zou er beter in worden naarmate ik meer ervaring zou krijgen.' Ze hield haar stem laag en rustig. Als ze dit gesprek niet met Robert kon voeren, waarom dacht ze dan dat ze de mannen en vrouwen bij Martineau Aviation leiding kon geven?

Ze leunde tegen de rand van het bureau. 'Volgens mij bedoel je dat het personeel niet blij zal zijn met een vrouwelijke baas.'

'Ja, dat bedoel ik inderdaad. Je kunt zo geëmancipeerd zijn als je maar wilt, Rose, maar de luchtvaart is een mannenwereld en het zal verrekte moeilijk worden om daarin te passen.'

Ze zei met opgetrokken wenkbrauwen: 'Dat zegt men – dat zeggen mannen – al honderd jaar over zo ongeveer elke carrière die ergens over gaat. Vroeger waren er alleen mannelijke artsen. Universitair docenten… advocaten. Als vrouwen zouden hebben gewacht tot ze ergens in pasten, zouden we nog steeds alleen lerares of verpleegster zijn.'

Hij slaakte een zucht. 'Ik zeg alleen maar dat ik ondertussen bij heel wat luchtvrachtbedrijven ben geweest en dat ik er nog nooit een heb gezien waar een vrouw de baas is.'

'Dan wordt het hoog tijd dat dat gebeurt.'

Hij bewoog van haar weg, haalde zijn schouders op en was even stil. Toen zei hij: 'Wat levert het mij op als ik het bedrijf aan jou geef? Een heleboel verlies, verder niets. Ik heb het geld nodig. Ik heb er plannen mee. Dus waarom zou ik het aan jou geven?'

Omdat je me dat schuldig bent, dacht ze. Vanwege wat je me hebt aangedaan. Ik doe je pijn in je portemonnee, Robert, waar je het het meest voelt. Ik ga je laten betalen.

Maar het lukte haar om dat niet hardop te zeggen. Een nieuw leven opbouwen op een basis van wrok en het verlangen te verwonden zou niet gaan werken; dat wist ze in haar hart. En het was ook niet hoe het zat. Ze vroeg hem niet haar Martineau Aviation te geven omdat ze wraak wilde nemen. Ze probeerde er een leegte mee te vullen die ze, onbewust, al heel lang voelde.

Ze probeerde het nog een keer. 'Wat voor leven wil je dat Katherine en Eve hebben?'

Hij knipperde met zijn ogen. 'Ik wil natuurlijk dat ze gelukkig zijn.'

'Hoe helpen wij ze om dat te bereiken?'

'Door ze het gevoel te geven dat ze geliefd en veilig zijn...' Hij trok een gezicht en er flitste schaamte over zijn gezicht. 'Je hoeft het niet voor me uit te spellen, Rose.'

'Dat deed ik ook niet. Maar een goede opleiding is belangrijk, toch, als we willen dat ze een goede toekomst hebben?'

'Ja. Daar zijn we het altijd over eens geweest.'

'En wat heeft een goede opleiding voor zin als ze om zich heen kijken en dan alleen maar de beperkingen zien die aan vrouwen worden opgelegd? Wat moet ik zeggen als Katherine vraagt waarom ik natuurkunde heb gestudeerd en vervolgens thuis kleren sta te strijken en taart sta te bakken? Ik moet haar een antwoord kunnen geven, Robert. Een goed antwoord.'

Ze sloeg fronsend haar armen om zichzelf heen. Ze was moe en ze wilde dat hij wegging, want zijn aanwezigheid bracht haar pijn weer naar de oppervlakte. Niet dat die daar ooit diep onder lag.

'Je doet me pijn,' zei ze zacht. 'Ik kan niet in woorden uitdrukken hoeveel pijn ik de afgelopen maanden heb geleden. Ik kan me op dit moment niet voorstellen dat ik ooit nog gelukkig kan worden. Ik wacht nog steeds op de dag dat ik wakker word en niet misselijk word zodra ik denk aan wat er is gebeurd. Als ik het huis uit ga denk ik dat iedereen me nakijkt en het over me heeft. Ik moet werken. Ik moet iets anders zijn dan enkel de vrouw die door jou is bedrogen. Ik heb het nodig dat mensen zien wat ik doe en wie ik ben, niet dat ze alleen zien wat jij me hebt aangedaan. Maar ik moet ook werken voor onze dochters.'

Hij liet zijn hoofd zakken. 'Misschien probeer ik je alleen maar te beschermen, Rose. Misschien wil ik gewoon niet dat je faalt.'

'Ik ben niet van plan om te gaan falen. En als dat toch gebeurt, zal het in ieder geval niet zijn omdat ik het niet heb geprobeerd. Luister, Robert. Ik weet dat ik veel vraag. Ik weet dat het je geld gaat kosten en dat je er misschien door in de problemen raakt. Maar ik heb een idee dat misschien helpt. Je mag het huis verkopen. Dat zal geld opleveren. Ik weet dat het niet het hele bedrag zal zijn dat het luchtvrachtbedrijf zou opbrengen, maar als het je leven wat eenvoudiger maakt...'

Hij kneep zijn oogleden half dicht. 'Het huis verkopen? Meen je dat?'

'Ja.'

'Ik ga het huis niet verkopen. Waar moeten jullie dan wonen?'

'In de flat van oma.' Dat had ze die nacht ook bedacht. De flat van haar grootmoeder was ruim en comfortabel, hoewel ouderwets. Maar hij lag vlak bij het vliegveldje, aan de kant van Weybridge.

'In het appartement van Edith? Jezus,' zei hij kwaad, en hij wendde zich af. 'Je hebt het al helemaal uitgedacht, hè? We gaan dit huis niet verkopen, Rose. Het is ons huis.'

'Ik haat het hier.' Haar stem klonk iel en zacht.

'Hoe kun je dat zeggen?'

'Hoe kun jij neuken met een negentienjarige? Het is wat het is.' De woorden waren zomaar uit haar mond geflapt en ze drukte haar vingers tegen haar lippen.

Het was even stil en toen vroeg hij: 'Wat wil je, Rose? Moet ik zeggen dat het me spijt? Het spijt me, elke godvergeten seconde van elke godvergeten dag. Ik was niet goed bij mijn hoofd. Ik heb me slecht, schokkend slecht gedragen, en daar zal ik altijd spijt van houden. Ik heb weggegooid wat het allerbelangrijkst voor me was en dat heb ik helemaal voor niets gedaan, voor de spanning. Ik wou dat ik de klok kon terugdraaien, echt waar, maar dat kan niet.'

'Je hebt tegen me gelogen.' Haar stem klonk kil.

'Ja.'

Zag ze schaamte in zijn ogen? Dat zou volkomen terecht zijn. 'Je dacht dat je ermee zou wegkomen. Ik ben benieuwd wat je me verder allemaal niet hebt verteld.'

'Dat is niet eerlijk.'

'O nee?'

Hij balde zijn vuisten. 'Ik kan het verleden niet veranderen. Maar als je me nog een kans geeft, kan ik het in de toekomst anders doen.'

'Nee, Robert. Hou op, ik wil het er nu niet over hebben.'

Hij wilde iets gaan zeggen, maar bedacht zich toen en stak zijn handpalmen op, in een gebaar dat verbittering of een gevoel van hopeloosheid weergaf, of misschien een mengeling van beide. Haar schouders deden pijn van de spanning. Ze hoorde in de stilte het lage gebrom van een grasmaaier bij een van de buren, en de hoge tonen van een transistorradio.

Hij vroeg: 'En als ik weiger te doen wat je vraagt?'

'Dan weet ik hoe je over me denkt,' zei ze afgemeten. 'Dat ik waardeloos en nutteloos ben. En het zou het een en ander beslissen.'

'Hoe bedoel je?'

'Dan zou ik naar een advocaat gaan om een scheiding aan te vragen.'

Hij schudde langzaam zijn hoofd. 'Ik had geen idee dat je zo meedogenloos kon zijn.'

'Is dat meedogenloos?' Ze keek hem aan. 'Elke keer dat ik je zie, Robert, elke keer dat ik naar je kijk, voel ik me klein, lelijk en vernederd. Dat is hoe ik me voel.'

'Rose.' Er schoot een gepijnigde uitdrukking over zijn gezicht en hij sloeg zijn ogen neer. 'Doe het alsjeblieft niet,' zei hij toen zacht. 'Niet vanwege mij. Dat ben ik niet waard.'

Hij ging in de leren stoel zitten. Ze zeiden allebei niets. Ze voelde zich leeg en uitgeput en had bijna spijt dat ze dit gesprek was begonnen. Het was te pijnlijk.

Maar uiteindelijk zei hij: 'Oké. Prima. Je mag het hebben.' Hij keek haar aan. 'Het wordt niet eenvoudig, maar ik wens je er het allerbeste mee.'

Er ging een golf van opluchting door haar heen. 'Dank je.'

'Ik moet met Neil praten. En met Clive.'

'Ik wil Clive niet in het bestuur.'

'Dan zul je een andere accountant moeten vinden.'

'Inderdaad.'

Hij stond op. 'Ik ga de meisjes even roepen.' Hij had beloofd met ze bij de Wimpy te gaan eten. 'Ik zal het met Neil bespreken. Dan kan hij de papieren opstellen. Ik laat het wel weten als ze klaar zijn.'

Hij fronste zijn voorhoofd en keek over zijn schouder naar haar terwijl hij de deur opende.

'Ik weet niet hoe lang je de tijd hebt om het bedrijf winstgevend te maken. Er moeten leningen worden afbetaald. Ik denk maximaal drie tot zes maanden, Rose.'

Toen Robert met de meisjes de deur uit was en het huis stil en leeg was leunde Rose tegen het aanrecht in de keuken, sloot haar ogen en haalde diep adem. Er was nu geen weg meer terug. Ze ging het doen. Ze ging een luchtvrachtbedrijf leiden.

Ze had geen idee waar ze moest beginnen. En ze had een bloedhekel aan vliegen.

Ze vroeg zich terwijl ze met de wasmand naar boven liep en de vieze kleren verzamelde af of Sadie een nieuw begin had gemaakt met haar verhuizing naar Het Ei, of ze toen ze zichzelf van de maatschappij had geïsoleerd had gehoopt dat ze briljante en prachtige etsen zou gaan maken, en of de sprong in het diepe haar ook zo veel angst had aangejaagd.

7

Sussex – november 1930

Zes gasten zaten op de oranje-rode banken in de zitkamer van De Meeuwenvleugel. Tom Chivertons lippen bewogen droog over Sadies wang terwijl hij haar in het huis verwelkomde.

'Dag, schat.' Roger Eriksson, de schrijver van moordmysteries, zwaaide verveeld naar haar. Zijn vrouw, Helen, glimlachte naar haar.

Een vrouw in een mosterdkleurige japon met grote zwarte knopen op de voorkant klopte op de stoel naast haar. Ze was, gokte Sadie, een jaar of tien ouder dan zij en meer opmerkelijk dan conventioneel aantrekkelijk. Haar steile, fijne bruine haar was in een boblijn geknipt en haar grijze ogen dansten onder de pony uit.

'Kom even naast me zitten, Sadie.'

'Dank je.' Ze ging zitten.

'Alma Rathbone,' stelde de vrouw zichzelf voor. Een slanke hand met knalrood gelakte nagels, versierd met grote ringen, werd naar Sadie uitgestoken. 'We hebben je op het etentje van Tom en Di gezien, maar volgens mij hebben we elkaar nog niet gesproken. Die schurk daar in die leunstoel, die knappe, is mijn echtgenoot, Martin.'

Martin hoorde zijn naam en keek op. Sadie vond hem inderdaad erg aantrekkelijk. Zijn gelaatstrekken waren prachtig symmetrisch, zijn blauwe ogen vorsend en zijn smalle, welgevormde mond stond minachtend, bijna wreed. Ze had hem ergens eerder gezien... Op een theaterposter, dacht ze.

Hij zei: 'Je bent geslaagd voor het examen, Sadie.'

'Martin,' zei Alma. 'Hou toch op.'

Martin ging verder alsof zijn vrouw niets had gezegd: 'Dit is namelijk de crème de la crème. De intimi van Tom en Di.'

'Ik meen het, Martin: hou op. Hij is ondraaglijk verwaand,' ging Alma vriendelijk verder. 'Diana zei dat je kunstenares bent, Sadie. Maak je olieverfschilderijen? Of aquarellen?'

Ze hadden het over hun werk. Alma was modeontwerpster en had een aantal stukken voor een exclusief boetiekje in Knightsbridge ontworpen. De mosterdkleurige japon die ze droeg was ook haar eigen ontwerp.

'Ik heb een aantal jurken voor Diana ontworpen,' vertelde Alma. 'Ze is echt het perfecte model om voor te werken: lang en slank en met een prachtig rechte houding. Wat staat die oranje zijden blouse haar goed, hè?'

Hun gesprek werd onderbroken door Diana, die iedereen instrueerde aan tafel te komen. Sadie zat tussen Alma Rathbone en Roger Eriksson in.

Tom schonk rode wijn in en Ivy serveerde een pastei met gegratineerde aardappeltjes, worteltjes met boter, geroosterde koolraap en prei in roomsaus. Sadie nam aan dat Diana een nieuwe kok had aangesteld.

Diana vertelde terwijl de borden werden geserveerd een amusant verhaal over Toms laatste verblijf in Londen. Een hond was in Green Park aan zijn eigenaresse ontsnapt en Tom was de Mall op gelopen om hem van het verkeer te redden. De eigenaresse, die toevallig een exemplaar van *Maan* in haar zak had, had hem herkend.

'En toen,' sloot ze de anekdote af, 'vroeg ze hem midden tussen al die toeterende auto's om het te signeren!'

Iedereen moest vreselijk lachen. Tom zei: 'Ze is me tenminste niet achtervolgd, zoals die meisjes in Foyles.'

'Het zijn altijd vrouwen, hè, Tom?' merkte Martin droogjes op. 'Wat saai.'

'Je zult hier al die reuring wel missen,' zei Roger.

'In het geheel niet.'

'Dat kan ik me niet voorstellen, Di. Het theater... de cinema. Ik geloof niet dat jullie op een koude winteravond niet naar een goed restaurant hunkeren.'

'Helemaal niet.' Diana's stem klonk onderkoeld.

'Londen is een afvoerput,' zei Tom. 'We kunnen hier tenminste ademhalen.'

Roger glimlachte. 'Je hebt anders wel een appartement in die afvoerput, Tom.'

'Dat moet wel. Ik zou liever al mijn tijd hier doorbrengen, maar mijn uitgever en lezers eisen dat ik af en toe mijn gezicht laat zien. Dat ervaar jij neem ik aan toch ook zo?'

'Ik kan niet zeggen dat ik dat probleem heb. De pers in Londen staat niet bepaald in de rij om me te interviewen. Maar het lijkt me wel zwaar hoor, Tom. Maar goed, dat is de prijs die je voor roem moet betalen.'

'Mijn praatjes op de radio beschouw ik als een kans om de wereld te vertellen wat me bezighoudt. Ik heb het over dit huis gehad, over wat we ervan proberen te maken, waarom we het hebben gekocht en onze plannen voor de toekomst. Ik ben met de bijgebouwen begonnen.'

Een bebrilde man, Lewis Emory, keek naar de regen buiten en zei: 'Dan hoop ik maar dat ze niet worden weggespoeld, Tom.'

Helen Eriksson slaakte een zucht terwijl ze naar buiten keek. 'Zou het ooit nog ophouden met regenen?'

'Het begint al wat op te klaren.' Tom schonk de glazen bij.

'Nonsens,' zei Roger. 'Het blijft de rest van de dag zo.'

'Nee, het klaart op,' zei Tom.

Het gesprek ging naar de nieuwe opera waarin Helen de hoofdrol zou gaan vertolken, een interpretatie van de mythe over Leda en de zwaan, en ging vervolgens over op het recente onderzoek dat Lewis en zijn vrouw, Polly, die archeoloog waren, hadden gedaan. Het was het soort gesprek waaraan Sadie al zo ongeveer sinds haar geboorte deelnam. De vrienden van haar ouders, die uit heel Europa kwamen, hadden vaak tot diep in de nacht zitten praten en discussiëren. Het waren lieve, vriendelijke mensen geweest, ernstig en intellectueel, socialisten, sommigen communist.

Ze hadden niet om mode gegeven en de mannen knoeiden pijptabak als paardenbloemstengels over hun sleetse tweed jasjes terwijl lokken beschadigd, grijs haar uit de vlechten en knotjes van de vrouwen ontsnapten, die gekleed waren in smoezelige, ouderwetse kanten blouses met een hoog opstaand kraagje.

Maar Sadie merkte op dat er in het intellectuele gesprek aan de lunchtafel van de Chivertons iets miste. Het echtpaar Lawless kon uren met hun vrienden discussiëren over de ideeën van een Franse filosoof, maar ze vroegen ook naar elkaars kinderen en kleinkinderen. Foto's gingen bewonderd rond over de lunchtafel en naar anekdotes over de musical of wetenschappelijke talenten van een kleinkind werd ontroerd geluisterd. In het huis van de Chivertons ging het nooit over familie. Tom en Diana hadden geen kinderen. Sadie vroeg zich af of dat ook voor de andere stellen in de kamer gold.

Na het eten stond iedereen op en liep naar de banken en leunstoelen. Diana schonk koffie in en Helen Eriksson werd uitgenodigd achter de vleugel plaats te nemen. Alma sloeg de bladzijden van de muziek voor Helen om, die 'Full Fathom Five' zong. Tom ging met de mannen naar beneden om ze het geweer te laten zien waarmee hij de ratten die de schuur hadden overgenomen van plan was dood te schieten.

Sadie liep naar het raam. Tom had gelijk gehad: het was gestopt met regenen en zonlicht schitterde op de natte kasseien op het erf. Er werd een blik op een hek achter in de tuin gezet en Martin Rathbone richtte erop. Sadies starende blik bewoog van Martin naar Tom, die bij de staldeur stond. Een briesje speelde met zijn donkere krullen. In tegenstelling tot de anderen had hij geen jas aangetrokken voordat hij de koude buitenlucht in was gegaan; hij had alleen zijn overhemd en colbertje aan. Zijn houding, die deed denken aan een haas die op het punt stond ervandoor te gaan, was gespannen en hij had een uitstraling van nauwelijks te beheersen energie. Zijn glimlach, vermoedde ze, zou laten zien hoe heerlijk hij het vond dat hij buiten was.

'Moet je ze nou eens zien. Ze zijn kansloos tegen Tom.'

Sadie draaide zich om en zag Diana, die naast haar kwam staan. ‘Kan hij goed schieten?’

‘Tom kan alles wat hij maar wil. Heb ik je al verteld hoe we elkaar hebben leren kennen? Dat was bij mijn nicht in Northumberland. Het was een koude dag in mei, maar we waren met zijn zessen gaan zwemmen in de rivier. Tom was net een otter, slank en donker, wendbaar in het water. Geen van de andere mannen kon hem bijhouden.’ Diana’s blik bewoog van het uitzicht naar Sadie. ‘Ik wist op dat moment dat ik met hem zou trouwen. Ik was toen twintig.’

‘Wat romantisch.’

‘Romantisch?’ Diana schoot in de lach. ‘Tom zou het amusant vinden je dat te horen zeggen. Als je hem beter zou kennen, zou je hem de minst romantische man op aarde vinden. Hij neemt nooit bloemen voor me mee en regelt nooit etentjes bij kaarslicht. Niet dat ik daar behoefte aan heb. Het gaat om passie, niet om clichématige gebaren. Daar denken Tom en ik hetzelfde over. Maar we denken eigenlijk over alles hetzelfde.’

Sadie vroeg zich af of dat hun gesprekken zou beperken. Waar moest je het over hebben als je het overal over eens was? Maar ze zei: ‘Je bent vast apetrots op hem.’

‘We zijn trots op elkaar. Tom zegt altijd dat hij zonder mij niets zou hebben bereikt.’ Diana drukte zuchtend haar handpalmen tegen elkaar terwijl ze tegen de vensterbank geleund ging staan. ‘Is hij niet geweldig?’ mompelde ze.

Sadie zag dat Tom het blik ergens achter het hek zette, een schiethouding aannam en het geweer richtte. Er klonk een schot, dat tussen de bomen echode, en het blik sprong op en viel op de grond. Diana glimlachte in zichzelf en liep terug naar de koffiepot.

Sadie ging om vier uur naar huis. Het was bijna donker en de dicht op elkaar groeiende groene en zwarte takken dropen nog van de regen. Ze verzamelde onderweg bladeren en takjes, wat veren en een paar fragiele, bleke paddenstoelen, als ivoren knopen op een steeltje.

Terug in Het Ei liep ze naar haar atelierruimte op de eerste verdieping. De schets van de uil die ze de middag ervoor had gemaakt lag nog op de vensterbank. Ze scheurde hem in stukken, pakte een stuk karton en plakte de snippers erop. Toen legde ze het op tafel en arrangeerde de objecten die ze uit het bos had meegenomen tot de collage naar haar zin was.

Ze werkte er tot in de avond aan. Er schreeuwde een uil en de wind floot door de bomen. Om negen uur liep ze naar beneden en warmde wat soep op. Ze liep met de mok naar de woonkamer en ging bij de ramen staan. Ze vond het voor het eerst vervelend dat ze geen gordijnen had. Ze voelde zich naakt, te zichtbaar door het glas dat haar van het bos scheidde, te zichtbaar en te benaderbaar.

'"Vannacht liep ik onder een hemel van geslagen metaal..."' mompelde ze een regel uit het titelgedicht van *Maan*. Een voetnoot in het boek had haar verteld dat Tom het had geschreven tijdens een nachtelijke boswandeling. De woorden, nauwkeurig gekozen als de parels aan een collier, waren in haar geheugen blijven steken, hard, helder, en kil. Ze vroeg zich af of Tom in dit bos had gewandeld, Paley High Wood, en of hij, als dat het geval was, ooit stil was blijven staan om door het grote raam van Het Ei naar binnen te kijken. Ze zag hem voor zich zoals ze hem die middag had gezien, in de tuin, met het geweer tegen zijn gespierde schouder, het meesterlijke schot lossend.

De gedachte dat Diana's lofrede over haar perfecte huwelijk een waarschuwing voor haar was geweest ging door haar heen, maar dat leek onwaarschijnlijk en was hoe dan ook niet nodig. Sadie dacht dat ze begreep wat voor soort vrouw Diana Chiverton was, haar leven gedreven en gevormd door de liefde voor een man. Zij was ooit ook zo'n vrouw geweest, en ze voelde een steek van jaloezie, omdat Diana iets had waarvan zij zichzelf leerde het zonder te stellen: een eenheid met de man van wie ze hield, vrijheid van eenzaamheid en een uitlaatklep voor verlangen.

Een week later klopte Roger Eriksson rood aangelopen aan bij Het Ei.

'Sadie, je moet me redden,' riep hij theatraal.

Ze liet hem binnen. 'Waarvan?'

'De zondagswandeling.' Hij veegde met een gekreukte zakdoek zijn voorhoofd af en streek zijn warrige haar glad. 'Ik heb tegen Tom en Di gezegd dat ik een andere afspraak heb. Ik ben uitgeput. Ik ben niet gebouwd voor dit soort expedities. Ik had naar de pub kunnen vluchten, maar ik ben bang dat zij daar ook naartoe gaan. Gisteren hebben we elf kilometer over een godvergeten winderige heuvel geploeterd. Ik dacht dat ik erin zou blijven. Tom houdt het tempo erin als een slavendrijver. Als ze willen dat je meegaat, moet je zeggen dat je aan het werk bent.'

'Ik ben ook aan het werk. Kom maar kijken.'

Ze liepen naar haar atelier. Ze had op een middag duivenveren onder een groep iepen aangetroffen, met stukjes vlees nog aan de vleugelpennen. Ze had de takken met houtskool geschetst, zwarte littekens over een witte basis, als scheuren in ijs, en had er stukjes van de gehavende vleugel op geplakt. Het beeld was monochroom, met een enkele rode druppel erop. Geen afbeelding van geweld op zich, maar van het effect van geweld. Bewijs van een duif, vond ze, in plaats van een duif op zich.

'Wat heftig,' zei hij.

'Dat is ook de bedoeling. De natuur is heftig, toch?'

'Ga jij nou ook al beginnen?' Roger plofte in een stoel. 'Als ik nog één woord hoor over de viriliteit van de natuur ga ik janken.'

'Heb je honger? Ik wilde net lunch gaan maken.'

'Ik sterf van de honger,' antwoordde hij. 'Ze willen gaan picknicken. In november.'

'Ik smeer wel even een boterham.'

Ze pakte in de keuken een brood uit de trommel. Roger keek nieuwsgierig om zich heen en zei: 'Ik begrijp niet hoe je het hier uithoudt. Ik zou tegen mezelf gaan praten. Mag ik deze?' Hij wees naar een broodkorst, leunde tegen het aanrecht, kauwend, en zei op samenzweerderige toon: 'Tom wilde per se naar Sussex verhuizen. Diana zag het in eerste instantie helemaal niet zitten.'

'Ze zien er heel gelukkig uit.'

'O, ze maken er een prachtige voorstelling van. Het echtpaar Chiverton mag zich natuurlijk niet vergissen, dat snap je. Maar is er ook maar iemand op aarde die ervan geniet om midden in de winter in een modderig veld te wonen? Diana heeft er alleen maar mee ingestemd omdat ze hem adoreert.'

'Dat is een uitstekende reden, Roger.'

'Maar ik weet niet of het zo goed is voor Tom dat hij altijd zijn zin krijgt.' Zo te zien had hij een binnenpretje. 'Maar Tom krijgt nu eenmaal altijd alles wat hij wil.'

Sadie zette een bord met een sandwich voor hem neer. Roger bedankte haar.

'Ik zeg niet dat hij niet dolverliefd op haar is. Diana is vreselijk aantrekkelijk. En je hoort ze nooit kibbelen zoals andere stellen dat zo vaak doen. Ik hoop dat ze vechten als kat en hond als er niemand in de buurt is. Heb je mosterd, Sadie?'

Ze gaf hem een potje en een mes, en hij smeerde een dikke laag op zijn brood. Toen nam hij een hap, en hij zei met volle mond: 'Natuurlijk ligt hun ware loyaliteit alleen bij henzelf. Ze zijn vreselijk egocentrisch. Maar dat was je vast al opgevallen. Ontzettend amusant en slim – hij wel tenminste, hoewel ik dat van haar betwijfel – maar verschrikkelijk egocentrisch.'

'Waarom ga je bij ze op bezoek als je zo'n hekel aan ze hebt?'

'Ik zei niet dat ik een hekel aan ze heb. Er is ook een hoop wat het goedmaakt. Ze zijn vermakelijk en Tom is ontzettend belezen. Er zijn maar weinig mensen die ik in alle opzichten leuk vind. Helen, mijn dochter en mijn moeder, dat is het wel zo ongeveer.' Hij haalde zijn schouders op. 'Zo ben ik nu eenmaal.'

'Ik wist niet dat je een dochter had, Roger.'

Hij haalde zijn portemonnee tevoorschijn en haalde er een foto uit, die hij aan haar liet zien. 'Dat is Kathleen. Ze is vier.'

Op de foto stond een breed lachend meisje met blonde staartjes. 'Wat een schatje,' zei Sadie.

'Ze lijkt godzijdank als twee druppels water op Helen. De nanny zorgt dit weekend voor haar.'

'Tom en Diana hebben geen kinderen, toch?'

Hij schudde zijn hoofd. 'Dat willen ze allebei niet. Tom denkt dat ze zijn werk in de weg zouden staan en Diana heeft liever honden en paarden. En het zou betekenen dat ze aan iets anders behalve zichzelf zouden moeten denken.' Roger peuterde wat brood tussen zijn tanden vandaan. 'Ze zitten in een vreselijk diepe discussie over die nieuwe opera. Tom heeft het libretto geschreven, wist je dat? Hij neemt de laatste tijd van alles aan, aangezien het financieel niet zo lekker gaat,' voegde hij heel indiscreet toe.

'Maar hij is ontzettend succesvol,' zei Sadie verrast.

'Poëzie levert niets op. Hij moet broodschrijven om aan zijn geld te komen, speciale uitgaven en anthologieën, dat soort dingen. Maar hij slaat zijn vleugels graag uit. Ik heb wel eens het idee dat hij eigenlijk een dilettant is. Of misschien kost het hem gewoon moeite om al zijn talenten recht te doen, aangezien hij er zo veel heeft.'

Sadie vroeg zich af of Rogers cynische opmerkingen werden ingegeven door de jaloezie van de minder succesvolle schrijver jegens de gevierde auteur. Ze zette een ketel theewater op. 'Maar Tom en Diana leven er goed van.'

'Ik bedoel ook niet dat ze tekortkomen zoals een mijnwerker, straatveger of typiste dat zou doen. Maar ze zijn niet financieel onafhankelijk.' Hij dwaalde naar de zitkamer, waar hij achterdochtig uit het raam tuurde, alsof hij bang was dat Tom hem zou zien en hem zou komen halen. 'Maar het lijkt me hier wel perfect om van een gebroken hart te genezen,' zei hij toen.

Ze keek hem vragend aan. 'Heeft Tom het je verteld?'

'Nee, Tom heeft het aan Diana verteld. Ze vertellen elkaar alles. En Diana heeft het aan Helen verteld, en Helen heeft het aan mij verteld.'

'O.'

Ze vond het stom van zichzelf dat ze ermee zat dat Tom haar privéleven met een ander had besproken. Ze had hem niet verboden dat te doen.

'Ik ben hier om te werken, Roger,' zei ze opgewekt. 'Niet om te kniezen.'

'Natuurlijk.' Zijn toon veranderde, werd aarzelend. 'Mag ik iets zeggen? Je een advies geven?'

Ze vermoedde dat hij zou gaan zeggen wat hij wilde, of ze dat goedvond of niet, dus ze knikte.

'Ga niet op ze rekenen.' Hij stak een vinger op om haar tot stilte te manen. 'En doe niet altijd alles wat ze van je willen. Tom en Diana zijn heel aantrekkelijk en ze weten hoe ze je moeten verleiden, maar de ene dag ben je hun beste vriendin, en de andere kennen ze je ineens niet meer.'

'Hoe bedoel je?'

'Ze hebben er een handje van om mensen als een baksteen te laten vallen. Als ik niet met Helen getrouwd zou zijn, zouden ze mij allang hebben afgedaan. Tom is het soort man dat aan elke eettafel wordt uitgenodigd die interessant is. Hij verkeert in de hoogste kringen en zorgt dat iedereen dat weet. Ik zeg niet dat het allemaal theater is, verre van dat. Tom ziet het als onderdeel van zijn werk, van wat het is om Tom Chiverton te zijn, en daar heeft hij ongetwijfeld gelijk in. Maar je moet beseffen dat Tom en Di zichzelf als kunstwerk zien, als bedrijf. Ze willen aanbeden worden, maar ze hebben ook behoefte aan privacy, en wee degene die dat in de weg staat. Ik vraag me oprecht af of ze in staat zijn van iemand anders dan zichzelf te houden. Ik heb de leukste, vriendelijkste mensen in De Meeuwenvleugel ontmoet, die in alle opzichten door ze werden gefêteerd en er vervolgens nooit meer zijn gezien. Het gaat erom of je past in het plaatje dat ze op een bepaald moment hebben. Je kunt in de smaak vallen omdat je amusant bent, connecties hebt of er decoratief uitziet aan de eettafel, maar ga er niet van uit dat je een blijvertje bent. En als je ze kwaad maakt... laat ik zeggen dat ze niet van het vergevende soort zijn.'

Roger ging verder met zijn sandwich en zei tussen twee happen door: 'Ik mag jou wel, Sadie. Zelfs een oude klootzak als ik kan zien dat je een lieve aard hebt. Word niet afhankelijk van ze, dat is het enige wat ik zeg. Geniet van Tom en Di zoals ze zijn, maar zorg dat je er niet te diep in betrokken raakt.'

De vrieskou die het gras onder de bomen grijs had gekleurd hield al dagen aan en haar adem vormde witte wolkjes. Het was vreselijk koud in het bos, de gevallen bladeren knisperden en de lucht voelde scherp en koud in haar longen.

Toen Sadie vlak bij de top van de heuvel was sneed er een harde explosie van geluid door de lucht. Toen ze het bos uit kwam en de weg op liep zag ze dat Diana in de tuin van De Meeuwenvleugel op kraaien stond te schieten. Ze had haar lange zwarte jas aan en haar wilde, zwarte haar flapperde in de wind terwijl ze het geweer richtte. Nog een knal, en iets zwarts tuimelde door de lucht. Een van de honden rende ernaartoe en raapte het op.

Diana liet haar geweer zakken en zwaaide naar Sadie. 'Die verrekte kraaien bevuilen het hele erf,' riep ze. 'Vreselijk irritant. Ik wilde ze nog een keer verjagen nu het nog licht is. Kom binnen, Sadie.'

'Ik wil je niet storen.'

'O, maak je daar maar geen zorgen om.' Diana, een en al warmte en vriendelijkheid, gebaarde haar het huis in. 'Heb je onderweg toevallig een zwarte auto gezien?'

'Nee, ik ben bang van niet.'

'Ga maar vast naar boven, dan zet ik even thee. Mijn broer, Maurice, loopt ook ergens rond.'

Sadie bedankte haar en liep naar boven. Een lange, slanke man met donker haar, waarschijnlijk in de twintig en duidelijk Diana's broer, stond op toen ze de kamer binnenliep.

'Hallo. Ik verwachtte Elizabeth.'

'Nee, ik ben Sadie. Sadie Lawless. Ben jij Maurice?'

'Maurice Hever, aangenaam.' Ze schudden elkaar de hand. Hij zag er een beetje beteuterd uit. 'Di zei dat Elizabeth zou komen.'

'Die ken ik niet.'

'Dat is zo'n leuk mens. Heb je Tom al gezien? Hij ziet er niet uit. Hij heeft gevochten met een indringer. Een of andere idioot die foto's van het huis stond te maken. Hij heeft Tom met zijn fototoestel in zijn gezicht geslagen.'

'Gaat het wel met hem?'

Maurice trok een gezicht. 'Die ander is er het slechtst aan toe, daar heeft Tom wel voor gezorgd. Hij schijnt nauwelijks nog te kunnen lopen.'

'Waar is hij?'

Hij maakte een vaag gebaar naar de benedenverdieping. 'Zijn redacteur is op bezoek. Ze hebben ergens een vreselijk ingewikkeld gesprek over.' Hij liep met zijn handen in de zakken naar het raam. 'Ben je lopend?'

'Ja, ik woon nog geen kilometer verderop.'

'Heb je toevallig een zwarte auto gezien onderweg?'

'Nee, sorry.'

Hij tuurde naar buiten. 'Er komen vrienden van me langs. Ze zijn te laat. Ze hebben vast een lekke band. We rijden door naar Cornwall. Ik stik van de honger, jij ook? Ik zal eens even kijken of ik iets te eten kan regelen.'

Hij liep de kamer uit. Sadie keek uit het raam. De hemel glansde bleek. Ze ging op een bank zitten en bladerde door een tijdschrift terwijl ze wachtte tot Maurice terugkwam of Diana met de thee kwam. Ze hoorde stemmen op de benedenverdieping.

Er klonk getoeter en ze stond op. Ze keek uit het raam. Een grote zwarte auto was langs de kant van de weg gestopt. Ze keek toe terwijl Maurice een koffer in de achterbak zette en in de auto stapte, zwaaiend en een afscheid roepend. De auto reed op hoge snelheid weg.

Sadie bedacht dat het heel ongelegen kwam dat ze er was. Tom en Diana waren druk en ze liep in de weg. Ze besloot nog vijf minuten te wachten en dan een excuus te verzinnen om weg te kunnen. Ze liep onrustig door de kamer. Er lag een stapeltje papieren op een tafeltje, de getypte woorden gecorrigeerd met een zwarte vulpen. Een zinsnede ving haar blik: *de absolutie van verlangen*. Ze dacht dat ze hem begreep, maar zou niet hebben kunnen uitleggen wat hij betekende.

Lege kopjes en glazen stonden op de bijzettafeltjes en een grote aardewerken vaas stond vol takken van coniferen en hulst. De geur van de naalden was sterk en medicinaal. Het voelde net alsof het bos het huis in was gekropen, vond Sadie, en de lucht koud en klam had gemaakt.

Er verstreken vijf minuten. Ze liep naar beneden. Stemmen trokken haar naar hun bron.

'Hetzelfde geneuzel,' zei een man, niet Tom. 'Dezelfde vermoeide, Engelse pastorale. Is dat alles wat we kunnen?'

'Ik zou het niet vermoeid willen noemen.'

'Maar is het relevant? Dat is de vraag.'

'De pastorale wordt constant opnieuw geïnterpreteerd door het prisma van het heden.'

'Landelijke idylles zijn nooit zo charmant als wordt beweerd.'

'En wat weet jij daarvan?' Tom sprak nu voor het eerst, op diep gekwetste toon, en Sadie bleef in de gang staan. 'Mensen zoals jij, Rex, denken dat het niet landelijker kan worden dan Hampstead. Was je bang dat je door wolven zou worden verscheurd toen je hier vanaf het station naartoe liep? Ik beloof dat ik een mooie necrologie over je zal schrijven als ik je als bergje botten langs de weg aantref.'

'Tom, ik bedoel alleen maar...'

'Ik leef de Engelse pastorale. Het is wie ik ben.' Sadie zag voor zich hoe Tom op zijn borst zou slaan. 'Het is waar mijn hart sneller van gaat kloppen. Er is niets waar ik meer van hou, en als je dat niet begrijpt, als je dat onzin vindt, is het misschien beter als je gaat.'

'Tom, het gaat er niet om dat we je werk niet waarderen. Begrijp dat alsjeblieft. Maar een Amerikaans publiek...'

'Die verdomde Amerikanen kunnen de pot op! En jij ook, met je verrekte koppigheid!'

Er werd een deur dichtgeslagen. Sadie hoorde voetstappen naderen en liep snel terug de trap op.

Ze hoorde Diana zeggen: 'Tom, lieveling...'

'Mijn werk is mijn alles,' zei hij razend. 'Waarom begrijpt niemand dat?'

'Ik begrijp je wel, liefste. En jij bent mijn alles.'

'O, hou toch op, zeg. Laat me met rust. Jezus.'

Er werd nog een deur dichtgeslagen. Tom was uit zijn slof geschoten. Mannen hadden die neiging. Het gesprek was beladen van emoties die Sadie niet ervoer en de discussie die werd gevoerd was er een die zij, een indringer, niet had moeten horen. Misschien moest ze Diana even gaan vragen of het wel ging. Ze had Tom nog nooit zo onaardig tegen haar horen praten. Maar nee. Ze wist zeker dat Diana het vreselijk zou vinden als ze zou weten dat iemand de woordenwisseling had gehoord. Ze kon maar beter doen alsof ze van niets wist.

Ze liep terug naar de zitkamer, waar ze uit het raam keek en een groepje varkens in de modder zag wroeten. Bruingele kippen pikten op de grond en fladderden op en neer achter een heg. Tom was naar buiten gegaan en stond bij de schuur te roken. Ze kon zelfs op die afstand zien dat de ene helft van zijn gezicht vol blauwe plekken zat.

Diana kwam binnenlopen met een dienblad.

'Laat ik maar gaan,' zei Sadie. 'Jullie zijn vreselijk druk.'

'Onzin.' Diana's stem klonk hard en gedecideerd terwijl ze het dienblad op tafel zette. 'Natuurlijk moet je blijven. Tom zou vreselijk teleurgesteld zijn als hij je zou mislopen.'

Dat betwijfelde Sadie, maar ze ging zitten. Er kwamen twee mannen de zitkamer binnenlopen. Diana stelde ze voor als Rex en Edwin, van de uitgeverij van Tom. Rex was een gezette jonge man in een groen jasje met een rode choker. Edwin was ouder en zag er gedistingeerd uit.

'Sadie.' Toms stem, die in de deuropening klonk, maakte dat ze opkeek. 'Wat zie je er beeldig uit.' Hij wendde zich tot de twee mannen op de wijnrode bank. 'Sadie is een zeer getalenteerd kunstenares. Ik ben haar een keer tegengekomen toen ze midden in een storm een prachtige schets van een uil stond te maken. Ik hoop dat je hem hebt ingelijst, Sadie.'

'Ik heb hem in stukken gescheurd en er een collage van gemaakt.'

Hij begon te lachen en ging naast Diana zitten. 'Wat gepast modernistisch van je.'

Diana serveerde thee, sandwiches en taart. Sadie begreep uit het gesprek dat Edwin en Rex naar De Meeuwenvleugel waren gekomen om het met Tom over een ingeplande voorleestournee in Amerika te hebben. Rex, die er onaangenaam verhit uitzag op de bank bij de open haard en nu en dan aan zijn choker friemelde, leek Tom op de zenuwen te werken, die het consequent oneens was met de arme man. Hij deed Sadie denken aan een groot, hongerig beest dat speelde met een klein, kwetsbaar wezen. Hij deed geen enkele poging te verhullen hoe hij zich voelde, reageerde kwaad of met bijtend sarcasme op wat hem niet zinde. Toen de discussie erg verhit begon te worden betrok Diana Sadie erbij. Sadie vroeg zich af of dat de reden was dat Diana zo had aangedrongen dat ze bleef, om als buffer tussen Tom en de twee mannen te fungeren.

Het gesprek kwam op leylijnen. Tom was enthousiast pleitbezorger van het werk van Alfred Watkins over het onderwerp.

'Ik heb Watkins een keer gesproken,' zei hij. 'Fascinerende kerel. Hij is tevens een verdienstelijk fotograaf.'

'Dit deel van Engeland is bezaaid met historische locaties,' zei Rex heel onverstandig. 'Verbind willekeurig twee van die punten met elkaar en je hebt een rechte lijn.'

Tom zei onderkoeld: 'Ik geloof dat het richelpad een neolithische weg is. De Meeuwenvleugel zelf staat op een leylijn. Misschien moet je er wat meer voor openstaan, Rex.' Hij leunde naar voren in zijn stoel en alle spieren in zijn grote, sterke lichaam waren aangespannen. 'Niet alles is zichtbaar voor het oog of kan wetenschappelijk worden bewezen. Dat geldt ook voor de liefde, om maar een voorbeeld te noemen. Of verlangen, of jaloezie, of haat of alle andere emoties die ons menselijk maken. Betekent dat dat ze niet bestaan?'

'Dat is niet hetzelfde. Je voelt het effect van liefde; je voelt een emotie.'

'Fijn dat je me daar even op wijst. Je zou bijna denken dat ik de afgelopen twintig jaar niet druk was geweest met over de liefde te schrijven.' De minachting droop van Toms stem.

'Ik wilde niet... Het was niet mijn bedoeling om...'

'Doe dan niet zo achterlijk,' snauwde Tom.

Het was het voorgaande half uur donker geworden. Diana stond op om de gordijnen dicht te doen. Op weg terug naar de bank bleef ze even staan om door Toms krullen te kroelen; het deed Sadie denken aan de liefdevolle manier waarop ze de vizsla's aaide. 'Bewijzen dat liefde bestaat is anders helemaal niet zo moeilijk, hoor,' zei ze toen. 'Denk je ook niet, Sadie?'

Sadie dacht even na voordat ze antwoord gaf, deels omdat ze niet iets doms wilde zeggen wat Tom nog meer zou irriteren, en deels omdat ze zichzelf naar Het Ei had verbannen vanwege de liefde. Ze had de voorgaande maanden erg onder de consequenties van liefde geleden en wilde geen clichématig, ongemeend antwoord geven.

'Ik denk dat liefde een schaduw heeft, een reflectie,' zei ze. 'Ik denk dat een deel van die reflectie altijd bij ons blijft als we echte liefde ervaren.' Ze merkte dat ze de ring aanraakte die ze aan haar rechterhand droeg; ze ging met haar vingers over het cluster smaragdjes. Ze dacht terug aan de woorden van Diana, die had gezegd dat het allemaal om passie draaide. Was dat waar? Er zat wat in, besloot ze, maar passie kon ook egoïstisch en destructief zijn.

Iedereen knikte instemmend, maar dat viel haar nauwelijks op. Ze was sinds ze was verhuisd gaan beseffen dat zij had liefgehad, maar Felix niet. Over hem was geen schaduw heen gevallen. Als hij in de spiegel keek zou de reflectie dezelfde zijn. De woorden die in de ring stonden gegraveerd, 'K HEB U LIEF MIJN HARTENDIEF, hadden voor hem enkel naar vluchtige passie verwezen. Hij had sinds ze die zenuwinzinking had gehad niet één keer geprobeerd contact met haar te zoeken, niet eens om te vragen hoe het met haar ging. Hij hield niet van haar, had nooit echt van haar gehouden. Dat was moeilijk te accepteren en het sneed door haar hart, maar zo was het nu eenmaal.

Zo te voelen begon het gesprek ten einde te lopen. Sadie excuseerde zich en ging naar het toilet op de benedenverdieping. Toen ze daar in de spiegel keek staarde haar reflectie haar aan, met roze wangen van de hitte van het haardvuur en met warrig haar. Ze maakte haar gezicht nat met koud water en streek met haar handen haar haar glad.

Toen ze naar buiten liep stond Tom in de gang. 'Stanley heeft me de eerste serie houtsneden gestuurd. Wil je ze zien?'

'Ja, graag.'

Ze liepen naar Toms werkkamer. Een elektrische lamp verlichtte de boekenkasten, die twee van de muren integraal bedekten. De kamer was aan de voorkant van het huis. In de zomer zou het afdak op de pilaren bescherming tegen het zonlicht bieden. Een prikbord vol knipsels, foto's, bladeren en veren – Tom verzamelde net als zij dingen uit het bos – hing boven een ronde tafel die vol lag met brieven en schriften. Op een bureautje, gehavend en gammel, stonden pennen, inkt en potloden, en er lag een blok met dik, wit papier.

Tom spreidde een aantal illustraties voor haar uit. 'Ze zijn prachtig, vind je ook niet?'

Stanley Chute had drie kleine, ovale houtsneden gemaakt: een van een haas die door het gras hupte, een van een vos die over een veld rende en een van een das die uit zijn burcht kwam. Onder elke afbeelding stond een couplet, in schuinschrift.

'Schitterend,' zei ze. 'Heel realistisch.'

'Ja, maar toch ook mystiek en emblematisch. Ze vangen prachtig de essentie van het dier, vind je ook niet?'

'Ja, heel mooi. Waar ga je ze voor gebruiken?'

'Edwin wil een speciale editie van *Maan* uitgeven. Oorspronkelijke kunst, mits mooi uitgevoerd, verkoopt altijd. Het spijt me, Sadie.'

Ze keek hem verbaasd aan. 'Wat spijt je?'

'Mijn vreselijke humeur van net.' Hij klemde zijn kaken op elkaar. 'Die hufter, Rex... Ik moet me vreselijk inhouden om hem niet in elkaar te slaan. Die tour door Amerika zou niet slechter gepland kunnen zijn.'

'Kun je hem niet uitstellen?'

'Ze zeggen van niet.' Toen zei hij, plots gepassioneerd: 'Die tour... de speciale uitgave... Ze dwingen me om van alles te doen wat ik helemaal niet wil, alleen maar omdat het verkoopt. Ik vind het een hel, ronduit een hel.'

'Betekent het heel veel meer werk voor je?'

'Edwin staat erop dat ik er drie of vier gedichten in opneem die nog niet eerder zijn gepubliceerd. Dus ik kan kiezen tussen ophouden met waar ik de afgelopen zes maanden aan heb gewerkt, en dat net op het moment dat ik een nieuwe stem begin te vinden, of ik kan een aantal eerder geschreven gedichten, waarvan ik weet dat ze slecht zijn, bewerken. Ik haat het dat ik in die positie word gedwongen. Het voelt als slavernij.'

'Kun je niet weigeren?'

Zijn ogen waren zwart en vurig in het halfdonker. 'Nee, ik ben bang van niet. Het onderhoud van het huis is veel duurder uitgevallen dan ik had gedacht.'

Sadie dacht aan wat Roger over de financiële omstandigheden van de Chivertons had opgemerkt. Dus dat was waar.

'Als de anderen komen,' vervolgde Tom, 'wordt het gemakkelijker. Ik zal wel huur moeten gaan vragen, wat ik altijd heb willen vermijden.'

'De anderen?'

'Ik ben altijd al van plan geweest De Meeuwenvleugel te delen met verwante zielen. Schrijvers en kunstenaars, mensen die mijn visie op het land delen. We zijn altijd van plan geweest de schuur bewoonbaar te maken. Ik ben aan de dakreparaties begonnen. Het is een groot project en het zal tijd gaan kosten.'

'Maar,' vroeg ze, 'houdt dat je dan niet van je schrijfwerk af? Kun je niet beter iemand inhuren om het dak te repareren? Hoewel dat een hoop geld zal kosten.'

'Ik werk graag met mijn handen, Sadie. Ik heb het nodig om één te zijn met de stenen, het hout en de grond. Ik moet fysiek bezig zijn, één zijn met de elementen.' Hij balde zijn vuisten. 'Ik heb iets nodig wat solide is om mijn krachten aan te meten.'

'Soms is het goed om jezelf moe te maken.'

'Precies. Anders word je rusteloos. Ik hoop het tegen de zomer af te hebben, zodat de eerste leden van onze gemeenschap erin kunnen trekken.'

'Weet je zeker dat het je niet gaat storen om zo veel mensen om je heen te hebben?'

'Dat hoop ik niet.' Tom bladerde afwezig door de tekeningen op het bureau. 'Vroeger schoten de gedichten spontaan in mijn hoofd als ik door de Downs liep. Ik hoefde alleen mijn voeten maar voor elkaar te zetten en dan vormden de regels zich. Het was alsof ze er al waren, voor me klaarlagen om te vinden. Maar dat talent heb ik niet meer, dat gemak is verdwenen. Mijn hoofd is nu vaak vol woorden, de meeste onzin, en dan betrap ik mezelf erop dat ik ernaar snak dat iedereen me met rust laat. Ik heb bewondering voor jou, Sadie. Jij sluit jezelf op en concentreert je op je werk.'

Ze zei verrast: 'Als je zou weten hoe teleurstellend mager het resultaat van de afgelopen maanden is, zou je dat niet zeggen.'

'Maar je blijft het proberen. En dat na aanzienlijke persoonlijke tegenspoed.'

'Zoals je al zei geeft dat me misschien wel precies wat ik nodig heb. En...' Ze was even stil om haar gedachten helder te krijgen. Toen zei ze: 'Misschien dat ik nu mijn ware zelf ben. Misschien dat die andere vrouw, die Sadie die met Felix zou trouwen, niet mijn ware ik was.'

Hij schonk haar een charmante glimlach. 'Ik moet toegeven dat je niet op me overkomt als zo'n vrouw die het hele nut van haar bestaan in een huwelijk ziet.'

'Ik dacht nooit aan trouwen, tot ik Felix leerde kennen.'

'Je bent een vrije geest, net als ik. Ik ben zelf ook niet zo'n voorstander van het instituut.'

Zijn woorden verbaasden haar, en niet voor het eerst. Tom en Diana leken zo'n perfect stel, ze leken zo gelukkig getrouwd.

'Ik heb zo mijn twijfels over de kunstmatige beperkingen die het huwelijk oplegt,' vervolgde hij. 'Diana en ik hebben het er lang en diepgravend over gehad voordat we besloten te trouwen. Maar mijn werk eist van me dat we in het openbaar optreden en ik zou het vreselijk vinden als er over haar zou worden geroddeld.'

'Dat snap ik. Je wilde haar beschermen tegen kwaadsprekerij.'

'Ik zie mezelf niet als het getrouwde type.'

Hij sprak in de tegenwoordige tijd, alsof dat was hoe hij het nog steeds voelde. Het leken vreemde woorden, nu zijn vrouw boven zat en de veren van zijn uitgevers gladstreek.

'Denk je dat het mogelijk is om helemaal vrij te zijn?' vroeg ze hem. 'Denk je niet dat er altijd grenzen zijn, Tom, plaatsen die we niet kunnen betreden?'

'Dat meen je niet, Sadie.' Hij keek met zijn hoofd een beetje scheef naar Sadie, in zijn blik lag zowel veroordeling als geamuseerdheid. 'Ik zie jou niet als een vrouw die zoekt naar excuses om te vluchten voor de ware intensiteit van het leven.'

Er hing ineens een spanning in de kamer en het ging door haar heen dat ze terug moest naar boven, of dat ze in ieder geval over iets anders moest beginnen. Maar ze wilde behouden wat er was. Het genot om zichzelf open te kunnen stellen, het gevoel dat ze als gelijke werd beschouwd door iemand die vitaal en origineel was als Tom, het gevoel dat hij oprecht naar haar luisterde, was moeilijk om van weg te lopen.

En hij stond hoe dan ook nog steeds te praten.

'De eerste keer dat ik je zag, Sadie, was bij je huis in het bos. Ik was aan het hardlopen en jij was op de open plek hout aan het hakken. Je zag me niet en ik ben even blijven staan. Je had een groene jas aan en je haar was wild en had een gouden gloed, je zag eruit als iets uit een sprookje. Een tovenares, of een elfje. Ja, dat is het woord dat in me opkomt als ik aan je denk: "elfachtig". Je fijne, blonde haar... je blauwgroene ogen... je hoge jukbeenderen en puntige kin.'

Hij raakte haar aan terwijl hij haar beschreef. Een handpalm streelde over haar haar, een vingertop gleed over haar wang. Ze stond bewegingloos, als betoverd.

'Je bent zo etherisch,' mompelde hij met lage stem. 'Je zult mij wel een grote, harde steen vinden. Jij en ik zijn als de heuvels en de regen, Sadie. We raken elkaar aan en gaan verder, maar we hebben wel iets van onszelf achtergelaten op de ander.'

Zijn lippen drukten tegen de hare en ze sloot haar ogen, verloren in zijn kus. Zijn tong ontdekte haar mond en ze voelde zijn lichaam, warm tegen het hare, hard en hongerig om aangeraakt te worden. Buiten gierde de wind, en de bomen maakten een zwiepend geluid terwijl ze heen en weer bewogen.

Er klonken voetstappen op de trap. Zijn grip verslapte en ze deed een stap naar achteren, diep geschokt om zichzelf. Wat had ze zich in het hoofd gehaald door Tom Chiverton te kussen terwijl Diana boven thee inschonk? Ze haastte zich geschrokken de kamer uit.

Ilonka en Gizi lagen in de hal. Ze keken elkaar opgeschrikt aan. Sadie liep terug naar boven en ging weer op de bank zitten. Diana vroeg of ze nog thee wilde; ze schudde haar hoofd. Haar hart bonkte, haar mond voelde droog en ze was bang dat het kopje in haar handen zou trillen. Rex kwam terug van het toilet, ging zitten en begon over een film die hij had gezien. Even later kwam Tom ook weer binnen. Zijn vingers kneedden de nek van zijn vrouw terwijl hij zich in het gesprek over de film mengde.

Kort daarna was Sadie voldoende tot zichzelf gekomen om te kunnen opstaan en haar gastvrouw te bedanken. Toms glimlach en de vluchtige kus op haar wang waren als het afscheid van een oppervlakkige kennis.

8

Surrey en Londen – augustus 1970

Toen de werknemers van Martineau Aviation die vrijdag de vergaderruimte uit liepen hoorde Dan Falconer Ted Wilkinson een beledigende opmerking maken, zelfs voor zijn doen lomp. Wilkinson nam niet eens de moeite zachter te gaan praten en hij lachte hartelijk om zijn eigen grap. Hoewel mevrouw Martineau er geen blijk van gaf te hebben gehoord wat er was gezegd, vermoedde Dan dat dat wel het geval was.

Wilkinson sloeg in de hangar zijn vlezige handen ineen en zei: 'Nou, dat is dan het einde van dit bedrijf, met dat kutwijf aan het roer. Een huisvrouw gaat ons in het vervolg vertellen hoe we ons werk moeten doen, Max, wat vind jij daarvan? Tijd voor een borrel, zou ik zeggen.'

De monteur zei: 'Ik moet nog even naar die band kijken.'

'Ik denk niet dat het juffie Tuttebel gaat opvallen als jij je huiswerk niet doet, maat.' Wilkinsons bovenlip krulde op terwijl hij zich tot Dan wendde. 'Ga je mee?'

'Nee.'

'Wat ben je toch een arrogante kwal. Doe niet zo uit de hoogte en ga mee.'

Wilkinson stond ongemakkelijk dicht voor zijn neus. Hij prikte met zijn wijsvinger tegen Dans borst en zijn vaalblauwe ogen verrieden nauwelijks ingehouden agressie. Wilkinson zette zijn lange, zwaargebouwde lichaam met een dikke laag vet over de spieren graag in om ermee te dreigen.

Max keek weg, maar Dan vertrok geen spier. 'Ik blijf hier,' zei hij.

'Mietje. Je bent gewoon een mietje. Wat jij wilt.'

Wilkinson pakte zijn jas en verliet samen met Max de hangar. Dan gaf ze een paar minuten; tegen de tijd dat hij ook de hangar verliet reed Wilkinsons Vauxhall op hoge snelheid over het met beton geëffende pad dat naar de weg en de dichtstbijzijnde pub leidde. Hij zou over een uur of twee, drie terugkomen, niet meer in staat om zonder de ondersteunende arm van Max in een rechte lijn te lopen. Dan had tegen de jongen gezegd dat hij niet moest ingaan op Wilkinsons uitnodigingen zijn drinkmaatje te zijn, maar Max vreesde voor zijn baan. Wilkinson kon een wraakzuchtige hufter zijn als hij dat wilde.

Dan liep naar de rand van het gras, waar een koele bries waaide over de vlakke heuveltop waar de landingsbaan lag. Een DC-3, het eerbiedwaardigste vliegtuig van Martineau Aviation, stond op het asfalt. Als het bedrijf failliet ging zouden ze de oude dame moeten verkopen. Wilkinson had wel gelijk in één ding: als mevrouw Martineau geen vliegende start zou maken, zou het bedrijf het niet lang uithouden. Ze wisten allemaal dat ze in de rode cijfers stonden.

Dan liep naar het kantoortje dat hij met Wilkinson deelde. Het was de taak van de manager Operations om de charteroffertes uit te schrijven, vluchtplannen te maken en op de hoogte te zijn van de laatste informatie over de vrachten. Ze stonden in het rood omdat ze niet genoeg opdrachten kregen, waardoor de vliegtuigen te veel aan de grond stonden.

Als je er objectief naar keek was de kans uitermate klein dat Rose Martineau zou slagen waar haar echtgenoot had gefaald. Als het haar niet lukte het bedrijf winstgevend te maken, zou Dan zijn baan kwijt zijn. Celia wees hem er sinds het schandaal met Debra Peters regelmatig op dat hij om zich heen moest kijken naar ander werk.

Maar hij vond het erg ver gaan om mevrouw Martineau geen kans te geven. Dan trok zijn jas aan en liep de gang in. Lucy Holbrook zat achter haar bureau te typen.

'Is mevrouw Martineau aanwezig?' Hij knikte naar de gesloten deur van het kantoor.

'Ja. Wat is er, Dan?'

Dan klopte zonder antwoord te geven op Lucy's vraag op de deur en liep het kantoor binnen. Rose stond achter het bureau, dat vol lag met geopende mappen en schriften. Ze keek op.

'Sorry dat ik stoor,' zei hij. 'Maar mag ik u even spreken?'

Ze glimlachte naar hem. 'Natuurlijk, Dan.'

'Als u dit bedrijf een kans wilt geven om te overleven, moet u overwegen Ted Wilkinson te ontslaan.'

Ze zei niets, dus hij vervolgde: 'Hij is lui en slordig en hij is een bullebak. Hij vergiftigt de sfeer in de werkplaats en hangar. Ik schud het van me af, maar de jongens hebben er last van. Hij is een pestkop en een alcoholist. Hij drinkt bij de lunch vier of vijf halve liters bier en slaapt 's middags zijn roes uit. Hij zit op dit moment met Max in de pub. Max gaat met hem mee omdat hij bang voor hem is. Max is een prima kracht, maar hij durft geen nee tegen Ted te zeggen.'

Ze sloeg een map dicht. 'Met andere woorden: Wilkinson doet zijn werk niet.'

'Inderdaad, mevrouw Martineau.'

'Zeg maar Rose; al die formaliteiten zijn alleen maar vervelend.'

'Misschien dat hij ooit goed is geweest in zijn werk, maar nu is dat niet zo.'

Ze fronste haar wenkbrauwen. 'Ga zitten. Ik wilde toch al met je praten. Ik probeer erachter te komen wat er nodig is om uit de rode cijfers te komen.'

Dan ging tegenover haar zitten.

Ze tikte met een gemanicuurde vingernagel op het bureau. 'Als jij mij was,' vroeg ze, 'waar zou je dan beginnen?'

'Met het vaststellen van de grootste problemen. Daar een prioriteitenlijst van maken en bedenken wat de beste oplossingen zijn.'

Ze keek naar een vel papier op haar bureau. 'Wat staat ons in de weg om winst te maken?'

'Ten eerste de kosten.'

Ze knikte. 'Personeel, brandstof, onderhoud. Huur voor de panden, gas, licht en water. Kunnen we bezuinigen op personeel?'

Dan zag dat er een lijst met personeelsleden op het bureau lag. Er stonden met potlood aantekeningen naast de namen geschreven. Alle banen stonden op de tocht, inclusief, vermoedde hij, die van hemzelf.

Ze vroeg: 'Hebben we echt twee managers Operations nodig?'

'Nee. Als iemand die weet waar hij mee bezig is het doet, is één manager genoeg. Ik zou het kunnen.'

Ze bestudeerde de lijst. 'We hebben twee monteurs.'

'Twee is het minimum. We zouden er eigenlijk drie moeten hebben. Als een vliegtuig vertraging heeft, moet er iemand zijn als het alsnog landt. Max en Gareth zijn harde werkers. Net als de piloten en copiloten. Ze hebben bij de RAF gediend, betere bestaan er niet. Je kunt niet bezuinigen op vliegers en monteurs. En je hebt ook een belader nodig, iemand die weet hoe de vracht het beste in het vliegtuig kan worden gezet en die bijhoudt wat waar is.'

'De brandstofkosten lijken me erg hoog. Kunnen we een leverancier vinden die goedkoper is? Als we bijvoorbeeld aanbieden om contant bij aflevering te betalen?'

'Ik zal er eens naar kijken.'

'Dank je wel. En de huur van de gebouwen... is er op dat gebied iets opnieuw te onderhandelen?'

'Dat heeft meneer Martineau geprobeerd, maar dat is niet gelukt.'

Ze maakte een aantekening.

Dan zei: 'We hebben meer ruimte dan we gebruiken. We zouden de kantoorruimte die leegstaat kunnen verhuren om een deel van de kosten terug te verdienen. Zal ik daar ook even naar kijken?'

'Heel graag, Dan. En de vliegtuigen. Hebben we er echt drie nodig? Hebben we genoeg opdrachten voor drie vliegtuigen?'

'We zouden genoeg opdrachten kunnen krijgen, als we daar werk van zouden maken.' Hij moest er niet aan denken dat de oudste DC-3 in een hoek van de hangar zou staan wegrotten. Of, nog erger, zou worden verkocht.

'En...' Ze sloeg een bladzijde om. 'Zijn we te goedkoop?'

'Misschien op sommige routes. Dat hangt van de concurrentie af. Op de populaire routes moet je oppassen dat je niet te weinig vraagt.'

'We verliezen zo te zien op Marseille. Moeten we daarmee ophouden?'

'Dat denk ik niet. We zouden erop kunnen verdienen. Het probleem is dat er wel geld in zit, maar dat komt niet in onze zakken terecht.'

'Waarom niet?'

'Omdat het ruim veel te vaak niet twee kanten op vol is. Als we leeg naar huis vliegen, moeten we wel gewoon de brandstof en het personeel betalen, maar dan verdienen we niets. Marseille is een van onze langere vluchten, dus de brandstofkosten zijn hoog. Lege vliegtuigen kosten geld.'

'Waarom zijn ze leeg?'

'Omdat meneer Martineau niet genoeg klanten had.' Dan zag er het nut niet van in om om de hete brij heen te draaien.

Ze vertrok geen spier. 'En hoe lossen we dat op?'

'Dan moet je met de im- en exportagenten gaan praten en ze overhalen ons meer contracten aan te bieden. Misschien moeten we een nieuwe agent aantrekken in Marseille. Voor de man bij wie we nu zitten zijn we een kleine afnemer, dus die geeft de beste opdrachten aan zijn belangrijkere klanten. We zouden iemand kunnen zoeken die net begint, die alles voor nieuwe klanten overheeft en niet te veel commissie vraagt. Het zou ook helpen als je Frans zou spreken.'

'Dat spreek ik.'

Natuurlijk sprak ze Frans. Rose Martineau was het type dat Frans op school had gehad en naar Frankrijk op vakantie was gegaan met haar ouders.

Hij zei: 'En je zou het lef moeten hebben om weg te lopen als het aanbod je niet aanstaat.'

Ze trok haar wenkbrauwen een stukje op en bestudeerde hem. Hij vroeg zich af of ze vond dat hij te ver was gegaan. Maar ze knikte bijna onzichtbaar en zei: 'Dat is het voor nu. Dank je wel, Dan.'

Toen hij opstond, voegde ze eraan toe: 'Ik wil graag dat jij de rol van manager Operations op je neemt.'

'Vanaf wanneer?'

'Vanaf nu. Met een proeftijd van drie maanden. O, en als meneer Wilkinson weer terug is, stuur je hem dan even naar mij?'

Rose deed om vijf uur die middag een stapel papieren in haar koffertje. Het was schoolvakantie en haar vader had aangeboden een dagje vrij te nemen om voor Katherine en Eve te zorgen. Toen ze het gebouw verliet om ze te gaan ophalen liep ze nog even langs Lucy Holbrook.

'Ik moet ervandoor, Lucy.' Ze legde een stapel documenten op het bureau van de secretaresse. 'Wil je deze met spoed afhandelen?'

'Natuurlijk.' Lucy keek op van haar typemachine. 'Gaat het een beetje, Rose?'

'Prima, dank je.'

'Ik heb al snel geleerd altijd met mijn rug naar de muur te gaan staan als Ted Wilkinson in de buurt is. Grappig, hè, dat zulke mannen, vrouwenhaters, zo vaak billenknijpers zijn.'

Rose' gesprek met Ted Wilkinson was onaangenaam geweest. Hij was dronken geweest en had de ene na de andere schimpende opmerking gemaakt. Ze had hem een maand extra loon betaald en had hem van het terrein laten escorteren door de beheerder, die ex-militair was.

'Ik denk niet dat hij gelukkig had kunnen worden,' zei ze, 'met een vrouw als baas.'

Lucy, die een pruimkleurige lippenstift opendraaide, grinnikte. 'Zeker weten. En dat is nog zacht uitgedrukt.'

Rose voelde zich ontspannen. 'En jij, Lucy? Wil jij voor me werken?' Ze herinnerde zich dat de secretaresse van Robert eens tegen haar had gezegd dat de status van de secretaresse werd bepaald door de man voor wie ze werkt. Belangrijke man, belangrijke baan.

'Waarom niet? Ik heb er alle vertrouwen in.' Lucy werkte haar lippenstift bij en keek haar van opzij aan. 'Betekent dat dat mijn baan veilig is?'

'Net zo veilig als die van ons allemaal, Lucy,' zei Rose oprecht.

Toen ze het vliegveld af reed was de belangrijkste emotie die ze voelde opluchting dat ze haar eerste dag had overleefd. Ze had alle personeelsleden om de beurt gesproken. Dan Falconer had haar niet hoeven vertellen dat ze Wilkinson moest ontslaan. Als ze daar al over had getwijfeld, had zijn beledigende opmerking van die ochtend haar vastbesloten gemaakt: 'Dus nu moeten we gehoorzamen aan het vrouwtje.' Ze had geen spijt dat ze Wilkinson had ontslagen en was ervan overtuigd dat Dan het beter zou doen.

Dan Falconer was een aantrekkelijke man. Hij had alle eigenschappen. Je kon niet tegenover hem zitten en niet opmerken dat hij lang en atletisch was, of dat zijn donkerblonde haar, korenbloemblauwe ogen en regelmatige gelaatstrekken een aantrekkelijke combinatie waren. Niet dat ze zich tot hem aangetrokken voelde. Uiterlijk was belangrijk, maar Rose vond innerlijk belangrijker, en Dan was een koele kikker. Hij had niet één keer geglimlacht tijdens hun gesprek en had ook niets vriendschappelijks of bemoedigends gezegd. Geen 'Welkom bij het bedrijf' of 'Als ik iets kan doen...' Hij was gesloten en op zijn hoede geweest en ze had na hun gesprek van een half uur het gevoel gehad dat hij het gesprek had geleid en niet zij.

Daarnaast had Dan niet eens met zijn mooi gevormde oogleden geknipperd toen ze hem die promotie had gegeven. Zijn aandacht was volledig gericht geweest op het winstgevend maken van Martineau Aviation, en daar was ze hem dankbaar voor. Ze had iemand als hij nodig om haar haar weg te helpen vinden door het moeras van de luchtvrachtwereld met zijn valkuilen en zinkgaten. Als hij koel tot een punt van ijzigheid was, zou dat alleen maar betekenen dat hij zijn werk des te beter deed. Een manager Operations moest weten wanneer hij moest weglopen van een deal die niet winstgevend zou worden en wanneer hij alles moest doen om een contract binnen te slepen dat in eerste instantie onmogelijk binnen te halen leek. Dan Falconer, vermoedde ze, was precies de man die dat zou kunnen.

Ze zouden een week later naar de flat van haar grootmoeder in Weybridge verhuizen. Ze had er die zaterdagochtend om negen uur een afspraak met Tony Marsh, die had aangeboden haar spullen te verkopen. Ze moest zo snel mogelijk een oppas voor Katherine en Eve zien te vinden, want ze kon niet voor eeuwig blijven rekenen op de ad hoc gemaakte afspraken met haar vader en vriendinnen. Ze moest een nieuwe school voor de meisjes regelen, want ze zou als ze aan de andere kant van het vliegveld in Weybridge woonde geen tijd hebben om de meisjes naar hun school in Walton-on-Thames te brengen voordat ze naar haar werk ging.

Ze kon het zich niet veroorloven om het soort bazin te zijn dat laat arriveerde en vroeg wegging vanwege gezinsomstandigheden, want dat zou de angsten en vooroordelen die de mannen hadden over een vrouwelijke leidinggevende alleen maar bevestigen. Hoewel Robert een grotendeels afwezige baas was geweest, moest zij elke dag naar kantoor en elk detail van het bedrijf leren kennen om het weer op de rit te kunnen krijgen. Er moesten rekeningen worden betaald en leningen worden ingelost, en het was aan haar om een manier te vinden om Martineau Aviation lang genoeg in leven te houden om winstgevend te kunnen worden. Ze had de cijfers nauwkeurig bestudeerd en ze waren niet bemoedigend.

Rose had na haar gesprek met Dan de agent gebeld die het huurcontract van de gebouwen en het vliegveld regelde. Hij had beloofd zijn klant te bellen om te vragen of een huurverlaging bespreekbaar was. Hun weigering was een uur daarvoor doorgegeven. Rose kon alleen maar concluderen dat ze geen enkel pressiemiddel had. Ze had kunnen dreigen een ander vliegveld te gaan huren, maar wat als ze haar hadden uitgedaagd haar dreigement waar te maken? Een verhuizing zou kosten met zich meebrengen die Martineau Aviation niet kon opbrengen. Er zou bovendien zo veel ontregeld raken dat het niet anders dan een negatief effect op de inkomsten kon hebben, en die waren er toch al te weinig. Ze moesten hier blijven en ergens anders op bezuinigen.

Ze had loonkosten bespaard door Ted Wilkinson te ontslaan, maar ze zag op dit moment verder geen mogelijkheden om te bezuinigen. Lucy Holbrook was ontzettend waardevol en kende het bedrijf van haver tot gort, en zoals Dan had gezegd kon er niet worden bezuinigd op piloten of monteurs. De enige andere personeelsleden waren Reggie, de beheerder, en Fred, de nachtwaker, beiden essentieel op een zo afgelegen locatie waar zo veel kostbare goederen lagen opgeslagen.

Nauwkeurige inspectie van het bedrijf had een heleboel onaangename feiten aan de oppervlakte gebracht. Roberts lidmaatschap van de golfclub werd door het bedrijf betaald, evenals zijn lidmaatschap van een aantal clubs in Londen. Honorarium was naar een aantal adviseurs gegaan, die Rose herkende als vrienden van Robert. Ze betaalden een agent in Rome die al meer dan een jaar geen enkel contract had geregeld, maar die Robert voor een skivakantie had uitgenodigd. Martineau Aviation had misschien zelfs betaald voor zijn nachtelijke avonturen met Debra Peters.

Dergelijke feiten bezoedelden bij voorbaat al haar eigen reputatie. Ze had Wilkinson ontslagen omdat hij misbruik maakte van zijn positie, maar zij was zelf – hoewel alleen op papier – directeur geweest van een corrupt bedrijf. Die kosten zouden direct uit de boeken worden geschrapt, maar ze had toch het gevoel dat ze haar bezoedelden.

Giles en Katherine waren halverwege een schaakspel toen Rose bij het huis van haar vader arriveerde. Eve zat geknield aan een bijzettafel met een plastic schaartje vormen te knippen. Ze begon te gillen toen ze Rose binnen zag lopen, stond op en wierp zich in de armen van haar moeder.

Katherine keek op. 'We hoeven toch niet meteen weg, hè, mam? We zitten midden in een spel.'

'Er staat nog wat pastei in de oven. Ik heb hem voor je warm gehouden,' zei Giles. 'Als jij nou eens even lekker wat eet, dan versla ik ondertussen mijn kleindochter.'

'Opa!' Katherine keek hem razend aan. 'U gaat niet winnen. Ik ga winnen.'

Rose liep naar de keuken met Eve op haar heup. Ze at de pastei zo uit de ovenschaal, aan de keukentafel, met haar dochtertje op schoot. Eves verslag van haar dag was van de hak op de tak en grotendeels in babytaal.

Toen ze twintig minuten later vertrokken mompelde Rose: 'Dank je wel, pa.'

'We hebben een heerlijke dag gehad. Heb je morgen iets geregeld?'

'Abbies moeder heeft aangeboden ze een dagje te nemen.' Abbie was Katherines beste vriendin. 'Robert haalt ze op na zijn werk.'

'Laat je het weten als ik iets kan doen?'

Ze keek hem glimlachend aan. 'Je helpt me enorm door het met me uit te houden. En laat het me alsjeblieft weten als ik iets achterlijks dreig te gaan doen.'

Giles glimlachte ook. 'Zoals een luchtvrachtbedrijf overnemen? Ik ben apetrots op je, Rose.'

Ze omhelsde hem. 'Dank je, pa. Ik wilde je in het bestuur vragen, maar dat lijkt me toch niet zo verstandig.'

'Nee, dat riekt naar nepotisme.'

'Klopt. En Robert heeft dingen gedaan die echt niet door de beugel kunnen. Zo kan ik me niet gaan gedragen.'

'Nee, dat spreekt voor zich, dat snap ik. Maar ik zou je wel informeel advies kunnen geven, als je dat wilt en het gaat over iets waar ik kijk op heb. Je weet me te vinden, lieverd. Je kunt dit, Rose. Ik heb het volste vertrouwen in je.'

Ze reden terug naar Walton-on-Thames. Rose was begonnen met inpakken voor de verhuizing en de kamers zagen er vergankelijk en ontwricht uit met de lege planken, witte plekken waar de schilderijen hadden gehangen en verhuisdozen in de hoeken. Hoewel ze tegen Robert had gezegd dat ze het huis haatte, brak het haar hart dat ze het huis waar ze de afgelopen vijf jaar had gewoond ging verlaten.

Ze deed de meisjes in bad, legde Eve in bed en luisterde hoe Katherine, in een pyjama met ochtendjas, haar pianostukken oefende. Toen Katherine ook naar bed was las Rose haar aantekeningen van die dag door. Ze was bezig met de lijst die Lucy haar had gegeven met de namen van de buitenlandse agenten toen ze een bonk hoorde, gevolgd door een harde gil.

Ze rende naar boven. Eve stond op het kleed in haar slaapkamer te gillen. Scherven van de kapotte aardewerken voet van haar nachtlampje lagen om haar heen.

'Lieverd, wat is er gebeurd?' Rose tilde haar dochter op en zette haar op bed.

'Ik ben eraf gevallen!' jammerde Eve.

'Waar ben je vanaf gevallen, lieverd?'

'Van het nachtkastje.' Ze gaf het kastje een vermanende schop. 'Ik wilde uit het raam kijken. Maar het was te hoog! En toen ben ik op het kastje geklommen! En toen ben ik gevallen!'

Rose maakte sussende geluidjes en streelde over Eves donkere krullen. 'Waarom wilde je uit het raam kijken, Evie?'

'Om te kijken of papa al thuiskwam. Ik wilde dat hij me nog even welterusten kwam zeggen.'

'Och, liefje toch...' Er schoten allerlei gruwelijke scenario's door haar hoofd. Eve zou op de vensterbank hebben kunnen klimmen. Ze had het raam open kunnen doen op zoek naar Robert en eruit zijn gevallen. Ze had zichzelf kunnen elektrocuteren met die lamp.

Ze riep zichzelf tot de orde en zei vriendelijk: 'Morgen zie je papa. Hij gaat met jullie uit eten en daarna gaan jullie mee naar zijn appartement. Dat is gezellig, toch?'

'Ik vond het veel gezelliger toen hij nog hier woonde!'

'Dat weet ik, lieverd.'

Ze hield haar dochter in haar armen tot ze weer in slaap was gevallen en legde haar toen in bed. Nadat ze de scherven van de lamp had opgeruimd schonk Rose een groot glas gin-tonic voor zichzelf in. Waar was ze in godsnaam mee bezig? Hoe had ze in vredesnaam kunnen denken dat ze in staat zou zijn om een luchtvrachtmaatschappij te leiden en tegelijkertijd voor twee dochters te zorgen? En dan ook nog te verhuizen?

Ze liep terug naar boven. Ze zou de keuken en de kamers van de meisjes als laatste inpakken, maar ze kon vast aan haar eigen slaapkamer beginnen. Ze begon gedreven door een mengeling van boosheid en angst haar kleren uit te zoeken en pakte haar winterjassen, truien, warme rokken, laarzen en vesten in tassen en dozen in.

De telefoon ging en ze haastte zich naar beneden en nam op. Het was George, Roberts broer.

'Sorry dat ik nu pas terugbel, Rose,' zei hij. 'Maar ik heb wat rondgevraagd naar Sadie Lawless.'

'Wat lief van je, George. Ben je iets te weten gekomen?

'Ja. Ze maakte etsen en schilderijen. Ze werd vertegenwoordigd door een galerie in Jermyn Street.'

Rose ging op de rand van het bureau zitten. 'Dus ze was een heuse kunstenares?'

'Ja, zeer zeker. Haar oorspronkelijke agent, in de jaren dertig, heette Madge Danford. Juffrouw Danford is in 1962 overleden. Ze heeft de galerie nagelaten aan Nerissa Taylor, die nog steeds eigenaresse is. Ik heb juffrouw Taylor gesproken. Ze heeft je oudtante nooit ontmoet, maar juffrouw Danford had het regelmatig over haar. Ze heeft overigens een paar schilderijen van Sadie in haar bezit, Rose. Ik hou zelf meer van negentiende-eeuwse aquarellen, maar ik vind ze heel goed. Ik heb gezegd dat je een keer langsgaat.'

'Ontzettend bedankt, George.'

'Graag gedaan.'

Een losse tongval maakte dat ze vroeg: 'George? Gaat het wel?'

'Uitstekend, uitstekend.'

Terwijl Rose zich haar zwager in zijn appartement in Charles Street voorstelde – planken vol boeken in harde kaft over kunstgeschiedenis, bruine, leren leunstoelen in een groepje rond een met Delfts blauwe tegeltjes betegelde open haard – echode de stem van Robert: *Het ziet er hier uit als een vreselijk stoffige herenclub, ergens waar je naartoe zou gaan om te sterven, of als je al halfdood zou zijn.*

'George,' vroeg ze vriendelijk, 'ben je dronken?' Ze wist dat hij een zware drinker was, maar normaal gesproken liet hij dat aan niemand zien.

'Niet dronken,' zei hij bedachtzaam. 'Maar ook niet helemaal nuchter. En jij?'

'Ach, je weet wel.' Ze tuurde in haar lege glas. 'Eentje, om de scherpe randjes van de dag te halen. Wat is er?'

'Niets.'

George Martineau was ongelooflijk gesloten. Rose kon zich niet herinneren dat ze ooit een persoonlijk gesprek met hem had gehad. Ze had het met haar zwager alleen over dingen als een opera die ze hadden gezien of een boek dat ze hadden gelezen.

'George? Weet je dat heel zeker?'

Hij lachte gegeneerd. 'Een enorm cliché. Een gebroken hart, niets om je zorgen over te maken.'

Ze probeerde haar verbijstering te verbergen. 'Wat naar. Ik wist niet dat je een vriendin had.'

'O, Rose, die heb ik ook niet. Nog nooit gehad.'

Ze moest vermoeider zijn dan ze had gedacht, want het duurde even voor het tot haar doordrong, en toen zei ze: 'O.'

'Precies. O.'

'George, het spijt me. Wat stom van me. Dat wist ik niet.'

'Waarom zou je ook? Ik heb altijd mijn uiterste best gedaan om mijn, eh, voorkeur voor mezelf te houden.'

'Waarom? Het is niet meer tegen de wet.'

'Ik ben niet graag het onderwerp van roddel en achterklap. Dat irriteert me.' Hij slaakte een zucht. 'Ik weet dat je me een pretentieuze en vermoeiende kwal vindt.'

'Dat is maar heel af en toe. Ik ben eerlijk gezegd erg op je gesteld.'

'Dank je,' zei hij zacht, en toen voegde hij eraan toe: 'Dat betekent veel voor me.' Er viel een korte stilte, en toen vervolgde hij: 'Maar de waarheid is dat ik veel te pretentieus ben om mezelf willens en wetens te onderwerpen aan het commentaar van anderen. Dat homoseksualiteit niet meer illegaal is, betekent niet dat er niet nog steeds met walging en spot naar wordt gekeken. Robert, om maar iemand te noemen... Die goeie, ouwe, heteroseksuele Robert... zou er niet meer over ophouden als hij het zou weten.'

'Zo ongevoelig is hij nou ook weer niet.' Je kon heel veel over Robert zeggen, maar hij was niet bekrompen of lomp. 'Ik denk dat hij er een paar flauwe grappen over zou maken en het vervolgens volledig zou accepteren.'

'Maar ik weet niet of ik die flauwe grappen zou kunnen verdragen.'

'George, je bent niet de enige die iets geheim heeft gehouden.'

'Dat is waar.' Zijn lach duurde te lang. 'Grappig, hè? Robert en zijn prostituee... ik en Peter... maar ik weet wel wat vader draaglijker zou vinden.' Een stilte, en toen: 'Dus ik zou je zeer erkentelijk zijn als je dit tussen ons houdt... Het gaat me niet alleen om de familie. Een aantal van mijn kennissen zou me ter plekke doodsteken als ze het zouden weten.'

Zijn dat kennissen die je tot je vriendenkring wilt rekenen? wilde ze zeggen, maar in plaats daarvan zei ze: 'Zijn jullie lang samen geweest?'

'Zes jaar.'

Terwijl ze die informatie verwerkte vervolgde hij: 'Peter is geweldig. Lief, gecultiveerd en intelligent. Helemaal geen glamourvolle, inhalige schandknaap, als je dat dacht.'

'Dat dacht ik niet.'

'Nee. Sorry.' Een zucht. 'Vergeef me. Het probleem is dat hij is getrouwd. Hij heeft een vrouw en een kind. Zo'n dubbelleven brengt heel wat spanning met zich mee, en...' Nog een stilte. 'Hij kan het niet meer aan. Ik heb hem gesmeekt er nog eens over na te denken.' Er klonk pijn in zijn stem door.

'O, George, wat afschuwelijk voor je.'

'Ik heb altijd van mezelf gedacht dat ik niet in staat zou zijn tot zelfverloochening, maar dat had ik mis. Dat soort dingen leer je over jezelf als je ouder wordt. Het wordt vast beter naarmate de tijd verstrijkt. Dat zeggen ze toch altijd?'

'Nou en of.'

'Je bent altijd een sterke vrouw geweest, Rose.'

'Is dat zo?' Ze kon zich soms nauwelijks herinneren wie ze was geweest voor het schandaal, voordat haar leven in duigen was gevallen en haar alleen had achtergelaten, pogend alle stukjes weer aan elkaar te lijmen. 'Als je niet op de proef wordt gesteld, is het heel eenvoudig om sterk te zijn.'

'Ik heb altijd bewondering gehad voor je zelfbeheersing. Een heel ouderwetse eigenschap, hè? Maar wel een die ik bewonder.' Er klonk een droog lachje aan de andere kant van de lijn. 'Het erge is dat je, ondanks alles, blijft verlangen naar liefde. Is het voorgoed afgelopen tussen jou en Robert?'

'Dat weet ik niet.' Ze draaide de telefoondraad om haar hand. 'Robert wil nog een kans. Maar het is zo'n puinhoop, George. Het grootste deel van de tijd haat ik hem.'

'Maar niet altijd.'

'Nee.' Het woord was een zucht. 'Niet altijd.'

Ze beëindigden kort daarna het gesprek. De warmte van de dag was het huis binnengedrongen. Ze schonk in de keuken een glas water voor zichzelf in, en ook nog een glas gin-tonic. Toen liep ze terug naar boven en controleerde of de meisjes rustig lagen te slapen.

Eve sliep als een blok, met een arm om haar pandaknuffel. Rose vroeg zich af of de babytaal waarin ze haar verhaal die dag had verteld een uiting van onzekerheid was. Een hete golf van paniek gierde door haar lijf bij de gedachte aan de monumentale taken die ze zichzelf had opgelegd en hoe ontregelend die voor de meisjes zouden zijn. Maar wat was het alternatief? Opgeven, toegeven, afhankelijk blijven van Robert, of genoegen nemen met een baan die ze saai en onbevredigend vond.

Ze wilde dat haar dochters opgroeiden met het besef dat een vrouw behalve het moederschap en een huwelijk ook andere keuzes had. Ze wilde ze opvoeden tot capabele, vaardige en onafhankelijke vrouwen, zowel financieel als emotioneel. Ze deed dit voor zichzelf, absoluut, maar ze deed het ook voor Katherine en Eve.

Ze moest nog een lijstje maken: inpakken; de flat van haar grootmoeder opruimen en schoonmaken voordat de meubels uit Walton-on-Thames ernaartoe werden verhuisd; naar de bank gaan om de leningen te verlengen; een nieuwe agent in Marseille zoeken; een oppas inhuren; een school regelen.

Toch maakte de paniek snel plaats voor het besef dat ze, ondanks al haar zorgen, ondanks de angstaanjagende cijfers, Ted Wilkinson die had geprobeerd haar te kleineren en de onverzettelijkheid van de makelaar, een goede dag had gehad. Haar verveling en het gevoel dat ze nutteloos was waren helemaal verdwenen en in plaats daarvan keek ze opgetogen uit naar de uitdaging waarvoor ze zichzelf zag gesteld. Ze had voor het eerst in weken – of maanden, of zelfs jaren – het gevoel dat ze leefde.

Ze maakte Katherines bed op en raapte een boek op dat op de grond was gevallen, een gids over het herkennen van vliegtuigen, die haar dochter overal mee naartoe nam. Toen liep Rose naar haar eigen kamer, waar ze op het bed ging zitten. Haatte ze Robert, zoals ze tegen George had gezegd? Ze nam een grote slok gin. Ja, vaak wel. Maar de allesoverheersende woede die haar in zijn greep had gehad tijdens de onmiddellijke nasleep van het schokkende krantenartikel begon minder allesoverheersend te worden en maakte soms plaats voor verdriet. Ze had zo veel verloren, ze hadden allemaal zo veel verloren. Ze kon ook geen spijt hebben dat ze met hem was getrouwd. Haar huwelijk had haar Katherine en Eve gegeven, en haar dochters waren het mooiste wat haar ooit was overkomen.

Robert en zij hadden het een tijd goed gehad, bedacht ze. Maar het was haar niet opgevallen dat het ooit minder goed was geworden. Nu ze erop terugkeek zag ze in dat ze de signalen had genegeerd, dat ze zichzelf veel te lang had voorgehouden dat er niets aan de hand was. En toen de vonken eindelijk vlammen waren geworden, was het veilige bestaan waarvan ze had geloofd dat ze het had tot as geworden.

Misschien was je nooit veilig. Misschien was wat je dacht dat veiligheid was nooit meer dan balanceren op het slappe koord.

Rose trok de laden van haar nachtkastje open en begon de inhoud uit te zoeken: spullen die nu ingepakt konden worden, spullen die op het laatste moment ingepakt moesten worden en spullen die weg konden, zoals een schrift en een oude stick lippenbalsem.

De oranje-gouden schrijfmap van Sadie Lawless lag in de onderste lade. Het gesprek met George ging door haar hoofd terwijl ze hem opende: *Een aantal van mijn kennissen zou me ter plekke doodsteken als ze het zouden weten*, had hij gezegd. Een vermoeden, gebaseerd op de inhoud van de brieven, begon zich in haar hoofd te vormen. Ze las ze nog een keer om haar vermoeden te bevestigen. *Ik heb meneer en mevrouw Chiverton nog niet gezien. Ik dacht dat ze wel zouden langskomen*, schreef Sadie in haar eerste brief, die ze in oktober 1930 uit Het Ei had gestuurd, aan Edith. *Misschien zijn ze er niet. Ze leiden vast een heel glamoureus leven.*

Sadie beschreef in haar volgende brief een etentje in De Meeuwenvleugel:

De eetkamer is onherkenbaar veranderd. Diana Chiverton is dol op felle kleuren. Je zou denken dat oranje en wijnrood zouden vloeken, maar het is een prachtige combinatie.

In een andere brief, van een week later, leek Sadie te reageren op kritiek van Edith:

Nu ik hier woon, ben ik gedwongen om aan eenzaamheid te wennen. Is dat niet iets goeds, gezien het feit dat ik waarschijnlijk de rest van mijn leven alleen zal blijven? Het geeft niets, Edith. Ik weet dat ik me niet te veel moet verstoppen. Ik weet dat ik geen kluizenaar moet worden. Maar ik moet een doel zien te vinden. Misschien heb ik mijn beste werk al geproduceerd. Dat overkomt kunstenaars soms. Misschien is mijn talent al opgebrand en moet ik iets anders gaan doen, moet ik iets anders zien te vinden waarvan ik geniet en wat ik de moeite waard vind. Ik zou namelijk niet kunnen leven zonder licht, liefde of passie.

En toen, op de andere zijde van de pagina:

Ik heb gisteren weer in De Meeuwenvleugel geluncht. Het was zo leuk. Tom en Diana zijn onconventioneel, maar Diana is een warme en verwelkomende gastvrouw, en als Tom in de buurt is, is het gesprek nooit saai. Weet je die klucht nog die we in Alwych Theatre hebben gezien? De man die de rol van tennisleraar had was er ook tijdens de lunch. We hebben charade gespeeld en Tom en hij waren er vreselijk goed in.

Sadies volgende brief beschreef een etentje met Tom en Diana Chiverton:

Het echtpaar Eriksson en ik waren de enige gasten; zalige avond. Heb je Toms lezing op de radio gehoord? Die was vrijdagavond. Ik heb het gemist, want er is geen bereik in Het Ei. Ik heb meneer Boxell van de garage gevraagd of hij er iets aan kan doen, maar hij zegt dat er te veel bomen staan.

Een paar weken later schreef ze een verslag van een wandeling door de Downs met Tom en Diana en een ander stel, Alma en Martin, dat twee hele bladzijden in beslag nam. Sadie sloot af:

Het regende pijpenstelen op de terugweg! Ik was mijn hoed vergeten, maar gelukkig mocht ik de zuidwester van Tom lenen, anders zou ik zijn verdronken. Toen we eindelijk weer in De Meeuwenvleugel waren, hebben we met zijn allen rond de open haard gezeten en heeft Ivy warme chocolademelk voor ons gemaakt.

Toen was er een gat. Afgaand op de aanwezige brieven had Sadie pas weer geschreven op 12 december:

Ik moet je over mijn leerlingen vertellen. Mevrouw Greene is getrouwd met een gepensioneerde kolonel en ze wonen in

Nutcombe. Ze kweekt verschillende soorten sneeuwklokjes en wil ze leren schilderen. En dan heb je Colin Ferrers van zeventien, die op de fiets uit Crowborough naar me toe komt. Hij wil naar de kunstacademie en ik hoop dat dat lukt, want hij is vreselijk getalenteerd. En dan zijn er nog drie meisjes, Iris van acht en haar vijfjarige tweelingzusjes Holly en Heather. Ik vind het ontzettend leuk met ze, maar het is wel druk. Ik denk dat hun moeder opgelucht ademhaalt als ze hen hier achterlaat voor hun tekenles. Ronald Lee is weduwnaar. Hij heeft een boerderij en is enthousiast ornitholoog. Hij heeft in de oorlog zijn rechterhand verloren en probeert met links te leren tekenen. En dan mijn laatste leerling, heel onverwacht. Winnie Thomsett heeft me gevraagd of ik haar les wil geven. Ik ga voorstellen of zij en Colin Ferrers samen komen, dan kan ik een gereduceerd tarief aanbieden.

Daarna volgde een stukje over de kerst, die Sadie bij Edith zou doorbrengen, en bood Sadie aan om hulst mee te nemen om Ediths huis mee te versieren.

Weer een stille periode, van een maand, en toen schreef Sadie weer aan Edith. Er werd in die brief, van 15 januari, niets over Tom en Diana Chiverton gezegd. Ook niet in de volgende, en ook niet in die erna. Rose las vluchtig de rest van de brieven in de map door.

Ze had het zich goed herinnerd. Een stuk of zes brieven waarin Sadie het over weinig anders had dan haar contact met het echtpaar Chiverton, en toen werd er ineens geen woord meer over ze gesproken. Zes brieven waarin Sadie de indruk wekte dat Tom en Diana haar nieuwe beste vrienden waren.

En toen niets meer. Waarom niet?

'Meubels uit India zijn momenteel heel gewild,' zei Tony Marsh terwijl hij zijn hand over de deuren van het kabinet van padoek liet gaan. 'Dit raken we wel kwijt.' Hij schudde zijn ratachtige grijsbruine haar uit zijn ogen en wendde zich tot Rose. 'Als je dat wilt, koop ik alles van je, de meubels en de kunst.'

Rose en Tony waren in de flat van Edith. Tony en zijn zoon, Kevin, zouden hem die dag leegruimen.

Ze voelde een enorme last van haar schouders vallen. 'Serieus? Zelfs dat tijgervel? En die afzichtelijke klok?'

'Vooral die klok. Ik zet hem in de etalage van mijn winkel. Ik durf te wedden dat ik hem binnen een dag kwijt ben.' Zijn starende blik ging door de kamer. 'Koloniale meubels worden heel veel in boetiekjes en hotels gebruikt om een bepaalde sfeer te creëren. Is er iets wat je zelf wilt houden, Rose?'

'Het servies. Ik heb geen idee wat ik ermee ga doen, maar ik vind het mooi en het doet me aan haar denken, aan onze lunches en de verhalen die ze me over India vertelde.'

'Dan pakt Kevin dat voor je in. Dan kun je het ergens opslaan tot je weet wat je ermee wilt.'

Ze zei oprecht: 'Tony, ik ben je eeuwig dankbaar.'

'Ik heb wat voor je. Kevin!' Hij riep zijn zoon erbij, die een stel kandelaars van zeepsteen in tissuepapier aan het inpakken was. 'Zet jij die spullen even in de bus?'

Kevin, die klein en pezig als zijn vader was, tilde een reusachtige doos op een karretje en reed hem de kamer uit. Het geluid van zijn voetstappen in de gang ebde weg.

Tony gaf haar de ring terug die ze bij Het Ei had gevonden. Er zat een papiertje bij.

'Ik heb hem eerst aan iemand die ik ken in Hatton Garden laten zien,' zei hij. 'En toen dacht ik aan Clara Partridge. Ik ben even bezig geweest om haar op te sporen, want ze verhuist aan de lopende band omdat ze de huur niet kan opbrengen en hem om de zo veel maanden smeert. Wat Clara niet over antieke juwelen weet, kun je kwijt op de achterkant van een postzegel. Ze vond hem erg mooi. Ze heeft er het een en ander over opgeschreven voor je.'

Rose vouwde het velletje papier open. Het handschrift was groot en slecht gevormd.

'Ze heeft reuma,' legde Tony uit. 'Het heeft mij ook even gekost om het te ontcijferen.'

Rose las het briefje. ‘Wat weet je al over de ring?’ had juffrouw Partridge geschreven. ‘Dat hij erg mooi en erg oud is, neem ik aan. Ik denk dat hij laatzestiende-eeuws is. Ik weet niet wie hem heeft gemaakt, maar ik kan wel het een en ander over de stenen zeggen. Het bezeel is een quincunx van rechthoekige smaragden.’

‘Bezeel?’ vroeg Rose, die naar Tony opkeek. ‘Quincunx?’

‘Dit is het bezeel.’ Tony wees met een vingertop vol eelt naar het cluster op de bovenkant van de ring. ‘En quincunx betekent vijf stenen die in een bepaald patroon zijn gearrangeerd.’

Rose lees verder. ‘De band is van goud, ongeveer negen karaat, met een vlak profiel, gezet met negen zwarte diamanten.’

‘Diamanten...’

‘Ja, zwarte. Heel zeldzaam.’

‘Ik wist niet eens dat die bestonden.’ Ze hield de ring in het licht. ‘Ze glinsteren helemaal niet. Maar ze zijn wel mooi, hè?’

Rose ontcijferde de laatste zinnen van de brief. ‘Een romantischer sieraad dan een ring bestaat niet,’ had Clara Partridge geschreven. ‘Elke ring heeft een verhaal, en ik weet zeker dat deze, met zijn charmante en gepassioneerde inscriptie, als hij kon spreken een opmerkelijk verhaal zou hebben te vertellen.’

Kevin kwam de kamer weer in lopen. Rose deed de ring om, stopte het briefje in haar tasje en omhelsde Tony. ‘Ontzettend bedankt. Kan ik juffrouw Partridge iets betalen voor haar diensten?’

‘Zal ik kijken of ik hier iets zie wat ze misschien mooi vindt? Als je dat goedvindt? Zal ik de sleutels bij je door de brievenbus gooien als we klaar zijn?’

‘Graag.’ Ze bedankte Tony en Kevin, nam afscheid en ging op weg naar het station.

Katherine en Eve hadden die nacht bij Robert geslapen, in het appartement waar hij nu woonde. Rose zou ze later die dag ophalen. Ze was nu op weg naar galerie Danford in Jermyn Street, die Sadie Lawless in de jaren dertig had vertegenwoordigd.

Ze nam een bus van Waterloo naar Piccadilly Circus en liep toen het kleine stukje naar Jermyn Street. Het was een hete, stoffige en drukke zaterdagochtend in Londen. Rode dubbeldekkers ploeterden langzaam voort over Piccadilly, zwarte rook uitspuwend, en de hemel was hardblauw met een hittesluier boven de hoogste gebouwen.

Het elegante grijs-witte exterieur van galerie Danford paste prachtig in de omgeving, ingeklemd door een chic restaurant aan de ene kant en een herenkledingzaak aan de andere. Het interieur van de galerie was een schone, witte, lichte rechthoek. Aan de muren hing een aantal werken van Graham Sutherland: krullen grijs, zwart, groen en geelgroen.

Een heel jong en heel mooi meisje zat onderuitgezakt achter een balie. Ze keek even op naar Rose en bladerde toen verder in haar tijdschrift. Rose liep naar de balie en vroeg naar Nerissa Taylor. Het meisje veegde haar haar uit haar ogen, pakte een telefoon en zei verveeld en verkeerd: 'Nerissa, er is een mevrouw Martin voor je.'

Een vrouw van in de veertig met een opmerkelijk, smal, hoekig gezicht en dikke bruine krullen kwam door de achterdeur van de galerie naar binnen. Ze droeg een mouwloze jurk tot net over de knie van kastanjebruine crêpe.

'Dag, ik ben Nerissa Taylor. Wat kan ik voor u doen?'

'Rose Martineau.' Rose schudde haar de hand. 'Mijn zwager, George Martineau, heeft u onlangs gesproken. Hij is hier namens mij geweest. Ik ben de achternicht van Sadie Lawless.'

Nerissa Taylors bruine ogen straalden. 'Hartelijk welkom. Wat leuk u te leren kennen, mevrouw Martineau.'

'Zeg maar Rose, hoor. Ik ben op zoek naar informatie over Sadie. George vertelde dat deze galerie haar heeft vertegenwoordigd.'

'In de jaren dertig, ja. Wil je koffie?' Nerissa instrueerde het meisje achter de balie: 'Heidi, twee kopjes koffie graag.' Ze wendde zich weer tot Rose. 'Ik heb haar nooit ontmoet. Ze kwam hier jaren voor mijn tijd. Madge vond haar een uitzonderlijke kunstenares. Sadie was een van haar eerste klanten.'

'Weet je wanneer dat precies was?'

'Madge heeft Sadie vertegenwoordigd sinds 1931... misschien 1932. Ze vond dat ze erg werd ondergewaardeerd.' Ze maakte een gebaar met open handen: *Je weet hoe dat gaat*. 'Het was in die tijd moeilijk voor vrouwen. Ik kan zo zes andere getalenteerde vrouwen noemen die ook over het hoofd werden gezien. Daar komt bij dat ze niet veel heeft geproduceerd. Het kan wel tien jaar kosten voordat je een reputatie hebt opgebouwd.'

'En dat heeft Sadie niet gedaan?'

'Jammer genoeg niet. Galerie Danford heeft twee exposities voor haar georganiseerd. De eerste in november 1933 en de tweede in oktober 1934, wat een uitzonderlijk creatieve uitbarsting is. De meeste kunstenaars die we vertegenwoordigen hebben eens in de vijf jaar genoeg werk voor een nieuwe expositie, sommigen eens in de tien jaar. Zo veel werk van een dergelijke kwaliteit is indrukwekkend. Maar dat was alles.'

'Waarom?'

Heidi kwam terug met een dienblad, dat ze op de balie zette. Nerissa schonk twee koppen koffie in en gaf er een aan Rose. 'Melk en suiker staan op het dienblad,' zei ze. 'Dus dat weet je niet?'

'Wat?'

'Dat Sadie niet is komen opdagen voor haar tweede expositie.'

Rose deed melk en suiker in haar koffiekopje van blauw aardewerk. 'Ik weet pas een paar maanden dat ze bestaat. Mijn grootmoeder is overleden en ik heb haar flat geërfd, en toen ik haar spullen aan het uitzoeken was heb ik brieven van Sadie gevonden. Ik wist niet eens dat mijn oma een zus had. Ze heeft het nooit over haar gehad.'

Nerissa maakte nogmaals dat handgebaar. *Familie...*

'Ik denk dat ze ruzie hebben gehad.'

Sadie, het jongste kind, was misschien het lievelingetje van haar vader geweest. Het was niet moeilijk je voor te stellen dat de prikkelbare, overgevoelige Edith jaloers was geweest op haar zusje en tegen haar was uitgevallen. In meerdere van Sadies brieven klonk een ondertoon van onmin.

Ze vroeg: 'Hoe bedoel je, dat ze niet is komen opdagen?'

'Madge organiseerde een paar dagen voor een officiële opening altijd een kleine bijeenkomst, exclusief voor critici en recensenten, en natuurlijk vrienden en familie. Iedereen was er, behalve Sadie.'

Rose staarde haar aan. 'Was ze niet op de opening van haar eigen expositie?'

Nerissa nam een slokje koffie. 'Je kunt je wel voorstellen dat dat een probleem was. De ster van de show die verzuimt.'

'Weet je waarom?'

Nerissa schudde haar hoofd. 'Daar is Madge nooit achter gekomen.'

'Ik snap het niet. Was het plankenkoorts?'

'Sadie had geen enkele reden om nerveus te zijn. De recensies waren lovend.'

Rose dacht diep na. Waarom zou een getalenteerde jonge vrouw, die heel hard zou moeten hebben gewerkt om haar werk serieus genomen te krijgen, niet naar haar eigen expositie komen?

'Was ze naar een andere galerie overgestapt?'

'Volgens mij niet. Onze wereld is klein. Iedereen kent iedereen en ik weet zeker dat Madge het zou hebben geweten als ze naar een ander was gegaan.'

'Maar ze moet er toch iets over hebben gezegd...'

'Madge heeft nooit meer iets van haar gehoord of gezien. Geen telefoontje, geen brief, geen verklaring. Het was het eind van hun relatie. Sadie heeft eenvoudigweg het contact verbroken.'

'Wat gek.' En zorgwekkend, bedacht Rose.

'Madge vroeg zich af of het haar allemaal te veel was geworden, of ze het niet aankon. Succes brengt problemen met zich mee. Madge was altijd bang dat ze Sadie te veel onder druk zette. Ze was bang dat Sadie weer ziek was geworden.'

Nerissa zinspeelde erop dat Sadie een tweede zenuwinzinking had gehad. Was dat wat er was gebeurd, in oktober 1934? Was ze nogmaals ingestort en weer opgesloten in een akelige instelling, was ze weggeborgen en vergeten, omdat psychische aandoeningen in die tijd als schande werden gezien? Als dat het geval was, was haar een gruwelijk lot toegevallen.

Rose vroeg: 'Weet je de precieze datum van die opening?'

'16 oktober. Madge heeft de catalogus bewaard.' Nerissa duwde een bruine krul achter een oor. 'Sadie Lawless is als kunstenares volledig in de vergetelheid geraakt. Dat heb ik altijd tragisch gevonden. Ik heb zelf twee van haar schilderijen. Madge heeft ze aan me nagelaten. Wil je ze zien?'

'Ja, heel graag.'

Nerissa sprak de jonge vrouw achter de balie aan. 'Heidi, ik ga even naar boven. Roep je me zodra Jonathan er is?'

Een deur in de gang achter de galerie leidde naar een smalle trap. De kamers met hoog plafond in het appartement boven de galerie, met barokke kroonlijsten en architraven, waren smaakvol ingericht met zachtroze en matgroen.

'Madge woonde hier vroeger,' zei Nerissa. 'Ik heb het vrijwel onveranderd gelaten, ze had een geweldige smaak.' Ze wees naar twee schilderijen die aan de muur tegenover twee grote schuiframen hingen. 'Het zijn olieverfschilderijen,' zei ze. 'Sadie had meer bekendheid met haar etsen, maar ze was ook een verdienstelijk landschapsschilderes. Ik heb haar gebruik van kleuren altijd het bijzonderst aan haar werk gevonden. Ze was een fantastische colorist, met een heel gevarieerd palet.'

De beroering die Rose voelde nu ze naar de schilderijen keek werd veroorzaakt doordat ze het gevoel had dat ze voor het eerst de echte Sadie Lawless zag. Tot dit moment had Sadie alleen in theorie bestaan, als een puzzel die moest worden gelegd, een mysterie dat moest worden opgelost. De schilderijen spraken tot Rose alsof Sadie zelf de kamer binnen was komen lopen en haar op de schouder tikte.

Beide schilderijen waren landschappen. Het eerste, abstracter, bestond uit banen intense kleuren: geel, paars en indigo, en deed Rose denken aan in zonlicht badende velden onder een felblauwe hemel. Het pulseerde van leven. Het andere schilderij was van een heet, droog terrein, door de zon tot rood stof gebakken, en aarde de kleur van vuur, als een landschap dat op het punt stond in brand te vliegen. De bergen die in grijs-violet op de achtergrond opdoemden waren een droom van verkoeling en schaduw. Of het was een luchtspiegeling, een valse belofte die was voortgekomen uit de meedogenloze hitte.

Nerissa wees naar het eerste landschap. 'Dit is in de Provence geschilderd en heet Lavendelveld. Het andere is mijn favoriet. Het is prachtig maar onheilspellend, vind je ook niet? Het is een van Sadies Spaanse schilderijen, uit 1933.'

Rose zag tussen de roestkleurige rotsen en vlakten op het tweede schilderij een veeg zwart en wit. Was het een mensfiguur? Als dat het geval was, wie was het dan? Een vriendin van Sadie? Een minnaar? Of was ze het zelf? Toen ze er dichter op ging staan loste de figuur op in strepen en vegen, betekenisloos en fragmentarisch.

Rose stelde Nerissa nog een vraag: 'Heeft Madge het wel eens over Tom en Diana Chiverton gehad?'

Nerissa trok haar wenkbrauwen op. 'Tom Chiverton de dichter?'

'Ja. Ze waren de buren van Sadie, in Sussex.'

'Nee, niet dat ik weet.'

Een stem riep de trap op: 'Nerissa, Jonathan is er!'

'Sorry. Een klant. Ik moet het helaas hierbij laten, Rose.'

Rose pakte een visitekaartje uit haar handtas. 'Zou je me willen bellen als je je nog iets herinnert, wat dan ook? En hartelijk dank voor je tijd, Nerissa. Ik ben veel te weten gekomen.'

Terug op straat voelde het alsof de felle zon in haar ogen brandde na de koelte in de galerie, en ze pakte haar zonnebril uit haar tasje. Ze overwoog wat Nerissa Taylor haar had verteld. Sadie was een getalenteerd kunstenares geweest, maar ze was niet komen opdagen op de opening van haar tweede expositie. Madge Danford had nadien niets meer van haar protegee gehoord en was bang geweest dat Sadie een tweede zenuwinzinking had gehad. Een zin uit Sadies laatste brief aan Edith ging door haar hoofd: *Ik wil hier niet meer wonen. Het huis maakt me bang, en het was verkeerd van vader om het aan mij te geven. Dat zie ik nu in.* Waar was Sadie bang voor geworden toen ze in Het Ei woonde? Was het een terechte angst geweest?

Sadies opening was op 16 oktober 1934 geweest, maar Sadie

was er zelf niet naartoe gegaan. Sadies laatste brief was van de dag ervoor, 15 oktober. Constance Meyrick, in Cambridge, had gezegd dat ze rond diezelfde tijd het contact met Sadie was verloren.

Er begon een patroon duidelijk te worden, een patroon dat Rose voor een raadsel stelde en waarover ze geen goed gevoel had, en er ging hoewel het zo'n hete dag was een koude rilling door haar heen. Ze betrapte zich erop dat ze onwillekeurig met haar duim over het bezeel van haar smaragden ring streek terwijl ze op weg ging naar Roberts appartement in Chelsea.

9

Sussex en Londen – december 1930

Harde wind had de laatste bladeren van de bomen rond Het Ei eraf geblazen en de kale takken tikten tegen Sadies slaapkamerraam. De bezem schraapte over het asfalt terwijl Sadie, die op het laagste van de twee daken stond, ze op een hoop veegde. Goud en bruin, rood en bruinrood tuimelden ze over de dakrand voordat ze werden gevangen door een windvlaag, dansend als een zwerm mussen, om vervolgens op de grond neer te dwarrelen.

Er was meer dan een week voorbijgegaan sinds Tom haar had gekust. Ze had de Chivertons sinds die dag niet meer gezien, had alleen een paar keer hoefgetrappel op het verzonken pad gehoord en een glimp van een roodbruine hond opgevangen die tussen de buxus en meidoorn scharrelde. Tom zou de kus ondertussen zijn vergeten, of er spijt van hebben. Het was een reactie geweest op zijn frustratie over het feit dat hij niet kon doen wat hij wilde. Hij had haar gekust omdat hij kwaad was en het soort man was dat woede in daden omzette.

Ze moest bezig blijven, de herinnering aan Toms mond op de hare onderdrukken, aan zijn handen op haar onderrug terwijl hij haar lichaam tegen het zijne trok. Ze moest stilstaan bij het schuldgevoel dat met haar herinneringen gepaard ging en het verlangen onderdrukken.

Ze stapte terug de slaapkamer in en sloot de glazen deuren achter zich. Toen het aan het einde van de middag donker begon te worden, begon het nog harder te waaien, en er sloeg nu en dan een tak op het platte dak van Het Ei, het geluid echode door de zitkamer. Regen kletterde tegen de ramen en vervaagde en vervormde de bomen.

Het was in eerste instantie moeilijk om het gebonk op de voordeur te onderscheiden van het gehamer van de wind en regen, maar toen ze het zeker wist, rende ze naar de gang en deed open.

Tom Chiverton was gekleed in een regenjas en zijn gelaatstrekken werden verduisterd door de schaduw van zijn zuidwester. Achter hem zwiepten de takken van de bomen.

'Mag ik binnenkomen, Sadie?'

Wat moest ze zeggen? *Nee, Tom, je moet buiten blijven en nog natter worden.* Ze voelde haar maag verkrampen terwijl ze hem binnenliet.

Hij zette zijn zuidwester af en regenwater droop van zijn geplette zwarte krullen. 'Die verdomde trein vertrok veel te laat van Victoria,' zei hij geïrriteerd. 'Ik dacht dat ik sneller zou zijn als ik via het verzonken pad zou lopen, maar het is een moeras. Diana heeft de auto. Ze is in Devon, bij Maurice in het verpleeghuis.'

Sadie dacht terug aan Maurice, Diana's broer, de donkerharige jongeman dic weg was gereden in de Delage. 'Is hij ziek?'

Tom trok een gezicht. 'Hadden we dat nog niet verteld? Maurice heeft een auto-ongeluk gehad. Hij ligt behoorlijk in de kreukels.'

'O Tom, wat vreselijk,' zei ze geschrokken. Ze nam zijn druipende regenjas aan en hing hem aan een haakje. 'Wat verschrikkelijk. Is hij zwaargewond?'

'Hij heeft een gebroken been en een paar gebroken ribben. Het was zijn eigen schuld, hij rijdt als een bezetene. Diana dient chocolade en druiven toe. Ik heb wat boeken laten sturen van Foyles.'

Het leek haar beleefd en noodzakelijk dat ze zei: 'Kom even bij de open haard om op te drogen.'

Hij viste iets uit de zak van zijn regenjas en bood het haar aan. 'Ik hoop dat je dit wilt aannemen, Sadie, samen met mijn oprechte excuses.'

Haar gezicht begon te branden terwijl ze het bruine papier opende. Ze zag dat Tom een fles Franse cognac voor haar had meegenomen.

'Tom, dat had je echt niet hoeven doen.'

'Ik zou het vreselijk vinden als je kwaad op me zou zijn. Kun je me vergeven, Sadie?'

'Natuurlijk, maar dat is nergens voor nodig. Dank je wel, dat is heel aardig van je.'

Hij liep achter haar aan de zitkamer in. 'Wat een week. Ik ben wel aan een borrel toe.'

Zijn verschijning voelde broeierig en monumentaal in de kleine kamer, alsof hij de duisternis van de stormachtige avond mee naar binnen had genomen. Het viel haar op dat hij de nauwelijks bedwongen emotie die ze bij hem had opgemerkt in de gang nu uitdrukte in het ballen en ontspannen van zijn vuisten.

'Ik heb nog geen moment rust gehad,' zei hij, 'met de bezorgdheid van Diana om Maurice en al die irritante afspraken met mijn uitgevers over die tournee naar Amerika.'

'Zet je die door?'

'Ja.' Hij schudde met zijn natte, leeuwachtige hoofd. 'Edwin denkt dat het mijn doorbraak in Amerika gaat betekenen.'

'Wanneer vertrek je?'

'We varen half januari af.' Een snel, kwaad gebaar terwijl hij het haar dat over zijn voorhoofd was gevallen wegveegde. 'Zes weken weg uit mijn eigen leven, verdomme.'

Sadie pakte twee glazen. Toen ze de kamer weer in kwam stond Tom nog bij het raam.

'Het is een goede kamer,' zei hij. Hij glimlachte nu voor het eerst sinds hij was binnengekomen. 'Jouw uitzicht is nog mooier dan het onze, Sadie. Ik moet je iets opbiechten. Toen ik een keer door het bos liep, kon ik mezelf er niet van weerhouden naar binnen te kijken. Het was lang geleden, voordat jij hier bent komen wonen. Een inbreker heeft me ooit geleerd hoe je kunt inbreken met een haarspeld en ik was zo benieuwd. Ik voel me verbonden met dit huis. Ik zie Het Ei als het kleine zusje van De Meeuwenvleugel.'

Hij sprak achteloos, alsof wat hij haar vertelde onbelangrijk was, maar de ontdekking dat Tom in Het Ei was geweest zonder dat ze dat wist, verontrustte haar. Het leek een impulsieve daad, net als zijn bekentenis, en voelde bijna alsof hij intimiteit claimde, of bezit.

'Tom de inbreker,' zei ze met een zweem van ironie in haar stem. 'Wat heb je toch veel talenten. Maar zo veel uitzicht is er hier niet. Je kunt vanuit De Meeuwenvleugel kilometers ver kijken.'

'Het Ei is onderdeel van het bos. Je zou net zo goed in een vossenhol kunnen wonen. Het is fantastisch ongerept.'

'"Primitief",' zei ze droogjes, 'is denk ik een betere omschrijving. Als de paraffine op is of de elektriciteit uitvalt, ben ik de godganse dag bezig te voorkomen dat ik het koud krijg en in het stikdonker zit.'

Hij ging naast haar zitten. Ze was zich bewust van zijn nabijheid. Hij rook naar regenwater en buitenlucht.

'Ik zou moeiteloos een maand bezig kunnen zijn om een halve hectare land te leren kennen,' zei hij. 'Ik haat kunstenaars en schrijvers die zo nodig de hele wereld af moeten reizen op zoek naar inspiratie. Je zou eerst je eigen landschap moeten leren kennen. Ik vind het getuigen van een gebrek aan kracht – mannelijkheid zelfs – als we steeds maar op reis zijn. Als je je verbinding met het land en de aarde verliest, verlies je je verleden.' Hij begon te lachen en gooide zijn hoofd achterover, waardoor zijn brede, gespierde nek zichtbaar werd. 'Vergeef me, Sadie. Diana noemt dit altijd mijn terug-naar-het-land-speech.'

'Je bent hier geboren, hè?'

'Aan de kant van de Hampshire Downs, ja. Je nationaliteit – je thuisland – is belangrijk. Niet in de kleingeestige zin, maar de liefde van een man voor zijn geboortegrond zit in hem.' Hij pakte de fles cognac en schonk twee glazen in. 'Wees eens eerlijk. Jij voelt het ook zo, hè?'

'Ik ben in Hampstead geboren. Niet echt een landelijk paradijs.'

'Maar de heide heeft wel een bepaalde grandeur. Is dit land al lang in je familie?'

'Nee, helemaal niet.' Terwijl ze vertelde hoe Edward Lawless Paley High Wood had gekocht, voelde ze nog steeds die knoop in haar maag. 'Mijn vader was op een dag op weg naar Londen toen hij het TE KOOP-bord zag staan. Hij heeft me verteld dat hij de auto heeft neergezet, een wandeling door het bos heeft gemaakt en nog geen uur later heeft besloten dat hij het land zou kopen en er twee huizen zou neerzetten.'

'Ik neem aan dat je dit huis nooit wilt verkopen.'

'Dat klopt.'

'Ik zal goed voor De Meeuwenvleugel zorgen, Sadie, dat beloof ik.'

Toen hij haar aankeek op die manier, met die onpeilbare diepte in zijn donkere ogen, waarmee hij haar leek op te slokken, smolt het gevoel van afstand en verweer in haar weg. Ze mompelde iets, bang dat hij zou merken wat voor effect hij op haar had.

'Het huis is mijn heiligdom, mijn citadel,' zei hij. 'Diana en ik woonden in Londen, in Holborn, voordat we De Meeuwenvleugel kochten, en ik ging er kapot. Ik heb maanden niets goeds kunnen schrijven. De herrie in de stad, de stank van rook en benzine, en al die mensen die je niet met rust laten, die denken dat ze recht hebben op een stukje van je... Ik werd er gek van. En toen kwam ik hier, ben elke avond gaan wandelen, en nog geen drie maanden later had ik alle gedichten voor *Maan* klaar.'

Sadie stak een been onder haar billen. 'Had het dat magische effect maar op mij. Ik produceer bijna niets. Het meeste van wat ik heb gemaakt is in de open haard geëindigd.'

'We gaan allemaal door slechte periodes.'

Ze trok haar schouders op. 'Ik gun niemand het huis zozeer als jullie. Ik zie dat je de magie begrijpt. En Diana heeft het zo prachtig ingericht.'

'De felle kleuren zijn een reflectie van haar persoonlijkheid. Diana is een sterke, gepassioneerde vrouw, en dat bewonder ik, hoewel het... hoewel het...'

Hij maakte zijn zin niet af en zijn troosteloze blik verontrustte haar. Ze raakte zijn arm aan. 'Tom, wat is er?'

'Het kan soms zo beklemmend zijn.' Het getinkel van de hals van de fles tegen het glas, gevolgd door het schurende geluid van een lucifer die werd aangestreken. 'Maar ik haat mezelf dat ik dat zeg,' zei hij zacht. 'Ik haat mezelf dat ik het ook maar denk. Ik zou nergens zijn zonder Diana. Ze bewaakt mijn rust en privacy en is onmisbaar voor mijn carrière.'

Sadie zei aarzelend: 'Ik ben nooit getrouwd geweest, maar is het niet zo dat er altijd een spanningsveld is tussen onze behoefte aan vrijheid enerzijds en die aan kameraadschap anderzijds?'

Hij blies een kolom rook uit. 'Ons huwelijk is altijd in veel opzichten openbaar geweest. Als mijn lezers aan mij denken, denken ze ook aan Diana. Als er een artikel over mij in de krant staat, gaat het ook over haar. We zitten op feesten naast elkaar aan tafel en dansen in elkaars armen. Mijn publiek houdt van me, maar het houdt ook van Diana. Haar passie en intensiteit hebben een diepte die ik hoogstzelden in een ander heb gezien. Voor haar is het een vanzelfsprekendheid. We zijn één.'

Misschien moest ze het niet zeggen. Misschien moest ze over iets oppervlakkigers beginnen, het weer, of de dip in de Britse economie. Ja, dat zou ze moeten doen.

Maar ze zei: 'Maar zo vanzelfsprekend is het voor jou niet, Tom.'

'Nee.' Zijn mond stond treurig. Hij keek uit het raam, zijn aantrekkelijke profiel van achteren verlicht door de gloed van de tafellamp. Toen hij sprak was dat zo zacht dat Sadie naar hem toe moest leunen om hem te kunnen verstaan. 'Ik heb soms het gevoel dat ik stik.'

'Je houdt van Diana,' zei ze zachtmoedig. 'Dat zie ik.'

Hij drukte de muis van zijn handen tegen zijn voorhoofd. 'Maar niet exclusief. Dat heb ik niet in me. Ik kan me niet binden, Sadie. Zo is het met vrouwen en zo is het met mijn werk. Poëzie zal altijd mijn eerste liefde blijven, maar toch zou ik gek worden als ik de ervaring zou missen om andere literaire vormen te proberen. Ik moet experimenteren en onderzoeken, anders ga ik dood. Is dat verkeerd van me?'

'Nee, nee.' Wie was zij om hem te veroordelen? Zij, die dertig was en nog steeds geen vaste relatie of carrière had? 'Helemaal niet.'

‘Ik hoopte zo dat jij het zou begrijpen.’

Wat was het een opluchting om te praten met een man die de conflicten en valkuilen van het hart begreep. Wat een genot te weten dat ze misschien haar eigen misstappen en vernederingen aan deze man zou kunnen opbiechten, in de wetenschap dat hij haar zou begrijpen en niet zou veroordelen. Tom Chiverton verdiende zijn geld met schrijven over de vreselijke risico’s die liefde met zich meebracht, over de irrationaliteit van liefde.

‘Ik dacht dat ik de man had gevonden van wie ik de rest van mijn leven zou houden,’ zei ze. ‘Maar dat had ik mis.’

‘Hield je van hem, Sadie?’

‘Ongelooflijk veel.’

‘Dan moet je er nooit spijt van hebben. Er zijn heel veel mensen die sterven zonder ooit echte liefde te hebben ervaren.’

Hij greep haar hand vast terwijl hij sprak. Ze voelde de warmte van zijn vingers, zijn ruwe huid, die van een man die op het land werkte. Ze trok haar hand niet weg, had er de wilskracht niet voor. Haar lichaam, dat zo lang lichamelijk contact had ontbeerd, snakte naar zijn aanraking. Ze wilde dat hij haar in zijn armen nam; ze verlangde er zo hevig naar dat het ondraaglijk was.

Maar het was Tom die zich van haar losmaakte. Hij pakte zijn glas. ‘Zullen we die hele verrekte fles leegdrinken?’

Hij schonk hun glazen helemaal vol en zocht in de zak van zijn colbert naar zijn pakje Gold Leaf. Hij bood het haar aan en Sadie pakte een sigaret. Toen ze naar hem toe leunde zodat hij haar een vuurtje kon geven, veegde hij met een kreun het gordijn van haar uit haar gezicht. De streling maakte een intense huivering bij haar los en ze stak haar mond omhoog om hem te kussen.

Ze was vergeten hoe verlangen door een mens heen kon stromen als een elektrische schok en de zintuigen alerter dan ooit kon maken. De geur van zijn haar en huid terwijl hij haar blouse openknoopte was zwaar en bedwelmend, zijn smaak – zout, tabak en een zweem zoetheid en vurigheid van de cognac – had het effect van een verdovend middel op haar, waardoor ze al het andere vergat. Ze trapte haar schoenen uit, hij trok haar rok uit en toen was er een kort moment dat ze dacht aan het raam zonder gordijnen en dat ze zich kwetsbaar en beschaamd voelde, maar toen verleidde zijn stem haar, mompelde lieve woordjes, en vielen alle bedenkingen van haar af, en toen hij naar haar toe bewoog, bewoog ze naar hem toe. Toen was hij in haar en kon ze aan niets anders denken dan het genot, dat brandde en zich uitbreidde, haar lichaam vervulde tot ze schreeuwde om meer. Onder zijn huid, spieren en botten sloeg zijn hart tegen het hare, en als zij inademde, deed hij dat ook. Er kwam een moment dat ze haar ogen sloot en werd overvallen door een genot dat zo intens was dat het bijna ondraaglijk was. Buiten gierde de wind, maar ze hoorde er niets van.

Tom moest ergens die nacht zijn opgestaan en een deken uit de slaapkamer hebben gepakt. Toen ze de volgende ochtend wakker werd, voelde Sadie zijn gewicht op haar, en de warmte van zijn lichaam, zijn arm om haar heen en zijn hand op haar borst.

Ze waren uiteindelijk tegen elkaar aan op de bank in slaap gevallen. Ze had voor het eerst sinds ze in Het Ei woonde een hele nacht doorgeslapen.

Ze opende haar ogen. Het raam, een passe-partout om de bomen. De takken nu stil, de storm uitgeraasd. Het terras verkleurd en vol takken en bladeren. Hun kleding her en der op de vloertegels. De cognacfles, vrijwel leeg, en de glazen met hun kleverige residu erin.

Een zure smaak in haar mond. Hoofdpijn. Wat had ze gedaan? Het verlangen was weggeëbd en er was geen enkele flikkering die nog aanwakkerde. In plaats daarvan voelde ze enkel spijt en schaamte. Ze hield niet van hem. Ze vond hem niet eens altijd aardig.

Ze ging zitten en trok de deken over haar borsten. Ze hoorde hem grinniken. 'Ben je eindelijk wakker, slaapkopje? Ik lig al een eeuwigheid naar je te kijken. Ik wilde je niet wakker maken.'

Hij kuste haar onder in haar nek, stond op en liep naar het raam, staarde naar buiten. Het drong tot haar door dat ze zijn reflectie in het glas bestudeerde, de kopie van zijn naakte lichaam tegen de druipende bomen bewonderde. Zijn hand streek over zijn bil en toen rekte hij zich uit, met zijn armen boven zijn hoofd, zijn spieren rekkend, zijn borstkas vooruit.

Het was evenzeer zijn pronkende houding als wat hij zei dat haar spijt intensiveerde en deed opvlammen tot hij haar brandde.

'Ik kan nooit bij Diana weg. Dat zou de ondergang van mijn carrière betekenen.'

Zijn woorden waren schokkend en lelijk, en haar automatische reactie – 'Dat zou ik ook nooit van je verwachten, Tom' – werd, zo zag ze, met opluchting ontvangen. Er was geen mooie kant die ze zijn verklaring kon toedichten, geen manier om zichzelf ervan te overtuigen dat wat hij had gezegd niet enkel uit eigenbelang was, dat hij niet had bedoeld wat hij duidelijk wel bedoelde: hoewel hij er misschien voor zou kiezen om te geven, zou zij nooit mogen eisen.

'Ik wist dat je het zou begrijpen,' zei hij. 'Lieve Sadie.' Hij schonk haar de volle intensiteit van zijn glimlach.

De aannames die hij maakte, de regels die hij oplegde en het beeld dat hij blijkbaar had van haar rol in zijn toekomst holden haar uit. Waarom had ze niet eerder gezien wie deze pronkende, naakte man in haar zitkamer echt was? Waarom had ze daar zo catastrofaal lang over gedaan? Wat was ze een sufferd geweest, wat een naïeve, gretige kleine sufkop. Ze stond op van de bank.

'Wat doe je?' vroeg hij.

'Ik kleed me aan.' Haar vingers bewogen onhandig terwijl ze haar ondergoed van de vloer raapte.

'Diana is er niet. We hebben de hele dag.'

'Tom, je moet gaan.'

'Doe niet zo raar,' zei hij neerbuigend.

Ze bewoog van hem weg, ging achter de bank staan terwijl ze haar rok dichtknoopte. 'Tom, je moet echt weg. Stel dat er iemand langsloopt. Iedereen kan ons zien.'

Hij schoot in de lach. 'Je hoeft nergens bang voor te zijn.'

'Ik ben niet bang.' Maar dat was ze wel. 'Ik wil gewoon dat je gaat.' Ze keek op en ving zijn blik. 'Jij snapt toch ook wel hoe verkeerd dit is?'

'Ik geloof niet in het ontkennen van passie. Ik dacht dat jij het ook zo voelde.' Er klonk irritatie in zijn stem, alsof hij vond dat ze onredelijk was.

Ze had haar blouse scheef dichtgeknoopt. Ze begon opnieuw, maar haar handen vielen naar beneden, de onhandige knoopjes halfdicht.

Ze keek naar hem op. 'Je zegt het op een toon alsof verlangen alles goedpraat, Tom. Alsof het belangrijker is dan alle belangrijke, essentiële zaken als trouw, loyaliteit en toewijding. Maar dat is niet zo. Passie is niet meer dan een gevoel, zoals honger, dorst of kou. Het is geen... geen excuus om mensen pijn te doen.'

'Ik ben absoluut niet van plan om iemand pijn te doen. Ik dacht dat ik dat duidelijk had gemaakt.'

'Maar dat gaat wel gebeuren, snap je dat niet?' Ze veegde haar warrige haar uit haar gezicht. 'Straks ga je zeggen dat het allemaal goed komt zolang we voorzichtig zijn. Maar ik wil niet... wat jij lijkt te denken dat ik wil. Ik wil geen heimelijke affaire. Dat is wat vrouwen als ik krijgen aangeboden, maar het is tot me doorgedrongen dat ik dat niet wil. Dus kleed je aan en ga weg, Tom.'

'Ik had niet gedacht dat je zo preuts zou zijn.'

'Dat ben ik ook niet. En als ik het wel ben, kan het me niet schelen. Ik walg eerlijk gezegd van mezelf. Ja, dat vat het wel samen: ik walg van mezelf.'

'Waarom sta je zulke nonsens te verkondigen?' Hij wierp zijn handen in de lucht.

Zijn vorm, majestueus als hij op een paard zat of door het bos rende, voelde zo misplaatst in haar alledaagse zitkamer.

'Het is wat ik geloof,' zei ze zacht.

'Je hebt lief zoals ik liefheb. Dat weet ik zeker.'

Ze herkende zijn toon: laag, pulserend en emotioneel. Ze herkende hem van toen hij een gedicht had gereciteerd.

Ze zei onderkoeld: 'Nee, dat denk ik niet.'

'Onzin. Ik geloof niet dat je je niet tot me voelt aangetrokken.'

Zijn eigenwaan en grenzeloze zelfverzekerdheid maakten dat ze in de lach schoot. Woede flitste over zijn gezicht, en dat was het moment dat hij zich begon aan te kleden. Ze had bijna met hem te doen. Was zij de eerste vrouw die zijn ijdelheid had doorgeprikt? Ze vermoedde van niet.

Ze was ondertussen helemaal aangekleed, op haar kousen na, belachelijke, slappe zwarte dingen die op de een of andere manier onder de tafel terecht waren gekomen, en die erbij lagen als reusachtige naaktslakken. Ze propte ze in haar zak; ze schaamde zich ervoor.

'Als ik ooit nog van iemand ga houden,' zei ze zacht, 'wil ik houden van een man die het hetzelfde ervaart als ik, die liefde net zo belangrijk vindt als ik. Ik wil mijn liefde bewaren voor een man die er zorgvuldig en vriendelijk mee omgaat en die begrijpt hoe liefde je kan beschadigen. Liefde is niet alleen passie, Tom. Het gaat ook om respect, bewondering, vriendelijkheid en vrijgevigheid. Liefde kent geen eigendunk en zelfbehoud.'

'Denk je dat ik dat niet weet?' Hij was nu ook aangekleed, zijn jasje over zijn schouder, zijn gelaatstrekken verwrongen van emotie. 'Waar haal je het recht vandaan om mijn rechter en jury te zijn? Wat je denkt dat je wilt is niet wat je echt wilt, Sadie. Ik ken je beter dan jij jezelf kent. Ik heb vannacht de ware Sadie gezien. Ik heb de hunkerende, gepassioneerde vrouw gezien en niet dit wrede, meedogenloze wezen dat je veinst te zijn.'

Even later sloeg de voordeur dicht en was Sadie weer alleen. Ze liep door de zitkamer, klopte kussens op, zette stapels boeken netjes, alsof ze zo de gebeurtenissen van de voorgaande avond ongedaan kon maken en alles kon rechttrekken. Maar haar bewegingen voelden onhandig en slecht gecoördineerd. Ze had Tom Chiverton uitgenodigd in haar huis en had zijn cognac gedronken, en dat terwijl ze wist wie hij was. Ze had toegestaan dat het een tot het ander had geleid, terwijl ze had geweten hoe fout dat was en hoe vreselijk ze er Diana mee verried, die zo vriendelijk tegen haar was geweest.

Wat ze had gedaan had haar oppervlakkig en zelfzuchtig gemaakt als Felix, als Dahlia Knight, en ze wist dat wat er die avond ervoor was gebeurd blijvende gevolgen zou hebben. Wat als Diana er op de een of andere manier achter zou komen? Die mogelijkheid was te afschuwelijk om te overwegen. Tom was misschien heel behendig in het uitwissen van zijn sporen – ze vermoedde van wel – maar zelfs als Diana het nooit zou weten, lag er een andere straf voor haar in het verschiet. Elke keer dat ze uit het raam zou kijken, zou ze dat doen in de wetenschap dat ze Tom of Diana over het pad zou kunnen zien lopen. Elke voetstap die ze hoorde, elk geluid van een stem tussen de bomen, zou van de man met wie ze naar bed was geweest kunnen zijn, of van de vrouw die ze had verraden. Elke uitnodiging om naar De Meeuwenvleugel te komen, elke glimlach, zou haar schuldgevoel aanwakkeren.

Ze vermoedde dat het voor hem gemakkelijker zou zijn. Ze was niet zo naïef dat ze dacht dat ze Toms eerste minnares was. Alle vrouwen die ze in De Meeuwenvleugel had gezien waren jong en aantrekkelijk. Oude, onaantrekkelijke mensen waren er niet welkom. Iemand zoals Tom, die aantrekkelijk, getalenteerd en beroemd was, had de mooie meisjes voor het uitzoeken. Hij had haar verteld over zijn twijfels over het huwelijk en de kunstmatige beperkingen die het oplegde. Hoeveel duidelijker had hij kunnen zijn?

Zijn beroemdheid gaf hem mogelijkheden. Het was eenvoudig om je Tom voor te stellen terwijl hij boeken signeerde, zijn naam op de titelpagina van *Maan* zette, opkeek en zijn lezeressen trakteerde op de zalige warmte van zijn glimlach. Ze zouden, net als zij, de vergissing maken te geloven dat de man die ze op de bladzijden van *Maan* aantroffen dezelfde was die ze voor zich zagen. Maar dat was hij niet, en ze moest eerlijk toegeven dat hij ook nooit had geveinsd dat te zijn.

Diana's tragedie was dat ze nooit de eerste in Toms hart zou zijn. Hij hield van Diana, op zijn manier, maar het was een verdeelde liefde, gekweld, verscheurd en ambigu, omdat zijn werk voor Tom altijd op de eerste plaats zou komen. Sadie zou hier enige troost in hebben kunnen vinden, want het betekende dat ze nooit meer dan een deel van zijn aandacht had gehad, als die gedachtegang er niet toe zou hebben geleid dat ze een nog grotere hekel aan zichzelf kreeg.

Toen ze in de keuken theewater opzette dacht ze terug aan de woorden die ze op een stukje papier in De Meeuwenvleugel had zien staan: *de absolutie van verlangen*. Maar Tom had het mis. Verlangen kon je geen absolutie van de consequenties ervan geven, de verantwoordelijkheid bleef. Je maakte alleen de keuze de stem te negeren die je zei er je ogen voor te sluiten.

Een mogelijke consequentie van de avond kwelde haar: ze zou zwanger kunnen zijn. Ze dacht van niet, ze dacht dat dit daar niet de goede periode voor was, maar haar kennis over zulke zaken was vaag. Ze verwarmde water in de geiser en maakte een zo vol mogelijk bad. Toen kleedde ze zich weer uit en lag een uur te weken, in de hoop los te maken wat zich eventueel in haar genesteld zou hebben.

Maar ze kon de schaamte en het schuldgevoel niet losweken. Haar generatie had zelf haar gevoel voor moraliteit moeten vormgeven in reactie op de slachtpartij in de Grote Oorlog. Iedereen had behoefte aan liefde, en zocht die waar het maar kon. Dus waren sommige van haar vriendinnen getrouwd met mannen die blind of kreupel waren en vonden anderen hun geluk bij een andere vrouw. Weer anderen hadden een kind geadopteerd dat een huis nodig had. Sommigen, zoals Pearl, hadden een affaire met een getrouwde man. Sadie had zelf in het verleden ook met getrouwde mannen geslapen, mannen die klaagden dat hun vrouw hun ontrouw was of alleen interesse had voor de kinderen. Ze had misschien het gevoel gehad dat het in sommige opzichten te rechtvaardigen was om een stukje – een heel klein, geleend stukje – te krijgen van wat andere vrouwen vanzelfsprekend vonden. Ze was misschien kwaad of wraakzuchtig geweest, en waarom ook niet, aangezien haar de blijvende troost van een echtgenoot en kinderen niet was gegund, maar dan had ze tenminste genot gekend.

Maar niets kon goedpraten wat ze nu had gedaan, vond ze terwijl ze heet en angstig in het warme water lag. Niets maakte het in ook maar één enkel opzicht goed. Tom en Diana hadden haar in hun huis uitgenodigd en ze had aan hun tafel gegeten. Ze had door te stelen wat van haar gastvrouw was een oeroude regel van gastvrijheid overtreden. Ze had, nu ze erover nadacht, nooit het gevoel gehad dat Diana haar aardig had gevonden, en ze had Diana ook nooit enige uiting van warmte zien geven aan de andere vrouwen die naar De Meeuwenvleugel kwamen. Andere vrouwen – de jonge, mooie vrouwen die te gast waren in haar huis – waren een bedreiging voor haar.

Tom was naar Sadies huis gekomen om haar te verleiden en ze had zich laten verleiden. Ze had het gemakkelijk voor hem gemaakt en hem letterlijk met open armen ontvangen.

Je hebt lief zoals ik liefheb, had hij gezegd, maar dat was niet waar. Diana zou de komende maand met Tom naar de Verenigde Staten gaan. Aan de oppervlakte zou het perfecte huwelijk van Tom en Diana Chiverton, met al zijn verborgen complexiteiten, gewoon doorgaan zoals het altijd ging.

Emoties hadden haar in het verleden labiel gemaakt. Ze had bij Felix de onstuimige kant van liefde ervaren, hoe die een mens van diep verdriet naar grote vreugde kon brengen en weer terug naar verdriet. Ze had ervoor gekozen zichzelf in Het Ei op te sluiten omdat ze bang was geworden voor de persoon, afgepeld en rauw, die ze was geworden. Ze stapte uit het afgekoelde bad en wist dat ze moest veranderen, iets anders van zichzelf moest maken, omdat ze anders gedoemd zou zijn om voor eeuwig dezelfde fouten te blijven maken. Ze moest een manier zien te vinden waarop ze vrede kon hebben met zowel haar hoofd als haar hart, hoe moeilijk en eenzaam dat misschien ook zou zijn.

Als ze ooit weer van een man zou houden, moest ze die met heel haar hart respecteren en bewonderen. Hij moest eerlijk, principieel en gul zijn, in staat anderen voor zichzelf te stellen. Ze wilde liever als ouwe vrijster sterven en moeten rondkomen van een minimaal inkomen van haar kunst dan dat ze genoegen zou nemen met minder. Ze wilde liever al haar energie steken in wat ze kon beïnvloeden en veranderen, in wat ze kon creëren. Iets doen, wat dan ook, zichzelf door de barrières dwingen die haar ervan weerhielden iets van waarde te scheppen.

Ze droogde zich af en kleedde zich aan. Ze nam haar schetsboek en potloden mee naar buiten en ging op het terras zitten, waar ze de takken en slierten klimop tekende die de wind op de tegels had gesmeten. Toen ze tien schetsen had gemaakt, liep ze naar haar atelier en begon met het snijden van het eerste blok voor een nieuwe snede. Tegen de tijd dat het licht te slecht was om nog goed te zien, wist ze dat hij nog niet goed was, maar de mogelijkheid had dat wel te worden.

Sneeuwvlokken dansten als kleine paarlemoeren knoopjes, zo licht dat het leek of ze niet zouden kunnen neerdwarrelen. De sneeuw zwol naarmate de dag verstreek steeds meer aan, vormde klonten als bollen distelpluis. Het was vreemd stil en de vogels hadden zich verstopt, zodat nu alleen de snel vallende sneeuwvlokken bewogen, die de strepen lucht tussen de takken vervaagden.

Toen ze op een ochtend wakker werd, was haar kamer gevangen in een kille mistroostigheid. Een korst sneeuw, centimeters dik, hing voor de ramen van het huis en van het dak af. Ze sloeg een deken om zich heen en liep naar het raam. De sneeuw had zich, glad als glazuur op een bruidstaart, over het platte dak verspreid. Ze deed de glazen deur open, duwde de samengepakte sneeuw weg en liep naar buiten. Haar blote voeten prikten van de kou terwijl ze een bevroren pad in het kristallijnen oppervlak drukten.

Ze hoorde stemmen. Er liepen mensen over het verzonken pad, de kou dempte de kletsende en lachende stemmen. Ze zag vanaf haar uitkijkpunt, tussen de takken van de bomen door, de vizsla's, springend en spelend. Ze vond het net wolven. Ze vroeg zich af of er iemand bij haar zou langskomen en verwachtte half dat ze Diana tussen de bomen uit zou zien komen. Maar het geluid ebde weg en ze liep terug naar binnen.

Een paar dagen later begon het te dooien. Toen Sadie vanaf het pad de weg op liep, leefde het bos van het gedruppel van smeltende sneeuw. Ze zou die ochtend met de trein naar Londen gaan, op bezoek bij Edith. Ze zou er een kleine twee weken blijven, tot na Nieuwjaar.

Het geluid van een auto die op haar af kwam rijden maakte dat ze opkeek. Ze herkende de Wolseley van de Chivertons, ging in de berm staan en stak ter begroeting een hand op.

De auto reed snel langs haar heen. Ze keek toe terwijl hij de bocht om reed en verdween. Tom had achter het stuur gezeten, Diana naast hem. Ze moesten haar hebben gezien; ze moesten haar, met haar koffer en haar boodschappentas vol hulst naast zich in de berm, hebben gezien. Maar ze waren niet gestopt om haar een lift aan te bieden. Ze hadden haar niet eens begroet.

Dus ze was uit de gratie gevallen. Dat had ze al vermoed. Ze pakte haar koffer en liep de heuvel af. Misschien dat Diana had ontdekt wat er was gebeurd. Misschien dat iemand, een bediende van Tom en Diana, die avond langs Het Ei was gelopen, door het raam naar binnen had gekeken en hen had gezien. Of misschien was haar afwijzing Tom in het verkeerde keelgat geschoten en had hij het aan Diana opgebiecht, in een aangepaste versie van wat er daadwerkelijk was gebeurd. Misschien had het echtpaar Chiverton wel een afspraak: Tom was een rokkenjager en Diana accepteerde dat, zoiets. Mannen kregen over het algemeen hun zin en het was mogelijk dat Diana, die boven alles van Tom hield, tot de conclusie was gekomen dat Toms ontrouw een prijs was die ze bereid was voor zijn liefde te betalen. Hoewel er ook een eenvoudiger verklaring was: dat ze haar niet meer interessant vonden, dat ze niet aan de verwachtingen had voldaan.

Ze hoorde de trein fluiten en haastte zich de rest van de weg naar het station. Het drong terwijl ze naar de stationschef zwaaide en naar het loket rende tot haar door dat ook zij zo haar bedenkingen had gehad. Ze waren niet voor elkaar gemaakt, zij, Tom en Diana, en de aantrekkingskracht tussen hen was een tijdelijke geweest. Ze had spijt van de vanzelfsprekendheid waarmee ze zichzelf aan hen had gegeven en walgde van de behoeftigheid waardoor ze haar beoordelingsvermogen zo volledig was kwijtgeraakt. Toen de trein het station uit reed, was ze zich bewust van een intense opluchting dat ze op weg was naar de stad.

Sadie ging naar een oud-en-nieuwfeest in Garratt Lane, een lange weg die door Tooting, Warlsfield en Wandsworth in Zuid-Londen kronkelde. Tabaksverkopers en apothekers streden om de aandacht met reclameborden en goedkope pensions die voor een shilling een bed voor een nacht aanboden. Een man met een stoffen pet op die kattenvlees verkocht duwde zijn kar over de weg en schreeuwde zijn aanbieding.

Sadie was op zoek naar het appartement van Dulcie Clarke, een vriendin van Pearl, die het feest gaf. Ze vond het boven een rouwkamer met stoffige kunstlelies en een foto van een lijkkoets die door vier paarden met zwarte pluimen op het hoofd werd getrokken in de etalage.

Ze belde aan. Toen er niet werd opengedaan voelde ze aan de deurknop, en de deur was niet op slot.

Een stem van boven riep: 'Kom maar naar boven!', dus ze liep de trap op. De deur op de overloop kwam uit in een redelijk grote kamer. Gasten stonden te kletsen en te lachen. In een hoek dansten mensen op de pianomuziek die werd gespeeld door een jonge vrouw met een jadegroene tulband op haar hoofd. Er waren veel meer vrouwen dan mannen in de ruimte.

Een blonde vrouw in een blauwe jurk met paisleymotief kwam naar Sadie toe. 'Hallo, wie ben jij?'

'Sadie Lawless. Een vriendin van Pearl Foster. Zij heeft me uitgenodigd.'

De blonde vrouw keek om zich heen. 'Volgens mij is Pearl er nog niet. Ik ben Vee Evans.'

Ze schudden elkaar de hand en Vee bood haar een glas cider aan.

'Dank je. Misschien moet ik me even gaan voorstellen aan juffrouw Clarke. Kun jij haar voor me aanwijzen?'

'Daar, in die grijze jurk.' Vees blik ging naar de verre kant van de kamer, naar een kleine vrouw met donker haar, dat met een paarse sjaal naar achteren was gebonden. 'Ze heeft een rothumeur, want ze heeft ruzie gehad met Hugh. En als Dulcie een rothumeur heeft, zorgt ze dat iedereen dat weet. Dus als ik jou was zou ik met ons praten.'

'Ik heb je niet op de bijeenkomst gezien, Vee.' Een magere, bleke man kwam naast Vee staan. Hij droeg een bril. Erachter glansden zijn ogen met een onnatuurlijke schittering.

'Ik moest voor ma zorgen.' Vee legde aan Sadie uit: 'Ze is bedlegerig. Mijn zussen en ik zorgen om beurten voor haar. Hoe was het?'

'Wal Hannington heeft gesproken.'

'Dat zul je net zien; en dat mis ik natuurlijk weer!'

'Jammer dat je er niet bij kon zijn. Hij sloeg zoals gebruikelijk de spijker precies op de kop. De financiers en profiteurs die de malaise hebben veroorzaakt gaan gewoon door zoals ze dat altijd hebben gedaan en worden alleen maar rijker, terwijl de werklozen voor hun fouten moeten boeten. Kinderen lopen zonder schoenen met een lege maag rond, terwijl de rijken in het Ritz dineren.' Zijn brandende blik focuste zich op Sadie. 'En wie ben jij?'

'Sadie Lawless.'

'Ik heb jou hier nog nooit gezien.'

'Ze is een vriendin van Pearl,' zei Vee, die een hand op zijn onderarm legde. 'Ze is geen spion van de politie. We zijn communistisch,' legde ze aan Sadie uit. 'Ze hebben arme Arthur opgesloten, dus hij denkt sindsdien dat iedereen een spion voor de politie is.'

'Dat ben ik niet, hoor. Echt niet,' zei Sadie.

Arthur haalde een pijp uit zijn borstzak, deed er tabak in en begon toen heel lang en hard te hoesten. Toen hij weer kon praten, zei hij: 'Vee overdrijft vreselijk. Maar we moeten wel voorzichtig zijn. Ze houden ons in de gaten.'

Er kwam een stel bij hen staan en er volgde een verhitte discussie over de organisatie van de volgende hongermars. Het meisje met de jadegroene tulband speelde nu de tango *Jalousie* en twee vrouwen dansten er samen op, hun bewegingen afgemeten en prachtig. Een aantal gasten in de buurt van Sadie sprak geanimeerd over hun werk bij een tijdschrift en vertelde geestige verhalen over hun collega's.

Sadie voelde zich terwijl ze met haar glas cider op een stoelleuning zat opgelucht dat ze even was ontsnapt aan de formaliteit van Ediths huishouden. Kerst met Edith en Cyril was gespannen geweest. Zo had zij het ervaren tenminste, en ze vermoedde Edith ook. Dit waren haar mensen, deze verschoppelingen, zwervers en buitenbeentjes. Dit was waar ze zich thuis voelde.

Toen ze Pearl zag binnenkomen, liep ze naar haar toe.

'Sadie, sorry dat ik zo laat ben.' Pearl zag er beeldschoon en elegant als altijd uit, maar ze had roodomrande ogen met zwarte schaduwen eronder. Sadie vroeg bezorgd wat er was.

Pearl mompelde: 'Ik moet met je praten. Maar niet hier, dat verdraag ik niet.'

'Dan gaan we weg.'

'Vind je dat niet erg?'

'Helemaal niet.'

Sadie trok haar jas aan en ze gingen weg.

Toen ze over de donkere stoepen door de in roet gedrenkte straten van Tooting liepen, zei Pearl plotsklaps: 'Ik denk dat ik zwanger ben.'

Sadie keek haar geschokt aan. 'Weet je het zeker?'

'Nee, nee, helemaal niet. Maar ik denk echt dat het zo is. En Ralph denkt het ook, en hij kan het weten, vanwege Miriam. Ik kan niet naar mijn huisarts, want die kent me al sinds ik een kind was, en hij is bevriend met mijn moeder.'

Pearl klonk verslagen. Sadie gaf haar een arm en ze liepen langs een kolenhandel, waar zwart stof op de stoeptegels glinsterde. Er kwam een zoete lucht van paardenmest uit de stallen.

'Hoe reageerde Ralph toen je het hem vertelde?'

'Hij was razend.' Nu klonk Pearl gedeprimeerd.

Sadie was woedend op Ralph, maar voordat ze iets kon zeggen slaakte Pearl een diepe zucht, en toen zei ze: 'Hij was overal razend over. Over onze situatie. En over onze pech. Hij is altijd zo voorzichtig.'

Maar niet voorzichtig genoeg, dacht Sadie onwillekeurig. Maar wat had zij voor recht om Ralph te veroordelen? Ze had er zelf geen moment aan gedacht om voorzorgsmaatregelen te nemen toen ze met Tom Chiverton had gevreeën. Toen haar maandelijkse bloeding precies op het goede moment had gevolgd, was ze bijna in juichen uitgebarsten in Ediths toilet.

Pearl vervolgde: 'Miriam is weer zwanger. Ralph wil de baby niet, laat staan dat hij er een van mij wil, als ik er inderdaad een krijg. Hij zegt dat hij het zich niet kan veroorloven.'

'Arme schat.' Sadie kneep Pearl zachtjes in de arm. 'Wat een zorg. Wat ga je doen?'

'Geen idee. Ik kan er nog niet eens aan denken. Het was zo gruwelijk om het aan Ralph te moeten vertellen.'

Ze liepen zwijgend een stukje verder en ontweken zorgvuldig een zwerver die in een winkelportiek lag te slapen.

'Ik moest het je vertellen,' ging Pearl toen verder. 'Ik kan het er met niemand anders over hebben. Ik kan het onmogelijk tegen mijn moeder zeggen, die zou het niet overleven.'

Sadies hart ging uit naar Pearl, die gevangen was in de val waar zo veel vrouwen bang voor waren. Ze had de moeder van Pearl een aantal keren gezien. Mevrouw Foster was een welgemanierde, welopgevoede dame die immens trots was op haar beeldschone en getalenteerde dochter.

'Ralph moet je helpen beslissen wat je moet doen,' zei Sadie. 'Hij kan hier niet zomaar zijn handen van aftrekken.'

Pearl keek haar recht aan. 'Je weet net zo goed als ik dat dat heel eenvoudig is, als hij dat zou willen. Maar ik kan dat niet.'

'Denk je dat hij dat zal doen?'

'Nee, ik weet zeker van niet.'

Aan de overkant van de straat was een pub, De Ekster, een klein, smoezelig tentje. Sadie stelde voor dat ze er een borrel zouden gaan drinken. In het vrouwendeel van de bar brandde een kolenvuur en ze kregen stroperige, blauwige gin geserveerd. Ze waren op een oude vrouw die naast het vuur zat na de enige gasten in de kleine ruimte. De vrouw droeg een lange zwarte rok met een ouderwetse blouse met een hoog kraagje onder een aantal gebreide omslagdoeken en een tot op de draad versleten jas, en ze dronk een glas donker bier.

Pearl zei zacht: 'Ralph gaat nooit bij Miriam weg. En ik wil ook niet dat hij dat doet. Echt niet, Sadie. Ik heb zijn zoontjes een keer gezien en het zijn zulke schatjes.' Er biggelde een traan over Pearls wang, die ze wegveegde.

Sadie kreeg ineens een idee: 'Als je nou eens bij mij komt wonen? Waarom niet? Ik heb ruimte zat. Dan brengen we de baby samen groot. Dan zou hij twee moeders hebben, en dat is bijna net zo goed als een vader en een moeder, toch? Denk eens aan hoe zalig het zou zijn om een baby te hebben om voor te zorgen!'

Ze fantaseerden er een tijdje vrolijk over: hoe ze de opvoeding van Pearls baby zouden delen en niet ruim, maar haalbaar zouden leven van Sadies erfenisje en wat ze met hun kunst zouden verdienen, en het kind dat vrij in het bos kon rennen.

Maar het was niet realistisch, en de aangename dagdroom viel in duigen. 'Dat kan niet, Sadie,' zei Pearl verdrietig.

'Waarom niet?'

'Om te beginnen vanwege mijn moeder. Ze leeft van een piepklein weduwepensioentje. Als ik niet in de winkel zou werken, zou ze de huur niet kunnen opbrengen. En ze zou me vreselijk missen, en ik haar ook. En ik zou Ralph ook missen.' Pearl keek Sadie aan met haar grote, donkere ogen. 'Ik weet dat jij niet dol op hem bent, maar ik hou van hem, heel veel. Ik weet dat hij niet perfect is en egoïstisch kan zijn, dat zie ik heus wel, en ik weet dat ik hem nooit helemaal voor mezelf zal hebben, maar dat is beter dan niets. Heel veel beter dan niets.'

Sadie dacht, voor de honderdste keer, aan die nacht in Het Ei. 'Ik veroordeel je niet. Hoe zou ik dat kunnen? Ik kan niet bepaald zeggen dat ik moreel superieur aan je ben.' Toen drukte ze haar vingertoppen tegen haar gezicht, en ze fluisterde: 'Pearl, ik heb iets verschrikkelijks gedaan.'

'Sadie? Sadie, wat is er?'

'Er is iets gebeurd. Iets heel ergs.' Pearl hield tenminste van Ralph. Als passie geen absolutie gaf, deed liefde dat wel. Een beetje.

Ze zei: 'Je weet dat Tom Chiverton mijn buurman is, hè?'

'Ja, schat.'

'Ik heb met hem geslapen. En ik heb er vreselijk veel spijt van.'

'Hou je van hem?'

'Nee. Ik heb even gedacht van wel, maar toen drong tot me door dat dat niet zo is, helemaal niet. Maar ik verlangde zo naar hem. Zo vreselijk veel.'

'Dat is het probleem,' verzuchtte Pearl. 'Dat we er zo naar verlangen. Het gaat niet alleen om de lust die zo onweerstaanbaar is, het gaat ook om de behoefte liefgehad te worden.'

'Ik schaam me zo. Zijn vrouw adoreert hem. Als ze het zou weten, zou ze me haten. Het is maar één keer gebeurd, maar dat is genoeg, toch?'

Pearl liep naar de bar om nog twee drankjes te bestellen. Toen ze weer aan hun tafeltje ging zitten zei ze: 'Ik voel me constant schuldig naar Miriam, echt waar. Ik weet dat het verkeerd is, maar ik kan er niet mee ophouden. Als ik een vreselijke dag op mijn werk heb, als het midden in de winter is en we van mevrouw Kennedy de winkeldeur open moeten laten staan en ik het zo koud heb dat ik mijn tenen niet meer voel, of als Maud ziek is en ik geen lunchpauze krijg en bijna flauwval van de honger, houd ik het vol omdat ik tegen mezelf kan zeggen dat ik Ralph bijna ga zien. Hij maakt me zo gelukkig.' Haar blik verduisterde. 'Soms. Soms maakt hij me zo gelukkig.'

'Ik heb jouw excuus niet. Ik heb geluk; ik hoef niet te werken.'

'Maar Sadie... Felix. Ik heb gezien wat hij je heeft aangedaan, hoeveel pijn hij je heeft gedaan. Niemand kan het je kwalijk nemen dat je een beetje geluk zoekt. Je moet alleen zorgen dat je er geen puinhoop van maakt zoals ik heb gedaan, dat is alles.' Pearl knipperde met haar ogen en snoot haar neus.

Sadie zei om de sfeer wat minder zwaar te maken: 'Weet je wat Tom zei toen ik hem wegstuurde?'

'Nee, vertel.'

'"Ik geloof niet dat je je niet tot me voelt aangetrokken."'

Pearl wierp haar hoofd in haar nek en schaterde het uit. 'Je bent een dertigjarige ouwe vrijster, schat. Dus het kan niet anders dan dat je verliefd bent op Tom Chiverton.'

'Hoe zou ik hem kunnen weerstaan?'

'Je zou dankbaar moeten zijn dat hij zich aan je aanbiedt, Sadie.'

Ze lachten samen, hun cynische woorden scherper bij iedere zin, en de oude vrouw bij het vuur glimlachte naar ze. Maar toen, van het ene op het andere moment, kon Sadie er niet meer om lachen en schaamde ze zich weer zo, en ze was een beetje bang.

10

Sussex en Suffolk – oktober 1970

Sinds Rose voor het laatst naar Het Ei was geweest was er mos op de schaduwrijke muren gegroeid, dat het beton groen had gekleurd. De lucht was zwaar van een overrijpe, aardachtige schimmelgeur en het geheel zag er verwilderder uit, en het rook er smeriger dan ze zich herinnerde van de vorige keer, alsof de bomen er hard aan werkten om het land terug te eisen en jonge boompjes en dode bladeren stuurden om een deken over alles heen te leggen.

De laatste keer dat ze naar Het Ei was geweest was vijf maanden daarvoor. Het was aan het einde van de lente en ze was nog Roberts vrouw. Ze had haar dagen doorgebracht met voor de kinderen zorgen, het huishouden in Walton-on-Thames en het vermaken van de vrienden van haar echtgenoot. Haar enige afleiding was de kruiswoordpuzzel in *The Times* en haar eerste borrel van de avond. De laatste keer dat ze naar Het Ei was gereden was de dag dat Robert haar over Debra Peters had verteld.

Ze leefde nu apart van Robert met de meisjes in de flat in Weybridge die ooit van haar grootmoeder was geweest. En ze gaf leiding aan een luchtvaartbedrijf.

Dan en zij hadden de dag doorgebracht op een vliegveldje bij Hayward's Heath. Dan had gereden zodat zij in de auto nog wat papierwerk kon doornemen. Het vliegveld lag op een open plek, met staalgrijze wolken die zich erboven voorbij haastten en poelen die op de landingsbaan glinsterden. Ze hadden de hele dag lange, bij tijd en wijle verhitte, discussies met de directeur van het bedrijf gehad, Kevin Goode, met wie Dan in Cardiff had gewerkt. Kevin had sindsdien zijn eigen bedrijf opgezet, Westfield Air. Dan had voorgesteld dat Martineau Aviation Westfield Air zou benaderen met het voorstel om samen op een contract te bieden, aangezien beide bedrijven te klein waren om het werk alleen uit te voeren.

Kevin Goode was een kleine, breedgeschouderde man met een brede nek, een gegroefd voorhoofd en harde, blauwe ogen. Hij bleek een harde onderhandelaar en de gesprekken hadden vrijwel de hele dag geduurd.

Rose had besloten op de terugweg via Het Ei te rijden, omdat ze de voorgaande nacht wakker was geworden met zorgen om het huis dat haar grootmoeder haar had nagelaten. En om een heleboel andere dingen: de kinderen, het bedrijf, geld, de toekomst. Hoewel de dozen waren uitgepakt en de meubels in de flat in Weybridge op hun definitieve plek stonden, voelden de kamers rommelig. Er misten spullen en dingen stonden niet goed. Ze hadden alle drie moeite met slapen en op sommige avonden eindigden ze met zijn drieën in haar bed. Ze hoopte dat ze het ooit heerlijk zou gaan vinden om er te wonen, maar dat was nu niet het geval. Hoewel ze ernaar had gesnakt het huis in Walton-on-Thames te verlaten, had ze op de dag dat ze waren vertrokken in een lege kamer gestaan en een troosteloosheid gevoeld waardoor ze nauwelijks kon ademen. De krassen op de plinten en dc vingerafdrukken op de deurklinken waren allemaal een laatste, vage poging geweest iets van haar leven met Robert achter te laten.

Haar huwelijk was in duigen gevallen. Liefde waarvan ze had gedacht dat die een leven lang zou duren was gereduceerd tot verbittering en verwijten. Ze had een steek in haar hart gevoeld toen ze de voordeur voor de laatste keer op slot had gedraaid en naar de makelaar was gereden om hem de sleutels te overhandigen. Die pijn in haar hart was er nog steeds, maar het was nu een diep, pulserend gevoel.

Regen kletterde tussen de takken van de bomen door op de grond en verzamelde zich in een ondiepe geul in het pad. Ze had Dan gevraagd in de auto te blijven zitten, ervan uitgaand dat ze binnen vijf minuten het huis zou hebben gecontroleerd. Ze was zich de voorgaande uren steeds geïrriteerder en vermoeider gaan voelen en moest even alleen zijn.

Toen ze de voordeur opende, bereikte een geur van vocht en verrotting haar neusvleugels. Ze zag twee centimeter smerig water op de tegels in de gang liggen.

'Verdomme,' zei ze razend. 'Verdomme.'

Ze keek naar het plafond. Een dikke, bruine streep kwam uit een hoek en liet zien waar het regenwater het huis was binnengekomen. Toen ze met een vinger tegen het plafond drukte, viel er een klont pleisterwerk af.

'Verdomme, verdomme, verdomme,' herhaalde ze terwijl ze door de gang klotste.

Dan zat in zijn Cortina op Rose te wachten. Regendruppels dansten op de voorruit. Celia en hij hadden de voorgaande avond ruzie gehad, of iets wat voor ruzie doorging. Ze waren niet het type mensen dat met borden gooide.

Dan had eten gekookt en Celia ruimde af. Hij had voorgesteld dat ze een weekendje naar Parijs zouden gaan om haar dertigste verjaardag te vieren. 'Parijs,' zei ze terwijl ze de restjes eten in de afvalbak schraapte. 'En waar gaan we dat van betalen?'

Hij zei geschrokken en een beetje gekwetst: 'Ik betaal natuurlijk, want het is jouw verjaardag.'

Ze had op verontwaardigde, verwijtende toon gereageerd: 'Als je zo veel geld over de balk kunt smijten, waarom zet je dan niet meer opzij voor het huis?'

Dan had zichzelf op dat moment betrapt op een onverwacht diepe bron van wrok in zichzelf, en hij zei: 'Jezus, mogen we nooit eens gewoon lol maken?'

En zo was het doorgegaan. Celia verweet hem dat hij losbandig was en hij begon zich steeds meer te ergeren aan haar houding. Ze hadden hun stem niet verheven, maar ze hadden het niet goedgemaakt in bed. Celia was niet blijven slapen en hoewel hij met haar naar het station was gelopen, had ze haar hoofd weggedraaid toen hij haar een kus had willen geven, waardoor zijn lippen haar wang alleen hadden geschampt.

Nu hij in de auto zat te wachten tot Rose terug zou zijn van wat ze ook aan het doen was, drong het tot hem door dat hij de avond ervoor iets in Celia had gezien wat hij onaangenaam vond. Hij had het gevoel dat zij zich ook zo over hem voelde. Het uitdrukkingsloze, pijnlijke gevoel dat er iets onherroepelijks tussen hen was gebeurd had hem de hele dag dwarsgezeten, en het stak steeds als hij een moment voor zichzelf had de kop weer op.

Hij keek op zijn horloge. Rose was al een kwartier weg. Wat was ze in vredesnaam aan het doen? Hij stapte ongeduldig uit en keek om zich heen. Hij stond midden in het bos. Rose had iets over een huis gezegd. Misschien moest hij maar even gaan kijken of alles goed ging.

Hij deed zijn stropdas af, rolde hem op, stak hem in zijn zak en ging op weg over een pad dat tussen de bomen door kronkelde. Hij kreeg bij elke stap meer modder aan zijn schoenen. De wind rukte dode bladeren van de takken en bracht de natte bladeren op de bosgrond in beweging.

Een huis flikkerde tussen een donker netwerk van boomstammen. Dan had een cottage verwacht – balken, een rieten dak, charmant aanlokkelijk – maar wat hij zag was allesbehalve dat. Het was verrassend om een dergelijk bouwwerk in deze omgeving aan te treffen: wit, hoekig en compromisloos modern. Hij liep het terras op en tuurde naar de twee glazen wanden, de ene boven de andere, maar hij kon vanwege de reflecties in het glas niet naar binnen kijken.

Rose zat geknield op het lagere dak ergens in te prikken. Toen hij haar riep, stond ze op.

'Het dak lekt,' riep ze terug. 'Het regenwater loopt naar binnen. Ik probeer te vinden waar het naar binnen gaat.'

'Ik kom wel even helpen,' bood hij aan.

'De deur is daar.'

Dan liep het huis binnen. Hij zag meteen dat het een ernstig lek was, want de hele muur was doorweekt. Hij trok onder aan de trap zijn schoenen uit en liep ermee naar boven, waar hij ze weer aantrok voordat hij het dak op stapte.

'Ik wilde het tapijt niet vies maken,' legde hij uit terwijl hij zijn veters strikte.

'Dat vind ik heel attent van je, Dan, maar ik denk niet dat het zin heeft. Volgens mij staat het hele huis op instorten.'

Rose, die normaal gesproken een uitstraling van rustige doelmatigheid had, zag er nu gekweld uit. Ze leunde naar achteren op haar hielen en wees naar de onderdorpel, die zichtbaar doorgerot was. 'Ik ben steeds bang dat het dak instort en dat ik ineens in de keuken lig.' Ze trok een gezicht en duwde haar haar, dat uit het keurige kapsel van die dag was ontsnapt, achter haar oren. 'Zou er een manier zijn om het droog te houden tot ik iemand heb gevonden die het kan repareren?'

'Ik zal even kijken of ik iets kan vinden wat tegen water is bestand,' bood hij aan.

Het beste wat hij kon bedenken was het oude zeil dat in de achterbak van zijn auto lag om hem schoon te houden. Op weg terug naar het huis verzamelde hij wat stenen om op het zeil te leggen. Toen hij terug was op het dak dekten ze het lek samen zo goed mogelijk met het zeil en de stenen af.

Dan veegde het water uit de gang terwijl Rose de andere kamers controleerde, en toen liepen ze terug naar de auto. Het was ondertussen bijna donker. Hij was vergeten hoe donker het in het bos kon zijn.

Hij had de indruk dat Rose erg bedrukt was en probeerde haar gerust te stellen. 'Als die onderdorpel is gerepareerd, droogt het vanzelf.'

'Dat hoop ik dan maar. Hemel, moet je mijn schoenen zien.'

Ze kwamen bij de auto. Dan opende het passagiersportier en Rose stapte in. Ze zei: 'In het dorp is een winkeltje. Kun je daar even langs rijden? Dan vraag ik of ze iemand weten om het te repareren. Als je daar tijd voor hebt, tenminste.'

'Geen probleem.' Hij dacht aan zijn appartement – netjes en stil – en Celia's spullen die er lagen: haar tandenborstel en gezichtscrème in de badkamer, een regenjas aan de kapstok.

De kronkelende weg naar Nutcombe glinsterde in het licht van de koplampen van de Cortina. Dan parkeerde bij de winkel – J. THOMSETT KRUIDENIER & BAKKERIJ – en Rose liep naar binnen.

In de wind flapperde een Lyons Maid-vlag. Er zou vandaag niet veel ijs worden verkocht, vermoedde Dan. Naast de deur stond een mand gespikkelde appels en er lagen zakken cokes en aanmaakhout.

Er was ook een telefooncel. Hij zou Celia kunnen bellen. Hij besloot dat niet te doen en ging in plaats daarvan even zijn benen strekken. Het dorp was in een vallei gebouwd en hij rook de rottende en waterige geur van een rivier voordat hij hem zag. Straatlantaarns verlichtten kleine cottages waar onkruid in de rieten daken groeide en hij liep langs een paar grotere huizen, een ervan een pastorie, waar klimop over de deurpost was gegroeid en de naamplaat half onzichtbaar maakte. Licht scheen uit de ramen van een pub en het drong tot hem door dat hij vreselijke honger had. De lunch had bestaan uit een bordje zuinig besmeerde sandwiches en een kop waterige koffie terwijl de onderhandelingen ondertussen gewoon doorgingen. Het zou hem niet verbazen als Kevin opzettelijk te weinig eten had geregeld, om ze uit te putten.

Zijn onenigheid met Celia was over meer dan geld gegaan, bedacht hij. Ze was over een praktische instelling en passie gegaan. Hij zou tot de dag ervoor hebben gezegd dat hij degene was met de praktische instelling. Het was ontnuchterend om te ontdekken dat hij grenzen had.

Hij hoorde Rose hem roepen en draaide zich om om terug te lopen.

'Is het gelukt?'

'Ja, de vrouw in de winkel was heel behulpzaam. Ze heeft me wat namen gegeven. Ik ga ze morgen bellen.'

'Je wilt zeker niet even wat gaan drinken, hè?' vroeg hij.

Zijn voorstel overviel haar. Ze stamelde: 'O... eh... ik weet niet of...'

Hij zei snel: 'Je hebt haast. Je moet naar je kinderen.'

'Nee. Het is vrijdag, dus ze zijn bij Robert.' Ze veegde een lok bruin haar uit haar ogen. 'Waarom ook niet? Dan kunnen we meteen wat eten. Ik stik van de honger.'

Dan stond met zijn rug naar haar toe aan de bar en bestelde twee maaltijden en drankjes. De starende blik van Rose ging van zijn blonde haar, warrig door de regen, naar zijn brede schouders en via zijn ruggengraat naar zijn smalle middel en heupen. Een aangename huivering van waardering, en toen berispte ze zichzelf: niet doen, Rose. Ze probeerde afleiding te vinden door haar schoenen – bruine suède van Ravel – te inspecteren, die vol modder zaten en die ze nooit meer helemaal schoon zou krijgen. Toen gingen haar gedachten naar het dak van Het Ei. Wat zou de reparatie wel niet gaan kosten? Dit had niet op een slechter moment kunnen gebeuren.

Dan kwam terug naar hun tafeltje met een halve liter bier voor zichzelf en een gin-tonic voor haar. Hij trok een zakje chips open om samen te eten terwijl ze op hun maaltijd wachtten.

Rose pakte er een chipje uit. 'Is Kevin altijd zo?'

Dan glimlachte naar haar. 'Je hebt hem op zijn best gezien, Rose, omdat jij erbij was. Hij is nogal temperamentvol. Hij kan vreselijk tekeergaan. En sinds zijn scheiding heeft hij een korter lontje.'

'Maar toch mag je hem wel?'

'Ja, dat klopt. Hij kan moeilijk zijn, maar je weet wel precies waar je aan toe bent met hem. Hij zal nooit iets achter je rug om doen.'

'Maar sommige voorwaarden zijn echt onredelijk. Ze willen ons buitensporig veel rekenen voor gebruik van hun vliegveld. Dat ga ik niet doen.'

'Zullen we hem een paar dagen laten zweten? Ik denk dat hij die deal net zo graag wil als wij.'

'Dat betwijfel ik,' zei ze onomwonden. 'Als het me niet lukt om in de komende maanden aan een substantieel bedrag te komen, kunnen we de volgende aflossing aan de bank niet voldoen.'

Dan fronste zijn voorhoofd. 'Ik hoopte dat het beter ging nu we wat meer opdrachten hebben.'

'Het probleem is dat niemand vooruitbetaalt. Heel wat klanten zitten in dezelfde positie als wij en proberen de betaling zo lang mogelijk uit te stellen.'

Rose en Dan werkten op volle kracht om kosten te besparen, nieuwe klanten binnen te halen en oude te behouden. Tijdens de havenstaking in juli hadden een heleboel bedrijven zich tot de luchtvaart gewend om hun goederen bezorgd te krijgen, waar Martineau Aviation veel profijt van had gehad. Sinds de vakbonden weer aan het werk waren gegaan waren sommige klanten bij hen gebleven, maar anderen waren teruggegaan naar het goedkopere vervoer per schip.

'Heb je al met de bank gepraat?' vroeg Dan. 'Om het over uitstel van betaling te hebben?'

De serveerster bracht hun eten. Rose vouwde een in goudkleurige folie ingepakt klontje boter open. 'Ja. Dat geven ze niet.'

'Waarom niet? We hebben een solide bedrijf.'

Haar gesprek met de manager van de bank, meneer Nash, was kort en vernederend geweest. 'Ik had niet de indruk dat het bedrijf het probleem was.'

'Wat dan wel?'

'Ikzelf. Meneer Nash zei dat ik onervaren ben, en daar heeft hij gelijk in. Dus heb ik hem verteld dat ik een snelle leerling ben.'

'En?'

'En toen zei hij dat ik niet mocht verwachten dat een bank zomaar geld geeft aan elk meisje dat denkt dat ze een bedrijf kan leiden.'

Hij sperde zijn ogen open. 'En toen heb jij gezegd dat hij de pot op kon met zijn lening?'

'Nee. Ik heb mijn waardigheid behouden, heb hem de hand geschud en hem voor zijn tijd bedankt. En zodra ik de straat uit was, heb ik het op een schreeuwen gezet.'

'Wat een zelfbeheersing.'

'Ik heb een paar andere banken gebeld en die zeiden ongeveer hetzelfde. Een van die mannen lachte me gewoon uit, Dan.' Ze haalde haar schouders op. 'Ze gaan hun gang maar, maar ik moet wel aan dat geld zien te komen.'

'Ik denk dat ik een bedrijf heb gevonden dat de kantoorruimte wil huren. Dat zou een beetje moeten helpen.' Het grootste van de twee kantoren werd al verhuurd aan een bedrijf dat naaimachines repareerde. Dat bracht elke maand een bedrag op waar ze wat mee konden. 'En ik heb iemand gevonden die ons goedkoper brandstof wil leveren.' Het was heet in de pub, die werd verwarmd met een haardvuur. Hij trok zijn jasje uit. 'Het probleem is dat we contant moeten betalen. En zo te horen zou dat best eens een probleem kunnen zijn.'

'Dat kun je wel zeggen, ja.'

'Heeft Vic een idee?' Vic was de accountant die door Rose was aangetrokken om Clive Miller te vervangen, die voor Robert had gewerkt.

'Nog niet.' Rose hield zich bezig met het schoon schrapen van de boterfolie. 'Hij is niet het soort creatieve boekhouder dat Clive was. Maar ik bedenk wel wat. Al moet ik ervoor smeken of stelen.' Ze keek hem aan. 'Dat is natuurlijk een grapje. Over dat stelen, tenminste.'

'Als die deal met Kevin gaat lukken, levert die niet op tijd geld op.'

'Nee, ik ben bang van niet. Meneer Nash heeft in niet mis te verstane termen duidelijk gemaakt dat hij niet zal schromen beslag te leggen als we niet op tijd betalen.'

Dan zei met zichtbare weerzin: 'Je zou de oudste DC-3 kunnen verkopen. Hij zal niet heel veel opleveren, maar het is tenminste iets. Hij wordt niet continu gebruikt.'

Ze scheurde een stukje brood af. 'Dat zou ik alleen doen als er echt geen andere mogelijkheid meer is. Het zou wel een wanhoopsdaad zijn, vind je niet? Als we dat doen, gaat iedereen zich zorgen maken om zijn baan en uitkijken naar iets anders. Maar het zijn allemaal goede krachten en ik wil niemand kwijt.'

'Dat gaat niet gebeuren, Rose.' Hij sprak met zekerheid in zijn stem. 'De sfeer is ondertussen veel beter dan ooit. Nu Wilkinson er niet meer is, en, sorry dat ik het zeg, sinds je man niet meer aan het roer staat, weten mensen waar ze aan toe zijn. Iedereen is een stuk gelukkiger.'

Rose had sinds ze voor het bedrijf was gaan werken geleerd op

Dan te vertrouwen wat zijn kennis van het luchtvrachtbedrijf betrof, zijn beoordelingsvermogen en zijn kalmte als er een crisis was. Als ze hem iets vroeg, deed hij het direct, snel en efficiënt, zonder gedoe. Hij vond creatieve oplossingen voor problemen en had haar er meer dan eens voor behoed een domme fout te maken. En ze ontdekte dat er onder zijn zakelijke uitstraling humor en warmte huisden.

'Geldt dat ook voor jou, Dan?' vroeg ze. 'Ik ga jou toch niet kwijtraken, hè?'

'Niet als je dat niet wilt.'

'Ik zou het niet redden zonder jou,' zei ze oprecht.

'Jawel hoor. Echt waar. Maar ik ben niet van plan om te vertrekken.'

Dat luchtte haar vreselijk op. Ze glimlachte naar hem. 'Als ik er het geld voor had, zou ik je opslag geven.' Ze keek naar haar zure ui, die de afmetingen en vorm had van een bruinige oogbal, en besloot hem te laten liggen. 'Ik ben blij dat ik het werk zo leuk vind, anders zou het de slapeloze nachten niet waard zijn.'

'Er zijn eenvoudiger bedrijfstakken. Die niet instorten zodra het weer omslaat. Maar ik ben gek op vliegtuigen, dat ben ik altijd al geweest. Je kunt alles over de wetenschap van het vliegen weten, maar het blijft magisch.'

'Heb je ooit overwogen piloot te worden?'

'Dat was geen optie. Daar zijn mijn ogen te slecht voor. Ik heb ernstig astigmatisme.'

Het was haar inderdaad opgevallen dat hij een bril droeg als hij autoreed. Ze betrapte zichzelf erop dat ze in zijn ogen zat te staren, die middenblauw met een zweem groen waren, alsof ze de imperfectie zou kunnen zien, maar toen keek ze weg en concentreerde zich op de rest van haar maaltijd.

Toen ze klaar waren met eten liepen ze de pub uit en naar waar Dan de auto had geparkeerd. Het was opgehouden met regenen en de maan wierp een zilverachtig licht op de natte straten.

Hij zei: 'Vertel eens wat over dat huis. Is het van jou?'

'Ik heb het van mijn grootmoeder geërfd. Haar vader, Edward

Lawless, was architect en heeft het ontworpen. Hij heeft het nagelaten aan mijn oudtante Sadie, en die heeft het aan mijn grootmoeder gegeven.' Ze vertelde hem kort wat ze had ontdekt en hoe frustrerend de zoektocht naar Sadie verliep.

'Ik vraag me af of ze in het buitenland is gaan wonen,' sloot ze haar verhaal af terwijl ze om zich heen keek in het donker geworden dorp. 'Ze heeft een aantal brieven vanaf het vasteland van Europa geschreven. Maar waarom weet niemand waar ze naartoe is gegaan? Ze had een heleboel vrienden.'

'Zei je nou dat ze in het midden van de jaren dertig is verdwenen?'

'Ja.'

'Het was toen een chaos in Europa, en dat is daarna alleen maar erger geworden. Misschien dat Sadie heeft gedacht dat ze een betere toekomst in Amerika zou hebben. Of in Australië, waar dan ook. Of misschien is ze in Europa gebleven en is ze in een of andere oorlog verstrikt geraakt.'

'Dat zou kunnen, maar dan vind ik het nog steeds zo gek dat ze niet heeft geschreven,' zei Rose overtuigd. 'Ik denk echt dat ze het haar vrienden zou hebben verteld als ze naar het buitenland zou zijn verhuisd. Ze zou niet zomaar vertrekken, Dan. Dat weet ik zeker.'

Ik ken Sadie, dacht ze. Sadie gaf om haar vrienden. Ze waren belangrijk voor haar en ze zou niet zijn vertrokken zonder iets te laten weten.

Rose zei toen ze bijna bij de auto waren: 'Het allerfrustrerendst is nog wel dat iemand die Sadie in de jaren dertig heeft gekend, toen ze in Het Ei woonde, nog geen twee kilometer verderop woont.'

'Heb je hem gesproken?'

'Haar. Diana Chiverton, de weduwe van Tom Chiverton, de dichter. Tom is meer dan tien jaar geleden overleden, maar Diana woont nog in het huis waar ze woonden toen Sadie hier ook woonde. Mijn overgrootvader heeft dat huis ook ontworpen.' Ze schraapte wat opgedroogde modder van haar schoen aan het gras. 'Het heet De Meeuwenvleugel. Het staat naast het richelpad, heel spectaculair. Maar ze weigert me te woord te staan. Ik vind het echt ontzettend irritant. Ik heb haar meermalen geschreven en ze reageert niet. Je kunt er niet eens aanbellen, want er zit een kettingslot op het hek. Toen ik een keer op straat bij het hek stond, heeft ze haar honden op me afgestuurd.'

Dan opende de auto. Rose wilde net instappen, toen ze plotseling zei: 'Wat ben je toch een idioot. O, wat ben je toch een idioot.' Toen ze zijn geschrokken blik zag, zei ze: 'Jij niet, Dan. Ik. Dat ik dat niet eerder heb bedacht.'

Een straatlantaarn aan de overkant verlichtte het bord boven de dorpswinkel: J. THOMSETT KRUIDENIER & BAKKERIJ. Sadie had het in haar brieven over de behulpzaamheid van een mevrouw Thomsett uit de winkel in Nutcombe. Sadie had lesgegeven aan een Winnie Thomsett. Woonde die Winnie nog in Nutcombe? Als dat zo was, herinnerde ze zich Sadie dan nog? Was zij misschien zelfs die slanke vrouw van in de vijftig die Rose die middag nog in de winkel had gesproken, de vrouw die iemand had geadviseerd voor het dak?

Maar de winkel was nu dicht, dus ze zou moeten wachten. Ze reden het dorp uit en de donkere heuvels van de Weald in. Ze had het altijd fijn gevonden om in de auto te zitten bij een man die goed kon rijden, en ze betrapte zichzelf erop dat ze af en toe naar Dan keek, de richting van haar blik verhuld door de duisternis in de auto.

Dan moest met zijn auto naar de garage voor twee nieuwe voorbanden, dus hij nam die zaterdag de trein van station Liverpool Street en stapte over op Ipswich.

Zijn vader kwam hem ophalen op het station in Darsham. Ze schudden elkaar de hand en liepen naar een Morris Minor met een kantwerk van roest dat zich een weg door de wielbogen aan het vreten was.

Mick klopte liefdevol op de motorkap. 'Ik heb hem spotgoedkoop op de kop getikt. Ik ga hem opknappen en dan verkoop ik hem door. Ik overweeg een bedrijfje te beginnen. De mensen staan in de rij voor dit model.'

Dan mompelde iets vaags. De geschiedenis van zijn vader was een aaneenschakeling van enthousiast opgezette bedrijfjes die vervolgens niet waren doorgezet en weer waren opgedoekt. Dan had geleerd te voorkomen dat hij die fantasiewereld in werd getrokken.

Op weg naar de camping bij Southwold bleef Mick doorgaan over zijn plannen. 'Ik ga zodra ik genoeg geld heb terug naar Londen. In de zomer is het heerlijk aan de kust, maar in de winter is het hier behoorlijk eenzaam. Ik heb in Londen een boel contacten in de tweedehands autohandel.'

'Dat is mooi, pa.'

'Waar rij jij momenteel in, jongen?'

'In een Cortina.'

'Een Cortina!'

Er werd met een pakje Embassy onder Dans neus gezwaaid. Hij schudde zijn hoofd. Mick Falconer maakte een aantal ingewikkelde bewegingen om een sigaret uit het pakje te frommelen en die aan te steken terwijl hij doorreed over het slingerweggetje.

'Een Cortina!' herhaalde hij grinnikend. 'Ik dacht dat jij minstens voor een Capri zou gaan. Je moet op jouw leeftijd een sportief model hebben.'

Dan liet zijn vader doorratelen over auto's. Dat was hoe hun gesprekken verliepen. Er waren te veel onderwerpen die niet konden worden aangesneden, te veel gaten die niet konden worden gevuld.

Ze reden door een uithoek van Southwold toen Mick vroeg: 'Heb je je moeder nog gezien? Woont ze nog in het Lake District?'

'Ja, ze woont nog in die commune. Ik heb haar vorige maand nog gezien. Het gaat prima.'

Dan ging elke maand bij een van zijn ouders op bezoek, bezocht ze om en om. Vaker kon hij niet aan. Het ging helemaal niet goed met zijn moeder – ze was mager en zag er slecht uit – maar hij zag er de zin niet van in om dat aan zijn vader te vertellen. Zijn ouders spraken al jaren niet meer met elkaar. Zijn moeder nam zijn vader alle ellende in haar leven kwalijk en zijn vader woonde in zijn eigen fantasiewereld, waar de grote klapper hem elk moment schathemeltjerijk kon maken.

'En je vriendin?' vroeg Mick terwijl ze over een laaggelegen weg reden met moeras aan de ene zijde en duinen aan de andere. 'Sheila, toch?'

'Celia.'

'Ik wil haar graag eens zien, jongen. Neem haar de volgende keer mee.'

Dan zag Celia voor zich in de vochtige, klamme caravan. Ze zou haar jas aanhouden. Ze zou proberen te voorkomen dat ze op een van de stoelen met de gevlekte oranje kussens zou moeten gaan zitten. Hij zei niets.

'Het wordt tijd dat jullie gaan trouwen,' drong zijn vader aan terwijl hij vaart minderde, met een krakend geluid van de versnellingsbak naar beneden schakelde en de camping op reed. 'Ik weet niet waar jullie op wachten. Zeg maar namens mij tegen haar dat ze geen idee heeft wat een mazzel ze heeft met een kerel als jij.'

Vermengd met de irritatie dat zijn vader er maar niet over ophield voelde Dan een gecompliceerdere emotie. Mick Falconer had altijd groot ontzag gehad voor de opleiding en carrière van zijn zoon. Dan had in het verleden moeten ondergaan hoe zijn vader zijn vrienden in de pub verveelde: *Een graad in de techniek... Regelt vluchten door heel Europa... Heeft altijd al goed kunnen rekenen.* Oprechte, ongecompliceerde bewondering was moeilijker te verwerken dan verwaarlozing.

Aangekomen in de caravan zette Mick thee. De caravan was best ruim, maar voelde krakkemikkig op zijn plekje tussen het moeras en de grijze Noordzee. Dan had nooit last van kou, maar hij was bang dat zijn vader, die achter in de vijftig was, moeite zou krijgen met de gure winters in Suffolk.

Ze liepen het dorp in. Dan bood aan op lunch in een pub te trakteren, maar Mick zei dat hij zin had in fish-and-chips, en stond er vervolgens op die te betalen. Ze aten op een bankje aan het strand, hun jaskragen omhoog in de wind, waar Mick een blauwe neus van kreeg. Hij droeg een dunne, vieze legerjas; Dan werd gedeprimeerd van het aanzicht. Ze keken uit over golven die samenkwamen en daarna in een doorzichtige, grijsgroene boog kapotsloegen en zich weer terugtrokken, waarbij ze een onregelmatig spoor van wit schuim op het zand en de schelpen achterlieten.

Dan vertelde over de vliegtuigen en de nieuwe opdrachten die Martineau Aviation had binnengehaald, de import van olijven en citroenen uit Italië en oesters uit Marseille.

'Oesters!' zei zijn vader bewonderend. 'En die vent... die gast die die hoer betaalde...'

'Robert Martineau? Die heb ik in geen maanden gezien. Zijn vrouw heeft het bedrijf overgenomen. Dat had ik je al verteld, pa.'

'En hoe is het om voor een vrouw te werken?'

'Prima.'

'Is het een stuk?'

'Eh, ja, dat denk ik wel,' zei hij stijfjes.

Dan stuurde weg van de slechte grappen en licht seksistische opmerkingen van zijn vader en begon over voetbal, een veiliger onderwerp. Hij kocht ondanks het nadrukkelijke protest van zijn vader een paar tassen boodschappen voor hem en toen gingen ze terug naar de caravan. Tijdens een kop thee met een Mr Kipling-cakeje haalde zijn vader herinneringen op uit een verleden dat hij zelf had verzonnen en waar Dan zich niets van herinnerde.

Na ongeveer een uur zei hij dat hij moest gaan, en hij stond op. Zijn vader protesteerde en nodigde hem uit te blijven slapen. Dan wees het aanbod vriendelijk af, ze stapten in de Morris Minor en reden naar het station in Darsham. Het geklets van zijn vader ebde weg toen ze op het perron stonden te wachten, en hij zag er moe en oud uit. De trein kwam een bocht in het spoor om rijden en Mick maakte aanstalten om zijn vader een hand te geven. Mick negeerde het gebaar en omhelsde in plaats daarvan zijn zoon.

'Zorg goed voor jezelf, pa. Ik kom gauw weer langs.'

Op weg naar huis uit Suffolk nestelde zich altijd een zwart en melancholisch gevoel in hem: een mengeling van schuldgevoel dat hij zijn vader niet kon geven wat hij wilde en boosheid omdat hij überhaupt iets verwachtte van zijn zoon. Na een tijdje reed de trein het steeds veranderende, onbetrouwbare landschap van Suffolk uit. In het binnenland was het uitzicht uit de trein er een op velden en gemoedelijke dorpjes. Dan vond dat ze een overzichtelijkheid uitstraalden die hij in zijn persoonlijke leven miste.

De trein reed een buitenwijk van Ipswich in, met de bakstenen rijtjeshuizen, fabriekjes en de gasfabriek, en kwam tot stilstand op het station. Dan stapte uit en liep naar het perron vanwaar de trein naar Londen zou vertrekken. Er waaide een ijzige wind over het spoor en de perrons en de meeste passagiers stonden op elkaar gepakt in de wachtruimte, maar Dan bleef buiten staan, zich onbewust van het weer.

11

Surrey, Sussex en Londen – november 1970

Rose was zich aan het opmaken en stond op het punt van huis te vertrekken om naar haar werk te gaan. Ze hoorde schreeuwende stemmen in de keuken.

'Niet doen!' De stem van Katherine.

'Ik wil ook!' Dat was Eve.

'Je houdt niet eens van Rice Krispies. Je hebt zelf gezegd dat je ze niet lekker vindt. Je hebt gezegd dat ze klef worden.'

'Maar nu wil ik ze wel. En jij mag niet zeggen dat dat niet mag.'

'Hou op, irritante kleuter.'

Rose rende naar de keuken, haar mascaraborsteltje nog in de hand, en zag nog net dat Eve de doos uit Katherines handen griste en de Rice Krispies als confetti over de tafel en vloer regenden.

'Hou daarmee op, allebei! Zijn jullie nou helemaal betoeterd?'

'Ze geeft me geen Rice Krispies!'

'Ik wil haar stomme kop niet zien als ik zit te eten.'

'Katherine, zo is het genoeg,' zei Rose fel. Ze haalde de muur van verpakkingsdozen weg die Katherine op tafel om zich heen had gebouwd en zette de dozen terug in de kast.

'Mam,' jammerde Katherine.

'Doe niet zo gek. Kijk nou eens wat een troep jullie hebben gemaakt.' Ze wierp een blik op de klok. 'We moeten bijna weg. Hup, even dooreten.'

Eve vroeg: 'Breng jij ons vandaag naar school, mama?'

'Nee, vandaag niet. Nadine brengt jullie.'

Nadine Kent was de oppas die Rose had aangetrokken om doordeweeks met de kinderen te helpen. Ze had zelf een zoontje van vijf, Jonathan, die naar dezelfde school ging als Katherine en

Eve, en een baby, Martha. De school waar Rose de meisjes had ingeschreven was een lichte, goed georganiseerde instelling met een goede reputatie. Robert betaalde het schoolgeld. Rose kon het zich niet veroorloven, aangezien ze zichzelf tot het bedrijf het weer wat beter zou doen minimumloon uitbetaalde.

Ze bracht de kinderen 's ochtends om kwart over acht naar Nadine, zodat ze iets na half negen op haar werk kon zijn. Dan haalde Nadine de kinderen om half vier uit school en nam ze mee naar huis, waar Rose – en op vrijdag Robert – ze na het werk ophaalde.

Het was vandaag extra belangrijk dat ze op tijd op het vliegveld was, want ze moest die middag naar Westfield Air om de laatste details in het contract met Kevin Goode te bespreken. Daarna moest ze naar Het Ei voor een afspraak met een klusjesman om het over de dakreparatie te hebben.

Eve zei: 'Ik wil dat jij ons naar school brengt, mama.' Tranen stroomden over haar wangen.

Rose gaf haar een knuffel en veegde haar tranen van haar gezicht. 'Zal ik jullie morgen uit school komen halen, lieverd? Zou je dat leuk vinden?' Ze voelde de paniek toeslaan terwijl ze dat beloofde. Het betekende dat ze een vergadering zou missen, en ze had nog vreselijk veel werk liggen.

'Ik haat die rotschool,' gromde Katherine. 'Mijn oude school was veel leuker. Waarom moeten we naar deze school?'

Rose zette de melk in de koelkast, de schaaltjes en bekers in de gootsteen, en ze draaide de warme kraan open. 'Waarom vind je het niet leuk?'

'Ik mis Abbie.' Abbie was Katherines beste vriendin op haar oude school.

'Dat snap ik, lieverd.' Ze streelde Katherine over haar hoofd. 'Maar je krijgt heus nieuwe vriendinnen, dat weet ik zeker.' Ze keek nogmaals op de klok en pakte haar tasje en koffertje. 'Ga je spullen maar even pakken. We moeten weg.'

Ze haastte zich over een spoor van Rice Krispies met de kinderen de keuken uit. Ze bracht Katherine en Eve naar Nadine, gaf ze een kus en een knuffel en ging op weg naar het vliegveld. Ze had het donkerbruine vermoeden dat ze was vergeten mascara op haar andere oog te doen en wist niet of ze haar make-up in haar tasje had gedaan. Toen ze zag dat de snelheidsmeter van haar Mini op negentig stond terwijl ze over de kronkelende landweggetjes scheurde, minderde ze vaart en deed een bewuste poging om te ontspannen.

Na een drukke ochtend liet ze een lijstje met taken voor Lucy en Dan achter en ging op weg naar Westfield Air. Kevin was deze keer vriendelijker, bijna charmant, en de laatste details voor het contract werden naar beider tevredenheid besloten.

Toen ze op weg ging naar Het Ei, was het gaan miezeren. De klusjesman, meneer Jackson, stond al in de bocht van de weg geparkeerd met zijn auto. Rose liet hem het huis binnen en liet de vlek op de muur zien, en toen liepen ze naar boven en het dak op. Er klonken heel wat ontevreden geluidjes terwijl hij de geïmproviseerde bedekking losmaakte en de verrotte onderdorpel inspecteerde.

Hij prikte op zo veel plaatsen met een pen in de dorpel dat Rose, die de spanning niet meer kon dragen, vroeg: 'Moet de hele dorpel worden vervangen?'

'Nee hoor, alleen dit deel, meid. Kijk, hier is hij prima.' Nog meer geprik.

Toen trok hij het bitumen weg en inspecteerde het dak eronder. Ook dat kon hij redden. Rose gaf hem haar adres zodat hij een offerte kon sturen en haalde opgelucht adem.

'Ik zal morgenochtend meteen even een goed zeil op het dak leggen,' beloofde de klusjesman. 'Dan blijft het droog tot het werk klaar is.'

Rose bedankte hem, ze schudden elkaar de hand en namen afscheid. Toen controleerde ze snel nog een keer het hele huis en veegde de vers gevallen bladeren van het dak. Ze dacht terug aan haar vorige bezoekje aan Het Ei, toen ze vanaf het dak naar beneden naar Dan had gekeken en had gezien hoe de wind met zijn blonde haar had gespeeld en schaduwen van het dovende licht zijn gelaatstrekken hadden benadrukt.

Ze sloot af en stapte in de auto. Het begon al donker te worden, de miezerregen vervaagde de contouren van de bomen, maar ze zag al snel de huizen van Nutcombe, zacht en gedempt in het natte, grijzige licht.

Rose parkeerde langs de weg en liep naar het winkeltje. Achter de kassa stond dezelfde slanke vrouw met dat spitse gezicht met de zilverkleurige boblijn die ze de vorige keer had gesproken en die haar meneer Jackson had geadviseerd. Een jongen in een parka en een spijkerbroek vol olievlekken – met lang, donker, naar achteren gekamd haar, een potlood achter een oor en littekens van acne in zijn gezicht – kocht sigaretten en een KitKat. Het winkeltje was overvol nu er drie mensen stonden. De aangename, huiselijke geur van appels, brood, taart en glazen potten vol pepermuntkussentjes, peerdrops en lolly's herinnerde Rose aan de kruidenierswinkeltjes uit haar jeugd.

De jongen betaalde en liep de winkel uit. Rose pakte bacon, kool en drie cakejes als traktatie en bedankte de vrouw achter de kassa dat ze meneer Jackson had geadviseerd.

'Larry is een goede vent,' zei ze terwijl ze de bedragen voor de boodschappen op de kassa invoerde. Ze keek Rose nieuwsgierig aan en Rose zag dat haar ogen helder, bleek grijsblauw waren. 'Er is in maanden niemand naar het huis geweest. Ik ging ervan uit dat het wel weer verhuurd zou worden. Bent u van het makelaarskantoor?'

'Nee. Het huis is van mij. Ik ben Rose Martineau. Ik heb Het Ei van mijn grootmoeder geërfd, die het van haar zus had gekregen, Sadie Lawless.'

De lichte ogen werden groter. 'Die naam heb ik al lang niet gehoord, zeg. Dus u bent Sadies nicht... nee, haar achternichtje. Het is me wat. U lijkt helemaal niet op haar... hoewel, die ogen...'

Rose' hart ging sneller kloppen. 'Bent u toevallig Winnie Thomsett?'

'Dat was ik. Maar ik ben al meer dan vijfendertig jaar Winnie Ferrers.'

De naam Ferrers klonk haar vaag bekend in de oren, maar

Rose kon hem niet precies plaatsen. Ze zei: 'Dus u hebt Sadie gekend toen ze hier woonde.'

'Dat klopt.'

'Hebt u even tijd? Zou ik u wat vragen over haar mogen stellen?'

De deurbel klingelde en kondigde daarmee de komst van een nieuwe klant aan, een vrouw met twee kinderen. Winnie woog anderhalve kilo aardappels af en pakte zorgvuldig een doosje met twaalf eieren in.

Toen ze weer alleen waren vroeg ze: 'Wat wilt u over haar weten?'

'Wat u maar weet. Wat voor iemand ze was... Hoe ze in het dorpsleven paste.'

Een snuivend geluid. Winnie veegde wat zand uit de weegschaal. 'Ze paste hier helemaal niet. Er werd gelachen om haar rare kleren en vreemde manieren en omdat ze alleen woonde. Maar het was een vriendelijke, lieve vrouw. Ze gedroeg zich nooit uit de hoogte. Ze fietste bijna elke ochtend naar de winkel en kletste dan even met me. Ze liep nooit zomaar voorbij, alsof je beneden haar stand was, zoals sommige mensen die ik ken dat deden.'

Er ging een huivering over Rose' ruggengraat. Ze stelde zich voor hoe Sadie zou hebben gestaan waar zij nu stond, om brood en melk te kopen, en werd nagestaard omdat ze een kledingstuk droeg dat hier in dit afgelegen dorpje schandalig excentriek werd gevonden. Misschien had ze de bewoners van Nutcombe wel een hartverzakking bezorgd door bijvoorbeeld een broek te dragen.

Winnie Ferrers stond de kranten en tijdschriften op de toonbank recht te leggen. 'Dus u hebt haar nooit gekend?' vroeg ze Rose.

'Ik ben er pas na het overlijden van mijn grootmoeder achter gekomen dat ze bestond.' Die woorden begonnen een veel gezongen refrein te worden. Hoe vaker ze het zei, hoe idioter het klonk. Dat je een zus had van wie je het bestaan verzweeg betekende, dacht Rose, dat er sprake was van een heleboel woede of een heleboel schuldgevoel. Of allebei. Ze dacht aan het gekibbel van

Katherine en Eve tijdens het ontbijt. Je ging ervan uit dat boosheid en jaloezie uit de kindertijd van voorbijgaande aard waren, maar soms was dat niet het geval, soms werd het juist een diepe wond.

'Ik heb brieven van Sadie in de woning van mijn grootmoeder gevonden,' legde ze uit. 'In een van die brieven schreef ze dat ze u tekenles heeft gegeven.'

'Dat klopt.' Winnie kreeg een glimlach op haar gezicht. 'Ik had helemaal geen talent, maar Colin wel.'

Winnie Thomsett heeft me gevraagd of ik haar les wil geven, had Sadie aan Edith geschreven. *Ik ga voorstellen of zij en Colin Ferrers samen komen, dan kan ik een gereduceerd tarief aanbieden.*

'Bent u met Colin Ferrers getrouwd?'

'Ja. Dat is waar we elkaar hebben leren kennen, bij Sadie.'

'Herinnert hij zich haar nog?'

'Colin is omgekomen tijdens D-Day.'

'Gecondoleerd.' De clichématige reactie voelde niet goed voor Rose. 'Wat afschuwelijk.'

Winnie zette de schaal terug op de weegschaal en veegde haar handen aan haar roze overall af. 'Colin was ook erg op Sadie gesteld. Ik kan me nog herinneren dat hij haar de beste lerares vond die hij ooit had gehad. Hij is naar de kunstacademie gegaan. Sadie kon alles tekenen en schilderen. De vogels die ze tekende zagen eruit of ze zo van het papier zouden vliegen. Ze heeft heel hard haar best gedaan ons te leren kijken zoals zij dat deed.'

'Weet u nog wanneer u haar voor het laatst hebt gezien?'

Winnie fronste haar voorhoofd. 'Een week of zes voordat we gingen trouwen. Dat was op 8 december 1934, dus het zal ergens in oktober zijn geweest. Ik wilde in de winter trouwen, ik zag mezelf al helemaal voor me in zo'n cape met een bontrand langs de capuchon. Sadie en ik hebben het erover gehad, hier in de winkel. Ze zou naar de bruiloft komen, maar dat heeft ze niet gedaan. Ik vond het heel verdrietig, en heel jammer dat we ineens geen contact meer hadden, alsof het niets uitmaakte. Ik zag haar als een vriendin. Maar goed, we zijn in 1935 naar Manchester verhuisd en kort daarna was ik zwanger van William, dus toen had ik ook andere dingen aan mijn hoofd.'

'Weet u toevallig nog of de laatste keer dat u haar hebt gezien voor of na de opening van haar expositie in de galerie was?'

'Het was ervoor.' Ze legde een exemplaar van *Woman and Home* recht. 'De dag ervoor. Ik weet nog dat ze vertelde dat ze de volgende dag naar Londen zou gaan.'

'Hoe kwam ze over? Was ze nerveus... of geagiteerd?'

'Ze was ontzettend zenuwachtig. Ze was in de winkel om pakpapier en touw te kopen. Ze liet haar portemonnee vallen. De muntjes lagen door de hele winkel. Ik heb geprobeerd haar gerust te stellen. Niets kan zo belangrijk zijn, toch? Zo belangrijk dat je er helemaal overstuur van raakt?'

'Ze heeft een zenuwinzinking gehad voordat ze hier kwam wonen.'

'Is dat zo? Dat wist ik niet. Arm kind. Ze was wel heel nerveus aangelegd, ja.' Winnie haalde een stofdoek over de snoeppotten. 'Ik bezorgde vaak boodschappen bij haar. Dan kletsten we even bij met een kop thee. Ze liet me wel eens zien waar ze mee bezig was. Ze werkte keihard. Ik weet nog wel hoe ze soms over die pers stond gebogen zonder een woord te zeggen.' Ze fronst haar wenkbrauwen. 'Heel gek... Op een dag was ik in haar atelier en toen had ze er een matras neergelegd. Met een kussen en een deken. Ze zei dat ze niet in de slaapkamer wilde slapen omdat ze bang was dat iemand haar zou zien.'

Sadies slaapkamer was op de eerste verdieping van Het Ei, tussen de boomtakken. 'Dat snap ik niet,' zei Rose. 'Hoe kan iemand daar nou naar binnen hebben gekeken?'

'Gek, hè? Maar zoals ik al zei was Sadie een nerveus type. Maar ik kan me ook wel voorstellen dat je daar het gevoel hebt dat je in een aquarium woont, met al die ramen.'

De telefoon ging en Winnie nam op. Terwijl ze degene aan de andere kant van de lijn een standje gaf over een bezorging die te laat was geleverd, dacht Rose na over wat ze te weten was gekomen. Sadie had Winnie verteld dat ze de volgende dag naar Londen zou gaan voor die speciale opening. Maar ze was niet in galerie Danford verschenen. Wat was er in de tussenliggende vierentwintig uur gebeurd? Waar was ze naartoe gegaan?

Winnie legde de hoorn op de haak en streek het omslag van een *Beano* glad. 'Reizen was in de oorlog vrijwel onmogelijk, en ik werkte lange dagen en moest voor de kinderen zorgen. En toen ben ik Colin verloren. Daarna zijn we teruggekomen naar Nutcombe. Ik kon daar niet blijven. Manchester is zo'n grijze, natte stad. Ik heb er nooit kunnen wennen. Ik ben een plattelandsmeisje, ik hoor hier thuis. Ik dacht dat Sadie ook wel zou terugkomen, maar dat heeft ze nooit gedaan. Er woonden toen RAF-officieren in Het Ei. Een luidruchtig stelletje, maar ze zijn al snel weer vertrokken. Daarna werd het huis verhuurd.'

De deur ging open en er kwam een jongen met een berg avondkranten binnen. Winnie bedankte hem en sneed met een mes het touw los dat eromheen was gebonden. Ze begon namen en nummers op de kranten te schrijven.

Ze zei: 'Sadie was soms maandenlang in het buitenland. Ze liet wel eens vrienden in het huis logeren.' Ze glimlachte. 'Er is ook een keer in een weekend een groot feest geweest. Ik snap nog steeds niet hoe al die mensen erin pasten. Er was altijd wel iemand die een oogje in het zeil hield als ze er niet was. Aardige mensen. Ze deden hier hun boodschappen. In tegenstelling tot die lui in De Meeuwenvleugel, die altijd naar Crowborough reden voor allerlei exclusieve spullen.'

'De Chivertons?'

Winnie stapelde de kranten op een nette berg. Rose nam aan dat ze dat voor de krantenjongen deed. 'Mevrouw Chiverton kwam hier nooit vaker dan eens per maand,' zei Winnie. 'Ze vond zichzelf in die tijd te goed voor ons, denk ik. Dat is nu wel anders. Ik zie haar af en toe met de honden. Mijn kleindochter, Janice, brengt haar boodschappen.'

'Een meisje met blond haar en een bril?'

'Ja, dat is Janice.' Winnie glimlachte. 'Het is een schatje.'

'Ik heb haar een keer gezien toen ik naar De Meeuwenvleugel ging. Ik hoopte op een gesprek met mevrouw Chiverton.'

Nog een snuivend geluid. 'Dat zal niet gaan lukken. Ze is vreselijk op zichzelf.'

'En Tom Chiverton? Kende u die? Kende Sadie hem?'

'O, Sadie kende hem zeker.' Winnies stem klonk ineens minachtend. 'Ze ging toen ze hier net woonde vaak naar het huis. Naar feesten en zo. Maar tegen de tijd dat ze Colin en mij ging lesgeven had ze gelukkig niets meer met ze te maken.'

'Waarom zegt u dat?'

De deurbel ging en een klant, een vrouw van middelbare leeftijd, kwam binnen. 'Hallo, Carol,' zei Winnie. 'Je tijdschrift is er.' Ze pakte een breitijdschrift van een plank en legde het op de toonbank.

Terwijl Carol door het winkeltje liep sprak Winnie op zachte toon verder tegen Rose. 'Sadie was jong en mooi. En hij, nou ja, het was een echte rokkenjager. Hij lustte er wel pap van, als u begrijpt wat ik bedoel. Hij viel de dienstmeisjes lastig. Er was een meisje uit het dorp, Ivy Long. Ivy en ik hebben samen op school gezeten. Ze werkte als dienstmeid in De Meeuwenvleugel. Ze heeft het zo lang als ze kon volgehouden, want het was in die tijd moeilijk om aan werk te komen. De boerderijen hadden het vreselijk moeilijk en je had als meisje weinig keuze behalve ergens dienstmeid worden. Ivy's moeder was ziek, dus ze wilde hier blijven wonen. Ze was in eerste instantie dolblij met die baan. Maar uiteindelijk heeft ze opgezegd en is ze naar Londen vertrokken.'

'Vanwege Tom Chiverton?'

Carol betaalde het tijdschrift en een reep Dairy Milk. Winnie vroeg hoe het met Carols hond was en Carol vertelde dat het veel beter ging. Toen zei ze gedag en liep de winkel uit.

Winnie staarde naar buiten. 'Gedane zaken nemen geen keer,' zei ze zacht. 'Ik spreek nooit kwaad over de doden, maar Tom Chiverton was een nare man. Ik heb hem een keer tekeer zien gaan tegen Sadie.' Ze knikte in de richting van het raam, naar waar Rosie haar auto had geparkeerd. 'Midden op de dag, daar. Hij schreeuwde tegen haar, hij leek wel gek geworden. Ze schreeuwde terug en zei dat hij haar met rust moest laten. Ik wilde net naar buiten gaan om hem weg te sturen, beroemde dichter of niet, maar toen fietste ze weg.'

'Weet u waar het over ging?'

Winnie schudde haar hoofd.

Rose keek op de klok aan de muur. 'Ik moet ervandoor,' zei ze. 'Heel hartelijk dank, mevrouw Ferrers. Ik vind het ontzettend fijn dat u dat allemaal over Sadie hebt willen vertellen.'

De gezichtsuitdrukking van de oudere vrouw verzachtte. 'Noem me maar Winnie, hoor. Ik heb in geen jaren aan haar gedacht. Het lijkt allemaal zo lang geleden. Ik vond het zo jammer dat ze is weggegaan. Ze zou zich Colin hebben herinnerd. Het zou leuk zijn geweest om met haar over hem te praten. Ze verdiende het om gelukkig te zijn, maar we krijgen niet altijd wat we verdienen, hè?'

De vuilnismannen staakten al weken en de trottoirs lagen vol met bergen afval, dat van hoge, rottende, stinkende bergen tuimelde op de straten en pleinen in Londen. Toen Dan het metrostation van Camden Town uit liep werd hij overweldigd door de stank van verrotting.

Celia zat al aan een tafeltje in het Indiase restaurant waar ze hadden afgesproken toen hij er binnenkwam. Ze hadden hun onenigheid bijgelegd en een compromis gesloten door haar dertigste verjaardag te vieren met een nachtje in een hotel in Bath. Maar er was iets veranderd en Dan werd zich ervan bewust dat hij dingen zag die hem eerder niet waren opgevallen. Of misschien wel, maar had hij ze laten gaan.

Ze vertelden elkaar tijdens het voorafje van papadums met mangochutney over hun belevenissen van die week toen Celia zei: 'Roberta stopt met werken om te gaan trouwen. De secretaresse van meneer Simmonds, weet je nog, Dan?' Meneer Simmonds was de directeur van de bank in de City waar Celia werkte.

'Ga jij op haar baan solliciteren?'

'Misschien wel. Roberta zit altijd haar nagels te lakken of met een vriendin te bellen als ik haar kantoor binnenloop. Ze doet de helft van het werk dat ik verzet, maar ze verdient meer.'

‘Laat ze maar weten dat je interesse hebt, dan.’

Celia doopte een stukje papadum in de chutney. ‘Dus je zit er niet mee? Als ik die baan krijg, moet ik in Tufnell Park blijven wonen.’

Celia doelde op het gesprek dat ze met tussenpozen hadden over een huis kopen en gaan samenwonen als voorbereiding op een huwelijk. Aangezien zij in Londen werkte en hij in Surrey, werden ze het niet eens over waar ze moesten gaan wonen en leidde het gesprek nooit ergens toe.

‘Ik zou de kans grijpen,’ zei hij.

‘Oké. Jij kunt altijd een baan hier in de buurt zoeken, Dan.’

‘Al de vliegvelden zijn op het platteland.’

‘Je hoeft niet op een vliegveld te werken. Ben je het nog niet zat?’

‘Ben ik wat nog niet zat?’

‘Dat je voor die vrouw werkt.’

Celia noemde Rose om de een of andere reden nooit bij haar naam. Dan slikte zijn irritatie weg en zei: ‘Ik vind het leuk om voor Rose te werken.’

‘Je kunt allerlei andere dingen doen, met jouw achtergrond.’

De ober nam hun borden mee. Toen ze weer alleen waren, zei Dan: ‘Er is inderdaad wel iets anders wat ik zou willen. Ik zou een eigen luchtvrachtbedrijf willen hebben.’

Celia maakte een geringschattend geluid. ‘Nou ja zeg! Waar komt dat ineens vandaan?’

‘Ik denk er al een tijdje over na.’

‘Het is anders voor het eerst dat ik er iets over hoor.’

Ambities – dromen – zo had hij gemerkt, komen als je de tijd en ruimte hebt om ze uit te denken. Hij had zich de eerste vijfentwintig jaar geconcentreerd op overleven en het vinden van evenwicht. Hij stond zichzelf pas een paar jaar toe om ergens over te dromen.

‘Ik dacht niet dat het haalbaar was,’ zei hij.

‘Een eigen bedrijf… Dat is veel te risicovol. Je kunt er alles mee kwijtraken. Kijk maar naar Andy.’ Andy was Celia’s oudere broer, een lusteloze, wiet rokende nietsnut die een groot deel van het spaargeld van hun ouders in een vage platenmaatschappij had geïnvesteerd die binnen een paar jaar failliet was gegaan.

'Ik ben Andy niet,' zei hij. 'Je kunt beter Rose als voorbeeld nemen, die is er helemaal voor gegaan. Het is echt bewonderenswaardig wat ze voor elkaar krijgt. Zonder enige ervaring of financiële zekerheid, alles door keihard te werken en lef te hebben.'

'Maar je vindt haar helemaal niet aardig, Dan.' Er vormde zich een groef tussen Celia's wenkbrauwen. 'En als het haar niet lukt, ruimt een ander de troep voor haar op.'

'Dat weet je niet.'

'Dan, mensen als zij hebben het altijd gemakkelijk.'

Celia's houding, de manier waarop ze allerlei aannames over mensen deed, zat hem dwars. 'Rose heeft het anders allesbehalve gemakkelijk gehad.'

Ze slaakte een minachtende zucht. Hij keek weg en concentreerde zijn blik op de afbeeldingen van hindoegoden aan de oranje muur. De stilte tussen hen hield lang aan en werd pas verstoord toen de ober warmhoudplaten en schaaltjes met eten kwam brengen.

Kevin Goode was een tweede voorbeeld van iemand die er helemaal voor was gegaan. Kevin kwam uit Noord-Londen, had op een middelbare school zonder doorstroommogelijkheden gezeten, kwam uit een arme familie en was nu eigenaar van een luchtvrachtbedrijf. Als Dan aan Kevin dacht, vroeg hij zich vaak af waar hij zich in vredesnaam door liet tegenhouden.

'Luister,' zei hij op vleiende toon. 'Het hoeft niet risicovol te zijn. Ik zal er rustig de tijd voor nemen. Ik bedoel niet dat ik morgen ontslag neem en een vliegtuig ga kopen.'

'Dat hoop ik dan maar!'

'Maar over een jaar of twee... vijf, als dat nodig is... Als ik er klaar voor ben.'

Celia keek hem met half samengeknepen oogleden, verwijtend, aan. 'Een vliegtuig kopen...'

'Kopen of charteren. Je kunt zonder vliegtuig geen luchtvrachtbedrijf runnen.'

'Je hoeft niet zo'n sarcastische toon aan te slaan.'

'Sorry.' Hij deed weer zijn best om de vrede te bewaren. Toen hij in zijn hoofd voor zich had gezien hoe hij aan Celia zou vertellen dat hij een eigen bedrijf wilde beginnen, had ze hem aangemoedigd, gesteund, was ze geïnteresseerd geweest.

'Ik weet hoe ik de opstartkosten laag kan houden,' zei hij. 'Ik zou klein beginnen. Ik zou een oud vliegtuig kopen of charteren dat nog in goede staat is en een landingsbaan huren. Ik ken de luchtvracht ondertussen op mijn duimpje. Ik weet hoe je geld kunt verdienen en hoe je verlies lijdt, en ik denk dat ik een realistisch beeld heb van hoe je in de toekomst winst kunt maken. Dat gaat geld kosten, maar niet zo veel als je denkt.'

Ze haakte in op zijn laatste zin. 'En waar ga je dat geld vandaan halen?'

'Ik heb wat gespaard.'

'Dat is voor ons huis, Dan.'

'Ik dacht dat we het net eens waren geworden dat als jij die baan neemt, we voorlopig geen huis gaan kopen.' Ondanks zijn oprechte pogingen verhardde zijn stem.

'Dat betekent niet dat je ons geld zomaar aan een vliegtuig kunt uitgeven.'

Celia was rood aangelopen van woede; haar kleine ogen spuwden vuur. Ze prikte met een lepel in een van de schaaltjes, maar legde hem toen weer neer. Ze keken elkaar razend aan van boven hun onaangeroerde borden rijst en kip madras.

'Ik snap niet wat je bezielt,' zei ze stijfjes. 'Je bent veranderd. Vroeger deed je nooit zo... Vroeger had je zulke ideeën niet.'

Hij hoorde zichzelf zeggen: 'Als dat zo is, haat ik dat van mezelf. We zijn te voorzichtig, Celia. Je moet af en toe een risico nemen.'

'Maar mooi dat je dat niet met ons geld gaat doen! Zo zijn wij niet, Dan! We zijn niet extravagant... We zijn niet irrationeel!'

'Je hebt gelijk, dat zijn we niet.' Hij zag, plotsklaps en angstaanjagend helder, wat ze wel waren. 'We zijn saai... We zijn niet avontuurlijk. En misschien is het nog wel erger dan dat. Ik ben bang dat we middelmatig en kleingeestig zijn geworden.'

Ze begon te blozen. 'Ik ben niet middelmatig. Dat is een rotopmerking.'

'Dat was je niet toen we elkaar leerden kennen, maar dat ben je wel geworden. En ik ook. Het is net zozeer mijn schuld als die van jou, misschien nog wel meer die van mij. We hebben elkaar middelmatig en kleingeestig gemaakt. We spelen alles op veilig. We hebben het slechtste in elkaar naar boven gehaald. Ik denk niet dat we goed voor elkaar zijn.'

Hij was niet van plan geweest dat te gaan zeggen en hij zag de schok op haar gezicht toen hij de woorden uitsprak. In de stilte die viel, terwijl haar ogen glinsterden van tranen, kwamen een stuk of zes dronken mannen het restaurant luidruchtig binnen; ze riepen dat ze curry wilden eten. Er werd hard gelachen en servies kletterde toen een van hen tegen een tafel botste.

Celia knipperde haar tranen weg, rechtte haar rug en zei met een benepen, afgemeten stem: 'Dan moeten we er maar mee stoppen. Het spijt me dat ik je heb teleurgesteld, Dan.'

'Celia, alsjeblieft.' Hij voelde zich vreselijk. 'Het spijt me.'

'Maar het is wel zo, toch?'

Hij zag hoeveel moed het haar had gekost om die vraag te stellen en moest eerlijk antwoorden. 'Ja.'

Ze liet haar hoofd zakken.

Ze stond onvast op en stootte haar tasje van tafel. Hij raapte het op en gaf het haar.

'Celia...'

'Nee, ik wil niet dat je wat zegt. Dat kan ik niet aan.'

'Zal ik je even naar het station brengen?'

Celia schudde haar hoofd, beet op haar onderlip, pakte haar jas en liep het restaurant uit. De gasten aan het tafeltje naast dat van hen keken gefascineerd toe. Dan wierp hun een razende blik toe, en ze keken weg. Toen viste hij wat bankbiljetten uit zijn portemonnee, legde die naast zijn bord en vertrok ook.

Ietsje verderop was een pub. Hij liep er binnen en bestelde een dubbele whisky. Alle tafeltjes waren bezet, dus hij dronk tegen de muur geleund tot de drank de scherpe randjes een beetje van zijn zwarte humeur had gehaald. Hij wist dat hij haar pijn had gedaan en was niet trots op de manier waarop ze uit elkaar waren gegaan.

Maar dat ze uit elkaar waren gegaan, was onontkoombaar geweest. Hij hield niet van Celia, had nooit van haar gehouden, en zij ook niet van hem. Ze hadden een praktische oplossing in elkaar gezien voor het probleem dat het leven ze had geboden: ze waren passie uit de weg gegaan in plaats van die te vieren.

Hij overwoog nog een borrel te bestellen, deed dat toch maar niet en liep de pub uit. Het was donker op straat, het asfalt nat en glanzend, en regen maakte de kranten en het karton dat op straat lag tot een brei van papier-maché. Er kwam nu en dan een auto voorbij, die golven water de stoep op spetterde. Lichten vervaagden in de miezerregen en maakten de borden boven de winkels en pubs onleesbaar. Ietsje verderop balanceerde een meisje op plateauzolen struikelend tussen het afval door. Haar vriend trok ongeduldig aan haar hand en in de verte klonk een sirene, de blauwe lichten flikkerend tussen de gebouwen.

Hij werd overvallen door het gevoel dat de wereld die hij kende in chaos verviel, dat alles wat hij kende en belangrijk vond uit elkaar viel. De kloof die de maatschappij verdeelde uitte zich in de vele botsingen tussen de verschillende vakbonden, tussen de bazen en de regering en de herhaalde ontwrichting van het dagelijkse leven door de stakingen. Zijn persoonlijke leven was een puinhoop. Er was weer een langdurige relatie ten einde gekomen. Er was een patroon, zijn keuzes werden gedicteerd door een verlangen naar veiligheid, maar het gevoel dat hij stikte in die veilige keuzes werd steeds sterker.

Rose had haar vader te eten uitgenodigd en ze stonden nu af te wassen. Rose vertelde Giles over Martineau Aviation en de financiële situatie terwijl hij afdroogde.

'Alle begin is moeilijk,' zei hij. 'Als je de eerste paar jaar overleeft, is de kans groot dat je de daaropvolgende tien jaar ook wel doorkomt. Zullen we een borrel inschenken?'

‘Laat ik dat maar niet doen, pa. Ik moet nog werken. Maar ga vooral je gang.’

‘Dan zet ik even koffie.’

Rose nam een dienblad met koffiespullen mee naar de zitkamer. Ze zette een kopje voor haar vader op tafel en ging zitten. Eve krulde zich op Rose’ schoot op terwijl Katherine geknield op de zitkamervloer een vliegtuig zat te tekenen. Katherines neus raakte bijna het papier. Het ging door Rose heen dat ze eens naar haar ogen moest laten kijken. Nog een taak op haar lange lijst.

Giles zei: ‘Hoeveel heb je nodig om de bank tevreden te stellen?’

Rose trok een gezicht. ‘Vijftienhonderd pond.’

‘Dat kun je van mij lenen.’

Haar hand, die over Eves haar streelde, stopte met bewegen. ‘Pa, dat kan ik niet aannemen. Het is vreselijk veel geld. Veel te veel.’

‘Het is vreselijk veel geld dat op mijn bankrekening staat en waar niets mee wordt gedaan. Ik geef het toch nergens aan uit. Af en toe een spelletje golf... Een boek of een plaat. En jou geeft het ademruimte, lieverd. Betaal me maar terug als je daar de mogelijkheid toe hebt.’

Eve wurmde zich tegen Rose aan. Een warm, geruststellend gevoel. ‘Pa...’

‘Ik duld geen tegenspraak. Je bent mijn dochter, ik wil je helpen. Laat me maar weten aan wie ik de cheque moet uitschrijven.’

‘Dank je wel, pa. Je zult er geen spijt van krijgen.’

‘Dat weet ik.’

Kort daarna ging haar vader naar huis, en Rose droeg Eve naar bed. Ze werd niet wakker terwijl Rose haar een pyjama aantrok. Eve wilde nog steeds per se een slaapkamer delen met Katherine, hoewel de flat drie slaapkamers had. Katherine klaagde erover, maar niet overtuigend, en Rose vermoedde dat ze het gezelschap stiekem wel fijn vond. Ze moesten nog steeds hun draai vinden in de nieuwe omstandigheden. Misschien waren ze er niet aan gewend om op de eerste verdieping te wonen, kwam het daardoor, of misschien hing de deprimerende postkoloniale sfeer van Edith Fullers interieur nog in de woning.

Katherine ging ook naar bed. Rose opende haar koffertje en pakte het nieuwe voorstel eruit dat Dan die middag op haar bureau had achtergelaten. De gulle lening van haar vader zou de acute druk op Martineau Aviation verlichten. Het komende voorjaar zouden de betalingen van de nieuwe opdrachtgevers die Dan en zij hadden binnengehaald op gang komen en de financiële situatie stabieler maken. Ze begon er weer vertrouwen in te krijgen, en daarmee kwam haar zelfvertrouwen ook terug. Ze stelde zich voor hoe het zou zijn om Dan te vertellen dat het grootste leed voor nu was geleden, hoe blij hij zou zijn dat te horen. Ze pakte bijna de telefoon om hem te bellen, maar hij zou wel druk zijn en niet door haar willen worden gestoord. Misschien was hij wel bij zijn vriendin. Ze wist niets over zijn privéleven.

Ze legde het voorstel terzijde en schonk toch maar een borrel voor zichzelf in. De citroenen waren op en het vriesvak in de koelkast zat stijf dichtgevroren omdat niemand het had ontdooid. Nog twee taken voor op de lijst die ze altijd in haar hoofd had. Ze nam een slokje van haar wodka-tonic en sloeg de dichtbundel van Tom Chiverton open die ze bij een boekwinkel in Weybridge had gekocht. Ze sloeg een bladzijde om en een aantal regels trok haar aandacht:

De uilen zijn terug,
Ik hoor ze naar elkaar roepen in het bos
Overblijfselen in de dode bladeren, een veer, botten, een klauw
Ze is in de vorm van een geest teruggekomen om me te achtervolgen.

Het gedicht, dat 'Vergelding' heette, werd niet als een van Chivertons beste beschouwd. De recensent schreef in de voetnoot dat het de lyriek van zijn eerdere werk ontbeerde.

Rose vond het echter heel veelzeggend. *Ze is in de vorm van een geest teruggekomen om me te achtervolgen.* Toms Chivertons geest was vrouwelijk. Hij had haar de macht gegeven om hem te reduceren tot een bergje veren, botten en klauwen. Maar wie was de jager, en wie de prooi?

Wat voor man was Tom Chiverton geweest? Het beeld dat in zijn biografie, *Dichter in de Downs*, werd geschilderd was er een van een voorbeeldige persoon die met kop en schouders boven zijn tijdgenoten had uitgestoken, een genie dat werd gedreven door zijn liefde voor taal en het landschap in Sussex. Nergens in de zeshonderd pagina's waar Rose doorheen was geploeterd had enige hint gestaan dat Tom zijn vrouw ontrouw was geweest, of dat hij, zoals Winnie Ferrers het had genoemd, de dienstmeisjes lastigviel.

Wie was de echte Tom Chiverton? Winnie Ferrers' egocentrische rokkenjager of het literaire wonderkind van biograaf Geoffrey Cranham? Mogelijk was hij beide. Een man kon een geweldige dichter én een rokkenjager zijn. In die tijd, toen Sadie Lawless in Het Ei woonde, zou het eenvoudig zijn geweest voor Tom Chiverton om zijn geheimen te bewaren. Het was zo'n andere tijd. Nutcombe lag nog geïsoleerder van de buitenwereld en de inwoners werden niet alleen van elkaar gescheiden door hun klasse, maar tevens door hun sekse. Als die dienstmeid, Ivy, zou hebben geklaagd, wie zou haar dan hebben geloofd? De vooroordelen waar Rose tegenaan was gelopen – de manager van de bank die haar had uitgelachen en de klanten die als ze haar stem hoorden als ze de telefoon beantwoordde aannamen dat ze de secretaresse was en dan vroegen of ze de baas even mochten spreken – moesten toen nog veel dieper geworteld zijn geweest. Het was heel goed mogelijk dat Tom Chiverton had gevonden dat hij het recht had de dienstmeid te betasten. *Ik bedoelde er niets mee.* Dat zeiden mannen, toch? En het gevoel ergens recht op te hebben leidde tot wrevel en uiteindelijk tot rechtvaardiging. *Ze vroeg erom. Ze probeerde mij te verleiden. Ze was uitdagend gekleed.*

Rose dacht aan Sadie, alleen in Het Ei, met al die ramen om zich heen. En aan Tom Chiverton, *een nare man*, die nog geen kilometer verderop woonde.

Sadie heeft ruzie met hem. Er was een tijd geweest dat ze zijn gezelschap had gewaardeerd, maar nu staat de manier waarop hij naar haar kijkt haar niet aan. Zijn donkere blik volgt haar terwijl ze door het bos loopt. Ze blijft weg van het richelpad en van De Meeuwenvleugel, maar desondanks kruisen hun wegen. Dat kan ook niet anders in zo'n klein dorp. Als ze op het perron van het station staat en de trein binnen komt rijden kijkt ze op en ziet hem de voetgangersbrug oversteken. Als ze de winkel uit komt met haar fles melk en een exemplaar van *The Times* ziet ze hem aan de overkant van de weg naast haar groene fiets staan.

12

Londen en Sussex – april-augustus 1931

Sadie logeerde bij Edith in Londen. Ze was uitgenodigd op het etentje dat Edith en Cyril organiseerden om Ediths eenenveertigste verjaardag te vieren, op 5 april. Midden op de tafel stond een bloemstuk van witte narcissen dat de pracht en praal van het zilveren bestek en crèmekleurige servies benadrukte.

'Wat zalig dat je zusje er is om je te helpen,' zei een van de gasten, ene mevrouw Campbell, de vrouw van een collega van Cyril. Ze was een kleine, donkere vrouw van in de veertig en droeg een bruine fluwelen avondjapon met een glinsterende hoofdband.

'Nou, zeg dat wel,' zei Edith weinig enthousiast.

'Het is zo'n schatje.' Mevrouw Campbell keek stralend naar Sadie, die tegenover haar zat.

Het was al misgegaan voordat het ook maar was begonnen. Cyril was een paar minuten voordat de eerste gast was gearriveerd naar zijn zieke moeder geroepen. Toen hij naar buiten rende om een taxi aan te houden, grapte hij dat hij hoopte terug te zijn voor het dessert.

Edith had nadat de voordeur dicht was gegaan geagiteerd in de keuken gestaan, rood aangelopen van de spanning en hitte. 'Het is te laat om nog af te bellen,' zei ze tegen Sadie. 'Moet ik iedereen naar huis sturen? Maar dat zou vreselijk onbeleefd overkomen, denk je niet? En wat moet ik dan met al dat eten? En Gertrude gaat per slot van rekening niet dood. Het is niet voor het eerst dat ze dit doet.'

De Campbells en de Macmillans waren gearriveerd, er waren drankjes geserveerd in de zitkamer en daarna waren ze allemaal naar de eetkamer gegaan. De avond, gespannen vanaf het eerste moment, kwam niet los. Ze misten Cyrils vanzelfsprekende opgewektheid, bedacht Sadie, zijn talent om te zorgen dat een gelegenheid ongedwongen verliep. Edith zat er gespannen bij. Sadie nam aan dat ze bezorgd was om Cyril en haar schoonmoeder en probeerde de stiltes in het gesprek te vullen. Ter vermaak van de gasten en om Edith bij te staan deed ze zich een beetje onconventioneler voor dan ze eigenlijk was, wat heel wat wenkbrauwen quasigeschokt en geamuseerd omhoog deed gaan. Roland Macmillan, met een belangrijke functie op het ministerie van India, draaide aan de punten van zijn snor.

Bernadette kwam binnen met de rosbief en Sadie, die wist dat Edith een hekel had aan vlees snijden, stelde voor: ‘David, zou jij de honneurs willen waarnemen?’

David Campbell, die naast haar zat, zei: ‘Maar natuurlijk, liefje. Schuif dat beest maar deze kant op,’ waarop hij theatraal met het vleesmes begon te zwaaien en Edith zichzelf wat koelte toewapperde met haar servet.

De avond zwoegde verder. Cyril was niet op tijd voor het dessert. Sadie vertelde het verhaal over haar eerste avond in Het Ei, toen het haar niet was gelukt het fornuis aan te krijgen en ze koude soep uit het blik had gegeten omdat haar doos met servies tijdens de verhuizing zoek was geraakt. De Campbells en Macmillans schaterden het uit van het lachen. Complimentjes voor het eten werden uitgesproken, evenals – nogmaals – medelevende boodschappen vanwege Cyrils afwezigheid. Sadie kreeg vragen over haar woning en haar beroep. David Campbell zei dat hij nog nooit eerder een echte kunstenaar in levenden lijven had ontmoet, alsof ze een zeldzaam en mythisch wezen was, een eenhoorn of griffioen, betrapte ze zichzelf op de gedachte.

De gasten vertrokken om middernacht, vol eten en wijn, waarbij ze Sadie op de wang kusten en Edith bedankten. Cyril kwam kort daarna terug. Hij zag er uitgeput uit. ‘Het gaat niet goed met arme mama,’ zei hij. ‘De dokter is bang dat ze longontsteking heeft. Ik ben vreselijk bezorgd.’ Hij kneep Sadie zachtjes in haar schouder en gaf Edith een kus. ‘Dank je wel, mijn lieve meisjes. Wat fijn dat jullie hier de zaken hebben waargenomen.' Edith stuurde hem naar boven met de belofte van een glas hete rum met boter.

'Zal ik het even maken?' bood Sadie aan.

'Nee, dank je. Ik weet hoe Cyril het gemixt wil hebben.' Edith wierp haar een ijzige blik toe. 'Hoort de onderkant van je jurk zo te lopen?'

'Eh, ja.'

Sadie vond haar nieuwe jurk geweldig. Pearl had haar hem helpen maken. De panelen van zwarte en bronskleurige zijde vormden een asymmetrische rok die aan één kant tot bijna op de enkels kwam.

'Wat raar,' zei Edith.

Sadie hoopte dat haar zus, die duidelijk een rothumeur had, het daarbij zou laten. Maar Edith keek op weg naar de keuken over haar schouder. De woorden barstten verbitterd en haatdragend uit haar: 'Jij komt altijd overal mee weg, hè, Sadie? Je rare kleding en je ongepaste gespreksonderwerpen. Als ik me zo zou gedragen als jij zou iedereen me achter mijn rug om uitlachen, maar jij... Ik begrijp niet hoe je het voor elkaar krijgt. Dat heb ik nooit begrepen. Het is vreselijk oneerlijk.'

Sadie ging naar bed. De energie die het had gekost om geestige verhalen te vertellen, om sprankelend en amusant te zijn ter vermaak van vreemden met wie ze weinig gemeen had, had haar uitgeput. Ze ging op het bed in de logeerkamer zitten. Hoewel ze had geprobeerd Edith te helpen, had ze haar duidelijk geïrriteerd. Ze begreep niet wat ze precies verkeerd had gedaan. Toen ze haar oorbellen los klikte was ze zich bewust van een gevoel van wrevel en een verlangen naar morgen – nee, dat was vandaag al – wanneer ze weer zou teruggaan naar Het Ei.

De trein van die vooravond reed tien minuten te laat East Grinstead binnen, dus Sadie moest hollen om de pendeldienst die met twee rijtuigen naar Nutcombe reed te halen. Ze rende een lege coupé binnen.

Een wolk rook blokkeerde haar zicht op het station en de fluit gilde. Sadie nestelde zich op een hoekplaatsje en sloeg haar boek open. Toen ging de deur van de coupé open. Ze keek op en zag Tom Chiverton.

Hij deed de deur achter zich dicht en ging op de middelste plaats van het bankje tegenover haar zitten. 'Dag, Sadie.' Hij lachte. 'Je ziet eruit als een geschrokken hertje.'

Ze trok haar jas om zich heen. 'Je hoort hier niet te zijn, Tom.'

Hij zwaaide met zijn kartonnen kaartje naar haar. 'Jazeker wel.' Toen stak hij in een verzoenend gebaar zijn hand op. 'Ik zal je niet plagen. Beloofd.'

Ze maakte een klein gebaar: *Het maakt niet uit; we zijn volwassen; we weten hoe we hiermee moeten omgaan.* Er viel een stilte, waarin ze zijn starende blik op zich voelde, als de hitte uit een pan kokend water.

De reis van een kwartier doorbrengen zonder dat ze een woord zouden wisselen zou ondraaglijk zijn geweest. De sfeer was te snijden. Het leek haar het beste om het maar licht te houden, wat over koetjes en kalfjes te kletsen, te doen alsof er niets was gebeurd.

'Ik wist niet dat je al terug was uit Amerika.'

'Ja, al meer dan een maand. Diana en ik zijn ook nog naar Zuid-Frankrijk geweest.'

'Is je boekentour goed gegaan?'

'Zeker. Het is een bijzonder land. Soms vond ik het er geweldig en soms walgelijk. Het landschap is schitterend.' Hij liet zijn hoofd tegen de rugleuning steunen en strekte zijn lange benen voor zich uit, waardoor ze een barrière tussen Sadie en de deur vormden. 'Er is gesproken over een aanstelling als universitair docent in New England, maar die heb ik afgewezen.'

Sadies antwoord was vaag gemompel.

Tom leunde naar haar toe. 'Ga je me niet vragen waarom?'

'Ik zou niet durven.'

'Ik kreeg daar geen letter op papier. En jij bent hier.'

'Dat zou je niet moeten uitmaken,' zei ze ijzig.

'Denk je dat echt? Ik heb heel veel aan je gedacht terwijl we weg waren.'

Zijn flauwekul verveelde haar en ze maakte aanstalten op te staan. Hij stak een hand op. 'Nee, nee, ik wil je niet bang maken.'

'Ik ben niet bang. Ik heb gewoon geen zin in deze... onzin.'

'Als ik je daar een plezier mee doe, zeg ik verder geen woord.' Hij glimlachte als een wolf die een strategie bedacht om zijn prooi te vangen. 'Dan stel ik mezelf gewoon tevreden door me in je schoonheid te wentelen.'

Ze slaakte een zucht. 'Tom, hou op; je doet belachelijk.'

De trein ratelde over het spoor. Achter in het rijtuig klonk een gil en twee schooljongetjes in uniform renden door de gang.

Ze vroeg plotsklaps: 'Weet Diana het?'

'Over ons? Nee, dat denk ik niet.'

'Ik vroeg me af...' Nu voelde zij zich belachelijk. Misschien dacht hij dat het haar kwetste dat ze niet meer op de gastenlijst van de Chivertons stond.

Hij leek haar gedachtegang te horen, want hij zei: 'Ze heeft besloten dat je niet ons soort mens bent.'

Het was raar te bemerken hoezeer die belediging haar stak. Ze voelde de aandrang om om zichzelf te lachen.

Hij voegde toe: 'En het zou ook wel ongemakkelijk zijn geweest, denk je niet? Als jij naar De Meeuwenvleugel zou blijven komen, met wat er tussen ons allemaal speelt.'

'Tom, er speelt niets tussen ons,' zei ze vermoeid. 'Ik dacht dat ik dat duidelijk had gemaakt. Het was een vergissing, die ik ten zeerste betreur. Dat zou jij ook moeten doen.'

'Dat kan ik niet, Sadie.'

'Waarom niet?'

'Omdat ik van je hou.'

'Nee, dat doe je niet,' zei ze fel. Ze leunde naar hem toe en keek hem kwaad aan. 'Misschien voel je je tot me aangetrokken, of misschien ben je verliefd op me, of misschien ben je in je ijdelheid gekrenkt omdat ik je niet adoreer zoals al die andere vrouwen. Maar je houdt niet van me.'

'Jawel. Wat je ook van me denkt, dat is de waarheid.'

Ze staarde hem razend aan en verwachtte spot en arrogantie in zijn ogen te zien. Maar in plaats daarvan zag ze dat alle valse schijn en voorwendselen waren verdwenen en bedacht ze dat ze op dit moment de echte Tom Chiverton zag, ontdaan van zijn zelfbehagen en trots. Hij zag er zelfs kwetsbaar uit. Dat raakte haar, en ze staarde uit het raam, naar de schaduwen van de eiken en iepen, blauwzwart in de velden die net groen begonnen te worden.

De trein vertraagde toen hij Nutcombe naderde, en Sadie stond op en knoopte haar jas dicht. Ze zei: 'Tom, je bent getrouwd. Diana adoreert je, ze verafgoodt je, haar hele leven draait om jou. Dat is liefde, en ik weet dat jij dat ook weet. Niet wat dom gerommel tussen twee mensen die te dronken waren om te weten waar ze mee bezig waren.'

Ze reikte naar haar tas op het rek boven de banken, maar hij, dertig centimeter langer dan zij, was haar voor. Toen hij de tas in zijn handen had zei hij met een lage stem: 'Ik kan je niet vergeten, Sadie. Dat mag je ook niet van me vragen. Elke keer dat ik door het bos loop denk ik aan je. Als ik je huis in het bos zie vraag ik me af wat je aan het doen bent en of je aan me denkt. Ik zal er altijd zijn. Ik ben je schaduw. Ik ben de bladeren die ritselen aan de bomen.'

Ze trok in een geïrriteerde beweging de tas uit zijn handen en haastte zich de gang op. Zodra de trein tot stilstand was gekomen opende ze de deur en rende het perron op zonder nog om te kijken.

Toen ze haar fiets pakte van waar ze hem bij de winkel had gestald en haar tas in de mand gooide, hoorde ze het geluid van een naderende auto. Tom stapte aan de andere kant van de straat in de Wolseley. Diana's donkere haar was zichtbaar achter het stuur terwijl ze wegreden.

Sadie stelde zich terwijl ze razend de berg op fietste voor hoe het zou zijn om Toms gewauwel met Pearl te delen – *Ik ben je schaduw. Ik ben de bladeren die ritselen aan de bomen* – maar ze wist dat ze dat nooit zou doen, aangezien zijn woorden haar te zeer van haar stuk hadden gebracht. Ze was vreselijk teleurgesteld in zichzelf. Ze had zichzelf er tijdens de lange afwezigheid van de Chivertons van overtuigd dat ze wat er was gebeurd achter zich had kunnen laten, dat ze zich gelukkig mocht prijzen dat de gevolgen van haar liaison met Tom niet ernstiger waren en dat ze het kon vergeten, door kon gaan met haar leven. Wat er was gebeurd was heerlijk geweest, maar tegelijkertijd ook zo vluchtig en betekenisloos.

Maar daar was ze nu niet meer zo zeker van. Hoewel ze graag wilde geloven dat Tom haar alleen maar had geplaagd, was het niet onmogelijk dat hij echt dacht dat hij van haar hield. En dat was heel verontrustend.

Het Ei had tijdens haar afwezigheid de koude stilte van het omliggende bos aangenomen. Toen ze de voordeur opende verlichtte haar zaklamp een spoor van modderige voetstappen op de witte tegels. Die moest ze hebben achtergelaten toen ze het huis een paar dagen daarvoor had verlaten in haar haast de trein te halen.

Ze deed het licht aan. Ze had de neiging om haar eigen laarzen naast de afdrukken te zetten om zich ervan te verzekeren dat het dezelfde waren, maar ze sprak zichzelf vermanend toe dat ze niet zo gek moest doen. Ze liep met haar tas naar boven. De deur naar het atelier stond open en het licht van de overloop scheen op haar collage, die op de schragentafel lag. De takken, als scheuren in ijs, en de duivenveren.

Ze deed in de slaapkamer de lamp op haar nachtkastje aan. Schaduwen verzamelden zich in de hoeken van de kamer en accentueerden dat een aantal van de laden van haar kaptafel niet helemaal dicht was, alsof iemand ze had opengetrokken en in de haast niet goed had dichtgeschoven. Ze had de ring van Felix niet omgedaan toen ze naar Londen ging omdat ze wist dat Edith dat zou afkeuren. Ze trok een lade open en controleerde of de ring nog op zijn plek lag. Natuurlijk lag hij dat. Ze schoof hem om haar vinger.

De nacht kroop de kamer binnen en ze voelde de duistere druk in haar nek terwijl ze haar avondjurk uit haar tas haalde en in de kast hing. Ze wilde net naar beneden gaan en iets te eten voor zichzelf maken toen ze buiten iets zag bewegen. Ze stond met haar hand boven haar ogen uit het raam te turen naar het platte dak met de bladeren erop. *Ik ben je schaduw. Ik ben de bladeren die ritselen aan de bomen.*

Ze liep naar beneden. Terwijl ze eieren klutste en kaas raspte om een omelet te bakken dacht ze terug aan hun gesprek. Waar haalde Tom het lef vandaan om die dingen tegen haar te zeggen? Waarom had hij niet gedaan, zoals zij wilde doen, alsof er niets was gebeurd?

Dat lef had hij, bedacht ze gedeprimeerd, omdat ze zichzelf op die stormachtige avond aan hem had gegeven. Dat was het soort vrouw dat hij dacht dat ze was: gemakkelijk.

Bleek goud licht scheen tussen felgroene bladeren door en schitterde tegen de beukenbast. Vogelgezang klonk in het bladerdak en regendruppels vormden kleine plasjes op bosanemonen en stervormig speenkruid.

Sadie had haar ezel opgezet aan het einde van het verzonken pad, waar ze de val van de Downs de vallei in kon zien, die nu baadde in het champagnekleurige licht van de lentemiddag. Ze werkte een paar uur, de lucht, heuvel, begroeiing en rivier reducerend tot banen blauw, groen en oker. Zonlicht schitterde, streelde de heuvels en brak op de rivier.

Een flits wit, in de donkere buiging in de heuvel, waar de bomen dicht op elkaar stonden. Sadie richtte zich weer op haar schilderij en probeerde de stille plek van haar concentratie terug te vinden. Toen ze nogmaals keek zag ze het duidelijker, bleek tegen de boomstammen. Je zag af en toe damherten in Paley High Wood. *Concentreer je, Sadie.* Haar hand hing even stil boven het doek, nam de vorm van de heuvel in zich op, zo rond en solide dat ze hem in haar handpalm kon dragen.

De flits wit vervormde tot een man die tussen de bomen door rende. Een donkere broek, wit hemd, zwart haar. Zou hij haar zien? De kwast, die het canvas raakte, beefde, en ze moest de neiging onderdrukken om haar verf en kwasten op te ruimen, de ezel in te klappen en zich naar de veiligheid van het huis te haasten.

Toen ze nogmaals keek, was hij verdwenen. Maar ze kon zich

niet meer concentreren en een half uur later pakte ze haar spullen in en ging op weg naar huis. Van een afstand zag de witte schaal van Het Ei eruit als losse scherven tussen de boomstronken en takken, onderdelen van een huis dat werd opgeslokt door het bos.

Sadie en haar jongste leerlingen, de meisjes Iris, Hazel en Heather, gingen de wilde hyacinten tekenen die onder de beukenbomen groeiden. Sadie zette een opklaptafeltje op een open plek, waar ze papier en pastelkrijt op legde. Ze probeerde hun te leren dat ze eerst moesten kijken, de ware kleur van de bloemen in zich moesten opnemen, en vervolgens hoe ze de kleur moesten mengen die een tint tussen blauw en paars was.

Ze bogen zich over de tafel en krabbelden met hun mollige handjes lagen pastel op het papier. Sadie hoorde het klipklop van paardenhoeven en keek op. Twee ruiters reden langs de rand van het veld. Diana Chiverton reed voorop. Ze droeg een rijbroek met een witte blouse zonder kraagje, en haar donkere haar krulde netjes over haar schouders. Tom volgde haar op zijn grote zwarte paard. Hun gesprek waaide naar Sadie toe.

Tom zei: 'Dat betekent een paar weken van huis.'

En Diana: 'Ik zal zoals gebruikelijk ruim van tevoren de hotels schrijven.'

'Nee zeg, dat hoeft niet. Ik heb geen kindermeisje nodig, hoor.'

'Tom, lieveling, ik weet hoezeer je gemak en comfort waardeert.'

'Helemaal niet; daar geef ik niets om. Als het zou betekenen dat ik rust zou hebben, zou ik in de heuvels slapen. En ik kan toch niet werken als ik niet thuis ben.'

'Zeg het dan af.'

'Dat kan niet; ik heb het toegezegd. En het betekent veel voor me dat mijn werk gewone mensen bereikt.'

'Ze kunnen ook naar de openbare bibliotheek.'

Tom, geïrriteerd: 'Zo eenvoudig is dat niet. Je hebt geen idee. En hoe zou je ook enig idee moeten hebben, aangezien het leven altijd zo eenvoudig voor je is geweest? Ik vind dat je thuis moet blijven. Je zou het alleen maar saai vinden.'

Hun stemmen ebden weg. Hazels pastelkrijtje brak en ze barstte in snikken uit. Sadie knielde naast haar neer in de dode bladeren en sprak haar zachtjes toe. Toen ze weer opkeek waren de Chivertons verdwenen, verborgen achter de solide grijze stammen van de beuken.

Londen rook naar beregende stoepen en natte gabardine. Kantoorbedienden waren op weg om te gaan lunchen, hun paraplu's bewogen op en neer als kwallen in een zee vol regenspetters. Auto's deden golven water opspetten uit poelen waar sigarettenpeuken in dreven. Een fietser, zijn kraagje omhooggezet, snelde langs terwijl Sadie overstak; hij miste haar op een haar na.

Sadie was op weg naar Lachlan Brodie, die in Chelsea een atelier huurde. Ze hadden elkaar op het Slade leren kennen, waar Lachlan parttimedocent was. De breedgeschouderde Schot met een zwarte baard deed de deur open en omhelsde haar.

'Dus je woont in Sussex,' zei hij toen ze boven in zijn atelier waren en Sadie haar natte jas over de rug van een stoel had gehangen. 'Dan ben je zeker vegetarisch gaan eten en gaan volksdansen?'

'Misschien dat ik dat nog wel ga doen, Lachlan.'

Hij vulde een ketel met water en stak de spiritusbrander in de hoek van de ruimte aan. De rommelige verzameling papier, inkten, verfrommelde tubes en poetsdoeken, stijf en donker geworden van de lagen verf, voelden voor Sadie als thuiskomen. Regendruppels tikten tegen de hoge dakkapel en drupten via een doorgerot hoekje van het raamkozijn in een roestig Oxo-blik op de vloer. Lachlan was een nieuwe editie aan het drukken en Sadie had hem aangeboden te helpen. De eerste druk, die *Regen* zou gaan heten, was een krullend ontwerp van groenblauwe, roze en zwarte hoeden, paraplu's en gezichten. De serie zou gecompleteerd worden met *Sneeuw*, *Mist* en *Wind*.

De afdruk was tegen het einde van de middag klaar en werd tot succes uitgeroepen. Ze vierden het met fish-and-chips en brachten vervolgens een aantal aangename uurtjes in een pub door, waar ze het over artistieke mislukkingen en hun gezamenlijke kennissen hadden.

Toen ze bij de metro afscheid van elkaar namen zei Lachlan: 'Dank je wel voor je hulp, schat. Zonder jou zou hij lang niet zo mooi zijn geworden. Je komt me met de rest toch ook helpen, hè? Als je ooit Sussex en het vegetarisme opgeeft is er hier altijd werk voor je, Sadie.'

De zomer naderde, eerst hortend en stotend, maar toen vond hij eindelijk rust in een golf van hitte en licht. Sadie trok op een warme middag haar badpak aan en stapte uit het slaapkamerraam het platte dak op. Ze lag op haar buik op een uitgerolde handdoek en voelde de zonnestralen door haar huid heen haar spieren en botten verwarmen, soepel maken. Ze schoof de bandjes naar beneden om haar schouders bruin te laten worden en zag voor zich hoe ze er van bovenaf zou uitzien: haar zwarte badpak, de rechthoekige witte handdoek, het bitumen op het dak.

Ze was weggedoezeld toen ze een tak hoorde breken. Een fazant vloog met klappende vleugels op.

Sadie kwam overeind en drukte haar badpak tegen haar borst terwijl ze het bos in tuurde. Het gebladerte hing al de hele dag slap in de vochtige hitte. Maar nu bewogen een tamme kastanje en iep. Die bladeren zouden niet moeten bewegen, dacht ze. Het was windstil.

Er was daar iemand, dat wist ze zeker. Ze stond op en zag een schaduw bewegen, fluïde onder de takken en toen verdwenen. Zachte voetstappen waren hoorbaar boven haar bonkende hart. Er liep iemand door het struikgewas rond Het Ei.

'Tom? Ben jij dat?' riep ze.

Geen reactie.

'Tom?' riep ze nogmaals, nu op boze toon. 'Ik weet dat jij het bent!'

Ze trok in de slaapkamer een badjas aan en haastte zich naar beneden. Ze had de glazen deuren in de zitkamer wijd opengezet om wat frisse lucht binnen te laten. Het zonlicht dat door de glazen wand heen scheen flikkerde en flitste van de schaduwen van de bomen op de witte tegels.

Ze liep het terras op. Het gevoel dat ze werd bekeken was een sterke sensatie, fysiek en opdringerig. 'Tom?' riep ze nogmaals. 'Tom?'

Geen reactie. Terwijl ze het bos in tuurde bedacht ze dat de bomen, die het huis beschermden, tevens verhulden wat zich buiten afspeelde. Ze ging terug naar binnen, deed de glazen deuren dicht en sloot daarmee de hitte in.

Ze trok in de badkamer, die alleen een klein, matglazen raampje had, haar badpak uit. Ze zei tegen zichzelf dat het een damhert was geweest dat de takken had doen bewegen, of een dorpsbewoner die in het bos naar paddenstoelen zocht. Of misschien was het Ivy wel, de dienstmeid van De Meeuwenvleugel, die de weg naar huis afsneed en zich geschrokken uit de voeten had gemaakt toen ze een halfnaakte vrouw op het dak had zien liggen. Ze had geen enkel bewijs dat het Tom was geweest.

Al die mensen die haar hadden gewaarschuwd niet zo geïsoleerd te gaan wonen hadden gelijk gehad. Het was niet goed voor een mens om zo veel alleen te zijn. Dan ging je je uiteindelijk van alles in het hoofd halen.

Sadie was in een kunstgalerie in Jermyn Street. Lachlan Brodie was bevriend met de eigenaresse, Madge Danford, en had haar namens Sadie benaderd over de mogelijkheid Sadie te gaan vertegenwoordigen. Madge droeg haar haar in glanzende krullen die plat rond haar gezicht hingen. Ze had opvallende donkerrode lippen maar was verder discreet opgemaakt, en haar mintgroene jurk was modieus gesneden en kleefde om haar heupen. Ze had de galerie onlangs geopend, had Lachlan aan Sadie verteld, en ze zocht nieuwe cliënten.

Sadie had terwijl Madge stil door haar portfolio bladerde het gevoel dat haar kinderen werden beoordeeld en dat ze zouden tekortschieten. Ze dwong haar gezicht in een toestand van aangename afwachting en probeerde het bonken van haar hart tot bedaren te brengen.

'Deze vind ik mooi,' zei Madge, die een afdruk van een omgeploegd veld met richels als corduroy bestudeerde. Ze legde het papier terzijde om een afbeelding van een groepje iepen op een heuvel te bestuderen, groen en goud in het voorjaar. 'En deze bevalt me ook. Ja, zeer.'

Madge keek Sadie van opzij aan en lachte licht. 'Maak je maar geen zorgen, hoor. Ik vind ze geweldig. Je kleurgebruik is heel bijzonder. Ik zou geen energie in zwart-wit steken' – een ets werd geringschattend aan de kant gelegd – 'maar deze... Heb je er nog meer?'

'Een paar.' Ze voegde eerlijk toe: 'Maar niet heel veel. Ik heb een slechte periode gehad. Maar de laatste tijd gaat het veel beter.'

Madge keek bedachtzaam. 'Ik neem je nu niet als cliënt aan, Sadie,' zei ze. 'Je hebt niet genoeg materiaal en ik heb de indruk dat je in een proces bent van een... laten we het een metamorfose noemen. Blijf je harde werk volhouden en houd contact. Kom over een half jaar maar terug, of over een jaar – wat je nodig hebt – dan praten we opnieuw.' Ze glimlachte open, bemoedigend naar Sadie. 'Ik kan niet wachten om te zien wat je gaat worden.'

Toen Sadie op weg was naar Piccadilly voor een afspraak met Pearl bij de kledingwinkel waar ze werkte, was ze helemaal opgetogen. Juffrouw Danford had haar werk bewonderd. *Ik kan niet wachten om te zien wat je gaat worden.* Het leven leek ineens vol prachtige beloftes. Er brak eindelijk een nieuw hoofdstuk in haar leven aan.

Pearl en zij zaten in een theehuisje van Lyons. Pearl had geen contact meer met Ralph. Hun relatie had de schok van de zwangerschap niet overleefd, die in een miskraam was geëindigd. Pearl vertelde Sadie tijdens de toast met sardientjes en een toetje van fruitsalade dat ze ontslag had genomen in de kledingwinkel en in dat najaar kunstlessen zou gaan geven aan een meisjesschool in Hertfordshire.

'Ik heb het gevoel dat ik het klooster in ga,' zei ze tegen Sadie. 'Maar ik moet uit Londen weg, ik hou het hier niet meer uit.'

Ze kusten en omhelsden elkaar ten afscheid en Pearl beloofde dat ze snel naar Het Ei zou komen. Sadie was nog net op tijd op station Victoria en haalde op het nippertje de trein naar East Grinstead. Ze wierp zichzelf in de eerste de beste coupé waar ze zitruimte zag en voelde terwijl de trein het station uit reed de starende blik van de man met een gleufhoed op zijn hoofd en een smoezelige regenjas aan die tegenover haar zat, en ze trok haar rok over haar knieën.

'Jij had wel haast zeg,' zei hij.

'Ik wilde mijn trein niet missen. Mijn echtgenoot komt me ophalen van het station.' Ze had handschoenen aan, dus hij kon niet zien dat ze geen trouwring droeg.

Hij leunde naar haar toe om haar een pakje fruitsnoepjes aan te bieden. 'Als ik je man was, zou ik zo'n mooi vrouwtje als jij niet alleen de straat op laten.'

'Nee, dank u,' zei ze ijzig, en ze keek weg. Als hij zou proberen het gordijntje dicht te trekken zou ze in een andere coupé gaan zitten, besloot ze. Ze pakte haar boek uit haar tas en begon te lezen.

Tegen de tijd dat ze over de heuvel reed en afsloeg naar het pad door Paley High Wood was het donker. Thuis aangekomen zette ze haar fiets tegen de muur en stak de sleutel in het voordeurslot. Hij draaide niet. Toen ze aan de deurklink voelde, ontdekte ze tot haar grote schrik dat de deur niet op slot was.

Ze liep de hal in en klikte het licht aan. Ze voelde de drang om iets te roepen, te vragen of er iemand was, maar wat moest ze in vredesnaam als er een antwoord zou klinken? Haar angst werd nog erger toen ze voetstappen op de tegels zag. Ze zette haar eigen voet naast een afdruk; dat hij dezelfde afmetingen had stelde haar gerust.

Ze had die ochtend gewoon vergeten af te sluiten, verder niets. Ze was opgewonden geweest vanwege de afspraak met Madge Danford en had in haar haast om de trein te halen vergeten de deur op slot te draaien. Er was niets waar ze zich zorgen om moest maken. Niemand in Nutcombe deed waarschijnlijk ooit de deur op slot.

Toch voelde ze het weer toen ze het licht in de zitkamer aandeed: die verontrustende sensatie dat ze werd bekeken. Ze keek om zich heen om te zien of alles op zijn plaats stond. De kop-en-schotel en het bord van haar ontbijt stonden op het afdruiprek naast de gootsteen. Een fles melk stond in een emmer water om koud te blijven. Haar boeken, kranten, pennen en papieren lagen zoals altijd kriskras over de tafel in de zitkamer.

Ze liep naar boven. Haar bed was rommelig omdat ze het die ochtend niet had opgemaakt. Er hing kleding over een stoel en haar sieraden en de portemonnee waarin ze de betalingen van haar leerlingen bewaarde lagen veilig in hun lade. Het boek waarin ze bezig was lag opengeslagen op het nachtkastje naast haar bed en een zijden sjaal was naar de vloer onder de kaptafel gegleden. Ze raapte hem op en wond hem rond haar hand.

Ze liep het atelier binnen. Ze had een goed visueel geheugen en toen haar blik door de ruimte ging kwam dat ongemakkelijke gevoel weer terug. Daar had ze die tube verf toch niet laten liggen? Zo slordig had ze de schetsen voor haar nieuwe afdruk toch niet achtergelaten?

Toen zag ze dat iemand grote klodders rode verf op de collage op de schragentafel had gespoten. In plaats van de ene streep donkerrood die zij had geschilderd waren de bleke duivenveren en de takken van houtskool nu besmeurd met rode vegen. Strepen rood gingen alle kanten op over de afbeelding, alsof een ongeziene hand die had vernield in wat zo te zien een acute woedeaanval was geweest, waarmee de monochrome scène bloedrood was gekleurd.

Sadie kon niet slapen in haar slaapkamer. Ze sleepte een leunstoel naar de keuken en krulde zich er met een deken om zich heen in op. Toen ze uiteindelijk in slaap viel begon het al licht te worden. Toen ze een paar uur later wakker werd leek een deel van haar angst van die nacht irrationeel. Ze was niet beroofd en ze was niet in haar slaap omgebracht. De enige schade was aan een van haar kunstwerken, waar ze hoe dan ook al niet tevreden over was.

Ze wist wie er in haar huis was geweest. *Ik zal er altijd zijn*, had hij tegen haar gezegd. *Ik ben je schaduw*. Tom Chiverton had gezegd dat hij van haar hield en had gezworen haar te achtervolgen. Hij wist hoe hij een slot kon openen. Hij had al eerder in haar huis ingebroken. Hij had haar collage vernield omdat hij kwaad was dat ze hem had afgewezen. De razende, aandachtzoekende vegen rode verf waren zijn boodschap aan haar: *Ik ben er nog, Sadie. Vergeet me niet.*

Ze vond onder de etspers een tube cadmiumrood, leeg geknepen en zonder dopje. Ze liep met de collage naar beneden, hakte die met een bijl in stukjes en propte ze in het fornuis om op te branden.

Die middag nam ze de trein naar East Grinstead, waar ze bij een manufacturier vele meters crèmekleurige, ondoorschijnende katoen kocht. Toen ze die avond op de vloer van de zitkamer haar gordijnen aan het knippen was, hoopte ze dat hij keek. Je zult me niet meer kunnen zien, dacht ze. Ik weer je uit mijn leven, Tom.

Augustus bracht een hittegolf. Sadie had op een ochtend met Edith afgesproken op station Nutcombe. De trein die haar oudere zus afzette kondigde gillend en met rookwolken aan dat hij op weg terug naar East Grinstead ging.

Licht scheen tussen de takken van de bomen door, viel in caleidoscopische fragmenten op het perron en op Edith, gekleed in een lichtbruine linnen reisjas met een strooien hoed. Ze droeg alleen een parasol en een handtas.

'Waar is je koffer?' vroeg Sadie.

'Mijn koffer?' Edith trok haar neus op op de manier waarop ze dat altijd deed als iemand iets geks zei.

'Om te overnachten.'

'Ik kom niet overnachten.'

'Ik dacht dat je kwam logeren.'

'Ik ben in mijn brief heel duidelijk geweest dat ik absoluut niet langer dan een dag kan blijven.'

'Maar je zei...' Het lukte Sadie met heel veel moeite haar zin niet af te maken. Ze wist zeker dat Edith had gezegd dat ze zou blijven slapen. Of in ieder geval dat ze niet had gezegd dat ze dat niet zou doen.

Edith liet haar kaartje aan de conducteur zien en ze liepen het station uit. Toen ze de heuvel beklommen, Edith licht hijgend, vond Sadie het erg moeilijk haar teleurstelling los te laten. Ze had een wandeling en een picknick gepland. Ze had het huis opgeruimd en schoongemaakt. Ze had Edith haar slaapkamer willen geven en zou zelf op de bank zijn gaan slapen en ze had mooi nieuw beddengoed gekocht. Ze had twee laden van haar kast leeggemaakt en had een spiegel, waterkan, glas, lampetkan en een vaas met wilde bloemen neergezet. Het was pas tot haar doorgedrongen hoe diep haar verlangen was om niet alleen thuis te hoeven zijn toen Edith haar had verteld dat ze niet zou blijven slapen.

Dus nu zou de dag gehaast en onbevredigend verlopen. Ze probeerde niet als een jengelend kind te klinken toen ze zei: 'We hebben het er al een eeuwigheid over dat je een weekend zou komen. En nu ben je dat hele, vermoeiende eind gekomen voor zo'n korte tijd.'

Edith, met een rood gezicht van de hitte en inspanning, depte haar gezicht met een geborduurd zakdoekje. 'De trein heeft bij East Grinstead een kwartier stilgestaan. Het raam klemde en ik kreeg het niet open. En ik durfde het rijtuig niet uit om een koel drankje te kopen voor het geval hij weer zou gaan rijden.'

Sadies irritatie ebde weg en ze had met Edith te doen. 'We zijn er bijna. Zodra we thuis zijn schenk ik een heerlijk koel glas water voor je in.'

Ze liepen de weg af en het pad tussen de bomen op. Edith liep behoedzaam in haar schoenen van wit geitenleer over de aarde en mompelde dat wat gravel de situatie veel goed zou doen. Fel licht scheen in vlekken op de bosgrond.

Toen ze bijna bij het huis waren riep Edith: 'Het is helemaal overwoekerd! Vroeger stond het huis op een open plek!'

'Bomen hebben wel de neiging om te groeien, ja,' zei Sadie droogjes.

'Je hoeft niet zo sarcastisch te doen, hoor.'

'Ik deed niet sarcastisch.' Of misschien toch wel, een beetje. Ze voegde eraan toe: 'Ik kan ze zelf niet terugsnoeien. Maar je hebt gelijk en ik moet iemand gaan zoeken om het voor me te doen. Maar dat zal wel vreselijk duur zijn.'

Ze bereikten het huis. Edith plofte neer op een van de canvasstoelen die Sadie op het terras had gezet in de hoop dat ze buiten zouden gaan zitten als het een mooie avond zou zijn.

Ze schonk in de keuken twee glazen water in en liep ermee naar de zitkamer. Ze deed de glazen deuren open. 'Kom je binnen, Edith? Het is hier veel koeler.'

Edith ging op de bank zitten en dronk haar water terwijl Sadie thee ging zetten en wat koekjes op een schaaltje legde. Ze liep met het dienblad naar de zitkamer.

'Hoe is het met Louisa?'

'Uitstekend. Ze doet de groeten.'

'Wil je haar de hartelijke groeten terug doen? Ik vroeg me af of jullie misschien samen zouden komen.'

'O nee, ze logeert bij een vriendin in Whitstable.'

'Van school?'

'Ja. Marjorie Lester. Meneer Lester is advocaat en mevrouw Lester is heel aangenaam gezelschap. Ze is voorzitster van de vrouwenafdeling op de tennisclub. Louisa tennist al de hele zomer. Ze heeft een prachtige backhand. Mevrouw Lester heeft me geschreven om me te vragen of Louisa naar het zomerfeest op de club mag. Ze heeft beloofd de meisjes goed in de gaten te houden. Ik heb een avondjapon van roze zijde voor haar gemaakt. Hij staat haar echt beeldig.'

'En Cyril? Hoe is het met hem? Gaat het goed?'

'Op zijn slechte spijsvertering na wel, ja.'

Sadie voelde in Ediths afwisselende wijdlopigheid en bondigheid dat ze iets omzeilde, iets niet uitsprak. Ze dronken hun thee en Edith vertelde over een lunch die ze met een oude vriend van hun ouders bij warenhuis Peter Jones had genuttigd.

Sadie bood na de thee aan om Edith het huis te laten zien.

'Ik was vergeten hoe klein het is,' zei Edith terwijl ze achter Sadie aan de keuken in liep.

'Het is precies groot genoeg voor me.'

'Ik snap niet hoe je het uithoudt zonder gasfornuis.'

'Ik ben ondertussen heel behendig geworden met kolen.'

Waarom ging ze zich toch altijd als een vrolijke padvindster gedragen als ze in het gezelschap van Edith was? Dat zou Edith gegarandeerd irriteren, en het irriteerde haarzelf zeer zeker ook. Het kwam doordat het commentaar van haar zus uit stekelige, bijtende haakjes van kritiek bestond. Je kon ze in je laten vreten of van je af vegen.

Ze zei: 'Maar ik moet toegeven dat een etentje een hele uitdaging zou zijn. Als je Cyril de volgende keer dat je op bezoek komt meeneemt, zal ik proberen of ik het voor elkaar krijg.'

'Cyril heeft een baan in India aangeboden gekregen,' zei Edith.

'India?' Sadie staarde haar met grote ogen aan.

'Ja.' Edith stond met een theedoek in haar handen, streek hem glad met een handpalm. 'Het is een geweldige kans. De secretaris-generaal is erg met hem ingenomen.'

Het schoot door Sadie heen dat dit de reden was dat Edith er vandaag was. Niet omdat het hoog tijd was dat ze weer eens op bezoek kwam, maar om Sadie over Cyril en India te vertellen.

'En jij?'

'Ik ga natuurlijk met hem mee. Je weet dat hij altijd al heeft willen reizen. En nu Gertrude is overleden en we hier geen verplichtingen meer hebben, zijn we vrij om te gaan. Ik bedoel...' Edith zag er zenuwachtig uit.

Sadie keek naar haar terwijl ze probeerde haar onhandige opmerking goed te maken. *We konden niet weg toen Cyrils moeder nog leefde, maar jij maakt niet uit*. Het volgende weerhaakje nestelde zich onder haar huid en bleef er steken, spoot zijn gif.

'Ik bedoel dat het wreed zou zijn geweest om naar het buitenland te gaan toen die arme Gertrude zo ziek was,' stelde Edith haar woorden bij.

Sadie keek haar bedachtzaam aan. 'Bedoel je nou dat Cyril overweegt die baan aan te nemen, of heeft hij dat al gedaan?'

'Hij heeft hem aangenomen, Sadie, hij had geen andere keuze.'

Edith zag er geïrriteerd en schuldbewust uit, alsof ze was betrapt op wangedrag. 'Hij kon echt niet weigeren. Hij moet aan zijn carrière denken. Het spijt me dat de afstand tussen ons er zo groot door zal worden, maar ik kom op bezoek, en ik zal natuurlijk schrijven.'

Cyril moest zijn ambitie volgen. Edith, haar enige zus, moest met hem mee naar de andere kant van de wereld. Heel wat mensen die haar kenden zouden denken dat ze het geen probleem zou vinden. *We kunnen het niet echt met elkaar vinden...* Hoe vaak had ze dat wel niet gezegd als ze het met vrienden over Edith had? Toch voelde ze zich onderuitgehaald, diep geschokt, en ze bedacht dat ze straks helemaal alleen zou zijn.

'Hoe lang gaan jullie?'

'Dat is nog niet bekend.'

'Maanden of jaren?'

Edith begon te blozen. 'Jaren, neem ik aan.'

Jaren. 'Wanneer vertrekken jullie?'

'In oktober. Op 5 oktober.'

Oktober. Dat was over minder dan twee maanden. En zo te horen was de reis al geboekt en waren de koffers zo ongeveer ingepakt en gelabeld. *O, ik moet het nog even aan Sadie vertellen*, stelde ze zich voor dat Edith tegen Cyril had gemompeld terwijl ze zich op een cargadoor oriënteerde en tropenhelmen bestelde bij Army & Navy. Ze voelde zich zo in de steek gelaten dat ze wel kon huilen, zo onbelangrijk voor haar zus.

Edith zei: 'We vertrekken een week nadat we Louisa naar school hebben gebracht.'

'Nemen jullie haar niet mee?'

'Dat kan niet, Sadie. Ze moet haar school afmaken. Als we wachten tot ze klaar is...' Edith klonk nu weer zenuwachtig. 'Cyril heeft zo'n geluk dat hij die baan krijgt aangeboden. De kans is groot dat het een eenmalige kans is.'

'Ik begrijp niet hoe je je dochter kunt verlaten.' De woorden ontsnapten zomaar uit haar mond, fel en scherp.

'Denk je dat dat eenvoudig is?' antwoordde Edith even fel. 'Denk je dat ik geen nachten wakker heb gelegen terwijl ik me afvroeg of dit de juiste keuze is?'

Sadie keek op naar de drie ronde ramen, als patrijspoorten in een schip, die de keukenmuur doorboorden. De silhouetten van de bomen waren vlak en levenloos zwaar in het felle zonlicht.

'Sorry,' mompelde ze.

'Laten we geen ruzie maken. Wie weet wanneer we elkaar weer zullen zien. Misschien had ik je moeten schrijven om je te waarschuwen... Ja, dat had ik moeten doen. Hoewel je zelf ook niet uitblinkt als brievenschrijfster, Sadie.'

'Ik reageer altijd op je brieven.'

'O ja, je antwoordt wel... maar het zou leuk zijn als je af en toe ook eens een initiatief nam... of bij ons op bezoek kwam... voor een kopje koffie op de dagen dat je er bent voor dokter Sprott.'

Waarom probeerde Edith haar altijd overal de schuld van te geven? Waarom probeerde ze haar eigen tekortkomingen te rechtvaardigen door anderen overal de schuld van te geven? Toch was Sadie zich bewust van een onaangenaam, opkruipend schuldgevoel terwijl ze met tegenzin terugdacht aan al die reisjes naar Londen toen ze bij Pearl, Jimmy en Lachlan op bezoek was geweest, bij iedereen behalve haar zus.

Edith klopte een laatste krachtdadige keer op de theedoek en zei nu ze de controle over het gesprek had opgewekt: 'Ik besef dat dit een schok voor je is. Als je me nou de rest van het huis eens laat zien? Dan hebben we het er straks nog wel even over.'

Sadie zei kortaf: 'Als je dat wilt.'

De hitte van buiten hing als een deken in de raamloze gang en het trappenhuis. Ze liepen zonder een woord te zeggen naar de bovenverdieping. De dag voelde doelloos en Sadie vermoedde dat hij niet meer te redden zou zijn. Edith ging in India wonen. Het zou jaren en jaren kunnen duren voordat ze elkaar weer zouden zien. Haar familie, uit elkaar gescheurd door de dood van hun ouders, was gereduceerd tot niets.

Aangekomen in Sadies slaapkamer keek Edith naar buiten, naar het platte dak en de bomen. 'Je hebt gordijnen opgehangen,' zei ze.

'Ja. Ik weet dat vader er een hekel aan had, maar...'

'"Lelijk en burgerlijk".' Edith citeerde hun vader.

Sadie glimlachte. 'Ik kon niet slapen,' zei ze. Voordat ze de gordijnen had opgehangen waren er avonden geweest dat ze haar matras naar haar atelier had gesleept en daar had geslapen, weg van de open blik op het raam.

'Het kan niet goed voor je zijn, hier zo in je eentje te wonen,' zei Edith.

'Ik heb geen andere keuze dan alleen wonen.'

'Hoelang ben je van plan hier te blijven?'

Ze stelde zich voor hoe Edith het met Cyril zou bespreken: *We moeten nog bedenken wat we met Sadie doen.* 'Dat weet ik niet,' zei ze stuurs.

'Je kunt het altijd verhuren en ergens anders gaan wonen.'

'Ik ben hier gelukkig.'

'Ik maak me zorgen om je.'

'Maar niet genoeg om in hetzelfde land als ik te blijven wonen.'

'Sadie! Dat is niet eerlijk!'

Misschien niet, bedacht ze verbitterd. Misschien had Edith deze keer gelijk. Maar dat was niet altijd zo geweest.

'Je maakte je niet genoeg zorgen om bij me te blijven toen ik je het meest nodig had.'

En zo was het ineens uitgesproken, de pijn die ze al meer dan een jaar voelde, en ze werd een bedwelmend, zalig genot gewaar nu ze het had gezegd, het soort genoegen dat je voelt als je met een stok tegen een kluit fluitenkruid slaat en de lange stelen ziet knappen en breken.

'Waar heb je het in godsnaam over?' Ediths wangen werden weer rood.

'Dat je me in dat afgrijselijke gesticht hebt opgesloten. Dat herstellingsoord.'

'Dat herstellingsoord? Dat was het beste herstellingsoord dat ik kon vinden! Het was me geadviseerd door dokter Chisholm!' Edith had twee knalrode vlekken op haar wangen en haar pony hing slap over haar hoge voorhoofd.

‘Het was een afgrijselijke, verdomde rotplek en dat weet jij ook.’

‘Wil je alsjeblieft niet zulke taal gebruiken?’

Sadie begon hees te lachen. ‘Doe niet zo moeilijk, Edith. Het zijn maar woorden. Iemand in de steek laten, iemand achterlaten als ze het zo zwaar heeft… is dat niet veel erger?’

‘Ik heb je niet in de steek gelaten. Doe niet zo belachelijk.’

‘Ik had iemand nodig die om me gaf. Ik had je steun nodig. Ik had mijn familie nodig. Maar jij kon het niet verdragen om in mijn buurt te zijn.’

‘Dat is niet waar…’ De woorden kwamen stokkend uit haar mond.

‘Je hebt me weggestuurd omdat je je voor me schaamde.’ Sadie voelde rauwe verrukking nu ze hardop uitsprak wat ze al zo lang dacht.

‘Omdat ik me schaamde?’ Edith, altijd een toonbeeld van zelfbeheersing, liet zich gaan en gilde. ‘Omdat ik me schaamde? Ik werd gek van de zorgen! Ik heb zo hard mijn best gedaan! Ik heb alles geprobeerd… maar er is bij jou altijd wat! Eerst die ellendige man… en ik heb je nog zo voor hem gewaarschuwd! En toen moest je zo nodig tegen al het advies in les blijven geven, terwijl iedereen zag dat je uitgeput was!’

‘Ik moest geld verdienen om rond te komen,’ zei ze. ‘Maar daar weet jij natuurlijk niets van, hè, Edith?’ Haar zus had haar hele leven nog nooit een dag gewerkt. ‘Jij hebt gemakkelijk praten; jij hebt Cyril. Maar ik heb alleen mezelf.’

‘Je had de erfenis van vader. Die had je. Je had twee huizen.’

De intensiteit van het verwijt in Ediths stem verraste Sadie. Ze voelde dat ze aan de rand van een afgrond balanceerde. Er opende zich iets duisters en onaangenaams en als ze niet voorzichtig was zou ze erin vallen.

Voordat Sadie kon reageren zei Edith terwijl ze haar handen in de lucht wierp: ‘Vader heeft jou alles gegeven. En toch heb je De Meeuwenvleugel verkocht. Terwijl hij zo dol was op dat huis.’

‘Edith…’ Sadie voelde zich helemaal onderuitgehaald door de

onverwachte aanval van haar zus. 'Ik had geen andere keuze dan het te verkopen.'

'Nonsens. Je had er van alles mee kunnen doen. Je had het kunnen verhuren.'

'Nee, dat kon niet. Dat heb ik je verteld. Dat heb ik uitgelegd, maar daar heb je blijkbaar niet naar geluisterd. Er was een reusachtige hypotheek. Die had ik nooit kunnen afbetalen.'

'Ik weet zeker dat je dat had kunnen oplossen. Ik ben altijd zo dol op dat huis geweest. Je had De Meeuwenvleugel in de familie moeten houden. Dat zou vader van je hebben verwacht.'

Dat deed pijn. Sadie dacht terug aan de avonden dat ze met haar vader de rekeningen had bestudeerd die meedogenloos gedetailleerd de kosten opsomden die het project met zich meebracht. De Meeuwenvleugel had geld opgeslokt en het budget dat Edward Lawless voor het huis apart had gezet was nog niet de helft geweest van wat nodig was geweest. Hoe durfde Edith haar in haar onwetendheid en arrogantie te verwijten dat ze het had verkocht?

Ze zei onderkoeld: 'Je hebt geen idee hoeveel het papa heeft gekost om de huizen af te krijgen. Je hebt geen idee hoeveel tijd hij erin heeft gestoken en hoe uitgeput hij was. Jij hebt hem niet voor elke stap zien vechten: om het land te kopen, de vergunningen te verkrijgen en bouwvakkers te vinden die het werk konden uitvoeren. Jij was er niet bij. Jij was ondertussen met Cyril getrouwd. Je weet helemaal niets over wat De Meeuwenvleugel hem heeft gekost. Helemaal niets.'

'Dat klopt.' Ediths gezicht was helemaal verwrongen en ze zag er lelijk uit. 'Maar hoe had ik er iets van kunnen weten? Jullie hebben me altijd buitengesloten.'

'Dat is niet waar.'

'Dat is het wel, en dat weet jij ook, Sadie.'

Sadie viste een sigaret uit het pakje dat op de boekenkast lag. Ze streek met bevende handen een lucifer af.

'Je hebt jezelf buitengesloten, Edith,' zei ze toen zacht. 'Dat is wat jij doet. Je sluit jezelf van andere mensen af. Je hebt een hard, klein hartje en er is geen ruimte in voor mij.'

'Dat mag je niet zeggen!'

Sadie tuitte haar lippen en perste er een stroom rook uit. 'O nee? We waren elkaar toch de waarheid aan het vertellen? Je hebt altijd een hekel aan me gehad. Je hebt nooit van me gehouden.'

De woorden tuimelden ongecontroleerd naar buiten, in boosaardige, felle pufjes. Maar zodra ze ze had uitgesproken verdween de vreugde en voelde ze zich leeg, alsof de woorden alle zuurstof uit haar longen hadden geperst.

Edith ging op het bed zitten. Ze sloot haar ogen. Zij zag er ook leeg uit. Ze reikte met een stijve, onhandige beweging omhoog en veegde een lok vochtig haar achter haar oor. Het begin van spijt flikkerde aan de rand van Sadies bewustzijn, de wetenschap dat sommige woorden nooit mochten worden uitgesproken, woorden die als ze eenmaal in de atmosfeer werden gelaten daar altijd bleven en nooit meer ongedaan konden worden gemaakt.

Toen ze sprak, klonk Ediths stem laag en hees. 'Misschien heb je gelijk. Misschien heb ik nooit van je gehouden. Wat hebben jij en ik ooit voor kans gehad om als zussen van elkaar te houden? Ik ben niet gek; ik heb gezien hoe het was. Je bent vanaf de dag dat je werd geboren vaders favoriet geweest. Moeder had me moeten troosten, zij had het moeten compenseren, maar dat heeft ze niet gedaan. Ze leefde in haar eigen wereld. Hij was haar zon. Ze wentelde zich in zijn warmte en alles wat hij deed was goed. En het ergste was nog – ik denk echt dat dat het ergste was – dat ik altijd heb begrepen waarom hij meer van jou hield. Jij was mooier, slimmer en charmanter dan ik. Maar hij had niet meer van jou mogen houden. Dat was niet goed. Ik ben moeder en dat weet ik.' Toen ze opkeek, zag Sadie kille veroordeling in haar ogen. 'Jouw probleem, Sadie, is dat je denkt dat de gewone regels van de maatschappij niet op jou van toepassing zijn. Je denkt dat je je gang kunt gaan en dat iedereen zich aan jou aanpast om jou te plezieren. Vader was ook zo. En als het geld dan op is, of de vrijer gaat ervandoor met een ander, dan ben je geschokt en teleurgesteld en ga je staan wachten tot anderen de puinhoop opruimen. Ik heb geprobeerd je te beschermen, maar dat is onmogelijk. Dus dat doe ik niet meer.'

Edith stond op en liep de kamer uit. Er ging een golf van misselijkheid door Sadie heen en ze worstelde met de klink van het raam om het open te krijgen. De lucht die de kamer in kwam was solide en heet. Ze leunde tegen het raamkozijn en wreef met een handpalm van haar pols naar haar elleboog. Wat gek dat ze het in deze hitte ineens zo koud had.

Ze liep naar beneden. Ze zag in de gang dat Ediths jas en hoed niet meer aan het haakje hingen. Ze keek in de keuken, toen in de zitkamer, maar beide waren leeg, zoals ze wel had geweten. Ze liep naar het terras en staarde het pad in dat naar de weg liep, alsof ze daar bewijs van Ediths vluchtende vorm zou aantreffen – een schoenafdruk, een gevallen zakdoek tussen de dode bladeren – maar er was niets.

Ze bedacht dat ze achter haar aan moest gaan. Als ze op de fiets zou gaan, zou ze haar zus hebben ingehaald voordat ze het station zou hebben bereikt. Maar dat deed ze niet. Het was al te laat en er viel niets meer te redden. Even later liep ze terug naar binnen.

Sadie fietste die middag naar het winkeltje om sigaretten te kopen. Het was een ondraaglijk hete middag en er droop een straaltje zweet van haar nek naar beneden toen ze haar fiets tegen een hek zette. De pijn in haar hart spoorde haar aan naar het station te lopen en op het perron naar Edith te zoeken, maar die neiging onderdrukte ze. Edith zou al uren weg zijn, maar zelfs als alle treinen om de een of andere reden vertraging hadden wist ze niet wat ze tegen haar zus zou moeten zeggen. Sommige van Ediths verwijten waren terecht geweest. Hun vader had zijn beide dochters niet gelijk behandeld. Dat toegeven maakte het verdriet dat ze voelde alleen maar intenser, want het betekende dat ze moest toegeven dat de man die ze had geadoreerd niet perfect was geweest.

Ze liep de winkel in om sigaretten te kopen. Winnie Thomsett stond achter de kassa. Een stuk of zes landarbeiders, hun overhemden en broeken stoffig van het kaf van het oogsten, stonden in de kleine ruimte om tabak, lucifers en flesjes frisdrank te kopen.

Ze liep terug naar buiten en stak in de schaduw een sigaret op. Toen ze opkeek zag ze dat Tom Chiverton aan de overkant van de weg bij haar fiets stond. De razernij die was ontvlamd door haar ruzie met Edith laaide weer op en vond een nieuw doelwit.

Ze stak de weg naar hem over. 'Laat me met rust!' snauwde ze.

Hij had het lef om verbaasd te kijken. 'Pardon?'

'Je moet ermee ophouden, Tom.'

'Waarmee?'

'Met je bij mijn huis verstoppen. Met me begluren.'

'Sadie, dat zou ik nooit doen.'

'Geef het nou maar toe. Je hebt me bespioneerd toen ik lag te zonnen. Dat was jij, toch? Geef het nou maar toe.'

Hij was niet in staat om zich te schamen, maar ze zag in zijn zijdelingse blik een erkenning van schuld. 'Ik was je niet aan het bespioneren,' zei hij. 'Ik liep toevallig langs en zag je liggen. Dat kun je me niet kwalijk nemen.'

'En dan heb je zeker ook toevallig in mijn huis ingebroken?'

'Waar heb je het over?'

'Hou toch op!' riep ze op verwijtende toon.

'Ik ben sinds die avond niet meer in je huis geweest.' Het leek hem niet uit te maken of iemand zijn opmerking zou horen en hij ging niet zachter praten.

'Ik geloof je niet. Je wilde dat ik het zou weten. Waarom zou je dat anders hebben gedaan?'

'Waarom zou ik wat hebben gedaan?' Hij zag er beledigd uit. 'Ja, ik heb een of twee keer door het raam naar binnen gekeken, Ja, ik zie je nu en dan in het bos. Daar is niets mis mee.'

'Maar met mijn collage met verf besmeuren is wel iets mis!'

Hij keek haar vragend aan. 'Verf?'

'Rode verf! Over mijn collage!' Haar woede kwam tot een kookpunt. 'Je weet exact waar ik het over heb!'

'Dat heb ik niet gedaan!' Nu klonk hij ook razend. 'Waar heb je het over?'

'Ik heb het over jou, Tom. Je hebt in mijn huis ingebroken en mijn collage vernield. Doe nou maar niet alsof jij het niet was.'

'Sadie, dat zou ik nooit doen.' Hij stond te schreeuwen. 'Hoe kun je denken dat ik dat zou doen?'

Wat was hij toch een leugenaar. Ze zei razend: 'Tom, ik weet het zeker. Waarom kun je me niet met rust laten?'

Hij werd rustiger en er verscheen een diepe frons op zijn voorhoofd. 'Rode verf op je collage?'

'Ja.' Ze snauwde het woord.

Hij schudde zijn hoofd. 'Je moet me geloven, Sadie. Ik heb je werk nooit aangeraakt. Dat zou ik nooit doen. Dat zou zijn alsof ik een gedicht zou onteren. Dat zou ik nooit doen.'

Zijn uitstraling van verwonde oprechtheid, zo kort na haar ruzie met Edith, maakte dat Sadie ineens besefte dat ze nooit tot hem zou doordringen. Ze duwde hem opzij, greep haar fiets, stapte op en reed weg. Terwijl ze wegreed riep ze over haar schouder: 'Laat me met rust, Tom! Laat me gewoon met rust!'

Wat was hij toch een leugenaar, dacht ze nogmaals terwijl ze aan de steile klim begon. Als een ander zijn woorden had gesproken, zouden ze overtuigend zijn geweest. Maar wie zou dit doen, behalve hij?

Halverwege de heuvel bedacht ze iets. Ondanks de hitte en lichamelijke inspanning leek het of er ijskoude vingers op haar schouder werden gelegd.

Diana.

13

Suffolk – december 1970

Dans vader was herstellende van bronchitis en was niet in staat om naar Londen te reizen, dus reed Dan een paar dagen na de kerst naar Southwold. Ze wisselden cadeautjes uit; hij had een nieuwe anorak voor Mick gekocht, die met enthousiasme en bewondering in ontvangst werd genomen, en Mick gaf hem een gereedschapsset.

'Ik kan me nog herinneren dat je als klein kind al spijkers in een stuk hout stond te hameren, toen je pas drie of vier was,' zei hij. 'Je vond het als jongen altijd leuk om me te helpen om dingen te maken. Spijkeren noemde je dat.' Zijn vader lachte en schudde verwonderd zijn hoofd. 'Spijkeren.'

Dan probeerde te bedenken wat hem meer deprimeerde: dat hij allang een gereedschapsset had, en van veel betere kwaliteit dan wat hij net van zijn vader had gekregen, of dat hij zich absoluut niet kon herinneren dat hij ooit zijn vader met klussen had geholpen en zich afvroeg of Mick het verhaal uit zijn duim zoog.

Ze aten wat koude kip, restjes van het eten van zijn vader van de dag ervoor, met de salade en taart die Dan had meegenomen. Dan probeerde Micks voorstel om te gaan wandelen te weigeren en wees hem erop dat de koude lucht zijn hoest er niet beter op zou maken, maar zijn vader drong aan. De wind sloeg in hun gezicht en Mick begon zodra ze de caravan uit waren te hoesten. De camping was modderig en de grond onregelmatig na de recente regen, en Dan bleef dicht tegen zijn vader aan lopen om hem te kunnen ondersteunen als hij dreigde te vallen.

Ze liepen via een onverharde weg naar de haven. Er klonk een koor van getingel en gekletter van het optuigen van de schepen terwijl ze langs een verzameling hutten liepen, sommige gammel, andere keurig in de zwarte verf. Zijn vader had al naar zijn moeder gevraagd en had aardige dingen over Celia gezegd en ze hadden het over auto's en voetbal gehad, dus ze waren door hun gespreksonderwerpen heen. Mick leek stiller dan gebruikelijk, wat Dan aan zijn slechte gezondheid weet, en de gierende wind vulde de stilte.

Ze gingen in de Harbour Inn aan een gezellig tafeltje zitten en Dan bestelde twee biertjes. Ze proostten op de feestdagen en toen sloeg Mick een derde van zijn glas achterover voordat hij zei: 'Ik ben mijn baan kwijt. Er was een ontslagronde. Volgens mij hebben ze me ontslagen vanwege mijn leeftijd. Ze hebben Alice Welton wel aangehouden, omdat ze een nicht is of zo. Ik wil wel eens zien hoe zij het voor elkaar gaat krijgen om met al die zware dozen te zeulen; ze is minstens zo oud als ik.' Hij klonk verbitterd.

Dans humeur verslechterde nog verder. Zijn vader werkte tweeënhalve dag per week in een warenhuis in Southwold. Het geld dat hij ermee verdiende vulde het pensioentje aan dat hij van een voormalige werkgever ontving en stelde hem in staat zijn sobere leven te leiden.

'Wat naar voor je, pa,' zei hij. 'Kom je nu nog wel rond?'

'Ja hoor.' Mick keek hem met een opgewekte glimlach aan. Hij veegde met de rug van zijn hand zijn mond af. 'Ik overweeg om voor mezelf te beginnen. Dan maakt het niet uit hoe oud je bent of wie je familie is, toch? Ik heb iemand gesproken in het Nelson. Hij verkoopt schoonmaakproducten – afwasmiddel, vloerpoets, dat soort dingen – en ik mag me bij hem inkopen. Je kunt dat spul bijna voor niks aanschaffen en vervolgens met een marge van vijftig procent aan de klant aanbieden. Nee, luister, jongen.' Hij stak zijn hand op om Dans onderbreking te voorkomen. 'Je hebt er geen winkel of bedrijfsruimte voor nodig, dat is het mooie. Je gaat bij mensen langs en voert een hele show op. Daar ben ik goed in. Je weet dat ik altijd goed ben geweest in een verhaal ophangen.'

'Hoeveel moet je voor die spullen betalen?'

'Maar vijftig pond,' zei zijn vader triomfantelijk. Hij duwde zijn hele hand in het zakje chips dat op tafel lag en de inhoud kwam op tafel terecht.

'En dat heb je gespaard?' Hij wist op het moment dat hij de vraag stelde dat hij wreed was.

'Nee, ik ben van plan mijn auto te verkopen.'

'Mijn god...' Hij voelde de frustratie in zich opborrelen. 'Niemand gaat je vijftig pond voor die auto geven. En als iemand dat al zou doen, hoe ga jij het dan zonder auto regelen? En hoe lang denk je dat het gaat duren voordat je die vijftig pond hebt terugverdiend? De mensen onder aan de piramide, de mensen die de verkoop doen, houden nooit wat over aan dit soort projecten. De enige mensen die er wat aan overhouden zijn die kerels die hun troep voor vijftig pond doorverkopen.'

Mick opende zijn mond om iets te gaan zeggen en deed hem toen weer dicht. Er verstreek een lang moment voordat hij zei: 'Aan goedgelovige sukkels zoals ik, bedoel je?'

'Pa...'

'Je hebt gelijk, Dan. Ja, natuurlijk, ik snap het. Je hebt gelijk.'

Er viel nog een stilte, die werd geaccentueerd door het geschreeuw van de meeuwen die buiten door de lucht vlogen. Normaal gesproken was hij milder tegen zijn vader, maar de gedachte dat hij een nog dieper graf voor zichzelf zou graven maakte hem razend. Hij wilde weg, hij wilde in zijn auto stappen en naar zijn huis in Londen rijden, waar het schoon, goedgeorganiseerd en rationeel was.

'Je bent altijd goed geweest met cijfers Dan,' zei Mick. Zijn stem klonk hees. 'Ik ben altijd trots op je geweest. Je hebt je hersens van je moeder, niet van mij. Ik vind wel weer iets. Ik ga wel langs bij de pubs. Ik heb veel ervaring als barman. Ik krijg wel iets aangeboden, wacht maar af.'

Dan duwde met een vingernagel in de bal van zijn duim tot het pijn deed. 'Natuurlijk, pa. Maar laat me je in de tussentijd helpen.'

'Geen sprake van. Ik red het wel. Wil je nog een biertje?'

'Een kleintje.'

Zijn vader liep naar de bar. Dan zat in een toestand van rigide afwachting en probeerde nergens aan te denken, omdat hij niets kon bedenken wat hem niet kwaad maakte of hem pijn deed. De pijn was erger dan de woede, maar dat was altijd al zo geweest. Het deed hem pijn dat zijn vader alweer een baan kwijt was, hoewel hij wist, omdat hij zijn vader kende, dat Mick nooit zijn hart en ziel aan zijn werk gaf. Hij zou zijn laatste baan te min hebben gevonden, zou hebben geklaagd over de lange dagen, het vroege opstaan en het zware sjouwwerk. Hij zou zijn bazen hebben geminacht en hebben gevonden dat hij zelf slimmer en bekwamer was dan zij. Hij zou al zijn rook- en eetpauzes een paar minuten langer hebben gemaakt, zou te vaak te laat op zijn werk zijn gekomen, met een smoes over een lekke band of een ander oponthoud. Hij kwam niet meer weg met waar hij mee weg was gekomen toen hij jonger was, aantrekkelijk en charmant, maar dat kon hij niet accepteren. Dan had zo vaak bedacht hoeveel eenvoudiger het leven zou zijn als je onafhankelijke, bemiddelde, capabele ouders had. Maar hij voelde ook een diepe schaamte die hij maar niet van zich kon afschudden, alsof het om de een of andere reden zijn schuld was dat zijn ouders incapabel waren.

Mick kwam terug naar het tafeltje. Hij zag er terneergeslagen uit, waardoor Dan zich acuut weer kwaad en gefrustreerd voelde. Het zou gemakkelijker zijn geweest om niets te hebben gezegd, om hem zelf te hebben laten ontdekken dat het geen goed plan was, maar wat dan?

'Ik wilde terug naar je moeder,' zei zijn vader plompverloren.

Dan bewoog zijn hoofd met een schokkende beweging naar zijn vader. 'O? Wanneer dan?'

'Nadat Cheryl me had gedumpt.' Cheryl was de kapster in Weymouth. 'Maar ik durfde niet. Ik had niet het lef om met haar te praten en haar uit te leggen dat ik me had vergist. Ik heb er tot op de dag van vandaag spijt van. Ik had het moeten proberen. Ik had er voor je moeten zijn.'

Dan bedacht dat hij nu eigenlijk zijn hand op zijn vaders schouder zou moeten leggen en zou moeten zeggen dat het niet uitmaakte, dat er niets meer aan te doen was, dat soort dingen. Maar hij kreeg het zijn strot niet uit. In plaats daarvan dronken ze in stilte hun bier op en liepen terug naar de caravan.

Ze dronken nog een kop thee en aten nog een stuk taart. Toen zijn vader op het toilet was legde Dan een paar briefjes van tien onder de theepot. Toen zei hij dat hij een belangrijke afspraak in Londen had en vertrok.

Maar de gedachte aan zijn lege appartement was niet aanlokkelijk en hij reed toen hij een paar kilometer op weg was in een impuls de smalle weg naar Dunwich in, in de hoop dat hij zijn pijn en woede zou kunnen stillen met een stevige strandwandeling.

Hij kende de geschiedenis van het dorpje, ooit de hoofdstad van het koninkrijk East Anglia, en wist hoe de golven en stroming die door de eeuwen heen de kustlijn hadden getergd de ooit welvarende havenstad hadden gereduceerd tot een gehucht. Tegen de tijd dat hij zijn auto langs de weg had geparkeerd en naar het kiezelstrand liep begon het al donker te worden en had de granietkleurige hemel vol wolken dezelfde kleur als het water. Asfaltgrijze golven sloegen indrukwekkend hard tegen de kiezelstenen. Een stad, kerken en huizen lagen verdronken onder dat water, een geschiedenis weggeslagen. Dans eigen geschiedenis drukte zwaar op zijn schouders terwijl hij over het strand stampte.

Koude, zoute druppels water bevlekten zijn gezicht en hij dacht aan Rose. Hij had veel aan Rose gedacht sinds de kerstborrel bij Martineau Aviation, drie weken daarvoor, en het was aangenamer om aan Rose te denken dan aan Mick.

De ijskoude vliegtuighangar, een cassetterecorder die op vol volume was opengedraaid, worstenbroodjes en chips in plastic bakjes en het personeel dat luidkeels meezong met 'Yellow River'. Gekleurde slingers en een kerstboom met ballen. De noodgenerator had klaargestaan voor het geval de elektriciteit werd afgesneden, aangezien het de beurt van het personeel van de energieleveranciers was om te staken. Rose had die avond met iedereen gedanst: de piloten, copiloten, de beheerder en de vliegtuigbelader, die twee linkervoeten had. Iedereen had gedanst, inclusief Dan zelf, aangezien ze anders van de kou zouden zijn omgekomen in de reusachtige hangar.

Hij had de hele avond naar haar gekeken, had haar energie, het deinen van haar lange, donkere haar en haar lach in haar heldere ogen bewonderd. Hij had haar zo mooi gevonden – in alle opzichten perfect mooi – en toen de klaaglijke introductie van 'Yesterday' in de lege ruimte had geklonken had hij haar ten dans gevraagd. Ze waren gemakkelijk in het ritme van de muziek gegleden. Hij had haar parfum ingeademd. Haar haar had over zijn wang gestreeld en hij had haar zachte, soepele lichaam onder zijn handen gevoeld.

Hij had blind moeten zijn om niet te zien dat Rose een aantrekkelijke vrouw was, maar hij voelde zich niet alleen fysiek tot haar aangetrokken. Hij vond haar aardig, bewonderde haar en respecteerde haar. Hij kon zich wel iets voorstellen bij de vastberadenheid en het doorzettingsvermogen om zichzelf bijeen te rapen en opnieuw te beginnen na de klap van het schandaal. Hij was onder de indruk van het succes dat ze van het bedrijf aan het maken was in een wereld die werd gedomineerd door mannen.

Hij had geen aanleiding te denken dat Rose hem als iets anders zag dan een capabele manager Operations. Ze leek zijn gezelschap niet onaangenaam te vinden en ze werkten goed samen. Maar dat was alles. Ze was per slot van rekening nog steeds getrouwd. Als hij haar zou vertellen wat hij voor haar voelde bracht hij alles in gevaar wat belangrijk voor hem was: zijn baan, zijn toekomst en zijn financiële zekerheid.

En hoe kon hij ooit haar gelijke worden? Ze leek in alle opzichten superieur aan hem, niet alleen omdat ze zijn bazin was bij Martineau Aviation, maar ook qua karakter, klasse en achtergrond. Vandaag, alleen in de kerstvakantie, op een leeg strand, kon hij het gevoel van mislukking, dat nu en dan op zijn schouder tikte om hem te helpen herinneren dat het er was en nooit zou verdwijnen, weer niet van zich afschudden. Het was bijna, bedacht hij terwijl hij over de zee uitkeek, een oude vriend. Je jaagde promotie en succes na, je zette geld apart op een spaarrekening, je hield je appartement brandschoon en netjes, maar toch was het er altijd, die angst dat alles waar je zo hard voor had gevochten ook zomaar ineens weg kon zijn.

Nu hij over het strand liep en naar de deinende beweging van het water keek, voelde hij zich beschaamd dat hij zijn vader had gekwetst, maar tegelijkertijd voelde hij ook enorme weerstand tegen de situatie. Hij probeerde de herinnering aan Mick die in de pub nederig zijn berisping over zich heen had laten komen te vergeten, maar dat lukte niet. Wat hem kwaad maakte. Hij kon niet accepteren dat hij, die altijd plichtsgetrouw, hardwerkend en financieel onafhankelijk was geweest, op eieren moest lopen als het over de hopeloze zaken van Mick Falconer ging.

Toch bleef iets wat zijn vader had gezegd maar door zijn hoofd malen: *Ik had niet het lef om met haar te praten.* Misschien was hij toch niet zo heel anders dan zijn vader. Hij had het lef niet om Rose te vertellen wat hij voor haar voelde. Hij speelde zoals altijd op veilig, vermeed risico's, deed alles behalve zijn nek uitsteken.

Er was een moment, onzichtbaar en onopgemerkt tot het voorbij was, waarop het donker werd. Hij moest over het strand, de zee aan zijn ene kant en de rotsen aan de andere, op de gok teruglopen naar zijn auto. Hij begreep op dat moment ineens dat je de drang kunt voelen om ervandoor te gaan, zoals zijn vader had gedaan, weg van de rotzooi en de last die het leven is, en steeds verder de duisternis in te lopen.

14

Londen – augustus 1931

Het was de laatste dag van augustus. Sadie zat in de Amerikaanse bar van het Savoy, waar Alma Rathbone en haar vrienden haar vijfenveertigste verjaardag vierden met White Lady-cocktails. Alma zwiepte terwijl ze Sadie kwam begroeten zo met haar heupen dat de rok van haar zilverlamé jurk om haar benen draaide. 'Niet bepaald subtiel, hè, schat? Maar wie wil er nou subtiel zijn op zijn verjaardag?'

De sieraden van de vrouwen, hun diamanten, parels en kralen van Venetiaans glas, schitterden in de gouden gloed van het licht van de bar. Je zag fragmenten in de rij flessen en glazen, in de gepolijste tafelbladen en de spiegeltjes van de poederdozen van de vrouwen terwijl ze controleerden of hun make-up nog goed zat: een stuk lichtblauwe gevlamde zijde, een Chinese omslagdoek met franje, het gouden bandje van een Cartier-horloge. Een geëmailleerde koker klikte open om roze, blauwe en gele cocktailsigaretten aan te bieden. Sadie ving een vleug parfum op, zwaar van de geur van tuberoos.

De kraaltjes op een piepklein tasje dat over een stoelleuning werd geslingerd ritselden en schraapten over de vloer toen de eigenaresse, een mager en ontevreden uitziend meisje met holle ogen, haar stoel in een gevaarlijke hoek naar achteren duwde.

'Ik haat dit soort feesten, jij niet?'

'Bedoel je verjaarsfeesten?' vroeg Sadie.

Het meisje bewoog haar lange, slanke vingers heen en weer. 'We hangen maar wat rond en ik word natuurlijk weer stomdronken, want dat gebeurt altijd, en dan voel ik me morgen afgrijselijk, en dan moet ik naar Wiltshire.'

'Wil je niet naar Wiltshire?'

'Nee, helemaal niet.'

'Waarom ga je dan?'

'Omdat mama zegt dat het moet.'

De humeurige gezichtsuitdrukking van het meisje intensiveerde. 'Ik kan het niet aan.' Haar onrustige blik ging naar de bar. 'Ik dacht dat Lewis zou komen.'

'Welke Lewis?'

'Lewis Finch. Hij is goddelijk. Ik wil met hem trouwen.' Ze zei het op vechtlustige toon, stak haar kin naar voren.

'En daar is je moeder het niet mee eens?'

'Nee.' Het meisje – het was echt nog een heel jong meisje – zag er zo wanhopig uit dat Sadie met haar te doen had.

'Maak je niet druk. O god, wat doe ik nu? Ik vond het zelf altijd vreselijk als ik tot over mijn oren verliefd was op een man en iemand dat tegen mij zei. Maar je bent toch op hem verliefd?'

'Ja, al een eeuwigheid.'

'Dat kan heel moeilijk zijn, verliefd zijn.'

Het meisje keek haar ongeïnteresseerd aan. 'We kennen elkaar niet, toch? Was je op dat feest bij Maxwell?'

'Nee. Sadie Lawless.'

'Pansy Wade. Wat een leuke jurk.'

'Dank je.' Ze droeg een jurk van koffiekleurige zijde.

'Ik kan die kleur niet dragen, dan word ik vreselijk flets. Vind je dit koraalroze te meisjesachtig? O hemel, daar is hij.'

De stoel kiepte naar voren en Sadie stak een hand uit om hem te stabiliseren. Twee mannen waren de bar binnen komen lopen en waren op weg naar het groepje waar Alma stond. De langere man was opmerkelijk aantrekkelijk, goedgebouwd, met een kwajongensachtige glinstering in zijn ogen en kortgeknipt, krullend, kastanjebruin haar.

'Is dat hem?' fluisterde Sadie, die naar hem keek.

'Sst. Nee.' Pansy's mond krulde minachtend op. 'Dat is Kit Massingham. Nee, hij.' Haar blik rustte op de tweede man, een slonzig heerschap met bruin haar dat over zijn voorhoofd hing in de stijl van Ramón Novarro. Hij kuste Alma op de wang en trok een kruk naar zich toe om op te gaan zitten om met haar te kletsen.

Pansy's tasje viel op de vloer. 'O, jee. O, jee.'

'Zeg maar wat tegen mij. Doe maar alsof je hem niet hebt gezien.'

'Dat kan ik niet.'

'Natuurlijk wel. Vertel maar... Vertel maar wat over je hobby's.'

Ze schudde haar hoofd. 'Die heb ik niet. Ik kan dit niet aan. Waarom kijkt hij niet naar me?'

'Hou je van paardrijden? Of van dansen? Tennissen? Lezen? Wat doe je om de dag door te komen?'

Het lukte ze om een kwartier lang een haperend gesprekje te voeren. Er werden meer cocktails geserveerd en Lewis Finch praatte nog steeds met Alma terwijl Pansy op haar nagels zat te bijten. Toen iedereen was gearriveerd verlieten ze het Savoy en stapten in een rij wachtende taxi's.

Er hadden zich schokkende gebeurtenissen voorgedaan in de weken sinds Edith op bezoek in Het Ei was geweest: het aftreden van premier Ramsay MacDonald en de formatie van een nationale regering in een poging de financiële crisis op te lossen die dreigde de samenleving uit elkaar te scheuren. Het hete, vochtige weer versterkte het gevoel dat er een catastrofe ophanden was. De hemel zag er onheilspellend uit en gekneusde, optorenende wolken stapelden zich zuidelijk van de Theems boven de stad op. De hoge gebouwen en straten vol verkeer maakten de klamme hitte nog erger en Sadie pulkte in de taxi aan haar rok, die aan haar benen kleefde. Toch was ze opgelucht even weg te zijn van Het Ei. Ze was zo moe van de schaduwen en reflecties die alles wat echt was leken te vervormen en vergroten, ze was het zo zat om het gevoel te hebben dat ze werd bekeken.

Aangekomen in de Trocadero voegden zich nog een stuk of zes vrienden van Alma bij het gezelschap. De ober, een kwetsbaar uitziende oude man, zette een aantal tafels tegen elkaar. Er werd een waterkerssalade geserveerd en champagne werd ingeschonken. De man die naast Sadie zat vertelde over het huis dat hij op het platteland liet bouwen. Ze reageerde met complimenten en bewonderende woorden, maar vertelde niet dat haar vader architect was; daar beleefde ze geen plezier meer aan.

Kon ze Edith maar uit haar hoofd zetten, maar dat lukte niet. De dingen die ze tegen elkaar hadden gezegd en de finaliteit van de manier waarop ze uit elkaar waren gegaan wogen zwaar op haar hart. Had ze De Meeuwenvleugel niet moeten verkopen? Het was een van de moeilijkste beslissingen geweest die ze ooit had moeten nemen. Het was waar dat zij veel meer zicht had op wat het huis voor hun vader had betekend dan Edith, maar ze wist dat ze Ediths beschuldigende woorden nooit zou vergeten: *Je had De Meeuwenvleugel in de familie moeten houden.* Het was onrechtvaardig van Edith om haar dat kwalijk te nemen. Op het huis van hun ouders in Hampstead had een maximale hypotheek gerust om de bouw van De Meeuwenvleugel te financieren. Ze had veel geld moeten lenen om de successierechten te kunnen betalen. Als ze Het Ei had verkocht in plaats van De Meeuwenvleugel, zou dat niet genoeg geld hebben opgebracht.

Haar vader was op weg terug naar Engeland geweest om de laatste details van de bouw van het huis na te lopen toen zijn vliegtuig was neergestort. Nam een deel van haar het De Meeuwenvleugel kwalijk dat hij was omgekomen? Had ze het daarom verkocht? Dat waren vragen die ze nooit zou kunnen beantwoorden en die ze in de tweeënhalf jaar sinds de dood van haar ouders had vermeden. Maar ze dacht nu terug aan hoe vastberaden haar vader zijn droom had nagejaagd, hoe het een obsessie was geworden die hem blind had gemaakt voor de behoeften van anderen, en ze voelde dat ze afstand van hem begon te nemen, ook al was ze voor hem in de bres gesproken tegen Edith.

De borden van de salade werden afgeruimd en er werd vis geserveerd. Aan het hoofd van de tafel klonk een gil. De knappe man die samen met het object van Pansy Wades liefde was gearriveerd was een champagnetoren aan het bouwen.

'Niemand bouwt zulke mooie champagnetorens als Massingham,' zei de man met het buitenhuis. 'Kostelijk.'

'Als iedereen kijkt, kan ik het niet,' zei Massingham.

'Kletskoek, Kit,' riep een jonge vrouw. 'Je doet het juist omdat je wilt dat er naar je wordt gekeken.'

Sadies buurman vroeg: 'Hou je niet van tong, juffrouw Lawless?'

'Eigenlijk niet, nee.' Edith had eens hetzelfde gerecht geserveerd, koude tong met mierikswortelsaus, toen ze nog in York Street woonde. Sadie had het toen niet lekker gevonden en ze vond het nu ook niet lekker: koude, glibberige vis gecombineerd met hete, bittere saus. Een melancholisch gevoel bekroop haar en ze voelde hoofdpijn opkomen. Ze legde haar mes en vork op haar bord en opende een licht flirtend gesprekje met de man die aan haar andere kant zat.

Toen de toren klaar was, schonk Kit Massingham champagne in het bovenste glas. Martin Rathbone, met sporen van theater-make-up op zijn gedistingeerde gelaatstrekken, ging erbij staan toen de vloeistof bruisend in de glazen eronder stroomde. Iedereen applaudisseerde. Martin ging naast Alma zitten en at in hoog tempo de drie gangen op die voor hem apart waren gezet, terwijl hij ondertussen een amusant verhaal vertelde over iemand uit het publiek die die avond tijdens de voorstelling was flauwgevallen.

Er werden speeches gehouden, Alma kreeg een boeket orchideeën en er werden nog meer wijnflessen ontkurkt. Iemand stelde voor om naar Ciro's Club te gaan en het gezelschap liep in een grote, rumoerige kluwen over Piccadilly, waarbij Pansy Wade aan de arm van Lewis Finch kleefde en hard begon te lachen toen ze met haar sandaaltje in de zoom van haar avondjapon bleef steken. Er kwam een taxi voorbij, het gezicht van een meisje tegen de achterruit gedrukt, en de lucht voelde zwaar van stof en ozon. Een man in versleten en gevlekte kleding trok zich terug in een portiek en pakte zijn spulletjes uit: een krant, een blikje tabak, sigarettenvloeitjes en een bruine fles met vloeistof erin, Sadie nam aan bier.

Martin Rathbone kwam naast haar lopen. 'Leuk je te zien, Sadie. Hoe is het?'

'Uitstekend. En met jou? Is het een goed toneelstuk?'

‘Afgrijselijk. Een klucht die bij lange na niet grappig genoeg is. Ik ben er niet trots op. Maar ik neem aan dat hij binnenkort wel van het podium zal gaan. Wat doe jij tegenwoordig?’

‘Een vriend van me heeft me gevraagd te helpen bij het drukken van een grote oplage. Ik ga er een paar maanden voor naar Londen.’ Lachlan had haar werk als technisch assistente aangeboden, dat ze dankbaar had aangenomen. Ze ging bij een vriendin logeren die in Earl’s Court woonde.

Martin zei: ‘Ik denk niet dat het goed is voor Tom en Di dat ze zichzelf daar levend hebben begraven. Ze waren altijd al vreselijk met zichzelf bezig, maar dat is alleen maar erger geworden.’ Hij keek haar geamuseerd aan. ‘Wat? Ik weet wat je denkt. Ik hoor een acteur te zijn die alleen maar met zichzelf bezig is.’

‘Dat dacht ik helemaal niet. Maar je hebt gelijk: ik kijk ernaar uit er even weg te zijn.’

‘Ik wilde Hamlet spelen,’ zei hij, ‘maar daar ben ik al te oud voor. ‘Grijp dus je kans, Sadie, dan kom ik voor je klappen als je werk in een galerie in het West End hangt. O hemel, ze is ladderzat.’ Martin keek naar Pansy Wade.

‘Ken je haar?’

‘Ze is mijn nichtje. Een en al ellende. Ik zou haar graag aan haar lot overlaten, maar mijn tante doet me wat aan als ze stomdronken bij een of andere schurk in bed belandt.’

Ze liepen de nachtclub binnen. De reflecties van de dansende stellen vervaagden en vermengden zich op de dansvloer terwijl Sadie en Martin de foxtrot dansten, het roze, blauw en zilver van de jurken van de vrouwen hypnotiserend tegen de donkere herenpakken.

Aan het einde van de dans bedankte Martin Sadie, en hij liep terug naar Alma.

‘Wil je dansen?’ vroeg een stem. Sadie draaide zich om en zag Kit Massingham staan.

Ze voelde terwijl ze de quickstep deden hoe ze opvrolijkte.

‘Dat was heel knap,’ zei ze tegen Kit, ‘zoals je dat met die champagneglazen deed.’

Hij kneep zijn donkerblauwe ogen tot spleetjes. 'Dat trucje doe ik altijd op feestjes. Wat is jouw trucje?'

'Dat heb ik niet.'

'Dat geloof ik niet. Iedereen heeft een trucje. Om de tijd te vullen als je niet weet wat je moet zeggen. Tenzij jij zo iemand bent die afschrikwekkend lang zijn mond houdt.'

'Zie ik er afschrikwekkend uit?'

'Dat weet ik niet. Misschien een beetje. Aanlokkelijk afschrikwekkend.'

'Aanlokkelijk is beter dan afschrikwekkend.'

'Vind je? Een afschrikwekkende blik kan anders best handig zijn.'

Het drong tot haar door dat ze aan het flirten waren en dat ze het heerlijk vond. Het was precies wat ze nodig had, een flirt met een aantrekkelijke man. Edith en haar rancuneuze, kritische woorden en Tom Chiverton die zichzelf aan haar probeerde op te dringen konden de pot op.

Ze luisterde maar half naar wat hij zei terwijl ze de vorm van Kit Massinghams mond en zijn prachtig symmetrische profiel bewonderde. Hij was ouder dan zij, leuk gezelschap en zelfverzekerd. Hij had de uitstraling van een man die wist waar hij mee bezig was.

Ze gingen weg uit Ciro's. Het regende hard en het was gaan waaien; de bladeren aan de platanen zwiepten heen en weer. Ze gaf Kit een arm en voelde zijn schouder tegen de hare. Ze babbelden over ditjes en datjes en daar was ze dankbaar om.

Er klonk donder. Kit trok zijn jasje uit en hield het boven hun hoofden voordat ze over de stoep begonnen te rennen. Hij had onder zijn jasje zijn arm om haar schouders en ze voelde zijn duim haar nek strelen. Ze doken de beschutting van een portiek in om te zoenen.

Later gingen ze naar een nachtclub waar de bediening als duiveltjes was uitgedost en de tafels van doodskisten waren gemaakt. Lampen in de vorm van skeletten dansten aan het plafond. Sadie ging naar de toiletruimte om haar haar te doen, dat uit model was geraakt door de regen. Pansy Wade hing met een wit gezicht boven een wasbak te huilen. Alma trok over haar schouder een gezicht naar Sadie en richtte zich toen weer op het meisje om haar te troosten. Een bediende zat geknield op de vloer en speldde de zoom van Pansy's jurk vast.

Het was een uur of twee in de nacht en een aantal mensen vertrok naar huis of naar een andere nachtclub. Sadie stond langs de dansvloer. Een groep mannen stond achter haar boven de muziek van de band uit te schreeuwen.

'De regering moet flink bezuinigen op de bijstand, anders is Oostenrijk straks niet meer het enige land waar de banken omvallen.'

'Mosley zegt verstandige dingen.'

'Ik kan die man niet uitstaan. Ik vind het een zelfvoldane klootzak.'

Sadie herkende een gezicht in de menigte. Een jongeman met kenmerkende, beweeglijke gelaatstrekken en hoge jukbeenderen stond alleen. Hij bewoog mee op het ritme van de muziek terwijl ze hem probeerde te plaatsen. Toen zijn lichaam in een magnetische, lenige reactie begon te bewegen, wist ze weer waar ze hem van kende.

Ze tikte hem op de schouder. 'Rufus, toch? We hebben elkaar bij de Chivertons gezien.'

Hij draaide zich om en lachte naar haar. 'Sadie.'

'Je weet nog wie ik ben.'

'Natuurlijk weet ik dat nog. Ik heb afgrijselijke dingen gezegd over het huis dat je vader heeft ontworpen.'

Ze schoot in de lach. 'Dat geeft niets; ik was het al vergeten. Hoe is het?'

'O, z'n gangetje. En met jou?'

Ze zei dat het uitstekend met haar ging. 'Was je niet met Tom aan een ballet aan het werken?'

'Niet meer. Dat is niets geworden. Mag ik je een drankje aanbieden om mijn eerdere wangedrag goed te maken?'

Ze vroeg een whisky-soda. Het was druk in de nachtclub, maar ze vonden een plekje op de rand van een doodskist.

Ze vroeg: 'Zie je ze nog wel eens? De Chivertons?'

'Niet meer sinds dat ballet op niets uitliep.' Hij glimlachte met een ironische blik in zijn ogen. 'Ik dacht dat we vrienden waren, maar daar had ik me in vergist. En jij?'

Ze schudde haar hoofd. Maar ze was ergens benieuwd naar. 'Toen jij naar De Meeuwenvleugel ging, heb je toen wel eens het gevoel gehad dat Tom...?'

'Wat?' vroeg Rufus.

'Dat hij flirtte met vrouwen? Vrouwen behalve Diana?'

Rufus schoot in de lach. 'Aan de lopende band. Tom is een onverbeterlijke rokkenjager. Dat weet iedereen.' Hij streek met zijn vingers over de doodskist. 'Tom is altijd omringd door meisjes. Ze vallen bij bosjes voor hem. Maar het is allemaal van korte duur. Diana houdt hem als een havik in de gaten. Hoezo?'

'O, niets. Ik vroeg het me gewoon af.'

Ze dronken hun whisky op en Rufus ging met iemand anders dansen.

Sadie was van plan om na haar project met Lachlan naar het buitenland te gaan. In Frankrijk en Spanje woonden ook veel kunstenaars die op zoek waren naar goede technisch assistenten. Ze zou gaan werken en reizen en een portfolio opbouwen vol werk waar ze trots op was. En dan zou ze weer contact opnemen met Madge Danford en vragen of ze haar wilde vertegenwoordigen met haar galerie.

Maar het is allemaal van korte duur, had Rufus gezegd toen hij het over de vrouwen van Tom Chiverton had gehad. Dat was een enorme opluchting. Tegen de tijd dat ze weer thuis zou zijn, zou Tom haar zijn vergeten. Hij zou allang een ander hebben gevonden. En Diana – als het Diana was geweest en niet Tom die haar collage had vernield – zou tegen die tijd haar pijlen op een andere vrouw hebben gericht.

Een hand raakte haar arm aan. 'Volgens mij gaan we verder.'

Ze keek op en zag Kit Massingham. Ze liet hem haar stola over haar schouders draperen. De regen had het stof van de trottoirs gespoeld en het vuil en de lucifers de goten in geduwd. Het rook nu fris en schoon buiten en de lucht streelde haar huid, koel als zijde.

Twee taxi's kwamen voorrijden en iedereen stapte in. Sadie zat op schoot bij Kit, die het kuiltje in haar nek met de rug van zijn vingers streelde. Ze bestudeerde ernstig zijn gelaatstrekken, zag voor zich hoe ze zijn sterke kin, welgevormde lippen en ogen onder de gebogen wenkbrauwen zou tekenen.

'De rest gaat nog ergens anders naartoe,' mompelde hij. 'Maar ik vroeg me af of jij misschien zin hebt om met mij mee naar huis te gaan voor een drankje.'

Ze wist dat ze dat zou doen. Ze wist dat ze zich in een avontuur zou storten en dat oude gevoel van opwinding, dat ze bijna was vergeten, stroomde door haar heen. Zijn mond streelde langs de hare en hij trok haar strak tegen zich aan terwijl ze kussend op de achterbank van de taxi zaten die door de van regen glanzende straten reed.

15

Londen en Surrey – januari 1971

Vanwege de poststaking die al meer dan twee weken duurde was het moeilijk om brieven en documenten door het land heen te versturen. Rose had daarom afgesproken dat ze met Dan naar het kantoor van hun cliënt in de Londense City zouden gaan voor de laatste onderhandelingen over een nieuw contract. De cliënt, Peter Rickman, was een kleine, stevige man van in de vijftig met een rood gezicht die bepaald niet charmant was, maar wel heerlijk direct, in zijn krijtstreeppak met overhemd, dat om de nek te strak zat en waar hij af en toe aan sjorde. Om half vier was alles geregeld, en om vier uur was het contract ondertekend en trokken Rose en Dan hun jas weer aan.

Rickman keek de mistige straat op. 'De stad valt uit elkaar. Ze zouden het leger erbij moeten halen. Je kunt het land toch niet laten gijzelen door een ongeordende bende?'

Ze schudden elkaar de hand en Rose en Dan vertrokken. Op straat aangekomen slaakte Rose een diepe zucht.

'Dat contract is zo ongeveer met bloed ondertekend.'

'Rickman is geen gemakkelijke.'

'Ik dacht dat hij nooit ging ondertekenen. Zijn pen heeft drie keer het papier geraakt voordat hij daadwerkelijk zijn handtekening zette.'

Ze waren op weg naar metrostation Liverpool Street. Dan keek haar grijnzend aan. 'Heb je dat geteld?'

'Natuurlijk heb ik dat geteld.' Ze keek hem verheugd aan. 'Het levert vijf jaar werk voor ons op, Dan. Vijf jaar!'

'Ik weet het. Waanzinnig.' Zelfs Dan, aan wie je nooit een emotie zag, zag er nu zelfvoldaan uit. 'Goed gedaan, Rose. Je hebt goed op hem ingespeeld.'

Rose ging in de metro dankbaar op de laatste vrije stoel zitten terwijl Dan bleef staan. Ze was opgewonden. Martineau Aviation, dat drie maanden daarvoor op de rand van een faillissement had gebalanceerd, was, hortend en stotend, weer gezond geworden. Ze waren helemaal volgeboekt, ze kregen er nieuwe klanten bij, en ze hadden dankzij de vrijgevigheid van haar vader geen vliegtuig hoeven verkopen. Als het bedrijf bleef groeien zouden ze binnen een paar jaar zowel de bank als haar vader hebben afbetaald. En dan was het bedrijf echt uit de gevarenzone.

Ze maakte er een succes van. Ze was hier goed in, en dat wist ze.

De rijtuigen zwenkten door de tunnels. Toen het licht begon te flikkeren greep Rose haar koffertje stevig vast. Ze nam als ze in Londen was normaal gesproken de bus of een taxi. Ze zat in de metro omdat ze met Dan reisde, en ze wilde niet dat hij dacht dat ze zo'n tutje was dat niet met de metro durfde te reizen.

Ze hoorde Dan vragen: 'Hoe is het met de meisjes?'

De metro kwam tot stilstand op station Chancery Lane. De bovengrondse stations vond ze niet vervelend; het ging om de tunnels. 'Eve is verkouden, de arme schat,' zei ze. 'Ik wilde haar eigenlijk thuishouden vandaag, maar ze wilde per se naar school.'

'En haar zus? De vliegtuigdeskundige?'

De metro kwam ratelend weer op snelheid. Ze vond het bijzonder dat Dan zich Katherine nog herinnerde, hoewel hij haar maar een of twee keer had gezien.

'Prima. Ze begint te wennen. Voor de vakantie moest ze nog wel eens huilen 's ochtends voordat ze naar school ging, maar dat is over, dus volgens mij begint ze het leuk te vinden.'

De metro was tussen twee stations in tot stilstand gekomen. Dit vond ze het ergste: die angstige sensatie die over haar heen viel als de metro stopte tussen de roetbruine, benauwende muren van een tunnel. Het kostte veel moeite om niet te denken aan dingen waaraan het haar normaal gesproken lukte niet te denken: brand, ongelukken, bommen.

Dan zei: 'We wachten vast op een groen licht. Hij rijdt zo weer verder.'

'Ja, natuurlijk.' Ze zag dat haar knokkels, die haar koffertje omklemden, wit waren geworden en vroeg zich af of het Dan was opgevallen. Kwam dat verdomde ding nou maar weer op snelheid. Waarom bewoog hij niet? En waarom leken de andere passagiers, de mannen en vrouwen die hun *Evening Standard* of een boek zaten te lezen, onaangedaan? Waarom hadden zij er geen last van? Waarom was zij de enige met stomme, kinderlijke angsten waarover ze geen controle had?

Dan praatte verder: 'Die tante van je, over wie je me hebt verteld, die in Sussex...'

'Oudtante,' zei Rose automatisch.

'Oudtante. Heb je haar al gevonden?'

Ze had het gevoel dat ze stikte. Haar strot zat dicht, liet de bedompte lucht niet meer los. Ze dwong zichzelf zich te concentreren op Dans vraag, op Sadie. 'Ze heeft ruzie gehad met Tom Chiverton. Dat zei die vrouw in de winkel, Winnie, Winnie Ferrers.'

'Weet je waarover?'

'Eh... nee... geen idee...'

'Er is niets aan de hand, Rose.' Zijn stem klonk geruststellend. 'We rijden zo weer verder, echt.'

O god. Dus het was hem opgevallen. 'Dat weet ik, dat weet ik,' mompelde ze terwijl ze hem verwilderd aankeek, alsof ze probeerde in te schatten of hij haar irrationele angst voor haar kon bedwingen. 'Het is zo stom. Ik weet dat het stom is.'

'Probeer aan iets anders te denken.'

'Rijdt dat verdomde ding ooit nog verder?'

'Je weet hoe vaak onze vliegtuigen op de landingsbaan vaststaan. Het is iets kleins. Het is zo opgelost.'

Het was nooit vervelend om naar Dan Falconer te kijken. Korenbloemblauwe ogen en blond haar dat was gaan krullen van de mist. En koel als een kikker, ondanks het feit dat ze in die afgrijselijke tunnel zaten gevangen, God mocht weten hoeveel meter onder de grond.

Ze probeerde aan iets anders te denken. 'Ik vraag me af of Tom Chiverton heeft geprobeerd haar te verleiden.'

'Sadie?'

'Ja. Of misschien hebben ze zelfs een verhouding gehad die is misgelopen. Zoiets. Volgens Winnie was het een rokkenjager.'

'Denk je dat ze nog leeft?'

'In eerste instantie dacht ik van wel, maar nu...' Het drong met een schok tot Rose door dat ze al een tijdje niet meer geloofde dat Sadie nog leefde. 'Nee,' zei ze. 'Dat denk ik niet. Ik denk dat ze dood is, Dan. Ik denk dat ze al heel lang dood is.'

Het licht ging ineens uit en het werd stikdonker in het rijtuig. Ze moest een gil van angst onderdrukken.

Ze hoorde Dan zeggen: 'Geef me maar een hand.'

Haar hand raakte de zijne. Dat voelde beter, minder alleen. Hij begon over het contract dat ze net hadden getekend, over alle details die ze in de gaten moesten houden, en ze dwong zichzelf zich te concentreren op het geluid van zijn stem, de druk van zijn vingers, terwijl ze oppervlakkig ademde.

Het licht ging weer aan, de metro begon een beetje te schudden en kwam langzaam weer op gang. Dan liet haar hand los.

Toen ze station Holborn binnenreden, vroeg hij: 'Zullen we uitstappen? Wil je een taxi nemen?'

'Nee, het gaat wel.'

Op Tottenham Court Road stapten ze over op de Northern Line. Een gevoel van gêne begon het over te nemen van de angst. 'Misschien moet ik eens hypnose proberen,' zei ze verontschuldigend.

'Je hebt ook vliegangst, hè?'

De achteloze manier waarop hij dat ter sprake bracht, alsof hij dat al maanden wist, schokte haar. Ze staarde hem aan. 'Hoelang weet je dat al?'

'Ik vermoedde het.'

'Dat heb je helemaal niet gezegd, Dan.' Ze dacht dat ze haar fobie heel succesvol verborgen had weten te houden.

'Ik kreeg de indruk dat je het er niet over wilde hebben.'

'Hoe weet je het?'

'O... al die keren dat Eric je heeft uitgenodigd voor een vlucht en je het druk had met wat anders.'

Rose zag tot haar irritatie een zweem van vermaak in zijn ogen.

'En...' Hij zat op zijn vingers te tellen. 'En die keer dat je de cockpit niet in wilde voor een rondleiding. O ja, en die keer dat je groen aanliep toen Roy die moeilijke landing had met die zijwind.'

Ze schaamde zich dood. 'Weet iedereen het?'

'Eric en Roy hebben een weddenschap afgesloten over wie het als eerste voor elkaar krijgt je de lucht in te krijgen.'

'Dat is toch een grapje, hè?'

Hij glimlachte. 'Eric is ervan overtuigd dat het hem gaat lukken.'

'Waag het niet om te lachen.'

'Kom op, Rose. Je moet toch toegeven dat het grappig is. De baas van een luchtvaartbedrijf die niet durft te vliegen.'

'Nou, hilarisch,' zei ze terwijl de metro stopte op Waterloo. Ze stapten uit en liepen naar de roltrap.

Boven aangekomen liepen ze het treinstation in. Ze zag op het bord met de dienstregeling dat er vijf minuten later een trein naar Weybridge vertrok.

'Dank je wel voor vandaag, Dan.' De woorden ontsnapten spontaan uit haar mond. 'Je was fantastisch. Zonder jou was het me nooit gelukt. En bedankt dat je hebt voorkomen dat ik mezelf voor schut zette in de metro. Het was een goede dag, hè?'

En toen omhelsde ze hem, tot haar grote verrassing. En toen stonden ze ineens te zoenen, zijn lippen koel en stevig, zijn lichaam tegen haar aan gedrukt, en ademde ze de geur van zijn aftershave in terwijl forenzen tegen hen aan botsten. Ze wilde nooit meer ophouden met hem kussen en het maakte haar niet uit als ze haar trein zou missen.

Ze namen afscheid. 'Ik moet rennen,' zei ze. De woorden klonken gedempt en buiten adem, en ze rende het perron op zonder om te kijken.

Toen ze later die dag thuiskwam met de meisjes, haar armen vol tassen en regenjassen, keek Rose zoals altijd in de brievenbus, hoewel de kans dat er post was nu er werd gestaakt minimaal was.

Tot haar verrassing lag er een brief op haar te wachten; ze zag dat er een stempel van een privaat postbedrijf op stond en ze stak hem in haar handtas.

Eten koken, eten, huiswerk en naar bed. Niet nadenken over dat bijzondere dat was gebeurd. Niet denken aan zoenen met Dan Falconer op station Waterloo. Ze gaf zichzelf opdracht er niet aan te denken en het voor later te bewaren, als ze alleen zou zijn.

Eves verkoudheid was beter geworden en Katherine lag stil op haar buik op de vloer met haar neus in een boek.

Rose vroeg: 'Waar is je bril, liefje?'

'Die wil ik niet.'

'Maar zo krijg je hoofdpijn.'

'Ik haat die bril. Ik kan hem niet vinden.'

'Lieverd, je moet goed voor je bril zorgen,' zei Rose geïrriteerd. 'Hij was heel duur.' Ze zocht in Katherines jaszakken en tas en vond hem onder een verfrommeld gymshirt.

Ze hoorde Katherine vragen: 'Komt papa vandaag?'

'Nee, vandaag niet. Hij komt jullie vrijdag uit school halen.'

'Ik wil met hem praten.'

Ze draaide het nummer en gaf Katherine de hoorn. Ze ruimde het speelgoed en de kledingstukken op die door de kamer lagen verspreid terwijl Katherine met Robert praatte, grotendeels in enkele lettergrepen. Na een tijdje gaf ze Rose de hoorn. 'Papa wil je spreken.'

'Gaat het wel?' Roberts stem klonk bezorgd.

'Ja hoor. Ze wilde je gewoon even horen.'

'Ik kreeg er nauwelijks een woord uit.'

'Ze is moe. Misschien heeft Eve haar aangestoken met haar verkoudheid.'

Pas toen de meisjes in bed lagen dacht Rose weer aan die brief, en ze pakte hem uit haar tasje. Ze zag met een huivering van opwinding dat hij van Sadies vriend Jimmy Corrigan was, die ze had geschreven na haar gesprek met Constance Meyrick in Cambridge. Jimmy Corrigan – de roodharige Schot met het appartement in Victoria en het politieke tijdschrift *Splinter* – die volgens Constance verliefd was geweest op Sadie.

Jimmy had in zijn brief geschreven:

Beste mevrouw Martineau,
U hebt me vorig jaar een brief geschreven waarin u naar Sadie Lawless vraagt. Ik ben een paar maanden weg geweest en heb uw brief pas net gelezen. Ik heb geprobeerd u te bellen, maar er werd me verteld dat u bent verhuisd. De nieuwe bewoners hebben me uw adres gegeven. Ik hoop dat deze brief u bereikt, want ik denk met veel genegenheid aan Sadie terug.

Vervolgens het voorstel dat Rose naar hem toe zou komen, met een telefoonnummer. Ze draaide het nummer, maar er werd niet opgenomen.

Ze legde de brief weg en dacht weer aan Dan. Ze had hem vast niet moeten kussen, maar ze had er geen spijt van, want het was lief, warm en onverwacht gepassioneerd geweest. Dat miste ze allemaal verschrikkelijk en alleen al eraan denken maakte haar gelukkig. Ze had Dan Falconer gekust en had een deal gesloten die haar vijf jaar van werk verzekerde. Al met al een succesvolle dag. Toen ze een gin-tonic voor zichzelf inschonk voelde ze een siddering van genot door zich heen gaan.

De volgende ochtend was het vliegveld grijs uitgeslagen van de vrieskou en ook de omringende velden waren wit en door de kou gegrepen. Rose zat in haar kantoor het vliegschema voor de komende maand door te nemen met Lennie, de vliegtuigbelader. Ze had Dan nog niet gezien.

Lucy stak haar hoofd om de deur. 'Er is telefoon voor je, Rose.'

'Kan ik zo terugbellen?'

'Het is de juf van je dochter.'

Rose liep naar het bureau van Lucy en pakte de hoorn op.

'Met Rose Martineau.'

'Mevrouw Martineau, met juffrouw Lomax.' Juffrouw Lomax

was de klassenleerkracht van Katherine. 'Ik ging ervan uit dat u Katherine een dagje thuis had gehouden, maar ik sprak mevrouw Kent net, en die zei dat ze Katherine vanochtend op school heeft afgezet.'

Nadine Kent was de oppas die Rose had aangenomen om met de meisjes te helpen.

'Katherine zou bij u in de klas moeten zitten juffrouw Lomax,' zei Rose in verwarring.

'Ik heb haar vandaag nog niet gezien. Jonathan is ziek geworden, dus mevrouw Kent kwam hem ophalen toen ik haar tegenkwam en haar vroeg of Katherine last heeft van hetzelfde virus. Mevrouw Kent zei dat ze Katherine net als anders heeft afgezet, maar ik heb haar niet gezien. Ik heb even met Eve gepraat en die zegt dat Katherine op school is, maar we hebben overal gezocht en kunnen haar nergens vinden.'

Verwarring sloeg over in angst. 'Ga dan nog een keer zoeken.' Rose sprak gebiedend. 'Ik kom eraan. Ik ben er over tien minuten.' Ze legde de hoorn op de haak.

Lucy stond al klaar met haar jas en handtas. 'Er is vast niets aan de hand,' zei ze vriendelijk. 'Het zal wel een misverstand zijn.'

'Ja, dat neem ik ook aan. Wil jij Clément even bellen?'

'Dan en ik handelen alles wel af. Ga maar.'

Rose trok snel haar jas aan en liep het gebouw uit. De startmotor van haar Mini proestte van de kou en haar handen grepen het stuur vast. 'Kom op, start nou, kreng.' Ze haalde diep adem en probeerde het nogmaals, en de motor kwam tot leven.

Flarden mist dreven over de weg terwijl ze snel naar Weybridge reed. Lucy had vast gelijk. Iemand had zich vergist. Ze had Katherine en Eve vandaag iets eerder dan gebruikelijk naar Nadine gebracht, om acht uur, omdat ze het erg druk had. Nadine had de meisjes naar school gebracht, dus Katherine moest daar ergens rondlopen. Misschien had ze net op het toilet gezeten toen juffrouw Lomax de presentielijst deed, of misschien had ze zich wel in de bibliotheek verstopt met een boek. Ze zou zo op school aankomen en dan zou juffrouw Lomax Katherine al hebben gevonden en dan was alles weer goed en dan zou het misselijke gevoel dat ze had sinds juffrouw Lomax had gezegd dat ze haar vandaag nog niet had gezien weer verdwijnen.

Ze parkeerde op de oprit bij school. Juffrouw Lomax zat in de kamer van de secretaresse op haar te wachten.

'Is ze al gevonden?'

Juffrouw Lomax schudde haar hoofd. 'Ze is er niet. Juffrouw Harper en ik hebben overal gezocht.'

'Maar ze moet er toch zijn! Het schoolplein...'

'Mevrouw Martineau, Katherine is er niet. Gaat u alstublieft zitten.' De leerkracht vroeg met gefronst voorhoofd: 'Hoe was ze vanochtend?'

'Katherine? Prima.'

'Niet overstuur?'

Rose dacht terug. Ze had de meisjes de deur uit gehaast omdat er zo veel werk op haar lag te wachten. Ze kon zich nauwelijks herinneren wat ze tegen elkaar hadden gezegd. Niet zo veel, nu ze erover nadacht.

'Ze was wat stilletjes,' gaf ze met tegenzin toe. 'Maar ze is 's ochtends nooit op haar best.'

'Katherines gedrag laat de laatste tijd te wensen over. Ik was al van plan om u te schrijven. Ze is brutaal en ze werkt niet mee, en haar resultaten gaan achteruit. Ik heb haar er al een paar keer op moeten aanspreken. Ik vroeg me af of er thuis problemen zijn.'

Rose probeerde de schok van de woorden van de leerkracht te verwerken. 'Mijn man en ik zijn uit elkaar,' zei ze. 'Dat heb ik verteld toen de meisjes hier werden ingeschreven. Katherine heeft het er moeilijk mee.'

'Het kan even duren voordat kinderen zijn gewend aan nieuwe omstandigheden.'

'Weet een van haar vriendinnen misschien waar ze is?'

'Daar wilde ik het ook nog met u over hebben, mevrouw Martineau. Katherine heeft moeite in de groep in te voegen. Ze heeft niet echt vriendinnen.'

De gedachte aan haar dochter die alleen op het schoolplein zou staan sneed als een mes door haar heen. Maar aan dat gevoel kon ze nu niet toegeven. 'Ik moet haar vinden.' Rose stond op. 'Ze is vast naar huis gelopen.'

'Dat neem ik ook aan. Laat u het weten als ze terecht is? En laten we een afspraak maken om de andere problemen te bespreken.'

Rose ging op weg naar huis. De koude doodsangst had zich vastgezet onder haar ribben en voelde veel doordringender dan de paniek in de metro gisteren. Was dat pas gisteren? Het voelde als een eeuwigheid geleden.

Toen ze de auto startte dacht ze: ik weet niet waar Katherine is. Mijn dochter is pas zeven en ik weet niet waar ze is. Al het andere dat was gebeurd echode ook in haar na: dat Katherine brutaal was en dat haar resultaten verslechterden. Waarom had zij, Katherines moeder, dat niet geweten?

Ze dacht terug aan de lichtvaardige vanzelfsprekendheid waarmee ze de dag ervoor tegen Dan had gezegd: *Voor de vakantie moest ze nog wel eens huilen 's ochtends voordat ze naar school ging, maar dat is over, dus volgens mij begint ze het leuk te vinden*. Maar dat je ergens niet meer om huilde betekende niet dat je er geen last meer van had, dat wist Rose als geen ander. Wanneer had ze voor het laatst een hele dag met Katherine samen doorgebracht, met zijn tweetjes? Niet meer sinds ze bij Martineau Aviation was begonnen.

Ze reed de weg naar het flatgebouw in en keek of ze haar op de stoep zag lopen. Dat misselijke gevoel in haar maag werd intenser. Katherine kon het huis niet in, want ze had geen sleutel, dus ze zou buiten moeten wachten. Rose reed de parkeerplaats op en scande het gebouw. Er stak geen koningsblauwe jas af tegen de rode bakstenen.

Iemand moest haar hebben binnengelaten. Ze zou hebben aangebeld en een buurvrouw zou haar hebben binnengelaten.

Rose parkeerde de auto, liet zichzelf het gebouw binnen en rende naar boven. De gang en het portiek waren leeg. 'Katherine?' riep ze, maar ze hoorde alleen haar eigen stem echoën.

Ze opende de voordeur. De kans dat Katherine de reservesleutel zou hebben gepakt was minimaal en die hoop vervloog zodra het tot Rose doordrong dat de flat leeg was. Waar was ze? De gruwel van wat er gebeurde viel over haar heen en ze drukte haar knokkels tegen haar mond.

Rustig blijven; je moet helder nadenken. Ze belde Nadine. Die bevestigde wat juffrouw Lomax had gezegd: dat ze de meisjes die ochtend zoals gewoonlijk naar school had gebracht.

'Heb je ze tot aan het schoolplein gebracht?'

'Ja. En daar hebben we zoals elke dag afscheid genomen en toen is ze met Eve en Jonny naar binnen gelopen.'

'Heb je gewacht tot ze binnen waren?'

'Nee.' De angst in de stem van Nadine reisde de telefoonlijn door. 'Martha huilde.' Martha was Nadines dochtertje. 'Ze was net in slaap gevallen in de wandelwagen en werd weer wakker zodra ik stilstond bij school. We hebben vannacht nauwelijks geslapen en ik wilde proberen haar zo snel mogelijk weer in slaap te krijgen. Het spijt me verschrikkelijk, Rose.'

'Het is niet jouw schuld.' Ze wist dat de razernij die ze voelde onredelijk was. 'Ik wil dat je iets voor me doet, Nadine. Kun je alsjeblieft even goed in en om je huis zoeken, zodat we zeker weten dat ze niet bij jou is? Ze kent je en is op je gesteld. Misschien dat ze naar jou is gelopen. Ze kent bijna niemand in Weybridge.'

'Ik ga meteen kijken. Geef me vijf minuten, dan bel ik je terug.'

Ze stond terwijl ze wachtte tot Nadine zou terugbellen bij het raam en keek uit over de parkeerplaats en de weg. Een deel van haar kon niet geloven dat dit gebeurde. Als ze zich hard genoeg zou concentreren zou ze Katherine zien, haar lieve, altijd slordige dochter, met haar loshangende jas en haar schoenveters niet geknoopt, op weg naar de ingang van het flatgebouw, haar tas achter haar aan zeulend over de stoep. Als ze vanmiddag aan tafel zouden zitten om te gaan eten, zou ze naar beide dochters kijken en terugdenken aan de helse angst die ze had uitgestaan en eeuwig dankbaar zijn dat het achter de rug was.

Maar een ander deel van haar rende door een donkere steeg op weg naar een afschuwelijk einde, en daar zag ze Katherine, verdwaald en zwervend over de straten van een stadje dat ze nauwelijks kende. Of ze zag een man die Katherine van het schoolplein af lokte met de belofte van snoep of puppy's.

O nee, dat niet. O nee, dat alsjeblieft niet.

De telefoon ging.

Laat Nadine haar hebben gevonden. Laat Nadine haar alsjeblieft hebben gevonden.

Ze nam op. 'Nadine?'

'Ze is hier niet, Rose.'

Ze balde haar vuist en drukte hem tegen haar wang. 'Dank je wel voor het zoeken, Nadine. Wil je me meteen bellen als ze naar jou toe komt? Ik ben thuis.'

'Natuurlijk.'

'Ik moet ophangen.' Ze verbrak de verbinding.

Ze stond even voor zich uit te staren en voelde de paniek weer opwellen. Moest ze de politie bellen? Haar hand lag al op de telefoon, maar gleed er toen af. Ze liep naar Katherines kamer. De vloer lag vol kleren en speelgoed en haar bed was niet opgemaakt.

Toen zag ze hem: Katherines spaarpot – een roodmetalen speelgoedbrievenbus – die gekanteld op haar ladekast lag. De dop was uit de onderkant gehaald en de spaarpot was leeg. Katherine spaarde toegewijd al haar zakgeld en verjaardagsgeld. Rose zag nergens munten of biljetten liggen. Ze begon in de kasten, op de planken en tussen de troep op de vloer te zoeken. Ze zocht het gebloemde plastic portemonneetje van haar dochter.

Als Katherine had besloten weg te lopen, waar ging ze dan naartoe? Naar haar vader? Naar haar grootvader?

Ze moest Robert bellen. Misschien dat hij iets wist, misschien dat Katherine hem iets had verteld. Ze bladerde door haar adresboekje en belde al zijn bedrijven, liet overal bericht achter dat hij haar direct moest bellen. Ze wilde net het bedrijf bellen waar haar vader werkte, toen de telefoon ging.

Ze griste de hoorn van de haak. 'Robert?'

'Rose, wat is er aan de hand?'

'Katherine.' Haar ogen sprongen vol tranen; ze keek omhoog, perste haar lippen op elkaar en bedwong haar tranen. Ze vertelde hem snel het verhaal over school en Nadine.

'Haar spaarpot is leeg en ik kan haar portemonneetje nergens vinden,' zei ze. 'Dus ik ben bang...' *Ik denk niet dat iemand haar heeft meegenomen; ik denk dat ze bewust is weggelopen.* 'Ik denk dat ze is weggelopen, Robert.'

'Hoeveel geld heeft ze?' Hij klonk helder en zakelijk.

'Vijf of zes pond. Pa heeft haar met kerst wat geld gegeven. Je weet dat ze nooit ergens geld aan uitgeeft.'

'Ik stuur iemand naar mijn appartement. En je vader?'

'Die is op zijn werk. Ik wilde net gaan bellen.'

'Ik rijd wel even bij hem langs. Jezus, Rose. Waar kan ze naartoe zijn?'

'Geen idee. Ik hoopte dat jij dat zou weten.' Haar stem werd hoger, schril en paniekerig.

'Het zou me verbazen als ze naar mijn huis is. Dat is nogal een eind voor een zevenjarige.'

'O god, Robert. Ze is nog zo klein!' De woorden beefden en kraakten.

'Rose,' zei hij, 'je moet sterk blijven. We vinden haar wel, dat beloof ik.'

Zijn rustige stem kalmeerde haar. 'Ja.'

'En het vliegveld? Ze is dol op vliegtuigen.'

Een opwelling van hoop. Waarom had zij daar niet aan gedacht? Robert had gelijk: Katherine deed niets liever dan naar vliegtuigen kijken. Ze zei: 'Ik zal even bellen om te vragen of ze gaan zoeken op het terrein.'

'Het komt wel goed,' zei hij. 'Het is een verstandig kind.'

'Zo verstandig was het anders niet om ervandoor te gaan! Dat was dom, dom, dom! En dan ook nog op zo'n koude dag! Ik zie haar almaar voor me, in die vrieskou op straat...'

'Ik ga de politie bellen.'

Er vormde zich een ijslaagje om haar hart. Een vermist kind... Daar hoorde je over op de radio en tv en dan kon je je niet voorstellen waar de ouders doorheen moesten gaan. De politie die de bevolking om hulp vroeg. Of ging dreggen in rivieren en kanalen. Ze duwde haar nagels in haar handpalmen. 'Ja,' fluisterde ze.

'Ik kom eraan, Rose. Ik rijd even bij je vader langs en dan ga ik naar school, want ik wil met Eve praten. Misschien weet ze er meer van dan ze vertelt. En dan kom ik naar jou. Jij gaat het vliegveld bellen en je blijft thuis voor het geval ze terugkomt. Ik ben er over een uur, oké?'

'Oké,' mompelde ze.

'Het spijt me, Rose. Het spijt me zo.'

'Het is niet jouw schuld.'

'Dat denk ik wel.' Hij legde de hoorn op de haak.

Rose belde Lucy, die beloofde dat ze het hele terrein grondig zouden doorzoeken. Toen belde ze haar vader op zijn werk, die zei dat hij direct naar huis zou gaan.

Haar starende blik bewoog naar de straat: een vrouw die een wandelwagen duwde, een meisje dat ernaast liep. Robert had gelijk: ze had er zelf aan moeten denken om met Eve te gaan praten. De meisjes kibbelden wat af, maar ze deelden ook al hun geheimen. Misschien dat Eve uit een gevoel van misplaatste loyaliteit had besloten de plannen van haar zus niet te onthullen. Juffrouw Lomax had verteld dat Katherine moeite had nieuwe vriendschappen te sluiten, wat de kans nog groter maakte dat ze Eve in vertrouwen had genomen.

Vriendinnen maken... Ze dacht terug aan hoe razend Katherine had gezegd: *Ik haat die school* toen ze over haar beste vriendin op haar oude school was begonnen, Abbie, die ze zo miste. Ze hadden plannen gemaakt om Abbie te spelen te vragen, wat Rose helemaal was vergeten te doen.

Zou ze terug zijn naar haar oude school? Zou ze zijn gaan zoeken naar haar oude vriendin? Zou ze haar zakgeld hebben meegenomen voor een trein- of buskaartje en op weg zijn naar Walton-on-Thames, dat ze nog als thuis beschouwde?

Rose keek op de klok. Het was kwart over tien. Robert had gezegd dat ze thuis moest blijven, maar dat kon ze niet. Ze moest

Katherine gaan zoeken. Ze pakte haar jas en sleutel en rende naar de auto.

De mist werd dichter en het licht vergrijsde tegen de tijd dat ze in Walton-on-Thames aankwam. Het verkeer was ongekend druk en traag door wegwerkzaamheden en het verkeer kroop voort door de versperde straten. Ze had een sleutel voor Robert bij de buren achtergelaten, en een briefje waarop ze had geschreven waar ze naartoe was. De buurvrouw had beloofd naar Katherine uit te zien. Rose keek terwijl ze tergend langzaam vorderde koortsachtig om zich heen of ze ergens een meisje in een blauwe jas zag lopen.

Ze parkeerde in een zijstraat omdat je je auto niet bij school mocht zetten, stapte uit en rende de straat over. Wat gek, hoe je dingen die dat helemaal niet waren zo vreselijk belangrijk kon vinden. Ze had zichzelf toegestaan afgeleid te raken van het belangrijkste in haar leven: het grootbrengen van haar dochters. Ze was er niet in geslaagd ze het gevoel te geven dat ze veilig en geliefd waren. Ze had veel te veel energie in onbelangrijke dingen gestoken: het bedrijf, haar eigen ongeluk en woede, zelfs de zoektocht naar Sadie. Ze had Robert volledig verantwoordelijk gehouden voor de mislukking van haar huwelijk en de ellende die dat voor haar dochters had betekend, maar ze was zelf niet vrij van blaam. Als ze nadacht over haar eigen gedrag leek ze nu ze erop terugkeek wel gek: haar bezoekjes aan Het Ei... veel te veel late avonden en veel te veel vroege ochtenden.

Ze dacht terug aan hoe opgetogen ze de dag ervoor was geweest, helemaal in haar nopjes dat dat contract was getekend, terwijl Katherine zich op school eenzaam en ellendig voelde. En vervolgens had ze Dan Falconer gezoend. Wat had ze gedacht toen ze het aanlegde met een werknemer terwijl het geluk en de gezondheid van haar kinderen het enige was wat telde? Ze was de weg kwijtgeraakt sinds het schandaal en ze was doodsbang dat dat haar duur zou komen te staan.

Toen ze de straat van de school in liep, werd haar surreële gevoel versterkt door de benauwende, dichte mist. Het werd alleen maar donkerder in plaats van lichter. De bewegingen en dichtheid van de mist maakten de bomen en huizen, waar ze ooit elke ochtend en middag langs was gelopen om haar dochters naar school te brengen, onherkenbaar. Katherine was zo goed van vertrouwen. De gedachte aan haar in haar eentje op straat en overgeleverd aan kwaadwillende vreemden was ondraaglijk en ze kon de angst die al door haar hoofd ging sinds ze het telefoontje van school had gehad niet meer onderdrukken: dat ze haar dochter misschien nooit meer zou zien. De snelle kus van die ochtend, haar gedachten al bij de komende werkdag, was misschien wel de laatste geweest die ze haar ooit had gegeven.

Ze was bijna bij de school. Ze keek op, zoekend in de dichte mist. Er liep niemand; enkel de lege stoep en de kleurloze takken van de lindebomen. Ze had meteen de politie moeten bellen nadat juffrouw Lomax haar had verteld dat Katherine was vermist. Ze had niet moeten wachten.

Een flikkering koningsblauw in het grijs. Een schaduw, een vorm, die substantie kreeg door de ijle glans van een straatlantaarn. 'Katherine?' riep Rose. Ze zette het op een lopen. 'Katherine, ben jij dat?'

Nadat ze in een telefooncel Robert hadden gebeld, die bij Rose thuis was, liepen ze naar een café. Katherine droeg geen handschoenen of muts – die had ze in de trein van Weybridge naar Walton-on-Thames laten liggen – en ze voelde koud aan. Rose was te aangedaan om te kunnen autorijden. Ze had bovendien het idee dat een gesprek op neutraal terrein beter zou zijn.

Ze bestelde in het café warme chocolademelk met krentenbollen. Katherine verslond haar krentenbol en vervolgens die van Rose. *Waar was je in godsnaam mee bezig? Waar was je met je hoofd? Weet je niet hoe bang ik was?* Dat moest allemaal worden gezegd, maar niet nu.

In plaats daarvan zei ze: 'Dat was wel een grote reis om in je eentje te maken, lieverd.'

'Ik wist hoe het moest, mama.'

'Ja, maar toch was het wel een heel eind. Helemaal in je eentje in de trein...'

'Ik heb op het station gewoon een kaartje gekocht. Toen ik uit de trein stapte wist ik niet meer welke kant ik op moest, maar er was een meneer en die zei dat ik met hem mee mocht lopen. Hij had een hond die Raffles heette.'

Rose onderdrukte een huivering. Dat Katherine een welwillende, vriendelijke man om hulp had gevraagd was enkel toeval. Rose voelde zich nog niet veilig. Ze had geen idee of ze zich ooit nog veilig zou voelen. Als het lot een iets andere wending had genomen, zou alles heel anders zijn afgelopen.

Katherine leunde met haar hoofd tegen Rose' arm. 'Ik wilde naar Abbie.'

'Dat is je beste vriendin, hè?'

'Ik mis haar, mam.'

'Dat weet ik, liefje. Mis je papa ook?'

Katherine knikte. 'Constant.'

'Het spijt me, lieverd. Maar ik ga proberen het goed te maken, dat beloof ik.'

'Ik wil dat papa thuiskomt.' Rose verstond Katherines gemompel nauwelijks.

Ze omhelsde haar huilende dochter. Ze wilde zelf ook huilen, maar in plaats daarvan knipperde ze heel veel met haar ogen. De koffiemachine maakte sissende geluiden en nu en dan ging de deur open om een klant, de kou en de mist binnen te laten.

Katherine draaide zich om en keek naar haar op. 'Mis jij hem, mama?'

Rose veegde met een papieren servet Katherines tranen en haar chocolademelksnor van haar gezicht. 'Ja, soms wel.'

'Waarom komt hij dan niet thuis?'

Was ze er ooit goed voor gaan zitten om haar dochter uit te leggen, in taal die begrijpelijk was voor een zevenjarige, wat er was misgegaan met haar huwelijk? Ze dacht van wel, maar dat had ze blijkbaar niet goed gedaan.

'Weet je hoe je soms ruzie kunt hebben met een vriendin? Hoe je het soms niet met elkaar eens bent over dingen? Dat is met papa en mij ook gebeurd. Hij heeft iets gedaan waar ik heel verdrietig van werd, dus hebben we afgesproken een tijdje niet bij elkaar te wonen.'

'Heeft papa iets slechts gedaan?'

Ze keek haar dochter aan en probeerde het nogmaals, koos zorgvuldig haar woorden. 'Hij heeft iets gedaan wat niet zo lief was, iets waar ik erg van in de war raakte. Weet je die andere vriendin van je nog, die met die tweelingbroertjes?'

'Margot.'

'Ja, die. Weet je nog dat die soms gemene dingen deed en dat je dan heel verdrietig werd?'

'Heeft papa iets gemeens gedaan?'

'We doen allemaal wel eens gemeen, lieverd.'

'Sarah Robinson zegt op school altijd gemene dingen tegen me.' Katherines blik ging naar de vloer. Ze bungelde met een been en tikte met haar voet tegen de tafelpoot. 'Ze noemt me brilaap.'

'O, Katherine.'

'Ik haat mijn bril. Ik haat die school.'

'Ach, liefje toch.' Ze nam haar dochter weer op schoot. 'Het spijt me zo. Ik zorg dat het beter wordt, dat beloof ik.'

'Heeft papa ook sorry gezegd?'

'Ja.' *Zo vaak.*

Katherine draaide zich naar haar om om haar aan te kijken. 'Kunnen jullie het dan weer goedmaken? Alsjeblieft?'

Kon dat? Was dat mogelijk? Kon ze de stap zetten die haar gebroken gezin misschien kon lijmen?

Ze fluisterde: 'Dat weet ik niet, liefje. Dat weet ik echt niet.'

Rose' vader stond de vaat op te ruimen toen Robert terug de kamer in kwam lopen nadat hij de meisjes naar bed had gebracht.

'Volgens mij gaat het slapen wel lukken,' zei hij.

'Ik zal even koffiezetten.'

'Laat mij maar, Rose,' zei Giles. 'Ga jij maar lekker zitten.'

Rose had pijn in haar lijf van alle spanning, maar ze kon niet tot rust komen. Ze ruimde de zitkamer op, stopte speelgoed in dozen en zette boeken op hun plank. Het gevoel dat ze ternauwernood aan een drama was ontsnapt hield aan.

De telefoon ging en ze nam op. Het was Mary Martineau, die vroeg hoe het met Katherine ging. Ze praatten een paar minuten.

Toen ze het gesprek had afgerond stond Robert bij het raam, met zijn rug naar haar toe. Haar vader zette het dienblad met koffiespullen op tafel. 'Dan ga ik er maar eens vandoor,' zei hij.

'Pa, dat hoeft niet. Drink nog even koffie met ons.'

'Nee, ik moet naar huis. Geef ze morgenochtend maar een kus van me.'

Ze omhelsden elkaar, Giles gaf Robert een ongemakkelijk klopje op de schouder en vertrok.

Robert liep terug naar de meidenslaapkamer om het licht uit te doen. Toen hij weer de woonkamer in kwam zei hij: 'Ik lust wel een borrel. Jij?'

'Heerlijk. De koffie kan wel even wachten.'

Hij maakte twee glazen gin-tonic en ging naast haar zitten. Hij schudde langzaam zijn hoofd. 'Laat dit alsjeblieft de laatste keer zijn dat we zoiets meemaken. Ik ben vandaag even bang geweest dat...'

'Ik ook.'

Ze zaten stil naast elkaar te denken aan wat er had kunnen gebeuren. Toen wreef Robert over zijn gezicht en zei: 'Eve wist het. Ik moest haar zo ongeveer de duimschroeven aandraaien om het uit haar te krijgen. Het zal wel loyaliteit zijn geweest.' Zijn glimlach raakte zijn ogen niet. 'Dat zal ze wel van jou hebben.'

'Robert,' zei ze zachtmoedig.

'Het is mijn schuld.'

'Nee, ik heb ook fouten gemaakt. Ik heb niet naar haar geluisterd.'

'Rose, het is mijn schuld en van niemand anders, dat weet ik. Als ik me niet zo hufterig had gedragen, zou dit nooit zijn gebeurd. Nee, dat zeg ik verkeerd. Zo klinkt het alsof ik een foutje heb gemaakt, terwijl de waarheid is dat ik egoïstisch en inhalig ben geweest. Ik heb gepakt wat ik wilde hebben omdat ik dacht dat ik ermee zou wegkomen. Dus ik heb me niet alleen hufterig gedragen, maar ook stom. En ik heb de mensen van wie ik het meeste hou pijn gedaan en dat spijt me verschrikkelijk, Rose. Ik kan niet in woorden vatten hoezeer het me spijt. Ik wou dat ik het ongedaan kon maken, maar dat kan niet... nooit meer.'

Toen ze weer in staat was om te spreken, zei ze: 'We hebben er allebei een potje van gemaakt. Ik was zo druk met bewijzen dat ik iemand ben dat ik niet eens in de gaten had dat mijn dochter diep ongelukkig was. Ik vond het zo leuk om Rose Martineau te zijn, eigenaresse van Martineau Aviation, dat ik de belangrijkste baan op aarde heb verwaarloosd.'

Ze had haar dochters meegenomen uit het huis dat ze kenden en weggehaald van de school waar ze dol op waren. Eve had zich moeiteloos aangepast, maar Katherine had dat niet gekund. *Maar je krijgt heus nieuwe vriendinnen, dat weet ik zeker*. Ze schaamde zich diep nu ze terugdacht aan hoe luchthartig ze die woorden had gesproken.

'Misschien moet ik ermee stoppen. Het werk opgeven.' Die gedachte ging al de hele dag door haar heen.

'Als je dat maar laat.'

De hartstocht in zijn woorden maakten dat ze fel zei: 'Ik kan niet op twee plaatsen tegelijk zijn, Robert. Ik doe steeds één van de twee niet goed. En ik ga de kantjes er niet meer af lopen met de meiden, niet na vandaag.'

'Je hoeft de kantjes er niet af te lopen. We lossen het samen op. We vinden wel een manier. Wat zou je de meiden voor boodschap geven als je nu zou stoppen met werken? Je hebt de juiste keuze gemaakt. Ik ben degene die moet veranderen. Je doet het geweldig, Rose. Je bent een goed mens. Dat is je aard, maar ik ben anders. Ik ben geen goed mens. Ik handel impulsief. En soms verziek ik alles met zo'n verdomde destructieve impuls.'

'We hoeven geen ruzie te maken over wie wat heeft gedaan. We moeten gewoon zorgen dat het beter gaat.'

'Ik wil het niet "beter" doen. Ik wil dat het was zoals het vroeger was. Ik mis ze. Ik heb het gevoel dat ik geen deel meer uitmaak van het leven van mijn dochters. Ik ben zo'n vader geworden die één dagje in de week wat leuks met de kinderen gaat doen. Ik heb nooit gedacht dat het zo zou worden. Ik heb een puinhoop gemaakt van het enige waar ik trots op was.'

'Dat is onzin. De meisjes houden van je. Ze hebben je nodig.'

'Maar ik heb ze ongelukkig gemaakt.' Hij kneep zijn handen samen. 'Kinderen hebben vastigheid nodig. Ze hebben het nodig dat we samenwerken, niet dat we ruziemaken. Ze hebben óns nodig, Rose.'

Hij stond op en liep terug naar het raam, alsof hij naar iets zocht wat hij was kwijtgeraakt. Hij had gelijk, dat wist Rose in haar hart. Er was niets tegen in te brengen dat Katherine en Eve allebei hun ouders nodig hadden.

'Mensen kunnen veranderen,' zei hij. 'Ik ben veranderd en ik beloof je dat ik probeer een beter mens te zijn. Niets is belangrijker voor me dan mijn gezin. Niets is belangrijker voor me dan jij, en ik zal er alles aan doen om te zorgen dat je dat weer gaat geloven... alles. Want ik hou van je.'

Ze had tranen in haar ogen en haar hoofd bonkte. Ze wist wat ze moest doen, maar die stap kon ze niet zetten.

'Ik wil opnieuw beginnen.' Hij maakte een hakkend gebaar met zijn hand. 'Ik bedoel niet dat ik bij je kom wonen of zo. Ik weet dat ik dat recht niet heb. Maar ik vraag je – ik smeek je, Rose – of we weer vrienden kunnen worden. Ik wil weer dingen doen als gezin. Voor de meisjes. We doen het rustig aan, en dan, als de tijd rijp is... We hebben het goed gehad samen, toch? Voordat ik alles heb verpest, hadden we het goed.'

'Ja,' mompelde ze.

'Kunnen we opnieuw beginnen?' Zijn donkere ogen smeekten haar. 'Voor Katherine en Eve? Kunnen we weer een gezin zijn, niet omdat ik dat wil, maar omdat onze dochters dat nodig hebben?'

Dan had een paar dagen daarvoor een telefoontje gekregen van Kevin Goode van Westfield Air. Kevin had voorgesteld samen een borrel te gaan drinken. De vraag was op achteloze toon gesteld – twee oude maten die samen een biertje drinken – maar Dan kende Kevin en ging mentaal voorbereid naar de pub, dus hij was niet totaal van zijn stuk gebracht toen zijn vriend hem een baan bij Westfield Air aanbood. Maar het salaris dat Kevin hem had aangeboden, had hem wel helemaal van zijn stuk gebracht.

'Ik ga nog een vliegtuig aanschaffen,' legde Kevin uit, 'en ik ben op zoek naar een tweede vliegveld. Westfield kan al het luchtverkeer niet aan. Ik zoek een manager Operations die verstand van zaken heeft en zelfstandig kan werken, iemand die zich niet gek laat maken en die ik niet aan het handje hoef te houden. Je was de eerste aan wie ik dacht, Dan.'

Dan bedankte Kevin, maar legde uit dat hij niet op zoek was naar een andere baan. Hij vond het leuk om voor Rose te werken en was tevreden.

'Onzin,' zei Kevin terwijl hij het laatste stukje varkenszwoerd op zijn hand schudde en in zijn mond mikte. 'Je bent helemaal niet tevreden. Jij bent nooit tevreden, Dan. Je bent een ambitieuze klootzak, net als ik, en dat weet je zelf ook. Als je meer geld wilt moet je het gewoon zeggen, dan kijk ik wat ik kan doen.' Hij stond op en trok zijn jas aan. 'Denk er maar even over na.'

Twee dagen later waren Dan en Rose naar Londen gegaan om het contract met Rickman te tekenen. En toen die bijzondere en schokkende kus op station Waterloo. Hij had alles veranderd. Nadat Dan afscheid had genomen van Rose op het station, gesterkt door optimisme over de toekomst, was hij heel anders naar Kevins aanbod gaan kijken. Het was volstrekt duidelijk geworden dat hij als Rose, wonderbaarlijk genoeg, iets voor hem voelde, als die kus meer was geweest dan een uiting van vreugde over een lucratieve deal en opluchting dat ze de metro uit waren, niet voor Martineau Aviation kon blijven werken. Als een relatie op het werk hoe dan ook voor problemen zorgde, was een relatie tussen de baas en een juniormedewerker helemaal rampzalig. Er zou gefluisterd gaan worden over voortrekkerij. Het personeel zou zich er ongemakkelijk bij voelen en jaloers worden. Cliënten en concurrenten zouden het zalig vinden: *Die heeft ook niet lang gewacht, hè?* En: *Zou ze met al haar personeel de koffer in duiken?* De vooroordelen zouden bevestigd worden en alles waar Rose zo hard voor had gewerkt zou worden tenietgedaan. Als ze meer zouden zijn dan collega's, kon hij niet bij Martineau Aviation blijven werken.

De volgende ochtend kwam Lucy Holbrook zijn kantoor binnen om te vertellen dat Rose' dochter Katherine vermist was. Iedereen had alles uit zijn handen laten vallen en Dan had een zoektocht over het hele terrein georganiseerd. Hij liep langs het hek van de landingsbaan, zich afvragend of het arme kind ergens onder een heg lag dood te vriezen, toen hij iemand hoorde schreeuwen. Lucy stond een stuk verderop op de landingsbaan met haar armen te zwaaien. 'Ze hebben haar gevonden, Dan!' riep ze. 'Ze hebben haar gevonden!'

Hij wilde natuurlijk niets liever dan Rose bellen om te vragen of alles goed was, maar hij wist dat hij dat niet moest doen. Hij moest Rose en haar gezin met rust laten. Dat was het moment dat twijfel grip op hem begon te krijgen. Er was geen plaats voor hem in haar leven. Ze had haar eigen familie en daar zou haar loyaliteit altijd moeten liggen. Wat die ontrouwe hufter van een echtgenoot ook had gedaan, Robert Martineau was de vader van haar kinderen.

Wees realistisch, Dan, dacht hij toen iedereen weer aan het werk ging. Dat hij een relatie met Rose zou kunnen hebben was pure fantasie. Hij kon beter maar doen alsof die kus er nooit was geweest.

Rose kwam de volgende dag laat op kantoor aan. Dan klopte op haar deur.

'Hoe is het met Katherine?'

'Het gaat wel weer, dank je. Ze is thuis met haar vader.'

'En hoe is het met jou? Je zult wel vreselijk bezorgd zijn geweest.'

'Prima.' Haar toon was afgemeten en liet niets doorschemeren.

Ze had paarse kringen onder haar ogen. 'Je ziet er moe uit, Rose,' zei hij. Toen hij een hand naar haar uitstak, bewoog ze fel weg.

'Niet doen, Dan.'

Zijn armen vielen langs zijn zij. 'Sorry.'

Ze maakte een wegwimpelend gebaar. 'Ik moet verder.' Ze was achter haar bureau gaan staan en hield een stapel papieren tegen haar borst gedrukt, als een schild. 'Wat er eergisteren is gebeurd...' Ze keek hem met een ijzige blik aan. 'Was een vergissing.'

Haar woorden staken hem fysiek. 'Is dat hoe je het ziet...? Als een vergissing?'

'Ja. En jij neem ik aan ook, Dan.'

'Nee.' Hij fronste zijn voorhoofd. 'Zo zie ik het niet.'

Ze stak met diepe groeven in haar voorhoofd de papieren in een map. Toen zei ze: 'Robert en ik gaan het nog een keer proberen.'

'Dat snap ik niet.'

'Voor de kinderen. Ze moeten op de eerste plaats komen.'

'Maar je houdt niet meer van hem.'

Haar hoofd schoot omhoog en hij zag woede in haar ogen. 'Dat weet je niet. En je hebt er niets mee te maken. Hoe durf je, Dan? Hoe durf je te denken dat je iets over mijn huwelijk hebt te zeggen? Ik denk dat je nu maar moet gaan.'

Hij liep terug naar zijn kantoortje. Hij ging zitten, sloot zijn ogen en zuchtte. Hij, kind uit een destructief huwelijk, begreep waarom ze deze keuze maakte. Maar hij hield van haar – dat wist hij zeker – en dus kon hij niet blijven op een plek waar hij haar dagelijks zou zien, want dat zou ondraaglijk zijn.

Hij keek uit over de bevroren landingsbaan. De laaghangende zon wierp zilverkleurige stralen op de vleugels van de Argosy op het asfalt. Dan pakte de telefoon en belde Kevin Goode.

Nadat Dan zijn ontslag had ingediend, dacht Rose aan Sadie. Ze vroeg zich af of ze ooit nog van iemand had gehouden na haar verbroken verloving en of een hart als het te vaak werd verwond misschien nooit meer in de oorspronkelijke vorm kon terugschieten, altijd vervormd bleef, samengeknepen en pijnlijk, een reliek van wat het ooit was geweest.

Vergeet Sadie. Sadie was dood en het had geen enkele zin om nog tijd aan haar te verdoen. Sadie had zichzelf teruggetrokken en de jaren hadden haar bedekt als een deken van bladeren.

Dan was haar werknemer. Ze was een getrouwde vrouw met twee dochters. Dat ze zich aangetrokken voelde tot een man – dat ze verliefd was op een man – zou een leven dat toch al gecompliceerd was veel ingewikkelder maken. Wat haar gevoelens voor Dan ook waren – wat ze in andere omstandigheden ook zou hebben gewild – meer voor hem voelen dan vriendschap zou een vreselijke fout zijn, en dus moest ze hem ook vergeten.

16

Madrid – juli-augustus 1933

Sadie was nadat ze een winter in Londen had doorgebracht met werk voor Lachlan Brodie in 1932 naar Frankrijk gereisd, waar ze bij kunstenaarsvrienden had gelogeerd en had geschetst en geschilderd. Ze ging nu en dan een periode terug naar Het Ei, waar ze zich concentreerde op het opbouwen van een portfolio, dic ze van plan was te gaan presenteren aan Madge Danford van de galerie in Jermyn Street.

Ze bracht de zomer van 1933 door in Madrid, waar ze werkte voor een etser, Gabriel Martínez, die ze hielp met een editie van tweehonderd drukken. Het atelier was op de bovenste verdieping van een appartementencomplex. De vloeren waren betegeld en de muren wit gesausd, en de hoge, brede ramen op het noorden lieten enkel fijn, helder licht de ruimte binnen. Er stonden houten tafels en stoelen en de planken lagen vol met spullen die haar bekend waren: potten drukinkt, rollers en snijgereedschap. Alles rook naar terpentijn en terpentine. De muren en ramen dempten het geluid van de straat, maar Sadie hoorde als ze aan het werk was wel geluiden van andere bewoners: huilende baby's, blaffende honden en ruziënde stellen.

Gabriel was een kleine, breedgebouwde man van in de vijftig met een baard. Hij sprak soms Engels tegen Sadie – hij had toen hij jonger was in Londen gewoond – en soms Spaans. Het leek hem niet uit te maken dat haar gebrekkige kennis van de taal betekende dat ze grote delen van wat hij zei niet kon volgen. Als hij aan het werk was, boog hij zich intens geconcentreerd over de koperen plaat waarop hij zijn composities tekende, zijn wenkbrauwen naar beneden getrokken en met een grom reagerend op onderbrekingen.

Ze ontdekte al snel dat Gabriel buien had. Hij was vaak joviaal, begroette haar 's ochtends opgewekt en zei dat ze goed werk deed, en hij was vaak de laatste die vertrok uit het café of de bar waar ze de avond hadden doorgebracht, maar zijn humeur kon omkeren als een blad aan een boom, wanneer hij lichtgeraakt was en de neiging had tot plotselinge woedeaanvallen. Sadie leerde de signalen herkennen, de norse blikken en stiltes, het ongeduldige ijsberen door de kamer.

Als hij een goede bui had mocht Sadie zijn atelier en etspers gebruiken voor haar eigen werk. Ze was bezig met een serie afdrukken van de foto's en schetsen die ze reizend door Spanje had gemaakt.

Ze was bijna direct nadat ze het land via de grens met Frankrijk was binnengekomen verliefd op Spanje geworden. Ze was er met Jimmy Corrigan in zijn Austin 7 naartoe gereden. De auto had om de haverklap pech, maar Jimmy kreeg het elke keer weer voor elkaar hem aan de praat te krijgen. Ze ontdekten samen de Spaanse Hoogvlakte, huurden kamers in stadjes en dorpen met kerkjes en huizen die gebouwd waren van zandkleurige steen. In de kleinste dorpjes renden magere kinderen blootsvoets door het stof en werden ze bestudeerd door vrouwen die met diep gegroefde, holle gezichten half verborgen stonden in donkere portieken.

Ze reden over de zandwegen die door de sepiakleurige vlakte liepen en kilometer na kilometer doorgingen, in stukken verdeeld door stenen muurtjes, droge kreken en rotsachtige dagzomende aardlagen. In de verte doemden bergketens op, paars tegen het saffierblauw van de lucht. Op sommige dagen reden ze uren en zagen ze nauwelijks mensen, enkel tot ruïne geworden dorpjes en nu en dan een herder met zijn vee, dezelfde kleur roodbruin als de stoffige aarde. Hagedissen verscholen zich in spleten in de steen, en Sadie en Jimmy zochten op het heetst van de dag beschutting in een bosje van lollyvormige bomen. De schaduw van een arend, hoog in de lucht, bewoog over het geelbruine land en het klikken en snorren van Sadies fototoestel doorboorde de zinderende stilte. Jimmy dwaalde wat rond en ging toen op een rots zitten schrijven.

Toen ze die avond terug waren in het dorp dronken ze *vino tinto* en las hij haar voor wat hij die dag had geschreven.

Ze namen afscheid in Madrid, waarna Jimmy op weg ging naar Italië en Sadie naar haar werk bij Gabriel. Ze vond het meteen heerlijk in Madrid, genoot van de felle, droge hitte en de manier waarop het zonlicht wit weerkaatste op de kasseien, van de vrolijke bijeenkomsten op straten en plaza's in de avonden, de luierende gezinnen met in kant geklede baby's en in het zwart gehulde grootmoeders, die bleven staan om winkels in te turen en die in het fruit in de marktstalletjes knepen.

Ze huurde vlak bij het atelier een kamer en bespaarde geld door die te delen met een andere vrouw, die Vera Butterworth heette. Vera was klein en welgevormd, met pluizige, donkere krullen. Ze kwam uit Manchester en was verloofd met een *madrileño*, en ze sprak Spaans met een zwaar Lancashire-accent. Ze vertelde Sadie dat ze geloofde in zeggen waar het op stond. Ze zei het meteen als de thee niet sterk genoeg was en had de neiging Sadie te vertellen hoe ze er beter zou kunnen uitzien. Maar ze had een goed hart en ze werkten op andere tijden – Sadie was de hele dag in het atelier en Vera gaf Engels op de avondschool – dus kruisten hun paden niet heel vaak.

De kamer was lekker groot, maar aangezien hij op de zolderverdieping van een pand van vijf verdiepingen lag ving hij de zomerse hitte van Madrid en liet die niet meer los. Er was een raam met tralies en er stonden twee smalle, ijzeren bedden. Vera had geborduurde lapjes op de kaptafel gelegd, waar ze haar Yardley-talkpoeder, Coty-parfum en Elizabeth Arden-lippenstift op arrangeerde. In een hoek van de kamer stond een kastje met hun servies en de thee, suiker en crackers. Er stond een ronde tafel, waaraan ze ontbeten met sinaasappels en broodjes van de bakker op de hoek van de straat.

Gabriel stelde haar aan zijn vrienden voor, die elkaar ontmoetten in de cafés en bars in de wijk Lavapiés in de stad. Er woonden kunstenaars, muzikanten, dichters en journalisten van allerlei nationaliteiten: Spaans, Frans, Iers, Engels, Amerikaans en een paar

Polen en Tsjechen. Er werd gepraat over een concert waar iemand naartoe was geweest, of een boek dat door een stel van hen was gelezen, of over een schandaal, politiek of seksueel – liefst allebei. En over de opkomst van Hitler en Mussolini, mannen die ze in eerste instantie hadden afgedaan als branieschoppers en demagogen, maar de branieschoppers en demagogen moesten iets aantrekkelijks hebben gehad, charisma, en behendigheid in het onder woorden brengen van de onvrede en woede van het volk, want ze kregen tot ontzetting van de kunstenaarsgemeenschap steeds meer stemmen en macht en waren ondertussen niet meer lachwekkend, maar angstaanjagend.

Spanje had zijn eigen hardnekkige problemen en was op meerdere vlakken in de greep van verontwaardiging: de Catalanen en Basken hadden het over onafhankelijkheid; de macht van de Kerk en de adel, met hun uitgestrekte stukken land; het uitzettingsbeleid en de uitbuiting van migrantenarbeiders op het land, wat leidde tot nog lagere lonen voor de al straatarme boeren, die naar anarchie neigden. Er was opstand tegen de Tweede Spaanse Republiek en de rechtse politiek begon macht te winnen en broedde op bezuinigingen in het leger en de introductie van liberale maatregelen zoals scheiden en vrouwenstemrecht. Madrid was in de vroege jaren dertig vruchtbare grond voor zowel nieuwe ideeën als angst voor en woede jegens nieuwe ideeën. Het ging die zomer op de straten en in de bars en cafés over niets anders dan politiek, tot iemand riep dat hij de politiek zat was, dat iedereen er ellendig van werd en dat ze het over iets anders moesten hebben.

Sadie en Gabriel werden op een avond uitgenodigd op een etentje bij een stel dat in een appartement in de Calle del Mesón de Paredes woonde. Padraig – Paddy – O'Connor was journalist en schrijver en zijn vrouw, Mary, een opgewekte, pragmatische blondine met sproeten uit Amerika, was verpleegster. Er zaten nog twee stellen aan tafel, goede vrienden van Paddy en Mary. De zesde gast was een man die alleen arriveerde, een Spanjaard die perfect Engels sprak. Hij was slank gebouwd en het viel Sadie toen hij opstond om Mary met de koffie te helpen op dat hij gracieus en beheerst bewoog. Als hij wat zei, was het op bedachtzame, weloverwogen toon. Ze vermoedde dat hij het soort man was dat zich evenzeer op zijn gemak zou voelen in de vergulde ontvangstkamers van de aristocratie als in Paddy en Mary's appartementje. Hij had zo'n ingewikkelde Spaanse achternaam met een *de* erin, die ze vergat zodra ze hem had gehoord, maar ze registreerde wel dat Paddy en Mary hem Andrés noemden.

Hij viel haar op dat moment niet direct in het bijzonder op. Het was – in ieder geval wat haar betrof – geen liefde op het eerste gezicht of iets wat daarop leek.

Ze liep hem een paar dagen later tegen het lijf in café Barbieri, een etablissement vol pilaren, spiegels en verweerde houten tafels en stoelen, en favoriet in Gabriels kring. Er klonken altijd lachende stemmen en geroezemoes van gesprekken en je moest over het algemeen schreeuwen om je verstaanbaar te maken. Er kwamen louche figuren, zakkenrollers en hasjhandelaren en dames van de nacht in versleten kant en verstelde, felgekleurde zijde, maar ook muzikanten die zongen en gitaar speelden. Maar zelfs de zakkenrollers waren stil als een dichter in een tot op de draad versleten overhemd en afgetrapte schoenen zijn werk reciteerde, met gesloten ogen en op lage, passievolle toon.

Gabriel en zijn vrienden zaten altijd achter in het café en schoven dan vijf of zes tafeltjes tegen elkaar tot één grote. Toen ze die avond binnenkwamen, zag Sadie Andrés aan het hoofd van de tafel zitten. Ze had hem pas één keer gezien, maar ze ervoer toen ze naast hem ging zitten het warme, tevreden gevoel dat je hebt als je een oude vriend tegenkomt. Ze merkte terwijl ze zaten te praten op dat zijn gelaatstrekken sterk maar verfijnd waren: een haviksneus; een humorvolle, scherp getekende mond met vriendelijke lachrimpeltjes in de hoeken; groene ogen met lange wimpers. Zijn zwarte haar begon een beetje zilvergrijs te worden. Hoewel zijn kleding van goede kwaliteit was, was die versleten.

Hij bood haar aan het eind van de avond, of eigenlijk was het al nacht, aan om haar naar huis te brengen. Ze hadden het over koetjes en kalfjes, vergeleken Spaanse wijn met Engels bier, en

Andrés maakte een ruwe vertaling van een van de Spaanse gedichten waarnaar ze hadden geluisterd. Ze waren veel te snel bij haar woning. Ze legde uit dat ze hem geen koffie kon aanbieden omdat ze een kamergenoot had. Dat maakte niet uit, zei hij. Toen stelde hij voor dat ze misschien, als ze dat leuk vond, als ze van hun gesprek genoot, nog een stukje konden wandelen?

Ze dwaalden arm in arm door de *barrio*. Een opmerkelijk heldere maan verlichtte de binnenplaatsen en smalle steegjes en schilderde de kasseien zilver. Hij vroeg haar naar de politieke toestand in Groot-Brittannië en toen hadden ze het over de onenigheid die in deze vreemde, enerverende tijden van de Tweede Republiek de vezels van de Spaanse maatschappij uit elkaar trok. Extremisten van rechter- en linkerzijde maakten gebruik van de kans om door de scheuren heen te glippen.

'Ik vraag me af waar het naartoe gaat,' verzuchtte Andrés. 'Ik vrees het ergste.'

Maar nadat ze afscheid hadden genomen, tot hun beider verrassing nadat er meerdere uren waren verstreken, voelde Sadie zich vredig en sereen. Toen ze probeerde in slaap te vallen dacht ze aan de manier waarop hij een paar peseta's in de hand van een slapend kind in een portiek had gedrukt. En hoe hij beschermend een arm om haar heen had geslagen toen ze een groep sjofele mannen waren gepasseerd, wier blikken hen hadden nagestaard toen ze over straat liepen. En aan de aanraking van zijn lippen, die op haar handrug hadden gedrukt voordat ze uit elkaar waren gegaan.

Sadie belde Mary, de Amerikaanse verpleegster, en stelde voor samen te gaan lunchen. Ze vroeg haar naar Andrés, heel onopvallend, vond ze zelf, nadat ze klaar waren met hun salade en kaas en het een respectabele hoeveelheid tijd over andere onderwerpen hadden gehad.

'Hij is geweldig,' zei Mary terwijl ze een met room gevuld gebakje pakte. 'Echt een schat. Hij zou voor je door het vuur gaan.'

'Hij is toch schrijver?'

'Hij werkt tegenwoordig veel als journalist. Hij is begonnen als historicus. Paddy heeft een aantal van zijn boeken over Spaanse koningen gelezen en vindt ze erg goed. Er zijn een heleboel artikelen van hem gepubliceerd.' Mary keek op van haar gebakje. 'Heeft hij je over het kasteel verteld?'

'Het kasteel?' vroeg Sadie.

'Andrés heeft een kasteel, in...' Ze maakte een gebaar met open handpalmen, waaruit Sadie afleidde dat het ergens in het enorme, hete, lege achterland van Madrid stond.

Mary vroeg: 'Ben je verliefd op hem?', en Sadie voelde dat ze begon te blozen.

'Ik ken hem nauwelijks.'

Een snuivend geluid. 'Alsof dat wat uitmaakt. Hij is getrouwd.' Ze keek Sadie aan met een blik die, vond Sadie, medeleven overbracht. 'Andrés heeft een kind, een zoon. Ik heb zijn vrouw een keer ontmoet. Een echte ijskoningin. Ik kan je wel vertellen dat het geen gelukkig huwelijk is.' Mary stond op, klopte haar blonde krullen op hun plaats en veegde een kruimel gebak van haar blauwe jurk. 'Ik moet terug naar de kliniek.'

Het was die middag ontzettend heet en het zonlicht leek zijn felle weg het atelier in te hebben gevonden. De hitte had alle zuurstof uit de lucht gezogen en Gabriel had een van zijn buien. De eerste druk die Sadie maakte was een fractie scheef. 'Kun je dat ook al niet?' snauwde hij tegen haar. 'Kostbaar papier, verpest door een slordige idioot.' Hij verfrommelde de afdruk tot een bal en smeet hem een hoek van de kamer in. Ze ging verder uitermate geconcentreerd te werk.

Om zeven uur kondigde Gabriel aan dat het te heet was om te werken. Hij smeet zijn gereedschap op tafel en beende het atelier uit. Sadie ruimde op en werkte een tijdje aan een van haar eigen afdrukken. Ze dacht terwijl ze in het linoleum aan het snijden was aan Andrés, die getrouwd was en een zoon had. En ze dacht aan Pearl, aan het verdriet dat haar verhouding met een getrouwde man haar had gebracht, en aan haar eigen domme en desastreuze samenzijn met Tom Chiverton. Er moesten momenten van grote vreugde zijn in sommige van deze affaires, maar waren die genoeg compensatie voor de wetenschap dat je nooit op de eerste plaats zou komen voor de man van wie je hield en dat je het risico liep een ander pijn te doen? Mary had gezegd dat hij niet gelukkig was getrouwd. Maakte dat het anders?

De volgende ochtend had een briesje de hete lucht in beweging gebracht. Gabriel was bleek en had een kater, maar zijn slechte humeur was weg. De weinige woorden die hij sprak waren vriendelijk en verzoeningsgezind en ze hadden een productieve dag, met twintig afdrukken als resultaat.

Een week later ging Sadie naar een feest in de buurt van de Puerta del Sol. De gesprekken waren zo luidruchtig dat de pianomuziek nauwelijks hoorbaar was. Ze lachte om de grappen van de man naast haar, een vriend bood haar een sigaret aan en ze boog haar hand om de vlam van de lucifer die hij haar aanbood. Ze werd zich ervan bewust – ze kon niet hebben gezegd hoe – dat iemand naar haar keek. Toen ze opkeek zag ze Andrés. Hun blikken kruisten. Hij rondde zijn gesprek met een glimlach en een handgebaar af. Toen hij naar haar toe kwam lopen maakte haar hart een sprongetje.

Hoewel ze zich erg tot hem aangetrokken voelde, hoefden ze geen minnaars te worden. Ze konden vrienden zijn. Misschien wilde hij verder ook wel niets.

Aan het einde van de avond bood hij haar opnieuw aan met haar naar huis te lopen. Sadie sloeg haar zijden stola om haar schouders. 'Verwacht je vrouw je niet thuis?'

'Mijn vrouw is met mijn zoon in Frankrijk. Ze heeft er familie.'

Ze liepen het pand uit. Zijn hand raakte haar elleboog, leidde haar door een groep feestende mensen in de deuropening, hun schaterende lach echode hard door de gebouwen aan de plaza. Het was na middernacht en het was nog steeds druk in de stad, waar de hitte was gevangen.

Andrés zei: 'Ik had het je moeten vertellen. Als ik zeg dat ik op het juiste moment wachtte, klinkt dat als een uitvlucht. Maar als ik had verteld dat ik getrouwd ben, dat ik een vrouw en een zoon heb… zou je misschien hebben gedacht dat ik er… iets mee bedoelde.'

'Volgens mij,' zei ze zorgvuldig, 'ben je niet zo'n soort man.'

'Ik verwacht niets,' zei hij. 'Maar misschien hoop ik wel iets.'

Ze voelde een siddering van opwinding door haar lichaam gaan. Hoewel logica en slechte ervaringen haar dicteerden nu afscheid van hem te nemen, wist ze dat ze haar besluit al had genomen. Ze bleef naast hem lopen.

Hij vertelde haar tijdens hun wandeling dat zijn vrouw Isabel de dochter was van de beste vriendin van zijn moeder. De twee vrouwen hadden elkaar in hun kindertijd op kostschool leren kennen. Ze waren op dezelfde dag getrouwd en waren een week na elkaar van hun eerste kind – en in het geval van Andrés' moeder haar enige kind – bevallen. Zijn huwelijk was dus, zo zou je het kunnen zeggen, al gearrangeerd toen hij nog in de wieg lag.

Toen hij Isabel op zijn vierentwintigste weer ontmoette nadat ze elkaar vijf jaar, gedurende zijn studie in Salamanca, niet hadden gezien, was hij stapelverliefd op haar geworden.

'Ze was zo'n mooie vrouw,' zei hij. 'Ze had een donkere strengheid die ik toen ik jonger was heel aantrekkelijk vond.'

Hij was vijfentwintig, vervolgde Andrés, toen Isabel en hij waren getrouwd. Hoe lang het had geduurd voordat tot hen was doorgedrongen dat ze een vreselijke fout hadden begaan? Niet zo lang.

'Wat er tussen ons is gebeurd is mijn schuld. Ik bleek niet de man te zijn die ik dacht dat ik was. Zij dacht dat ze trouwde met de señor Moreno met een landhuis, land en een onaantastbare positie in de maatschappij. Maar daarin heb ik haar teleurgesteld, en zij kwam erachter dat ze was getrouwd met iemand die nauwelijks iets verdient met het schrijven van boeken die bijna niemand leest en artikelen die de goedkeuring van haar en onze vrienden en buren niet kunnen wegdragen. En die heel gestaag al zijn bezit is kwijtgeraakt. En nog het ergst van alles: Isabel is praktiserend katholiek. Ze dacht dat ze met een man trouwde die haar geloof deelde. Maar mijn religieuze overtuigingen zijn door de jaren heen afgenomen tot...' Hij stak zijn hand op en hield duim en wijsvinger een fractie uit elkaar. 'En dat kan ze me niet vergeven. Na de geboorte van onze zoon, Raúl, heeft ze me duidelijk gemaakt dat ze vond dat ze aan haar plicht had voldaan. We leven sindsdien niet meer als man en vrouw.'

'Wat naar,' zei Sadie.

'Ik zoek je medelijden niet, mijn lieve Sadie, en ik probeer mezelf ook niet te rechtvaardigen. En wat ik al helemaal niet wil is verbolgenheid verwoorden. Ik wil het alleen maar uitleggen.'

Hij legde zijn kaarten op tafel, dacht ze. Hij vertelde haar wat hij wilde.

Ze liepen langs een muur die was volgeplakt met politieke affiches en aankondigingen voor concerten, poëzieavonden en stierengevechten.

'Isabel en ik wonen negen maanden per jaar in Madrid,' zei hij. 'In de zomer verblijft ze met Raúl bij haar familie in de Atlantische Pyreneeën. Ze hebben een huis aan zee. Ze vindt het klimaat er erg prettig.'

Ze liepen een lange, donkere, smalle straat in die als een kloof tussen de appartementengebouwen door liep.

'Volgens mij,' zei hij, 'heeft ze nooit van me gehouden. Isabel heeft een sterk plichtsbesef. Ik heb me er al heel lang geleden bij neergelegd dat ze met me is getrouwd omdat haar moeder dat wilde. Voor zover ik weet heeft ze nooit van een andere man gehouden. Ik denk soms dat het eenvoudiger zou zijn geweest als dat wel zo zou zijn.'

'Waarom?'

'Omdat ik dan ergens tegen in opstand zou hebben kunnen komen, ergens kwaad over zou hebben kunnen zijn. Ellende is altijd draaglijker als je iemand anders er de schuld van kunt geven, toch?' Hij lachte kort. 'Ik vind nu en dan troost. Ik ben geen monnik.'

'Je voelt je eenzaam.'

'Ja, precies. Ik ben altijd discreet. Ik wil Isabel niet verder vernederen dan ze zich al vernederd voelt. En ik moet ook om Raúl denken.'

Ze waren aangekomen in de straat waar Sadie woonde. Ze ging nog niet naar binnen. Ze bleven staan in de hete, donkere, enigszins door de maan verlichte lucht en praatten nog wat. Andrés vertelde haar dat hij tijdens de crisis in de jaren twintig het familiehuis en een deel van zijn land had moeten verkopen. Hij was met zijn vrouw naar een woning in Madrid verhuisd.

'Isabel had een andere levensstandaard verwacht,' zei hij. 'Niet dat ze luxe eiste; daar geeft ze niets om. Maar ze zag de verkoop wel als een verlies van status… een vernedering. Dat vind ik vreselijk, maar geloof me als ik zeg dat het echt niet anders kon. Voor mij was het een opluchting. Ik kon me eindelijk op iets anders richten dan de kakkerlakken in de keuken, de lekkende afvoerpijpen en de plafonds die op instorten stonden. Ik probeer het leven van de mensen op het land dat ik nog heb te verbeteren. Ik heb een school laten bouwen zodat de kinderen onderwijs kunnen volgen en ik zorg dat de zieken naar een dokter kunnen. Isabel kijkt anders naar zulke dingen. Ze gelooft dat de status van een man, zijn toekomst en mogelijkheden, in steen zijn gehouwen bij zijn geboorte. De zoon van een aristocraat gaat naar school, die van een boer niet.'

'Mary O' Connor zei dat je een kasteel hebt.'

Hij keek haar geamuseerd aan. 'Volgens mij denkt Mary aan torens, kantelen en slotgrachten, dat soort dingen. Ik heb haar geprobeerd uit te leggen dat het dak is ingestort en dat er alleen wilde geiten wonen, maar ze luistert niet. Het is een prachtige plek. Er staan citroenbomen en er ligt een tapijt van tijm. Ik ben er al jaren niet geweest. Ik zou je er graag op een dag mee naartoe nemen, Sadie.'

Er passeerde een paard-en-wagen met zakken uien en aanmaakhout. Sadie keek naar Andrés' gezichtsuitdrukking en de manier waarop het maanlicht over zijn gelaat bewoog.

Ze vroeg: 'En je zoon, Andrés? Hoe oud is die?'

'Raúl is veertien. Het is een goede jongen. Isabel is een uitstekende moeder, geduldig en liefdevol. Ik mis hem. Het appartement voelt leeg als hij er niet is.'

Hij vroeg haar naar haarzelf. Ze vertelde hem dat ze nooit getrouwd was geweest en geen kinderen had. Dat ze een keer verloofd was geweest maar dat het niets was geworden. Toen vertelde ze wat over Kit Massingham en een man die ze de zomer daarvoor in Zuid-Frankrijk had leren kennen, een kunstenaar, Jules.

'Ik heb een hoop lol met hem gehad,' zei ze. 'Hij was werkelijk in niets serieus. Hij kon niet zo goed schilderen als hij zelf dacht, maar hij was ontzettend vermakelijk.' Toen, aanvoelend hoe moeilijk het voor hem was geweest om eerlijk over zijn mislukte huwelijk te vertellen, zei ze serieuzer: 'Kit was een goede vriend – dat is hij nog steeds – en Jules en ik sturen elkaar af en toe een ansichtkaart, maar ik hield niet van ze. Van Felix, mijn verloofde, hield ik wel. Ik ben ingestort nadat we uit elkaar waren gegaan. Ik zie nu wel in dat hij niet de juiste man voor me was en dat het nooit iets zou zijn geworden, maar het heeft mijn leven veranderd en ik ben nooit meer dezelfde geweest. Ik vind het naar voor je dat het met jouw huwelijk niet beter is afgelopen, Andrés.'

Hij haalde zijn schouders op. 'Dat gebeurt nu eenmaal. Maar het werpt wel een schaduw over je leven. Isabel gelooft dat scheiden een zonde is en er is in de ogen van de Kerk ook geen grond tot scheiden. En ik wil haar geloof ook geen geweld aandoen. Ik heb haar in het verleden genoeg teleurgesteld en vernederd. Isabel en ik leiden elk ons eigen leven. Ze heeft haar eigen vrienden en bezigheden en ik heb die van mij. We proberen onze conflicten niet in het openbaar uit te vechten, proberen de gesprekken die we voeren beschaafd te houden om onze zoon te beschermen. De laatste twee weken van de zomer ga ik altijd naar het huis in de Atlantische Pyreneeën. Dan ga ik zwemmen en paardrijden met Raúl.'

Sadie zou de eerste week van september teruggaan naar Engeland om zich voor te bereiden op haar expositie in galerie Danford in november. Ze had zichzelf eerder die avond gewaarschuwd dat ze er niet te diep in betrokken moest raken, dat ze, al eerder overrompelend en desastreus verliefd geworden en al eerder verwond door haar eigen verlangen, op haar hoede moest zijn. Maar dat moment was nu een gepasseerd station.

Ze stonden onder een straatlantaarn die groenig licht op de kasseien wierp. Ze kon de impuls hem aan te raken niet weerstaan. Sadie streelde met de rug van haar vingers over zijn gezicht en toen over zijn wang en mondhoeken, alsof ze hem aan het lachen wilde maken.

'Vera, mijn kamergenoot, zal ondertussen wel als een os liggen te slapen,' zei ze. 'Zei je nou net dat jouw huis leeg is, Andrés?'

Hij pakte haar handen vast en gaf haar een kus op haar gesloten knokkels. 'Ik zou het heerlijk vinden als je met me mee naar huis gaat.'

Ze kusten, en ze voelde het vuur in zich opvlammen.

'Zullen we dan maar gaan?' mompelde hij, en toen gingen ze arm in arm op pad.

De draperieën in de slaapkamer waren van vervaagd groen-goud brokaat, heel ancien régime. Andrés trok haar haar kleding met geoefende soepelheid uit. Elk laagje kleding dat op de vloer gleed maakte dat ze meer naar hem smachtte. Zijn lichaam was compact, slank en goed gespierd. Ze streelde met een hand over zijn schouderbladen, naar beneden via zijn ruggengraat, en toen legde hij haar op het bed, een gedrocht van een hemelbed van rozenhout. Wraakgierig kijkende cherubijntjes staarden haar aan uit de hoeken van het hemeltje, dus sloot ze haar ogen en gaf zich over aan de sensatie. Zijn vingers gleden van borst naar taille naar buik. Zijn mond op de bolling en plooien van heup en dij. Zijn hand bewoog steeds dichter naar de plek waarvan ze zo verlangde dat hij haar er zou aanraken; hij tergde, spoorde aan. Zweetdruppeltjes vormden zich tussen haar borsten en genot brandde in haar, verzengend, en ze opende zichzelf voor hem.

De volgende ochtend ging Andrés nadat ze nog een keer hadden gevreeën naar de bakker. Sadie sloeg de groene zijden beddensprei om zich heen en liep naar de badkamer. Alle kamers waar ze naar binnen keek waren grotachtig en imposant, de meubels log en ongemakkelijk, gemaakt voor reuzen. Ze waren oud en lelijk, de kasten en bureaus, de zware houten kisten met hun ijzerbeslag en met leer afgewerkte sleutelgaten. Aan de muren hingen deprimerende olieverfschilderijen van mannen en vrouwen met grote neuzen en uitpuilende ogen; bij de open haarden stonden steigerende bronzen paarden, briesend, en reusachtige majolicapotten waren gedecoreerd met tinten mosterdgeel, zalmroze en kaki. Plafonds strekten zich hoog boven haar hoofd uit, versierd met bladeren en bloemen, en de vloer van de overloop was betegeld met marmer in de kleur van ingeblikt vlees. De woning was niet ontworpen, concludeerde Sadie, om te verwelkomen, maar om te intimideren. Alleen in de boeken in de kasten met glazen deuren, in de rommelige berg kranten en tijdschriften op een bijzettafel en in het blok schrijfpapier dat vol stond met aantekeningen in een sterk, elegant handschrift, herkende ze de man bij wie ze zich zo thuis begon te voelen.

Alle kamers straalden ouderdom en slijtage uit. Ze had de indruk dat de schilderijen en bronzen beelden niet van hoogstaande kwaliteit waren. Andrés had het tijdens hun gesprek de avond ervoor over geldgebrek gehad. Ze vroeg zich af of de waardevolste stukken waren verkocht. Stof had zich op de architraven en gepolijste tafelbladen verzameld; ze had haar naam erin kunnen schrijven. Er zou een leger van schoonmaaksters nodig zijn om zo'n groot huis schoon te houden, maar ze was er nog niet één tegengekomen.

In de badkamer stond een badkuip met de afmetingen van een zwembad. Je zou er baantjes in kunnen trekken. Om naar het troonachtige toilet te kunnen moest ze een heel stuk op haar blote voeten over een koude zwart-wit betegelde vloer lopen. Ze waste haar handen in een wastafel van grijs marmer met een kraan die was verweerd door ouderdom.

Ze bekeek zichzelf in de spiegel. Zag ze er anders uit nu ze weer verliefd was? Want dat was het geval. Liefde en geluk maakten haar transparant als glas en ze bestond perfect tevreden in elk perfect moment. Ze kon zich niet herinneren dat ze zich bij Felix zo had gevoeld. Ze had zich nooit zeker over hun relatie gevoeld en was altijd getergd door jaloezie en onzekerheid. Ze vond het interessant te constateren dat ze zich bij Andrés niet zo voelde, hoewel ze wist dat hun relatie altijd zou worden beperkt door omstandigheden. Ze bestudeerde haar spiegelbeeld nauwkeuriger, probeerde de waarheid te abstraheren uit de vorm van haar gelaatstrekken. Misschien was ze ouder en wijzer geworden. Het was aanlokkelijk om te denken dat de voorgaande jaren, die waren gekenmerkt door eenzaamheid en hevige emoties, haar sterker hadden gemaakt. Of misschien voelde het anders omdat ze instinctief wist dat Andrés anders was.

Toen ze terugliep naar de slaapkamer ging er beneden een deur open. Sadie tuurde over de balustrade en zag een in het zwart geklede vrouw met een zwabber en een emmer. Sadie sloop terug naar de slaapkamer.

Ze zei: ‘Ik weet je naam niet eens. Ik bedoel je officiële, volledige naam. Ik weet alleen dat je Andrés heet.’

Ze zaten in bad. De huishoudster was klaar met haar werk en was vertrokken en ze hadden in bed de donuts gegeten die Andrés had gekocht. Glinsterende suikerkorrels hadden aan hun huid gekleefd, dus hadden ze besloten in bad te gaan.

‘Mijn naam?’ Hij zat haar haar te wassen. Hij masseerde shampoo in haar scalp. ‘Ik heet Luis Andrés Kindellan de Moreno. Heel eenvoudig.’

‘Eenvoudig?’ zei ze op spottende toon door de zeepbellen op haar gezicht heen, en toen herhaalde ze hem.

‘Mijn moeder heette Kindellan,’ legde hij uit. ‘Ze was Iers.’

‘Hij is ontzettend romantisch. Veel romantischer dan Sadie Victoire Lawless.’ Ze leunde naar voren en hij goot een beker water over haar hoofd om de shampoo eruit te spoelen.

‘Sadie Victoire Lawless is zalig. En romantisch. En beeldschoon. Precies wat hij moet zijn voor een beeldschone vrouw.’ Hij kneep het water uit haar lange haar en ze bewogen naar elkaar toe om te zoenen, waarbij een zepige golf water door het bad klotste.

Hij vroeg: ‘Waarom Victoire?’

'Naar mijn moeder. Ze was Frans.'

'Spreek je Frans?'

'Ja, heel aardig. Veel beter dan Spaans.'

'Ik vind je Spaans zalig.'

'Ik vind het een onmogelijke taal, met al die *hrrr*-klanken.' Ze schraapte haar keel. 'Hoeveel talen spreek jij?'

'Maar vijf.'

'Welke vijf?'

'Spaans, Engels, Frans, Italiaans en Duits. Vertel eens wat over jezelf, lieve Sadie. In wat voor soort huis woon je? Is het groots of bescheiden? Staat het in de stad of op het platteland?'

'Ik woon midden in een bos,' zei ze, 'in Sussex, in het zuiden van Engeland. Het is een piepklein huisje en het heet Het Ei.'

'Het Ei?' Hij schoot in de lach.

'Jij zou het een miniatuurhuisje vinden. Het zou in jouw zitkamer passen. Mijn vader heeft het ontworpen. Hij was architect en zijn tijd ver vooruit. Hij zag allemaal eitjes voor zich, in velden en bossen, waar mensen hun kinderen zouden kunnen opvoeden, weg van de rook en herrie in de steden. Ik heb het geërfd.'

'En waarom ben je weggegaan uit je huisje in het bos?'

'Om de wereld te zien. Om jou te leren kennen.'

'Ik ben ontzettend blij dat je dat hebt gedaan, *querida*.'

Ze kuste hem en ze klommen uit het bad. Hij sloeg een handdoek om haar heen. Hij kuste haar nogmaals en zei dat hij wat zakelijke afspraken had. Ze kon wat lezen, of een siësta houden. Hij zou een uur of twee later terug zijn.

Andrés vertrok. Sadie kamde haar haar met de kam uit haar handtas en ging toen naakt op het bed liggen. Het was heter dan ooit en de hitte voelde als een deken.

Ze dommelde weg en droomde dat ze in Het Ei was. Het geritsel van de bladeren, de zingende vogels en alle geluiden die het huis zelf maakte; het tikken van een tak tegen glas en het gekrabbel van een eekhoorn die over het platte dak rent. Of misschien waren de voetstappen van iemand die door de bomen rende, zijn adem snel en paniekerig terwijl hij uitgleed en struikelde in de modder.

Ze werd wakker. Er ging beneden een deur dicht. De voetstappen die ze nu hoorde waren van Andrés. Ze herkende ze al. Er ging een golf van genot door haar heen en ze liep naar beneden om hem te begroeten.

Hij was enig kind. Zijn ouders waren in zijn tienerjaren overleden. Toen hij in de twintig was waren er twee boeken van hem gepubliceerd, een over de Gouden Eeuw in Spanje en een biografie over Karel III. Hij was geïnteresseerd in tal van zaken: de kunst van het maken van Perzische tapijten; de werking van de menselijke geest; de origine van de verschillende talen die er in Spanje werden gesproken; Engelse poëzie uit de Romantiek; auto's (hij had een Lancia Lambda); en natuurlijk politiek, hij wist ontzettend veel over de politiek in Europa, Amerika en zelfs het Verre Oosten. Hij speelde heel verdienstelijk piano, vooral klassiek, maar ook jazz, met name sentimentele nummers als 'Ain't Misbehavin'' en 'After You've Gone', dat soort dingen. Hij las romans en poëzie en ging graag naar het theater. Sadie, die zichzelf belezen had gevonden, kwam tot de ontdekking dat haar literaire kennis vergeleken bij die van hem jammerlijk provinciaal was.

Hij kon absoluut niet koken en was buitensporig complimenteus als ze een eenvoudig ontbijtje of een late avondmaaltijd voor hem maakte in zijn koude en belachelijk grote keuken. Ze gingen meestal uit eten. Een van de grotachtige kamers in het huis hing vol planken waar flessen wijn op lagen. Hij nam wijn heel serieus, vond het belangrijk dat die paste bij het eten, zelfs als dat gewoon brood met kaas was. Ze deelden een interesse in Russische muziek en dans, en in modernisme, zowel in de kunst als in de architectuur, en in het werk van Velázquez en Goya. Hij keek graag door haar ogen naar de schilderijen in het Prado, omdat hij dacht dat ze hem wat kon leren. Ze waren allebei dol op zonlicht en warmte en hadden een hekel aan de winter, hoewel ze het daar nooit over hadden, omdat ze zodra het kouder zou gaan worden afscheid van elkaar zouden moeten nemen.

Ze kregen een routine. Ze werkte vijf dagen in de week van 's ochtends vroeg tot 's avonds laat in Gabriels atelier. Als Andrés het niet te druk had, lunchten ze samen en wachtte hij op haar op het plein voordat ze samen naar een café liepen.

De heerlijkste dagen waren als ze na de lunch naar zijn huis gingen en snel, adembenemend de liefde bedreven terwijl het zonlicht in verblindende stralen door de spijlen van de luiken scheen.

Hun affaire voedde Sadies creatieve energie. Als Gabriel om een uur of zeven 's avonds naar café Barbieri vertrok werkte ze nog uren voor zichzelf. Als Andrés klaar was met werken kwam hij naar het atelier en zat in de vensterbank om haar gezelschap te houden. Dan liepen ze naar zijn huis en aten en dronken onderweg ergens wat. Of niet, als het verlangen alleen te zijn te hevig was. Dan liepen ze arm in arm, heup tegen heup over straat, met haar hoofd tegen zijn schouder. Dan trok ze in de koele, marmeren vestibule van zijn huis haar blouse al uit voordat hij de deur ook maar op slot had gedaan. De volgende ochtend verzamelde hij dan hun kleding van de plekken waar die terecht was gekomen, verstrooid als gevallen bladeren op de treden van de trap, voordat de huishoudster kwam.

Half augustus had Sadie acht Castiliaanse landschappen gemaakt, met banen oranje, roodbruin en lichtbruin en sterk, schaduwrijk donkergroen en blauwgrijs, dat deed denken aan bossen en bergen. Ze was er tevreden over. Ze waren gedurfd en zelfverzekerd, maar hadden ook iets mysterieus. Ze schreef Madge Danford, die haar recent was gaan vertegenwoordigen, en vertelde erover. Ze pakte een afdruk in lagen karton en bruin papier in en stuurde die van het postkantoor in Madrid naar Londen.

Haar werk, dat uit haar vingers vloeide met een gemak dat ze in geen jaren had gevoeld. Ze was nog nooit zo gelukkig geweest.

Op een dag vertelde Sadie Andrés over Edith. Haar kamergenoot, Vera, was een weekendje weg met haar verloofde. Sadie en Andrés lagen in elkaar verstrengeld op het smalle bed.

'We hebben ruzie gehad,' zei ze. 'En nu praten we niet meer met elkaar. Ik schrijf haar, maar ze reageert nooit.'

Hij liet zijn vingertoppen van haar keel naar haar buik glijden. 'Waar ging die ruzie over, querida?'

'Het huis. Edith kan het niet uitstaan dat mijn vader het aan mij heeft nagelaten. Ze denkt dat het betekent dat hij niet van haar hield.'

Misschien heb ik nooit van je gehouden. Wat hebben jij en ik ooit voor kans gehad om als zussen van elkaar te houden? Ik ben niet gek; ik heb gezien hoe het was. Je bent vanaf de dag dat je werd geboren vaders favoriet geweest. Hoe langer Sadie over die woorden nadacht, hoe meer ze klonken als de waarheid.

Hij vroeg: 'Wat is je zus voor iemand? Lijkt ze op jou?'

'Qua uiterlijk totaal niet. Ze is langer dan ik, en haar haar is wat donkerder. Ik wilde vroeger altijd net zo lang zijn als zij. Kleren staan haar zo prachtig. Ze is een ontzettend georganiseerd type, zo iemand die alles altijd precies op een bepaalde manier doet. Toen ik door mijn zigeunerperiode ging vond ik het bespottelijk, maar ik ben het ondertussen gaan bewonderen.'

'Heb je een zigeunerperiode gehad?' Hij klonk geamuseerd.

'Ja, ik ben bang van wel. Sjaals met franje, kralen op mijn voorhoofd en wijde rokken. Ik ben er gelukkig overheen gegroeid.' Ze slaakte een zucht. 'Ik denk dat ik Edith saai en conventioneel wilde vinden omdat ik wist dat ik nooit zou krijgen wat zij had: een echtgenoot, een kind en een echt, gewoon huishouden.'

'Je hoeft niet verdrietig te zijn, querida. Je hebt mij nu.'

'Ja, nu heb ik jou, mijn liefste.'

Ze kusten. Na een tijdje trok Sadie haar ochtendjas aan en ging koffiezetten. De geur van versgemalen koffiebonen vulde toen ze er water op goot de kleine, hete kamer.

Toen ze de koffiepot en twee kopjes op het nachtkastje zette zei ze: 'Ik zie nu dat mijn vader het verkeerd heeft gedaan. Je hoort geen favoriet kind te hebben. Mijn vader heeft mij zo veel gegeven. Te veel, denk ik nu. Het huis had naar Edith moeten gaan. Het is heel gek, maar ik ben er niet meer zo aan verknocht als eerst.' De koffiedrab was naar de bodem van de pot gezonken en ze schonk de koffie in terwijl ze aan de collage van ijs en veren dacht die met rode verf was besmeurd. 'Ik ben er niet altijd gelukkig geweest, Andrés.'

'En jouw minnaressen?' vroeg ze. 'Hoeveel heb je er gehad? Adoreerde je ze? Waren ze net zo mooi als ik?'

Ze lagen in het hemelbed met de draperieën van brokaatzijde. Ze hadden gevreeën en lagen naast elkaar, voldaan, hun huid klevend van zweet bij schouder en heup, er lag een hoekje laken over ze heen, alle bedekking die ze konden verdragen in de hitte. Ze hadden het licht uitgedaan en hun sigaretten waren rode stippen in de duisternis.

Hij zei: 'Ik heb er een paar gehad.'

'Hoe heetten ze?'

'Juana... Blanca. Galina, een Russische balletdanseres, sterk als een man, met spieren als een mijnwerker. Prachtige vrouwen, maar ik hield niet van ze. Maar van jou hou ik wel, Sadie. Ik hou zielsveel van je.'

Het was de eerste keer dat ze erover spraken. Voor haar gevoel wist ze al heel lang dat ze van Andrés hield, hoewel het alles bij elkaar pas drie weken was. Maar ze had het niet uitgesproken. Niet dat ze bang was dat hij zo'n man was die op de vlucht zou slaan als ze zoiets zou zeggen – absoluut niet – maar erover praten zou hen alleen maar met de neus op de onmogelijkheid van hun relatie drukken. *We hebben zoiets prachtigs, maar het kan niet voortduren*. Woorden konden als zout zijn dat in een wond wordt gewreven.

'Ik hield al van je voordat we minnaars werden,' zei ze nu eenvoudigweg. 'Volgens mij is het gebeurd tijdens die eerste avond in café Barbieri. Ik kan me nog precies herinneren welke route we die avond hebben gewandeld. Ik weet alles wat we hebben gezegd nog.' Ze draaide naar hem toe om hem op de schouder te kussen en voelde de soliditeit van de spieren en botten onder zijn huid.

'De volgende dag,' zei hij, 'ben ik langs Gabriels atelier gelopen.

Ik kon me er niet van weerhouden. Ik wist dat je er was. Je stond buiten tegen een muur geleund in de zon een sigaret te roken. Ik heb even naar je gekeken. Je had een overall vol verfvlekken aan, en je had je haar naar achteren gebonden met een sjaal. Ik vond je de mooiste vrouw die ik ooit had gezien.'

Ze hoorde in de stilte lachende stemmen op straat, en in de verte klonk de bel van een politieauto.

'Wat een ramp, hè?' zei hij zacht in de duisternis. 'Eenenveertig, en ik heb de vrouw gevonden met wie ik de rest van mijn leven wil doorbrengen. Mijn timing is onwaarschijnlijk slecht. Kon ik je maar meer geven.'

'Je hoeft me niets te geven, Andrés. Nou ja, behalve je hart dan.'

'O, dat heb je.' Er klonk gelaten verdriet in zijn stem. 'Het is al een tijdje van jou.'

Op een zaterdag reden Sadie, Andrés, Paddy en Mary op de vlucht voor de verzengende zomerhitte de stad uit. Andrés bracht hen in zijn Lancia naar een landschap vol poelen en dagzomende aardlagen van graniet.

Ze trokken op een rustige plek hun badpakken aan en doken van de hete rotspartijen het koude water in. Ze zwommen uren, spelend en elkaar natspettend, om het hardst naar de andere kant van de poel. Uiteindelijk ging Sadie het water uit. Ze ging op een rots zitten en de zon bleekte haar haar, dat ze over haar schouders had gespreid. Om twaalf uur die middag picknickten ze in de blauwe schaduw van de struikbomen. Mary had brood, plakken rauwe ham en een pot zoute boter meegenomen, die ze in het water hadden gezet om koel te blijven. Sadie had chocoladebroodjes en rijpe, warme perziken bijgedragen. De mannen ontkurkten flessen wijn.

Na het eten deden ze een dutje, bewegingloos in de hitte, als vissen die op de rotsen waren geworpen. Toen ze wakker werden rekten ze zich uit en beklaagden zich dat niemand een thermosfles met koffie had meegenomen. Andrés en Mary gingen nog even zwemmen; Paddy en Sadie zaten in de schaduw van de bomen.

Mary's hoofd kwam omhoog uit het water, donker en glad, druipend van het water, terwijl Andrés in het ondiepe deel van het water dobberde. Sadie zat met een blok papier op haar knieën te tekenen. Ze kon zich niet voorstellen dat ze deze dag ooit zou kunnen vergeten, maar dat wist je nooit zeker, want je geheugen werkte nu eenmaal niet altijd mee en als ze nu een mooie tekening maakte, kon dit perfecte moment nooit helemaal verdwijnen.

'Andrés is een geweldige vent,' zei Paddy. 'Beter worden ze niet gemaakt. Ik ben blij dat jullie elkaar hebben gevonden, Sadie. Hij verdient het om gelukkig te zijn. God weet dat hij genoeg te doorstaan heeft gehad. Hij houdt natuurlijk van zijn zoon, dat moet troost geven, maar jezus, wat een ellendige situatie. Ik zeg niet dat er tussen Mary en mij nooit een onvertogen woord valt, het is een felle tante en zij zal zeggen dat ik koppig ben als een ezel, dus we hebben ook wel eens ruzie. Maar over de belangrijke dingen zijn we het altijd eens. Het moet afgrijselijk zijn om vast te zitten aan een vrouw die over alles wat je belangrijk vindt in het leven precies het tegenovergestelde denkt als jij. En dan nog iets, Sadie. Mary en ik hebben nooit geld gehad. Mijn vader kon met moeite de eindjes aan elkaar knopen van wat hij verdiende als boer in Donegal en Mary is opgegroeid in een achterbuurt van Chicago. Haar ouders werkten in een vleesfabriek. Wat je niet hebt, mis je ook niet. We hebben een huis, we kunnen eten en we hebben kleren aan ons lijf, dus we vinden onszelf gezegend. Maar de familie van Andrés was grootgrondbezitter. Ik heb de indruk dat hun bezit al decennia steeds minder wordt. Vervolgens heeft hij de helft weggegeven en is wat er over was op de een of andere manier ook nog verdwenen. Oud geld kan als een molensteen om je nek zijn. Als zijn vrouw hem er niet van zou weerhouden, denk ik dat hij dat mausoleum waar hij woont allang zou hebben verkocht.'

Ze kon zich er niet van weerhouden te vragen: 'Wat is Isabel voor iemand?'

'O, je kent zulke vrouwen wel. Om de haverklap naar de kerk en zo ongeveer lichtgevend van de schijnheilige zelfingenomenheid.' Paddy stak twee sigaretten op en gaf er een aan Sadie, leunde achterover op zijn ellebogen en trok de rand van zijn hoed over zijn gezicht. 'Maar misschien is dat niet eerlijk. Ik ken haar nauwelijks. Wat ga jij doen als je weer thuis bent, Sadie?'

'Ik heb een expositie in een galerie in Londen,' zei ze.

'Wat fantastisch. Gefeliciteerd. Hé, Mary!' riep hij in de richting van het water. 'Sadie wordt een wereldberoemde kunstenares!'

'Dat weet ik. Andrés heeft het me verteld. Geweldig, hè?'

Andrés, die op zijn rug lag te dobberen in het water, stak lui een hand omhoog.

Twee dagen daarvoor was er een telegram van Madge Danford bezorgd. Er stond in hoofdletters, die Madge' levenslust en enthousiasme perfect weergaven, op: WAANZINNIG! KAN NIET WACHTEN OP DE REST. Sadie wist dat ze extatisch had moeten zijn, maar toch was ze deels ook bang, want de tijd tikte door naar een specifiek moment, en dan zouden Andrés en zij afscheid moeten nemen.

Paddy keek haar aan. 'Wanneer vertrek je?'

'Eind van de week. Ik moet me gaan voorbereiden op de expositie.' Ze pakte een hand roestkleurig zand en liet dat door haar vingers stromen. 'En Andrés gaat hoe dan ook naar Frankrijk om bij Isabel en Raúl te zijn.'

'De ellende met het echte leven,' zei hij meelevend, 'is dat het soms in de weg staat van wat je het liefste wilt.'

Maar welk van haar levens was echt? vroeg Sadie zich af. Ze had een aantal verschillende levens gehad: dat van de verwende dochter, de zorgeloze studente, de vermoeide lerares en de afgewezen bruid, en vervolgens dat van de eenzame bewoner van Het Ei. Er waren hele maanden van haar verblijf in Sussex die ze zich nauwelijks kon herinneren, maar elke dag van haar verblijf in Madrid voelde doordrenkt van intense kleuren.

Ze legde haar potlood neer. 'Wil je goed voor hem zorgen, Paddy?'

Hij blies een wolkje rook uit en zijn mond vertrok een beetje. 'Mary en ik overwegen terug te gaan naar Amerika. We zijn gek op Spanje, maar we worden er bang van. We willen kinderen, en die willen we een goed leven bieden, een toekomst, en we beginnen te denken dat dat hier misschien niet kan. Een heleboel mensen hier voelen zich bedreigd. Als je in opstand komt tegen de belangen van de gevestigde orde, komt daar vroeg of laat een reactie op. Er zijn plaatsen waar ik niet meer welkom ben en kranten die mijn artikelen niet meer willen plaatsen. Ik ontvang regelmatig dreigbrieven, je kent dat wel, allervriendelijkste epistels die me vertellen dat ik uit Spanje weg moet gaan of dat ze me de ogen gaan uitsteken. Voor Andrés geldt hetzelfde. Hij ontziet ook niemand. Hij heeft naam gemaakt als liberale journalist... In de ogen van velen de ergste soort liberaal. Ze zien hem als verrader van zijn eigen klasse. Hij heeft ook kritiek op extreem links en dat zien ze niet graag. Er wonen heel wat iconoclasten in Spanje, net als overal in Europa, mensen die het liefst alles tot op de grond afbreken en daarna weer opnieuw willen beginnen.'

Hij glimlachte naar Sadie. 'Ik zal doen wat ik kan. Maar Andrés kan een koppige klootzak zijn als hij ergens zijn zinnen op heeft gezet, en dan zal niets wat ik zeg iets uitmaken.'

Sadie liep naar de waterrand. Ze zag haar reflectie in de poel, slierten vochtig haar die onder de sjaal vandaan piepten waarmee ze het naar achteren had gebonden, en een diepe frons tussen haar wenkbrauwen. Ze stak een teen in het water en de rimpeling brak het beeld in scherven.

Die avond vertelde ze Andrés na het eten wat Paddy had gezegd. Ze zaten in een donker cafeetje en werden bediend door een stokoude, magere ober met een hoge kraag en een wit schort, die tegen de betimmerde muur leunde en wegdutte als zijn klanten hem niet nodig hadden. Er waren maar een paar tafeltjes bezet nu de meeste stedelingen op het platteland of aan de kust waren om aan de ergste zomerhitte te ontsnappen. De maaltijd was slecht; misschien was de kok ook vertrokken.

Ze zei: 'Je doet toch wel voorzichtig, hè?'

Zijn arm lag over de tafel en hield haar hand vast. 'Ik ben altijd voorzichtig.'

'Paddy denkt van niet.'

'Dat is dan Paddy's probleem.' Hij fronste zijn voorhoofd. 'Ik laat me niet de mond snoeren, Sadie. Jij vertelt je verhaal met je afbeeldingen, ik met wat ik schrijf. Ik hou van mijn land, en ik hoor in je stem dat jij van het jouwe houdt. Ik moet blijven schrijven over waar ik in geloof, wat heeft het anders voor zin?'

'Dat snap ik, maar ik maak me zorgen om je.'

'Dat hoeft niet.' Hij kneep in haar hand. 'Het komt heus wel goed.'

Waarom moest hij dit doen? Waarom kon een ander zichzelf niet in gevaar brengen door over de waarheid te schrijven? Maar dat zei ze niet hardop.

Hij verdeelde het restje wijn uit de karaf over hun glazen. De troebele, donkere wijn maakte paarse vlekken langs het glas. Ze moest zich vanavond niet gedeprimeerd voelen. Ze moest gelukkig zijn, want dat was hoe ze wilde dat hij zich haar zou herinneren.

Hij pakte haar hand weer vast. 'Ik ben gezegend met een stem,' zei hij zacht. 'En ik ben niet de enige; heel wat anderen spreken zich uit over een goede toekomst. Ik weet wat ik doe, lieve Sadie. Ik loop niet in mijn eentje door donkere steegjes en als ik een afspraak heb met iemand die ik niet vertrouw, doe ik dat in het openbaar. Maar als iemand zich misdraagt moet ik daarover schrijven, wie het ook is en wat hij ook is. Links heeft tenminste het excuus van jaren onwetendheid en ontbering. Mensen zeggen maar al te graag dat hoe het in andere landen ook is georganiseerd – zoals bijvoorbeeld in Groot-Brittannië of Frankrijk – de Spaanse arbeiders en boeren niet opgeleid of intelligent genoeg zijn om goede beslissingen te kunnen nemen. Maar ik geloof dat als je mensen als beesten behandelt, ze zich ook als beesten gaan gedragen. Spanje heeft zijn mensen veel te lang als lastdieren behandeld en daar betalen we nu de prijs voor. Dat begrijp je toch, Sadie?'

'In mijn hoofd wel, ja. En daarom hou ik ook zo veel van je. Omdat je zo dapper bent.'

'O ja, het hoofd en het hart.' Ze vond zijn lachende woorden een beetje verbitterd klinken. 'Kon ik een van de twee maar negeren. Wat zou het leven dan eenvoudig zijn.'

'Andrés, natuurlijk begrijp ik het. Ik ben nooit goed geweest in mijn kop boven het maaiveld uitsteken. Ik verstop me graag in mijn bos.'

'En daar ben ik blij om.' Zijn blik verzachtte. 'Dit is niet het leven dat ik voor mezelf had bedacht toen ik jonger was. Ik zag kamers vol boeken voor me met studenten die aan mijn lippen zouden hangen. Maar het leven laat zich niet sturen.'

'Ja schat, dat weet ik.'

De ober kwam de borden afruimen en vroeg of ze nog iets wilden. Andrés bestelde koffie.

Hij zei: 'Mijn democratische sympathieën zijn een van de onderwerpen waarover Isabel en ik het hartgrondig oneens zijn.'

'Heb je er ooit naar verlangd een stap terug te doen? Of weg te lopen?'

'Heel vaak. En sinds ik jou ken aan één stuk door. Ook voor Raúl. Ik heb hem geen eenvoudig leven gegeven, en dat betreur ik. En aangezien we zo openhartig zijn, wil ik je nog iets vertellen.' Hij was even stil, fronste zijn voorhoofd en pakte haar handen weer vast. 'Er zijn momenten dat ik onzeker word, dat ik aan mijn eigen principes begin te twijfelen. Maar toch moet ik met heel mijn hart blijven geloven dat democratie wenselijk en onontkoombaar is, hoe beperkt en imperfect ze ook is. Wat mijn bedenkingen ook zijn, uiteindelijk kom ik er altijd op uit dat democratie de beste keuze is. Ik bid dat we hier in Europa blijven streven naar een meer rechtvaardige en gelijke samenleving en ik hoop dat ik dat nog meemaak, maar anders voor mijn zoon. Maar ik beloof je dat ik voorzichtig ben, Sadie. En ik hoop dat jij dat ook bent.'

'Schat, ik leid een onvoorstelbaar saai leven.' Ze streelde over zijn wang. 'Mij zal niets gebeuren.'

Op haar laatste avond in Madrid deden Sadie en Andrés de gebruikelijke dingen: een drankje, een lichte maaltijd en daarna naar zijn huis, waar ze de liefde bedreven. Sadie zou de volgende ochtend de vroege trein naar Barcelona nemen, en vandaar die naar Parijs. Andrés zou de dag erna naar Frankrijk rijden, naar de stad waar Isabel en Raúl verbleven. Ze hadden het niet over de toekomst, want ze wisten allebei dat die er misschien niet was. Misschien zou Isabel de volgende zomer wel in Madrid blijven; dat had ze al eerder gedaan.

Hij bood aan haar naar het station te brengen. Nee, zei Sadie, ze wilde niet dat hij haar bracht. Ze had een hekel aan afscheid nemen. Ze wilde niet dat ze afscheid zouden nemen, morgen niet en nooit.

'Ik zal je schrijven,' beloofde hij. 'In je huisje in het bos.'

Zij zou hem op zijn kantooradres schrijven; ze kon vanwege Isabel geen brieven naar het huisadres in Madrid sturen. Ze stelde zich voor hoe anders het huis zou zijn als Isabel en Raúl er waren. Ze was het een beetje als het hare gaan zien, op een bepaalde manier, maar het was helemaal niet van haar.

Ze sliepen die nacht met tussenpozen. Ze werd een keer wakker en draaide zich heel voorzichtig, om hem niet wakker te maken, naar hem om om naar hem te kijken. Het was nog donker, en het verdriet dat je midden in de nacht kunt voelen overviel haar terwijl ze in het donker de hoek van zijn schouder en de vage contouren van zijn gelaat bestudeerde. Zou ze hem na morgen ooit nog zien? Daar had ze op dat moment geen idee van. Het was heel eenvoudig zich voor te stellen hoe een affaire als die van hen zou doodbloeden: de brieven die met steeds grotere tussenpozen kwamen en dan uiteindelijk die ene waarop geen antwoord kwam. Misschien zouden er excuses worden gemaakt, maar dan zou er een gestage verandering in de toon volgen, van passie en verlangen naar nostalgie en vriendschap.

Al de problemen die het zo ver uit elkaar wonen met zich meebracht, en die van zijn verplichtingen, leken onoverkomelijk. Ze had er alles voor over om het anders te maken. Tranen sprongen in haar ogen bij de gedachte aan het leven dat ze hadden kunnen hebben, de reizen die ze hadden kunnen maken, de huizen waar ze hadden kunnen wonen. De kinderen – een jongetje met donker haar en groene ogen en een meisje met blond haar en blauwe ogen – van wie ze zo vreselijk veel zou hebben gehouden en die het gat in haar hart zouden hebben gevuld waarvan ze bijna nooit durfde te erkennen dat het er was. De dingen die ze zouden hebben gezien, de dingen waar ze samen om zouden hebben gelachen, het verdriet waarom ze samen zouden hebben gehuild. Ze zouden samen oud zijn geworden: hij in een stoel bij de haard op een koude winteravond bezig met de geschiedenis van een Spaanse monarch of politicus van wie zij nog nooit had gehoord; zij, met slechte ogen, bezig met een tekening van de trotse hoeken in zijn gelaat, de vormen en vouwen in zijn kleding.

Ze moest een geluid hebben gemaakt – een zucht, een ademhaling – want hij bewoog en nam haar weer in zijn armen, streelde over haar haar en mompelde lieve woordjes tegen haar. Ze deed ingesloten in zijn omhelzing haar ogen dicht en probeerde weer in slaap te vallen. Dapper zijn, Sadie, zei ze tegen zichzelf. Ze kon net zo goed nu meteen beginnen, met dapper zijn.

17

Londen, Suffolk en Sussex – april 1971

Dan werkte sinds half februari bij Kevin. Hij had zich op zijn werk op het nieuwe vliegveld ten zuiden van Croydon geworpen en werkte tot laat in de avond en vaak ook in het weekend. Hij gebruikte het flatje in Kew alleen om te douchen en slapen en het had een spartaanse sfeer gekregen. De potten met kruiden die Celia op zijn vensterbank had gezet waren verpieterd omdat hij had vergeten ze water te geven en hij was zwarte koffie gaan drinken omdat er nooit melk in huis was.

Een deel van hem was zich ervan bewust dat onder zijn ijver een diepe onvrede lag. Die kwam tot uiting in een gebrek aan geduld met de mensen die voor hem werkten, met name als hij hun iets voor de tweede keer moest uitleggen. Hij zegde een bezoekje aan Southwold om bij zijn vader langs te gaan af en zei dat hij moest werken. Hij kon het gewoon niet opbrengen en hij zag ook niet in waarom dat zou moeten.

Op een vrijdagavond in april ging de telefoon toen hij net op weg ging om fish-and-chips te kopen. Hij nam op.

'Spreek ik met Daniel Falconer?' Een vrouwenstem.

Dat beaamde hij. De stem identificeerde zichzelf als een verpleegster in ziekenhuis West Suffolk General in Bury Saint Edmunds. Ze vertelde dat zijn vader in het ziekenhuis was opgenomen met ernstige brandwonden. Hij had Dans naam, adres en telefoonnummer gegeven als naaste familie.

Dans hart leek even stil te staan voordat het met een zware, angstige bonk weer opstartte. 'Hoe ernstig is het?'

'We hebben zijn verwondingen behandeld en hem verdoofd. Het gaat zo goed als we naar omstandigheden kunnen verwachten.'

'Ik kom eraan.'

De verpleegster gaf het adres van het ziekenhuis en Dan legde de hoorn op de haak. Hij had moeite de schok te verwerken terwijl hij zijn spullen en sleutels pakte. Hij had weken daarvoor al naar Southwold moeten gaan. Hij had zijn vader al meer dan drie maanden niet gezien. Brandwonden, bedacht hij, en hij voelde zich misselijk. Mijn god.

De reis naar de North Circular ging vanwege de drukte tergend langzaam. Toen hij eindelijk op de hoofdweg aankwam trapte hij het gas in en reed te hard tot een inhaalmanoeuvre bijna misging en wild getoeter hem bij zinnen bracht. Hij stopte bij een garage om te tanken en kocht een Mars, die hij opat terwijl hij naar de A11 reed.

Hij werd onderweg naar het noorden getergd door een visioen van zijn vader in een ziekenhuisbed, met verbonden ledematen, helse pijnen verdurend. Zijn emoties schoten van angst naar schuld naar woede. Hij was bang dat zijn vader het niet zou overleven en voelde zich schuldig dat hij zijn zuinige affectie de voorgaande jaren zo rationeel en veroordelend had geuit. En hij was ook kwaad op zijn vader omdat hij niet goed voor zichzelf zorgde. Wat had hij in vredesnaam gedaan dat hij met tweede- en derdegraads brandwonden in het ziekenhuis was beland?

Hij navigeerde door Bury Saint Edmunds met de AA-kaart opengevouwen op de passagiersstoel. De hevigste emotie was nu dat hij te laat in het ziekenhuis zou arriveren. Hij keek nog even snel op de kaart en reed Hospital Road in, waar hij de Cortina parkeerde en het ziekenhuis binnenliep.

Een verpleegster bracht hem naar een hokje dat met gordijnen was afgesloten. Allebei de armen van zijn vader waren verbonden en hingen omhoog in een stellage. Dan ging naast het bed staan.

'Pa?' vroeg hij zacht, en Mick opende zijn ogen.

'Jongen. Ik heb nog zo gezegd dat ze je morgen moesten bellen. Ik wilde niet dat je midden in de nacht dat hele eind zou rijden.' Zijn vaders woorden waren een hese, door opium verdaasde fluistering.

'Dat geeft niets, pa.' Hij wilde meer zeggen, maar dat lukte in eerste instantie niet. Uiteindelijk vroeg hij: 'Hoe voel je je?'

'Een beetje wazig.'

'Wat is er gebeurd?'

Mick keek hem aan. 'Ik probeerde mijn broek droog te krijgen. Ik wilde naar de pub. Ik drink daar wel eens een borrel met een maat. Ik had olie op mijn goede broek geknoeid. Ik had mijn andere broek gewassen...' Zijn gezicht vertrok.

'Je hoeft niet te praten, pa.'

Maar zijn vader vervolgde zijn haperende verhaal. 'Ze waren nog nat, dus heb ik ze boven de oliekachel gehangen. Aan het koord waar de gordijnen aan hangen. Dat doe ik altijd en dat werkt prima. Ik was van plan even de kruiswoordpuzzel in de *Mail* te maken, want je moet je hersens actief houden, maar toen moet ik in slaap zijn gedommeld. Ik rook een brandlucht, ik kon in eerst instantie niet bedenken wat het was, ik dacht dat ik mijn sigaret had vergeten uit te maken.'

'Pa...'

'Hij moet op de kachel zijn gevallen. De gordijnen stonden in de fik. Ik heb geprobeerd het uit te maken. Godvergeten stom...' Het was even stil en toen voegde zijn vader eraan toe: 'Het spijt me, Dan.'

'Dat hoeft niet.' Dan legde zijn hand zacht op de schouder van zijn vader. 'Probeer er maar niet aan te denken.'

'Hoe is het met de caravan?'

'Geen idee. Ik ben direct hiernaartoe gereden. Ik zal morgenochtend meteen gaan kijken, oké?'

'Het was zo'n leuke caravan.' Micks ogen vielen dicht.

'Het komt allemaal goed, pa, dat is het enige waar het om gaat.'

Mick gaf geen antwoord. Dan pakte een stoel en ging naast het bed zitten. Hij dacht aan zijn vader, hoe die per ongeluk brand in de caravan had gesticht en zo te zien met zijn blote handen had geprobeerd het vuur uit te maken. Hij had wel dood kunnen zijn. Het was gruwelijk om te moeten zien hoe hij eraan toe was. Al Dans woede was ondertussen weggeëbd en hij voelde zich zo ellendig dat hij wel kon huilen nu hij daar zo zat in de ziekenhuisgeluiden – het snelle getik van schoenen op het linoleum, het snurken en kreunen van de patiënten en het piepen van de apparaten.

Liefde is eeuwig. Die woorden schoten zomaar in zijn hoofd. Mick Falconer was altijd een optimistische, achteloos charmante man geweest en had tot voor kort weinig blijk van een geweten gegeven. Dan had nooit zeker geweten of Mick zich destijds schuldig had gevoeld dat hij zijn vrouw en zoon in de steek had gelaten. Dan vermoedde dat hij er nu spijt van had, hoewel hij dat nooit had gezegd. Dan had zich vaak gekwetst gevoeld door zijn vader, had vaak op hem neergekeken en soms een hekel aan hem gehad. Het probleem was dat hij ook van zijn vader hield. Het zou gemakkelijker zijn geweest als dat niet zo was geweest, maar zo was het nu eenmaal en dat moest hij accepteren. Zijn woede werd aangewakkerd doordat zijn vader hem tijdens zijn jeugd had verlaten en verwaarloosd, ja, maar ook door wrevel dat de band ondanks alles niet kon worden verbroken. Hij had er heel lang tegen gevochten. Het was een uitputtingsslag en het was hoog tijd dat hij ermee ophield. Het was niet logisch, niet netjes of overzichtelijk om van iemand te houden die je had gekwetst, iemand die je steeds opnieuw teleurstelde, maar niettemin was de liefde er, schijnbaar onverwoestbaar.

Liefde is eeuwig. Hij hield ook van Rose. Hij zou niet moeten houden van een vrouw die met een ander was getrouwd, een vrouw die hem glashelder had duidelijk gemaakt dat ze haar huwelijk een tweede kans gaf en dat ze de intimiteit die zij hadden gehad als vergissing beschouwde, maar toch was het zo, en dat moest hij ook accepteren. Hij zag nu in dat deze hopeloze liefde, en de pijn die dat hem deed, de basis van het slechte humeur was dat hij al had sinds hij bij Martineau Aviation weg was. Hij kon niet veel tegen zijn gevoelens doen behalve wachten tot ze zouden vervagen, hoewel dat misschien jaren zou duren. Of misschien wel zijn hele leven.

Maar hij moest ermee ophouden het op zijn medewerkers af te reageren. Als hij zo doorging was hij straks zo'n manager Operations die door iedereen werd gehaat. Zoals zijn voormalige leidinggevende, Ted Wilkinson, die Dan het leven zuur had gemaakt toen hij net bij Martineau Aviation had gewerkt. Wat hem gemakkelijk afging gold niet voor anderen, maar dat betekende niet dat zij geen kwaliteiten hadden die hij ontbeerde. Hij moest leren het beste in mensen te zien, ze te waarderen om hun goede kwaliteiten. Inclusief zijn vader. Mick had zijn goede kanten. Hij was niet materialistisch, maakte er nooit een probleem van dat hij geen nagel had om aan zijn kont te krabben en probeerde altijd een vrolijk gezicht te trekken, hoe grimmig de realiteit ook was. Zijn bewondering voor zijn slimme zoon was enorm, net als zijn liefde voor hem.

Dan voelde de tranen weer in zijn ogen prikken en hij moest ze wegduwen door met zijn ogen te knipperen en te kuchen toen de verpleegster haar hoofd tussen de gordijnen door stak om te zeggen dat zijn tien minuten voorbij waren. Hij vroeg wat de bezoektijden de volgende dag waren en verliet het ziekenhuis.

Buiten was het een heldere, frisse nacht. Toen hij het portier van de Cortina opende merkte Dan dat hij rilde, helemaal gespannen en leeg van de emoties en vermoeidheid. Hij moest op zoek naar een snackbar en een bed&breakfast waar hij kon overnachten.

Toch kwam hij niet in beweging. Hij zat achter het stuur, de sleutel in de ontsteking maar zijn voeten niet op de pedalen, zijn arm gebogen over het stuur, zijn hand gebald tot een vuist en zijn knokkels tegen zijn wang gedrukt terwijl hij de donkere, lege straat in staarde.

Eind april gingen Rose en Robert met de meisjes naar Het Ei. Katherine en Eve, wild van opwinding dat ze eindelijk de auto uit mochten, renden gillend het bos in terwijl Robert de Jaguar afsloot, die hij op het parkeerhaventje had gezet.

Rose had geen goed gevoel over dit weekendje op het platteland. *Laten we het proberen*, had Robert gezegd toen het idee om naar Het Ei te gaan was opgeborreld. Maar wat gingen ze dan proberen? Te overleven zonder winkels, cafés en bioscopen, of te bekijken of hun kwetsbare hereniging een kans had?

Maar de meisjes hadden Het Ei nog niet gezien en ze was er zelf ook al maanden niet geweest, niet meer sinds het dak was gerepareerd, dat ze nog moest controleren. Katherine en Eve hadden enthousiast gereageerd op het idee en het zou goed voor ze zijn om even niet in de flat te zijn en te genieten van de frisse lucht. Ze was altijd van plan geweest Het Ei als weekendverblijf te gaan gebruiken, hielp Rose zichzelf herinneren terwijl ze over de aarde en de dode bladeren liep. Nu ze het huis zag, bleek en streng te midden van het lentegroen, betoverde het haar, net zoals het dat de eerste keer had gedaan.

Rose en Robert hadden dingen veranderd sinds die vreselijke dag dat Katherine was weggelopen. Robert haalde de meisjes nu op dinsdag uit school en bleef met ze in de flat in Weybridge totdat Rose uit haar werk kwam. Dan aten ze samen. Robert kookte soms zelfs. Hij haalde ze op vrijdag ook nog steeds, wanneer hij ze meenam naar zijn appartement in Chelsea, waar ze bleven slapen. Op woensdag stopte Rose eerder met werken, zodat ze zelf de kinderen van school kon halen. Op zondagmiddag deden ze vaak wat met zijn vieren. Die uitjes, naar Bushy Park of het jaagpad langs de Theems, gingen prima. Rose bedacht dat ze er in ieder geval aan de oppervlakte vast uitzagen als een gelukkig gezinnetje.

Rose had Katherine terug laten gaan naar haar oude school in Walton-on-Thames. Ze had afspraken met de moeder van haar vriendinnetje Abbie gemaakt, en ze bracht Katherine naar hen toe voordat ze met Eve terugreed naar Weybridge. Het ophaalprogramma was ingewikkeld, twee kinderen op twee verschillende scholen was in heel veel opzichten vreselijk ingewikkeld, maar ze moest zorgen dat het lukte. Rose compenseerde de uren die ze op haar werk miste door in de avonden en vroeg in de ochtend thuis te werken, voordat de kinderen op waren. Hoewel het koord waarop Rose balanceerde om alles soepel te laten verlopen nog dunner was geworden, was Katherine gelukkiger. En dat was het enige wat telde.

Ze opende de voordeur van Het Ei en deed het licht aan. Het was godzijdank droog in de gang, maar het huisje was vreselijk koud, alsof de winterkou er nog hing.

Robert liep achter haar aan naar binnen, zijn handen vol tassen en dozen. 'Ik ging bijna onderuit in al die modder,' zei hij. 'Had je grootvader geen pad kunnen aanleggen?' Hij zette de tassen neer, pakte de meisjes bij de hand, en toen gingen ze op weg om het huis te ontdekken terwijl Rose de bedden opmaakte. Katherine en Eve zouden in de kleine achterkamer slapen, op kampeermatrasjes. Rose kreeg het tweepersoonsbed in de grote slaapkamer en Robert de bank in de woonkamer.

Ze hadden onderweg hout en aanmaakvloeistof bij een garage gekocht, want Het Ei had geen centrale verwarming. Rose knielde terwijl Robert chocolademelk met toast voor de meisjes maakte bij de kachel in de woonkamer neer en legde er wat aanmaakhout in. Ze streek een lucifer aan, deed het deurtje dicht, en de vlammen kwamen tot leven. Wind deed boomtakken tegen de reusachtige ramen tikken, alsof iemand probeerde binnen te komen, dus trok ze de flets geworden crèmekleurige gordijnen dicht, waardoor de ruimte gezelliger werd. Het feloranje licht van het vuur, veilig achter het ruitpatroon in het glazen raampje van de kachel, gaf de kamer een warm gevoel, ook al was het er nog steeds koud.

'Ik breng ze wel even naar bed,' riep Robert uit de keuken.

'Oké. Dank je.'

Er klonken voetstappen op de trap, gevolgd door gillende en lachende kinderstemmen terwijl de meisjes naar hun geïmproviseerde bedden werden gebracht.

Nu en dan ging er een beeld van Sadie in de woonkamer – terwijl ze een boek las, of het uitzicht schetste – door Rose' hoofd, maar dat duwde ze weg. De eerste keer dat ze Het Ei had gezien was op de dag dat Robert haar over Debra Peters had verteld. Hij had tegen haar gelogen en had haar verraden, dus was zij op zoek gegaan naar Sadie, in de hoop dat haar zoektocht de pijnlijke, gapende wond zou helen die ze in zich droeg. Maar dat wilde ze niet meer en ze had het uit haar hoofd gezet, want Sadie Lawless leidde haar af, was tijdverspilling, een puzzel die ze toch nooit zou kunnen oplossen.

De tweede keer dat ze hier was geweest was met Dan. Ze dacht terug aan het regenwater dat door de gang had gestroomd en hoe hij geknield naast haar had gezeten op het dak terwijl ze het met een zeil uit zijn auto hadden dichtgemaakt. Het deed pijn om aan Dan te denken. Ze moest bovendien voorkomen dat ze haar gevoelens voor Dan zou gaan afwegen tegen haar gevoelens voor Robert en niet het antwoord zou krijgen dat ze wilde, het antwoord dat ze moest krijgen, voor haar dochters.

Ze liep naar de keuken om de biefstuk met champignons te gaan klaarmaken die ze voor het avondeten had gekocht. Robert kwam even later naar beneden, opende een fles rode wijn en schonk twee glazen in.

'Hoe gaat het?'

'Even op de aardappels wachten en dan begin ik met de biefstuk. Het fornuis heeft kuren.'

'Het ruikt heerlijk. Jij ruikt heerlijk.' Zijn hand rustte even op haar schouder. 'Weet je ons eerste appartementje nog?' vroeg hij. 'In Islington? Daarbij vergeleken is dit een paleis.'

'Met die hospita die altijd onaangekondigd in de woonkamer stond.' Rose bewoog van hem weg en spoelde de champignons af. 'God mag weten wat ze dacht dat we daar allemaal uitspookten. Ze was vast bang dat we er wiet verbouwden.'

'En die slaapbank. Ik moest ertegenaan trappen om hem uit te klappen.'

'En weet je dat stel naast ons nog? Die hadden altijd om drie uur 's nachts ruzie.'

'Maar het goedmaken was nog erger.'

Ze schoot in de lach. 'Ja.'

Ze serveerde het eten en ze dronken de wijn. Er was geen televisie in Het Ei en ze hadden er niet aan gedacht om een radio mee te nemen, dus lazen ze. De stilte voelde vriendschappelijk, en ze begon te geloven dat het toch een goed idee was geweest om hiernaartoe te gaan.

Om elf uur ging Rose naar bed. Motten hadden de slaapkamergordijnen aangevreten en materiaaldeeltjes dwarrelden als sneeuwvlokken naar de vloer toen ze ze dichttrok. Ze zag door de scheuren in de stof heen het platte dak en de bomen erachter. Ze dacht terug aan Winnie Ferrers, die haar had verteld dat Sadie in de achterkamer had geslapen omdat ze bang was dat ze werd bespied. Nu ze naar de wind en het geritsel van de bladeren stond te luisteren, kon Rose zich maar al te goed voorstellen hoe je als je alleen in het huis was zou kunnen gaan denken dat de geluiden voetstappen waren. Voetstappen in het bos of, als je echt gespannen was, op het platte dak.

Ook zij hoorde voetstappen: die van Robert op de trap, op weg naar de badkamer. Er verkrampte iets in haar en ze keek naar haar reflectie in de spiegel. Ze verwachtte half dat er zo op de deur zou worden geklopt.

Ze deed hem open. Robert zei: 'Die bank is verrekte oncomfortabel.' Ze zag de hoop in zijn ogen. 'Mag ik binnenkomen?'

Ze liet zich door hem omhelzen. Dit was het logische gevolg van het pad dat ze de afgelopen maanden hadden gevolgd. De wijn en het jaar celibaat zouden maken dat ze hem zou willen, toch? Ze voelde een flikkering van verlangen terwijl zijn hand over haar ruggengraat en naar haar heup gleed; ze wilde zo graag dat het zou opvlammen.

Toen hij haar nachtpon over haar hoofd trok voelde ze zich naakt en kwetsbaar, en ze gleed snel onder de dekens. Ze was dit zo ontwend... Maar als ze de bewegingen herhaalde die ze zo goed kende, de dans van de jaren van hun huwelijk deed, zou ze wel weer voelen en hem wel weer willen. Dit moest werken, ze moest aan zichzelf bewijzen dat ze op een dag weer in staat zou zijn om van hem te houden.

Toch leken hun lichamen niet in elkaar te passen zoals ze dat ooit hadden gedaan. Ze bewogen onhandig, stootten en botsten, alsof ze stukjes van een puzzel in elkaar probeerden te wrikken die niet pasten, mompelden excuses tegen elkaar, en het verlangen ebde weg, koelde af, en ze kon het niet terugvinden. De herinnering aan die andere kus, op station Waterloo, een kus die haar innerlijk zo diep had beroerd, drong zich aan haar op, hoe hard ze ook haar best deed om er niet aan te denken. Haar lichaam leek nu wel van steen: het was droog en koud, gespannen en zonder gratie. Ze veinsde uiteindelijk ervan te genieten, maar voelde enkel opluchting toen hij bevend tot een hoogtepunt kwam. Toen ze hem daarna vasthield, was dat niet met een gevoel van passie, maar van medelijden.

Hij viel in slaap, maar zij lag wakker. Ze bleef doodstil liggen, om hem niet wakker te maken. Ze moest niet langer tegen hem liegen; wat ze net hadden gedaan was al erg genoeg, maar ze zag zo op tegen het gesprek waarvan ze wist dat ze het moesten hebben.

Ze wilde Robert niet. Ze wilde Dan. Dat wist ze al een tijd, maar ze had niet onder ogen willen zien wat dat betekende. Ze had tegen Dan gezegd dat ze haar huwelijk een tweede kans gaf, maar dat was uit lafheid geweest. Uit mildheid jegens zichzelf verving ze het woord: het was uit wanhoop geweest, die was ontstaan op de dag dat ze had gedacht dat ze haar kind kwijt was.

Zonlicht dat door de muur van glas naar binnen stroomde wekte haar de volgende ochtend. Robert was al op. Rose hoorde buiten haar dochters gillen en lachen, en Roberts stem, een lage bas.

Hij had een wandeling gepland voor die ochtend, over het richelpad en de helling van de Downs en vervolgens de vallei in. Het bruin en grijs van het bos werd opgefrist door het frisse groen van de zich ontvouwende bladeren en ze ontdekten witte bloemen, heerlijk geurend, langs het verzonken pad. Op het richelpad en in de open velden was de lucht warmer en had de zon de dauw van het gras gebrand.

Om een uur of twaalf kwamen ze in Nutcombe aan. Er was een pub met een tuin en Robert stelde voor er te lunchen. Rose zei dat ze nog van alles te doen had in het huisje en stelde voor dat ze zonder haar zouden lunchen. Ze liep al weg voordat hij tegen haar in kon gaan en voelde zijn starende blik op haar rug tot ze de bocht om was gelopen op de weg die heuvelopwaarts liep vanaf de kerk. Als ze zouden zijn gaan zitten om samen te lunchen, zou hij de waarheid in haar ogen hebben gezien. Ze wilde niet dat dat zou gebeuren waar de kinderen bij waren en ze wilde dat gesprek niet voeren in de pub waar ze met Dan had gezeten.

Ze liep de heuvel op, haar jas over haar schouder. Het leek wel of de warmte opsteeg uit de vochtige ondergroei; je zag de stoom er bijna af slaan. De toekomst die ze voor zich zag voor zichzelf was hard en onverzoenlijk, geaccentueerd door verlokking.

Ze zag in haar ooghoek een dier – een vos, dacht ze – in een roodbruine flikkering bewegen. Toen ze bijna terug was bij Het Ei zag ze tot haar schrik dat er een vrouw op het terras stond. Lang en slank, gekleed in een lange zwarte jas met een zwarte hoed, en ze stond naar het huis te staren. Nee, ze stond in het huis te staren.

'Hallo, kan ik iets voor u doen?' riep Rose.

De vrouw draaide zich naar haar om. Ze was oud, in de zeventig of tachtig, dacht Rose. Ze had wit haar, haar gezicht was uitgemergeld en hoekig, en haar mond, met knalrode lippenstift, stak hard af tegen haar slappe, stopverfkleurige huid. Toch waren haar ogen opmerkelijk donkere, glinsterende holten.

'Dit bos is privébezit,' zei de vrouw afgemeten.

Rose zag dat wat ze voor een vos had aangezien een hond was. Een tweede hond kwam aanrennen door de ondergroei, lang en slank, de nek uitgestrekt, staart omhoog, de spieren soepel onder de glanzende roodbruine vacht. Rose dacht terug aan haar bezoekje aan De Meeuwenvleugel, toen de honden tegen het hek waren gesprongen. Die vrouw was Diana Chiverton, dat kon niet anders.

Ze liep het terras op. 'Bent u mevrouw Chiverton?'

Een fronsende blik. 'Dat klopt.'

'Ik probeer mijn oudtante op te sporen, Sadie Lawless. Als ik het goed heb, hebt u haar gekend. Ik heb u een brief geschreven, weet u dat nog? Ik ben Rose Martineau.'

'Je vergist je. Ik heb nog nooit van haar gehoord.'

'Het is al lang geleden,' drong Rose aan, 'maar ik weet zeker dat u haar hebt gekend. Ik heb gehoord dat Sadie u regelmatig bezocht in De Meeuwenvleugel toen ze hier net woonde, in de vroege jaren dertig. Ik ben zo blij u te zien, want ik wil al heel lang met u over haar praten.'

De kou in die grote, donkere ogen bleef, maar Rose zag nu ook iets anders. Ze schrok toen het tot haar doordrong dat het woede was.

'Nee, je hebt het mis,' zei Diana Chiverton.

Rose bestudeerde de emoties die ze op het gezicht van de oude vrouw zag terwijl ze spraken. 'Sadie was ongeveer zo oud als ik nu ben, met blond haar. Ze was heel mooi,' zei ze. 'Ze was kunstenares. Ze schilderde en etste. U moet u haar nog herinneren.'

Diana boog zich voorover en aaide liefdevol een van de honden. Toen strekte ze haar rug weer, haalde een zwarte zonnebril uit haar jaszak en zette hem op. 'Luna, Bran, hier.' Ze liep moeizaam het terras af, steunend op haar wandelstok.

Een stukje verderop, in de schaduw van de bomen, draaide ze zich om. De donkere brillenglazen maakten uitdrukkingsloze gaten van haar ogen. 'Tom en ik ontvingen veel gasten in die periode. Het is onmogelijk om me iedereen te herinneren die ooit bij ons is geweest. Ik wil niet dat je nog contact met me opneemt, mevrouw Martineau. Als je dat toch probeert, stuur ik mijn advocaat op je af.'

De honden renden om Diana Chiverton heen, nu en dan voor haar voeten langs terwijl ze moeizaam de heuvel op liep. Wat was die vrouw arrogant, dacht Rose. Diana Chivertons superioriteit en machtsgevoel zouden wel zijn voortgekomen uit een status waarvan ze dacht dat ze die nog had. Schandalig.

Ze riep: 'Weet u waar Sadie naartoe is gegaan nadat ze uit Het Ei is weggegaan, mevrouw Chiverton?' Diana bleef even staan, maar liep toen weer verder.

Robert en de meisjes kwamen thuis met wat boodschapjes. Toen ze die in de keuken stond uit te pakken dacht Rose aan wat Diana Chiverton tegen haar had gezegd. Sadies brieven aan Edith hadden vol gestaan met verwijzingen naar bezoekjes aan De Meeuwenvleugel en haar vriendschap met Tom en Diana

Chiverton. Winnie Ferrers had bevestigd dat Sadie bevriend was met de Chivertons toen ze net in Het Ei woonde. Had Sadie zo weinig indruk gemaakt dat Diana haar was vergeten?

Nee. Rose zette een fles melk in de koelkast. Ze had toen ze Sadies naam voor het eerst had genoemd een flikkering van herkenning in Diana Chivertons ogen gezien. Rose had haar overrompeld en Diana had haar eerste, instinctieve reactie niet kunnen onderdrukken. Diana had Sadie gekend, Diana herinnerde zich Sadie nog. Waarom ontkende ze dat dan? Waarom had ze gelogen? Waar was ze bang voor?

Robert ging die avond toen de meisjes in bed lagen naar buiten om hout uit de schuur te gaan pakken. Toen hij de zitkamer weer in kwam zei hij: 'Jezus, wat is het koud buiten.'

Ze keek naar hem terwijl hij het vuur opstookte. Ze moesten praten, maar ze wist niet hoe ze erover moest beginnen.

Hij stond op en veegde zijn handen aan zijn spijkerbroek af. Toen hij zich naar haar omdraaide stonden zijn ogen hard; zijn mond was een streep. Hij zei: 'Ik had gehoopt dat we elkaar door hier samen naartoe te gaan weer zouden vinden. Maar ik heb sterk de indruk dat het voor jou anders is.'

'Ik heb het geprobeerd, Robert.'

'Heeft het zin om je te vragen beter je best te doen?'

'Nee.'

Hij lachte humorloos. 'Nou, dat is in ieder geval duidelijk.'

'We moeten eerlijk zijn tegen elkaar.' Ze keek hem aan. 'Dat lijkt me het beste. Jou niet?'

'Het beste voor wie?' Zijn stem klonk geïrriteerd. 'Voor jou... of voor Katherine en Eve?'

'Uiteindelijk voor ons allemaal.'

'Niet voor mij. Probeer het niet zo te draaien dat ik dit wil, Rose, want dat is niet zo. Ik hou nog steeds van je.'

'Is dat zo?' Ze zocht op zijn gezicht naar de waarheid. 'Echt waar? Ik ben een tijdje genoeg voor je geweest, Robert, en daarna niet meer. Jij wilde iets anders. Jij wilde meer.'

'Ik heb geprobeerd het aan je uit te leggen. Het was dom… Het was onbezonnen.'

'Nee, dat denk ik niet. Je bent altijd rusteloos geweest. Misschien vind je op een dag wat je zoekt. Dat hoop ik voor je.'

Ze hadden de gordijnen nog niet dichtgetrokken en hij stond voor het raam, een silhouet tegen de duisternis, zijn houding gespannen en kwaad. Hij zei langzaam: 'Alles wat we hadden, alles wat we door de jaren heen hebben opgebouwd… wil je dat zomaar weggooien? Wat zeg je nou? Dat je dat gewoon de rug toekeert?'

'Robert, er is niets meer,' zei ze zacht. 'Helemaal niets. Dat voel jij toch ook? Ik heb geprobeerd mezelf te laten geloven dat er nog iets was, maar dat kan ik niet meer. Zelfs niet voor Katherine en Eve.'

Ze had ontdekt dat tussen liefde en haat onverschilligheid ligt. Als je haatte, had je tenminste het gevoel dat je leefde.

Hij ademde scherp uit. 'Dus je hebt het me nog steeds niet vergeven.'

'Dat is het niet. Ik denk eigenlijk van wel.'

'Dan laat je dat wel op een rare manier zien.'

'Ik denk dat we het over een scheiding moeten gaan hebben.'

Hij keek haar vol walging aan. 'Nee, Rose, laten we het niet over een scheiding hebben, want dat is niet wat ik wil.'

Een stilte, en toen zei ze zorgvuldig: 'Waar we het altijd over eens zijn geweest is dat we moeten doen wat het beste is voor de kinderen.'

'En wat het beste is voor de kinderen is dat hun ouders onder één dak wonen.'

'Is dat zo? Is dat echt zo, Robert? Denk je niet dat het schadelijk is als ze dagelijks getuige zijn van een slecht huwelijk? Denk je oprecht dat dat ze zal helpen om zelf een goede relatie op te bouwen, als ze daar oud genoeg voor zijn?' Ze had moeite de woorden te vinden die hem zouden bereiken, die zouden zorgen dat hij het begreep. 'We hebben de afgelopen maanden allebei hard gewerkt. We hebben ons best gedaan, we hebben keihard ons best gedaan. En ik zie dat de meisjes gelukkiger zijn, met name Katherine.'

'Katherine is het gelukkigst als we bij elkaar zijn.'

'Als we in harmonie samen zijn, ja. Maar we zouden niet in harmonie zijn als we weer onder één dak zouden wonen. Ik kan mezelf niet dwingen naar je te verlangen. Ik kan mezelf niet dwingen weer van je te houden. Dat kan ik niet, Robert. Ik heb het geprobeerd, maar ik kan het niet. En dat zou je gaan merken, en dat zou je vreselijk vinden, en dan zouden we ruzie krijgen en elkaar gaan haten, en de kinderen zouden ons zien ruziën. Ze zouden zien dat we elkaar verwijten maakten, dat we elkaar haatten. En dat zou afgrijselijk zijn – afgrijselijk – en daar ga ik niet aan meewerken.'

Ze zag dat hij moeite moest doen om zijn woede te beheersen. 'Je hebt het nauwelijks een kans gegeven. Dit soort dingen kost tijd.'

'Nee.' Ze snoerde hem de mond. 'Alle tijd op de wereld zou niet zorgen dat ik weer van je zou gaan houden.'

'Jezus, Rose.'

Ze wist hoe diep ze hem had gekwetst en het sneed door haar ziel dat ze de wankele overblijfselen van haar huwelijk vermorzelde. Ooit had hem zien, het horen van zijn voetstappen, haar met vreugde vervuld. Ze had ooit geloofd dat hij haar zielsverwant was, de man die haar volledig maakte. Dat stak ze nu allemaal in brand. Ze had de brandstapel aangestoken en zou toekijken tot er niets anders dan as overbleef.

Hij vroeg: 'En als ik niet met een scheiding instem?'

'Robert, ik wil geen ruzie met je maken.' Ze voelde geen emotie meer en sprak zacht verder: 'We hebben genoeg ruziegemaakt.'

Hij boog zich voorover, opende het deurtje van de kachel en porde in het vuur. De vlammen leefden brullend op. 'Ik krijg de indruk dat je denkt dat ik zomaar ga toegeven, dat ik je zomaar alles ga geven wat je wilt. Ik zou niet weten waarom ik dat zou doen.'

'Omdat het beter zou zijn als we beleefd tegen elkaar blijven.'

'Ik blijf wel beleefd, hoor. Als je maar niet denkt dat ik ook maar een moment slap zal zijn, Rose. Dat zou een enorme vergissing zijn, een enorme vergissing.'

Ze voelde geen woede om hem mee te beantwoorden. Daar was ze helemaal doorheen, die was al een tijdje op.

Ze deed nog een poging. 'We moeten beleefd tegen elkaar blijven omdat het de kinderen zal schaden als er enkel verbittering en wrok tussen ons resteert. Dat is schadelijk, Robert. Ook voor mij, maar misschien is dat wel precies wat je wilt.'

'Ja, ik wil je doodsteken. Ik wil een mes in je steken, het omdraaien en het zo diep mogelijk naar binnen rammen.' Maar toen kwam er een schaduw van schaamte over zijn gezicht. Hij slaakte een zucht, zakte op een stoel neer en liet zijn hoofd zakken. 'Waar ben ik mee bezig?' zei hij zacht. 'Als ik jou pijn doe, doe ik Katherine en Eve pijn. En ik heb je al genoeg pijn gedaan. Er zijn grenzen aan hoeveel pijn je iemand kunt doen, hè?'

'Dat denk ik wel.'

Hij keek op, zijn gezichtsuitdrukking verslagen. 'Kon het maar anders zijn. Was ik maar anders. Je dwingt me opnieuw te beginnen Rose, en ik weet niet of ik dat kan. Wat me uiteindelijk ook ten deel zal vallen, het zal minder zijn dan wat wij hadden.'

'Niet per se.' Ze voelde zich uitgeput van de verschillende emoties die in haar hart tegen elkaar streden.

'Jawel.'

Maanlicht verlichtte het terras. Een vogel zong in de duisternis. Uiteindelijk zei Robert: 'Ik zal contact opnemen met mijn advocaat.'

'Dank je.'

'We vertrekken morgenochtend vroeg.' Hij stond op en keek om zich heen in de kamer. 'Ik wil hier geen seconde langer blijven dan noodzakelijk. Ik haat het hier.'

Had Sadie net als zij wakker gelegen in deze slaapkamer, in tweeën gereten door het mislukken van haar relatie en het afscheid van de man van wie ze had gehouden? Was de angst waarover ze het in haar laatste brief aan Edith had – *Ik wil hier niet meer wonen. Het huis maakt me bang* – voortgekomen uit de gedachten die je overvielen in het holst van de nacht als je geest en lichaam snakten naar slaap, maar je die niet kon vinden? Misschien had Sadie net als zij de dekens van zich af getrapt en het kussen omgedraaid in een poging wat verkoeling te vinden. Misschien was ze toen ze het zwiepen en tikken van de takken had gehoord opgestaan en naar het raam gelopen om naar buiten te kijken, pogend iets te onderscheiden in de duisternis.

Rose trok heel vroeg de volgende ochtend haar sokken aan, deed een trui aan over haar nachtpon en liep naar beneden. Ze trok in de gang haar regenlaarzen aan, en een jas, en opende de voordeur, stil, want Robert lag te slapen op de bank in de zitkamer. Ze liep met een zaklamp naar buiten.

De lucht buiten voelde scherp koud, alsof hij zich voorbereidde op nachtvorst in april. Ze liep het verzonken pad op en naar de top van de richel. Aangezien er geen straatlantaarns stonden, werden de duizenden sterren in de hemel niet gemaskeerd. Ze had blij moeten worden van het glorieuze aanzicht, maar ze voelde enkel een verdoofde, weeïge sensatie van mislukking. Haar huwelijk was dood en ze deed haar uiterste best om het leven van haar kinderen goed te maken. Ze verlangde naar Dan, maar ze had hem weggeduwd, en hoewel ze daar vreselijk spijt van had wist ze niet of ze het ongedaan kon maken. Ze wist niet wat hij voor haar voelde. Als je het objectief bekeek, was er niet echt iets gebeurd. Ze had Dan gekust en hij had gereageerd, zoals elke gezonde man zou doen. Nadat Katherine was weggelopen had hij geprobeerd haar te troosten – een vriendschappelijke omhelzing, wat vriendelijke woorden – dat was alles.

Ze hoorde de geluiden van het bos hard en aanhoudend in de duisternis: het klapwieken van vleugels en de blaf van een vos. Hoe hoger ze klom, hoe dichter de begroeiing werd, de bladeren doods zwart, en ze moest moed verzamelen om verder te gaan terwijl ze niet kon zien wat er verderop was. Ze had haar grootmoeder ook teleurgesteld. Sadie Lawless was verdwenen als een sliert mist die werd weggeblazen door een lentebriesje, samen met zo vele van de andere vrouwen van haar generatie om wie niemand had gerouwd. Rose' zoektocht naar Sadie was op niets uitgelopen en het enige wat nog over was, was een hardnekkig gevoel van onrust als ze aan haar dacht, een overtuiging dat er iets was misgegaan.

Ze bereikte de weg. Ze zag tot haar schrik dat er licht brandde in alle vertrekken van De Meeuwenvleugel, waardoor het erbij stond als een baken in de nacht. Haar schoenzolen kraakten op losse steentjes en opgedroogde modder terwijl ze naar het huis liep.

Ze stond bij het hek en keek de tuin in. Ze vroeg zich af of Diana Chiverton elke avond alle lichten aandeed, als de eenzaamheid ondraaglijk was en ze opgesloten zat met haar herinneringen in dat grote huis. Of misschien kon zij die nacht ook wel niet slapen; misschien was er de dag ervoor iets gebeurd wat de oude vrouw onrustig had gemaakt.

Op weg terug naar Het Ei kon Rose haar tranen niet langer bedwingen. Ze stroomden over haar wangen en ze zakte door haar knieën op het verzonken pad, het snikken zo hevig dat ze niet meer op haar benen kon staan. Toen ze weer wat bedaarde veegde ze met een mouw haar gezicht af en liep verder, het licht van de zaklamp een ijle schijf voor haar uit terwijl ze struikelend het pad volgde.

18

Segovia en Sussex – september-oktober 1934

Madge Danford was in haar nopjes met het succes van Sadies eerste expositie in de galerie in november 1933 en bood haar in oktober 1934 een tweede aan. Sadies creativiteit was helemaal tot bloei gekomen en ze voelde zich zelfverzekerd over de originaliteit en kracht van de afdrukken en schilderijen die ze het voorgaande jaar had gemaakt. Ze hoopte dat een tweede expositie haar reputatie definitief zou vestigen.

Ze bracht de zomer van 1934 in Segovia door met Andrés, in een appartement dat hij van een collega had geleend. De stad lag nog geen negentig kilometer van Madrid, dus Andrés kon er indien nodig naartoe om zijn post op te halen en in contact te blijven met de redacteuren van de kranten en tijdschriften waarvoor hij werkte. Hij moest regelmatig een paar dagen achtereen weg naar uithoeken van het land voor onderzoek voor een artikel waaraan hij werkte. Sadie ging af en toe met hem mee, maar als hij de omstandigheden te gevaarlijk vond of de man die hij wilde interviewen te onbetrouwbaar, bleef zij in het appartement, waar ze schilderde en zichzelf Spaanse gerechten leerde koken. Het was de gelukkigste zomer van haar leven.

Het appartement lag in een van Segovia's middeleeuwse straatjes met kasseien, dat uitkwam in een binnenplaats waar kruiden en zonnebloemen stonden. De binnenplaats baadde in wit zonlicht en er hingen zware, paarsige schaduwen. De voordeur opende in een betegelde hal waar het altijd koel was, zelfs op de allerheetste dagen. Sadie had een pot lavendel neergezet in de diepe stenen vensterbank bij een raam met tralies ervoor. Het raam had luiken aan de binnenkant om de hitte buiten te houden. Als ze die

’s ochtends opende keek ze uit op de dikke groene bladeren van een druivenstruik.

Een trap leidde naar een overloop en een serie kleine, spaarzaam ingerichte kamers. In de keuken stond een gigantisch fornuis met geëmailleerde tegels erop en een gootsteen van aardewerk. Zwartgeblakerde aardewerken potten en koperen pannen, groen geworden van ouderdom, stonden op de houten planken en hingen aan een ijzeren stang. Een gang leidde naar een eetkamer die was ingericht met een tafel en stoelen van donker hout. De starende blikken van de mensen op de foto’s die op het dressoir stonden, mannen met hoge, stijve kragen en hoeden met een brede rand, volgden haar. Haar vingertoppen gleden langs de versleten, brede ruggen van een rij boeken en de koele lucht rook naar kamille en oregano van de bosjes gedroogde kruiden die aan haken aan de muren hingen. Ze pakte een perzik uit de groene schaal op de ronde tafel en genoot van het zoete sap en het gevoel van de koele terracottategels onder haar blote voeten.

In de slaapkamer stonden een kaptafel met spiegel en lampetkan en een koperen bed dat was opgemaakt met wit linnengoed. Andrés kwam naast haar staan en ze drukte haar hoofd tegen de holte in zijn schouder. Ze vlochten hun vingers samen en ze kusten. ‘Je smaakt naar perzik,’ zei hij.

Sadie zag het appartement als hun huis. ‘Zullen we naar huis gaan?’ zeiden ze tegen elkaar als ze uit eten waren geweest, en dan gingen ze op weg, weg van het plein met het Romeinse aquaduct naar de poort die toegang gaf tot de binnenplaats met de zonnebloemen, kruiden en schaduw.

‘Ik ga Het Ei aan Edith geven,’ zei ze.

Het was avond en ze zaten op de binnenplaats een glas wijn te drinken. Andrés was die middag uit Barcelona teruggekomen en hij had donkere kringen van vermoeidheid onder zijn ogen. Ze zaten naast elkaar op een stenen bankje in de schaduw van de muur. De hitte van die dag geurde naar rozemarijn en lavendel.

‘Ze had het meteen moeten krijgen,’ zei ze. ‘Mijn vader heeft mij allebei zijn huizen nagelaten en dat was verkeerd van hem, Andrés. Ik denk dat hij het heeft gedaan omdat hij probeerde me te beschermen. Hij wist dat ik mezelf zou moeten gaan onderhouden. Ik vraag me af of hij zijn testament zou hebben gewijzigd als hij langer zou hebben geleefd, als hij zijn financiële omstandigheden te boven zou zijn gekomen. Die huizen zijn zijn ondergang geworden. Hij moet toen hij zijn testament liet opstellen hebben geweten dat hij Edith en mij alleen het kleine bedrag kon nalaten dat hij voor ons apart had gezet toen we werden geboren. Verder was alles uitgegeven.'

'Het kan veel kosten,' zei hij, 'om een droom na te jagen.'

'Nou.' Sadie staarde naar een dikke witte mot die rond een van de kaarsen fladderde die ze in de tuin hadden aangestoken. Ze vroeg zich af of haar vader op dat afgrijselijke moment dat tot hem was doorgedrongen dat het vliegtuig niet meer uit zijn tolvlucht zou komen tot de conclusie was gekomen dat de prijs voor zijn droom te hoog was geweest.

Ze zei: 'Een vader hoort het ene kind niet meer liefde te geven dan het andere. Het heeft lang geduurd voordat dat tot me was doorgedrongen. Ik besefte niet hoeveel schade hij daarmee heeft aangericht. Ik probeer het goed te maken, Andrés.'

Hij vroeg: 'Als je Het Ei aan Edith geeft, waar ga je dan wonen?'

Ze keek hem glimlachend aan. 'Hier natuurlijk. Met jou.'

Ze hadden dit gesprek al zo vaak gevoerd. Nu ze over een paar dagen weer naar Engeland zou vertrekken, wist ze dat er een conclusie moest komen.

'Mijn liefste...' Hij pakte de wijnkaraf en schonk hun glazen bij. 'Ik wil niets liever. Maar dat zou niet goed voor je zijn, lieveling.'

'Onzin,' zei ze opgeruimd terwijl ze tegen hem aan kroop. 'Het zou juist het allerbeste zijn wat ik kan doen.'

Ze hoorde in de stilte een vrouw zingen, ergens ver weg, de melodie onwerkelijk en hoog.

'Maar je bent op-en-top Engels, Sadie,' zei hij.

'Mijn moeder was Frans. Mijn vader was Engels, maar hij heeft in Duitsland gestudeerd en we zijn het hele continent over gereisd. Ja, ik ben Engels, en daar ben ik trots op, maar ik ben ook Europees.'

'Ik hoor hoe je over je huis praat. Ik hoor in je stem hoeveel je ervan houdt.'

Ja, en soms haat ik het. 'Ik vind het hier ook heerlijk,' zei ze. 'Ik zou hier niet kunnen schilderen als ik het hier niet geweldig zou vinden.'

Ze had die zomer hoeken en rechte lijnen ingeruild voor rondingen, krullen en lussen. Nu ze erop terugkeek vroeg ze zich af of ze zichzelf toen ze in de nasleep van haar relatie met Felix in Het Ei woonde niet had toegestaan om levenslust en zinnelijkheid in haar leven toe te laten. Haar Spaanse landschappen knalden van de diepe, rijke kleuren, met weelderig limoen en bladgroen en het hete, geblakerde kastanjebruin, terracotta en oker van het Castiliaanse landschap. Je zou bijna denken dat je de hitte die van de rotsen afstraalde op de schilderijen zou voelen als je je hand erop zou leggen, of dat je de hete, olieachtige geur van de taaie, zilverachtige bladeren van de planten kon inademen.

Hij pakte haar hand. 'Je moet het leven dat je hebt niet opgeven voor iemand die je maar zo weinig kan teruggeven. Je moet Engeland, waar het veilig is, niet inruilen voor Spanje, waar het dat niet is.'

'Het is nergens veilig. Dat weet jij ook.'

'Veiliger, dan.'

'Je hebt het over de kans op een revolutie.'

'Het is meer dan een kans. Het is een waarschijnlijkheid. En revoluties leiden vaak tot een burgeroorlog. Je kunt een land geen gruwelijker lot toewensen.'

'Dat weet ik. Maar misschien dat er in de rest van Europa ook wel oorlog uitbreekt. Dat denk jij toch ook?'

'Ja.' Een zucht. 'We leven in een tijdperk van woede en irrationaliteit. Leiders vertellen leugens en mensen kiezen ervoor om daarin te geloven. Dus ja, ik denk dat er oorlog komt.'

Ze schoof de ring die ze om haar rechterringvinger droeg van haar hand en liet hem de inscriptie zien. Hij las hem voor, fronsend vanwege het ouderwetse schrift. "'K HEB U LIEF, MIJN HARTENDIEF."

'En ik heb jou lief, mijn hartendief,' zei ze zacht. 'Ik heb voor jou gekozen. Er zijn genoeg mitsen en maren, maar geen daarvan leidt ertoe dat ik een andere keuze zou maken.'

Hij trok haar tegen zich aan. 'Kon ik je maar meer aanbieden,' zei hij.

'Ik heb niet meer nodig, ik wil niet meer. Ik heb al zo veel. Als ik meer zou hebben, zou ik uit elkaar knappen van geluk.'

'Ik wou,' zei hij zacht, 'dat ik je een huis kon geven, of een kind.'

Als ze dacht aan wat het zou betekenen om een kind van Andrés te hebben, kon ze het wel uitschreeuwen van de pijn. Ze had geleerd dat deel van zichzelf voor zichzelf te houden, het te verbergen, haar verlangens te bedekken door te genieten van de baby's van haar vriendinnen, maar het was er altijd, rauw en pijnlijk, een wond in haar hart: dat ze nooit moeder zou worden, nooit grootmoeder.

Ze zei: 'Ik heb me heel lang verloren gevoeld. Ik heb mezelf moeten leren het te stellen zonder de dingen die de meeste vrouwen vanzelfsprekend vinden, hoewel ik altijd troost in mijn werk heb gevonden. En toen leerde ik jou kennen, Andrés. Ik weet dat ik hier gelukkig kan zijn. Ik ga naar Engeland voor die expositie, maar daarna kom ik terug naar Spanje. En dan ga ik teruggetrokken in Madrid wonen, of als dat beter voor jou is hier in Segovia. Ik begrijp dat je verantwoordelijkheden jegens je familie en werk hebt. Ik heb mijn eigen werk en ik ben niet van plan om een huisvrouw te worden die de hele dag zeurt omdat ze zich verwaarloosd voelt.'

Hij glimlachte. 'Je bent zo totaal anders dan de zeurende huisvrouw thuis...'

'Als ik in Engeland ben, zal ik mijn advocaat instrueren om de documenten op te stellen die nodig zijn om Het Ei aan Edith over te dragen.'

'Gaat ze dat accepteren?'

Daar dacht Sadie over na. Sinds hun ruzie, sinds Edith in India woonde, had Sadie haar zus twee of drie keer per jaar geschreven. Maar Edith had nooit teruggeschreven.

'Dat weet ik niet,' zei ze oprecht.

'Misschien dat ze het niet dankbaar in ontvangst zal nemen.'

Ze begreep wat hij bedoelde. Edith zou de gift kunnen interpreteren als neerbuigend of provocerend. Ze zou haar zusje nog dieper kunnen gaan haten. Maar Sadie vond dat ze het moest proberen.

'Edith hoort het huis te krijgen,' zei ze. 'Ik heb het na de expositie niet meer nodig. Ze is de enige die weet wat het voor onze familie betekent.' Ze keek in zijn ogen, in dat diepe olijfgroen. 'Dat begrijp je toch wel, hè?'

'Dat begrijp ik.' Hij veegde met een vingertop een lok haar weg die over haar voorhoofd was gevallen. 'Ik wil dat je me iets belooft, Sadie.'

'Wat je maar wilt, lieveling.'

'Ik wil dat je belooft dat je niet nu een beslissing neemt. Ga terug naar Engeland, liefste, en maak een doorslaand succes van je expositie. Wacht met je definitieve besluit tot daarna. Misschien dat je je bedenkt. Als dat zo is, begrijp ik dat.'

'Dat gaat niet gebeuren.'

'Toch heb ik liever dat je je schepen niet achter je verbrandt – zo zeg je dat toch? – tot na de expositie.'

Ze beloofde hem met tegenzin het zo te doen. Toen vroeg ze: 'Ben jij gelukkig als ik er niet ben, Andrés?'

Hij keek haar aan. 'Hoe zou ik dat kunnen zijn?' Zijn blik leek te verduisteren. 'Wat voor problemen ik ook heb, hoe bang ik soms ook ben voor mijn land, dat verdwijnt allemaal in het niets als ik bij jou ben.'

'Nou. Daarom dus.' Ze kuste hem op zijn handpalm.

'Ik vind dat ik mijn plicht jegens mijn vrouw genoeg heb vervuld.'

Ze bestudeerde hem met een fronsende blik. 'Hoe bedoel je?'

'Zodra Raúl naar de universiteit gaat, ga ik bij Isabel weg. We hoeven dus nog maar een jaar of twee een geheim leven te leiden.'

'Andrés...' Ze beet op haar onderlip. 'Dat hoef je niet te doen.'

'Jawel. Ik kan haar niet om een scheiding vragen, maar ik kan wel een einde maken aan de schijnvertoning die ons huwelijk is.'

Een dikke mot, de kleur van beenderen, fladderde boven de lavendel. 'Ik wil je niet ongelukkig maken,' mompelde ze.

'Jij zou me nooit ongelukkig kunnen maken. Ik ga ook weg uit Madrid.'

'En je werk dan, Andrés?'

'Ik trek me terug op mijn landgoed. Er staat een boerderijtje. Had ik je er maar mee naartoe genomen, Sadie. Had je het maar gezien. Ik ga olijven verbouwen en wijn maken. Denk je dat ik een goede olijvenboer zou zijn?'

'Ik weet zeker dat je een geweldige olijvenboer zou zijn.'

'Ik word boer en jij gaat schilderen. En als ik een stokoude, rimpelige man met wit haar ben, wonen we er nog steeds.'

'En ik een dik oud vrouwtje.'

Hij schudde zijn hoofd. 'Nee, jij zult altijd betoverend mooi blijven.'

Ze zoenden. Ze sloot haar ogen en nam in zich op hoe hij smaakte en voelde, zou dat de laatste weken die ze voor zich hadden blijven doen, hoewel al zijn eigenschappen al in haar hart stonden gegrift.

Toen ze terugkeerde naar Engeland was het herfst. Roodbruine en gouden bladeren dwarrelden van de bomen in Paley High Wood en witte paddenstoelen staken omhoog uit de bladerberg op de bosgrond. Regen kletterde naar beneden uit een loodgrijze hemel. Toen dreven de wolken uiteen, lieten een vlaag blauw door, en de Downs werden overgoten met zonlicht.

Haar band met Het Ei was vervaagd en haar verblijf voelde tijdelijk. Het was een plek om te eten en slapen en de laatste hand te leggen aan het werk waarvan ze hoopte dat het haar reputatie blijvend zou vestigen, maar haar echte leven was in Spanje en daar verlangde ze naar. Ze dacht vaak aan Andrés en aan hoe die 's ochtends zou opstaan en een kop koffie in café Barbieri zou drinken. Of hoe hij in zijn werkkamer zou zitten, tussen de boeken en portretten, aan zijn bureau om een artikel te schrijven. Of hoe hij zou dineren in zijn favoriete restaurant, geserveerd door die oude man die tegen de muur leunde en tussen de gangen door wegdutte.

Ze ging naar Londen om een paar schilderijen te laten inlijsten en logeerde een nacht bij Jimmy. Het avondnieuws op de radio sprak over onrust in Spanje en de nasleep van de algemene staking in Madrid. Er gingen geruchten dat er opstand onder de mijnwerkers van Asturië was uitgebroken, in het noorden van het land.

Toen ze weer terug was in Het Ei kwam er een brief van Andrés, waarin hij vertelde dat hij op weg was naar Asturië om verslag te doen van de mijnwerkersstaking. De mijnwerkers hadden meerdere steden overgenomen en hadden zich meester gemaakt van de barakken van de Guardia Civil. Het was niet, zo schreef hij, zozeer een staking als wel een revolutie, of het begin van gruwelijke onderdrukking, dat was moeilijk te voorspellen.

Sadie zag een kassei voor zich, uit een straat gewrikt en door de lucht gesmeten, of iemand van de militie die wild om zich heen vuurde met zijn geweer. Of Andrés, die geweld afkeurde, getuige van een gruweldaad: de vernietiging van een kerk, de executie van een priester, de verkrachting van een boerin. Het eerste wat ze elke ochtend deed was naar het dorp fietsen om *The Times* te kopen en die terwijl ze de winkel uit liep al openslaan, snakkend naar informatie.

Mist rolde wit de heuvel af en maakte zwevende grijze kolommen van de bomen. De berken en haagbeuken die de richel op marcheerden bewogen dampig, alsof zij ook van mist waren.

Een vorm werd solide; ze zag Tom Chiverton. Ze zette zich schrap. Al die gekte, al die misplaatste passie, dacht ze.

'Ik moest je zien, Sadie,' zei hij. 'Ik wist dat je terug was en ik moest je zien.' Er klonk verwijt en teleurstelling in zijn stem.

Ze voelde weer die oude angst, waarvan ze dacht dat ze hem kwijt was, maar die nu met misselijkmakende onontkoombaarheid over haar heen viel.

Ze probeerde haar huis in te gaan, maar hij greep haar arm vast. 'Alsjeblieft, Sadie. Luister even naar me.'

'Laat me los, Tom.'

Zijn grip verslapte. 'Alsjeblieft. Heel even maar, dat is alles wat ik van je vraag.'

'Je had hier niet naartoe moeten komen.' Ze sprak zacht, alsof ze bang was dat er iemand, in het bos, in de mist, meeluisterde. 'Ga weg.'

'Ik heb geprobeerd je te vergeten.' Hij veegde zijn door de mist vochtig geworden haar van zijn voorhoofd. 'Ik ben niet achterlijk. Ik weet dat je me niet wilt en ik weet dat ik mezelf verneder door je hier te komen smeken. Maar ik kan je niet vergeten en ik kan niet doen alsof ik niets voor je voel. Ik kan niet doen alsof die nacht niet betoverend en uitzonderlijk was.'

Maar het was lust, bedacht ze met aversie, het was enkel lust en verlangen. En die duren niet voort. Maar dat had ze toen ook al tegen hem gezegd en toen had hij niet geluisterd. Ze bedacht iets terwijl ze daar in de mist stond. Ze had zijn gevoelens voor haar altijd afgedaan als huichelarij, als een bevlieging, kortstondig en oppervlakkig. Maar misschien vergiste ze zich. Zijzelf had Felix nagejaagd nadat hij de verloving had verbroken, was hem naar een feest gevolgd en had hem ten overstaan van een zaal vol mensen en Dahlia Knight, de vrouw voor wie hij haar had verlaten, gesmeekt weer van haar te houden. Ze moest Felix net zo hebben vermoeid als Tom haar nu vermoeide.

'Ik hou niet van je, Tom.' Ze sprak zacht, ze wilde dat hij goed luisterde. 'Ik zal nooit van je houden. Ik hou van iemand anders.'

Een korte ademstoot. Hij wroette met zijn schoen in de dode bladeren. 'Dan is hij een fortuinlijk man.'

'Ja.'

'Ik ben blij voor je, Sadie. Echt waar. Ik wil dat je gelukkig bent.'

Ze wilde vreselijk graag dat hij zou vertrekken, maar hij bleef staan, zijn starende blik op de beboste glooiing van de vallei. Ze waren alleen, maar toch voelde de huid in haar nek prikkelig en leek het of ogen, vijandig en oplettend, haar in de gaten hielden.

'Ik ben net klaar met *Eclips*,' zei hij. '*Maan* kwam als water dat je uit een kan giet. *Eclips* doet meer denken aan bloed uit een steen. Ik heb mezelf uitgeput. Ik heb mezelf gereduceerd tot een cliché. En toch zijn het de beste gedichten die ik ooit heb geschreven.'

'Het wordt vast een groot succes.' *Ga naar huis, Tom.*

'O, dat wordt het.' Zijn bovenlip krulde minachtend op. 'Schitterende recensies in *The Times* en een interview in *The Telegraph.* Ze zullen me gaan vragen om een gedicht te reciteren op de radio en dan schrijft een of andere droogpruim iets kritisch om een controverse aan te wakkeren. En dan heb ik weer wat van mezelf weggegeven om de mythe in stand te houden. Daar gaat het allemaal om, dat is wat de bron van mijn vreugde is geworden: brandstof om een object te maken, het wezen dat Tom Chiverton is. En ik heb hem zelf gecreëerd... met hulp van mijn verdomde vrouw... Ik heb een monster gecreëerd. En monsters moeten worden gevoed, Sadie. En weet je waar dit exemplaar zich mee voedt? Met knipsels, roddels en foto's. Artikelen in de krant en etentjes met de elite. Mensen raken zijn hand aan alsof hij toverkracht bezit. Vrouwen beginnen te gillen als ze hem op straat zien. Ze lezen de teksten onder de foto's: *De dichter signerend in een boekwinkel in New York. De dichter op een receptie bij de prins van Wales*. De dichter die zijn ziel verkoopt.'

'Hou er dan mee op, Tom,' zei ze zacht. 'Hou er gewoon mee op.'

Hij raakte haar arm aan. 'Weet je waarom ik dat zo moeilijk vind? Omdat succes verslavend is. Je wordt er afhankelijk van. Je weet wat het met je doet en daar haat je het om, maar je kunt er niet mee ophouden. Je bent bang dat je niet zonder kunt, dat er niets van je overblijft. En ondertussen kijk je met lede ogen toe terwijl het je ziel verslindt.' Er schoot een verwrongen glimlach over zijn gezicht, die meteen weer weg was. 'En dan Diana,' mompelde hij. 'Ze is een molensteen om mijn nek. Ze zal me nooit laten gaan. Ze zal me volgen tot in de hel. Heb je enig idee hoe vermoeiend het kan zijn om geadoreerd te worden?'

Wat er in de dans van het huwelijk van Tom en Diana Chiverton ook voor sprake van verraad en onderhandeling was geweest, wat voor kleine rol Sadie daar ooit ook in had gespeeld, ze maakte er geen deel meer van uit. Het enige wat ze wilde was hem nooit meer zien.

'Dat vind ik naar voor je, Tom.'

Vormen bewogen in de mist. Was het een hert, die koolgrijze schaduw die achter een boom leek te bewegen, of misschien een vos?

Hij vervolgde: 'Ik zal altijd van je blijven houden. Dat zal nooit overgaan. Je hebt een vuur in me doen ontbranden dat me soms verwarmt, en soms haat ik het en walg ik ervan. Het ziet ernaar uit dat het de straf voor al mijn tekortkomingen is dat ik daarmee moet leven. Ik zal je niet meer lastigvallen, Sadie. Dat beloof ik.'

Hij fronste zijn voorhoofd en deed een stap opzij. 'Misschien heb je gelijk en moet ik er gewoon mee ophouden. Dat stel ik me soms voor. Dan stel ik me voor dat ik in De Meeuwenvleugel woon. En hoe heerlijk het zou zijn om de deur achter me dicht te doen en weg te wandelen over de Downs. Hoe opgelucht ik me zou voelen om weer een eenvoudig leven te leiden, in herdershutjes, of onder een heg te slapen, zoals ik dat vroeger deed. Ik heb me nooit gelukkiger gevoeld dan toen.'

Toen liep hij weg, de heuvel op, en de mist had hem binnen een paar tellen opgeslokt.

Sadie ging naar binnen. Ze zette met bevende handen een ketel water op. Het was voorbij, zei ze tegen zichzelf. Ze lepelde thee in de pot. Het was eindelijk voorgoed voorbij. Tom had tegen haar gezegd dat hij haar niet meer zou lastigvallen en deze keer geloofde ze hem. Ze leunde tegen het aanrecht, sloot haar ogen, en haar gedachten aan Andrés gingen vergezeld van een verlangen dat zo intens was dat ze er bang van werd.

19

Londen en Surrey – mei 1971

De taxi zette Rose af bij het appartement van Ursula Palmer in Holborn. Zacht avondlicht scheen op de pluimen van een sering die bij het hek stond.

'Honky Tonk Woman' klonk uit een raam op de tweede verdieping en een sterke wietwalm vermengde zich met de seringengeur toen Rose over de witte kat heen stapte die uitgestrekt op de stenen trap lag. Ze belde aan.

De deur vloog open. 'Rose!' gilde Ursula.

'Urse. Gefeliciteerd met je verjaardag.'

Ze omhelsden elkaar. Ursula had een mouwloze paarse midijurk van crêpe aan en haar slappe, fijne bruine haar hing los over haar schouders. Ze hadden elkaar op hun twaalfde op school leren kennen. Rose had in de bovenbouw voor een exact vakkenpakket gekozen, en Ursula was alfavakken gaan doen. Ze was doctor geworden met een proefschrift over het elizabethaanse sonnet en was nu universitair docent op de vakgroep Engels aan University College in Londen.

Rose en Ursula wisselden nieuws uit terwijl ze achter elkaar aan de trap op liepen. De muziek werd harder en ze moesten langs een stelletje manoeuvreren dat op de trap zat te drinken en roken.

Ursula ging haar voor haar appartement in. 'Het is een beetje een hol,' zei ze opgewekt. 'Als mijn boek een bestseller wordt, koop ik iets groters.'

'Denk je dat het een bestseller gaat worden?'

Ursula maakte een snuivend geluid. 'Ik verwacht niet dat er meer dan vijftig exemplaren van worden verkocht. Honderd als ik geluk heb.'

Een muur van gipsplaat suggereerde dat de oorspronkelijke kamer in tweeën was gedeeld. De ruimte was erdoor uit proportie. Tegen de nieuwe muur stond een kachel en er was alleen ruimte voor kleine meubels. Een alkoof naast de kachel stond vol boeken, tijdschriften en kranten, die uit enveloppen en mappen staken. Een paddenstoelkleurig kleed vol rodewijnvlekken lag voor de kachel en in een kleine koperen boeddha brandde wierook met patchoeligeur.

'Kom even wat drinken,' brulde Ursula boven de muziek uit. 'Ik wil je aan iemand voorstellen.'

Het merendeel van de gasten had zich verzameld in het vierkante keukentje, dat naar een smalle gang leidde. Ursula stelde Rose aan wat mensen voor en schonk een glas pruimkleurige wijn in. Schaaltjes van aardewerk waren gevuld met chips, stukjes kaas en een soort stokbrood dat uit elkaar viel als je probeerde het te snijden. Er stonden flessen wijn en blikjes Party Seven-bier. Een man met een blonde snor probeerde er met een schroevendraaier een open te wrikken. Een meisje in een kaftan met bloemmotief zat met haar benen over elkaar geslagen op het aanrecht Rizlavloeitjes aan elkaar te plakken om een joint te draaien, en om haar heen werd een begeesterd gesprek gevoerd.

'Wetenschappelijke experimenten zijn een soort ontdekkingsreis,' zei een jongen met een John Lennon-brilletje ernstig. 'Je weet nooit waaraan je begint.'

Een meisje in een kanten blouse met ruches zei: 'Maar als zo'n experiment eindigt met een bom, of iets ergers dan een bom...'

Ursula proostte met haar glas tegen dat van Rose. Ze zei: 'Ben je nog steeds geïnteresseerd in Tom Chiverton?'

Rose pakte een handje chips. 'Ik heb het opgegeven. Het is uitzichtloos.'

'Ik heb iemand leren kennen, Ivan Merchant. Hij werkt aan Keele en heeft een hele studie van Tom gemaakt. Dat is hem.' Ursula zwaaide naar een man in een geel shirt en een spijkerjack. Hij stond op de gang te praten met een klein meisje in een gebreid truitje. 'Wat is hij knap, hè?'

Rose keek naar de lange, slanke man in de gang. 'Hij kan ermee door.'

Ursula riep: 'Ivan!', en hij keek op.

Hij kwam bij hen staan. 'Volgens mij heb ik je nog niet gefeliciteerd, Ursula.' Hij kuste haar op de wang.

'Dit is die vriendin over wie ik het had, Rose Martineau.'

'Die vriendin met een familielid dat Tom Chiverton heeft gekend? Leuk je te leren kennen, Rose.'

Ze schudden elkaar de hand. Ivan had lichtbruin haar, blauwgrijze ogen en een mond met halvemaanvormige inkepingen aan beide zijden, waardoor het net leek of hij constant op het punt stond te gaan lachen.

'Ik behandel Chiverton in mijn cursus,' zei hij.

'"De taal der natuur: Engelse poëzie in de negentiende en twintigste eeuw",' citeerde Ursula. 'Je had best een pakkender titel kunnen verzinnen, Ivan.'

Hij glimlachte. 'Ik behandel in sneltreinvaart de hele literaire canon.'

Rose zei: 'Mijn oudtante, Sadie Lawless, heeft in de jaren dertig jaren bij de Chivertons in de buurt gewoond.'

'Leeft ze nog?'

'Ik vermoed van niet.'

'Heeft ze Tom goed gekend?'

'Die indruk heb ik wel, in eerste instantie tenminste. Ik denk dat ze uiteindelijk ruzie hebben gekregen.'

Ursula liep weg en liet Rose en Ivan in de deuropening achter. Ivan lachte kort. 'Tom en Diana hadden allebei de neiging om ruzie met mensen te maken.'

'Is dat zo?'

'Nou en of. Diana was een snob en Tom had een kort lontje. Hij heeft eens de kaak gebroken van een man die zich op zijn terrein waagde, en er is een incident geweest – dat natuurlijk in de doofpot is gestopt – waarbij hij iemand die bij hem inbrak helemaal tot moes heeft geslagen. Tom was niet bepaald een standaard bleke, aan tuberculose lijdende dichter. Het tegenovergestelde. Hij organiseerde regelmatig bokswedstrijden tegen een van de tuiniers in De Meeuwenvleugel, een zigeuner, met blote vuisten, dus niet bepaald geschikt voor gevoelige types. En hij kon vreselijk goed schieten. Als hij naar de kermis ging won hij altijd alle prijzen die er waren. Zijn vader was jachtopziener en zijn grootvader hoefsmid, dus het zat in zijn bloed. En hij was bepaald niet bang aangelegd. Hij draaide zonder met zijn ogen te knipperen kippen de nek om en slachtte zelf de varkens die ze op De Meeuwenvleugel fokten.'

'Daar heb ik niets over gelezen in zijn biografie.'

'Die van Geoffrey Cranham?' Ivan haalde zijn schouders op. 'Iedereen weet dat die de waarheid verbloemt.'

Er kwamen nog meer feestgangers de keuken binnen, en Rose en Ivan gingen op de gang staan. 'O?' vroeg ze. 'Op wat voor manier dan?'

'Er wordt heel veel verzwegen in die biografie.'

'Is er een betere? Kun je er een aanraden?'

Hij schudde zijn hoofd. 'De biografie van Cranham is eigenlijk de enige. Die is van acht of negen jaar geleden en is geaccordeerd door Diana Chiverton. Andere schrijvers hebben wel pogingen gedaan, maar daar heeft ze allemaal een stokje voor gestoken.'

'Hoe?'

'Door de schrijvers voor het gerecht te dagen, of daarmee te dreigen. Dus wagen uitgevers zich er niet aan en zien biografen hun pogingen op niets uitlopen, en uiteindelijk geeft iedereen het op. Diana weigert ook inzage in Toms papieren te geven. Je kunt geen goede literaire biografie schrijven als je de brieven van je schrijver niet hebt gelezen of de eerste versies van zijn gedichten niet kent. Iedereen weet dat de biografie van Cranham, behalve dat die niet te lezen is, heel veel weglaat, maar feit is dat Diana het iedereen onmogelijk maakt een goed boek over hem te schrijven.' Ivan keek naar Rose' glas. 'Zal ik nog een wijntje voor je inschenken?'

'Lekker.'

Hij verdween de keuken in en kwam een paar minuten later terug met twee glazen wijn in zijn handen en een half stokbrood in de zak van zijn jasje. Ze besloten een rustiger plekje te zoeken om verder te praten en gingen boven aan de trap zitten.

Ivan bood Rose het stokbrood aan en ze scheurde er een stukje af. 'Ik heb een paar keer geprobeerd in contact te komen met Diana Chiverton,' zei hij. 'Ze heeft me een ronduit dreigende brief geschreven. Ik moet degene die het is gelukt om bij haar in de buurt te komen nog ontmoeten.'

'Ik heb haar gesproken.' Een beeld van Diana Chiverton ging door Rose' hoofd: holle, zwarte ogen in een wit gezicht, onder de bomen bij Het Ei.

'Serieus?' Hij keek haar geïnteresseerd aan. 'Dan ben je een van de weinigen, Rose. Ze heeft de reputatie een kluizenaarster te zijn.'

'Het was toeval.' Hoewel ze zich sindsdien afvroeg of dat inderdaad het geval was. Diana had de indruk gewekt dat ze het bos rond Het Ei als haar eigendom beschouwde. Ze had indringers weg willen jagen door naar het huis te gaan.

'Ze was angstaanjagend,' zei Rose. 'Ze weigerde met me over Sadie te praten. Ze ontkende dat ze haar ooit heeft gekend, hoewel ik zeker weet dat dat wel zo is.'

'Ze is in de tachtig. Misschien is haar geheugen niet meer al te best.'

'Misschien.' Maar Diana herinnerde zich Sadie wel, dat wist Rose zeker. 'Ze was een echte schoonheid, hè, vroeger?' zei ze. 'Er staat een foto in die biografie.'

'Ze was lang en donker, heel opmerkelijk.' Ivan wierp haar een flirterige glimlach toe. 'Helemaal mijn type.' Hij leunde naar haar toe om een man met een paar glazen bier in zijn handen te laten passeren en voegde toe: 'Diana heeft er haar levenstaak van gemaakt om de Chiverton-mythe in stand te houden. Ze is de meedogenloze beschermvrouwe van Toms legende. Wee je gebeente als je ook maar laat doorschemeren dat hij geen heilige was of dat hun huwelijk niet het meest perfecte was sinds... Ik kan zo snel even geen perfect huwelijk bedenken.'

'Bestaan die?'

'Geen idee. Ik heb er geen ervaring mee.'

Ze zag hem naar haar linkerhand kijken. Ze had nadat Robert met een echtscheiding had ingestemd haar trouwring afgedaan.

Ze vroeg ronduit: 'Denk je dat Diana iets te verbergen heeft?'

'Natuurlijk. Tom had minnaressen. Dat weet iedereen, maar zolang Diana nog leeft durft niemand dat hardop te zeggen.'

'Denk je dat ze het wist?'

'Hoe kan ze het niet hebben geweten?'

Rose had niet geweten dat haar man naar een prostituee ging. De krant was er eerder achter gekomen dan zij.

'Als je van iemand houdt,' zei ze weloverwogen, 'vertrouw je hem, en je wilt hem blijven vertrouwen. Je gelooft in hem en het kan heel ingewikkeld zijn om toe te geven dat je het mis hebt.'

Ivan scheurde een stuk brood af. 'Tom Chiverton heeft niet één of twee minnaressen gehad, Rose. Het waren er tientallen. Sommige van hen bleef hij jaren zien, af en aan, en er waren ook veel eenmalige flirts. Diana heeft het geweten. Als dat niet zo is, moet ze met een blinddoek om en haar vingers in haar oren hebben rondgelopen.'

Maar als dat waar was, waarom had Diana het dan getolereerd? En waarom bleef ze Toms ware aard dan verhullen? Het moest trots zijn, dacht Rose. En angst voor vernedering. Toms ontrouw had op haar afgegeven.

'Er is sprake van een bepaalde mate van respect voor Diana,' vervolgde Ivan. 'Tom zou zonder haar hulp nooit zijn geworden wat hij is geworden. Ze had alles voor hem over, was klankbord voor de eerste versies van zijn gedichten, vertelde hem op welke uitnodigingen hij moest ingaan en op welke niet, ze runde het huishouden, zorgde dat hij werd gekleed en gevoed, hield journalisten op afstand. Je zou kunnen zeggen dat ze hem tegen de wereld beschermde.'

'Tom Chiverton zal zich wel nooit zorgen hebben hoeven maken over wat ze 's avonds moesten eten,' zei Rose droogjes.

'Dat neem ik niet aan, nee.' Zijn glimlach was geamuseerd en schalks, zijn mond krulde in de mondhoeken omhoog. 'Diana kwam uit een andere sociale klasse dan Tom. Haar familie is tijdens de Normandische verovering van 1066 naar Engeland gekomen, dat zegt ze tenminste. Volgens mij is er nog steeds sprake van loyaliteit sinds die dagen van eerbiediging, toen je je mond hield over de gebreken van je meerderen. Daarom komt ze ermee weg.'

'Je zou juist denken dat de gebreken van de elite met smaak openbaar worden gemaakt.' Rose veegde wat broodkruimels van haar bruinfluwelen broek. Ze vroeg zich af of Ursula Ivan over het schandaal had verteld.

'Maar niet als dat betekent dat je voor het gerecht wordt gedaagd,' wees hij haar erop.

'Nee, dat is waar.'

'En misschien dat mensen vergevensgezinder zijn tegen dichters dan, ik weet niet...'

'Politici. Zakenmensen.'

'Ja.'

Ze zag aan de zijdelingse oogbeweging dat hij het wist.

'Dichters krijgen meer ruimte,' zei hij. 'Mensen beschouwen ze als romantische helden, als vooruitstrevende geesten. Het wordt prima gevonden – het is zelfs bijna verplicht – dat een dichter zich laat meeslepen door passie. Als je een lijst zou moeten maken van de tien belangrijkste Engelse dichters uit de eerste helft van de twintigste eeuw zou Tom Chiverton ertussen moeten staan. Hij wordt niet alleen bewonderd door academici, Rose. Zijn dichtbundels verkopen nog steeds. Een heleboel mensen lezen nog steeds voor hun plezier zijn werk. Misschien willen mensen hun held gewoon niet zwartmaken. Maar als ik biograaf was, zou ik op dit moment mijn pen scherpen.'

Rose trok haar wenkbrauwen op. 'Waarom nu?'

'Het ziet er niet naar uit dat Diana nog een lang leven is beschoren. Ze heeft vorig jaar een beroerte gehad en haar gezondheid is kwetsbaar. Hoe lang zal ze nog kracht hebben om te blijven strijden? Het zal niet lang meer duren tot iemand gaat vertellen wat Tom echt voor iemand was. En dat zal explosief zijn.'

Rose dacht aan de vrouw die ze in Paley High Wood had gesproken. Haar kwetsbare gestel stond in groot contrast met haar felle gedrag. Misschien dat Diana zich aan het leven bleef vastklampen om de mythe in stand te houden die ze had geholpen te creëren.

'Ken je het werk van Tom Chiverton, Rose?'

'Een beetje. Eerlijk gezegd niet heel goed. Ursula en ik zijn na de middelbare school elk onze eigen weg gegaan. Ik heb natuurkunde gestudeerd.'

'En wat doe je nu?'

'Ik ben eigenaar van een luchtvrachtbedrijf.'

'Wauw.' Hij ging rechtop zitten, glimlachend. 'Volgens mij heb ik nog nooit eerder iemand ontmoet die een luchtvrachtbedrijf heeft. Heb je dan wel tijd om poëzie te lezen?'

'Niet echt. Maar ik heb *Maan* wel gelezen.'

'Wat vond je ervan?'

'Ik vond het prachtig.' En dat was ook zo. Tom Chiverton had het Zuid-Engelse landschap in magie en mythe ondergedompeld. Als ze sinds ze het had gelezen naar Het Ei reed, gingen er dichtregels door haar hoofd en keek ze anders naar de velden en bossen. Het landschap had Tom Chiverton gevormd, maar hij had het landschap in het hoofd van zijn lezers gevormd.

'Chivertons gedichten uit eind jaren twintig en begin jaren dertig zijn zijn beste,' zei Ivan. '*Maan* en *Eclips* zijn meesterwerken. Niets wat hij erna heeft geschreven komt ook maar in de buurt. Hij zei altijd over zichzelf dat hij het product was van het landschap dat hem voedde, dat hij alleen in staat was te schrijven als hij in het landschap leefde. En het moest precies het goede landschap zijn, het heuvelige grasland van Zuid-Engeland, Sussex en Hampshire. Ursula vindt dat een groot minpunt en zegt dat een goede dichter met zijn hart schrijft en dat zijn fysieke locatie niet zou moeten uitmaken. Haar favoriete schrijver, Sir Thomas Wyatt, schreef terwijl hij opgesloten zat in de Tower of London. Keats schreef terwijl hij zich dood hoestte vanwege de tbc. Maar voor Chiverton was zijn locatie essentieel.'

Hij bood haar het laatste stukje stokbrood aan. 'Wil je nog wat oud brood?'

'Nee, dank je.'

Hij zei achteloos: 'Zullen we een restaurantje zoeken en ons gesprek daar voortzetten? Dan kun je me over je luchtvrachtbedrijf vertellen.'

En waarom ook niet? Het zou leuk zijn om uit te gaan met een aantrekkelijke, interessante man en iemand anders voor je te laten koken, goede wijn te drinken in plaats van dat bocht van Ursula, wat te flirten en erna misschien mee te gaan naar waar hij ook woonde, voor een kop koffie. En dan, wie weet? Ze stemde bijna in.

Maar ze zei: 'Dank je, Ivan, dat lijkt me ontzettend leuk, maar ik moet naar mijn dochters.'

'Aha.' Een teleurgestelde neerwaartse beweging van zijn mondhoeken en toen glimlachte hij. 'Ik vond het leuk om met je te praten, Rose.'

Toen ze buiten op een bus naar station Waterloo stond te wachten, vroeg ze zich af waarom ze het aanbod van Ivan Merchant had afgewezen. Haar vader paste op Katherine en Eve en had gezegd dat ze weg kon blijven zolang ze wilde.

Ze wist dat het door Dan kwam. Ze leerde andere mannen kennen, voelde wel eens een flikkering van aantrekkingskracht, en dan dacht ze aan Dan en dan was die weer weg. Eén stomme – maar betoverende – kus en ze leek hem maar niet van zich te kunnen afschudden.

Ze had zich erbij neergelegd dat ze hem misschien nooit meer zou zien. Ze had zich afgevraagd of ze hem tegen het lijf zou lopen als ze bij Kevin Goode op Westfield Air op bezoek was, maar als ze daar was, was hij steeds op Kevins nieuwe locatie. En dat was maar goed ook, zei ze tegen zichzelf. Hoewel ze niet echt ruzie hadden gemaakt, waren ze niet goed uit elkaar gegaan, Dan en zij. Ze kon nu niet de telefoon pakken en zeggen: 'Sorry, Dan, ik heb me vergist.' Achteraf zag ze in dat ze hem in een positie had gebracht waarin hij geen andere keuze had dan ontslag te nemen bij Martineau Aviation. Hij had geen enkele reden om met plezier aan haar terug te denken. Hij was vast gelukkig met zijn nieuwe baan en ze ging ervan uit dat hij allang een nieuwe vriendin had, en dat hij haar waarschijnlijk allang was vergeten.

Die gedachte deprimeerde haar. Ze miste hem. Zijn vervanging op kantoor, de nieuwe manager Operations Alan Stubbs, was vriendelijk en competent, maar hij haalde het niet bij Dan. Alan had de gewoonte heel luidruchtig zijn keel te schrapen, wat ze steeds irritanter begon te vinden, en zijn rapporten, geschreven met een vlekkerige balpen, waren een nachtmerrie van slordige cijfers in smalle kolommen, heel anders dan Dans georganiseerde overzichtelijkheid. Reizen met Dan was aangenaam geweest, en ze dacht zelfs met weemoed terug aan die gruwelijke keer in de metro toen ze een aanval van claustrofobie had gekregen. Auto- of treinreizen met Alan waren een opgave met al dat keelschrapen en het gebrek aan gespreksonderwerpen behalve contracten en schema's.

Ze was bang dat ze Alan verweet dat hij Dan niet was, en dat was niet eerlijk. Ze voelde zich altijd ellendig als ze aan Dan dacht, dus daar moest ze mee ophouden. Tom Chiverton zou haar wel afleiden, en Sadie.

Er stopte een bus en ze stapte in, kocht een kaartje en vond een zitplaatsje aan het pad. Ze dacht terug aan Diana's honden, blaffend bij het hek van De Meeuwenvleugel, en aan die flikkering van beweging die ze achter de ramen had gezien. In de periode dat er verslaggevers bij haar op de stoep hadden gestaan had zij ook de gordijnen dichtgedaan en zich in huis verstopt. Ze begreep wel dat je je terugtrok als er aasgieren boven je huis rondcirkelden die zich klaarmaakten om je te verscheuren. De blootstelling aan het kritische oog van de buitenwereld bracht vernedering en stress met zich mee, het herschreef je levensverhaal op een manier die je onderuithaalde en desoriënteerde, je in een bodemloze put wierp. Nu ze in de tachtig was en het verraad van haar echtgenoot iets uit het verre verleden was, was het misschien wel Diana's enige hoop dat ze het einde van haar leven zou halen zonder dat zijn reputatie onderuit zou zijn gehaald.

Als Tom Chiverton al die affaires had gehad, waarom was

Diana dan bij hem gebleven? Ze dacht terug aan die vrouw bij Katherine op het schoolplein, die Rose direct nadat het schandaal bekend was geworden voor voetveeg had uitgemaakt, die haar had gezien als iemand die akkoord ging met bedrog in ruil voor een stijlvol huis, een mooi leven en de respectabiliteit van een huwelijk. Er waren gegarandeerd ook vrouwen die haar veroordeelden om het tegenovergestelde: dat ze Robert niet door dik en dun had gesteund, dat ze van hem was gescheiden.

Misschien had Diana zichzelf ervan overtuigd dat Toms affaires niets voorstelden. Sommige vrouwen waren niet geïnteresseerd in seks. Misschien had ze het alleen belangrijk gevonden om te weten dat ze de eerste plaats in Toms hart innam. Misschien was ze tevreden geweest met haar rol als Vrouw van de Beroemde Dichter.

Rose vond het echter plausibeler dat Diana op de hoogte was geweest van Toms ontrouw en het vreselijk had gevonden. Veertig jaar geleden was het veel moeilijker om te scheiden en werd het bovendien gezien als een schande, met name voor vrouwen, ook al trof hen geen enkele blaam. Diana zou voor het gerecht hebben moeten aantonen dat Tom ontrouw was geweest. Misschien had ze het niet kunnen opbrengen om de advocaten en schande onder ogen te komen, zich te onderwerpen aan het onuitsprekelijk verachtelijke proces je diepste geheimen aan vreemden te moeten onthullen.

Of misschien had Diana het zich wel niet kunnen veroorloven om te scheiden. Misschien was ze financieel afhankelijk van Tom geweest, had ze geen eigen inkomen gehad. Ze was in een andere tijd geboren en kwam uit een andere klasse, en de kans was groot dat ze nooit een dag buitenshuis had gewerkt. Diana zou een baan hebben moeten vinden en daarna zou ze die leugenaar het huis uit hebben kunnen trappen. Diana Chivertons sociale waarde was afhankelijk geweest van haar jeugd en schoonheid. Voor heel wat vrouwen was dat nog steeds zo. Voor Debra Peters, om er maar een te noemen. Diana moest de signalen zijn gaan herkennen en er bang voor zijn geweest: Toms onverklaarde afwezigheid, de snel weggestopte briefjes, de telefoontjes die stilvielen als ze de hoorn opnam. En zijn gedrag, trots als een pauw, als hij een nieuwe verovering op zijn naam kon schrijven.

Misschien was Diana Chiverton zo machteloos gemaakt door financiële afhankelijkheid dat ze het gevoel had gehad dat ze geen alternatief had dan de affaires van haar echtgenoot door de vingers te zien. Haar positie in de maatschappij was afhankelijk van Toms reputatie. De kranten die al die koppen over Johnny Pakenham, Debra Peters en Robert hadden gedrukt hadden dat met openlijke afkeuring gedaan, maar onder dat dunne laagje morele verbolgenheid had wellustig leedvermaak gelegen. Hoe zou de maatschappij in de jaren dertig over een seksueel schandaal hebben geoordeeld? Een koning had zijn troon moeten opgeven omdat hij van een gescheiden vrouw hield. Zou de carrière van Tom Chiverton het hebben overleefd als de waarheid over hem zou zijn onthuld? En de reputatie van Diana? Zouden de Chivertons dan nog hebben kunnen lunchen met de rijken der aarde, met koningen en bisschoppen? Zouden ze nog op chique feesten in grote huizen zijn uitgenodigd als iemand een boekje had opengedaan over Toms affaires en zijn handtastelijkheden met zijn dienstmeisjes?

Maar was dat het enige wat er speelde? Was oud bedrog, hoe pijnlijk ook, genoeg om Diana Chiverton de rest van haar leven in De Meeuwenvleugel op te sluiten, afgesneden van de buitenwereld, haar enige reden om te blijven leven schijnbaar het beschermen van de goede naam van haar echtgenoot? Of was er iets anders gebeurd op het afgelegen stukje grond in de bossen van Sussex, iets onuitsprekelijks?

Het was na elven toen Rose thuiskwam. De meisjes sliepen. Ze omhelsde haar vader en nodigde hem uit om de volgende dag, zondag, te komen lunchen om hem te bedanken.

Nadat Giles was vertrokken begon ze de zitkamer te doorzoeken. Ze wist niet meer waar ze die brief van Sadies vriend, Jimmy Corrigan, had opgeruimd, die brief die ze de dag voordat Katherine was weggelopen had ontvangen. Ze dacht niet dat ze hem had weggegooid.

Ze vond hem uiteindelijk, keurig opgeborgen in het bureautje in haar slaapkamer. *Ik hoop dat deze brief u bereikt*, had Jimmy Corrigan geschreven, *want ik denk met veel genegenheid aan Sadie terug.*

Toen ze in de badkamer haar make-up verwijderde, bedacht ze nog een mogelijkheid: misschien had Diana te veel van Tom gehouden, had ze onvoorwaardelijk van hem gehouden. Misschien was ze van hem blijven houden, aan wat voor zonden hij zich dan ook schuldig had gemaakt.

Een week later ging ze lunchen bij Jimmy Corrigan, in zijn huis aan Alwyne Place in Islington.

Ze belde aan en Jimmy deed open, schudde haar de hand en gebaarde haar binnen te komen. Hij was lang en dun, bijna vel over been. Hij droeg een flets geworden spijkerbroek met een donkerblauwe trui over een wit overhemd, waarvan de voorpanden af en toe uit zijn broek omhoog piepten, tot hij ze slordig terug propte. Zijn roze huid zat vol sproeten en zijn ooit rode haar was wit geworden, een pluizige krans rond gelaatstrekken die misschien nooit aantrekkelijk waren geweest, maar uitzonderlijk waren door zijn felblauwe ogen.

Ze gaf hem de fles wijn die ze had gekocht en hij bedankte haar. 'Loop je even mee naar de keuken, Rose?' vroeg hij.

De muren in de smalle gang hingen vol foto's, kunst en politieke pamfletten. Op de houten vloer lagen Perzische tapijten.

'Ik hoop dat je het niet erg vindt,' zei hij terwijl ze achter hem aan door het huis liep, 'maar ik heb een vriendin bij ons gesprek uitgenodigd.'

De keuken was achter in het huis, een zonovergoten ruimte die groot genoeg was voor kasten, een fornuis en een koelkast, alsook een grenenhouten tafel, een ladekast en een bank van bruine spijkerstof, waarop een kleine, donkere, elegante vrouw zat die was gekleed in een roestbruine rok tot net over de knieën en een ruimvallende trui van zwarte kasjmier.

'Rose,' zei Jimmy, 'dit is Pearl Massingham. Pearl, dit is Rose Martineau, het achternichtje van Sadie.'

'Pearl?' vroeg Rose. 'Sadies vriendin Pearl?' Sadies vriendin Pearl, die ze nooit had verwacht te vinden, aangezien haar achternaam niet werd genoemd in Sadies brieven aan Edith.

'Wat leuk je te leren kennen.'

Rose voelde de opwinding in haar lichaam toenemen, als de motor van een vliegtuig wanneer het snelheid maakt voordat het van de landingsbaan loskomt. Er waren veertig jaar voorbijgegaan en hier zat ze, met Sadies beste vrienden, Jimmy en Pearl. Als iemand wist hoe het Sadie was vergaan, moesten zij het zijn.

Er werden drankjes ingeschonken en ze gingen aan de keukentafel zitten, die voor drie mensen was gedekt. Er was quiche, koud vlees en salade.

'Ik heb een huis op Mallorca,' begon Jimmy toen iedereen had opgeschept.

'Het is daar schitterend, Rose,' onderbrak Pearl hem. 'Het staat op een klip en kijkt uit over een goddelijk strand.'

'Ik was er om een roman af te maken. Dat lukt me hier niet, met al die afleiding. Neem wat brood.'

'Jimmy schrijft thrillers.' Pearl gaf Rose een aardewerken botervloot aan. 'Ze zijn ontzettend goed.'

'Helemaal niet, maar ik betaal er de huur mee en ik vind het leuk ze te schrijven. Ik schrijf ook boeken over politiek, maar die verkopen nog niet half zo goed. Neem een stukje ham, Rose. Het is goede; ik heb hem meegenomen van Mallorca.'

'Hij is zalig, Jimmy,' zei Pearl.

'Ik had een deadline, dus ik heb mezelf een halfjaar op Mallorca opgesloten. Daarom had ik je brief niet gezien, Rose. En toen je niet op die van mij reageerde, begon ik me af te vragen of je Sadie was vergeten.'

'Of haar had opgegeven,' zei Pearl. 'Je mag haar niet opgeven, schat. We vragen het ons nog steeds af. Toen Jimmy vertelde dat je kwam, wilde ik er per se bij zijn.'

'Pearl woont in de Highlands. Godvergeten ver weg. Ze is met de slaaptrein gekomen.'

'Een drupje maar, schat.' Jimmy stond met een karaf water bij Pearls glas whisky.

'Wat bent u zich altijd blijven afvragen?' vroeg Rose.

Ze keken haar allebei aan. 'Wat er met haar is gebeurd,' zei Pearl zacht. 'Ze was onze beste vriendin en ze is zo maar verdwenen. Ik dacht – ik hoopte – dat jij ons kon vertellen wat er is gebeurd.'

Rose' opgewonden gevoel sijpelde uit haar lichaam. 'Ik hoopte juist dat u het mij zou kunnen vertellen.'

'Dus jij weet ook niet waar ze naartoe is gegaan?' Pearl zag er ook teleurgesteld uit.

'Natuurlijk niet,' zei Jimmy. 'Dat zei ik toch?' Hij kneep Pearl in de hand.

Rose vertelde dat ze Het Ei had geërfd van haar grootmoeder en dat ze had ontdekt dat Edith een zus had. 'Ik ben sindsdien op zoek naar mensen die Sadie hebben gekend. Ik heb haar psychiater ondertussen gesproken.'

'Philip? De schat.' Pearl zat te stralen.

'En haar vriendin Constance. En de eigenaresse van de galerie die haar vertegenwoordigde. Ze heeft me verteld dat Sadie niet is komen opdagen voor de opening van haar expositie.'

'Wat een vreselijke avond,' zei Jimmy. 'Al dat publiek, en iedereen die verwachtte dat ze zou komen, wat maar niet gebeurde.'

'Madge was furieus,' zei Pearl.

'En Sadie heeft niet gebeld of geschreven om het uit te leggen?'

Jimmy schudde zijn hoofd, bood de anderen een sigaret aan en stak er toen zelf een op. 'Ik heb haar de middag voor de opening gesproken. We hadden allebei geen telefoon, maar ze belde me uit de telefooncel bij de winkel in het dorp... Hoe heet het ook alweer?'

'Nutcombe.'

'Ja, Nutcombe. Ik werkte bij een reclamebureau, dus ze belde me op kantoor. We hebben afgesproken elkaar de volgende dag in een café te treffen, een paar uur voor de opening van de expositie.'

'Maar daar is ze ook niet komen opdagen?'

'Nee. Ik ging ervan uit dat ze de trein had gemist en later zou komen. Maar nee. Ik heb uren op haar zitten wachten, en toen ik ging denken dat ze onze afspraak was vergeten ben ik alleen naar de galerie gegaan.'

'Maar daar was ze ook niet,' zei Pearl.

'We hebben allebei nooit meer iets van haar gehoord.'

'Kunnen het zenuwen voor de expositie zijn geweest?' Rose herinnerde zich dat Winnie haar had verteld dat Sadie een nerveus type was. 'Kon ze het misschien niet opbrengen om erheen te gaan?'

'Dat denk ik niet.' Pearl duwde de mouwen van haar zwarte trui omhoog. 'Ze keek ernaar uit. Ze had een jaar eerder ook al een expositie gehad en die was een groot succes. Sadie had vertrouwen in haar werk. Ze wist dat ze ontzettend goed was.'

Rose pakte de ring uit haar tasje en liet hem aan Pearl zien. 'Ik heb deze gevonden. Weet u of hij van Sadie was?'

Pearl staarde naar de ring en sloeg een hand voor haar mond. 'O,' fluisterde ze. Ze zag er onthutst uit en zette haar leesbril op.

'Is hij van haar?' Jimmy fronste zijn voorhoofd.

'Ja, natuurlijk. Dat weet je toch nog wel, Jimmy? Felix heeft hem haar gegeven. Kijk maar naar de inscriptie. "K HEB U LIEF MIJN HARTENDIEF." Pearl stak de ring naar hem uit. 'O hemel.' Tranen sprongen in haar ogen. 'Waar heb je hem gevonden, Rose?'

'Bij Het Ei. Hij lag in de bosjes, een stukje van het huis.'

'Ik snap niet dat ze dat verdomde ding niet heeft weggegooid,' zei Jimmy nors. 'Ik heb zo vaak tegen haar gezegd dat ze hem moest wegdoen.'

'Ze heeft me nooit verteld dat ze hem kwijt was.' Pearl gaf de ring terug aan Rose.

'Ze is altijd van die hufter blijven houden.'

'Nee, dat is niet waar,' zei Pearl. 'Sadie was over Felix heen, dat weet jij ook.'

Jimmy stak met de peuk van zijn sigaret een nieuwe aan.

Pearl mompelde: 'Schat, je weet toch wat de dokter heeft gezegd? Straks komt die nare hoest weer terug.'

Jimmy maakte een misnoegd geluid, maar hij legde zijn sigaret op de rand van de asbak voordat hij tegen Rose zei: 'Ik ben een paar dagen na de opening naar Het Ei gegaan. Ik wilde weten waar Sadie in godsnaam mee bezig was. Maar ze was er niet. Ik had een sleutel bij me, want ik had er die zomer gelogeerd, dus ik ben naar binnen gegaan voor het geval ze ziek was of zo. Al haar spullen waren weg. Haar kleren, haar handtas, haar schetsboek en verf. Zelfs de etspers. Dus nam ik aan dat ze was vertrokken.'

'Ze zou nooit zijn weggegaan zonder dat aan ons te vertellen.' Pearls zachte woorden hadden de geduldige echo van een discussie die al vaak was gevoerd.

'Misschien wel. Sadie had een heimelijke kant. Ze kon erg gesloten zijn over bepaalde dingen.'

Rose vroeg: 'Als ze is vertrokken, waar kan ze dan naartoe zijn gegaan?'

'Naar het vasteland van Europa,' zei Jimmy. 'Ze hield vreselijk van reizen.'

'Ze heeft een jaar in Frankrijk gewoond.' Pearl spietste een olijf.

'We zijn in '33 samen naar Spanje gereden,' zei Jimmy. 'We hebben door Castilië gereisd, ik heb toen een artikel voor *Splinter* geschreven over de omstandigheden op het platteland. Sadie is in Madrid gebleven om te werken en ik ben doorgereisd naar Italië. Spanje was een fascinerend land voordat Franco aan de macht kwam. Afschuwelijke armoede en onrust, als een pan die op overkoken stond, maar niettemin prachtig. Ik ben het nooit vergeten. Zo mooi dat ik vergat wat er in de rest van Europa speelde. Ik ben ontzettend veel van dat land gaan houden.'

'Sadie was zo gelukkig toen ze terugkwam,' zei Pearl. 'Het was geweldig om haar weer gelukkig te zien.'

'Misschien was het wel net zo'n hufter als Felix,' gromde Jimmy. 'Ze zocht altijd precies de verkeerde man uit.'

'Hoe kun je dat nou zeggen, Jimmy? En hoe zit het dan met Kit?

Kit is mijn man,' legde Pearl aan Rose uit. 'Sadie en hij hebben kort wat gehad, lang voordat ik hem leerde kennen. En hij leek in niets op Felix, Jimmy. Dat weet ik zeker. Sadie heeft me over hem verteld.'

'Over wie?' vroeg Rose. 'Wie leek er niet op Felix?'

'Andrés.' Pearl legde haar mes en vork op haar bord. 'Hij was haar minnaar. Hij woonde in Madrid.'

'O.' Er stond niets over een minnaar in Madrid in Sadies brieven aan Edith. Dus moest ze niet hebben gewild dat Edith iets over hem wist.

'Wat was het voor iemand? Wat deed hij?'

'Hij was schrijver.'

'Journalist,' zei Jimmy. 'Links georiënteerd. Als hij in Spanje is gebleven, kan ik me niet voorstellen dat hij het regime van Franco heeft overleefd.'

'Hij was graaf of baron of zoiets,' zei Pearl met een vaag handgebaar.

'Ach nee,' zei Jimmy. 'Andrés stamde af van een verpauperde Spaanse aristocratische familie. Ze hadden ooit land en geld, maar dat was allemaal weg. Hij was een mengeling, net als Sadie. Zijn moeder was Iers, zijn vader Spaans.'

Pearl klopte hem op de hand. 'Sadie was altijd bang om hem te verliezen. Het was moeilijk voor ze, Rose. Andrés was getrouwd. Hij had een zoon. Het was geen gelukkig huwelijk, maar Andrés en zijn vrouw waren katholiek, dus scheiden was geen optie. Ze is de zomer daarna, in '34, teruggegaan naar Spanje omdat ze bij hem wilde zijn.' Een zachte zucht. 'Het was moeilijk voor Sadie om na Felix weer verliefd te worden en het moet moeilijk voor ze zijn geweest om in een gezamenlijke toekomst te geloven. Maar Andrés was de liefde van haar leven.' Pearl zag er verdrietig uit. 'Dat geloof ik echt.'

'Is ze dan misschien teruggegaan naar Spanje?' vroeg Rose. 'Miste ze Andrés misschien zo vreselijk dat ze niet kon wachten hem pas na de expositie weer te zien?'

Pearl vouwde haar handen op haar schoot ineen. 'Sadie schreef me altijd,' zei ze zacht. 'Altijd. Waar ze ook was en met wie ze ook was. Zelfs toen ze nadat ze was ingestort in dat afgrijselijke gesticht was opgenomen. Ze schreef brieven en stuurde ansichtkaarten, tientallen. Ze maakte er altijd een tekeningetje op, van het prachtige landschap, of een cartoon.'

Rose dacht terug aan de cartoon op de ansichtkaart die ze tussen de spullen van Edith had gevonden, van die modieuze vrouw die op haar hoge hakken met haar grote hoed over straat liep. *Zie ik er niet helemaal dernier cri uit, schat?*

'Maar deze keer schreef ze niet?' spoorde Rose haar aan.

'Nee. Mij niet en ook niemand anders. Jimmy en ik hebben rondgevraagd. Sadie had ontzettend veel vrienden. Niemand had wat van haar gehoord.'

'Ik ben naar de politie gegaan,' zei Jimmy. 'Maar die was niet geïnteresseerd. Sadie was volwassen en er was geen bewijs van een misdrijf. Toen ik ze over die expositie vertelde, namen ze aan...'

'Ze was kunstenares,' legde Pearl uit. 'Jimmy probeert te zeggen dat ze ervan uitgingen dat ze erop los leefde.'

'Ze zeiden dat ze er vast vandoor was met een man. Ik heb tegen ze gezegd dat dat nergens op sloeg.'

'Zo netjes heb je het niet tegen ze gezegd, schat.'

'Nee, dat is waar. Ze hebben me eruit getrapt.'

'Ze zou hebben geschreven,' herhaalde Pearl. 'Echt, Rose.'

Rose geloofde haar. Ze vroeg: 'Heeft Rose het met een van jullie ooit over Tom Chiverton gehad?'

Pearl keek haar lang aan en zei toen: 'Daar heeft ze een affaire mee gehad.'

'Niet waar.' Jimmy wierp Pearl een razende blik toe.

'Jawel, helaas wel. Dat heeft ze me verteld. Ze heeft me laten zweren dat ik het aan niemand zou vertellen, maar dat maakt nu niet meer uit. Rose moet het weten. Het was niet echt een affaire, het was maar één nacht, en ze voelde zich er nadien ontzettend schuldig om.'

Jimmy sloeg zijn glas whisky achterover. 'Godsamme,' zei hij. Hij stond op en begon de tafel af te ruimen.

Pearl keek hem liefdevol aan. 'Sadie was eenzaam, daar helemaal alleen in dat huis. Tom Chiverton kwam op een avond op bezoek en de rest kun je wel raden. Hij was ontzettend aantrekkelijk, al bleef daar later niet veel van over.' Pearl keek berustend voor zich uit. 'Maar dat geldt voor ons allemaal.'

'Niet voor jou,' zei Jimmy loyaal.

'Dat is lief van je, dank je wel.' Ze glimlachte naar hem. 'Sadie heeft altijd vreselijk veel spijt gehad van die uitspatting met Tom Chiverton. Maar je moet begrijpen hoe het voor vrouwen van onze generatie was, Rose. Velen van ons zijn nooit getrouwd en hebben nooit kinderen gekregen omdat zo veel van onze mannen tijdens de oorlog zijn omgekomen. We snakten wanhopig naar liefde en gezelschap... en natuurlijk naar seks. Ik was vijfendertig toen ik met Kit trouwde en nog ouder toen ik mijn jongens kreeg. Ik had alle hoop op een gezin al opgegeven en ik weet dat Sadie het ook zo voelde.'

'Dus ze was niet verliefd op Tom Chiverton?'

'Verre van.' Pearl kneep haar oogleden half samen. 'Het was lust. Wat een gevaarlijke emotie is dat toch, vind je ook niet?'

Rose dacht aan station Waterloo en aan die kus met Dan Falconer. Verlangen, en vinden wat je hoopte dat een antwoord op dat verlangen was. Als ze Dan niet had gekust, zou hij niet zijn weggegaan bij Martineau Aviation. Dan zou hij er nog werken en zou ze hem elke dag zien. Zou dat beter of moeilijker zijn geweest?

'Dus het was een korte affaire. Accepteerde Tom dat?'

'Nee, ik vrees van niet. Ze heeft me verteld dat hij haar bespiedde als ze thuis was. Dat weet je toch, hè? Met die grote ramen.'

Rose dacht aan Sadie, in het huisje, en aan Tom Chiverton, maar een kilometer verderop. Dat moest ongemakkelijk zijn geweest, erger dan dat. Ze kreeg het koud bij de gedachte aan Tom die door de ramen van Het Ei Sadie bespiedde. Er begon zich een theorie in haar geest te vormen, een donker vermoeden, een antwoord op de verdwijning van Sadie Lawless.

'Tom Chiverton is een van de redenen dat Sadie heeft besloten naar het buitenland te gaan,' zei Pearl, 'maar hij was niet de belangrijkste reden. Sadie wilde iets van haar leven maken. Ze was zo getalenteerd. Ze wist dat ze ervaring moest opdoen, dus werkte ze als technisch assistente voor andere etsers. Sommige etsers zijn briljante ambachtslieden of kunnen toveren met kleuren maar weten niets van het technische deel. Sadie kon het allemaal.'

'Ik zal je wat laten zien,' zei Jimmy. Hij stond op en wees naar een serie ingelijste afbeeldingen aan een van de muren. 'Die heeft Sadie gemaakt.'

Sadie zag dat het omslagen van *Splinter* waren. De afdrukken waren abstract in stijl, de motieven scherp en hoekig, de kleuren modderig en somber, tot leven gebracht met vegen rood. Ze voelde diezelfde flikkering van opwinding die ze had ervaren toen ze Sadies schilderijen in de galerie had gezien, alsof ze werd teruggevoerd naar vergeten dagen en verborgen levens.

'Ik kon haar er niet voor betalen,' zei Jimmy. 'Ik heb nooit een penny verdiend met die verrekte krant, dus heb ik haar in plaats daarvan mee uit eten genomen. Fish-and-chips, voor iets beters had ik geen geld.'

'Ze zijn prachtig.' Ze waren gedurfd, uitgesproken en krachtig.

'Ik probeerde thema's uit de kunst met die uit de politiek te verbinden.' Jimmy maakte een minachtend geluid. 'Er was heel wat politieke reuring in de jaren dertig. Maar dat is nu ook weer zo. Als je denkt dat je buiten de wereldpolitiek kunt blijven, vergis je je.' Zijn starende blik was gefocust op een afbeelding toen hij zei: 'Ik denk dat haar die dag iets is overkomen.'

'Jimmy,' mompelde Pearl.

'Het moet worden gezegd, mop. Zoals je al zei moet Rose het weten. Ik denk dat ze iemand is tegengekomen. Dat een vreemde is gestopt om haar een lift aan te bieden toen ze de heuvel af liep, of dat ze in de trein naar Londen met de verkeerde man aan de praat is geraakt. Sadie praatte tegen iedereen. Ze was jong en aantrekkelijk, en ze was vriendelijk. Ze kon helemaal vallen voor iemand die ze net had leren kennen. Misschien heeft ze pech gehad. Ze was het soort vrouw... Nou ja, je hoefde als man maar naar haar te kijken en dan verlangde je naar haar.'

Rose hoorde de echo van oude pijn in Jimmy's stem. Pearl moest hem ook hebben gehoord, want ze pakte zijn hand.

'Misschien heeft Rose wel zin in een kopje koffie, schat. Zal ik dat even maken?'

'Laat mij maar. Ogenblik.' Jimmy liep de kamer uit. Het geluid van zijn voetstappen ebde weg en er ging een deur open en dicht.

Pearl zei zacht: 'Hij adoreerde haar. Hij is nooit getrouwd. Hij is een paar maanden na Sadies verdwijning naar Amerika vertrokken. Hij heeft gevochten in de Eerste Wereldoorlog en zag het allemaal opnieuw gebeuren. Dat kon hij niet aan, hij kon het gewoon niet verdragen dat allemaal nog een keer mee te maken.'

Ze trok de kraag van haar trui over haar kin omhoog. 'Jimmy is er altijd van overtuigd geweest dat er iets ergs met Sadie is gebeurd. Misschien heeft hij gelijk. Het enige wat ik weet is dat ze niet zonder Andrés kon. Ze hield zo vreselijk veel van hem, Rose. En je hart kan niet oneindig veel pijn verduren, hè?'

Rose nam nadat ze het huis van Jimmy Corrigan had verlaten een bus naar Chelsea, naar het appartement van Robert, om de meisjes op te halen. Robert en Katherine zaten monopoly te spelen toen ze arriveerde, en Eve was aan het tekenen.

Eve wierp zich in Rose' armen. Katherine zei: 'Ik heb Park Lane gekocht, mama.'

'Wauw.' Ze ging met Eve aan haar gekleefd bij het monopolybord staan.

'We zijn net begonnen,' zei Robert. 'Die arme Katherine krijgt nooit de kans een spelletje af te maken.'

'Ik wil wel wachten, hoor.'

'Ik wilde nog met ze gaan wandelen.'

Rose zei bijna dat hij die ochtend alle tijd had gehad om met zijn dochters naar buiten te gaan, maar ze kon zich nog net beheersen. Ze ging met Eve op de bank zitten en drukte haar wang tegen de donkere krullen van haar dochtertje terwijl het spel verderging. Ze zag dat Robert moeite met haar aanwezigheid had en dat hij zich voorbereidde op een volgende nare opmerking. Hun gesprekken werden sinds hij met een scheiding had ingestemd gekenmerkt door onderkoelde opmerkingen en sarcasme.

Robert zou nooit met fysiek geweld op afwijzing reageren, maar een ander soort man, een met een kort lontje, zou dat wel kunnen doen. Zulke verhalen las je regelmatig in de krant. Dan was er een relatie beëindigd en werd een vrouw achtervolgd op straat en vervolgens gewurgd of doodgeslagen door de afgewezen minnaar. De goedkope kranten noemden dat een crime passionel. Rose vond dat een slechte omschrijving, want het waren moordenaars die waren doorgedraaid vanwege hun ego, niet vanwege hun hart. Ze pleegden geen moord uit liefde, maar uit jaloezie, bezitterigheid en trots.

20

Londen en Surrey – juni 1971

Een paar weken later nam Rose een taxi naar Brook Street. Ze was uitgenodigd op een receptie in hotel Claridge's ter ere van de veertigste verjaardag van Kevin Goode. Ze werd vanuit de zwart-wit betegelde vestibule naar een zaaltje op de begane grond gewezen. Ze bleef in de deuropening even staan en zag hoe de felgekleurde japonnen van de vrouwen glinsterden als juwelen in stof tussen de donkere pakken van de mannen. Een vijfmansband speelde in een hoek van de ruimte en een paar stellen dansten.

Ze baande zich een weg tussen de mensen door en zette zich schrap, wetende dat ze Dan elk moment tegen het lijf kon lopen. Ze kende Dan goed genoeg om te weten dat hij zich beleefd en voorkomend zou gedragen. Ze zouden het over de luchtvaart hebben en dan zou een van hen een excuus bedenken om te kunnen vertrekken. Die gedachte deprimeerde haar en ze merkte dat ze hoopte dat de avond snel voorbij zou zijn.

Ze vond Kevin, kuste hem op de wang en feliciteerde hem. 'Dit partijtje kost me een fortuin,' zei hij mopperig. 'Kelly stond erop.' Kelly was de nieuwe, jonge vrouw van Kevin.

Ze kletsten een paar minuten en toen er een andere gast arriveerde verontschuldigde Kevin zich. Rose pakte een glas wijn van een dienblad en dwaalde wat door de ruimte. Er stonden groepjes mannen die elkaar kenden van school en de universiteit, de golfclub, Rotary of vrijmetselarij. Ze maakte geen deel uit van deze sociale kringen. Het was sinds ze in de luchtvaart werkte niet voor het eerst dat ze zich een buitenstaander voelde.

Toen zag ze Dan aan de andere kant van de ruimte staan. Haar blik bleef even op hem rusten. Ze voelde een mengeling van genot en pijn, en ze werd verscheurd tussen de behoefte weg te rennen – ze had niet het gevoel dat iemand het zou opmerken als ze dat zou doen – en het verlangen met hem te praten. Ze zou proberen het weer goed te maken. Ze zou hem uitleggen hoe vreselijk overstuur ze was geweest van haar zorgen om Katherine. Ze zette een stap in zijn richting. Ze moest hem spreken.

Toen liep er een vrouw in een korte kobaltblauwe jurk naar hem toe, die hem op de wang kuste. Dan leunde naar haar toe; de blonde vrouw legde een hand op zijn schouder en zei iets in zijn oor. Dan glimlachte. Misschien was het wel een lach. Rose draaide zich om en liep naar de andere kant van de zaal.

Een stem zei: 'Jij ziet eruit of je wel wat gezelschap kunt gebruiken.'

De spreker was een man van ongeveer haar leeftijd. Rossige krullen, een zware kaaklijn, zijn gezicht rood en zijn blauwe ogen gefocust op het decolleté van haar crème-gouden halterjurk.

'Wat leuk om hier een vrouw te zien,' zei hij. 'Al die godvergeten kerels. En dan nog zo'n mooie vrouw ook. Russell Litchfield.'

'Rose Martineau.'

'Waarom drink je geen champagne, Rose? Je ziet eruit als een vrouw die wel van een glaasje champagne houdt.'

Hij slenterde weg. Ze hoopte dat hij haar verder met rust zou laten, maar een paar minuten later kwam hij terug met twee glazen in zijn handen.

'Alsjeblieft, Rose.' Druppeltjes champagne spetten op haar vingers. Hij staarde haar aan en barstte in lachen uit. 'Ik heb over jou in de krant gelezen, toch? Rose Martineau... Jij bent toch getrouwd met die kerel...'

Ze was op slag op haar hoede. Mensen namen van alles aan vanwege Robert. Mannen namen van alles aan.

'Waar ken jij Kevin van, Russell?'

Maar hij liet zich niet afleiden. 'Die kerel in de krant,' zei hij, helemaal in zijn nopjes met zichzelf. 'Die met dat hoertje. Wat leuk jou te leren kennen, Rose. Hij lust er wel pap van, hè, die vent van je?' Hij trok suggestief zijn zandkleurige wenkbrauwen op. 'Dan zul jij er ook wel niet vies van zijn.'

'Ik heb geen idee waar je het over hebt,' zei ze onderkoeld.

Hij haalde zijn schouders op. 'Gelijkgezinden en zo, je weet wel wat ik bedoel.'

'Als je me wilt excuseren.'

'Doe niet zo flauw. Ontspan. Drink je champagne. We leren elkaar net kennen.'

Rose stond bij de muur. Russell stond aan haar zijde, onaangenaam dichtbij. Ze probeerde weg te bewegen, maar bemerkte dat ze geen kant op kon.

'Excuseer,' zei ze ferm. 'Ik zie daar iemand die ik wil spreken.'

Hij zag er geïrriteerd uit. 'Maak je niet druk. Het was maar een grapje, hoor. Heb je geen gevoel voor humor?'

'Volgens mij wil de dame dat je vertrekt.' Dans stem, hard en koud als ijs.

Russell draaide zich om en trok een grimas. 'Ik stel voor dat jij even wat anders gaat doen. Zie je niet dat we staan te praten?'

'Mevrouw Martineau wil graag dat je haar met rust laat.'

'Dan, ik red me wel,' zei Rose snel.

'Zie je nou wel? Bemoei je met je eigen zaken, Falconer.' Russells woorden klonken uitdagend.

'Je bent dronken, meneer Litchfield. Misschien moet je maar naar huis gaan.'

'Rot toch op.'

Een schermutseling volgde. Dan greep Russell Litchfield bij de schouder, of Litchfield probeerde Dan te slaan, Rose wist niet wat er eerst gebeurde, of misschien gebeurde het allebei tegelijk. Maar toen sloeg Russell Dan in zijn gezicht, en Dan tuimelde achterover. Rose hoorde zichzelf een gil slaken en ze bewoog naar hem toe, maar hij had zijn balans alweer gevonden. Dans vuist schampte de kaak van de andere man en Russell struikelde over een tafelpoot, waarbij hij de hele tafel, en de lege wijnglazen die erop stonden, omstootte. Een vrouw begon te gillen terwijl Russell Litchfield met een plof en in het gerinkel van brekend glas op de vloer terechtkwam.

Iedereen in de ruimte draaide zich om om te kijken wat er gebeurde. Rose sloeg haar handen voor haar mond. Dan bood Russell een hand aan om hem overeind te helpen. Russell foeterde hem uit.

'Pas op, er ligt allemaal glas,' zei iemand.

Twee mannen trokken Russell Litchfield op zijn voeten. Hij schudde met zijn hoofd. 'Hufter,' spuwde hij razend naar Dan.

'Gaat het?' mompelde Rose tegen Dan.

'Ja. Prima. Au.' Hij bestudeerde met een verdwaasde blik in zijn ogen zijn knokkels. 'Zoiets doe ik normaal gesproken nooit.'

'Dat weet ik, Dan. Zullen we even een frisse neus gaan halen?'

Ze pakte hem bij de elleboog en leidde hem de ruimte uit. Ze gingen in de gang bij een open raam staan en ze zocht in haar tas naar een zakdoek.

'Laat mij maar even.' Ze depte het bloed van zijn gescheurde lip. Zijn haar zat helemaal in de war en zijn pak was gekreukt. 'Je ziet er niet uit.'

Een serveerster passeerde met een dienblad vol lege glazen; Rose vroeg haar wat ijsblokjes te halen.

Toen wendde ze zich weer tot Dan, en ze zei: 'Dat was nergens voor nodig.'

Dan drukte haar zakdoek tegen zijn mond om het bloeden te stelpen. 'Die klootzak viel je lastig,' mompelde hij.

'Ja, dat klopt, maar ik kan uitstekend voor mezelf zorgen. Gaat het echt wel? Heb je niets gebroken?'

Hij schudde zijn hoofd en bracht een hand naar zijn gehavende gezicht. 'En met jou, Rose?'

'Prima.' Ze was geschrokken en overstuur, maar tegelijkertijd voelde ze zich vreselijk opgetogen, alleen door in zijn nabijheid te zijn.

'Hoe gaat het zonder mij bij Martineau Aviation?'

'We ploeteren voort.' Ze glimlachte. 'Ik probeer je opvolger bij te brengen wat de bedoeling is, maar dat valt nogal tegen. Hoe is het op Westfield?'

'Prima, tot vandaag.'

'Hoe bedoel je?'

'Litchfield is een van de belangrijkste klanten. We vliegen zijn producten door heel Europa.'

Ze staarde hem geschokt aan. 'O, Dan.'

Hij veegde over zijn jasje, dat vol champagnevlekken zat, en trok zijn stropdas recht. 'Ik overwoog toch al om weg te gaan. Ik kan mijn draai er niet vinden. Het is heel anders dan bij Martineau Aviation.' Hij glimlachte, en zijn gezicht vertrok.

De serveerster kwam terug met het ijs. Rose wikkelde haar zakdoek om wat blokjes en instrueerde Dan het tegen zijn mond te drukken. Hij vroeg van achter de zakdoek hoe het met Katherine en Eve was, en ze zei dat het uitstekend met ze ging.

'Katherine is weer terug naar haar oude school,' zei ze. 'Ze is een stuk gelukkiger.'

'Fijn,' mompelde hij.

Toen viel er een stilte; ze leken allebei niet te weten wat ze moesten zeggen. Ze stonden naast elkaar, bedacht ze ellendig, maar er was nog steeds een barrière tussen hen.

Ze wilde wat gaan zeggen, maar toen stond de blonde vrouw in de kobaltblauwe jurk ineens met een tik van haar hoge hakken in de gang. 'Aha, daar ben je, Dan,' zei ze opgewekt. 'Ik heb je overal gezocht. Je moet naar de zaal terugkomen. Kevin staat erop dat je je excuses aanbiedt.'

'Ik kom eraan,' zei Dan kortaf. 'Zeg maar tegen Kevin dat ik zo kom, Jenny.'

Jenny vertrok. Dan vroeg Rose: 'Werk je nog veel samen met Pearson's?'

'Ja, behoorlijk.'

'Ik zou geen werk meer van ze aannemen.' Zijn lip begon dik te worden, waardoor hij sliste. 'Het gerucht gaat dat ze failliet gaan. Ik weet het niet met zekerheid, maar het ziet er niet goed uit. Zorg dat je niet te afhankelijk van ze wordt.'

'Dank je, Dan. Dat zal ik doen.'

'Ik moet gaan,' zei hij.

'Dan...'

Hij keek over zijn schouder.

'Het spijt me,' zei ze.

'Dat hoeft niet.'

Toen was hij verdwenen, voordat ze kon uitleggen dat ze zich niet had verontschuldigd voor Russell Litchfield, maar voor alles wat er tussen hen was gebeurd. Er gingen allerlei tegenstrijdige gedachten door haar hoofd. Ze probeerde te begrijpen wat er net was gebeurd, het in een patroon te passen, maar dat lukte niet. Dan had haar tegen Litchfield beschermd en hij had haar gewaarschuwd over Pearson's, dus dat betekende dat hij om haar gaf... of niet? Misschien had hij alleen maar gehandeld uit fatsoen, of plichtsgevoel. Maar hij haatte haar in ieder geval niet, dus dat was al iets.

Het was echter niet gelukt op de vriendschappelijke voet verder te gaan die ze gedurende zijn laatste maanden bij Martineau Aviation hadden opgebouwd. Er was niets opgelost; er was enkel schade aangericht. Ze had hem niet eens verteld dat Robert en zij gingen scheiden.

Ze kon het niet opbrengen om terug de zaal in te gaan. Ze bedacht dat ze vast al vaker op een desastreus feestje moest zijn geweest, maar terwijl ze naar beneden liep om haar jas en tas uit de garderobe te gaan halen kon ze niet bedenken wanneer dat dan was geweest.

Rose belde om elf uur de volgende ochtend naar Westfield Air en vroeg naar Dan Falconer. De stem aan de andere kant van de lijn informeerde haar dat hij niet beschikbaar was.

'Weet u wanneer hij er weer is?'

'Meneer Falconer werkt hier niet meer, mevrouw Martineau.'

Rose mompelde haar dank en legde de hoorn op de haak. Ze dacht even na, stond op van achter haar bureau, stak haar hoofd om de deur en vroeg Lucy: 'Lucy, hebben we het privénummer van Dan nog?'

'Ik zal even kijken.'

Een paar minuten later kwam Lucy het kantoor binnen met het nummer. Rose belde het.

De telefoon ging ontzettend vaak over. Rose wilde het net opgeven, toen een mannenstem – niet die van Dan – zei: 'Met het huis van Dan Falconer.'

'Met Rose Martineau. Zou ik Dan even kunnen spreken?'

'Die is er niet. Hij is op zijn werk.'

Of hij is op weg naar huis vanuit zijn werk, bedacht Rose ellendig, nadat hij net is ontslagen. Ze vroeg: 'Met wie spreek ik?'

'Met Dans vader.'

'O, aha. Goedemorgen, meneer Falconer. Sorry dat ik u lastigval.'

'Mick. Zeg maar Mick. Ik logeer bij Dan tot ik me wat beter voel.'

'Wat naar dat je niet in orde bent, Mick.'

'Mijn caravan is afgebrand. Ik had het bijna niet kunnen navertellen.'

'Wat vreselijk,' zei ze geschokt.

Er werd op de deur geklopt; ze keek op. Alan, Dans opvolger, stond in de deuropening. Rose sprak geluidloos: *Ik kom zo.*

'Ik hoop dat je je snel weer beter gaat voelen, Mick,' zei ze in de telefoon. 'Zou je Dan een bericht van me willen doorgeven?'

Ze wist niet goed wat ze moest zeggen, maar uiteindelijk hield ze het op: 'Wil je zeggen dat Rose Martineau heeft gebeld?' Ze spelde haar achternaam.

Ze legde de hoorn op de haak en drukte haar knokkels tegen haar tanden. Ze wilde zo veel zeggen tegen Dan, maar ze had er niets van uitgesproken. Ze wist niet eens zeker of ze dat wel had moeten doen.

Ze had Sadies ring die dag om. Ze schoof hem van haar pink en las de inscriptie aan de binnenkant. 'K HEB U LIEF MIJN HARTENDIEF. Ze had het gevoel dat ze op een dag weer zou kunnen liefhebben, en het was heel lang geleden dat ze dat gevoel voor het laatst had gehad. Maar ze zag het pad dat ze moest lopen om dat te bereiken niet. Het bos stond in de weg.

21

Sussex – oktober 1934

Sadies fiets had een lekke band, dus ze ging ermee naar de garage, en meneer Boxell beloofde hem te plakken. Op weg terug naar Het Ei was ze bijna bij de zijweg het bos in toen ze een auto de heuvel af hoorde komen. Ze keek op en zag, met een flikkering van bezorgdheid, de Wolseley van de Chivertons op zich afkomen. Ze ging in de berm staan en hoopte dat Tom voorbij zou rijden. Maar de auto minderde vaart, kwam tot stilstand, en toen zag ze dat Diana, niet Tom, achter het stuur zat, en dat ze alleen was.

Diana stapte uit en marcheerde de weg over naar Sadie. 'Je had weg moeten blijven,' snauwde ze. 'Hoe durf je hier terug te komen?'

'Hoe bedoel je?'

'Waarom kon je niet gewoon wegblijven? Waarom ben je teruggekomen om me te kwellen?'

Sadie dwong zichzelf kalm te blijven, probeerde te sussen. 'Ik woon hier, Diana. Ik ben teruggekomen omdat ik hier woon.'

Diana's gezicht was nog steeds verwrongen van woede. Ze zei op dezelfde razende toon: 'Ik begon net te hopen dat je voorgoed weg was, en daar ben je weer, terug, bij ons op de stoep. Je werpt jezelf aan zijn voeten, probeert hem bij me weg te lokken. Maar dat sta ik niet toe!'

'Tom?' Sadie schoot bijna in de lach. 'Bedoel je Tom? Die wil ik helemaal niet!'

'Leugenaar!' Diana's gil ketste tegen de bomen.

Sadie merkte dat ze onwillekeurig terugdeinsde, bang dat Diana haar zou slaan. 'Echt niet,' zei ze. 'Je moet me geloven.'

'Hoe kan ik jou geloven? Ik weet dat jullie minnaars zijn geweest!'

De zin was een jammerkreet van pijn. Er leek zich een afgrond onder Sadies voeten te openen; ze kon het niet ontkennen. Haar ontzetting dat Diana het wist, dat ze het misschien altijd al had geweten, vermengde zich met haar aanhoudende schaamtegevoel.

'Het spijt me,' mompelde ze. 'Het was niet...'

'Ik heb je gezien, gisteren.' Diana's lage, gekwelde gemompel brak door de verontschuldiging, waarvan Sadie wist dat die nooit toereikend kon zijn. 'Ik heb je met Tom gezien.'

Ze herinnerde zich dat ze toen ze met Tom had staan praten het gevoel had gehad dat ze bekeken werden. Hoeveel van hun gesprek had Diana gehoord? Koud zweet brak haar uit. Had Diana Tom tegen haar, Sadie, horen zeggen dat hij altijd van haar zou blijven houden? Had Diana hem horen zeggen dat de aanbidding van zijn vrouw een last voor hem was geworden?

'Ik heb hem weggestuurd.' Ze hoorde haar eigen stem nu defensief de hoogte in gaan. 'Ik heb hem niet uitgenodigd op bezoek te komen; ik wilde juist niet dat hij kwam.'

'Dat is hoe je het doet, hè?' Diana's mond vertrok in neerbuigende minachting. 'Je trekt hem aan en stoot hem af, omdat je weet dat hij dan naar je blijft verlangen. Je kneedt die arme Tom als een stuk klei. Je bent een sluwe feeks, hè, Sadie?'

'Dat is niet waar. Dat is belachelijk.' Dat Diana alle schuld op haar schoof en haar afschilderde als een berekenende verleidster, dat ze Tom helemaal vrijsprak, was idioot en oneerlijk. 'Ik voel niets voor Tom,' herhaalde ze. 'Dat moet je geloven.'

'Dat doe ik niet, aangezien ik niet achterlijk ben.' Diana kwam dichterbij, leunde naar haar toe, waardoor Sadie, die in de berm stond, oog in oog met haar stond. 'Luister goed. Ik sta niet toe dat je mijn huwelijk ruïneert. Tom betekent alles voor me. Zonder hem kan ik niet leven. O, ik weet dat hij niet perfect is. Ik weet dat hij toegeeft aan die meisjes die hem lastigvallen als hij boeken signeert, maar hij komt altijd naar me terug. Altijd. Maar jij... jij bent anders. Je bent altijd anders geweest. Als ik naar hem kijk, kan ik zien dat hij aan jou denkt. Als ik de gedichten lees waar hij mee bezig is, weet ik dat ze over jou gaan. En dat doet verschrikkelijk veel pijn; dat doet hier pijn.' Diana balde haar vuist en sloeg hem tegen haar borst. 'Het achtervolgt me. Ik kan er niet meer mee leven.'

'Diana,' probeerde Sadie nogmaals. 'Ik heb er zo'n spijt van. Het had nooit mogen gebeuren.'

'Ga weg,' zei Diana. Haar ogen hadden zich samengeknepen tot zwarte steentjes. 'Ik sta niet meer toe dat je me dit aandoet; je krijgt hem niet. Je had weg moeten blijven. Ga weg, voordat het te laat is. Ga weg, Sadie, laat ons met rust en kom nooit meer terug.'

Sadies schok ging over in woede. Ze was woedend omdat de Chivertons haar leven hadden ontwricht en haar bang hadden gemaakt, ze was woedend om hun arrogantie. Ze waren aan elkaar gewaagd, bedacht ze, zetten allebei mensen voor hun eigen behoeften in, als pionnen in hun complexe emotionele spel.

'Je hebt niet het recht dat van me te eisen,' zei ze onderkoeld.

'Dat heb ik wel!'

Een spat speeksel raakte Sadies wang net voordat ze zich, moe van de pogingen een redelijke gesprek met Diana te hebben, van haar af draaide.

Diana's schreeuwende woorden – 'Ga weg en komt nooit meer terug' – volgden haar toen ze het pad in liep. Kraaien vlogen krijsend uit de bomen op en haar ademhaling was oppervlakkig, alsof haar longen weigerden lucht op te nemen.

Ze liep het huis in en deed de deur achter zich op slot. Ze liep onwillekeurig naar het raam en keek naar buiten, bang dat Diana, in haar woede, haar was gevolgd. Maar er was niemand, het bos was verlaten.

Ga weg en kom nooit meer terug. Dat was precies wat ze van plan was te gaan doen, hoewel ze Diana Chiverton niet de genoegdoening had gegund haar dat hardop te horen zeggen. Ze zou Het Ei zo snel mogelijk achter zich laten, na de tentoonstelling, niet omdat Diana dat van haar eiste, maar omdat ze van Andrés hield en haar leven met hem wilde doorbrengen.

Ze kookte water om thee voor zichzelf te zetten en sneed wat brood. Maar ze kreeg het niet door haar keel, en ze dwaalde steeds terug naar het zitkamerraam om het bos in te turen. Ze deed de gordijnen dicht, sloot het bos rond Het Ei buiten, maar dat maakte het alleen maar erger, want nu vroeg ze zich steeds af wat er daar gebeurde. Als de gordijnen dicht waren zou het heel eenvoudig voor iemand zijn om ongezien naar het huis te sluipen. Uiteindelijk trok ze ze weer open.

Hoewel ze probeerde haar angst te bedwingen door tegen zichzelf te zeggen dat ze net zo irrationeel deed als Diana Chiverton, lukte dat niet. De uitdrukking in Diana's ogen, een van verwilderde razernij, had haar angst aangejaagd. Waartoe was Diana in staat als ze ervan was overtuigd dat ze werd bedreigd? Hoe ver zou ze gaan om Tom te kunnen houden, die ze adoreerde? Sadie had geprobeerd Diana ervan te overtuigen dat ze Tom niet wilde, maar ze wist dat dat niet was gelukt. Ze zou nooit in staat zijn Diana daarvan te overtuigen.

Ze voelde zich niet meer veilig in Het Ei. Dat ze dat gevoel erkende maakte een golf van angst in haar lichaam los, maar het zette haar ook tot actie aan. De besloten opening van de expositie was de volgende avond om zeven uur. Ze was van plan geweest de volgende dag de trein naar Londen te nemen, vroeg in de middag. Ze zou naar de opening gaan en in de hoofdstad overnachten, dan de dag erna teruggaan naar Het Ei, inpakken, schoonmaken en naar Spanje vertrekken.

Ze wilde niet terug naar Het Ei. Ze kon de gedachte ernaar terug te moeten niet verdragen. Ze besloot het terwijl ze naar boven liep om in te pakken. Als ze vandaag alles regelde, zou ze nadat ze morgen naar Londen vertrok niet meer terug hoeven te komen. Dan zou ze ook niet het risico lopen de Chivertons nog eens tegen te komen.

Ze begon in het atelier, stopte haar schetsen en tekeningen in haar portfolio en bond hem dicht. Camera, verf, potloden, houtskool en penselen deed ze in een reistas. De etspers... wat moest ze met die zware, logge etspers, die door twee of drie mannen getild moest worden? Als ze in Londen was zou ze wel iemand zoeken die hem wilde kopen, besloot ze. Een van haar kunstenaarsvrienden zou er vast blij mee zijn. Ze zou de koper haar reservesleutel geven, zodat hij de pers zelf kon gaan halen.

Ze schrok op van gekletter op de benedenverdieping. Ze deed

het badkamerraam een stukje open en zag tot haar opluchting dat de postbode op weg terug was over het pad. Ze rende naar beneden om de post van de mat te pakken, bladerde snel door de brieven en rekeningen. Er zat niets tussen van Andrés en ze voelde een diepe teleurstelling door zich heen golven. Er was meer dan een week verstreken sinds zijn laatste brief, en de gevechten in Asturië, waar hij verslag van deed, waren geïntensiveerd. Wat was begonnen als een opstand was uitgegroeid tot een gewapende rebellie en de Madrileense overheid had er militairen naartoe gestuurd. In *The Times* van die ochtend stond dat generaal Francisco Franco erop af was gestuurd om de opstand neer te slaan.

Sadie propte de brieven en rekeningen in haar handtas. Ze zou bij Andrés moeten zijn. Ze had bij hem moeten blijven; ze had met hem mee moeten gaan. Tranen sprongen in haar ogen en ze voelde een knagend verlangen.

Ze haalde diep adem en liep de trap op naar de slaapkamer. Ze trok haar koffer onder het bed vandaan en begon haar kleren in te pakken. Haar blik dwaalde terug naar het raam en de bomen. *Concentreer je, Sadie.* Ze bond Andrés' brieven samen met een lint, borg ze veilig op in haar schrijfmap en deed die in haar reistas. Ze moest met haar koffer, portfolio, handtas en reistas de trein in. Ze kon verder niets meenemen, dat zou eenvoudigweg niet lukken.

Maar het was geen grote koffer, en hoewel ze erop ging zitten om hem dicht te krijgen lukte dat niet. Sadie gooide alles op de vloer en begon opnieuw, pakte de kleding die ze in Londen nodig had voor de opening en die ze in Spanje zou dragen. Haar avondjurken zou ze toch niet meer gebruiken, dus die besloot ze in te pakken en naar Pearl te sturen, naar haar school in Hertfordshire, waar ze lesgaf. Ze moest even naar de winkel om bruin papier te kopen.

De keuken. Dingen die mee moesten en dingen die hier konden blijven. Ze categoriseerde haar leven meedogenloos, legde bijna alles terzijde. De potten en pannen, servies en bestek kon ze achterlaten voor de volgende bewoner van Het Ei. Misschien dat Edith gebruik van het huisje kon maken als ze op vakantie was in Engeland, of ze kon het verhuren.

Het misselijke gevoel dat in haar was opgeweld toen ze had gehoord dat Diana Chiverton wist dat ze met Tom naar bed was geweest werd verhevigd door haar zorgen om Andrés. Hoewel ze tegen zichzelf zei dat ze zich geen zorgen moest maken – dat het niet realistisch was om post te verwachten uit een regio die in de greep van chaos was – bleef de angst aan haar vreten. Wat als er iets met hem was gebeurd? Dat zou ze niet aankunnen. Diana had gezegd dat ze niet zonder Tom kon leven. Dus hadden ze toch iets gemeen, want Sadie miste de veerkracht om zonder Andrés te kunnen leven. Ze had al een gebroken hart overleefd; dat kon ze niet nog een keer.

Ze ging aan de keukentafel zitten en schreef Edith een brief:

Ik heb de papieren naar meneer Copeland gestuurd. Ik wil hier niet meer wonen. Het huis maakt me bang, en het was verkeerd van vader om het aan mij te geven. Dat zie ik nu in.
Wat we ook voor onenigheid hebben, Edith, je bent en blijft mijn zus. Ik wens je het allerbeste voor de toekomst.

Ze adresseerde de envelop, trok haar jas aan en liep het huis uit. Ze nam het pad tussen de bomen door en versnelde haar pas, keek over haar schouder. Toen ze de weg had bereikt voelde ze zich opgelucht, hoewel het geluid van een auto haar met hamerend hart deed omkijken. Maar het was een onbekend bruin busje met de naam van een loodgietersbedrijf op de zijkant, en de chauffeur met pet knikte naar haar terwijl hij haar passeerde.

Ze deed de brief op de bus en kocht bruin papier en touw in de winkel. Toen ze haar portemonnee opende om te betalen trilden haar handen zo dat de munten op de vloer vielen.

Winnie kwam achter de kassa vandaan om haar te helpen ze op te rapen. Ze kletsten even over de opening en over Winnies aanstaande huwelijk met Colin Ferrers, in december. Ze had tegen Winnie moeten zeggen dat ze er niet bij zou kunnen zijn, dacht ze toen ze de winkel uit liep, maar ze zag er te veel tegen op om alles te moeten uitleggen. Vandaag niet. Ze zou het morgenochtend proberen, als ze wat rustiger was, voordat ze naar het station ging.

Ze belde in de telefooncel het kantoor van Jimmy en sprak met hem af in een café, een paar uur voor de opening. Toen liep ze terug de heuvel op. Toen ze over het pad naar Het Ei liep, hoorde ze in de verte geweerschoten. Diana zou wel weer op kraaien aan het schieten zijn bij De Meeuwenvleugel.

Toen ze weer thuis was bleven een paar regels uit een gedicht van Tom Chiverton maar door haar hoofd gaan terwijl ze de boeken en papieren in de zitkamer uitzocht:

De uilen zijn terug,
Ik hoor ze naar elkaar roepen in het bos
Overblijfselen in de dode bladeren, een veer, botten, een klauw...

Ze propte papieren die ze niet meer nodig had in het fornuis om te verbranden. Toms gedicht ging over haar bos, Paley High Wood. Ze had botten en veren onder de bomen gevonden en er een collage van gemaakt, maar Tom had een gedicht geschreven. Een gedicht, een collage: je trok het vel eraf en legde het hart en de pezen bloot.

Ze knielde voor het fornuis en streelde met de binnenkant van haar duim over het cluster smaragdjes op de ring terwijl haar blik weer naar het raam dwaalde. Een mist dwarrelde over de bosgrond, vervaagde de boomwortels. Ze had vandaag moeten vertrekken, voordat die mist opkwam. Ze vond de gedachte nog een nacht in Het Ei te moeten doorbrengen ondraaglijk. *Ga weg, voordat het te laat is*, gingen de woorden van Diana door haar hoofd, een refrein op haar plotselinge gevoel van urgentie. Het ging door haar heen dat ze niet bang voor Tom had hoeven zijn, enkel voor Diana.

Ze keek op haar horloge. Als ze haast maakte en haar spullen nu pakte, was er nog tijd om de volgende trein naar East Grinstead te nemen. Ja, ze zou vandaag al gaan, bedacht ze, en ze voelde de opluchting door haar lichaam stromen.

Ze sleepte de koffer, reistas en portfolio de trap af en het halletje in. Toen liep ze een laatste keer alle kamers door, opende lades en kasten, verzekerde zichzelf ervan dat ze geen belangrijke spullen zou achterlaten. In het atelier zag ze een stuk etsgereedschap op de vensterbank liggen, en de zoom van haar jas wapperde tegen een fles terpentine die ze op de pers had laten staan. Hij viel op de vloer en het glas brak. Ze haastte zich naar beneden om stoffer en blik te pakken. Toen ze weer boven kwam stonk het er naar terpentine. Het atelier van een vriend van haar was ooit in vlammen opgegaan toen hij met een fles terpentine had geknoeid. Ze ruimde het glas op, sneed zich erbij in haar duim en moest weer naar beneden rennen en haar koffer openmaken op zoek naar een zakdoek om hem te verbinden. Daarna schrobde ze de vloer in het atelier met emmers water uit de badkamer.

Toen ze klaar was keek ze op haar horloge en zag dat de trein naar Nutcombe al over minder dan een kwartier zou vertrekken. Het drong met een steek van doodsangst tot haar door dat het haar nooit zou lukken die trein te halen als ze nu het huis uit zou rennen en met haar spullen de heuvel af zou moeten. Had ze maar een welwillende buurman met een auto; had ze maar een telefoon zodat ze een taxi kon bellen. De volgende trein vertrok pas over twee uur en ze wist niet of die een verbinding naar Londen had.

Ze liet zich op de vloer van het atelier zakken, uitgeput en bijna in tranen. Toen bedacht ze dat ze haar bagage kon achterlaten en met alleen haar handtas de heuvel af kon fietsen. Ze wist dat Jimmy na de opening wel voor haar naar Het Ei zou willen gaan om haar spullen te halen. Ze stond op en herinnerde zich toen terwijl de wanhoop haar weer om het hart sloeg dat haar fiets nog bij de garage stond. Hoe hard ze ook zou rennen, die trein zou ze niet halen.

Ze liep naar beneden. Ze dronk in de keuken de laatste centimeter kooksherry uit de fles en leunde met gesloten ogen tegen het fornuis. Ze dwong zichzelf aan die binnenplaats in Segovia te denken, met Andrés op een bankje, toekijkend hoe de schaduwen steeds langer werden. Ze voelde zijn warmte en hoorde zijn stem, warm en geruststellend, en er kwam een glimlach op haar gezicht. Het duurde nu niet lang meer, bedacht ze. *Het duurt niet lang meer tot we voor altijd samen zijn.*

Het begon te schemeren en ze liep naar de zitkamer om de gordijnen dicht te doen. Toen ze bij het raam stond dacht ze dat ze iets tussen de bomen zag bewegen. Daar was het weer: een plotselinge trilling van een tak; een vogel die opvloog van een zilveren tak, alsof hij opschrok.

Sadie opende de glazen deur en liep het terras over. Ze tuurde het bos in. Er was niets, alleen de steeds groter wordende donkere poelen van de nacht. Ze wilde net terug naar binnen lopen, toen er een roodbruine hond uit het struikgewas kwam rennen. Toen kwam Diana tussen de bomen vandaan. Ze kwam op Sadie af lopen met een geweer in haar handen.

Sadie staarde haar aan, als aan de grond genageld van angst.

Diana legde het geweer aan tegen haar schouder en zei: 'Je had weg moeten gaan. Ik heb tegen je gezegd dat je weg moest gaan.'

Sadie rende weg van het huis, het bos in. Ze struikelde in haar paniek, gleed uit in de modder, klauterde weer overeind en rende naar het verzonken pad.

De knal van het geweer echode door de bomen. Ze voelde een branderige pijn, en toen ze een hand op haar been legde zag ze dat die helemaal bebloed was. Ze rende verder, strompelend, aangestuwd door doodsangst, maar toen vertraagde ze, en ze voelde haar kracht uit zich wegebben. Diana stond achter haar en had tijd om aan te leggen en te richten.

Sadie zakte in het kreupelhout op haar knieën. Ze wist op dat moment dat ze hier zou sterven, ver van Andrés en iedereen die haar dierbaar was. Ze zou sterven en Diana zou haar lichaam onder de bomen begraven; niemand zou ooit weten wat er met haar was gebeurd. Andrés zou het nooit weten.

Ze schoof de ring van haar hand en liet hem tussen de dode bladeren vallen: een boodschap, haar laatste.

Ze lag op de bosgrond en voelde de koele streling van de aarde. Het bos dat haar omringde vervaagde, alsof het oploste in de mist. De boomtoppen tolden in een kring om haar heen en verdwenen toen achter Diana's gestalte. De geur van de bladeren vervaagde en het werd donker.

22

Londen en Surrey – juni 1971

Er lagen de laatste tijd constant plasjes thee op het aanrecht in Dans appartement. Zijn vader, die bij hem woonde sinds hij uit het ziekenhuis was ontslagen, dronk zo ongeveer elk halfuur een grote mok thee. Dan moest zorgen dat hij Micks theezetroutine niet zag, want daar werd hij gespannen van. *Loop alsjeblieft niet met een theezakje door de keuken naar de gootsteen*, wilde hij vreselijk graag zeggen, *want dat lekt op de vloer. En eigenlijk wil ik helemaal niet dat je je theezakjes in de gootsteen achterlaat, want daar ontstaan bruine vlekken van. Gooi ze meteen in de afvalemmer.*

Maar dat zei hij allemaal niet, want Mick kon in ieder geval zijn handen weer gebruiken, die ernstig waren verbrand. En Dan deed verschrikkelijk zijn best om hun relatie opnieuw vorm te geven, ook al leidde dat ertoe dat hij constant zijn kaken op elkaar moest klemmen. Hij probeerde zijn vader te vergeven voor het feit dat hij hem tijdens zijn kindertijd had verwaarloosd en probeerde te reageren op de gewijzigde omstandigheden waarin ze nu verkeerden. Hij vroeg zich af of zijn vader ooit nog aan werk zou komen. Mick was bijna zestig, zijn handen waren niet behendig, hij had een rokershoest, en langdurige werkloosheid lag op de loer.

Toen zijn vader op een donderdagmiddag de deur uit was voor zijn wandeling ruimde Dan het appartement op. Hij sorteerde de stapels exemplaren van de *Daily Mirror*, puzzelboekjes en tuinfolders, en de kleding – een parka, trui, schoenen, sokken en zakdoeken – die Mick lukraak door de woning heen had achtergelaten. Toen hij alles op zijn plek had teruggelegd leegde hij de asbakken en verzamelde een stuk of zes mokken met een bodem koude thee erin, die hij naast de gootsteen zette. Hij kon ze er niet in zetten vanwege de grote hoeveelheid gebruikte theezakjes die erin lag, als bloedzuigers op de bodem van een vijver. Toen verzamelde hij alle velletjes papier – bonnetjes, boodschappenlijstjes, geheugensteuntjes – PIJNSTILLERS SLIKKEN. BIBLIOTHEEKBOEKEN. HONDENHOK; Mick overwoog een hond te nemen.

Hij vond een velletje papier tussen de kussens op de bank, viste het ertussenuit en streek het glad. Toen hij las wat erop stond, verstilde hij. ROSE MARTINEAU, in het handschrift van zijn vader. Dan legde het met fronsend voorhoofd op de keukentafel.

Een kwartier later kwam Mick thuis, het weer becommentariërend en zwaaiend met een tas boodschappen die hij voor Dan bij de SPAR had gekocht. 'Ze hadden geen bruinbrood, dus ik heb wit meegenomen,' zei hij. Hij klopte op zijn buik. 'Dat is ook beter voor je maag. Van bruinbrood ga ik boeren.'

'Wat is dit, pa?' Dan liet zijn vader het papiertje met Rose' naam erop zien.

Mick zocht zijn bril in zijn jaszak, zette hem op en tuurde naar het briefje. 'O ja. Die heeft gebeld.'

Dan moest vechten om zijn frustratie te onderdrukken. 'Wanneer?'

'Een tijdje terug,' zei Mick vaag. 'Zal ik even theezetten?'

'Dat doe ik wel.' Dan vulde de ketel. 'Weet je nog wanneer Rose heeft gebeld? Heeft ze een boodschap achtergelaten?'

Zijn vader was de boodschappentas aan het uitpakken en zette alles verkeerd weg. Het kon Dan nu even niet eens schelen.

'Ze vroeg of ik wilde doorgeven dat ze had gebeld,' zei Mick terwijl hij netjes een pak suiker tussen de blikken soep zette.

Rose had naar zijn priveadres gebeld. Dan vroeg zich af of ze na Kevins feest had gebeld, twee weken daarvoor, wat hem plausibel leek. Hij had destijds overwogen om haar te bellen om te vragen hoe het met haar ging, maar had dat uiteindelijk niet gedaan. Het leek zinloos om emoties op te rakelen die alleen maar pijnlijk konden zijn en hij had zichzelf al veel te vaak voor schut gezet in haar bijzijn.

Toen zijn vader met een kop thee een kruiswoordpuzzel zat te maken, liep Dan naar de gang en belde Martineau Aviation. Lucy Holbrook nam op. Hij vroeg of ze hem met Rose wilde doorverbinden.

'Die is er niet,' zei Lucy. 'Ze belde net dat ze na het ziekenhuis meteen naar huis gaat, naar de meisjes.'

'Ziekenhuis?' herhaalde hij. 'Is ze ziek?' Hij voelde een steek van angst.

'Nee, Rose niet, Dan. Eric.' Hij hoorde Lucy zuchten aan de andere kant van de lijn. 'We hebben een afschuwelijke dag, echt afschuwelijk. Een van de DC-3's kreeg tijdens de landing een klapband en is van de landingsbaan geraakt.'

'Mijn god. Is Eric zwaargewond?'

'Alleen wat kneuzingen, maar hij had pijn op de borst, dus ze hebben hem naar het ziekenhuis gebracht. Rose was bang dat hij een hartaanval had, maar ze belde een uur geleden om te vertellen dat de dokter zei dat het hartbeklemming was.'

'En nu is ze naar huis?'

'Ja. Ze zei dat ze de meisjes bij de oppas ging ophalen. Sylvia is in het ziekenhuis bij Eric.' Sylvia was Erics vrouw.

'Is Rose bij haar man, in Londen?'

'Nee, niet dat ik weet.' Lucy klonk verrast. 'Ik neem aan dat ze naar huis is, in Weybridge. Heb je haar privéadres, Dan? Zal ik het je geven?'

De meisjes waren tot half zeven bij Nadine gebleven en hadden daar gegeten. Toen ze thuiskwamen zette Rose een bad voor ze aan, en ze liet ze twintig minuten in het water spelen. Terwijl ze Eve hielp met afdrogen en haar pyjama aantrekken bleef ze maar denken aan hoe het vliegtuig van de landingsbaan was gegleden. En aan Alan en Max die Eric de cockpit uit hielpen, en aan hoe Eric, zijn gezicht verwrongen van de pijn, met zijn hand naar zijn ribben greep.

Er werd aangebeld; Rose liep naar de intercom.

'Rose, ik ben het, Dan.'

'Dan?' Ze kon op dat moment niet bedenken waarom Dan naar de flat zou komen. Het was heerlijk om zijn stem te horen, maar het was raar. Ze liet hem het gebouw binnen.

Er werd op de deur geklopt. Ze deed open. Toen ze hem zag, maakte haar hart een vreugdesprongetje.

'Kom ik gelegen, Rose?'

'Ja hoor. Ik was net de meisjes naar bed aan het brengen.' Ze had een rotdag gehad, maar nu Dan er was, voelde het ineens heel anders. 'Kom binnen.'

'Lucy heeft me over het ongeluk verteld. Hoe is het met Eric?'

'Die moet een paar dagen rust houden. Hij ligt nog in het ziekenhuis zodat ze hem in de gaten kunnen houden. Ik heb het zien gebeuren,' zei ze zacht. 'Ik was bang dat het zou kantelen.'

'Gaat het een beetje, Rose?'

'Ja hoor. Ik ben alleen...' Ze slaakte een zucht, 'vreselijk opgelucht dat er niets ergers is gebeurd.'

'Heb je al gegeten?'

Daar moest ze even over nadenken. 'Niet meer sinds het ontbijt.' Ze had niets in huis. Ze was van plan geweest op weg naar huis boodschappen te doen.

'Zal ik even fish-and-chips halen?'

'Ja. Ja, lekker.'

Hij vertrok weer. Rose deed in zijn afwezigheid een vage poging de flat een beetje op te ruimen. Eve pakte haar plastic emmertje met stiften en kiepte het om op de eetkamertafel. Rose overwoog te zeggen dat het te laat was om nog te gaan tekenen, maar ze hield toch haar mond. Het leven voelde te kwetsbaar om je druk te maken over bedtijd.

Ze had uit het raam gekeken toen de DC-3 zijn landing inzette. Het moest binnen een paar seconden zijn gebeurd, maar toch speelden de gebeurtenissen – de band die klapte in een witte wolk en de vlammen die het asfalt likten; het vliegtuig dat de landingsbaan af zwenkte en in het gras terechtkwam terwijl Eric en de copiloot probeerden het onder controle te krijgen – zich af als een film in slow motion.

Toen Dan terug was maakte ze ruimte op de tafel. 'Mam,' zei Eve op terechtwijzende toon. 'Mijn stiften lagen op volgorde.'

Ze zetten de fish-and-chips midden op tafel en aten zo uit het papier. Rose had vreselijke honger; ze had niet geweten dat je zo'n honger kunt krijgen van doodsangst. Eve pakte een patatje, waar ze zorgvuldig een klodder ketchup op deed, en Katherine rende rond de tafel en griste er nu en dan een frietje af, waar Rose haar normaal gesproken een standje voor zou geven, maar vandaag niet.

Dan vroeg naar het vliegtuig.

'De velg van het wiel is beschadigd, maar Max zegt dat hij het kan repareren. Dat is een dag werk. Maar ik denk niet dat Eric nog zal kunnen vliegen.'

'Gaat hij dood, mam?' vroeg Katherine.

'Nee, lieverd.'

'Maar hij ligt toch in het ziekenhuis?'

'Ja, maar daar maken ze hem beter. Het zal zijn hart breken, Dan. Vliegen is zijn leven.'

'Hij heeft in de Slag om Engeland gevlogen, in een Hurricane.'

'Dat weet ik. Eve, pas op je mouw met die ketchup.' Rose slaakte een diepe zucht. 'Ik probeer te bedenken of we hem ander werk binnen het bedrijf kunnen aanbieden, iets waarvoor hij de lucht niet in hoeft, als hij dat aanneemt. En ondertussen...'

'Ondertussen kom je een piloot tekort.'

'Inderdaad.' Het was een enorme opluchting om de gebeurtenissen van die dag te kunnen bespreken met Dan, die de branche en de mensen die er werkten door en door kende. Ze had helemaal stijf gestaan van de stress en voelde zich nu een beetje ontspannen.

'Ga eens met Kevin praten,' stelde Dan voor. 'Misschien dat hij iemand weet. Er lopen heel wat goede mensen rond, Rose. Ervaren mannen die bij de RAF hebben gediend. Het zou niet al te moeilijk moeten zijn om iemand te vinden.'

'Praten Kevin en jij nog met elkaar?'

'Ja hoor.' Dan raapte een patatje van de vloer dat Eve had laten vallen. 'Hij vindt Litchfield ook een hufter. Het is hem alleen beter gelukt om zijn mening voor zich te houden.'

'Ik vind het zo erg, Dan. Ik heb het gevoel dat het mijn schuld is.'

'Nee hoor. Het was tijd om te gaan. Dat wist ik al, en Kevin ook.'

'Dan, je bent door mij ontslagen.'

'Technisch gezien niet. Ik heb ontslag genomen voordat Kevin me kon ontslaan.'

'Dan,' zei ze een beetje geïrriteerd, 'dat komt op hetzelfde neer. Je hoeft het niet zo letterlijk te nemen.'

'Sorry. Dat doe ik wel vaker.' Hij keek haar aan met zijn blauwe ogen. 'Rose, ik was toe aan wat anders. Geloof me, ik heb er echt geen spijt van.'

'Waar werk je nu?'

'Ik ben voor mezelf begonnen. Ik ga een eigen luchtvrachtbedrijf opzetten.'

Daar dacht ze even over na. Natuurlijk ging hij dat doen, en natuurlijk zou hij er een groot succes van maken.

'Wat een goed idee,' zei ze. 'Dat werd ook wel eens tijd. Ik weet zeker dat het een groot succes wordt. En bedankt dat je me hebt gewaarschuwd voor Pearson's. Ik heb gehoord dat ze faillissement hebben aangevraagd.'

Eve ging verder met haar tekening, een onderwatertafereel. Katherine tekende er een kwal bij, dik en roze tussen de vissen.

Rose zei zacht terwijl de meisje zichzelf bezighielden: 'Ik vond het zo erg om van je vader te horen. Die brand, wat gruwelijk. Hoe is het met hem?'

'Herstellende. Het gaat steeds beter.'

'Woont hij bij jou?'

Hij kreunde zacht. 'Ja.'

'Hoe gaat dat?'

Hij spreidde zijn handen. 'Ik word helemaal gek, Rose. Hij probeert me te helpen. Hij heeft mijn overhemden gewassen maar heeft er een stofdoek bij gegooid en nu zijn al mijn witte overhemden geel. Hij heeft al een paar keer vlam in de pan gehad. Straks gaat mijn hele appartement nog in vlammen op, net als zijn caravan. En hij neemt de telefoon op als ik niet thuis ben en vergeet me te vertellen wie er heeft gebeld. Als ik niet toevallig een papiertje met je naam erop zou hebben gevonden, zou ik er nooit achter zijn gekomen dat je hebt gebeld.'

Dus Dan had niet besloten haar niet terug te bellen omdat hij kwaad op haar was, of omdat hij dat was vergeten of omdat hij er geen zin in had, wat allemaal scenario's waren die de voorgaande twee weken door haar hoofd waren gegaan. Zijn woorden plantten een zaadje van geluk in haar.

Rosc ruimdc tcrwijl Dan ccn krccft voor Evc tckcndc dc tafcl af en zette koffie. Toen ze met het dienblad de kamer in kwam lopen stond hij bij het raam door een drukproef te bladeren die haar een week daarvoor was opgestuurd.

Ze bleef in de deuropening even staan om naar hem te kijken. Ze genoot van de aantrekkelijke man die ze zag, ja, maar het drong ook tot haar door, als een pijl door haar hart, hoe op haar gemak ze zich bij hem voelde, hoe vanzelfsprekend en gezellig het was om met hem te praten, om bij hem te zijn. Ze voelde zowel verlangen als voldoening: het was alsof ze een lange reis had gemaakt en haar eindbestemming eindelijk in zicht kwam.

Dan keek op. 'Is het een goed boek?'

Het heette *Donker vuur* en was een nieuwe biografie over Tom Chiverton, geschreven door een journalist van de *Daily Mail*, Ricky Walker. Ursula's vriend, de academicus Ivan Merchant, had haar de drukproef gestuurd. Walker somde in het boek met forensisch detail al Tom Chivertons minnaressen op. De lijst was oneindig – de mopperige types en de saaie; de beroemde en de nietszeggende; de inhalige en de opdringerige – uiteindelijk allemaal door Tom aan de kant gezet. Diana was niet gespaard en het huwelijk van de Chivertons was onthuld als een ongelukkige schijnvertoning. De biografie zou de voorpagina in de kranten halen als ze over een paar weken zou uitkomen.

'Het is erg onthullend,' zei ze. 'Ik ga zaterdag naar Diana Chiverton.'

'Heeft ze ermee ingestemd met je te gaan praten?'

Ze lachte droogjes. 'Nee, ik ga voor haar huis zitten en op het hek rammen tot ze er niet meer tegen kan en me de waarheid vertelt. Diana weet wat er met Sadie is gebeurd, daar ben ik van overtuigd. Daarom heeft ze tegen me gelogen. Ik denk dat hij haar iets heeft aangedaan. Ik denk dat Tom Chiverton haar iets heeft aangedaan.'

Hij fronste zijn wenkbrauwen. 'Serieus?'

'Ja. Het is de enige logische verklaring. Ik denk dat Diana het altijd heeft geweten en dat ze probeert hem te beschermen.'

'Doe je voorzichtig, Rose? Misschien kun je beter nog even wachten.'

'Nee. Het gaat niet goed met Diana; ik weet niet hoe lang ze nog te leven heeft. Mijn besluit staat vast.' Ze gebaarde naar het boek. 'Als je wilt mag je het lenen.'

'Heb je het al uit?'

'Ik heb het in één adem uitgelezen.' Ze glimlachte naar hem. 'Het is sensatiebelust, maar het leest als een trein.'

Eve, die op een stoel stond met het blik stiften op haar hoofd, raakte uit balans en viel op de grond, en de stiften vlogen door de kamer. Ze begon te krijsen.

Rose nam haar in haar armen en troostte haar. 'Bedtijd. Nu. Het is al na achten.'

De telefoon ging terwijl ze Eve de kamer uit droeg. Ze nam op. Het was Robert, die zich beklaagde dat ze vanmiddag een afspraak bij de advocaat had gemist.

'Robert, ik ben net de meiden naar bed aan het brengen, mag ik je zo terugbellen? Ja, dat weet ik, en het spijt me, maar er was een probleem op het vliegveld. Ja, ik weet dat het belangrijk is. Zo bedoelde ik het niet...'

'Dan ga ik nu maar,' mompelde Dan.

Ze bedankte hem voor de patat en het gezelschap en dat hij er voor haar was op het moment dat ze iemand nodig had. Toen probeerde ze met Eve op haar heup en Edith Fullers vloer bezaaid met stiften en patatjes om Robert tevreden te stellen. Daarna bracht ze Katherine en Eve naar bed.

Toen ze de slaapkamer uit liep en de deur op een kier liet staan, precies zoals haar dochters wilden, drong het tot haar door dat ze toen Dan haar over zijn vader had verteld dezelfde emotie in zijn ogen had gezien die zijzelf die dag had ervaren toen ze het vliegveld op rende, doodsbang dat het vliegtuig zou ontploffen. En ze wist dat Dan ook balanceerde op dat slappe koord met aan de ene kant enkel gruwelijkheden en aan de andere kant een kwetsbare veiligheid.

Dan bracht de vrijdag door met een bezoek aan een vliegveldje ten oosten van Woking. Die avond ging hij met zijn vader ergens curry eten en een biertje drinken. Toen ze weer thuiskwamen ging zijn vader op de bank zitten, sloeg de *Daily Mirror* open en viel pardoes in slaap.

Dan zette een kop koffie voor zichzelf en begon in *Donker vuur* te lezen, de biografie over Tom Chiverton die Rose had meegegeven. Ze had gelijk gehad over het boek. Het las gemakkelijk, als je eraan begon kon je niet meer stoppen met lezen, en het vermeed analyses van de poëzie van Tom Chiverton en focuste zich in plaats daarvan op zijn onbetamelijke privéleven. Dan had zijn ouders zwak gevonden, maar ze waren niets vergeleken bij Tom Chiverton, die tientallen affaires had gehad. Chiverton had gebruikgemaakt van de mogelijkheden die beroemdheid en een aantrekkelijk uiterlijk hem hadden geboden, bedacht Dan terwijl hij zijn vader zachtjes wekte, een kop thee voor hem zette en hem naar bed hielp. Een fan bij een signeersessie, een scriptgirl bij de BBC, een publiciteitsassistente in New York; al die vrouwen en nog vele andere hadden het bed met Tom Chiverton gedeeld, sommigen maar een nacht, anderen gedurende een verhouding die maanden of zelfs jaren had geduurd.

Dan vroeg zich toen hij rond middernacht de keuken stond op te ruimen af of Tom Chiverton was gedreven door passie of dat zijn ontrouw door een andere emotie was aangewakkerd. Er waren na het midden van de jaren dertig steeds meer affaires geweest. Dan geloofde niet dat er liefde aan te pas kwam, deze mate van promiscuïteit. Liefde ging dieper, liefde kostte tijd, hield aan, liep door je leven als een rode draad die zelfs bleef als je probeerde hem los te tornen. Nu hij Rose weer had gezien en een uur met haar in haar gezellige flat had doorgebracht, had dat de diepte van zijn gevoelens voor haar duidelijk gemaakt.

En nu, vermengd met liefde, voelde hij ook hoop. Rose leek blij te zijn geweest met zijn gezelschap. Misschien was het niet meer dan vriendschappelijk, maar dat dacht hij eigenlijk niet. Ze woonde niet meer bij haar man. Haar stem had toen ze Robert Martineau aan de telefoon had gehad geoefend geduldig geklonken, niet toegenegen. Dan herkende de toon van toen ze een keer een moeilijke klant bij Martineau Aviation had proberen tevreden te stellen. Blijkbaar was hun poging met elkaar verder te gaan mislukt.

Hij spoelde een melkfles uit en vroeg zich af of Tom Chiverton wel eens aversie had gevoeld voor een vrouw met wie hij naar bed ging. Sommige mannen haatten vrouwen, ook al wilden ze er seks mee hebben. Misschien was Chiverton wel zo'n man geweest. Dat zou wel in de theorie van Rose passen. *Ik denk dat Tom Chiverton haar iets heeft aangedaan... Ik denk dat Diana het altijd heeft geweten en dat ze probeert hem te beschermen.* Was dat een mogelijkheid? Als je die biografie had gelezen, met al die onsmakelijke beschrijvingen van Tom Chivertons korte lontje en voorkeur voor vrouwen, kon je dat niet uitsluiten.

De schrijver van *Donker vuur* benadrukte tevens hoeveel Diana van Tom had gehouden. Diana's liefde voor hem was grenzeloos geweest. Ze had geen kinderen gehad; al haar liefde was op één man gericht geweest. Er werd nergens gesuggereerd dat Diana ooit anders dan loyaal en liefdevol was geweest, dus zijn levensstijl moest een kwelling voor haar zijn geweest. Toen Dan controleerde of de voordeur op slot was en keek of zijn vader niet in slaap was gevallen naast een brandende sigaret in de asbak, knaagde er iets aan hem. Hij voelde onrust toen hij zich herinnerde dat Rose hem had verteld dat ze naar Diana Chiverton zou gaan. Hij pakte bijna de telefoon om haar te bellen, maar het was al na enen en als hij nu zou bellen zou hij de kinderen misschien wakker maken. Hij kon zijn vinger ook niet precies leggen op wat hem dwarszat; hij beeldde zich vast dingen in.

Het was een mooie en heldere zaterdagochtend. De hemel was vergeet-me-nietjesblauw en de hagen waren een sterrenzee van wilde roosjes toen Rose naar Nutcombe reed. De bossen en struiken op de hellingen van de heuvels hadden ontelbaar veel verschillende kleuren groen.

Ivan Merchant had haar verteld dat Diana Chiverton stervende was. Ricky Walker, auteur van *Donker vuur*, had hetzelfde laten doorschemeren, dus haar reis had haast gekregen. De uitgever van Walker zou ook wel denken dat Diana ondertussen te ziek was om een proces te kunnen aanspannen.

Donker vuur had dezelfde foto gebruikt die in *Dichter in de Downs* stond: Tom Chiverton, met zijn gevoelvolle donkere ogen en verwaaide haar. Maar Rose was gaan geloven dat achter zijn aantrekkelijke uiterlijk een duister geheim verborgen ging.

Sadie gaat in Het Ei wonen. Ze is jong, mooi en verdrietig vanwege haar verbroken verloving. Tom en zij zijn buren; ze leren elkaar kennen. Ze is emotioneel kwetsbaar en valt voor hem. Hij is een rokkenjager, zelfverzekerd in zijn charisma en aantrekkelijke uiterlijk. Ze verbreekt de affaire, maar dat accepteert Tom niet, en hij begint haar te bespieden door de ramen van Het Ei. Sadie begint bang voor hem te worden. Ze gaat naar het buitenland, deels om bij hem uit de buurt te zijn. Ze denkt dat hij haar dan zal vergeten, maar dat is niet het geval. Ze is bang om in Het Ei te zijn, waar de grote ramen haar zichtbaar maken, dus besluit ze het huis aan Edith te geven, de zus met wie ze in onmin leeft. Op 15 oktober 1934 schrijft ze haar: *Het Ei is nu van jou, Edith. Ik heb de papieren naar meneer Copeland gestuurd. Ik wil hier niet meer wonen. Het huis maakt me bang*. Maar ze is te laat, en op een dag komt Tom naar het huis, kwaad en wraakzuchtig.

En dan… Wat? Rose' verbeeldingskracht probeerde de gaten te vullen terwijl ze met haar Mini een scherpe bocht in reed.

Tom verliest zijn zelfbeheersing en slaat Sadie, ze valt en stoot haar hoofd? Misschien. Ja, misschien.

Donker vuur stelde het huwelijk van de Chivertons voor als een net van verwijten en afhankelijkheid. Diana kon niet zonder Toms liefde, magnetisme en genialiteit, maar Tom was afhankelijk van Diana's bescherming, die hem in staat had gesteld te schrijven.

Mick Falconer, altijd vroeg op, bracht Dan die zaterdagochtend een kop thee op bed. De bruine vloeistof klotste op het schoteltje en op het slaapkamerkleed terwijl hij de kamer binnenliep. Dan bladerde terwijl hij zijn thee dronk door de laatste hoofdstukken van *Donker vuur*. Diana Chiverton had Tom tijdens zijn laatste, gruwelijke jaren verpleegd, tot hij in 1957 aan longkanker was gestorven. Volgens de biograaf was Tom tegen die tijd diepe haat voor Diana gaan voelen en was hun huwelijk een schijnvertoning. Als dat inderdaad zo was, moest zijn afhankelijkheid van haar tijdens zijn ziekte een kwelling voor hem zijn geweest. Tom en Diana waren aan elkaar verbonden gebleven door een schijnbeeld van intimiteit tot de dood hen had gescheiden en toch was Diana na zijn dood blijven vechten om de reputatie van de man te beschermen die haar had bedrogen en geminacht.

Dan bleef zich onrustig voelen terwijl hij die ochtend zijn taken uitvoerde. *Ik denk dat Tom Chiverton haar iets heeft aangedaan… Mijn besluit staat vast.* Hij dacht aan Rose, die naar Sussex zou gaan om een gesprek met Diana Chiverton te eisen. Hij belde haar thuis, maar er werd niet opgenomen.

Hij was van plan geweest die ochtend naar het vliegveld te gaan en daarna in de middag met zijn vader naar een voetbalwedstrijd, en hij stond eieren met spek voor Mick te bakken toen hij iets bedacht. Wat als Rose het mis had? Er was namelijk nog een antwoord op het mysterie rond de verdwijning van Sadie Lawless. Wat als Tom niet de moordenaar van Sadie was? Wat als het Diana was, de liefdevolle vrouw die keer op keer was gekwetst, en die alles voor liefde zou hebben gedaan? Hij pakte zijn autosleutels, omhelsde zijn vader snel en zei dat hij weg moest.

Rose reed langs de kerk en de smalle kronkelweg het bos in, voorbij de bocht in de weg en het pad naar Het Ei, steeds verder omhoog. De boombladeren vormden vlekken schaduw op het wegdek. Soms scheen er een straal licht door het bladerdek heen en toen ze het bos in keek zag ze dat het ondoorgrondelijk zwart was.

Haar raampje stond open, dus ze hoorde de honden al blaffen toen ze de weg over de richel op reed. Ze minderde vaart en zag dat het metalen hek naar De Meeuwenvleugel openstond. Ze parkeerde aan de overkant van de weg en liep het hek door. Ze klopte op de voordeur, maar er werd niet opengedaan, dus volgde ze het wilde geblaf en gepiep van de honden naar het erf aan de zijkant van het huis.

Diana Chiverton lag met uitgestrekte ledematen op de kasseien met een geweer naast zich. Haar honden renden in paniek om haar heen.

'Bent u gewond?' riep Rose. 'Ik kom eraan.'

'Die verrekte vogels ook. Ze vervuilen het hele erf...' Diana's stem klonk zwak en haperend.

'Geef me maar een hand.'

Diana pakte met zichtbare tegenzin Rose' hand. Toen ze eenmaal rechtop zat, schoof ze op haar billen het stukje naar de muur om ertegenaan te gaan zitten. Haar witte haar zat vol modder en er droop een straaltje bloed van de zijkant van haar hoofd uit een schaafwond op een van haar slapen.

'Ik ben gestruikeld,' mompelde ze.

'Zal ik even een glas water voor u halen?' vroeg Rose.

'Luna, hier. Bran.' Diana knipte met haar vingers en de honden hielden op met blaffen en kwamen gehoorzaam naar haar toe. 'Ga weg,' zei ze tegen Rose.

'U bent gewond. Er moet een dokter komen.'

'Wat heeft dat voor zin?' Diana pulkte met vreemde repetitieve beweginkjes aan haar kleding, alsof ze probeerde die goed te doen.

'Laat me u in ieder geval het huis in helpen.'

'Ik zei dat je moest vertrekken. Ga van mijn erf!'

Wat had deze vrouw zo eenzaam gemaakt? Wat had Diana Chiverton van gastvrouw op feesten en spil van een glamourvolle sociale kring gemaakt tot een kluizenaar die zich afsloot van de wereld?

Rose hield voet bij stuk. 'Ik ben hier om met u over Sadie te praten,' zei ze. 'Ik heb u gesproken toen u naar Het Ei was gekomen. Weet u dat nog? Ze was mijn oudtante en ik probeer haar te vinden. Ze heeft hier met tussenpozen vier jaar gewoond en toen is ze plotseling verdwenen. Ik heb een heleboel mensen gesproken die haar kenden en van haar hielden, maar niemand weet wat er met haar is gebeurd.'

Een grommend geluid. Een van de honden volgde haar voorbeeld: een laag, dreigend gegrom.

'Het is echt heel gek.' Rose sprak vriendelijk, zich bewust van de kwetsbaarheid van de oude vrouw. 'Sadie had op 15 oktober 1934 een afspraak met een vriend in Londen, maar daar is ze nooit komen opdagen. Ik denk – en ik heb heel wat mensen gesproken en heb geen reden om te denken dat ik het mis heb – dat ze voor het laatst in leven is gezien bij Het Ei.'

De repetitieve handgebaren verstilden. De vizsla rechtte haar oren en legde haar lange, koperkleurige kop toen op het dijbeen van haar baasje te rusten.

Rose zei: 'Ik denk dat u weet wat er met haar is gebeurd.'

'O ja?' Diana glimlachte geheimzinnig. 'Dan heb je het mis.'

'U weet over wie ik het heb, hè?'

Diana's donkere blik, nog steeds vurig, rustte op Rose. Ze mompelde: 'Hoe zou ik haar ooit kunnen vergeten?'

Rose voelde een rilling van spanning door zich heen gaan. 'Hoezo?'

'Wat moet ik erover zeggen? Het was een kreng. Een hebberig, kwaadaardig kreng.'

Het venijn in de stem van Diana onthutste Rose, maar ze zette door. 'Sadie en Tom hebben een verhouding gehad, hè?'

'Ze heeft hem verleid.' Diana Chivertons gelaatstrekken verwrongen van woede. 'Ze liet hem niet met rust. Ze bleef maar terugkomen om hem te verleiden, te proberen hem van me weg te lokken. Maar ik heb niet toegestaan dat ze hem kreeg.' Diana's toon verzachtte. Een vertederde glimlach verzachtte even de lijnen op haar gezicht, waardoor ze een jeugdige uitstraling kreeg.

Ze sprak zacht, alsof ze tegen zichzelf praatte: 'Niemand heeft ooit zo diep en puur van Tom gehouden als ik. Hij was mijn leven en ik was het zijne. Hoe durfde ze te denken dat zij hem kon hebben? Ik moest er een stokje voor steken. Ik moest zorgen dat ze me niet meer kon kwellen.'

Rose voelde aandrang weg te lopen. Oude jaloezie en oud verraad; het ging voor het eerst door haar heen dat het misschien beter zou zijn het verleden te laten rusten.

Maar ze zei: 'Ik denk dat Tom Sadie heeft omgebracht. En ik denk dat u het altijd hebt geweten en hem al die jaren in bescherming hebt genomen.'

Diana begon kakelend te lachen. 'Is dat wat je denkt?'

Toen pakte ze het geweer. Ze richtte de zwarte cirkel van de loop op Rose, die een stap achteruit zette.

'Wat ben je toch dom,' zei Diana. 'Tom heeft Sadie niet doodgeschoten. Dat heb ik gedaan. En toen hebben we haar samen begraven, in het bos.'

De weg werd steeds smaller en kronkeliger naarmate Dan dichter bij Nutcombe kwam. Rose had hem verteld dat De Meeuwenvleugel aan de richelweg stond. *Donker vuur* had een gedetailleerde sfeerimpressie gegeven van de weg omhoog uit het dorp.

Op de richel stonden geen bomen meer en de plotselinge intensiteit van het zonlicht verblindde hem bijna. Hij zag een stukje verderop een huis, groot en majestueus, langs de weg staan. Licht weerkaatste van de vele ramen. Toen hij remde klonk er een geweerschot. Dan sprong uit de auto en begon te rennen.

Rose, die geknield op de kasseien naast Diana Chiverton zat, hoorde voetstappen en keek op. Dan Falconer kwam de hoek van het huis om rennen.

'Ben je gewond?' schreeuwde hij naar haar.

'Nee, nee, ik heb niets.' Maar haar stem beefde.

'Mijn god, Rose... Weet je zeker dat je niet gewond bent? Ik hoorde een geweerschot.'

De shock stroomde door haar heen als water van een heuvel en haar spieren verslapten. Diana Chiverton was in elkaar gezakt voordat ze de trekker had kunnen overhalen.

'Ik denk dat ze een beroerte heeft gehad.' Ze drukte haar vingertoppen in het vlees van haar armen in een poging om zichzelf te laten stoppen met beven. 'Het geweer viel op haar schoot en ik wilde het wegleggen om haar te helpen, en toen ging het af.' Ze beet hard op haar onderlip. 'Ik heb nog nooit een geweer aangeraakt, Dan.'

'Hé,' zei hij geruststellend, en hij raakte zachtjes haar kruin aan. Toen pakte hij het geweer op, dat zonder een dier te raken op de kippenren was afgevuurd, brak het en legde het op een stapel brandhout. Toen hielp hij Rose overeind.

Ze ging in een roestige stoel zitten terwijl Dan naast Diana Chiverton knielde. 'Ik ga even een ambulance bellen,' zei hij.

Hij liep het huis in. Rose staarde naar de vrouw die bewegingloos op de kasseien lag. *Tom heeft Sadie niet doodgeschoten. Dat heb ik gedaan. En toen hebben we haar samen begraven, in het bos*. Diana Chivertons woorden leken nog over het erf van de Meeuwenvleugel na te klinken. Als haar lichaam haar niet eindelijk in de steek had gelaten, zou Diana Rose hebben doodgeschoten. Mensen zeiden dat ze alles overhadden voor iemand van wie ze hielden. Voor Diana Chiverton was dat cliché de letterlijke waarheid geweest.

Dan kwam het huis uit. Hij gaf Rose een glas water. 'De ambulance komt eraan.'

Hij legde zorgvuldig een versleten oranje deken over Diana heen, die hij in het huis had gevonden. De honden trokken zich angstig in een hoek van het erf terug. Ze liepen af en toe jankend een stukje naar hun baasje toe en trokken zich dan weer terug.

Rose nam een slokje water. 'Ze is dood, hè?'

'Dat denk ik wel.'

'Ze heeft Sadie vermoord, Dan. Dat heeft ze me verteld. Wil je me alsjeblieft vasthouden? Daar heb ik zo'n behoefte aan.' Ze sloot haar ogen, hij sloeg zijn armen om haar heen en ze stonden samen op het erf, in elkaar gestrengeld, bewegingloos.

Ze stonden nog op het erf van De Meeuwenvleugel toen het lichaam van Diana Chiverton in de ambulance werd gelegd. Toen die was weggereden, liepen ze het huis in op zoek naar hondenriemen. Rose stelde voor ze naar Winnie Ferrers in het winkeltje te brengen. Winnie zou wel iemand weten – een boer, een hondenliefhebber – die voor ze wilde zorgen tot er een geschikt nieuw baasje was gevonden.

Rose dwaalde door de kamers van De Meeuwenvleugel terwijl Dan voor Luna en Bran zorgde. Het huis lag vol rotzooi: stapels vergeelde kranten, vieze lappen en oude kleding, bergen brieven en rekeningen, vele ongeopend. In de keuken zoemden vliegen om een geopend blik hondenvoer. De stank van zure melk en rottend vlees maakte dat haar maag zich omdraaide.

Ze liep naar boven. Dubbele deuren op de overloop leidden naar een zitkamer die bijna de hele lengte van het huis in beslag nam. Ook hier hadden tijd en verval een ruimte aangevreten die ooit adembenemend moest zijn geweest. Als ze haar ogen half sloot, kon ze zich nog steeds voorstellen hoe hij er veertig jaar eerder zou hebben uitgezien, toen Sadie voor het eerst op een etentje in De Meeuwenvleugel was uitgenodigd. *Vrolijk gekleurde kleden op de vloer, schilderijen aan de muren en overal vazen vol rozen. Iemand speelt piano, een verleidelijke oude melodie, en de aantrekkelijke en gevierde gasten praten en lachen. Sadie kijkt op en ziet Tom Chiverton, en vanaf dat moment is haar lot voor eeuwig met dat van hem verbonden.*

Rose sloot zacht de deuren achter zich en liep naar beneden.

Dan stond op het erf met de aangelijnde honden op haar te wachten. Ze liepen hand in hand de heuvel af.

Vroeg in de middag reden ze naar het politiebureau in Crowborough. Dan liep naar een telefooncel om zijn vader te bellen en uit te leggen dat hij niet op tijd terug zou zijn voor de voetbalwedstrijd terwijl Rose met brigadier Nesbit sprak. Nesbit had donkerblond haar, vaalblauwe ogen, en was niet onaantrekkelijk, hoewel hij een buikje begon te krijgen.

Ze vertelde hem wat Diana Chiverton had gezegd: *Tom heeft Sadie niet doodgeschoten. Dat heb ik gedaan. En toen hebben we haar samen begraven, in het bos.*

Toen ze klaar was met haar verhaal keek brigadier Nesbit op van zijn blocnote. 'Zei u dat Diana Chiverton begin tachtig was?'

'Inderdaad.'

'En u denkt dat ze een beroerte heeft gehad?'

Toen Diana het geweer op haar had gericht had het geleken of de ene helft van haar gezicht in elkaar was gezakt, zijn vorm had verloren, als smeltend ijs. Het geweer was uit haar handen gevallen.

'Ja, dat dachten de ziekenbroeders ook.'

'Dus dan was ze in de war.'

'Toen het gebeurde wel, ja.' Diana had nog proberen te praten, maar ze had alleen onverstaanbare klanken uitgestoten. 'Maar ervoor niet.'

'Ik zou me maar geen zorgen maken om die wartaal, mevrouw Martineau. Ze was zo te horen ziek. Oud en in de war... u weet hoe dat gaat. Of misschien dacht u alleen dat ze iets over, eh, Sally zei.'

'Sadie. En nee, dat dacht ik niet alleen. Diana Chiverton heeft me verteld dat ze Sadie heeft doodgeschoten en in het bos heeft begraven.'

'Laat het maar los, iets anders kan ik niet adviseren.' Terwijl hij haar zijn kantoortje uit begeleidde, zag Rose in zijn ogen dat hij haar niet serieus nam.

Dan reed met haar terug naar Nutcombe om haar bij haar Mini af te zetten. Toen De Meeuwenvleugel in beeld kwam, zei Rose zacht: 'Ze was gek, Dan. Ze was echt knettergek.'

'Ja.'

En toen: 'Ik heb je gemist.'

Hij parkeerde de auto en draaide zich naar haar om. 'Heb je het over het werk?'

'O, ja.' Een zucht. 'Alan ontbeert jouw flair. Maar ik heb het niet alleen over het werk.'

'Niet? Dat is mooi.' Hij veegde glimlachend haar haar van haar voorhoofd. 'Ik heb jou ook gemist, Rose. Heel erg.'

Toen streelde zijn mond over haar voorhoofd, een lichte fluistering op haar huid. Ze bewoog naar hem toe, haar kussen een regen op zijn gezicht, haar lippen op de holten en hoeken gedrukt, alsof ze het door aanraking leerde kennen.

Toen ze midden in de daaropvolgende nacht wakker werd, overwoog Rose een schep aan te schaffen en zelf naar Sadie te gaan zoeken. Op zoek naar het bewijs van Diana Chivertons woede, in de aarde en bladeren prikkend tot ze de witte botten zou vinden. Maar Paley High Wood was meer dan veertig hectare. Het zou vol liggen met dierenbotten. Tom en Diana konden Sadies lichaam overal hebben begraven. Sadies verhaal zou nooit echt een einde krijgen, en dat stemde haar verdrietig.

23

Lake District, Surrey en Parijs – herfst 1971-voorjaar 1972

Rose had vaak het gevoel dat Dan en zij een rommelig leven hadden. Afspraken werden gemaakt en vervolgens hielden ze zich er niet aan. Er werden kaartjes voor het theater gereserveerd en dan kregen Katherine en Eve waterpokken. Ze had een gecompliceerd plan in werking gesteld om een weekendje naar de Cotswolds te kunnen en toen kwam Dans moeder, heel plotseling en onverwacht, te overlijden. Mary Martineau kwam logeren om voor de meisjes te zorgen zodat Rose naar het Lake District kon om met Dan naar de begrafenis te gaan. Een buurman had beloofd een oogje op Mick Falconer te houden. De twee bedrijven moesten blijven lopen in afwezigheid van de eigenaars.

De boeddhistische uitvaartceremonie in de commune waar Angela Falconer had gewoond en was overleden was eenvoudig en aangrijpend. Rose probeerde Dan die avond te troosten.

'Ik gaf haar overal de schuld van,' zei hij. 'Ik was altijd zo kwaad op haar.'

Ze liepen langs Lake Windermere. De bladeren aan de bomen begonnen goud te kleuren.

'Je bent het altijd blijven proberen, Dan.' Ze wreef troostend over zijn schouder. 'Je hebt het nooit opgegeven. Je bent altijd van haar blijven houden, je gaf om haar en je hebt het geprobeerd. Dat was dapper en goed van je.'

'Ik heb nooit tegen haar gezegd dat ik van haar hield. Ik heb het nooit kunnen uitspreken. Ik hou van jou, Rose. Ik hou zo veel van je.' Hij nam haar in zijn armen en trok haar hard tegen zich aan.

Ze was voorzichtig en wist dat ze hem niet te snel deel van het leven van haar dochters moest maken. Er was de voorgaande anderhalf jaar te veel gebeurd en ze kon niet van ze vragen nog meer te verdragen. Ze zorgde dat Katherine, Eve en Dan elkaar geleidelijk leerden kennen. Hij kwam af en toe eten, maar bleef niet slapen. Na een paar maanden begon hij mee te gaan met familieuitjes: een pantomimespel in Richmond, sleeën op Box Hill.

Vlak voor Kerstmis belde Jimmy Corrigan. 'Ik heb navraag gedaan,' zei hij. 'Ik heb contact opgenomen met een journalist die ik kende toen ik in Chicago woonde en heb hem naar Andrés gevraagd. Hij heeft een vriend, Paddy O'Connor, die in de jaren dertig in Madrid heeft gewoond, voordat de burgeroorlog uitbrak. Hij heeft hem naar Sadie gevraagd. Die Paddy herinnert zich uit die tijd een Spaanse journalist met een Engelse minnares. En moet je horen, Rose: die minnares was kunstenares.'

'Hoe heet die Spaanse journalist?'

'Luis Andrés Kindellan de Moreno. Kindellan, Rose. Dat is een Ierse naam. Sadies Andrés had een Ierse moeder.'

'Denk je dat hij het is?' vroeg ze. 'Denk je dat het Sadies Andrés is?'

'Die kans is aanzienlijk.'

'Wat is er met hem gebeurd? Leeft hij nog?' Ze herinnerde zich terwijl ze dat vroeg dat Jimmy tegen haar had gezegd dat de kans heel klein was dat Andrés als linkse journalist de dictatuur van Franco had overleefd.

Aan de andere kant van de telefoon klonk een zucht. 'Het spijt me, Rose, maar het is geen gelukkig einde. De man om wie het gaat is in 1934 overleden. Hij was in Oviedo, in Noord-Spanje, om verslag te doen van de mijnwerkersopstand. Het was destijds een chaos in Spanje, en wat begon als een staking draaide uit op een revolutie die de regering bedreigde. Alles is zeer gewelddadig onderdrukt door het leger. Andrés is gearresteerd en in de gevangenis gegooid omdat hij probeerde de waarheid te vertellen over martelingen en executies. Een paar dagen later is hij gefusilleerd door officiers van het vreemdelingenlegioen.'

Toen ze even wat tijd had, ging Rose in de bibliotheek van

Weybridge op onderzoek uit naar de mijnwerkersopstand in Asturië. Hij was begin oktober uitgebroken en was aan het einde van die maand wreed onderdrukt door het leger. Sadies minnaar, Andrés, was dus in dezelfde periode als Sadie zelf om het leven gebracht. Sadie had waarschijnlijk nooit geweten wat er met hem was gebeurd. Misschien was dat maar goed ook. Je hart kon niet oneindig vaak herstellen.

Rose ging op zoek naar Sadies kunstwerken. Ze vond het vreselijk dat Sadie was vergeten en dat haar reputatie lag begraven in het verstrijken van de jaren. Nerissa Taylor van galerie Danford hielp haar en had beloofd een tentoonstelling te organiseren als er genoeg materiaal kon worden opgediept. Nerissa had zelf twee schilderijen in haar bezit en Jimmy had aangeboden de afdrukken uit te lenen die Sadie voor *Splinter* had gemaakt. Pearl Massingham was ook in het bezit van enkele vroege werken.

Rose' zwager, George Martineau, had aangeboden haar te helpen met haar zoektocht. Hij hield wel van dat soort projecten. Hij en zijn vriend, interieurontwerper Hal Tilyard, brachten heel wat heerlijke weekenden door met rondrijden op het platteland in Hals Morgan op zoek naar aanwijzingen. George was uit de kast gekomen en had Hal aan zijn familie voorgesteld. Het was een ontzettend aardige man en Rose was dol op hem, evenals, uiteindelijk, de Martineaus. George en Hal ontdekten een olieverfschilderij in een galerie in de Cotswolds, en een twaalftal afdrukken bij een inboedelverkoop in een landhuis in Oxfordshire. Rose kocht ze met het geld dat ze van haar grootmoeder had geërfd. Er zat een afbeelding van Het Ei bij, gezien vanuit het bos. Het huis leek op de afdruk opgeslokt te worden door de bomen.

Rose besloot in het voorjaar Het Ei te verkopen. De Meeuwenvleugel werd gekocht door een groep enthousiastelingen die een trust hadden opgezet om het werk van Edward Lawless te conserveren. Ze hadden al een huis in Hampstead, een villa in Berlijn en een gek bouwwerkje in het park van een landhuis in Buckinghamshire. Ze waren geïnteresseerd in Het Ei, en Rose voelde te veel duistere associaties om het te willen houden.

De DC-3 stond met draaiende motoren te wachten op de landingsbaan. De piloot, Chris, die het vliegtuig naar Parijs zou vliegen, had Erics baan overgenomen. Eric werkte nu parttime bij Martineau Aviation en hielp met de acquisitie. Chris en de copiloot, Tony, waren al aan boord.

Lennie, de vliegtuigbelader, ruimde Rose' weekendtas op terwijl Chris haar verwelkomde. Er werd wat over het weer gekletst terwijl ze met bevende vingers haar gordel vastmaakte. Kon ze nou maar niet recht in de cockpit kijken, waar al die vingers op allerlei knoppen en hendels lagen terwijl het vliegtuig trillend wachtte tot het kon gaan taxiën. Kon ze nou maar ophouden te denken aan banden die konden klappen, onderstellen die konden afbreken, landingsbanen die je niet zag in de mist en die sneeuwstorm die de oorzaak van een vliegtuigongeluk aan de kust van Sussex was geweest.

De DC-3 kwam in beweging, de motoren brullend terwijl het op snelheid kwam. Negentig kilometer per uur... honderdvijftig... Rose hield haar adem in. De neus bewoog omhoog en elke klinknagel en voeg kraakte terwijl het vliegtuig het schijnbaar onmogelijke bereikte en van de grond loskwam. Het trillen en schudden van de romp maakte dat ze een droge mond kreeg. *Rustig ademen, Rose. Rustig ademen.* Hoewel ze wist, als natuurkundige en als rationeel denkend mens, dat het idioot was om te denken dat de DC-3 haar vertrouwen en concentratie behoefde om in de lucht te kunnen blijven, had ze niettemin tot op bepaalde hoogte het gevoel dat dat moest, en het duurde even voordat ze weer in staat was om aan de gebruikelijke dingen te denken: de kinderen, het bedrijf, Dan.

'Je hebt een goede dag gekozen om mee te gaan, Rose,' zei Chris. 'Kijk nou eens, is het niet prachtig?'

Ze zag de schuinte van de aarde door het raam van de cockpit. De lappendeken van goudkleurige velden en groen bosland werd doorsneden door een vlechtwerk van donkerder gekleurde wegen en hagen. Het vliegtuig bleef stijgen en Rose fixeerde haar blik op het grote blauw. Ja, het was prachtig. Echt. Ze voelde vreugde.

Philippe, de im- en exportagent van Martineau Aviation in de Franse hoofdstad, kwam haar van het vliegveld halen en reed haar naar haar hotel, waar ze haar koffer neerzette. Hij had die ochtend afspraken voor haar gemaakt met een aantal vaste klanten van het bedrijf. Die middag zou ze naar een fabrikant in Le Bourget gaan. Martineau Aviation maakte kans op een veelbelovende overeenkomst om machineonderdelen voor fabrieken in het Verenigd Koninkrijk te gaan vervoeren. Als ze de opdracht zou binnenslepen, zou dat de toekomst van het bedrijf aanzienlijk kunnen veranderen. Philippe had al een andere afspraak, dus ze zou in haar eentje onderhandelen, wat de reden was dat zij, die vloeiend Frans sprak, naar Parijs had gemoeten. Ze had overwogen met de boot te gaan, maar dan zou ze veel langer bij de meisjes weg zijn. En uiteindelijk moest je toch een keer je angsten onder ogen zien.

Na haar afspraak in Le Bourget ging ze met de metro naar Châtelet Les Halles, vanwaar ze via Le Marais naar de Place des Vosges liep. Het was vroeg lente geworden in Parijs en mensen zaten aan tafeltjes op de stoepterrassen onder de kleurrijke luifels van de cafés en restaurants.

Toen ze in de zuilengalerij van de Place des Vosges liep werd haar aandacht getrokken door een man die aan een tafeltje bij een café in de verre hoek van het plein zat. Ze bleef even staan en nam de mooie lijn van zijn profiel en de vorm van zijn schouders onder zijn donkerblauwe shirt in zich op. Zelfs als hij zat had hij altijd, vond ze, een houding alsof hij op het punt stond in actie te komen.

'Dan!' riep ze, en hij stond op.

Hij nam haar in zijn armen en kuste haar. 'Hoe was je vlucht?'

Ze maakte een gebaar: *Zie je dat? Ik heb het overleefd.* 'Ik vond het bijna leuk,' zei ze.

Ze wilde de kuiltjes in zijn mondhoeken kussen en met haar vingertoppen over zijn ruggengraat strelen. Ze wilde haar ogen sluiten, zijn geur inademen en de warmte van zijn huid voelen. Ze wilde alleen met hem zijn.

Hij zei: 'Zullen we eerst eten en dan naar het hotel, of eerst naar het hotel en dan eten? Zeg jij het maar, Rose.'

'Heb jij honger?'

Hij schudde zijn hoofd.

'Ik ook niet,' zei ze, en toen gingen ze arm in arm op weg naar hun hotel.

Ze vloog de volgende ochtend vanaf Orly in een Trident terug naar Groot-Brittannië terwijl Dan in Parijs bleef om naar een vliegtuig te gaan kijken. Aangekomen op Heathrow nam ze een taxi naar Weybridge. Ze was van plan haar koffer thuis neer te zetten, de auto te pakken en naar het vliegveld te rijden.

Haar vader had voor de meisjes gezorgd. Hij had de flat zoals altijd keurig netjes achtergelaten. Ze wist hoeveel geluk ze had en dat haar gecompliceerde leven nooit zo soepel zou kunnen verlopen zonder alle hulp van vrienden en familie.

Ze trok de jurk en het jasje dat ze in Parijs had gedragen uit en kleedde zich om in een donkerblauw pakje met een witte blouse. Ze was haar make-up aan het bijwerken toen de telefoon ging. Ze nam op.

'Mevrouw Martineau?' Een mannenstem.

'Ja. Met wie spreek ik?'

'Met brigadier Nesbit van het politiebureau in Crowborough.'

Ze moest even nadenken en toen herinnerde ze zich die brigadier die haar zo neerbuigend had behandeld op de dag dat Diana Chiverton was gestorven.

'Kan ik iets voor u doen?'

'Als ik even mag terugkomen op iets wat u me hebt verteld, mevrouw Martineau? U had het toen we elkaar op 18 juni 1971 spraken over een vermist familielid?'

'Dat klopt. Mijn oudtante, Sadie Lawless.'

'En wanneer is ze vermist geraakt?'

'In oktober 1934.'

'En herinner ik me goed dat u zei dat ze kunstenares was?'

'Dat klopt.'

'Wat voor soort kunstenares? Schilderde ze? Deed ze verder nog iets anders?'

‘Sadie schilderde, maar ze maakte ook etsen.’

‘Aha.’

De manier waarop hij dat zei maakte dat al haar zintuigen ineens op scherp stonden. Ze vroeg: ‘Brigadier, kunt u me iets over haar vertellen?’

‘Het lijkt erop dat we een drukpers hebben gevonden. Een roestig ding, maar het is er wel een. Of beter gezegd, een etspers.’

Haar keel kneep zich dicht. ‘Waar? Waar hebt u die gevonden?’

‘Begraven in Paley High Wood. Daarom moest ik aan u denken, mevrouw Martineau. Het is een enorm en loodzwaar ding, maar iemand heeft de moeite genomen hem op het terrein bij uw huis te begraven.’

24

Sussex – april 1973

De Edward Lawless Vereniging had Het Ei gekocht en was een jaar bezig geweest met de restauratie. De voorzitter van de vereniging, academicus en architect Richard Spencer, een tengere, geniale man, stond op een zondagochtend in de lente op Rose te wachten bij het huis.

'Rose!' Hij schudde haar de hand. 'Ik ben zó blij dat je kon komen. Het is een gewéldige eer om ons werk aan de achterkleindochter van Edward Lawless te kunnen laten zien. Echt een inténs genot, kan ik wel zeggen.' Hij had de gewoonte zijn zinnen te larderen met nadrukkelijk uitgesproken woorden.

'Bedankt voor de uitnodiging, Richard.'

Ze liepen het huis in. Spencer bood koffie aan, die Rose beleefd afwees. Hij vertelde terwijl ze door de kamers liepen over het werk van de vereniging: de oude verf en behangresten die in verborgen hoekjes waren ontdekt en waren gerestaureerd; het terugbrengen van het huis in de oorspronkelijke staat; de apparatuur uit de jaren zestig – de koelkast en wasmachine van de huurder van Edith Fuller – weggehaald en vervangen door keukenapparatuur uit het interbellum; het loodgieterswerk schoongemaakt en gerestaureerd.

'We hebben natuurlijk deels moeten ráden,' vervolgde hij. 'Hoewel veel van de oorspronkelijke tekeningen bewaard zijn gebleven vermoeden we dat een deel van de aantekeningen van Edward Lawless aangaande de laatste details van het pand verloren zijn gegaan in het vliegtuigongeluk.'

Ze liepen naar boven. Richard Spencer opende de deur naar de kleinere slaapkamer en Rose keek erin.

'Dus je hebt besloten hem als slaapkamer in te richten?' vroeg ze.

Waar ooit Sadies etspers had gestaan stonden nu een smal bed met een witte sprei erop en een kleine art-decoladekast.

'We hebben geprobeerd het huis in te richten zoals het er in de tijd van Edward Lawless zou hebben uitgezien, ervan te maken wat het zou zijn geweest als hij niet zo grúwelijk voortijdig zou zijn omgekomen. We hebben geprobeerd trouw te blijven aan zijn oorspronkelijke bedoeling. We hebben het er onéíndig lang over gehad, Rose, en het was een van de móéilijkste beslissingen die we óóit hebben moeten nemen.' Hij zei terwijl hij de deur van de slaapkamer achter zich dichtdeed: 'Ik hoop dat je het niet vréselijk vindt. Ik weet dat je grootmoeder lang in het bezit is geweest van Het Ei.'

'Ja, maar zij heeft hier zelf nooit gewoond. Haar zusje, Sadie, wel, vier jaar.'

'Sadie, ja, de jongste dochter van Lawless.' Hij hield op met praten, misschien omdat het tot hem doordrong dat hij mogelijk een pijnlijk onderwerp had aangesneden.

'Sadie heeft Het Ei kort voor haar dood aan mijn grootmoeder, Edith, geschonken.'

'Vreselijk.' Hij schudde zijn hoofd. 'Echt vréselijk.'

Sadies stoffelijk overschot was naast het huis gevonden, begraven bij haar etspers. Ze was geïdentificeerd aan de hand van een ketting van bakelieten kralen, die ze nog om had gehad en die Pearl Massingham had herkend. Loden hagel was in de botten van haar benen aangetroffen. De rechtbank, waar Rose een getuigenis had afgelegd, had geoordeeld dat het moord betrof.

Brigadier Nesbit had met Rose ingestemd dat Diana Chiverton gelegenheid en motief had gehad, dat de kans groot was dat ze Sadie had omgebracht en dat Tom haar had geholpen de misdaad te verbergen. Zelfs een vrouw die zo lang en sterk was als Diana zou de zware pers niet alleen hebben kunnen verplaatsen. Het motief voor het begraven was om de indruk te wekken dat Sadie vrijwillig was vertrokken als iemand zich zou afvragen waar ze was. Haar kleinere bezittingen – kleding, boeken, papier en verf – konden worden verbrand, maar de pers niet. Na al die tijd en nu alle hoofdrolspelers waren gestorven kon er echter niets worden bewezen.

Toen Richard Spencer de deur naar de grote slaapkamer opende stroomde er licht door de ramen naar binnen.

'Hadden de zussen Lawless een hechte band?' vroeg hij Rose.

'Nee, helemaal niet. Het leeftijdsverschil was aanzienlijk. En Edith, mijn grootmoeder, is begin jaren dertig naar India verhuisd.'

Wat haar grootmoeder ook had gevoeld voor het zusje met wie ze geen contact meer had – schuld, opluchting of woede – ze moest uiteindelijk ook spijt hebben gehad, aangezien ze Sadies brieven in het kabinet van padoek had achtergelaten zodat Rose ze zou vinden.

Ze keek het raam uit. 'Maar ik neem aan dat ze het ooit wel goed hebben kunnen vinden samen. Er moeten toch momenten zijn geweest. Maar dat zou ik niet weten, ik ben zelf enig kind.'

Hij begon over de daken. Ze waren in erbarmelijke staat geweest. Tijdgenoten van Edward Lawless hadden kritiek gehad op zijn gebruik van platte daken in het regenachtige Engeland.

'Ze zijn inderdaad geschikter voor een mediterraan klimaat,' zei hij. 'Maar de kosten en moeite om deze daken te restaureren zijn níéts vergeleken bij die van De Meeuwenvleugel. Dat is zo'n enorm project dat ik verwacht dat het ons nog vijf jaar gaat kosten. Ik zou het gewéldig vinden om je daar vandaag ook nog een rondleiding te geven, Rose, als je dat schikt.'

'Helaas niet, Richard. Bedankt voor het aanbod, maar ik moet terug naar mijn verloofde en de kinderen.'

'Een andere keer dan.'

Rose mompelde haar waardering. Ze wist dat ze nooit meer zou teruggaan naar De Meeuwenvleugel. En na vandaag zou ze ook nooit meer naar Het Ei terugkeren. Misschien dat ze nog eens naar Nutcombe zou komen om bloemen op het graf van Sadie te leggen, maar dat was alles.

Ze liepen naar de zitkamer op de begane grond. 'Het huis wordt binnenkort opengesteld voor publiek,' zei Spencer. 'In eerste instantie alleen sporadisch, maar als er veel aanloop is, en dat verwacht ik wel, gaan we in de toekomst langere periodes open. We willen het op de lange termijn gaan gebruiken als archief voor de papieren van Edward Lawless. Dan wordt deze kamer de bibliotheek.'

'En De Meeuwenvleugel?' vroeg ze.

'We gaan het mogelijk beperkt openstellen voor publiek om de restauratie te bekostigen.' Hij glimlachte gelaten. 'Ik ben bang dat de, eh, beruchtheid van het huis in ons voordeel zal werken. De bouwvakkers zeggen dat ze regelmatig journalisten en toeristen moeten wegjagen.'

'Mensen komen altijd graag kijken als er ergens een schandaal is.'

'Dat is waar, ja.' Toen zei hij met oprechte passie: 'We zijn je allemaal zó dankbaar dat je ons het huis hebt willen verkopen, Rose. Edward Lawless was zijn tijd ver vooruit. Hij hield van nieuwe en baanbrekende dingen; hij was een experimentalist, een pionier. Het zijn extréém bijzondere huizen, wat het belangrijk maakt ze voor toekomstige generaties te bewaren. Je zult wel trots op hem zijn.'

Dat was ze, zei ze, en toen bedankte ze hem.

'Ben je zelf in architectuur geïnteresseerd, Rose?'

'Ik vrees van niet.'

Ze was drie maanden daarvoor met Dan en de kinderen naar een buitenwijk van Weybridge verhuisd. Het was een heel gewoon huis, groot en comfortabel, van rode baksteen en gebouwd in de jaren vijftig. Ze had zich wel eens afgevraagd of wonen in een uitzonderlijk huis, zoals de Chivertons hadden gedaan, ertoe leidde dat je ging denken dat je zelf ook uitzonderlijk was, en dat de regels van de gewone maatschappij niet voor jou golden. Haar gezin – het nieuwe gezin dat ze met Dan aan het vormen was – zou zijn stempel op het huis achterlaten, niet andersom. Dan, Katherine, Eve en het onopvallende huis waar ze zo van hield: dat was haar toekomst.

Ze liepen naar buiten, schudden elkaar de hand en namen afscheid, en toen liep ze weg, door de bomen, in de richting van de zonverlichte velden achter het verzonken pad, waar ze zouden gaan picknicken. Ze keek nog even over haar schouder, alsof ze half verwachtte dat ze Sadie zou zien, in een overall vol verfvlekken, terwijl ze het huis uit kwam lopen. Maar toen hoorde ze Dans stem en haar lachende dochters. Ze liep verder en keek niet meer om.

Dankwoord

Heel veel mensen hebben me geholpen tijdens het schrijven van deze roman. Allereerst wil ik mijn echtgenoot, Iain Smith, bedanken, die met me door Sussex heeft gereden, onze reizen naar Spanje heeft georganiseerd en een goedgeïnformeerde en geduldige bron van informatie op het gebied van luchtvaart is geweest.

Mijn innige dank gaat uit naar mijn zus, Danielle Stretch, die haar kennis van druktechnieken en etspersen met me heeft gedeeld. Ik ben ontzettend dankbaar voor de warme gastvrijheid van Steve en Rosie Garwood in Sussex. Dank je wel, mijn schoondochter Victoria Bethencourt-Smith, voor al die heerlijke gesprekken over Spanje en de Spaanse taal.

Sommige romans komen moeizamer ter wereld dan andere, en de bevalling van dit boek was soms pijnlijk. Ik heb dus veel te danken aan mijn agent, Margaret Hanbury, wier onwrikbare ondersteuning van onschatbare waarde was. Heel veel dank gaat ook uit naar mijn redacteur bij Piper, Bettina Feldweg, die scherpzinnig en zinvol commentaar heeft gegeven. Als laatste noem ik de suggesties van Clare Foss, mijn redacteur bij Headline, voor haar inzichtelijke en verbeeldingsvolle suggesties, die vreselijk belangrijk zijn geweest bij de uiteindelijke vormgeving van *Verborgen levens*.